U0902694

深谋者

黄晓阳

江苏凤凰文艺出版社
JIANGSU PHOENIX LITERATURE AND
ART PUBLISHING, LTD

图书在版编目（CIP）数据

深谋者 / 黄晓阳著. -- 南京 : 江苏凤凰文艺出版社，2018.3
ISBN 978-7-5594-1203-4

Ⅰ. ①深… Ⅱ. ①黄… Ⅲ. ①长篇小说 – 中国 – 当代 Ⅳ. ①I247.5

中国版本图书馆CIP数据核字（2017）第246485号

书　　名	深谋者
著　　者	黄晓阳
责任编辑	黄孝阳　王　青
文字编辑	康天毅
出版发行	江苏凤凰文艺出版社
出版社地址	南京市中央路165号，邮编：210009
出版社网址	http://www.jswenyi.com
印　　刷	三河市三佳印刷装订有限公司
开　　本	700×980毫米　1/16
印　　张	21
字　　数	432千字
版　　次	2018年3月第1版　2018年3月第1次印刷
标准书号	ISBN 978-7-5594-1203-4
定　　价	49.80元

（江苏凤凰文艺版图书凡印刷、装订错误可随时向承印厂调换）

目录

楔 子

1925 年 3 月 12 日，孙中山逝世。7 月 1 日，广州国民政府正式成立，由汪精卫担任政府主席，胡汉民任外交部长，许崇智任军事部长，廖仲恺任财政部长，后又设置国民党政府军事委员会，汪精卫任主席，蒋介石等八人为军事委员，蒋介石同时兼任国民革命军总司令，他取消各地方部队名称，统一为国民革命军。

此时，日本人已经意识到支持北洋军阀而不再支持南方政府可能是一大错误，便开始加强同广州政府的接触。但此时的政府首脑是汪精卫，汪精卫是一个典型的机会主义者，在他看来，广州政府有今天的局面，得益于苏联。所以，他在情感上更倾向于苏联，和日本人仅仅只是表面上的虚与委蛇。

日本人发现汪精卫可能拉不拢，便在汪精卫以下寻找新的代理人，于是，亲日派蒋介石成了日本人的目标人选。他如果倒向日本，有几大好处：第一大好处，可以在日本政府的支持下，迅速在广州政府取得更高的政治地位，甚至是统治性地位；第二，可以牢牢掌握国民党政府内部的亲日派；第三，从广州分离出去的亲日派同盟会成员，在上海和南京势力非常之大，这部分势力可以形成外援。

于是，蒋介石迅速倒向亲日派，并且借助中山舰事件，对亲苏派大打出手。在处理中山舰事件中，汪精卫和胡汉民均站在亲苏派一边，也因此成为蒋介石打击的对象。最终，亲日派取得胜利，汪精卫见势不妙，以国民党主席的身份，逃到了国外，胡汉民则逃到了苏联，蒋介石由此实际控制了广州政府。

1927 年 4 月初，汪精卫回国，和蒋介石秘密会见。蒋介石公开表示支持汪精卫复职，同时与汪精卫秘密会谈，商讨武力清党。汪精卫意识到，此时的蒋介石得到了几个方面的支持：第一自然是外国势力，以日本为主，加上英美，这些势力全都是以苏联为敌；第二是国民党内部的亲日派和资产阶级以及帮会势力（当初参加同盟会的那些帮会组织）；第三是东南沿海的大资本家和黑社会势力。汪精卫非常担心，如果按照蒋介石的方法公开武力清党，主持者是蒋介石本人，结果势必会进一步让蒋介石集权，同时，汪精卫也对和苏联人决裂摇摆不定，拿不定主意。因此，汪精卫提出召开国民党二届四中全会来解决共产党问题。这一主张自然得不到蒋介石的支持。

4 月 12 日，蒋介石在上海、南京开始了清党行动，公开抛弃苏联，大肆搜捕屠杀中国共产党人。

此时的国民政府已经由广州迁往武汉。汪精卫错误地以为，这是一次彻底挫败蒋介石势力的机会，因此在汪精卫主持下的武汉国民政府中央发布命令："宣布开除蒋介石的国民党党籍，免去本兼各职，着全体将士及革命民众团体，将蒋介石拿解中央，按反革命罪条例惩治。"蒋介石则针锋相对，于 4 月 17 日在南京成立国民政府，胡汉民任主席。如此一来，便形成了武汉、南京两个国民政府对立的局面，史称宁汉分裂。

仅仅一个月后，武汉国民政府便出现大量军事指挥官公开拥蒋叛变，到了 6 月 6 日，汪精卫发现局势不妙，迅速改变态度，解除了苏联代表鲍罗廷在武汉国民政府的最高军事顾问之职，共产党和国民党合作的最后一丝希望也破灭了。

8 月 1 日，中国共产党领导南昌起义，正式建军。

8 月 14 日，蒋介石第一次下野，武汉国民党和南京国民党合流，于 19 日正式迁往南京，此次复合，史称宁汉合流。

下野后的蒋介石前往日本，秘密会晤日本内阁陆相白川义则大将。为了明确取得日本人的支持，又和宋美龄结婚，成功地拉拢一批资产阶级势力，于 4 个月后卷土重来，在国民党内部的地位进一步上升，担任国民党中央政治会议主席、军事委员会主席兼国民党革命军总司令，从而掌握了国民党党权和军权。

在其后的几年间，连续发生了蒋桂战争、中原大战等军阀混战。

这一时期，担任立法院长的胡汉民眼见蒋介石手中的权力越来越大，便想和蒋介石分权，开始积极推动宪政约法。若真的实现这一宪法，蒋介石的权力将会大大削弱，甚至会降到广州国民政府成立时的地位。蒋介石自然不会坐以待毙，他针锋相对地提出训政约法。这场宪政约法和训政约法之争，使得南京表面上团结的南京政府，迅速分成了两个阵营，矛盾一触即发。1931 年 2 月 26 日，蒋介石以邀请胡汉民到陆海空总司令部用晚餐名义，将其控制并软禁在南京小汤山。

舆论一片哗然，一方面在国民党内部的反蒋派古应芬、孙科、陈济棠、李宗仁等人领导下，于 5 月 27 日成立广州国民政府，发表反蒋宣言。汪精卫觉得这是自己的一次机会，立即发表宣言，表示支持广州政府。于是，国民党历史上另一次分裂出现，史称宁粤分裂。

另一方面，国民党要消灭共产党，共产党被迫站到了国民党的对立面，不得不奋起反抗。共产党的反抗手段主要是两方面，武装起义是其一，地下斗争是其二。

早在 1927 年，周恩来领导南昌起义后，随中共中央撤往上海，化名伍豪。为了保卫中央领导机关的安全，了解和掌握敌人的动向，营救被捕同志和惩办叛徒特务，在 1927 年 11 月，中央决定成立中央特科，中央特科由伍豪组建和领导，分别设立总务科（一科），洪扬生担任科长；情报科（二科），陈赓担任科长；保卫科（三科，也称红队、打狗队），负责保卫机关，镇压叛徒特务等，顾顺章担任科长。1928 年 11 月，中央又决定由向忠发、周恩来、顾顺章三人组成特别委员会，领导特科工作，并且在原来三科的基础上，设立第四科，即无线电通讯科，李强担任科长。

这是中国近代史上第一个有着严密组织的情报机构。其时，各军阀体系包括国民党体系内部，虽然也有情报人员，但均没有建立专业化的成建制的情报机构。中国近代史上这第一个专业情报机构，可以说是被死亡威胁逼出来的。

以蒋介石为首的国民党集团，在此期间试图将共产党赶尽杀绝，因此推出了一系列残酷政策，比如“宁可错杀一千，不可放过一个”，还有一个影响极其深远的“悬赏计划”。

那些被悬赏通缉的共产党高层，动辄上万，高的甚至三万五万。如此一来，国民党内的许多人，便将抓共产党做成了一门发大财的生意。

于是，大量的共产党人和更多似是而非的共产党嫌疑人被抓。

第一章

营救计划

1

营救计划开始。

苏航往自己身上喷了很多酒，又喝了两大口，向社会局大门走去。

一位美女从社会局出来。苏航看到这个面容姣美身姿娉婷的女子，一下子傻了，以为见到了仙女，他浑身一震，迎上去，装着很熟悉的样子，说，丽丽，这么巧啊。

她停下来，看了看苏航，愣了两秒之后，表情一松，反问，你认识的是张丽丽？

苏航没料到效果这么好，说，张丽丽，对，张丽丽，我知道就是你。你已经从复旦大学毕业了吧？

搭讪成功，苏航心中暗暗佩服自己，默默地为自己喝了一声彩。美女问，你认为的张丽丽，是不是数学系的，导师姓文，文化的文？

苏航心中狂喜，真有这样的巧事？他顺着竿子往上爬，说，对对对，数学系的。导师是不是姓文，我就不知道了。

美女莞尔一笑，说，不错，三十分。

苏航顿时一头雾水，问，为什么是三十分？

美女说，你回避了文教授，狡猾地跳过一个陷阱，得三十分。

苏航对这个美女的兴趣大增，智慧美女啊，太难得了。他装着恍然大悟的样子，说，你不是数学系的？难道我记错了？

美女说，没错啊。不过，你这招在我面前没用。再见。美女挥挥手，向前走。

苏航追上去，说，我承认，我是个很糟糕的学生。老师能不能给我补考的机会？

美女拦停一辆黄鱼车，优雅地跨上车去。车子向前走。

苏航想追赶而去，才迈腿，想起自己的任务，顿时停住，又不甘心，冲着美女喊，凤兮凤兮，四海翱翔。他引用的是司马相如的《凤求凰》，原句是凤兮凤兮归故乡，遨游四海求其凰。暗示自己就是那只凤，遇到的美女，就是那只凰。

车上的美女顺口答道，旦复旦兮，悠悠我心。

黄鱼车飞驰而去，只留下苏航，将长长的目光追随着。

这是一段插曲，纯属意外。

苏航恢复了装出的醉态，踉踉跄跄地往里面闯。社会局前面是一个小院，用围墙围着，门口有两个警卫守门，佩枪的。苏航走到门口，被瘦个子警卫拦住。

苏航说，我找吴大嘴。

警卫顿时恼怒，喝道，放肆，吴大嘴是你叫的？

苏航不管不顾，直接向里面走，警卫一把将他拉住，说，你不能进。

苏航装着脚步不稳，猛地撞向警卫，并且大声地喊叫，干什么干什么？想打架啊？

这一闹，另一个胖警卫从门房出来了，说，登记。

苏航立即将声音提高了八度，说，登记？老子去南京国民政府都不用登记。

两名警卫闻到他满身酒味，私下商量一下，便将他向外推。

苏航找的就是这种身体接触的机会。他故意把动作搞得很大，竟然一下子将瘦警卫撞翻在地。胖警卫立即大叫，要造反吗？说着，取下背上的枪，对准苏航。

苏航愤怒地大叫，敢用枪对着老子？

说话时，他已经出手，一把抢过枪，顺手用枪托砸过去，枪托准准地砸中胖警卫的脸。胖警卫惨叫一声，退了好几步。

瘦警卫已经从地上爬起来，冲向苏航，从后面将苏航抱住。苏航甩了一下，没有甩开，再甩一下，同时用枪托向后击去，击中瘦警卫的腹部。瘦警卫一声惊叫，松开了手。

混乱时，胖警卫向里狂奔，大叫，有人闹事。不好了，有人要炸社会局。

社会局行动股在一楼办公，这是为了行动方便。遇到今天这种事，方便自然体现了。门口刚闹起来，他们看得一清二楚。行动股长李时君带头冲出了办公室，跟着冲出来的是李时君的铁杆兄弟陆冬宝。

李时君冲到门房时，苏航和瘦警卫正扭打在一起。李时君掏出手枪，顶住苏航的脑门。这一瞬间，苏航立即不动了。一股很浓的酒味飘过面前，李时君知道遇到酒鬼了，不自觉用另一只没拿枪的手扇了扇酒气。

动手啊。李时君说，你他妈动手啊，怎么不动了？

胖警卫冲过来，一把抢走了苏航手里的枪，还不解恨，又狠狠地砸了苏航一枪托。

李时君暴喝一声，你他妈动手啊。

苏航说，误会，纯属误会。

瘦警卫挨了打，自然要报复，叫道，李股长，他是共党，他要炸社会局。

苏航立即大声且带醉意地说，我……申明，我……不是……是共党。

李时君说，你他妈喝多了，就不知道自己是谁了，跑到社会局来闹事，是吧？铐起来。

陆冬宝一挥手，立即上来两个行动队员，将苏航铐了起来。

瘦警卫不解恨，冲上去，对苏航一顿拳打脚踢。

苏航大叫，你们……不能铐……我。你不……能打……我。我……是来找……蒋主席的。

李时君懒得理这种臭事，下令说，带走。

两个行动队员押着苏航向里面走。苏航大叫，王八蛋，你们……知道我……是谁吗？

李时君当然知道他是谁，一个醉鬼。既然自己送上门了，自然要替兄弟们搞点酒钱，他的家人朋友如果不送几百上千大洋来，肯定是出不了这扇门的。他在心里说，怪你小子倒霉，喝多了酒，竟然误打误撞，跑到社会局来闹事。社会局是什么地方？这可是没事都想生出事来的地方，你小子不想脱层皮都不可能了。

李时君什么话都不说，领头向里面走，陆冬宝屁颠屁颠地跟在后面。几个行动队员押着苏航向里面走。

苏航挣扎着，大叫，王八蛋……敢铐……铐老子？老子决不……放过……你们这帮孙……孙子。

吴品三正在办公室里大发脾气。

吴品三的身后，是蒋介石亲书的条幅，一个主义，一个党，一个领袖，面前站着的是社会局办公室主任郑家臣。

吴品三说，我才去南京几天，这就翻天了？你这个办公室主任是怎么当的？你不知道办事的规矩？

郑家臣说，我知道。可我……

吴品三打断了他，说，你知道？那你告诉我，什么规矩？

郑家臣说，抓人是行动股的事，就算情报是情报股弄到的，也应该上报给办公室，由办公室拿报告给局座批复，再由行动股抓人。

吴品三敲了敲桌子，说，那你告诉我，抓夏行，是怎么回事？

郑家臣说，是情报股打的报告，赵股长拿着报告来找我。我说，要等局座回来。他说，不能等了，再等人就跑了。现在不是游副局长负责吗？让游副局长签字，不一样？他催得太急，我只好拿给游副局长签了字。

吴品三说，就算老游签了字，那也应该是交给李时君啊，怎么让汪峰仁去抓人了？

郑家臣说，这个，我就不知道了。可能是游副局长给了汪副股长。

下面闹起来了，声音很大，有人大叫。吴品三向身后看了一眼，说，怎么回事？你去看看。

郑家臣答应一下，转身向外走。

吴品三在后面说，把赵印墨给我叫来。郑家臣出门，随后听到他在外面喊，赵印墨，赵股长，局座喊你。

吴品三站起来，走到窗口，向外看。门被推开，赵印墨跨进来。吴品三没有转身，而是说，把门关上。赵印墨连忙关门。吴品三转过身来，满面的怒容，质问，抓夏行，是你的意思？

赵印墨说，夏行有共党嫌疑……

吴品三猛地一掌拍在桌上，斥道，有共党嫌疑，你就去抓人？有共党嫌疑的人多了，副市长吕道陵有共党嫌疑，还有蒋百里、唐生智，我可以举出一百个人有共党嫌疑，你为什么不都把他们抓起来？

赵印墨争辩说，夏行是左联负责人，明显有共党嫌疑。

吴品三狂怒，抓起桌上的笔，向赵印墨扔过来，说，有共党嫌疑你就抓？鲁迅更有共党嫌疑，你为什么不去抓他？

让吴品三哭笑不得的是，赵印墨竟然说，我们正考虑下一步就抓这个姓鲁的。

吴品三狂怒，扑向赵印墨，打了他好几下，说，姓鲁的，你就知道姓鲁的。

吴品三只是发泄怒火，赵印墨又闪躲，虽然好几次，吴品三的手落在赵印墨的头上，既不是掌也不是拳，并不重。吴品三停止了动手，指着赵印墨说，你做事用点脑子好不好？我提醒过你们，我们刚到上海，凡事要小心。你知道游再春为什么要抓夏行？他就是要把这件事搞大，越大越好。最好是全市学生罢课，市民罢市，让社会局下不来台，让我这个局长屁股还没坐热，就灰溜溜地滚蛋。你倒好，人家拿枪瞄准了我，你却帮人家扣板机。

赵印墨说，不会这么严重吧？

不会这么严重？吴品三说，你知不知道，你们前脚抓了夏行，后脚上海市政府就来了一堆电话，连吕道陵都派他的女儿上门找我要人来了，刚刚从我的办公室离开。明天，说不定南京的人就来了。

赵印墨哪懂得官场这些弯弯绕绕？他说，这点小事，还会惊动南京？

小事？在你眼里，什么是大事？捞钱是大事，到夜舞台去玩女人是大事，是吧？吴品三举起手，又要打赵印墨。赵印墨其实并不怕吴品三，但还是作势躲闪。

吴品三收了手，回到办公桌前，坐下来，敲了敲桌子，说，你这猪脑子里，什么是大事，什么是小事？南京蒋主席要搞训政约法，什么叫训政约法？简单地说，就是你这种搞法，想抓谁就抓谁，看谁不顺眼，就处置谁。但即使是训政约法，决定权也在蒋主席，而不在你。他可以想抓谁就抓谁，你不可以。这就叫只许州官放火，不准百姓点灯。胡汉民呢？要搞宪政约法。什么叫宪政约法？就是抓谁放谁，任何人说了都不算，约法说了才算，他胡汉民这个立法院院长说了才算。蒋主席不同意，和胡汉民翻了脸，一怒之下，把他关在了小汤山。汪精卫、孙科等人不干了，跑到广州，和古应芬、陈济棠另立中央，公开弹劾蒋主席，要求他下野。这就是大事。

赵印墨的脑子转不过来，说，我知道这是大事，国家大事。可……可是，这跟我们这些小老百姓扯得上关系吗？

吴品三真有点恨铁不成钢了，再一次敲着桌子，说，我平常跟你怎么说的？别一天到晚泡在夜舞台，有时间，多读读书，多看看报。夏行是谁？社会名流，文化精英，左派的旗帜。你这里把他一抓，得罪了文化界、学术界、教育界，他们如果起来闹事，整个上海的学生，都会上街。广州那帮人，就会拿这件事，大做蒋主席的文章。这个责任，你负得起吗？

赵印墨说，既然夏行不能抓，那就放了。

吴品三哭笑不得，说，放了？你说抓就抓，说放就放？你以为你是谁？皇帝吗？

赵印墨说，放人还不是我们社会局一句话？有什么不好办的？

吴品三说，我简直要被你气死。你以为是抓只鸡，抓条狗啊？说放就放？夏行这种人，放是要有理由的。

赵印墨问，那怎么办？抓不能抓，放又不能放。

吴品三说，这件事，就是游再春给我挖的一个大坑。他就是要让我抓不能抓，放又不能放。你这个猪脑子，他想做而没法做的事，你全都帮他做了。

这个游胖子，我去找他。说着，赵印墨转身向外走。

吴品三喝道，你要干什么？回来。

赵印墨停住，愤怒地说，我去找他算账。

算什么账？吴品三说，你去找他算账，等于我和他彻底翻脸。我才来几个月？就和副局长彻底翻脸了，你让我这个局长，还怎么当下去？当初，我说不让你来上海，你死乞白赖，一定要来。你到底是来帮我的，还是来害我的？

敲门声响起，吴品三说，进来。郑家臣推门而入。吴品三问，怎么回事？郑家臣说，一个醉鬼，喝醉了酒，跑来闹事，李股长处理了。

吴品三说，你跟李时君说，对夏行，一定要优待。

赵家臣问，光是优待？局座不是说，刚刚吕道陵副市长派他的女儿上门了？动静闹得这么大，光是优待，够吗？

吴品三摸了摸自己的头，说，唉，哪一盏灯都不省油啊。这个事，还真是棘手。先放一放吧，等我想想办法。

郑家臣说，好。

吴品三又说，以办公室的名义，发个文。今后，凡是涉及抓人，必须有我的签字，任何人的签字都不行。还有，只能由行动股抓人，其他股，如果擅自行动，将严厉处置。

郑家臣说，好，我这就去拟文。

2

游再春知道局里今天有一场热闹，适时地躲了出来。

他不仅自己躲出来，把汪峰仁也叫出来了。游再春没有躲去别的地方，而是到了自己的一处别宅。这是一套里弄中的旧宅子，买来送给自己的女人赵小丽的。

赵小丽跟了游再春三年，一心等着扶正，可游再春家里有了三房，让她当四姨太，有些不甘心，事情就这么拖了下来。世上很多事是不能拖的，一拖就生变。

游再春带着汪峰仁参观了这套宅子。汪峰仁到这里来的次数很多，和赵小丽也很熟。毕竟，许多时候，赵小丽有什么事，游再春又没时间处理，就把汪峰仁支过来。每次和赵小丽在这里单独相处，汪峰仁心里就像猫抓一样。这么漂亮的女人，如果是自己的就好了。

游再春走到沙发前坐下来。汪峰仁跟着坐下，赵小丽给他们倒茶，汪峰仁的眼睛一直跟着赵小丽转。游再春看了两人一眼，端起茶，喝一口。

游再春问，这套宅子，怎么样？

汪峰仁说，局座的家，自然没话说。

游再春说，我要纠正你两个错误，第一，职务不能乱叫，是副局长。

汪峰仁说，那还不是迟早的事？如果不是吴大嘴横插一杠子，局长早就是您的了。

游再春说，那也不能乱叫。你跟我们的人都打好招呼，局长是吴品三，我是副局长。谁如果乱叫了，别怪我不客气。

汪峰仁说，是，是，我明白。

游再春接着说，第二件事，这不是我的家，是你的家。

汪峰仁目瞪口呆，盯着游再春，说不出话来。他还以为，自己对赵小丽暗藏了一份心，平常趁着单独来这里时和赵小丽眉来眼去打情骂俏的事东窗事发了，脸都吓白了，说，局座……哦，游……局，这……

游再春说，你跟了我这么多年，一直忠心耿耿。 我原来是要安排你当股长的，吴大嘴一来，把我的计划打乱了，只给你一个副股长。汪峰仁要说话，游再春伸手制止了他，说，我知道你受了委屈，天大的委屈。这委屈都是我带给你的。

汪峰仁说，不，这跟游局没关系，是吴大嘴。

我要给你补偿，给你一个大大的补偿。游再春说，这套宅子，还有小丽，我送给你。

汪峰仁再一次目瞪口呆，说，送……

赵小丽也没想到这么个结果，同样以为自己和汪峰仁之间的小动作被游再春发现了，他是在试探他们，说，春哥，你说什么呢？

游再春说，从现在起，这套宅子，不再是游宅，是汪宅。小丽也不再是我游再春的女人。她如果进我的家门，只能当四姨人，委屈她了。你安排一下，把她接进门，是二姨人。

汪峰仁猛地站起来，跪在游再春面前，说，游……局。这……这使不得，四姨太是您……

赵小丽心中说不出是什么滋味，自知留在这里，可能言语出错，干脆起身，去了房间。

游再春看了赵小丽的背影一眼，问汪峰仁，你给我说句实话，你喜欢小丽，对不对？

汪峰仁说，喜……喜欢。突然意识到不对，这有可能是一个大陷阱，立即说，不不不，我不是那个意思。我是说，我尊敬她，仰……慕，对，我仰慕她，那是因为，她是您的……四姨太，绝对不敢有……有别的想……想法。

起来吧。多大个事？游再春挥了挥他胖乎乎的手，说，今后，我会常来这里坐坐，喝喝茶。你可不许有别的想法。

汪峰仁说，这本来就是您的家，我能有什么想法？

游再春换了个话题，说，夏行的事，吴大嘴那边有什么动静？

汪峰仁站起来，说，按照您的吩咐，一直关在优待室，也没有审讯。吴大嘴今天早晨才从南京回来，可能还不知道这件事。

游再春说，这件事只是一次试探，看看他怎么应对。如果他是一个笨蛋，这次肯定吃不了兜着走。不过，我担心不会那么简单，能坐到这个位子的，都不是简单的角色。

汪峰仁问，局座的意思……

游再春立即纠正，说，副局长。

汪峰仁说，是是，游局。您的意思是说，他有办法过了这一关？可是，怎么过？最后肯定是放掉夏行。

游再春说，放掉不也是一个办法吗？

当然是一个办法，而且是唯一的办法。汪峰仁说，不过，那是下下之策吧。

游再春说，下下之策，也是应对之策啊。如果大危机的时候，下下之策，总比束手无策好。怎么样？我让你摸一摸他的背景，你摸到什么了？

汪峰仁拿过包，掏出几张纸，递给游再春，说，我写了一个报告。

游再春没有接，而是说，你先说说重点。

汪峰仁说，早年，吴品三从湖北跑到上海打流，混了好几年，也没混出个名堂。后来，不知走了什么关系，跑去广州投奔陈果夫。陈果夫给了他一个党员身份，让他在自己手下当录事，后来又当了专职秘书。

难怪，游再春说，原来有这一层关系。

汪峰仁又说，吴品三真是赵印墨的妹夫。

游再春不太相信，说，怎么可能？吴品三都可以当赵印墨的爸爸了。

汪峰仁说，吴品三当湖北省政府委员兼民政厅长的时候，赵印墨在他的手下当一名小职员。为了讨好吴品三，赵印墨把自己的亲妹妹嫁给吴品三当了三姨太。

游再春点了点头，说，明白了，这就明白了。吴大嘴带着郑家臣来上海，是因为郑家臣忠心，听话。带着赵印墨来上海，是因为他的妹妹。

汪峰仁问，我们先对付哪一个？郑家臣还是赵印墨？

游再春说，当然是郑家臣。

汪峰仁不是太了解游再春的思路，问，为什么是他？

他很狡猾。游再春说，他不仅狡猾，而且对吴大嘴死忠。除掉郑家臣，就是断了吴大嘴一条手臂。赵印墨像猪一样蠢，说不定会帮吴大嘴的倒忙，留着他，以后还是一着棋。

汪峰仁说，游局真是料事如神。这次，我真没想到，赵印墨轻易就上当了。不过，怎么除掉郑家臣，游局是不是已经有了计划？

游再春说，最好是给他安个共党的罪名。

汪峰仁说，这个好，既除了郑家臣，我们还能得到奖金。

游再春说，你就想着钱，看你那点出息。

汪峰仁说，古泉说，他手里有个共党的线索。

游再春盯着汪峰仁看了几秒，说，古泉是吴大嘴湖北帮的人，虽然很能搞情报，但吃喝嫖赌，无恶不作。这种人，有奶便是娘，可用，但不可信任。

汪峰仁说，我知道。他无非是想一件货卖两家，只要他贪财就好，就怕他不贪财。

游再春站起来，说，你把事情摸清楚再告诉我。我先回局里去，今天晚上我值班。

汪峰仁说，我送您。

游再春说，不用送了。要去，你晚一点再去。你的新家，你熟悉一下。

游再春转身向外走，也不和赵小丽打招呼。汪峰仁向房间看了一眼，似乎想叫赵小丽，又不知怎么开口，只好什么都没说，跟着游再春出门。

李时君把苏航关进地下室就离开了。

地下室是社会局的羁押室，有很多个房间，分别有羁押室、审讯室等，简直就是一个地牢。社会局的公开职责，是负责一些社会事务，比如领导社团组织之类。这样的机构，是没有执法权的。但是，国民政府没有专门的特务机构，先是在中央组织部下面成立了一个调查科，这个调查科还有调查党务的职责，后来又组织了一个半官方半民间的社团，叫复兴社，下面设有一个特务机构，叫蓝衣社。这两个机构，有蒋介石在背后支持，便野蛮生长，调查科将主要队伍安排在社会部以及下辖的各级社会局，后来又往各地派出特派员，把脚伸进了警察局。

李时君将苏航扔在这里置之不理，是有道理的。一来，这种闹事的醉鬼，最多也就是修理一顿，然后由家人拿出一笔钱取保领人。二来，整个羁押室关押了很多共党嫌疑犯，社会局关人，名不正言不顺，他得抓紧时间审讯，罪名落实后，要尽快移送。

直到天快黑的时候，李时君才考虑到，要来见一见苏航。他需要搞清楚这个人的身份，以便通知家属拿钱领人。

李时君走进审讯室，里面有两名手下正在审讯他。苏航显然挨了打，脸上身上有伤。李时君只当没看见，走过去。两名行动队员见到股长，连忙热情地搬过一把椅子，让李时君坐下。

李时君问，进来的时候，你说你是谁？

苏航说，我是谁，你不配知道。快点放了我。

李时君气不打一处来，以为过了这段时间，他的酒醒了，可以理智一些，明白自己的处境，没想到，他还是这么嚣张。李时君走上前，一拳重重地击在苏航的腹部，说，在老子面前装老大，是吧？

好好好，君子动口不动手。苏航说，我叫苏航。你如果不知道我是谁，可以派人去武汉问一问苏至梧。

李时君又打了苏航一拳，说，装，再给老子装。

苏航说，你会为你今天的行为后悔的。

李时君又是一拳打了过去，说，后悔你妈的蛋。你他妈也不睁眼看看，这是什么地方。这里是你他妈撒野的地方吗？

苏航恶狠狠地瞪着李时君。李时君问，看什么看？

苏航说，你告诉我，你叫什么名字？

李时君说，告诉你怎么啦？老子行不改姓，坐不改名。李时君。李时君拍了拍苏航的脸，说，孙子哎，老子没时间陪你玩。他转过身，对两名手下说，你们陪他玩玩。说着，向外走去。

苏航说，李时君，你有种。你今天打了我三拳，我会找你还的。

李时君停下来，转身看了看苏航，说，是吗？老子等着。话音落下，他走回来，又打了一拳，说，你还的时候，这一拳记得加倍。说过之后，转身离去。

3

天黑了下来，社会局门口，又出事了。

这次来的不是一个人，而是一群人，最前面是一辆红色敞篷跑车，坐在驾驶室的是一个年轻漂亮的女人，一身猎装，戴着帽子和墨镜。当年的上海滩，汽车原本就不多，彩色跑车，更是少之又少。这辆车一旦出现，立即吸引了两名警卫的注意，尤其看到车上的美女周娅蒙，警卫的眼睛都直了，竟然没有注意到汽车的副手席和后座坐着好几个帮会成员，而在汽车的两边，跟着两排人，自然也是帮会成员，后面还跟了几十个。

汽车驶向社会局的大铁门，眼看就要撞上去，周娅蒙一个紧急刹车，汽车停住了，初一看，还以为撞上了大门。警卫目瞪口呆，不知发生了什么情况，竟然傻傻地站在那里。

周娅蒙命令道，把门打开。副手席上的花七跟着说了一句，把门打开。

警卫似乎才回过神来，问，你们要干什么？

周娅蒙说，你聋啦？姑奶奶叫你把门打开。

她的话音刚落，花七已经从车上跳下来，一眨眼工夫，抽了门卫一记耳光。

警卫立即捂了脸，满脸的愤怒，说，你敢打老子？说着，要取下背着的枪。

他的动作哪有花七快？花七立即出手，劈头盖脸，将警卫揍了一顿，又一个背飞，将他摔倒在地。

另一名警卫见势不妙，转身就向里面跑，边跑边喊，不好了，共党又闹事了。

也就在这工夫，有两名帮会成员进入，将铁门打开了。周娅蒙于是重新启动汽车，驶入前院，身后的帮会成员，也都跟着进了院内，将社会局大楼包围了起来。

李时君和赵印墨正在一楼李时君的办公室说话。

赵印墨说，为了夏行的事，局座把我叫过去大骂了一顿。

李时君说，我听郑主任说了。

赵印墨说，我就搞不懂了。不是说宁可错杀一千，不可放过一个吗？怎么这个夏行就不能抓了？李时君替赵印墨泡好了茶，端到他面前，说，夏行当然不能抓。

赵印墨还是没法理解，问，你也这样认为？

李时君说，夏行是大名流啊，名声有多大，你知道吗？

赵印墨摆了摆头，表示自己不知道。

李时君说，既然你不知道，我说了也是白说。这样跟你说吧。夏行被抓的事一旦传出去，整个上海的大学生中学生搞不好就上街了。

赵印墨有些不以为然，说，现在学生整天上街，也没见闹出什么名堂。

李时君说，学生上街，还是轻的。蒋主席囚禁了胡汉民的后果，你总该知道吧？汪精卫、孙科那些人搞出另一个国民政府，正在弹劾蒋主席，你总该知道吧？

赵印墨说，局座也提这件事。真的扯得上关系？

李时君说，抓夏行的后果，跟囚禁胡汉民差不多，说不定还会更严重。

赵印墨确实被这话吓了一大跳，说，这么严重？

李时君说，蒋主席囚禁胡汉民，老百姓认为只是党派之争，权力之争。你这里抓夏行，却会被认为是蒋主席要对文化人开刀，是排除异己。这会让整个文化教育界站起来反蒋，广州的反蒋势力，就会气焰大增。

赵印墨还是有点不信，说，我们不说，谁知道？

李时君说，你不说，就没有别人说了？整个上海，不知多少人要看吴局的笑话呢。复兴社那帮人说不说？还有调查科上海站的杨特派员，他会不会说？老兄啊，你这是给你妹夫挖了个坑，旁边不知多少人抱着石头准备往下砸呢。

赵印墨虽然并不理解，但吴品三和李时君都这样说，他还是信的。他因此大急，说，那怎么办？李时君沉吟说，这件事啊，还真不好办……

就这在时，警卫跑进来，神色慌张，一脸大急，说，赵股长，李股长，你们都在啊，门口有人闹事。

李时君说，又有人闹事？今天犯了什么邪？

赵印墨说，什么小瘪三，你们赶走不就行了？

警卫说，她带了很多人来。

李时君站起来，说，反了天了。叫上我们的人，看看去。

李时君领头向外走，赵印墨跟上。行动股的成员听到动静，也都跟了出来。

李时君和赵印墨领头走出社会局大楼，后面跟着陆冬宝等行动股成员。李时君走到院子里，心中还真是暗吃了一惊，里面站了很多帮会成员，当中一辆彩色跑车。

李时君故意不看周娅蒙，大声地呵斥，谁在闹事？也不看看这是什么地方！

周娅蒙坐在驾驶室不动，仅仅只是取下墨镜，说，我的未婚夫是不是被你们抓起来了？

找未婚夫？李时君说，你应该去他家找，或者去长三堂子找，怎么找到社会局来了？

李时君的手下一阵大笑。

周娅蒙说，我只问一句，我的未婚夫叫苏航，是不是被你们抓起来了？

李时君并不清楚苏航是何方神圣，也不知道自己是不是抓了这么个人，没有和那个醉鬼产生联系，说，是又怎么样？不是又怎么样？

是就给姑奶奶立即放人，周娅蒙说。

陆冬宝见周娅蒙长得漂亮，又是这一身英俊帅气的装着，早存了调戏之心，说，哟嗬，好标致的姑奶奶。手下众人顿时再一次大笑。

李时君说，你说放人就放人？社会局难道是你家办的？

周娅蒙说，我给你五分钟，如果不放人，别怪我不客气。花七，你看着时间。花七立即抬手看表。

李时君真有点怒了，心里虽有点虚，表面上还不能认怂。他喝道，放肆，你们是什么人，敢到社会局来撒野，给我轰走。行动队员听到命令，立即向前走，要赶人。周娅蒙的手下迅速上前，拦在周娅蒙前面。双方顿时成对峙状态。

李时君大声斥问道，干什么？想造反吗？然后对手下说，都给我听好了，谁如果暴力抗法，给老子就地正法。行动队员立即从身上掏出手枪，指向周娅蒙的人。

周娅蒙坐在车上，伸手向旁边抓了一下，抓起一条马鞭，在手上拍打着。汽车周围，站满了帮会兄弟，对行动队员怒目而视。

赵印墨在李时君身边小声地说，好像是周天罡的人，老兄要小心点。

李时君自己就在帮，他的老头子是季去清，在上海滩的地位，排在三大佬之后，势力绝对不会比周天罡小。他自然知道，对于这些帮会人物，自己还是不惹为妙，但现在既然惹了，他也不怕。他看了一眼赵印墨，说，那又怎么样？周天罡也不敢和社会局对着干吧？

赵印墨说，你留在这里，我去跟局座说一声。转身急急地进入大楼。

花七一直看着表，过了片刻，弯下腰，在周娅蒙耳边说了一句话。周娅蒙站起来，将马鞭在手上拍了拍，说，时间到了，我再问最后一句，放不放人？不放的话，我自己进去领了。

李时君冷冷一笑，说，你自己进去领？怕你没这么大的胆子。

周娅蒙看都不看李时君，举起手中的马鞭，向前一挥。帮会兄弟一齐向前迈步。

李时君的手下，大多是帮会成员，就算不是周天罡的徒弟，也是同门。既然李时君没有命令，他们便没有行动。周娅蒙带来的人，很快越过他们，冲进社会局。

李时君站在那里大声地喊，干什么？你们要干什么？除此之外，他也无能为力。他知道，只要自己一声令下，今天就可能死伤遍地，血洒社会局，那就成天大的事了。

4

帮会成员冲进了地下室。地下室有一道铁门，将上下隔成两个世界。门口，有两名看守，他们见一下子冲过来这么多人，也是束手无策。那些人只当他们不存在，抓过他们，从他们身上搜出钥匙，打开门，冲了进去。

地下室正中是一条走道，走道两边里有很多扇门，最先冲进来的，手里有钥匙，便拿钥匙开门。可钥匙有一大串，哪把钥匙开哪扇门，要试。后面过来的弟兄，没有这样的耐心，便拿起手上的铁器，三两下，就撬开一把锁。

时间不长，地下室所有的门，全被撬开了。里面原本关了不少人，有些被捆着，有些没有。帮会的人冲进去后，什么话不说，见到人，就替他们松绑。没有绑的，就对他们说，快逃。

夏行被单独关押在一间房里，这是羁押室最好的一间房，是优待室，里面有一张床一把椅子，还有点简单的用具，脸盆毛巾之类。夏行躺在床上，一动不动，就是外面传来撬锁的声音，他也不闻不问。有几个人进入房间，走到床前，他才吃惊地坐起来，看着面前的人，问，你们是什么人？

帮会成员说，别管我们是什么人，快点走，有多远走多远。

有一名帮会成员扔过来一件衣服，说，穿上这件衣服，一直向外走，没有人会拦你的。

夏行不明白到底是怎么回事，还有点犹豫。帮会成员说，别犹豫了。我们没有多少时间，再不走，就可能走不掉了。夏行这才匆忙穿衣服，一边穿一边向外走。

羁押室里，有一些行动股成员在进行审讯，可他们势单力孤，见一下子冲进这么多帮会成员，什么动作也不敢有。有一个行动队员质问了几句，结果被结实地暴打了一顿。其他人只好站在那里，任由这些帮会成员将他们的犯人全部放走。

苏航也在接受审讯，审讯他的是两个行动队员。听到外面闹声四起，两人愣了，一个问，怎么回事？这么闹？另一个说，去看看。门刚打开，便有四五个帮会成员挤进来。行动队员大惊，质问，干什么？你们是什么人？

帮会成员将他向旁边一扒，直接跨进来。

苏航知道是自己出去的时候了，站起来，向外走。里面这位行动队员立即拉住他，说，你要去哪里？你不能走。话音没落，帮会成员一顿拳脚，把他打倒在地。

苏航向外走去。门口那名行动队员见状，叫道，你不能走。结果，又被帮会成员一顿暴打。

此时，苏航大摇大摆地走了出去。

吴品三正在办公室里打电话，赵印墨急急忙忙闯进来。

吴品三捂住话筒，斥道，什么事？慌慌张张的。

赵印墨说，妹夫，外面闹起来了，好像是周天罡的人。

吴品三说，青帮？青帮为什么跑到社会局来闹事？他松开手，对着话筒说，我等一会儿打给你。挂断电话，转向赵印墨，问，闹什么事？

赵印墨说，他们好像和下午那个醉鬼是一伙的。

吴品三一时没有反应过来，问，什么醉鬼？说时，吴品三站起来，走到窗口，向外看。

外面，是社会局的前院，院子里站了很多人，乱糟糟的，有人向里面冲，有人向外急急地走。赵印墨在他身边解释说，下午有个人喝醉了，跑来闹事。车上那个女的，好像是那个醉鬼的未婚妻。

吴品三转身向外走。赵印墨抢先一步，将他拦住，说，妹夫，你不能去，现在外面全乱了，搞不好会出事。

吴品三盯着赵印墨看了一眼，说，你再说一遍，说清楚点，是什么人来闹事？

赵印墨将苏航下午闹事，李时君将他关起来，现在这个女人声称是他的未婚妻跑来要人的事说了一遍。吴品三说，他们只是来要那个醉鬼？我怎么看到其他人被他们放跑了？

赵印墨说，他们如果冲进地下室，那里是我们关人的地方，他们只要打开门，那些人肯定趁机逃走了。吴品三自然想到了一件事，说，你说，夏行会不会也逃了？

赵印墨想到了这个人敏感，说，妹夫的意思是……

吴品三制止道，叫局长。你怎么总不长记性？

赵印墨说，是，局座。

吴品三恍然大悟，说，太好了，没想到这件麻烦事，竟然这么解决了。这些人帮了我们大忙了。既然这样，先不管，等他们把人放跑了以后再说。

赵印墨有些担心，问，他们会不会冲上楼？

吴品三想了想，说，你去找游再春，看他在不在局里。如果不在，就给他打电话。说我不在局里，一时联系不到，让他处理这件事。

赵印墨说，今晚是他值夜班，应该在。可你怎么办？现在这么乱，你也走不了。

吴品三指了指里面的一扇门，说，我去里面睡觉。你走的时候，把门关上。

赵印墨走出去，顺手关上吴品三的门。吴品三走向侧面的一扇门，推开进入。

游再春确实在办公室。

社会局职责特殊，有些临时急务需要处理，局领导以及科室负责人，安排了值班。今晚恰好轮到游再春。游再春晚上值班，汪峰仁便特意赶过来陪他。汪峰仁只认准一点，在这个社会上混，关键是要跟对人。他认准的人，就是游再春。再说，游再春今天给他送了大礼，既送房子又送女人，让他心中极度不安，不明白游再春葫芦里卖的是什么药。他倒是想留在那里和赵小丽好好温存，可他还真不敢，万一这是游再春试探他的陷阱，他就栽了。

游再春拿出一串钥匙，取下一把，递给汪峰仁。

汪峰仁自然明白是什么钥匙，却故意装糊涂，问，这是什么？

游再春说，人和宅子，我都送给你了，从此以后就是你的。

汪峰仁试探地说，钥匙，您还是留着吧。

游再春说，你的家，我留什么钥匙？汪峰仁说，那更是您的家啊。

游再春说，从今天开始，不是了。对了，你下午跟我说，古泉手里有共党线索？

汪峰仁暗暗松了一口气。前一个话题，他可不敢轻易接，既然游再春主动换话题，其实是救他的命。他说，是。古泉说他手里有一条共党的线索，是一个在长三堂子洗衣烧水的女人。

游再春说，按他的要价，加倍给他。条件只有一个，这个情报，只能我们独有，不能给其他任何人，尤其是吴大嘴。

不核实一下就给他？汪峰仁问。

外面出现一些喧闹的声音。汪峰仁站起来，想到窗口去看个究竟。游再春却十分淡定，说，核实什么？我们说她是共党，她就是共党。

既然游再春不理外面的声音，汪峰仁便坐下来，继续他们的话题，说，我明白了。

游再春说，你明白什么？你根本没有明白。

汪峰仁说，是，我是有点不明白。

游再春说，你想办法搞到一些东西，共党的宣传资料以及文件什么的。

汪峰仁说，这个好搞，我们有现成的。

游再春说，搞两份，部分相同，但也要略有不同。

另一份，是不是想办法放进郑家臣家里？汪峰仁说，这样一来，等于砍了吴大嘴的一条胳膊，而且，吴大嘴身上，至少有了一个大污点。妙，太妙了。

游再春拿起桌上的一张白纸，问，你看，这张纸是什么颜色？

汪峰仁说，当然是白色。

游再春说，我说它是黑色。汪峰仁不解，问，黑色？

游再春拿起笔，在上面画了一道，举起来，让汪峰仁看，问，现在呢？什么颜色？

汪峰仁不明白，没有回答。

游再春再画几道，继续给汪峰仁看，汪峰仁说，我明白了，不管他吴大嘴是什么颜色，只要我们一直往他身上泼一种颜色，最终，他肯定就是那种颜色。

游再春说，对付吴大嘴这种有身份有背景的人，不能急，得一步一步地来。面对一棵大树，你的斧子再锋利，一斧子下去也砍不倒。你得围着这棵树反复砍。

敲门声响起。游再春看一眼汪峰仁，两人停止谈话，游再春说，进来。

赵印墨匆匆推门而入，说，游局长，不好了，出事了，出大事了。

游再春问，外面闹哄哄的，怎么回事？

赵印墨说，青帮的人冲进来抢人。

游再春非常吃惊，他就是青帮的人，通字辈，目前通字辈的那些大佬，全是他的师兄弟，社会局一大半都是青帮的，青帮怎么可能闹到社会局来了？他站起来，说，青帮？怎么可能？

赵印墨解释说，上午有一个醉鬼跑来闹事，李股长把他抓了起来，原本想让他醒醒酒，关一夜，明天就放了，没想到青帮却在这时候跑来抢人。

游再春问，知道他们老大是谁吗？

赵印墨说，如果我没有猜错的话，是周天罡。

游再春非常肯定地说，周天罡？不可能。他说这话，自然有他的根据，周天罡和游再春是同门师兄弟，是他的三师兄，怎么可能闹到他的门上来了？

赵印墨说，那个领头的，好像是周天罡的女儿周娅蒙。

汪峰仁立即站起来。游再春看汪峰仁一眼，使了个眼色。汪峰仁会意，表情顿时缓和，走到窗前观望。

游再春问，老吴是什么意见？

赵印墨说，吴局下午去市政府开会去了，不在局里。

游再春说，不在吗？我好像看到老吴的办公室里有灯？

赵印墨说，是我借他的办公室写材料，安静。游局，你快想想办法吧，下面都乱套了。

游再春抬腿向外走，说，走，去看看。

赵印墨拦住他，说，不行啊，他们人太多，万一……

游再春说，你不了解上海。家有家法，帮有帮规，我有分寸。

游再春跨出门，赵印墨和汪峰仁一起跟出来。往楼下走的时候，游再春问，你说这件事是李时君抓个什么人引起的？

赵印墨说，一个喝醉酒闹事的人。汪峰仁说，李时君怎么搞的？怎么什么人都抓？

赵印墨说，那个人喝醉了酒，和门口的警卫打起来了。

游再春说，只不过是喝醉酒闹事，教育一下就放人家走嘛。我们社会局有那么多案子要办，哪有精力过问这种乱七八糟的事？赵印墨应道，是是，游局说得对。

游再春又问，这件事，你跟老吴报告过没有？

赵印墨说，吴局长上午来了一下，下午就去市政府了，好像是开个什么会吧。

游再春说，事情刚开始的时候，为什么不报告，现在才来报告？

赵印墨说，刚开始，我和李股长想解决这件事，后来见情况不对，我才上来报告。

游再春等三人来到一楼。帮会的人，已经完成了他们在地下室的壮举，正在撤退，陆续有些人从地下室上来，向门口走去。他们并不理会游再春等人。

游再春走出门，来到前院。前院里还有不少人，部分人向外撤，也有部分人，直直地站在那里。李时君他们，早已经溜走了，这里不再有社会局的人，倒是周娅蒙站在那里，百无聊赖。

游再春迎着周娅蒙走过去，喝问道，蒙蒙，你在这里干什么？

周娅蒙看见游再春，颇恭敬地说，是七叔啊。不好意思，您的手下不给我面子，我就给了他们一点教训。

游再春说，一点教训？你把社会局翻了个底朝天，就是一点教训？

周娅蒙说，所以啊，我留下来，向七叔请罪。周娅蒙确实知道，这件事，不可能就这么完了。但另一方面，她也清楚，游再春是父亲的七师弟，社会局一大半都是青帮的人，还有些是父亲周天罡的人。与其就此离开，让他们事后问来问去，不如留在这里，等他们给个说法。

游再春厉声喝道，胡闹，简直是胡闹。社会局是国家行政机关，你胆子也太大了。

周娅蒙在长辈面前处处受宠，并不将此当一回事，说，对不起，七叔，我知道错了。我坐牢谢罪还不行啊。

若说对此怎么处理，游再春一时还真没想到办法。他所想的是，这么多人聚在社会局门口肯定不行，得立即将人遣散了。他说，带上你的人，快点离开这里。下次不准再胡闹了。

周娅蒙颇为意外，这是叫她走？难道说，这事就这么解决了？她说，离开？不会吧七叔，这件事就这么算了？

游再春说，当然不会就这么算了，我会找你爹的。

周娅蒙一听，有些后怕，说，别别别。七叔，您千万别找我爹，他会打死我的。

游再春说，你还知道怕啊？晚了。

第二章

借刀杀人

1

马雪青带着一帮地下党的人，一直守在社会局前面不远的地方，另外派人守在社会局门前。夏行从里面出来，立即有人领着他，和马雪青见面。

两人相互握手，马雪青说，夏行同志，你受苦了。

夏行说，还好，他们只是关着我，连审讯都没有。我就知道是你老马组织了这次行动。不过，这也太冒险了。搞出这么大件事，怎么收场啊。

这都是苏航的主意。马雪青说，详细的以后再说吧，这里不安全，你必须马上转移。我已经安排好了，快点上车吧。

夏行道声后会有期，匆匆上车而去。

整个事件，是苏航策划的，马雪青也觉得太冒险，一时又想不到更好的办法，尤其被抓的是夏行，他对于整个文化阵线，实在是太重要了，就是冒再大的险，也是值得的。

要说，苏航和马雪青以及夏行，还真是有缘。当年，苏航离开北伐军来到上海，进入当时上海的一个左翼文艺组织狂飙社，在那里认识了夏行，拜他为师，后来又通过夏行，认识了马雪青。在日本留学期间，苏航一直和两人保持通信联络。正是通过这些信件来往，他们明显感到，苏航由一个无政府主义者，逐渐转变，向马克思主义靠近。苏航之所以匆匆回国，除了钱用完了，还有一个原因，他要回来入党。夏行和马雪青，正是他的入党介绍人。

夏行离开不久，苏航过来了，和马雪青握手，问，都安全撤走了？

马雪青说，都撤走了。你有什么需要我善后的吗？如果没有，就快点出城，我都已经安排好了。

苏航说，不，我不能走。

马雪青大吃一惊，看着苏航，说，你不走？你们几乎把社会局砸了，事情闹得这么大，他们不会轻易放过你的。被他们抓到，不死也会脱层皮。

苏航说，闹事的是青帮的人，周天罡在上海滩的地位，仅次于杜老板和张小林，他们不敢拿周天罡怎么样。

马雪青说，他们不敢对付周天罡，但一定敢对付你。还有，你给周天罡惹下这么大的麻烦，他肯放过你？周天罡是什么人？黑社会大佬，他一声令下，你就死无全尸。

苏航说，没那么严重吧？

马雪青说，以你的聪明，不可能不知道这件事的严重性。

苏航说，我都想好了，大不了，进去待一段时间。

马雪青再次吃了一惊，说，你准备……去坐牢？

我前后左右仔细想过了。苏航说，我如果一跑，这件事立即可以认定是前卫干的，目标就是夏行，那就等于彻底证实了夏行的身份。上次我们讨论计划的时候，不是有一个估计吗？国民党可能怀疑夏行同志，但没有确切证据，不能让他们坐实了这种证据，哪怕怀疑都不行。

马雪青说，南京规定，抓到一个共产党，给一千到三千不等的奖励，现在全国各地把抓共产党做成了一门发财的大生意，他们才不管你是不是共产党，因为你值至少一千大洋，是他们的财路。你如果被他们抓住，实在太危险了。

苏航胸有成竹地说，雪青同志，你放心吧，我手里还有牌没打呢。

马雪青问，还有牌？什么牌？

苏航说，除了夏行同志和你这两个入党介绍人，我也不认识其他党内同志。我回来才半年左右，并没有参加多少党内活动，所以，对党组织不存在威胁。另外，他们做梦大概也想不到，我回来这么短时间能加入前卫。请放心，他们从我身上捞不到油水。至于其他事情，我有数。

马雪青还是有些不放心。苏航就将自己的计划对他说了。马雪青说，既然你什么都计划好了，我就不说了。还有一个事，有个赵铭彰，你听说过没有？

赵铭彰原是中共的高官，正是苏航回到上海期间被捕的，随后叛变，带着一帮警察特务，整天四处抓共产党，对党组织形成极大的威胁。

苏航说，这人简直是人渣，那么多朋友同志被他出卖了。我一直想，党组织怎么不对这个人采取措施？

马雪青说，他非常狡猾，我们一直没有找到机会。你能不能搞清楚这个人的住处？

苏航说，我想办法。

周家是上海滩的大户，但不旺，只有周娅蒙这么一个宝贝女儿，周天罡夫妇将她宠得像宝似的，平常什么都依着她，因而养成了她天不怕地不怕张扬外向的性格。

周娅蒙在外面闹了事，还没事人一般，和那帮弟兄喝酒庆祝，半夜才回到家，进门一看，父亲、母亲坐在正堂，黑着一张脸，阮周站在父亲身后，一脸的焦急。还有些下人站在一旁，大家全都不说话，气氛显得非常诡异。

明知道这一切因为自己，周娅蒙还是准备装到底，她说，爹，娘，还没睡啊？

周天罡不说话，周母也虎着一张脸，只有阮周悄悄地向她使眼色。周娅蒙自知今天这一关难过，说，你们在商量事？那我去睡了。她想用这种借口趁早逃走，只要逃离了堂屋，事情大概就过去了。没想到，她才刚刚迈步，身后便传来父亲一声暴喝。

站住！周天罡喝道。周娅蒙可不上当，脚步并没有停下来，一边走一边说，爹，有事明天再说吧，我太累了。她是急于脱身，周天罡肯定不给她这个机会。

回来！周天罡再一次暴喝。周娅蒙不得不停下来，并且转身，走到他们面前。

周天罡再一次暴喝，跪下！周娅蒙装出一脸的委屈一脸的茫然，看着母亲，说，这是什么情况？

周天罡猛地拍了一下桌子，厉声喝道，跪下！

周娅蒙望着母亲，求救地说，娘——

周母的脸一直是青紫的，此时说了第一句话，今天我帮不了你，听你爹的。

没招可用了，周娅蒙只得缓缓跪下来，辩解说，这事也不能全怪我。我是先礼后兵。谁让他们不问青红皂白，把我的朋友抓起来？还拿枪对着我。

周天罡冷冷地问，你的朋友？你不是说是你的未婚夫吗？

周娅蒙顿时觉得理直气壮了，说，就是啊，我都说是我的未婚夫了，他们还不肯放人。社会局也不太给爹您面子嘛。所以，我就替爹教训了他们一下。

周天罡再次拍了桌子，说，放肆！来啊，上家法！有下人立即后转，去拿家法。

周娅蒙意识到问题比想象中严重，问，爹，您来真的啊？

下人拿来了家法鞭子，递给周天罡。周天罡威严地站起来，接过鞭子，取下缠在鞭子上的红绸，走向周娅蒙。

周娅蒙再一次向娘求救，说，娘，爹要打我。

周母这次是真的狠下心了，说，别叫我，这回我帮不了你。

周天罡走到女儿身侧，命令道，趴下，把屁股跷起来。

周娅蒙不得不缓缓趴下，一边向上跷屁股，一边转头望着周天罡，不太相信地说，爹，您不是真打吧？周天罡不语，举起鞭子，准备向下抽，但还没有落下。周娅蒙惨叫一声，往前爬了好几步，身子也直起来。

周天罡将家法鞭子放下来，指着周娅蒙，命令道，趴好，不准叫！

周娅蒙不得不爬着返回，将屁股跷起来。周天罡一鞭子抽了下去。周娅蒙惨叫一声。这次是动真格的，周娅蒙不得不使出最后一招，说，爹，我下次不敢了。

周天罡命令道，趴好。周娅蒙又一次跷起屁股。周天罡的第二鞭子抽了下去。周娅蒙再一次惨叫。她望着阮周，大声地说，师兄，你是死人啊，你就不会帮我？

阮周立即跑过来，迅速扑倒，将自己隔在周天罡和周娅蒙之间，说，师父，我来替师妹接受家法吧。此时，周天罡的鞭子也下来了，结结实实打在阮周的身上。阮周一声不吭，硬挨了一鞭子。周娅蒙抓住机会，从阮周身上爬出来，随后站起，一手捂着屁股，说，好了，没我什么事了吧？我走了啊。说着，直起身子，便要逃走。

站住！周天罡命令道。周娅蒙不得不停下来，转过头，恰好看到母亲向她暗递眼色，她顿时迈开双腿，快速地溜走了。

周娅蒙逃走了，周天罡用鞭子指着阮周，问，那个苏航是什么人，你知道吗？

阮周说，好像是师妹在日本认识的。

周母也终于有机会问话了，说，你才是蒙蒙的未婚夫，现在又冒出个未婚夫，这到底是怎么回事？

阮周说，现在，师妹一颗心全在那个苏航身上。

这件事彻底激怒了周天罡。女儿是和阮周订过婚的，有婚约在身，又和苏航不清不楚，这可是大逆不道。他说，什么小瘪三，你找几个人，把他做了。

要做掉苏航容易，可阮周不敢。他说，师妹如果知道这件事，她会杀了我。

周天罡想想，确实是这个理，又对阮周的懦弱极为不满，说，还没过门呢，你现在就这样怕她，将来怎么办？你啊。叹了一回，周天罡也改变了主意，大声叫道，大眼呢？大眼在哪里？

大眼是周天罡的大徒弟，排行在阮周前面。阮周进入周府时间虽然早，但入门拜师，却比大眼晚。大眼从后面跑出来，说，师父，我在。

周天罡问，刚才的事，你都知道了？大眼说，是，我知道。

周天罡说，这件事，你去办，把苏航这个小瘪三给我做了。

大眼仅仅回答了一个字，好。

2

游再春挺着大肚子，一手端着一杯茶，一手转动着三只钢球，走进吴品三的办公室。

吴品三正在接听电话，指了指前面的沙发，示意游再春坐下。

游再春踱过去，将肥硕的身躯安顿下来，就听到吴品三说，是，是，我向徐科长检讨……我已经把人全部派出去，限令他们……是是，我会专门写个报告……是，是，我一定严查严办。

吴品三挂断电话，坐在那里发愣，好一会儿没有出声，似乎在等待游再春先说话。游再春也不说话，端起茶杯喝了一口，喝水的声音打雷一般的响。

难办啊。吴品三终于开口了。

游再春放下茶杯，问，徐科长？他这么快就知道了？

吴品三说，社会局都给砸了，他能不知道吗？估计老头子的办公桌上都有了汇报材料。

游再春故作惊讶，说，蒋主席？不可能吧？

吴品三说，老游啊，你我是在火上烤啊。

游再春自然知道，这件事，已经演变成自己和吴品三之间的一场斗智，此前的所有话，都属于火力侦察。他说，都是那个李时君，他跟一个醉鬼较什么劲？

吴品三突然说，你提到那个醉鬼，我想起来了。周天罡的女儿……叫什么？

游再春说，周娅蒙。

吴品三说，对，就是这个周娅蒙。我听说，你昨天晚上把她放走了，这么关键一个人，你怎么把她放走了？你看看，弄得我们多被动。

慢慢开始接近目标了，游再春想更进一步知道吴品三心里怎么想，说，我们能关她吗？如果关了她，周正罡找来，不一样被动？

吴品三说，再怎么被动，也不至于被动到南京去啊。只要不闹到南京去，我们在上海处理，总会好办一些。现在这个情况，哪一盏灯都不省油啊。

说到这里，吴品三站起来，在房间里踱了几步，伸手摸了摸自己的头，似乎每一根头发就是一大烦恼。他说，徐科长催我严查严办。你帮我想想，怎么严查，怎么严办？

游再春暗想，把皮球踢给我？我才不接，说，你是老大，当然是你拿主意。

吴品三停下来，站在游再春面前，说，老游，你这样说，我就不爱听了。你把那个周……周……

游再春说，周娅蒙。

吴品三说，对，周娅蒙。你把周娅蒙放了，好人你做了，我去做恶人，把她抓起来，送到南京去？吴品三这话，既是进攻，也是防守，试探游再春呢。

游再春立即表明态度，说，周娅蒙不能抓，但那个苏航一定不能放过。

苏航肯定要抓。吴品三说，可光抓一个苏航，能解决什么问题？他如果给我们提供一份口供，把周天罡牵扯进去，我们怎么办？

吴品三将目标逼向周天罡，这事还牵涉游再春放走周娅蒙。无论如何，这事不能扯上周天罡，所以，游再春说，周天罡肯定不能牵扯进来。苏航背后，一定是共党，这是共党的周密计划，目的就是为了救我们抓到的共党重要人物。

吴品三看了看游再春，有一种恍然大悟之感，说，对啊，我怎么没想到？这么大件事，肯定是共党干的。

游再春说，就是，除了共党，谁有这么大的胆子？

吴品三似乎是被游再春启发，然后按照自己的思路往前走，他说，上百个共党分子，这可是一件天大的案子，我们社会局肯定办不了。把这件案子交给杨正熊，他可以调动警备司令部的兵力，将这些人一网打尽，我们就破了惊天大案啊。老游，还是你周全，这样一来，我们上海社会局，立大功了。坏事变好事，高招，高招啊。

游再春心中暗自抖了一下，自己小心翼翼左躲右闪，不料还是被吴品三绕了进去，他有些惊讶地说，一百多个共党？哪有这么多？

吴品三说，昨晚闹事的人有多少？我听说不止一百吧？

游再春知道吴品三的意思，一百多个共党分子，哪怕一个人奖三千，那就是三十万，奖五千，那就是五十万。吴品三刚到上海社会局几个月时间，就破了如此大案，落得天大的政绩不说，还可以捞到一笔天文数字的奖金。这个算盘，打得可是太精了。游再春不能再和他绕了，直接说，不，那些人不能抓。

吴品三猛地愣住，问，不能抓？为会不能抓？

游再春更进一步说，只能抓苏航一个，别的人不能抓。

吴品三满脸的迷惑，也不知他真不明白还是故意装的。他说，只抓苏航一个？那怎么结案？说是苏航砸了社会局？苏航是什么人？是孙悟空还是李元霸？他一个人能砸了社会局？那我们社会局是干什么的？几十号人，都是纸糊的吗？让一个苏航砸了？

游再春说，那也不能扯到周天罡头上，不然，我们社会局门都开不了。

吴品三说，哦，我是急昏了头，这里还牵扯到周天罡，我把他忘了。

游再春要更进一步打消吴品三脑中转动的念头，说，周天罡在上海滩的势力，虽不如杜老板和张小林，可也排在第三，如果得罪了他，我们社会局恐怕就会永无宁日了。

一听这话，吴品三面露焦急之色，说，那怎么办？你刚才也听到了，徐科长在催这件事，要严查来办。我总不能跟徐科长说，是你放过了周……周什么吧？

这分明是讨好卖乖又暗中施压。这种小把戏，游再春是不会接招的，他说，查案也有过程嘛。要不，我去找周天罡谈谈？

吴品三看了看游再春，问，找他谈什么？怎么谈？

游再春说，我们不抓他的人，是对他的尊重。可毕竟这件事跟他脱不了关系，他总得有个态度。

吴品三似乎下定了决心，说，既然如此，我看也只好这样了。你老游熟悉上海地头，这件事，你就受点累，找周天罡谈谈，商量一个办法。只要能向南京交代，我不会有意见。

表面上，吴品三接爱了游再春的主意，是因为自己智力不够，解决不了眼下的难题，不得不被动接受。其实，只有吴品三自己清楚，抓夏行，分明是游再春摆了自己一道，现在逼着游再春去处理这件麻烦事，是自己还了他一道。

一大早，苏航吃过早餐后，便埋头写稿。从日本回来后，他办了一张四开四版的小报，一周两期，取名集纳新闻。办报的只有两个人，他是发行人、社长、主编，也是记者、编辑。

另一个人是好朋友朱衡一，是副社长、副主编，也是记者、编辑，同时还是发行主管。

集纳新闻租的是品芳斋酒楼的房子。品芳斋是个前后两进的小院，前面一幢三层的大楼，是品芳斋酒楼，后面一栋两层的小楼，是仓库、员工住房、杂物间，还有空房，便出租。前后之间，有一个小院。苏航租下的是二楼最里间的一间房子，隔成了前后两间，前面是集纳新闻编辑部，门口挂着牌子。后面是一个小空间，是苏航的住所。

朱衡一推门而入，看一眼苏航，见他若无其事，便问，听说你和蒙蒙昨天闹出一件大事？到底是怎么回事？苏航显然有些吃惊，抬头看着他，问，这么快就传开了？

朱衡一说，上海的圈子能有多大？今天一早，大家都在说这件事。

苏航明白了，这是新闻工作者的习惯，一大早聚集在某几个地方吃早餐，顺便交换一下新闻信息。朱衡一的新闻来源，一定在此，他问，都怎么说？

朱衡一说，说什么的都有。不过，你要当心，有人说，你是前卫，目的就是为了去抢人。事情闹得这么大，社会局一定不会放过你的。

苏航说，我是前卫？你看我像吗？

朱衡一说，我看你像不像有什么用？社会局说是就是，说不是就不是。那帮人削尖了脑袋抓共党，抓到一个就可以赚几千大洋，别人躲都来不及，你还主动送货上门，你是不是嫌自己的脑袋多？

苏航挥了挥手，说，这件事先不说了。我想做一期赵铭彰的新闻，你有什么材料？

赵铭彰？朱衡一显然在脑子里紧急搜索，然后说，前卫的叛徒，出卖前卫的高级干部不下十个，普通党员二十多个，给前卫造成了灾难性打击，现在是国民党的红人，天天带着一帮人四处抓前卫。不过我估计，他得意不了多久。

苏航问，为什么这样说？

朱衡一说，人活在世上，活的就是一副脑子。脑子进了水，神仙都救不了。

没你说的这么严重吧？苏航说。

这显然是勾朱衡一的话。朱衡一立即说，他出卖了那么多前卫的高级干部，前卫会放过他？他之所以成为国民党的红人，也是因为他手里有货，奇货可居。一旦他手里的货卖完了，就是废人一个，国民党还会信任他吗？仔细想一想，像陈公博、周佛海这些人，才是真正的高手。

苏航进一步诱导他，问，他们怎么高了？

朱衡一说，他们都曾是前卫的高官，投靠国民党的时候，出卖了多少前卫的核心机密？少之又少。这就好比做生意，你手里有一批紧俏物质，觉得现在价格很高，一次出手，不仅冲击了市场价格，而且你手里没货了。而另一些人，将货牢牢地抓在手里，偶尔抛出一点，市场永远处于饥饿状态，价格会越来越高。

你如果做生意，定是一把好手。苏航说。

朱衡一说，我才不做生意，因为我不当奸商。

苏航说，你想办法写一篇通讯，报道这个人，一定能扩大我们的发行量，还能通过官方的审查。

朱衡一说，好。我就去跑这件事。不过，我还是担心社会局的事，我建议你先找个地方避一避风头。

苏航不以为然地说，是福不是祸，是祸躲不过。你放心，我心里有数。

朱衡一却是认真的，说，这事，你还真别不当事。这是大事。

游再春也知道，吴品三是将一颗炸弹扔给了自己。他不能不接，既因为吴品三是正职，他是副职，也因为这事涉及周天罡，自己的三师兄。

要说游再春和周天罡有多么深的感情，谈不上。人嘛，谁不是自私的，谁不是利己主义者？他和周天罡的表面关系非常好，是因为彼此之间有利益关联。大家都在帮，又是同门师兄弟，但走的路不同。他手中有政府资源，周天罡可以利用，而周天罡手里有帮会资源，他也可以利用。资源利用的结果，就是经济收益的最大化。这个理，他比别人更懂。

离开吴品三的办公室，游再春便去拜访周天罡。

周府是一处很大的宅子，既是周天罡的私宅，也是堂口，有一所建筑，是专为帮会使用的，有香堂，有议事堂，还有几排宿舍。周天罡的徒弟中有八大金刚，每个人在里面有一间宿舍，虽然他们并不全住在这里。

汽车停在门口，汪峰仁先下车，替游再春开门。游再春下车后，并没有立即进去，而是站在那里看了看。前面是院门，门牌庄严肃穆，上面一副牌匾，写着周宅两个字。

汪峰仁说，周天罡真是大手笔，他的宅子，比杜公馆都气派。

游再春说，那怎么一样？杜先生算是新派人物，所以杜公馆完全是现代风格，三哥更传统一些，所以，宅子是传统风格。

游再春向门口走去，汪峰仁跟在后面。

门口有两位门丁，见到游再春，十分热情，说，七爷，您来啦。

游再春说，三哥在家吗？

门丁说，在在在。七爷，您请进。一面做出请进的动作，一面对另一个门丁说，快去通报。

另一个门丁转身向里面跑，游再春跨进门去。门丁领了几步，到照壁那里，便停住了。门口没人，他得盯着。

游再春和汪峰仁绕过照壁往前走，汪峰仁问，游局，您想好怎么跟周老板谈了？

游再春说，这个事啊，说穿了也简单，世界上的事，哪件不就是一个钱字？

汪峰仁说，这个，恐怕不是一个小数目吧。

游再春说，我们的整个地下一层，都被他们拆了，能小得了？恐怕得出一大笔血。

汪峰仁说，那不是太便宜吴大嘴了？

便宜？没那么容易吧。游再春说，谁跟你的钱过不去，谁就是你最大的仇人。吴大嘴这个梁子，算是跟周老三结上了。

周天罡得到通报，从里面迎出来。当然，周天罡显然也是估摸了时间，知道游再春应该到正门口了，才跨出堂屋的门迎着，既不失礼数，又不显得过于恭敬。周天罡说，哎哟，七弟，什么风把你吹来了？也不提前说一声，我好在门口候着。

游再春说，我们是兄弟，客套话就不必了。走，借一步说话。

周天罡说，请，请进书房，又对跟在后面的袁大管家说，请汪主任进去喝茶。

大家一起进入堂屋，汪峰仁留下来，游再春随周天罡以及阮周进入书房。

书房里有一张茶台，阮周坐过去，开始煮水泡茶。

周天罡请游再春坐下。游再春屁股还没落下，便说，三哥，这件事麻烦大啊。

周天罡说，这个事，恐怕还得七弟多周旋。

游再春说，我这里，你放一百二十个心，你的事就是我的事，我们是一家人。问题是吴大嘴，他已经定了调子，说是共党组织的，所有人都要作为共党抓起来，主事者，要办成共党要犯。

周天罡确实暗吃了一惊，办成共党要犯，这可就是杀头的罪了。他说，吴品三真是这么说的？

游再春看了看阮周。周天罡知道有些话，游再春当着阮周的面不好说，便道，小周子，你出去。

阮周站起来，离开书房，并且小心地将门关上。

游再春说，这事嘛，吴大嘴也是急了，连南京都知道了，一大早，调查科的徐科长，就打电话过来，把吴大嘴臭骂了一顿。吴大嘴没法向上面交差，想出一个办法。

周天罡问，什么办法？

游再春说，还能是什么办法？把人一抓，说是共党，主持的是共党要犯。这就变被动为主动了，破了一个共党大案啊。

周天罡说，那个苏航，他不一定会承认吧。

游再春说，师兄你啊，你不懂套路。只要进去，承认不承认，就由不得他了，办法多的是。最简单的办法，把他打昏，弄份假口供，按上他的指模。

周天罡说，这么说，苏航这回是死定了？倒也好，大家都省事也省心了。

游再春说，省事省心？没这么简单。

周天罡问，还有别的什么？

游再春说，社会局被砸了，地下室里关的几十号共党要犯被放跑了。他苏航三头六臂？一个人单枪匹马，能干得了这事？案子如果这样报上去，鬼都不会信。

周天罡明白了，这事还得有一个主犯，并且有一堆从犯。他连忙解释说，那个苏航，和小女没有半点关系。

游再春眼睛一瞪，说，你说没关系就没关系？吴大嘴要把这件事情搞大，就一定要有人背黑锅。他想把坏事变好事，就要将这件事往大里整，越大越好，办成大案。

周天罡再次惊了一下，问，怎么办成大案？

游再春说，共党武装袭击社会局一案成功告破，擒获共党分子一百余人。怎么样？光是奖金，就能拿到一大笔。

周天罡被震住了，说，他想抓一百多人？抓谁？抓我的人？

游再春说，抓你的人怎么了？不正是你的人把社会局砸了吗？

不至于吧？周天罡说，当年，他在上海打流，向我递过门生帖子的。后来，他混大了，我专程去安徽拜会过他，主动把帖子还给了他。

游再春不知道他和吴品三之间还有这件事，看了看周天罡，马上想起当年蒋介石曾向黄金荣递过门生帖子，说，那又怎么样？当年，蒋主席还向黄先生递过门生帖子呢。世道变了，人也是会变的。

周大罡还真是有些怕了。吴品三如果真抓他一百多人，把苏航和周娅蒙办成共党要犯，说明他能干啊，一到上海，就办出了惊天大案，多好的政绩。周天罡说，七弟，你不是副局长吗？你替我说句话啊。

惭愧啊，三哥。游再春说，以前的社会局，我能当家。现在，你七弟是越混越回去了啊。吴品三一来，社会局哪里还有我说话的地方？

周天罡说，在上海滩，谁又敢不给你几分面子？

游再春说，我的好三哥啊，你是在江湖时间太久了，哪知道官场的事啊。身在官场，什么能力啊资历啊，倒在其次，最关键要看你上面有没有人。或者更直接点说，官场比的不是你的实力，而是你上面那位的权力。你知道吴品三上面那位是谁吗？是陈果夫。陈果夫是什么人？在封建时代，那就是大内总管，连皇亲国戚都要看他眼色的。

周天罡试探地问，要不，我自己去找吴品三，我就不信他真把小女当共党办了。

找吴品三，这是肯定的。不过，游再春不能让他现在去。他需要这个空间，趁机把工夫做足。他说，你去找吴品三？如果他坚持要公事公办，怎么办？你不是连个回旋的余地都没有了？

周天罡一听，确实是这个理，顿时没了主意，问，那怎么办？

游再春说，我们先想一想，吴大嘴接下来会做些什么。

周天罡说，你是副局长，你一定知道。

游再春说，第一件事，肯定要把主犯抓起来，这是一切的关键。他故意说主犯，而不说名字，这是要引周天罡上钩。

周天罡果然说，对对，绝对不能放过那个小瘪三，最好是就地正法。

游再春说，问题是，他认定的主犯，并不只是苏航一个，还包括蒙蒙。

周天罡目瞪口呆，说，蒙蒙怎么会是主犯？蒙蒙只是被那个小瘪三蛊惑。

游再春说，你在这里说有什么用？人一旦进去，就由不得你说，而是由他说了。

3

阮周并没有远离书房，关上门后，一直侧着身子躲在那里偷听，一边听一边想主意，听说吴品三要把苏航和周娅蒙当成共党主犯抓起来，吓出一身冷汗，连忙去找周娅蒙商量办法。

周娅蒙躺在床上看书。听到有脚步声过来，立即将书放下，又将床整理了一下，躺下来，叫唤着，哎哟——哎哟——痛死我啦。这时，阮周敲门了，周娅蒙说，哎哟——哎哟——谁啊，门没闩。

阮周进来，返身将门闩上。

周娅蒙还在那里使哀兵之计，叫唤两声，说，哎哟——哎哟——还算你有良心，知道来看我。转过头一看阮周空着双手，顿时脸色一变，说，你这人也是，来看人，一点礼物都不带？

阮周走到她的床前，说，好了，别装了，我跟你说正事。

哎哟——周娅蒙还是叫了一声，然后问，什么正事？我现在痛得快死了，就是正事。

阮周说，游再春来了，他说吴品三为了向南京交差，准备将你和苏航当作共党要犯抓起来，要大办。

周娅蒙一下子从床上跳起来，紧张地问，共党要犯？这……这件事好像有点严重。

阮周说，何止有点严重？我听游再春说，昨天被你放走的那些人，都是共党嫌疑分子，有些还是大人物。你把他们放跑了，吴品三没法向南京交差，就想把所有责任推到你和苏航身上，只要一口咬定你和苏航是共党分子，整个事件是共党策划的，他不仅可以顺利过关，还可以立功受奖，赚一大笔钱。

周娅蒙问，如果办成共党要犯，那会怎样？

阮周说，你大概不看报吧？报上天天都是枪毙共党的消息，如果把你们办成共党要犯，搞不好会枪毙。

枪……毙？周娅蒙还真有点被吓坏了，说，没……没这么严重吧？

阮周说，你没听说吗？宁可错杀一千，不可放过一个。

周娅蒙一时慌了神，说，怎么办？师兄，怎么办？

阮周说，现在没有别的办法了，只有你和苏航一起逃。

周娅蒙被一语惊醒，说，对，我和他再到日本去。他们不可能去日本抓我们。

阮周说，对对对，去日本，今天就走。

周娅蒙想到了面前的困境，说，可是，爹不准我出门啊。

阮周说，顾不上这么多了，还有什么比逃命更重要？这样好了，我先帮你从后门逃出去，你去找苏航。我在家里帮你清理一下，准备点钱，然后去码头和你们会合。

周娅蒙说，师哥，你对我太好了。

阮周说，好了好了，别的话，以后有机会再说，现在时间最重要。你跟我来。

阮周转身向门外走，看了看，然后说，没人，快跟我来。周娅蒙跟着阮周出门。

周娅蒙不敢开自己的汽车，出门之后，立即叫了黄鱼车，赶到集纳新闻社去找苏航。

苏航并不在报社，而是在复旦大学校门口。

苏航手里拿着一张纸，上面写着《卿云歌》和《子衿》，他脑中反复念着这两首诗，卿云烂兮，纠缦缦兮，明明天上，烂然星陈，日月光华，旦复旦兮，日月有常……青青子衿，悠悠我心，纵我不往，子宁不嗣音……

校门口，男女学生进进出出，苏航注意着每一个人，尤其是每一个女生，希望能够遇到那个美女。同时，他在想，旦复旦兮，肯定是指复旦。复旦大学的校名，就来源于此。那么，悠悠我心，指什么？青青子衿，悠悠我心。是不是说，她的名字叫子衿？

苏航看看手中的纸，又看向门口走出的每一位女学生。

太阳迅速地走向西天的地平线，落日的余晖挂在天幕中。校门口的行人，渐渐稀少了。苏航意识到，自己不能被动地等，得主动地问。他迎向一名出门的女学生，问，请问同学，你认识子衿同学吗？

那个同学反问，哪个系的？

苏航知道，她肯定不认识，说声谢谢，又迎向一位正向外走的男生，那位男生说，紫荆？是紫荆花的紫荆？显然，又是一个不认识的。

苏航真的有些奇怪，按他所想，那个美女如果是复旦大学的学生，一定是校花，在学校应该十分出众和出名。可是，一连问了好多个人，竟然都不知道。难道自己错了，她的名字不叫子衿？可是，她给自己那两句诗，到底是什么意思？

周娅蒙来到报社，里面只有朱衡一，没有苏航，周娅蒙只好坐在里面等。到了吃饭时间，朱衡一提议先去吃饭，周娅蒙不肯，对于她来说，十万火急，逃命要紧，吃饭是小事。一直等到天黑，苏航也没有回来。周娅蒙心中焦急，一遍又一遍看表。

朱衡一问，你是不是有什么急事？如果没有，明天再来吧。

周娅蒙不愿对他说计划逃跑的事，这种事，越少人知道越好。她说，这个死人，野什么地方去了？怎么还不回来？

朱衡一说，一大早就出去了，一天不见人，大概跑什么新闻去了吧。你是知道他的，干起活来是拼命三郎，没见过比他精力更好的人。

周娅蒙说，真搞不懂你们两个大男人，办这个破报纸，不光赚不到钱，还要往里面贴钱。

朱衡一说，万事开头难。这不才刚开始吗？我们现在的发行量是一期比一期好，也有点广告了，很快会好起来的。

恰在此时，苏航回来了，看到周娅蒙，说，蒙蒙也在啊。

周娅蒙立即站起来，说，你总算回来了。她站起来太急了，不禁叫了一声，哎哟。

苏航问，怎么了？周娅蒙说，没事，被我爹抽了两鞭子。

苏航随口说，抽哪里了？我看看。

周娅蒙挑逗地说，屁股，你看吗？

苏航立即摆手，说，哦哦，那就算了。都是吃晚饭时间了，你怎么还不回去？

周娅蒙说，还不是为了等你？你跟我来。说着，领头向里面走。

苏航看了朱衡一一眼，朱衡一表示不知情，摆了摆头。苏航跟进去。

里面空间实在太小，只考虑苏航一个人住宿，根本没有考虑别的功能，所以，里面只够摆下一张床，再没有多余的空间。周娅蒙见苏航进来，转身将门关上了。苏航说，说好啊，我不看你的伤。

周娅蒙说，你想得美。我才不给你看。

苏航问，那你到底有什么事？

周娅蒙说，昨天的事麻烦大了。苏航知道一定会有麻烦，只是不敢对周娅蒙说出来，怕吓坏了她。他故意装着很轻松地问，什么麻烦？

周娅蒙说，我们放跑的那些人是共产党，这件事让南京知道了。

苏航说，知道就知道呗。

周娅蒙说，吴品三没法交差，准备拿你和我顶杠。我想过了，万一我们被抓进去，我还好说，我爹一定会想办法。你就麻烦了。如果被定罪，就是死罪，要枪毙的。

这样的结果，苏航早就想过了，但没有必要对周娅蒙说出来。他故意说，没那么严重吧？也不见得个个共产党都被枪毙啊。

周娅蒙说，就算那样，我们也不能冒险。我已经安排好了，我们一起逃。

逃？苏航惊叫道。周娅蒙连忙跳起来，一把捂了他的嘴，说，轻点。

苏航问，逃去哪里？周娅蒙说，我们再去日本。

苏航说，再去日本？我们刚刚才从日本回来啊。

周娅蒙说，刚回来怎么啦？刚回来就不能再去？

你也知道，我是因为钱用完了才回来的。苏航说。

钱不是问题。周娅蒙说，阮周会帮我们准备的，你快收拾一下，我们现在就走。

苏航却不动，站在那里，在思考。周娅蒙说，快点拿主意啊，再晚怕来不及了。

苏航似乎终于拿定了主意，摆了摆头，说，不，我们不能逃。

周娅蒙一听大急，说，不能逃？难道等着他们来抓？你没有搞错吧，是共党要犯，这可是死罪。

苏航说，正因为是共党要犯，才不能逃。我们如果一逃，那真的说明我们是共党了。我们逃走了事小，家人就倒霉了，特别是你的家人。你爹在江湖行走这么多年，一定得罪过不少人。只要你被定性为共产党，那些仇人一起来找你家麻烦，那就真的麻烦大了。

周娅蒙没有想过这一层，听苏航这样一说，大急，说，那怎么办？难道你坐在家里，等他们来抓？

苏航说，那肯定也不行，抓进去，不死也会脱层皮。

周娅蒙糊涂了，问道，不能逃，又不能等他们来抓，难道你还有更好的办法？

苏航拉着周娅蒙，说，走，我们现在就走。

周娅蒙问，去哪里？苏航说，没想好。

周娅蒙再一次糊涂了，问，没想好，那去哪里？

边走边想吧。苏航打开门，转身出去。周娅蒙满脸狐疑，不得不跟着跨出。

4

轮到吴品三值班，他叫了几个人，在办公室里搓麻将。吴品三的办公室是个套间，外间是办公室，里面还有一间休息室，摆了一张床，还摆了一张麻将桌。表面上看，吴品三是在娱乐，实际上，他也是在工作。他利用打麻将的机会，和上海方方面面的人接触。

世上的很多事，明明是正事，但不能正谈，只能采取一种迂回的方式，比如娱乐的方式。而另一些事，明明非正常的事，却又要以一种非常正规的方式谈。男人在一起，一般喜欢谈国家大事，当前最大的国家大事是宁粤对立，给人的感觉，似乎又有一场大战即将到来似的。他们谈论的焦点，是这场仗打得起来打不起来。

当然，对于吴品三来说，还有一件大事，那就是调查黎明。据已查明的消息，黎明是共党中央特科红队的负责人。最近一个时期，因为杀共党杀得太多，共党便大肆报复，红科以杀戮对杀戮，一是杀共党的叛徒，二是杀那些杀共党特别多的党国要员。上峰因此下令，必须尽快把黎明缉拿归案。

和吴品三一起打牌的，有市党部主任委员陈宝骅。陈宝骅是陈果夫陈立夫的堂弟，市党部又直属于中央组织部领导，陈宝骅的手下，还有一支人马，那是调查科的直属部队，叫调查股。陈宝骅问，品三兄，上面要求查黎明，追得很紧，你这边，有什么进展吗？

吴品三说，从我到上海赴任的第一天起，就抓这个事，到现在为止，一点眉目都没有。我怀疑，这个黎明，应该是化名吧。

陈宝骅说，四一二之后，共党的高级干部都用化名。

正说的时候，门被推开了，郑家臣站在门口，叫了一声局座。吴品三问，什么事？郑家臣说，有情况，请您出来一下。

吴品三将面前的牌倒下来，对牌友说，你们等一下，我去去就来。

郑家臣将门推开，等着吴品三跨过门后，又将门带上。吴品三走进办公室，似乎还急着回去打牌，站在那里，问，什么事，快说。

郑家臣说，黎明抓到了。吴品三表情极为复杂，问，抓到了？谁抓的？游再春还是杨正熊？

郑家臣说，都不是，是汉口警察局侦缉处抓到的。

吴品三显得有些失望，同时又似乎暗松了一口气，走向办公桌，坐下来，说，这么说，蔡孟坚立大功了？黎明不是在上海指挥共党的红队吗？他什么时候跑到汉口去了？

郑家臣说，具体情况，暂时还不清楚。我一个同学是蔡孟坚的手下，他参加了这次行动。据说，抓到黎明的时候，他身上有一封写给蒋主席的信，他本人也一再强调，不见蒋主席，他什么都不会说。汉口方面，已经发电报给南京，向徐科长报告和请示。

吴品三想了想，拿起面前的电话，拨了一个号码，等接电话的时候，问，黎明不是他的真名？郑家臣说，应该是个化名。

吴品三对着话筒说，你看一下李股长在不在，在的话，你们两个一起到我的办公室来一下。挂断电话，吴品三对郑家臣说，钓到了这样一条大鱼，我们却连腥味都闻不到，你有什么想法？

郑家臣说，如果我们能抢先一步，找到黎明的家人和来往关系，就抢占了主动。

吴品三又问，怎么抢？我们连他真名叫什么都不知道。

郑家臣说，社会局不是有很多共党的叛徒吗？他们难道一点线索都没有？

吴品三像是下定了决心，说，我们一定要办好这件事。徐科长想建区站，我们如果不能干出点成绩，上海区站站长的位置，就可能落到别人头上。

郑家臣说，这件事只能靠李时君。可李时君是游胖子的人，能不能信，还要打上个问号。

吴品三说，我心里有数。你去找一下徐志谦，看他有没有门道。

郑家臣说，还有一件事，我刚刚得到消息，苏航可能要逃。

吴品三显然有些吃惊，问，逃？他能逃去哪里？

郑家臣说，可能逃去外地，也可能逃去日本。

吴品三说，逃了好。他不逃，我还没有足够的证据，他这一逃，共党的罪名就坐实了。你看看游再春在不在，如果在，叫他来一下。

郑家臣答应一声，转身离去，恰好李时君和赵印墨进来。李时君说，郑主任也在啊。郑家臣对李时君显得很热情，说，李股长越来越精神了，有什么喜事吗？李时君说，我能有什么喜事？应该是局座有什么喜事吧。

吴品三不理他们，而是对赵印墨说，印墨，你马上带人去一趟码头。

赵印墨向吴品三走近，李时君跟过去，郑家臣离去，并且带上门。

赵印墨问，去码头？什么任务？

吴品三说，刚刚得到情报，苏航要逃，你马上带人去码头，把他抓回来。

赵印墨显得有些意外，先看了一眼李时君，问，我去？抓人应该是行动股的事。李时君就在面前，吴品三不把任务交给李时君，却交给自己，有点太奇怪了。

吴品三说，李股长有别的任务。马上行动。赵印墨答应一声，转身离去。

李时君听到吴品三部署任务时，显然暗自吃惊，但表面上显得很平静。赵印墨离开没有和他打招呼，他也就直直地站在那里，等待吴品三的指示。

吴品三站起来，指了指前面的沙发，热情地说，时君，来，坐过来，有个事要问你。说着，吴品三自己先坐了下去。李时君只好坐下来。吴品三说，向你打听个人，黎明，你应该熟悉吧？

李时君又是暗自一惊。什么意思？难道吴品三知道了什么？表面上，仍然十分平静，他说，局座是说红队的那个黎明？我已经向局座汇报过啊。

吴品三说，我想听你再说一说。李时君说，我在共党的时候，只是小人物。

吴品三眼皮翻了一下，说，小人物吗？我听说，你当过周恩来的警卫员。

李时君的心抖了一下。这事，他可没有向上汇报过，吴品三是如何知道的？看来这个吴品三还真有两下子，自己以后可得小心了。

当年，李时君到上海，一心想出人头地，便四处找门子钻路子，想向上爬。此时，有人介绍他加入共产党，而共产党正和国民党热乎着，他便同意了。再过了一段时间，国民党开始清党，他吓坏了，正不知何去何从，周恩来到达上海，需要物色一个秘书兼警卫员，不知怎么就选中了他。那段时间，周恩来的主要工作就是组建中央特科，他整天跟在周恩来身边，可以说，他也属于中央特科的创始人之一。后来，他抓住一次机会，向周恩来说，想去苏联留学。周恩来一口便答应了，就这样，他离开上海去了苏联。两年后回到上海，他还没有站稳脚跟，就被叛徒出卖，被捕了。那个出卖他的叛徒其实并不十分了解他的底细，他也就将自己说成是一个小人物，公开登报申明和共产党脱离关系。

由于李时君隐瞒了和共产党高层的关系，国民党也没查到什么确凿的证据，他因此没有成为红科追杀的对象。此时，吴品三竟然点出他当过周恩来警卫员一事，怎么不让他肝胆俱寒？

他说，那都是很久以前的事了。而且，我实际上没有真正上任，因为我早就申请去苏联读书，几天后，我就离开上海去苏联了。从苏联回来后，我还没来得及和上海的共产党接上头，就被捕了。

吴品三显然只是点他一下，马上转了一个话题，问，有关中央特科，你都知道些什么？

李时君知道无论如何得撑下去，否则就成大事了。他说，具体我还真不知道，都是道听途说。

那就道听途说好了。吴品三显得非常温和地说。

李时君不得不透露一点了，说，共党内部有一个非常特别的组织，叫中央特科，类似于我们的中央组织部调查科，领导人叫伍豪。中央特科下面分有三个科，综合科、行动科和情报科。行动科也叫红队，就是我们经常说的打狗队，主要任务是暗杀中共叛徒。红队的队长，就是黎明。

吴品三问，伍豪和黎明，一定是化名吧？他们的真名叫什么？

李时君立即摆头，说，这个我不清楚。

吴品三盯着李时君看了看，说，我现在交给你一个重要任务。

李时君马上站起来，立正，说，请局座下令。

吴品三挥了挥手，让李时君坐下。李时君再次坐下来。吴品三说，黎明已经在武汉落网。这次，李时君无法掩饰他的惊讶了，但仅仅只是一瞬间，立即又镇定下来，坐在那里，静静地等待吴品三的下文。

吴品三说，你务必以最快的速度，查清黎明的真实身份，搞清他的确切住址和社会关系。我给你两天时间完成这件事。

李时君十分惊讶，问，两天时间？吴品三说，两天时间我都嫌长了，越快越好。

李时君再次站起来，说，是。

吴品三说，去码头抓苏航的任务，那种事什么人都能干，所以，我派给了赵印墨。你是有能力有办法的，你要有思想准备，挑重担，干大事。

李时君说，谢谢局座的信任和栽培。

吴品三挥了挥手，说，你去吧，马上着手行动。

李时君退出来。到了门口，发现自己已经是一头的汗。天还不热嘛，怎么就出这么多汗？

这个晚上是注定不会平静了。

李时君离开吴品三的办公室，立即走出社会局，来到了街上。夜晚的上海街头，灯红酒绿，他根本没心思欣赏，他将风衣的领子竖起来，向前走了几步，仔细观察一番，看有没有人跟踪，然后招了一辆黄鱼车，向前驶去。

黄鱼车跑了几条街，李时君下车，付了钱，然后站在那里，装着点烟，四处看了看。李时君向前走，装着逛街的样子，走了一段，再一次停下来，又点了一支烟。这是烟盒里最后一支烟，他随手将烟盒一捏，扔在地上，继续向前走。

在他身后不远的地方，有一个人从电线杆后闪出来，走近那只空烟盒，捡起来，塞进衣袋中，然后继续跟踪李时君。

李时君向前走了不远，前面有一个摆烟摊的老人坐在那里。这是一种简易的烟摊，一只木箱呈V形张开，两边摆着各种牌子的烟。老人坐在一条简易的小凳上，每有男人从身边走过，老人就喊，洋火香烟，洋火香烟。

李时君走过来，停在烟摊前。老人问，先生，要香烟吗？

李时君说，给我来一包烟，要老刀牌的。老人问，白金龙要不要？

李时君说，不要，我就要老刀牌。

老人拿出一盒烟，递给李时君。李时君掏出钱，递给老人，说，给你钱。又小声地说，我不确定有没有人跟踪，小心。老人接过钱，说，多谢先生。

李时君拆开包装，抽出一支烟，点燃。那个跟踪的人正在街边装着看热闹。李时君向后面看了看，并没有发现他。趁着这个时间，老人极其熟练地用一只手将钱抻了一下，钱里夹着一张纸。老人的手指动了动，纸和钱分离了。他将钱装进衣袋，又以极快的手法，将纸条塞进了鞋底。

李时君慢慢走开去，走了不远，拦了一辆黄鱼车，离去。身后，跟过来两个人，一个拦了一辆黄鱼车，跟踪而去，另一个人走到烟摊前，问老人，刚才那个人跟你说什么？

没说什么。老人说，他买了一包烟。

跟踪者命令道，站起来，我要检查 。

老人惊讶地望着跟踪者。跟踪者掏出证件，在老人眼前晃了一下，说，站起来。

老人不得不慢吞吞地站起来。跟踪者开始搜身，所有口袋搜遍，只搜到一点散钱。跟踪者将这些散钱仔细看了看，没有任何疑点，还给老人，只好离去。

赵印墨带着十几个便衣赶到了码头。到达码头一看，虽然是晚上，还是有很多等船的人。赵印墨站在那里，向里面看，手下围在他的身边。

赵印墨问，任务都清楚吧？手下说，清楚。

赵印墨又说，分四个小组，每个小组是不是都有认得出苏航的人？哪些人认识他，举一下手。有六个人举起了手。

赵印墨说，好，现在开始行动，只要发现苏航，注意盯死，派一个人向其他小组报告。

赵印墨挥了挥手，所有成员迅速散开了，现场只留下赵印墨一个人。赵印墨向四面看了看，点起一支烟，开始在码头上慢慢转悠。

走了才几步，看到前面有个人站在那里，是阮周。阮周显得很焦急，一次又一次看表，又向远处张望。

赵印墨远远地看了阮周一眼，踱开去，走到一个角落，挥了挥手，立即有一名手下跑过来，问，赵股长，有情况吗？

赵印墨说，你去通知一下我们的人，让他们向我靠拢。

时间不长，那些被他分开的人，又围了过来。

赵印墨说，我看到阮经理了，他是周娅蒙的师兄，应该是帮助周娅蒙和苏航逃跑的。我们现在过去，悄悄地把他围起来，只要目标一出现，立即动手。

一名便衣说，他会不会知道苏航在什么地方？要不，我们把他抓起来问一问？

赵印墨说，别乱来，看样子他是在这里等人。我相信，一定是等周娅蒙。我们只要盯牢了他，目标肯定逃不了。

第三章

主动自首

1

苏航和周娅蒙同坐一辆黄鱼车，到了地方，苏航说，停车，快停车。黄鱼车停了，苏航对周娅蒙说，到了，下车吧。

周娅蒙下车，然后掏出钱包，准备付钱，可就在这时，她发现情况不对，这里是社会局的大门口，昨天自己还来这里闹过事。她说，这不是社会局吗？怎么到这里来了？

苏航说出一句话，吓了她一大跳。苏航说，我们来自首。

周娅蒙的眼睛一下子瞪大了，压抑着惊叫，说，自首？他们到处抓你，你却自己送上门去？你是不是急糊涂了？

苏航问，除了自首，你还能想到更好的办法吗？

周娅蒙一时语塞。

苏航说，你放心，没事的，这就叫明知山有虎，偏向虎山行。

周娅蒙极度地狐疑，说，你好像一点都不担心？

有什么好担心的？苏航说，昨天，你如果担心，会带人砸了他们？

周娅蒙说，昨天我只是觉得好玩，哪知道会闹出这么大的事？

苏航一副无所谓的神态，说，事大了才好玩啊。小打小闹的事，有什么意思？

这话虽然让周娅蒙半信半疑，但玩性确实是她的天性，既然苏航说更好玩，那就玩吧。她说，我自己倒不担心，我爹肯定想办法捞我出去，最多再挨几鞭子。我只是担心你。

苏航说，山人自有妙计，你放心好了。听他这样一说，周娅蒙安心多了，跟着他，向社会局大门走去。女人如果绝对信任一个男人，并且无条件全身心投入地爱着一个男人，很容易把自己变成一个智商为零的人，这个男人说什么，她都会相信。

门口的两名警卫，昨天见过他们，以为他们又来搞事，顿时向后移动身子，嘴里却说，又是你们？你们还敢来？

苏航说，我们是来自首的。

警卫不后退了，说，自首？转而一想，不是吧，哪有这样的蠢人？又说，你们脑子没进水吧？这里可是鬼门关。

苏航说，少废话。自首要办什么手续？是现在就把我们铐起来还是……

警卫见他们确实不像来搞事，胆子大起来，说，你们马上就是阶下囚了，还这么高调？

有正事要干，吴品三只好散了牌场，开始办公。没过多久，游再春来了，此时，吴品三坐在办公桌后看文件，见到游再春说，老游，沏了茶，你自己倒，我签完这份文件。

吴品三并不是真有那么急的文件要签，只不过，他要表现一种姿态，让游再春等。他要让游再春明白，自己才是局长，别动不动在我面前玩心眼。你那点心眼，在我面前没用，我心里透亮着呢。

游再春坐下来，看了看茶壶，没动，手上的钢球转动着，说，我下午去见了周天罡。

吴品三头也没抬，问，怎么样？游再春说，苏航肯定要抓。

吴品三说，这个自然，我已经派赵印墨去办这件事了，应该很快就有结果。

赵印墨？游再春看了看低头签文件的吴品三，马上明白了吴品三的小九九。抓苏航是手到擒来，不费吹灰之力的事，赵印墨是他的大舅子，他要给赵印墨立功的机会。这种事，游再春当然要拆穿，不能让吴品三做得太过了。他说，赵印墨是情报股长，抓人这种事，应该由行动股去办吧？

吴品三仍然不抬头，签完了一份文件，又签另一份。他说，李时君另有更重要安排。对了，你和周天罡商量的结果是什么？

游再春说，周天罡愿意给我们社会局提供一笔活动经费。抓一个苏航，再落一大笔经费，这件事，应该可以向上交代了。

吴品三签完了文件，站起身，走到游再春面前坐下。说，活动经费？这个案子如果报上去，我们拿到的奖金不会少于十万吧。紧点用，够我们花一阵子。

游再春不接这个话题，而是引到了另一件事上，说，听周天罡说，老吴你早就和他认识啊。

吴品三并没有表示对这一话题的尴尬，淡然地说，是啊，我去广州参加革命之前，在上海待过一段时间，和周老板有些交情。他的意思是说，那时候，我还没有参加革命，自然是不同了。

游再春说，既然都是老朋友，就好说了嘛。

头痛啊。吴品三说，我想了一整天，也没想出办法。这件案子，只交一个苏航，肯定过不了关，上面不会信。如果不能提供一个说法，周天罡就是给我再多钱，我也不敢接啊。

游再春试探地问，要不，先把苏航敲定，再想办法弄几个人来凑数？

类似的事，警察局或者社会局是常常干的，吴品三自然清楚。但是，就算所有人都干，他也不能干。面前这个游再春，看上去像是笑面佛，其实是一只笑面虎，他可不能有任何把柄落在对方手里。他说，老游啊，这件案子，我可指望你了，你快点和周天罡拿出个办法来。上午，我已经说了，只要圆得了场，我这里好说。我叫你来，是另一件事，黎明抓到了。

那一瞬间，游再春的脸就像夏天的天，一会儿乌云翻滚，一会儿雷声隆隆，一会儿又阳光灿烂。他说，抓到了？你新官上任，这把火烧得旺啊。

吴品三说，不是我们抓住的，是在武汉抓住的。

游再春的表情顿时一松。如果吴品三刚刚上任就立下如此大功，自己要想掀翻他，还真不是一件容易的事。听说不是上海抓的，游再春心里是非常受用的。他说，难怪我们一点线索都摸不到，原来他躲到武汉去了。

吴品三说，武汉这回抢了头功，我们也不能落后。黎明的主要活动区域在上海，我们得尽快摸清他在上海的情况，提前准备，别等上面派任务下来，我们就被动了。

游再春说，黎明肯定不是真名，我们要快点搞清楚他的真名是什么。

吴品三说，我就是这个意思。你在上海地头熟，势力大，关系广，这次，老游，你可要出大力啊。

游再春说，老吴你放心，抓共党的事，我游某人决不含糊。这是表面上的话，内心深处，游再春自然希望多抓共党多立大功，有了大功，他不排挤吴品三，社会局局长这个位子也是他的。可惜，他此前没有想明白这一点，只一心想把前一个局长挤走，结果是前门拒狼，后门进虎。这种蠢事，他是再也不会干了。

敲门声响起。吴品三转身向门口看了一眼，说，进来。

门被推开，郑家臣进来，脸色显得有些怪异。他说，他们来自首了。

这话听上去有些莫名其妙，吴品三问，谁来自首了？

郑家臣说，苏航和周娅蒙。

游再春听到周娅蒙的名字，心中有些着急。毕竟，周娅蒙是他放走的，自己又和周天罡有那些枝枝叶叶的关系，他问，自首？什么时候的事？

郑家臣说，就在刚才，我已经安排人处理这件事。

吴品三说，反客为主。这小子倒有些胆识。听语气，吴品三似乎很欣赏苏航一般。

郑家臣问，两位老大，这件事怎么处理？

游再春自然不好说什么，看着吴品三。吴品三说，既然是主动自首，不是我们抓的，倒省了我们的事。先押着再说，手续也不要办了。你告诉李时君，摸一摸这个苏航的底，看他到底什么来路。

游再春试探地说，周娅蒙也关？不妥吧？

吴品三说，是她主动来自首的，我们客气点就行了嘛。至于周天罡那边，还是你多操点心。我看，是不是由你给他打个电话？第一，告诉他，他女儿来自首的事。第二，让他放心，我们会优待他女儿的。当然啦，至于他女儿会说些什么，我们控制不了。

游再春说，好，我这就去打电话。说着，游再春起身回了自己的办公室。

阮周在码头没有等到周娅蒙和苏航，又见天色已晚，担心是不是已经被社会局抓了，便匆匆离开码头，赶回周宅。周家刚刚吃完晚饭，周天罡和周母一起回到堂屋。因为周娅蒙没有下来吃饭，夫妻俩正为这事斗嘴。

周天罡说，我才打了她两鞭子，不重，她就痛得起不来了？

周母说，不重？你们男人，哪知道轻重？

周天罡转了上话题，说，小周子呢？晚上怎么没见他吃饭？

袁大管家说，下午出去就没有回来。

周母说，可能去夜舞台了吧。

阮周恰好此时进来。周天罡说，你怎么现在回来？今晚不去夜舞台了？

阮周说，今天我在外面有点事，办完就直接回来了。我去看看师妹。说着，阮周向楼上走去。

周母在后面说，正好劝劝她，不吃东西怎么行？

周天罡立即扔了一句，不要去。饿几餐死不了人。再不管，她要把天捅破了。

阮周听到周天罡最后这句话，脚步稍缓了缓，就听到电话铃声响起。袁大管家过去接了电话，听了两句，说，老爷，是社会局游局长的电话。阮周正准备上楼，听说是游局长的电话，担心和师妹有关，便停下了脚步。

周天罡走过去，接起电话，说，七弟，叫你一起吃晚……什么？蒙蒙去自首……她一个人？又是这个苏航？

果然与师妹有关，阮周于是收住脚步，下了那几级楼梯，来到师父面前。

周天罡挂断电话，狂怒地看着众人，最后看着周母，问，这是怎么回事？你不是告诉我，蒙蒙在房间里吗？她为什么去了社会局？

周母完全不知道发生了什么事，说，她去了社会局？她去社会局干什么？

阮周意识到，自己如果不站出来，肯定牵累一堆人，立即走到师父面前，说，师父，这件事怪我，和师母无关。

周天罡瞪着阮周，问，你？

阮周只好如实相告。他说，下午，我听到您和游师叔的谈话，听说要把师妹当共党抓起来，心里着急，我就想，不如让她出去躲一躲。我和师妹分头行动，我去码头等她，可是，一直没有等到她，我才回来看看。

这事，当然不能责怪阮周，他是替周娅蒙着想。周天罡不解，说，那她跑去社会局自首，又是怎么回事？

阮周说，这个我不知道。我和她商量好的，她先逃出去，我清理一些东西，赶去码头和她会合。我以为她早已经到了码头，可是，我把码头找遍了，没有见到她。

经过一场乱，周母此时似乎才回过神来。整件事，重点不是女儿去了社会局，而是自首。她问，自首，她怎么去自首呢？

阮周想到了一种可能，说，糟糕，她会不会没有去码头，而是跑去找苏航，苏航给她出了什么歪主意？

让她去找苏航，两人一起逃走，是阮周的主意。但这事不能告诉周天罡，否则，自己就得担这份责任。阮周确实没想到，周娅蒙见了苏航之后，一切都变了，竟然双双跑去社会局自首，这之中到底发生了什么，他完全不知情。

周天罡也想到了这种可能，刚才游再春在电话中明确告诉他，蒙蒙是和苏航一起去自首的。看来，苏航这小子一定要马上解决，刻不容缓了。他对阮周说，小周子，你跟我来。

师徒两人走进了书房。进去后，周天罡还不忘叮嘱一句，把门关上。

要关门，自然是要商量秘密的事。阮周立即转身将门关了，然后走到师父面前，跪下来，说，师父，都是我的错。当时，您和游师叔正在谈话，我一听说要把师妹当成共党抓起来，觉得天都要塌了。蒋主席早就发过话，宁可错杀一千，不可放过一个。我想，师妹如果被当成共党，肯定难逃一死，那我也不想活了。

周天罡摆了摆手，说，算了，你没有错。我知道你是担心蒙蒙。起来吧。

阮周起来，扶周天罡坐下。周天罡说，都是那个苏航。这个人从哪里冒出来的？我以前怎么不知道有这个人？你是蒙蒙的未婚夫，你告诉我，到底是怎么回事？

具体情况，我也不太清楚。阮周说，我只是听师妹说，她在日本认识苏航。后来，苏航的钱用完了，要回国，他们就一起回来了。

周天罡问，他们想干什么？

阮周吞吞吐吐地说，他们好像在……

周天罡盯着问，在什么？

阮周说出了三个关键的字，谈恋爱。

这三个字一出，就像火星掉进了火药桶，周天罡顿时狂怒。不由得他不怒，周娅蒙是和阮周订过婚的，举行过订婚仪式，所有的亲戚朋友都出席了，那等于诏告天下，和结婚已经没有区别。周娅蒙若是再闹出什么恋爱传闻，那和通奸没有区别，是天大的丑闻。

周天罡吼道，谈恋爱？她不是已经和你订了婚吗？她恋什么爱？她要干什么？

阮周说，师父，我说了，您莫生气。我知道，师妹其实不想嫁给我。所以，订婚后，她马上就去了日本。她去日本不是真的想读书，而是想逃婚。

逃婚？周天罡意识到问题大了，质问，你怎么早不告诉我？

阮周说，在日本，她认识了苏航，两个人恋爱了。师妹真正想嫁的人是苏航。

周天罡吼道，胡说八道。她想跟谁结婚就跟谁结婚啊？

阮周在师父面前只能唯唯诺诺，说，可师妹那性子……

这件事，看来还不仅是社会局的事，背后还有关于女儿名节的天大的事。一个女人，一旦订了婚，那就等于结了婚，必须三从四德，如果订了婚又和别的男人恋爱什么的，就等于偷人养汉，伤风败俗。

周天罡咬牙切齿地说，如果苏航死了，我看她跟谁结婚去。他自己跑进了社会局，倒省了我们满世界捞他。你和大眼安排一下，让我们在社会局的人把他做了。

阮周不想沾这件事，说，弄死苏航，只不过弄死只蚂蚁，我们何必脏了自己的手？

周天罡看了看阮周，问，你什么意思？

阮周说，他闹出这么大的事，社会局能轻饶了他？又跟共党扯上了，肯定难逃一死。反正他是死鱼一条，我们乐见其成。只是，我们要想办法，尽快把师妹弄出来。

周天罡说，共党也并非个个都是死路一条吧？不也有很多咸鱼翻生的？

阮周说，就算社会局不弄死他，我们也没必要在社会局里面动手吧。人在社会局里死了，肯定要查个底朝天。我们的人在那种地方，不可能做得干干净净，万一查出什么了，肯定麻烦。

周天罡问，那依你的意思呢？

阮周说，对付苏航，那是小事一桩。他能不能活到我们动手，还是两说。就算他能活着出来，我们有的是机会和办法，那时再动手也不迟。现在最要紧的是救出师妹。要不，趁着晚上，我带人冲进去，把师妹抢出来，连夜送走。

周天罡说，蒙蒙那丫头能冲进去，那是他们没有防备。现在人家有防备了，你能冲得进去？

阮周说，那也不能让师妹……受罪啊。

周天罡说，游再春在电话里说，不会为难她，只是叫我们快点准备。

阮周问，怎么准备？要抓要放，还不是他们一句话？

周天罡说，准备钱呗。你以为这些人都是什么好东西？整个国民政府，就是一群吃人不吐骨头的饿狼。江湖还有个道义在，这些混政治的人，哪有什么道义良心？一个比一个心狠手辣。

阮周心想，要钱倒是好办了。表面上却不能拿主意，问师父，那我们怎么办？

周天罡说，下午游老七过来，就已经把话挑明了，这件事，没有一大笔钱，过不了关。现在蒙蒙自己跑到他们那里去了，恐怕他们又得加码。

阮周说，那我们快准备钱吧。不然，师妹就要受苦了。

也不能马上就满足他们。周天罡说，他那里一动，我们马上就送钱上门，以后就会没完没了，我们就成了社会局的小金库。

阮周问，难道我们什么都不做？这恐怕不好吧？

周天罡想了想，说，你带些人去社会局，把他们围起来。

围起来？阮周吃了一惊，说，您既然不让我去抢人，为什么还要围起来？

周天罡说，政府养的就是一群狼。和狼打交道，绝对不能太软了。我们一软，肯定被狼吃得连渣都没有了。哪怕明知我们会被狼咬得血肉模糊，也要拼了老命，狠咬它几口，让它知道，逼急了，我们是可以鱼死网破的。

阮周说，我明白了。

周天罡说，如果他们放了苏航，只要不是和蒙蒙在一起，你就把他给我逮住。

阮周不太相信，说，他们不会轻易就放了苏航吧？

周天罡说，会不会放，你都要做好这个准备。只要一有机会，就把他做掉，这个人，绝对不能再让他活在世上。

2

得到命令，阮周不去夜舞台了，立即带了一百多个人，把社会局围了。

夜晚的上海，睡着了一般寂静，街道见不到行人，偶尔有野狗踽踽而行。社会局门口，两个警卫听到外面有喧闹声，便走到门口，向外看。外面，竟然不知什么时候站了很多人，三个一群，四个一伙，在社会局门口转来转去。

两人警卫大惊失色，小声商量了一下，其中一个，立即跑进去报告。

今天晚上，局领导没有值班，值班的是郑家臣。郑家臣立即站在窗口后面看，看过之后，给吴品三打电话。吴品三说，把机枪架起来，只要他们敢冲击社会局，就给我开枪。

放下电话，郑家臣立即去布置架机枪。社会局不是军事机构，原本不应该有武器。但社会局还兼有调查科的功能，特别是吴品三来了之后，搞了几挺机枪，放在社会局的枪库里，这也是为了显示他的手段，让社会局的那些地头蛇明白，他吴品三可不是好惹的角色。没想到，这几挺机枪，立即就派上了用场。随后，吴品三赶到了社会局。郑家臣陪着他，站在楼顶看了看阵式。

他们有什么行动？吴品三问。

郑家臣说，暂时没有，他们只是在社会局四周转来转去，没有进一步动作。

吴品三明白了，这是周天罡在给自己施加压力，不会有更进一步动作。他向郑家臣交代了几件事，便回办公室睡觉去了。

第二天一早，郑家臣买了早餐，送到吴品三的办公室。吴品三刚刚起床，正在洗漱，郑家臣将早餐摆在他的茶几上。

吴品三问，老游昨天晚上来了没有？

郑家臣说，你刚睡下的时候，他来了。我去买早餐的时候，看到汪峰仁拿着早餐进来，应该是给他的。

吴品三又问，昨晚没什么事吧？

郑家臣说，他们只是站在那里，没有动作。

吴品三坐下来吃早餐，游再春一手端着茶杯，一手转动着钢球，跨进来。人还没坐下，便说，这事闹的，鸡飞狗跳。

吴品三说，老游啊，吃早餐没有？一起吃点？

游再春说，吃过了。光是油条豆浆？太简单了，我那里有些糕点，要不，我给你拿点过来？

不用，人老了，喜欢吃得简单点。吴品三说，和周天罡联系没有？他怎么说？

游再春不说联系，也不说没联系，说，江湖人物嘛，性子像火药桶，以为政府机构也是江湖。

吴品三说，是吗？你没告诉他，他女儿是来自首的？

游再春说，自首就更好嘛，我们可以加点码。

吴品三摆了摆手，说，这件事，我交给你了。你老游和他商量，只要我这里能过关，一切好说。对了，老游，我突然想起一件事，听说你和蒋百里交情不错？

游再春暗自一惊，蒋百里可是个敏感人物，中原大战后，老蒋还把他关了一段时间，才放出来没多久，现在上海当寓公。游再春担心不留神钻了吴品三的陷阱，说，一般吧。

吴品三说，一般？那我听到的消息不准？

游再春解释说，周天罡和他的交情很深。蒋百里主动认周娅蒙当干女儿。周娅蒙这丫头比较刁蛮，好像很对蒋老爷子的胃口。对了，你怎么突然问起这件事？

吴品三说，南京都知道，老头子对他的这位家门老师……啊，你知道的。

游再春说，也是，谁喜欢上面还有个太上皇？

吴品三说，人都是找一个存在感。

游再春说，老吴，你这话太对了，人不管做什么事，都是为了这个存在感。

短短的几句对话，彼此打了一圈太极。游再春希望吴品三说明问此话的用意，又不想把自己绕进去。吴品三呢，就是转来转去，明明看着门在那里，就是不迈步。最终，似乎什么都说了，又什么都没说。

李时君自然也知道外面的情况，那么大的阵式，一眼就能看穿。走进社会局一看，气氛虽然有些紧张，但几个局领导似乎不太当一回事，一切按部就班，李时君也就放下心来，去关押室审苏航。进去的时候，苏航席地而坐，闭目养神。他只能席地而坐，因为关押室内，什么都没有。他当然不知道，苏航脑子里还想着那个美女和她留下的那句话。旦复旦兮，悠悠我心。到底是什么意思？难道不是她的相关信息？

李时君进来，后面跟着一名便衣。李时君走到苏航面前，站定，问，你怎么又来了？

苏航睁开眼睛，看了看李时君，说，觉得你们这里蛮好玩的，来玩一玩不行啊？

是吗？李时君向便衣摆了摆手，便衣转身出门。李时君问，你想怎么玩？

苏航说，随便啊，你们想怎么玩都可以，我奉陪啊。

便衣搬一把椅子进来，摆在李时君身边。李时君坐下，便衣站在他身边。李时君说，也行，我们相互认识一下吧。我叫李时君，社会局行动股股长。你呢?

苏航还真上道，说，我叫苏航，集纳新闻社发行人兼主编。

李时君说，就这么简单?

苏航说，不简单的当然有，你想知道什么?

李时君翻了翻眼皮，说，知道什么就说什么，把你知道的，都说出来。

苏航问，那从头说起?

李时君说，我有时间，说吧。

苏航说，要从头说起，太长了。就从参加工作说起，怎么样?

李时君说，你想从哪里说，就从哪里说，我听着就是了。

苏航说，我的第二份工作，在北伐军里当连指导员。

李时君冷笑，不语。

苏航反问，李股长好像不相信?

李时君问，那时，你多大?

苏航说，十六岁。也不是，我十六参加革命，一年以后当北伐军连指导员，应该十七了。

李时君认定苏航在吹牛，并且十分肯定，这句话有破绽。他就像猎人发现猎物的脚印，心中狂喜而又不露声色。他问，连指导员是什么级别的军官?主要职责是什么?

苏航说，比连长小比排长大，军衔是中尉，也有的是上尉。连长负责连队的全面工作，主要侧重军事指挥工作。指导员主要负责连队的政治思想工作，也就是增加军队的凝聚力。

李时君觉得出击的时机到了，说，你知道黄埔一期生，在北伐军中都担任什么职务吗?

这话的意思是明确的。黄埔一期生，毕业后是见习排长，军衔是少尉。相当一部分人，因为东征有功，得到快速提升。北伐开始时，一部分黄埔一期生，已经升到了上尉军衔，还有一部分只是中尉军衔。苏航说他是北伐军连指导员，那应该也是上尉。他一个十七岁的孩子，寸功未立，就能捞个上尉军衔?以为人家都是傻瓜啊。

没料到，苏航说，知道啊。如果有战功的，像胡宗南、陈明仁这些人，是上尉，担任连长或者营指导员，差一点的。中尉，当排长，黄埔二期的一般是排长，黄埔三期四期的是见习排长。

李时君要的就是这个，于是乘胜追击，说，你的意思是说，像胡宗南、陈明仁这些黄埔精英才只是连长的时候，你已经是连指导员了?

苏航大大咧咧地说，对啊。

李时君问，有人能证明你说的这些吗?

这才是根本，如果没人证明，一切都是谎言，这个谎言要拆穿不难。在李时君看来，苏航肯定提供一个当时的连长最多营长之类为自己证明，这样的人，要么牺牲了，要么后来离开了，弄出一个查无此人，是一定的。让李时君万万没想到的是，苏航说，有啊，胡抱一。

不需要再问了，再问，估计苏航也不会说。有了这些，李时君足够向吴品三报告了。他走进吴品三办公室的时候，吴品三正站在窗前，看着外面的情况。李时君只好也站过去，向外看着。吴品三问李时君，这都折腾一个晚上了，你估计，他们会冲进来吗？

李时君说，我觉得他们不敢得罪社会局，只是做做样子。如果什么都不做，他咽不下这口气，做得太过，他们又担心自己承受不起。

吴品三说，气？老子还气呢。他以为老子的社会局是什么？

李时君说，所以，他们应该不敢有任何动作……来了一辆汽车，好像是周天罡的汽车。

两人向外望去，大门口，果然来了一辆汽车。社会局的大门没有打开，这是因为吴品三有命令，除了社会局的车，任何车都不准放进来。所有要求进入社会局的人，都要严格登记。

汽车停下来后，阮周不知从什么地方钻出来，上前打开车门，周天罡拎着一只包，下了车。周天罡和阮周站在那里说了几句话，周天罡抬腿向社会局里面走，社会局门口的警卫，也是帮会人物，自然认为周天罡，早已经填好了会客单，上前递给周天罡。周天罡签过字，进入了大门。

通过窗口看见周天罡进来的，不仅仅只是吴品三，也包括游再春。

游再春知道，周天罡来到社会局，一定会先找自己。他不希望周天罡太顺利，便闪身离开了办公室，到达二楼，走进了情报股办公室。

情报股里正在议论这件事，有人说，周老板的人，不会真的冲进来吧？又有人说，真冲进来？如果他真想搞点什么事，我们早晨上班的时候，他就动手了。现在这样，肯定只是做做样子。看到游再春进来，这些人立即缄口。游再春挥了挥手，立即有一名职员走上前。游再春掏出钥匙，递给他，说，你去看一看，如果周老板是来找我的，你告诉他，我在开会，让他等一下。你留下来陪他，就让他留在我的办公室里，别让他去其他地方。

职员答应一声，接过钥匙，转身离开。

汪峰仁的办公桌在最后面，坐在他那里，可以看清整个科室的一切。游再春进来时，他早已经站起来，说，老大，您怎么来了？周老板好像来了，应该是找您的。

游再春顾着和职员说事，没理汪峰仁，汪峰仁已经离开自己的办公桌，走到游再春面前。游再春也没有立即对汪峰仁说话，而是向里面走，走到汪峰仁的办公桌后，坐下来，汪峰仁便在他的旁边站着。

游再春说，别站着，搬把椅子过来。汪峰仁拉过一把椅子，摆在办公桌的横端，坐下来。

游再春看了看其他人，小声问，怎么样？

汪峰仁一时没明白，不知怎么回答，说，不，我……不是……

游再春说，郑家臣的事。

汪峰仁恍然大悟，说，我已经开始按您的吩咐准备了。有几样东西已经准备好，还有几样东西，要过几天。

游再春问，那个女人呢？什么情况？

汪峰仁说，我和古泉去了一趟，他没说错，还真是标致。

游再春说，你有小丽了，别动歪脑筋。

汪峰仁说，请您放心，我有数。

游再春说，最好还要有个备选方案。我们不能在一棵树上吊死，万一女人的事，栽不到郑家臣头上，我要有第二手准备。

汪峰仁问，徐志谦行不行？

游再春问，徐志谦，你怎么想到他？

汪峰仁说，吴大嘴从武汉带来的人，只有三个。郑家臣和赵印墨进了社会局，在编制内，徐志谦却只是外围。明显，吴大嘴是区别对待。还有，我听说，徐志谦在武汉的时候，曾经是共党一个不小的官，被捕后出卖了很多同党，让共党在武汉的一个区，全部被端掉了。他在武汉没法立足，才跟吴大嘴到了上海。要搞这个人，可能还容易一些。

游再春说，正因为他是外围，意义要小得多。这个人的情况，你可以摸清楚。但我们现在的主要目标不是他，而是郑家臣。我说的第二手准备，还是对付郑家臣。

好，我再想一想。汪峰仁说，对了，我发现李时君最近往那边跑得很勤，刚才又去那边了。这个人是从共党那边过来的，有奶便是娘，老大，您可得防着点。

李时君的事，你不要管。游再春说，我有数。

汪峰仁颇有些失望。李时君一个共党的叛徒，竟然在社会局当上了股长，自己才只是副股长，想着心里就有气。他知道游再春不信任李时君，才想借此机会，狠踩一脚。听游再春这样说，他问，那跟着他的人，撤不撤？

游再春问，被他发现了？

汪峰仁说，没有。

游再春说，那就继续跟。这些从共党那边过来的人，我们可不能轻易相信。

3

吴品三离开了窗口，走到办公桌前，又向李时君示意，请他坐下。李时君走向沙发，坐下来。吴品三问，你继续说，那个苏航，什么情况？

李时君说，他说他工作一年后进了北伐军，担任连指导员。

吴品三正准备往下坐，听了这话，显然十分吃惊，又站直了，问，北伐军连指导员？他那时多大？

李时君说，十七岁。

吴品三说，十七岁当北伐军连指导员？他在编故事吧？

是啊。李时君说，我也觉得这个人特别能吹，看上去，也就是二十岁左右的年纪，派头却大得不得了。

吴品三坐下来，说，北伐的时候，我正在广州。黄埔时期，国共合作，学习苏共，在军队中搞过一段时间政治委员，但也没有全面铺开。后来发生了中山舰事件，这一制度就被取消了。北伐时，连队有指导员的，只有几支部队，大都是共产党领导的部队。

李时君说，这么说，他真是老共？

吴品三说，是就好，我还怕他和共党一点边都沾不上呢。他还说了些什么？

李时君说，我问过他，这些经历，有谁可以证明。他说，胡抱一可以。

吴品三手里正拿着一支笔，准备在文件上写字，听到胡抱一的名字，手中的动作停了。吴品三盯着手中的笔，过一会儿，抬头，看了一眼李时君，问，胡抱一？

李时君说，对，胡抱一。

吴品三说，我和胡抱一熟得很啊。当年在上海，胡抱一在陈其美府上走动，我们就认识。他和九哥、胡宗南、戴雨农是结拜兄弟。后来，我去广州给陈部长当秘书，胡抱一给先总理中山先生当警卫，我们来往就更多了。

李时君说，局座给陈部长当秘书的事，我听说过一点。所以，我觉得……

吴品三说，你觉得什么？别吞吞吐吐，有话就说。

李时君说，我觉得，苏航别人不提，只提胡抱一，一定是早就想好了的。

吴品三看了看李时君，问，你觉得他是有恃无恐？

李时君说，好像有这么点意思。

吴品三问，那他的目的是什么？

李时君说，不知道。

吴品三略一思考，抓起面前两部电话机中红色的那部，说，接南京……请帮我转胡抱一同志办公室。

这种专线电话需要先接通上海总机，再由上海总机转南京总机，然后由南京总机转到具体电话，转接需要时间，吴品三趁着这个时间和李时君说话。

他还说了什么？吴品三问。

李时君说，别的还没来得及问，我觉得这件事很重要，立即过来报告了。

吴品三说，不错，时君你办事很有章法。好好干，我不会亏待你的。

李时君说，谢谢局座栽培。

吴品三表现出一副语重心长的样子，说，别的不敢说，跟我干的人，最后都提拔了。不信，你可以去安徽和武汉打听……

说到这里，电话接通了，吴品三立即冲李时君竖起一只手指，对着话筒说，抱一兄吗？我是吴品三啊……是啊是啊，苦差事啊，大家都说上海十里洋场，我还以为这是个什么美差，没想到这么复杂……老兄什么时候到上海，一定告诉我啊，我好尽点地主之谊……也没什么别的事，向你打听个人……苏航，江苏的苏，航海的航……听说他十七岁的时候，在北伐军当过连指导员……至梧先生的儿子？不不不，没什么事……一定一定，那是一定的。

说至梧先生的儿子前，吴品三的身子抬了一下，显然，他对这个消息感到吃惊。李时君注意到了这一点，在他挂断电话后问，胡长官证实了他的身份？

吴品三没有答话，而是再一次拿起同一部电话，说，再给我接南京……请接胡文俊胡次长办公室……等电话的时候，他对李时君说，你给我好好查一查，他到底是什么目的。

李时君其实想到了一种可能，但他不敢说明，而是给自己留有余地，说，刚才我想了一下，或许，开始，他真是喝醉酒……

吴品三说，恐怕不会这么简单吧？

李时君希望吴品三将自己心中的猜测说出来，便说，难道还有更深的目的？他年纪轻轻，不可能有什么心机吧？

吴品三冲李时君摆手，然后竖起一只手指，对着话筒说，文俊贤弟，是我，品三……好久不见了，想你了嘛……下礼拜来上海？好哇好哇，我们兄弟俩又可以好好喝一顿了……好好，定了时间，一定要通知我，我去车站接你……对了，你是不是有个表弟叫苏航……这我就要向你讨个理了……好好，不说了，等你来上海，我们再说。

吴品三挂断电话。李时君以询问的目光看着他。吴品三再没有说别的话，稍作思考，然后命令道，你去把苏航带到我办公室来。

游再春故意在汪峰仁那里磨蹭了半天，才起身回自己的办公室。

周天罡坐在里面，由社会局的一名职员陪着。游再春从外面进来，周天罡立即站起相迎。游再春说，哎呀，不好意思，还让三哥亲自跑一趟，又刚好碰到我开会。这社会局事情就是多，每一件都是大事。

周天罡站起来迎着游再春，随口说，那是那是。谁不知道七弟是全上海滩最忙的人？

之一，只能算之一。游再春强调过，向周天罡做出手势，说，坐，坐啊。

游再春自己先坐下，周天罡随后坐下来。职员说，游局长、周老板，我走了，有事叫我啊。游再春挥了挥手，职员将钥匙放在办公桌上，退出去。

游再春说，哎呀，这个事，复杂了，真的复杂了。

周天罡说，昨天晚上，你给我打完电话，我原想立即就赶过来的。

游再春打断了他，说，你是没有来，你的人不是来了？把我们社会局给围了啊。

周天罡说，不不不，七弟误会了。

游再春说，误会？昨天半夜，吴品三把我叫过来，问我是怎么回事，你却说是误会？

周天罡说，七弟真是误会了。我派几个人过来，只有两个目的：一嘛，自然是接蒙蒙回家。第二，这些事，全都是苏航搞出来的。我如果轻易放过他，今后还能在上海滩混下去吗？所以，这个人，我要了。

游再春必须趁机给周天罡点颜色，说，你要了？这两个人都在社会局，你怎么要？

周天罡说，你们社会局不是没有逮捕权、羁押权吗？我想，他在社会局的时间不可能太长。如果你们把他放了，我就立即领走。

这是实话。社会局有一部分调查科的职能，但是，调查科无论是情报还是搜捕，都属于严格的司法程序范围内。国民政府名义上是民主政府，民主政府一个关键性标志，就是司法严格程序化。司法程序一旦法制化，调查科就什么事都不能做了。所以，蒋介石提出，宪政是未来的奋斗目标，在达到这一目标之前，必须有一个过渡期。这个过渡期，绝对不可能实行宪政，而只能实行训政。所谓训政，说白了，就是以他为权力核心，他想怎么干，就怎么干。胡汉民是立法院长，如果实行训政，他这个立法院长就等于聋子的耳朵，所以，他和蒋介石针锋相对，提出要立即实行宪政。

社会局没有逮捕权、羁押权，是宪政使然，但暗地里，又网开一面，是训政的产物。社会局内部也大为烦恼，他们希望上面更进一步放权，而上面，却为此大闹矛盾，蒋介石一怒之下，把胡汉民关在了小汤山。如此一来，矛盾激化了，一帮反对蒋介石的人，迅速聚在了一起，跑到广州另立中央。

周天罡当然不是要和他讨论这个，他是要来解决问题的。老百姓和政府之间，问题怎么解决？当然是用钱。他拿过包，从里面掏出一包东西，递给游再春。说，这事，多谢七弟费心了。

游再春接过那包东西，顺手塞进衣袋，说，你怎么教训苏航，那是你的事。但你弄那么多人围着社会局，明明是向我和吴品三施压嘛。你知道吴品三昨晚怎么对我说的？

怎么说的？周天罡问。

游再春学着吴品三的语气神态，说，看来，周老板是想比一比刀把子和枪杆子谁硬啊。

周天罡颇有些吃惊，说，他真这样说的？

游再春说，你以为他是光说不练的人？他已经下令，只要你的人胆敢进入社会局，立即开枪。你大概没注意到，楼上架着好几挺机枪呢。你是不是准备抬几具尸体回去？

对此，周天罡早有预料：无论如何，他是不会去碰这个底线的。表面上，他还得解决问题，说，真的是误会，天大的误会，过一会儿，我当面向吴局长请罪。

游再春说，你到我这里来，他肯定已经知道了，不去他那里，恐怕说不过去。这样吧，你先去他那里，听听他怎么说，我们再商量下一步，怎么样？

周天罡说，好，我听七弟的。要不，中午我请你们吃饭？

吃饭？摆鸿门宴？刀都架在脖子上了，你这个饭，谁敢吃啊？游再春说，你快点把眼前的事解决了吧，别节外生枝了。

周天罡再一次解释，说，我说了都是误会嘛。

游再春摆了摆手，说，我这里，一切好说。毕竟，我们这么多年交情了，又是同门兄弟。他那里，你要想好怎么开这个口，光是一个误会，肯定过不了关。就算他拿刀子往你头上砍，你也得挨着。

知道，知道。周天罡说，那我就去了。

游再春挥了挥手，说，去吧。

周天罡起身，出门，游再春起身，送到门口，随后将门关上，伸手掏出周天罡送的东西，打开纸包，是两根金条。

周天罡出门，门外是一条走道，两边都是办公室，门顶上挂着牌子。游再春的办公室在西端，吴品三的办公室在东端，都朝南，楼梯在走道的中部。周天罡走完了整条走道，来到吴品三的办公室门口。门上没有牌子，门也是虚掩着的。周天罡原想推门而入，临了又改变主意，敲了敲门。

里面传来吴品三的声音，说，进来。

周天罡并没有立即进去，而是将门缝推开了些，将头伸进去，说，吴局长，没有打扰您吧？

吴品三抬起头，看到周天罡，说，哎哟，周老板，打上我的门来了？我吴品三一个半老头子，这一辈子什么都怕，就一样不怕，不怕事。

哪里哪里。周天罡推开门，向里面走，嘴里说，吴局长误会了，纯属误会。

进入办公室后，周天罡顺手将门关上。吴品三一直在办公桌后坐着，稳稳地端着架子，没有丝毫动作，只是以目光盯着周天罡。周天罡走到办公桌前边，一直在点头哈腰。

先礼后兵，是吗？吴品三冷冷地说，说吧，什么礼，怎么兵？

周天罡走上前，掏出纸包，放在吴品三桌上，明显比游再春那个大一半。吴品三看一眼那包东西，没有动，说，这就是你的礼？那好，兵呢？亮出来我看看。

周天罡说，吴局长真是误会了。我们是什么交情？我怎么敢对吴局长不敬？

这话看似平常，其实是暗示，吴品三曾经向周天罡递过门生帖子，彼此有师徒之实，他周天罡是长辈。

吴品三根本不理这一套，他现在有不理的底气。他说，你大概还不知道吧，我这二楼，有三挺机枪对着大门口。我知道你周老板手下人多，但你的人有我的子弹多吗？

周天罡连忙说，岂敢！岂敢！我这不是负荆请罪来了吗？

吴品三必须狠狠地打击周天罡，把他的气焰打下去。吴品三换了一种语气，说，周兄啊，我尊重你，也感念当年在上海，你对我不薄，我叫你一声老兄。这是回应了刚才周天罡暗示彼此的师徒关系，他要为此事重新定位。这个新定位，已经不再是师徒，而是兄弟，无形之中，他将自己提升了一辈。吴品三继续说，但你要搞清楚，如今，你是民，我是官。我吴品三尊你为兄，那是私人感情，过往的交情。但我坐的这个位子，不是我个人的，是国民政府的，不可能讲任何个人感情，更不能容忍任何违法乱纪。

周天罡一再解释，说，吴局长真是误会。请吴局长相信，就算借我一百个胆子，我也不敢和社会局对着干，不敢和国民政府对着干。我之所以叫了几个人守在社会局门口，主要是为了那个苏航。

吴品三说，为了苏航？为了你未来的女婿，就对社会局兴师动众？

周天罡立即找到了梯子，说，我说吴局长误会了嘛。他怎么可能是我未来的女婿？我未来的女婿是小周子，也是我的干儿子，阮周。轮也轮不上苏航啊。

吴品三自然也想找梯子下楼。这件事，最终的解决结果摆在那里，周天罡的面子，无论如何是要给的。听了周天罡的话，吴品三立即问，怎么回事？我手下的人说，你女儿亲口说的，苏航是她的未婚夫。

周天罡说，这就是问题所在，苏航这个小白相，竟然白相到我周天罡头上了，我能放过他？我派些人过来，就是要盯死这个小白相。

吴品三可不管他们之间的事，说，哦，为了一个小人物，周兄有必要大动干戈吗？

周天罡说，我可不觉得他是小人物。吴局长你想，他为什么喝醉了酒跑到社会局来闹事？我怀疑他根本就不是喝醉了，而是装醉。目的很清楚，就是要从社会局抢走那些人。他不是成功了吗？

吴品三说，那是因为他动用的是你周老板的人。我们对你周老板还是非常客气的，如果是别的人，结果肯定不是那样。

周天罡说，我知道，吴局长一眼就看明白，我的人只是被他利用了，所以没有更进一步追究，我对吴局长万分感谢。同时我也想，这个苏航，别看年纪轻轻，还真是不一般。如果是一般人，闹出这么大的事，还不一逃了之？他倒好，竟然跑来自首。他既然敢来自首，难道就没有准备？

吴品三自然知道，此时周天罡恨苏航入骨，便借此机会，想把苏航的共党之罪敲定下来。吴品三可不会着周天罡的道，只是冷冷地问，什么准备？

周天罡说，这正是我担心的。所以，我才派些人到这里盯着。

吴品三又刺了一句，说，这么说，周老板是在替我当这个局长喽。

周天罡又一次解释，说，不不不，吴局长误会了。我只是觉得，这个苏航害了小女，而小女年少无知，受了苏航的蛊惑，我们周家和苏航不共戴天。无论如何，我得找苏航算这笔账。

吴品三可不想纠缠在苏航的事情上面，他要的是另一个效果。他问，你是想告诉我，强龙压不过地头蛇。对不对啊，周兄？

周天罡大声地辩解，说，误会，绝对是误会。

吴品三觉得火候差不多了，说，是误会也好，不是误会也好，现在，你立即把那些人给我弄走。

周天罡说，好好好，我立即叫他们走。

4

李时君走进羁押室，苏航在里面打坐。李时君走到苏航面前，说，苏兄，没想到，实在没想到啊。

苏航闭目养神，注意到李时君对自己的称呼变了，变成了苏兄。他知道，胡抱一的名头起了作用，但表面上不露声色，一言不出。

李时君说，别装了，我知道你是尊大神。起来吧，跟我走。

苏航睁开眼，看了看李时君，继续演下去，说，这就要枪毙？还没审判啊。

李时君说，我可跟你说好，等你从这里走出去，我要请你喝酒，不准不答应，不答应我跟你急。

苏航说，请我喝酒？真的要枪毙我？李股长，你别吓我，我胆子小。

李时君说，多的话不说了，你敢走进这里，心里一定有数。就这样说定了。

苏航盯着李时君看，满脸疑惑地问，这么说，不是枪毙我？

李时君说，你老弟，日后飞黄腾达了，可别忘了我。

苏航说，当然，我怎么会忘呢？我长这么大，我爹都不敢打我，你说我能忘吗？

李时君暗自一惊，才知道自己一时冲动，犯下了毛病，说不定把这小子得罪了，连忙说，对不起，对不起。要不，你现在把我打一顿？

打你？苏航十分警惕地说，你做套让我钻吧？

李时君一定要消除这件事的影响，说，我打了老弟，我知错了。任打任罚，怎么样？

苏航站起来，围着李时君转了半圈，狐疑地盯着他，问，你没吃错药吧？

李时君说，不说了。局座要见你，别让他等久了。请跟我来吧。

李时君转身向外走，苏航跟在后面。到了外面，才走几步，苏航停下来，不走了，问，你们局长要见我？什么情况？

李时君说，你去了就知道了。苏航说，等等，等等。

苏航不肯走，李时君只好停下来，说，苏兄，你怎么啦？局座还在办公室等着呢。

苏航挥了挥手，说，事情太多，我脑子转不过来。你们局长要见我？

李时君说，是啊。

苏航问，他为什么要见我？李时君说，局座的事，我哪里知道？我只负责执行命令。

苏航说，那你总可以告诉我，你们局长是谁吧？

李时君已经认定，苏航有一个完整的计划。听了这话，他说，不会吧，苏兄不知道我们局座是谁？

苏航说，废话，我知道还问你？我几个月前才从日本回国，哪知道你们这庙里有些什么神？

李时君又疑惑了，难道自己想错了？他说，倒也是。你几个月前从日本回国，吴局长两个月前才来上海上任，你确实可能不知道。

苏航说，你介绍一下你们局长的情况吧，要不然，他要见我，我也不知道说什么话啊。

李时君说，我们局长姓吴，大名叫吴品三。

吴品三？苏航说，是不是那个曾经给陈立夫当秘书，因为名字里口字多，所以人称吴大嘴的吴品三？

要说吴品三名字里口字多，也多不到哪里去，四个而已。但再加一个三，自然就多了。他之所以落得这样一个花名，名字中的口还不是关键，而是他很会捞钱。在安徽和湖北，当的是民政厅长，那可是肥得流油的差事。当然，他捞的钱，也不是完全塞进自己的腰包，其中相当一部分，奉送给了陈果夫。陈果夫这个人，可算国民党里的另类，个人极为清廉，一生两袖清风，替组织贪，所管单位的小金库，和财政拨款相比，一点都不差。他还学曾国藩，自己不贪，弟弟陈立夫和堂弟陈宝骅，可是捞了不少。这一点，他和蒋介石是非常像的。

李时君说，我猜得没错，苏兄果然是局座的旧相识。

苏航说，什么旧相识？我只是记性好，记得这么个名字。

李时君拉了苏航一下，说，苏兄，你就放一百二十个心吧。局座要见你，肯定是好事。别磨蹭了，走吧。李时君领头上楼，苏航跟着。

社会局的办公楼是三层，再加一层地下室，总共四层。李时君由楼梯上来，苏航跟在后面。也是凑巧，他们刚刚来到三楼，步出走道，迎面碰到了周天罡。周天罡正好从吴品三办公室里出来，三人在楼梯口相遇了。

李时君说，周老板，是您啊。

周天罡不认识李时君，问，你是……

李时君连忙自我介绍，说，周老板，您不认识我啦？我是李时君，社会局行动股股长李时君。其实，李时君还可以有另一种介绍，他是季去清最得意的弟子之一，季去清和周老板一样，都是通字辈的大佬，所以，周天罡是李时君的师叔。不过，那样介绍的话，李时君就自然小了一辈，矮了一截。

周天罡说，哦，原来是李股长。失敬失敬。说的时候，便拿眼去看苏航。

李时君误以为周天罡想认识苏航，便说，我替你们介绍一下。这位是集纳新闻社的苏航苏主编，这位是名满上海的周天罡周老板。

苏航？听到苏航的名字，周天罡的眼珠子顿时突了出来。

苏航也没料到会碰到周天罡，他毕竟是周娅蒙的父亲。苏航只好打招呼，微微鞠躬，说，周老板，您好。他的话音还没落下，周天罡已经跨上前一步，突然出手，一拳狠狠地打在苏航的脸上。苏航没有准备，又是鞠躬后刚抬起头，被打个正着，不觉向后退了半步。

李时君没料到会是这样的结果，顿时上前，拉开周天罡，隔在两人之间，说，周老板，周老板，您不能这样。

周天罡还想再打，见李时君隔开，只得指着苏航骂，你个小赤佬，胆子不小，白相到老子头上来了？你找死。

周老板……苏航想解释。

周天罡一声暴喝，打断了他，说，放肆，周老板是你这个小赤佬叫的？

李时君已然明白，此时的周天罡恨苏航入骨，自己刚才错误地向他们做了介绍，连忙打圆场，说，苏兄，快给周老板赔个不是。

苏航一身傲骨，怎么肯低头？他说，不会吧，李股长，是他打了我，不是我打了他，应该是他向我道歉。

周天罡说，老子明人不做暗事，既然你敢惹老子，老子也不可能咽下这口气。我现在就告诉你，只要你从这里活着走出去，就算逃到天涯海角，老子也要找到你。

这话等于江湖通缉令，而且是死亡通缉。周天罡作为一帮之主，说过了这样的话，就不可能收回去，从此之后，就只有两种结果，要么，苏航死，要么，周天罡死，不再有调和的余地。

李时君还在当和事佬，说，周老板，周老板，误会，您一定是误会了。

听到外面的吵闹声，游再春打开办公室的门，走出来，问，李股长，这是怎么回事？

李时君说，哦，游局，吴局要我带苏航先生去见他，没想到在这里碰到周老板……

游再春注意到了李时君的用词，颇有点惊讶，指着苏航，说，老吴要见他，就这样见？

李时君似乎不明白，说，不这样见，怎样见？

吴品三自然也听到了外面的吵闹，此时出面解围了，说，是李股长在外面吧？人带来了没有？

来了来了。李时君仿佛见到救星一般，推着苏航向前走，说，进去，快进去。李时君不管不顾，把苏航推进了吴品三的办公室。

游再春和周天罡站在楼梯口，看着他们的身影消失，游再春说，走，我们进去说吧。

周天罡狠狠地看了一眼苏航消失的地方，跟着游再春，向他的办公室走去。

李时君和苏航进入办公室。

吴品三坐在办公桌后签文件，头都没抬，问，刚才外面怎么回事？

李时君说,都怪我多嘴,介绍了苏先生的身份,忘了这几天闹出的事和周小姐有关。结果,周老板……周老板就……

吴品三放下笔，站起来，对李时君说，好了，你去吧。

李时君颇为惊讶，苏航的身份可是被关押的，不锁不铐的，让他和局长单处一室，这适合吗？他当然不能提这样的疑问，而是说，可是……

吴品三进一步说，这里没你的事了，我没有说清楚？

李时君想，反正该问的，我已经问了，有什么问题，与我无关了。他说，是是是。转身对苏航说，苏兄，你坐，我走了。然后退了出去。

吴品三说，把门关上。李时君已经走到门外，又返回来，将门关上。

吴品三指了指沙发，对苏航说，坐吧。

苏航坐下。

吴品三问，你叫苏航？

苏航说，是。

吴品三说，刚才外面吵什么？我好像听到周天罡在说，你如果活着从这里出去，他要追杀你？苏航看了看吴品三，不明白他到底想说什么，机械地答了一声，是。

吴品三说，你知道你惹上大麻烦了吗？

苏航觉得，只是这样问答，自己太被动了，他要反击，所以反问，吴大局长的意思是不是说，社会局这里的麻烦还不够大？

吴品三在他面前坐下来，说，你很聪明。你和周天罡的女儿冲进社会局，放跑了一些人。那些人全都是共党要犯。这是重罪。不过，我吴品三很爱才惜才，而蒋主席又有明确手令，年轻人误入歧途，可以理解，只要宣布脱离共党，可以既往不咎。

苏航语带讥讽地说，我知道这个密令，抓到一个共党，奖三千至五千，劝降一个，奖一千至三千。如果是共党的高官，另外还按级别大小额外奖励。如果是上了通缉令的，上面悬赏多少就奖多少。为了得到重奖，全国不知搞出了多少假共党。吴大局长的意思，准备从我和周娅蒙身上，捞上一两万的奖金？

这个奖金，我自然想拿。吴品三似乎并不想隐瞒苏航，他说，社会局几十号人，工资收入比其他部门高好几倍，财政拨款，能解决问题吗？不过，我也可以坦率地告诉你，要拿这个奖金，我有很多办法，不一定要从你这里。我现在只想提醒你，你的麻烦，不是怎样过我这一关，而是怎样过周天罡那一关。周天罡是什么身份，你知道，你把周天罡的女儿拖下了水，他能放过你？他刚才那些话，我也听到了，那等于公开宣判了你的死刑。江湖人物，从来都是说到做到的。

吴品三停下来，看苏航。苏航不语。其实，苏航在认真地判断吴品三的这一席话。吴品三已经知道了他的身份，却又故意不揭穿。这话显然在暗示，在他这里，已经不是麻烦了，但周天罡那里的麻烦更大。有关这一点，苏航当初的预计确实存在一定问题，没料到周天罡会反应如此之大。

吴品三说，年轻人，我建议你换位思考一下。假设你是我，我是你，你该怎么处理这件事？

苏航说，如果我是你，我有一个办法。

吴品三问，什么办法？苏航说，我把你收在我的门下。

这话让吴品三太吃惊了。自从知道苏航的身份，吴品三的整个想法彻底变了。苏航如果是普通人，那没话说，他自己找死，肯定安一个共党罪名，交上去，是死是活，由上峰处理。既然他是恩师苏至梧的儿子，一切又全然不同，他必须考虑该怎样帮苏航摆脱危机。社会局或者调查科好说，他毕竟是局长，有这个权力，加上游再春要超度周娅蒙，只要他睁一只眼闭一只眼，事情肯定过去了。问题是，周天罡那边，怎么办？年轻人不懂事，闯下大祸还不知道。

吴品三苦思冥想，想了很长时间，才想到一个绝妙的办法。令他没想到的是，苏航竟然脱口而出地说出了这个办法。他盯着苏航看了好一会儿，露出欣赏之色，然后问，你愿意？

让吴品三再一次惊讶的是，苏航竟然非常肯定地回答，我不愿意。

吴品三还真被他搞糊涂了，伸手摸了摸自己的头，说，周天罡对你的态度，你也知道了。你想过没有？如果他身上有一把枪，现在你已经是死人了。

苏航说，这不奇怪。

吴品三转身指了指窗口说，站在那里，可以看到门口。我建议你去看一看。外面站的，全都是周天罡的人。刚才，他对我解释说，他怕你跑了，所以在那里等着你。我当然不可能让他在社会局门口胡作非为，下令让他们撤走，估计现在还没走。

苏航动都没动，说，不用看，我可以想象。

吴品三说，就算他们表面上撤走了，暗处，一定还有别的人。你只要走出这里，就只有一个结果：死。苏航不说话。吴品三继续说，你的表情告诉我，你有点不以为然。你是想告诉我，你既然敢走进这里，是因为你早已经把一切都计划好安排好了？

苏航说，我是个性情中人，想到应该怎么做，我就去做。

你还真不是一盏省油的灯啊。吴品三说，那你现在想一想死这个字。难道说，你真的准备死？

苏航说，我当然不愿意死，但也不愿意就这么被社会局招安。

吴品三知道了，这个年轻人非常倔强，仅仅今天的一次谈话，要改变他，非常难。

既然下定了决心要保他，就不能放他出去，否则，眨眼之间，就成了死人。他希望给苏航一点时间，让他好好想透。所以，他站起来，回到办公桌前坐下来，并且伸手到桌子下面按铃，说，你还年轻，我不希望看到一个年轻人就这么死去。我给你时间，你回去好好想一想，怎么让自己活下来。

敲门声响起，吴品三说了一声进来，郑家臣推门而入。

吴品三说，把苏先生带回去。你告诉李时君，不要为难他，让他好好反省一下。

周天罡跟着游再春进了他的办公室。人还没有坐下，游再春便说，哎呀，三哥，你怎么在社会局里打人？

打他？打他算便宜了他。周天罡还是满腹怒火，说，他只要走出这里，我肯定亲手灭了他。

游再春挥了挥手，说，算了算了，不说这件事了。吴品三怎么说？

周天罡叹了一口气，说，别说了，被他狠狠地教训了一顿。周天罡伸手在自己的脸上拍了拍，说，让我这张老脸，都不知往哪搁。这个混账丫头，把老子的脸都丢尽了。我周天罡到上海来四十年了，什么时候这么窝囊过？

游再春说，这事吧，恐怕也不能全怪老吴。

周天罡看着游再春，说，他把你的局长宝座都挤下来了，你还替他说话？

游再春说，我不是替他说话，我只是替三哥你着急啊。

周天罡说，你跟我实说，你们到底要怎样，才肯放过小女？

游再春说，昨天，我和你商量得好好的，哪想到事情说变就变？你倒好，先是砸了社会局，隔了一天，又把社会局围上了。这要是让人报到南京去，神仙都帮不上你了。

周天罡问，七弟的意思，也是先把人撤走？

游再春没好气地说，不撤走，留在这里过年？

周天罡说，七弟说撤，我就撤。

还要我说？你得快点撤。游再春说，上海的情况，你又不是不知道。街头巷尾，多少密探？现在又多了一个蓝衣社。如果让南京知道你的人围了社会局，你想过后果没有？游再春其实也担心，这事闹下去，对吴品三不利，对自己同样不利。毕竟，自己是副局长，又有帮会背景，很容易让人做文章。

周天罡站起来，走到窗前，推开窗，向外挥了挥手。然后转过身来，说，我听七弟的话，把人撤了，现在怎么办？

对于游再春而言，先把人撤走是第一要务。那帮人在这里，对自己有不利影响，只要人走了，自己就置身事外了，一切都能游刃有余。他问，你没和吴品三谈好条件？

周天罡说，他只说，先把人撤走了再说。

游再春说，这样吧，昨天我们商量的事，你先动一动？

周天罡有点担心，说，昨天的条件是不抓小女。可今天，小女已经在你们手里啊。

游再春说，你怎么就想不明白呢？这是一种试探，看吴品三收不收。他如果不收，我们再想别的办法。他如果收了，还能把蒙蒙怎么样？

周天罡想了想，说，倒是这个理。说着，周天罡打开包，从中拿出一张银票，递给游再春，说，有七弟这句话，我就放心了。

游再春问，你刚才怎么不当面给吴品三？

周天罡说，我怕他拒绝。这件事，还是劳烦七弟。

游再春说，也好，那我就帮你试一试，谁让我们是兄弟呢？

第四章

北站刺宋

1

朱衡一虽然看不懂苏航最近的所作所为，但本能地知道，苏航遇到大麻烦了。作为合伙人和好朋友，朱衡一必须帮他。

朱衡一的社会关系虽然多，但层次比较低，想来想去，可以用的人，只有宋曼卿。

宋曼卿是李时君的老婆，十里洋场有名的交际花。找宋曼卿，至少有两大好处，李时君是社会局行动股长，苏航到底犯了什么事，李时君应该知道。通过宋曼卿，先搞清楚苏航到底遇到了什么麻烦，才可能采取下一步营救措施，这叫知己知彼。其次，宋曼卿有一帮好朋友，横跨红黑两道，从这帮人里筛选出一两个有用的关系，是完全可能的。

朱衡一打听到宋曼卿在夜舞台会朋友，便跟了过去。

夜舞台是周天罡的娱乐产业，也是全上海最当红的娱乐场所，由阮周担任经理。像这类场所，三教九流汇聚，没有黑道背景，是玩不下去的。整个上海滩，娱乐场所不少，能像夜舞台这样火的，非常少见。

朱衡一去的时候，宋曼卿正在台上唱歌。

到底是曾经名满海上的交际花，宋曼卿扮相令人惊艳，舞姿优美且带挑逗，歌声悠扬甜腻，引得客人们一阵阵惊叫。夜舞台原本有歌女，宋曼卿只不过一时技痒，才登台献技。一曲唱罢，客人们起哄，要求她再来一个。宋曼卿不得不上台表示感谢。她风情万种地一鞠躬，说，感谢各位的美意。不好意思，老了，唱不动了。于是退场，不论台下人如何大叫，不管不顾。返回包厢时，很多以前相熟的朋友，争相和她招呼，她也只是挥手致意。

宋曼卿今天是来陪好朋友杨希娟和赵小丽的。

宋曼卿、杨希娟、赵小丽、余荣丽等原是好姐妹，当年名动上海滩。后来，这些人各有自己的归属，身为老大的杨希娟与众不同，竟然甘愿当了三姨太。不过，她的运气不错，几年后，大太太死了，二太太被她打败了，她因而荣登正位，修成正果。赵小丽是她们之中的老二，选了一条和杨希娟相似的路，跟了游再春，原本想，委屈几年，至少可以落得个四姨太的名分，却不成想，游再春转手把她送给了汪峰仁。若汪峰仁是没结婚的，倒还好，偏偏汪峰仁结了婚，还是一个怕老婆的，未来能不能获姨太太的名分，还是个未知数。

与她们相比，宋曼卿算是够幸运了，她的年龄排在第三，当年也是她最红，嫁给李时君，身边没有那么多的污糟事，倒算是干净。

几姐妹中，余荣丽最惊世骇俗，不管不顾，嫁给了超级恶棍陆冬宝。

陆冬宝原本是上海郊区一个小混混，在家乡一带，没人拿他当人看，连他的老婆都是如此，干脆给了他一顶绿帽子，和当地更大一个混混滚了床单。陆冬宝知道后，将两人堵在床上，一刀一个，杀了，然后逃离家乡，跑到山东，在著名的狗肉将军张宗昌手下当兵，因为枪法好，被张宗昌选为贴身警卫。后来，张宗昌的直鲁联军被北伐军打败，张宗昌下野，陆冬宝便回到上海，拜季去清为师，和李时君、宋曼卿、余荣丽成了同门兄弟姐妹。

关于余荣丽这桩婚姻，说法很多。有说余荣丽敢爱敢恨的，也有说，季去清和别的帮会人物不同，收了一大堆女弟子，这些女弟子大多成了他的侍寝丫头。一段时间后，他会安排这些女人和自己的弟子结婚，陆冬宝和余荣丽的婚姻，就是季去清一手安排的。

宋曼卿回到包厢，立即有男人跟进来，邀请她们跳舞。第一个人邀请杨希娟，杨希娟愉快地接受邀请。第二个人想邀请宋曼卿，宋曼卿说，让我歇一下，喘口气。你先请小丽姐吧。

这一拨刚走，又来一拨，宋曼卿将他们推给余荣丽。他们刚刚离开，朱衡一闪身进入，喊了一声曼姐。宋曼卿说，衡一啊，别请我跳舞，我要休息一下。

朱衡一当然不是来请宋曼卿跳舞的，先将一包东西推近宋曼卿，说，我不是来请曼姐跳舞的，是来求曼姐办一件事的。宋曼卿顺手接过东西，放进自己的包里，说，你这个衡一，跟姐你也这么客气。说吧，什么事？

朱衡一说，我有一个好兄弟，叫苏航，被社会局关起来了。

宋曼卿知道，社会局关的人，通常和共党有关，问，犯了什么事？

朱衡一说，也不是什么大事，多喝了点酒，糊里糊涂闯进了社会局，被卫兵拦住，他又和卫兵发生了一点冲突。结果，被社会局关起来了。

这是多大个事？还要托人？宋曼卿说，你放心，关一两天肯定就放了。

朱衡一连忙解释，苏兄有个朋友，女朋友，叫周娅蒙，喜欢苏兄喜欢得不得了，死缠滥打要嫁给苏兄那种。周娅蒙是周天罡的女儿，平常做事有点大大咧咧，不管不顾。她领着一帮人，冲进社会局，把苏兄给抢了出来。

宋曼卿说，难怪这两天阮老板没来夜舞台，原来周家出了这样的大事。

朱衡一说，如果仅仅只是抢出来，事情可能还不算什么。偏偏他们冲进去的时候，把社会局关押室所有的门全部打开了，那里面关了一些特别的人。那些人趁机逃走了。

宋曼卿本能地一惊，问，老共？

据说是，朱衡一说，我苏兄是个敢作敢当的人，听说闹出这么大的事，就跑去社会局自首了。

所有的事，一旦牵涉老共，麻烦就大了。宋曼卿问朱衡一，你知道规矩吧？

朱衡一说，知道。

这里所说的规矩，是指南京对抓获共党分子有奖金，一个就是三千至五千大洋。此事执行起来，就生出了一堆的变数。比如说，社会局确确实实抓到一个共党分子，下一道程序就是上报肃反专员。肃反专员一旦确认，案子差不多就定性了，再少回旋余地。如此结果，是办案单位拿到奖金，其他部门或个人，一分钱好处没有。

我签字让你拿奖金？肃反专员不干，会故意找各种借口刁难。下面为了拿到奖金，就得和肃反专员分肥。这是变数之一。下面随便抓一个人，硬说人家是共党，家人不得不想办法救人，层层托关系走后门。托关系就要钱，案件在哪个层次，价格不一样，这又是一种变数。案子一旦送到肃反专员手里，价格最高，你不出钱也可以，肃反专员大笔一挥，你的共党嫌疑就定了，死路一条。所以，在整个环节中，肃反专员是最肥的一个，无论哪种情况，总少不了他的好处。

宋曼卿所提的规矩，是指有了她这样的关系，事情应该可以通融，但无论怎么通融，一万大洋，应该是少不了。

朱衡一先说自己知道规矩，接着又说，他担心苏航这件事，恐怕没有那么简单。

宋曼卿大包大揽，说，你放心，我先找时君问一问，看到底是怎么回事。万一时君那里解决不了，我们还可以让希姐出面嘛。希姐的关系硬，只要她肯出面，你就可以少花很多钱，甚至可能一分钱不花。这样吧，等一下，我跟希姐约一约，明天一起吃个饭，你当面向希姐说。

杨希娟也是一个顽主，既爱财也好色。朱衡一从包厢走出时，她早已经看见了。回到包厢，杨希娟就问宋曼卿，刚才是谁？你的小白相？

宋曼卿不说是不说不是，而是说，希姐看上了？

杨希娟说，你的眼光高，你看中的，还能有错？

宋曼卿说，希姐如果有意，我可以促成这件好事啊。

杨希娟丝毫不隐瞒自己的喜好，说，可以约在一起吃吃饭的啦。这话留有余地，只吃饭，并不代表有别的。

宋曼卿却故意挑逗她，说，希姐不怕你们家周先生吃醋？

杨希娟说，现在可是新社会，就兴他玩票，不兴我白相啊。

于是，两人商量了一番，决定过两天一起逛街购物，然后到白俄罗斯餐厅吃饭，可以叫上朱衡一。

晚上回到家已经很晚，李时君已经躺到了床上，正在看报纸，听到门锁响，立即关了灯装睡。宋曼卿也不理他，先洗了澡，坐在床上，对李时君说，行了，别装睡了。李时君不动，宋曼卿翻身上床，骑到李时君的身上，李时君装着被惊醒的样子。

宋曼卿有一种理论，男人有钱就变坏，要防止男人变坏，就得没收了他的子弹。男人的子弹有两种，一种是钱，可男人的钱，你是管不住的，他们总有办法充实自己的小金库。那么，最直接的办法，就是缴了他的另一种子弹，让男人的枪永远空着。

李时君将宋曼卿往外推，问，你干什么？

宋曼卿说，我干什么？你说我干什么？

李时君说，明天吧，我今天太累了。

宋曼卿说，是不是要留给哪个狐狸精？

李时君说，尽胡说八道，哪儿敢？

宋曼卿说，真不敢就来。

李时君知道躲不过，只好和她折腾。事毕，扯了几句闲话，比如游再春把赵小丽送给汪峰仁，赵小丽心里特别苦之类。李时君以为可以睡了，宋曼卿却说，我问你一件事。

李时君问，什么事？

宋曼卿说，苏航的事。

李时君颇有些惊讶，说，这么快就传到你这里了？看来，这个人的能量还真不小哇。

宋曼卿问，你这么晚才睡，不是在想他的事？

他的事轮不到我想，李时君说，顾顺章在武汉被捕了。

顾顺章？宋曼卿问了一句。因为李时君加入前卫，宋曼卿也跟着加入了前卫。只不过宋曼卿实际没怎么参加前卫的活动。听李时君提到顾顺章，宋曼卿一时没有想起，想到后就说，哦，上次你提过，红科的。这下，老共有大麻烦了。

李时君说，吴品三今天问我，知不知道黎明。我推说不知道，我在想，要不要把顾顺章的底告诉他。

宋曼卿说，这事，你得争取主动。

李时君说，我拿不定主意，到底是说了对我有利，还是不说对我有利。

这事给李时君出了一个巨大难题，他是向上报告，还是继续隐瞒？现在报告，对自己有利还是不利无法评估。万一顾顺章根本不记得他，没有提及，自己不是自我暴露？若不报告，说不准顾顺章的记性好，把他供出来了，怎么办？

宋曼卿不像李时君这么优柔寡断，她说，这算什么事？还害得你睡不着觉。人家周佛海，还是老共的创始人，我就不相信他把过去所有一切都说了。还有陈公博，不一样是党国的红人？好像没听说他供出哪个人吧？你啊，就是太小心谨慎，所以到现在，还只混了个小股长，弄得我在杨希娟面前都抬不起头来。

李时君问，你的意思是不说？

宋曼卿说，当然不能说，万一的时候再说万一的话。不到那一步，打死都不能说。

李时君说，那顾顺章的事呢？今天，吴品三对我旁敲侧击了。

宋曼卿说，这个要说，这是你立功的机会。

李时君说，立什么功，能保住安安稳稳的日子，就不错了。

宋曼卿说，你怎么这样消极？这可不是你。

李时君说，你不想一想。我们是从老共那边过来的，这边的人，会信任我们吗？无非是看我们还有没有利用价值。有利用价值的时候，我们就是金子，就是宝贝，没有利用价值的时候，我们就是垃圾。

对此，宋曼卿有自己一套理论。她说，这个社会，谁不是相互利用？汪精卫、古应芬、孙科、陈济棠这些人在广州另立中央，难道不是相互利用？有利用价值才是人物，没有利用价值，什么都不是。你以为孙科多么了不起？他的才华能力真够格当行政院长，就因为他是先总理的儿子，这就是他的利用价值，如果没有这一点，他比你还不如。

李时君说，话是这么说。可你知道现在的社会局，复杂得很啊。

宋曼卿说，有什么复杂的？不就是吴品三和游再春面和心不和吗？

李时君说，这还不复杂？我这个行动股长，是游再春给的。游再春要我去接触吴品三，当他的卧底。

宋曼卿问，当卧底？吴品三会相信吗？

李时君摆了摆头，说，能够爬到这个位置的人，都不是一般角色。他肯定不会全信任我。但是，他初来乍到，无人可用，只要是听话点的人，他都会用。

宋曼卿问，你的意思是说，既要用，又不信任？

李时君说，这是肯定的。除了他带来的两个人，他不可能信任其他任何人，所以，他才会在外面又搞一个湖北帮。

宋曼卿再问，游再春为什么选中你？他干吗不让汪峰仁去干这件事？

李时君说，汪峰仁和我怎么可能一样？汪峰仁是他的亲信，我算什么？

宋曼卿说，你的意思是说，整个社会局，不可能有领导信任你？

李时君轻哼了一声，说，官场的人，口里天天谈忠诚，谈信任，轮到他们自己，有几个会信任别人？一个都没有。因为他们最终会发现，出卖他们的，正是他们信任的人。

宋曼卿说，既然他们不信任所有人，你就没什么好纠结了。

有道理，李时君说，我确实没什么好纠结的。

宋曼卿自然忘不了她的事，问，那个苏航是怎么回事？

苏航啊？李时君说，年纪轻轻，看来还真是个人物。

宋曼卿拿了朱衡一的好处，自然要替他说好话，说，既然是人物，你就该搞好关系，多个朋友多条路，少个仇人少把刀。

李时君说，还是老婆替我想得周到。这样吧，你准备点熟食什么的，我明天带给他。

宋曼卿说，现在知道老婆的好了吧？你在外面的那些莺呀燕啊，能替你着想吗？想着的就是你的钱。

李时君说，又来了。我哪有什么莺呀燕啊？

宋曼卿说，没有最好。有的话，你就想想床头柜里那把剪刀。

吴品三要去市政府开会，郑家臣跟在后面。游再春拿准了时间，从办公室出来，恰好在走道上和吴品三碰面。游再春掏出一张银票，递给吴品三，说，周天罡表示的意思。

吴品三不接，问，多少？

游再春说，十万，事成之后，再给这么多。

吴品三说，你拿去财务室入账吧。

游再春有些意外，也不太甘心，问，全部入账？要不，我给你拿出点？

这意思太明显。意外之财，就算一分不入账，上峰也抓不到把柄。如果吴品三同意私分，就等于留了条尾巴在游再春手里。所谓拿出一点，和私分性质没什么区别。

吴品三十分谨慎，不会自己往这种套里钻，说，入小账吧。几十张嘴要饭吃，没点外水，还真不行。老游我可跟你说啊，我们就这么点家底，这事，只能你知我知，不相干的人，一定不能让他知道。

所谓小账，是社会局的小金库。上面的财政拨款，全国一盘棋，平均下来，每个人的月收入，也就三四十元，各单位还得想办法为员工捞点油水谋点福利，因此不得不广开财路，设立小金库。社会局更加不同，较一般单位收入更高，加上调查科这一摊子属于编外，办公经费的缺口就更大。整个中央组织部调查科，每个月的经费是二十万，南京那里需要留下一大笔，发给各个省市的，简直就是毛毛雨。各个省市自找门路搞钱，调查科是大力支持。吴品三搞到的钱，不光自己花，还会往上送。所以，他这个小金库甚至比大金库还肥。

话到了这个份上，游再春不好往下接，他的力社也要靠小金库发薪。他问，周娅蒙怎么处理？

吴品三说，她不是自首吗？你们立案没有？

郑家臣回答说，没有立案。

吴品三说，既然没有立案，就让她回去吧。

游再春会错了意，以为连苏航也放，说，这样也好。只要苏航走出这个门，周正罡肯定不会放过他。周正罡动手了，我们也就好销案了。

他说的销案，当然不是指苏航自首，而是指砸社会局一案。吴品三却说，苏航不能放，这件事，总得有个人顶着。

游再春立即说，是是，还是老吴想得周到。这件事，确实得有人顶着。

吴品三更进一步说，老游，你告诉周天罡，让他最好请杜老板出个面，给徐科长打声招呼。

游再春不是太理解，问，给……徐……科长打招呼？

吴品三说，这件事，没有徐科长授意，我们恐怕完结不了啊。

游再春说，好，我一定对周天罡说清楚。

2

苏航盘腿坐在羁押室里，口中念念有词：旦复旦兮，悠悠我心。他用手在地上写字，写的是两个日字，口中念道，昌？昌子矜？有姓昌的吗？从没听说过这个姓啊。又在地上写下三个日字，晶？不可能。旦复旦，口加口？苏航恍然大悟，写下两个口，吕？吕子矜？

他一下子兴奋地跳起来。恰在此时，李时君开门进来，见状问道，什么事，这么兴奋？

苏航连忙掩饰，说，坐累了，活动活动。

李时君进来，将一包东西扔在他的面前。苏航停止活动，看一眼面前的东西，问，什么？

李时君说，毒药。

苏航说，我与你往日无冤，近日无仇，为什么要害我？

李时君说，你第一次进来的时候，我不是打了你吗？我怕你出去后报复我。

苏航弯下身，拿起那包东西，见是冠生园的糕点，拿起来就吃。

李时君说，你不怕我在里面下了毒？

苏航说，我又不是什么人物，大概也不够级别让你们使用这么超级的武功。

李时君说，你在这里住几天了，有什么打算？

苏航说，身为阶下囚，能有什么打算？在这里，能够吃上李股长送的绿豆糕，大概神仙日子，也不外如此吧。

李时君说，别拿好心当驴肝肺。你的朋友急得要死，都找到我老婆那里去了。

我的朋友？苏航正拿起一块糕点，准备往口里塞，听了这话，立即停下来，问，谁？

李时君说，好像叫朱什么，我没记住名字。这种时候，有人肯替你出头，说明你这个人为人还不错，够朋友。

苏航说，你也不错啊，竟然给阶下囚送美食，也非常够朋友啊。

李时君说，少说这些没油没盐的。昨天，局长和你谈了些什么？

也没谈什么。苏航说，只是问我，如果我是你，你是我，你会怎么办？

李时君看了看苏航，再看看，问，你怎么说？

苏航说，我说，很好办。我就把你收在我的门下。如果你成了社会局的人，还有人敢说三道四吗？

李时君的眼睛顿时一亮，在他看来，苏航目前是遇到了大麻烦，这个麻烦，根本无解，却没想到，苏航轻轻一招，将所有危机全解了。他当即说，对啊，这是一个好办法。你脑子很好使嘛。

苏航满不在乎地说，不是我的脑子好使，蒋先生不一直就是这么干的？那么多共党要人，现在不全都在替他蒋先生卖命？

李时君问，你呢？你怎么回答的？苏航说，我说，我不接受招安。

李时君实在是太意外了，张大了眼睛，望了苏航好一会儿，说，你……不接受？

苏航反问，我为什么要接受？

李时君说，我不相信你真是共党。再说，就算你是共党，那又怎么样？你刚才也说了，那么多共党要员，现在不照样当着国民政府的高官？

苏航说，我不喜欢吃罚酒。

李时君头往上一抬，斜着眼睛望了望苏航，说，不喜欢吃罚酒？给你吃罚酒，说明你是个人物。那些不是人物的，你知道是什么后果吗？

苏航说，知道，屈打成招，安上一个共党的罪名，然后拿上去领奖金。

李时君说，所以，给你吃罚酒，你应该庆幸。

我庆幸啊，苏航说，你没见我感恩戴德，感激涕零？

李时君提出了另一件事，说，你知不知道，只要你走出这里，周天罡就会要你的命。

苏航坚定地说，就算是死，我也不愿吃罚酒。

李时君指了指他，说，你啊，一根筋，太一根筋了。一根筋会成为吊颈的绳子。

苏航却说，冠生园的糕点就是好吃，明天再给我带点来？

我服了你，李时君扔下一句，转身离去。

李时君见苏航的时候，游再春来到了关押周娅蒙的囚室。

地下室不通风，空气非常糟糕，里面有一股很浓的霉味和不知什么发出的臭味。关押周娅蒙的房间，是这里最好的一间，曾经关押过夏行，里面不仅有床，还有一把椅子，一张桌子，有一些洗漱用具。

游再春用一条手帕捂着鼻子走进来，汪峰仁跟在后面。周娅蒙躺在床上，双眼望着天花板，根本不知道来人是谁，也没理。

游再春用手帕扇了扇，然后再次捂上，说，蒙蒙，起来，跟我走。

周娅蒙翻身而起，坐起来，问，是不是放我出去？

游再春说，难道你觉得这里面好玩，想多住几天？

周娅蒙说，是挺好玩的啊。我还写了几首诗，可惜没有纸笔，我没有记下来。过几天，我写好了，送给七叔。

游再春扇了扇鼻子，说，一股子什么味儿？我真服了你。快走吧。

周娅蒙立即下床，脚刚刚落地，突然想起一件事，问，苏航呢？他是不是也放了？

游再春说，你管他干什么？你闹这么一场，把你爹你娘急死了，快走吧。

周娅蒙明白了他的意思，苏航不放，只放自己。她当即又上了床，说，不行，要放一起放。如果只放我一个人，我不走。

游再春呵斥道，胡闹。你还没有闹够？

周娅蒙干脆不说话，躺下来。游再春向前走一步，张开口想说话，汪峰仁抢在了他的前面，说，你不走，你以为苏航就走得了？

周娅蒙说，我不管。如果你们不放他，我就不走。

游再春说，饭要一口一口地吃，路要一步一步地走。现在，我们可以放你，但不能放他。

为什么？周娅蒙说，他根本不是共产党。

汪峰仁说，为什么？因为你爹要杀他。如果他从这里走出去，你爹就会让他暴尸街头，死无全尸。

周娅蒙翻身而起，看看汪峰仁，再看看游再春，说，我爹？我爹为什么要杀他？

汪峰仁说，不信你可以问游局。

游再春说，你爹为什么要杀他，你会不知道？你爹是什么？整个上海滩，哪个人不给你爹面子？只有他苏航，不知天高地厚，搞出这么多事，让你爹颜面扫地。你爹能放过他吗？

周娅蒙大声地叫道，我不信，我爹才不会随便杀人。

游再春说，你不信？昨天，你爹在我的办公室门口和他碰了一面。你知道你爹对他做了什么吗？

周娅蒙吃惊地问，做了什么？

游再春说，你爹抽了他一巴掌，还当面告诉他，只要他从这里走出去，就算追到天涯海角，也要灭了他。你爹在外面安排了很多人等着他，只要他从这里出去，立即就会动手。

周娅蒙几乎是叫着说，不，我不信。我爹不会的。

汪峰仁说，要证实这一点，很简单。你爹的人，你应该认识吧，我们现在就出门，在社会局周围转一转，你就能知道，你爹安排了一些什么人。

周娅蒙问，他怎么能这样？这些事都是我干的，与苏航无关。

游再春说，这事，你跟我说没用，你得当面对你爹说。

周娅蒙突然下定了决心，说，好，我跟你走。她翻身下床，什么人都不顾，向外走去。

游再春的汽车驶到周宅门口，刚刚停下，周娅蒙已经跳下车，并且迅速向家里走去。

游再春说，大小姐，你倒是慢一点啊。

周娅宽根本不理，几乎是小跑着向前走。两个门丁迎上来，热情地打招呼，周娅蒙仿佛没有看见一般，越过他们，进入门内。两个门丁向游再春行礼。游再春向他们挥了挥手，跟进去。

周娅蒙穿过小院，看到堂屋正门时，开始叫起来，爹，爹。

先跨出来的是周母，她走到门口，又是惊又是喜，说，蒙蒙，你回来啦。几步抢到周娅蒙面前，拉了她，说，他们没把你怎么样吧？

周娅蒙说，我没事，我爹呢？

跟在后面出门的是阮周，阮周的后面，跟着周天罡。周天罡不看女儿，而是迎向游再春，主动招呼道，七弟来啦。

游再春说，我把蒙蒙给你送回来了。

周天罡说，多谢七弟，请，里面喝茶。

周娅蒙质问道，爹，你是不是要杀苏航？

周天罡的脸色一变，狠狠地瞪了女儿一眼，说，你胡闹得还不够吗？来人。

他的后面，原本就跟着好几个人，听到这一声叫，那几个人向前跨了小半步。

周天罡说，把小姐送回房间去。你们在门口守着，没有我的命令，任何人不准开门。接着转眼看向周母，说，包括你。

几个下手走向周娅蒙，他们并不敢对周娅蒙动手，只是希望她自己动。但周娅蒙理都不理，盯着父亲，怒火冲天地质问，周天罡，我问你，你是不是要杀苏航？

放肆，周天罡喝道，有你这样跟爹说话的吗？

周娅蒙针锋相对，说，你要是对苏航不利，我就不认你这个爹。

周天罡命令道，把她给我拖走。

两名手下不得不伸手，拖着周娅蒙要离开。周娅蒙挣脱他们，面向周天罡，怒问，周天罡，我警告你，你要是敢动苏航，我就一把火烧了这个院子。我说到做到。

阮周在一旁劝道，师父正在气头上，快别说了。

周娅蒙才不管这么多，大声地说，我就要说，他不认我这个女儿，我干吗要认他这个爹？

阮周推着周娅蒙向里面走，说走吧走吧，师父正火头上呢，别惹他。

周母也帮着推女儿，说，你爹这几天气大了，你尽量别惹他。他们一起，将周娅蒙推走了。

周天罡对游再春说，七弟，不好意思，让你看笑话了。

游再春说，人我是给你送回来了，这件事，总算是有了一个交代，我走了。

周天罡说，哪有到门口就回去的理？请，进去坐一坐，喝杯茶吧。

周天罡拉着游再春向里面走，两人来到书房，周天罡请游再春坐下，又吩咐下人泡茶。

游再春说，这件事，总算有了一个结果，我一颗心也放下了。三哥啊，你不知道，这几天，我睡觉都会常常惊醒，我怕啊。

周天罡说，是是是，我知道七弟为这件事操了心。下人给送上茶来，周天罡让了让，说，老七，喝口茶。

游再春说，不，你不知道我怕什么。吴品三这个人，阴险得很，我还真怕他拿了钱不办事，或者在背后使什么阴招。现如今这个世道你也知道，到处都要钱，有些人心都是黑的，钱要，事却不办，你还拿他一点办法都没有。

周天罡走过去，打开柜门，拿出一只盒子，递给游再春，说，这次多亏了七弟。我心里有数。

游再春说，三哥，你这是……

周天罡说，没什么，一件饰品，送给弟妹。

对了，还有一件事，我要特别提醒你三哥。游再春的语气，给人的感觉是突然想起一般。

周天罡问，什么事？你说。

游再春说，古话说，害人之心不可有，防人之心不可无。这件事虽然了结了，但我总还是不太放心。

周天罡暗自一惊，问，难道还会有什么变数？不至于吧？

游再春说，这个，谁说得清楚？不是说防人之心不可无吗？我给你个建议，你去找一下杜先生，看能不能让他出个面，给南京的徐科长打声招呼。

周天罡问，徐科长？哪个徐科长？

游再春说，中央组织部调查科的徐恩曾科长。杜先生在他面前说话管用。只要杜先生肯出这个面，这件事就算钉子回了脚，真正过去了。

这个建议，原本是吴品三的，游再春不仅不提吴品三的名字，还特别强调，之所以有此建议，是担心吴品三玩什么阴的。他这样做，自然是要把周天罡和吴品三之间的关系往沟里引，以便自己有更大的主动权。

周天罡说，行，我下午就去拜访杜先生。

游再春站起来，说，那行，茶我也喝了。我还有点事，先走了。

周天罡说，急什么？吃了饭再走嘛。

游再春说，饭还怕没吃的？走了。游再春站起来往外走，周天罡跟着送出。

3

下午，宋曼卿陪杨希娟逛街。女人天生就与街市有说不清道不明的关系，有事没事，喜欢在街市上逛一逛，看一看琳琅满目的商品，有存在感。宋曼卿陪杨希娟逛得腿都肿了，两人的兴致，似乎还很浓，若不是时间已晚，眼看就快到约定时间了，她们还不肯离开。

来到俄罗斯餐厅，在卡座里相向而坐。杨希娟问，你的朋友什么时候到？

宋曼卿说，他每天要写稿，可能没这么快吧。

杨希娟说，那我们不如先把菜点了，再点一瓶酒，边喝边等。

于是，两人点了菜，又点了一瓶红酒，让服务员上三套餐具。

服务员原本将两套餐具摆在宋曼卿这边，一套摆在杨希娟那边。宋曼卿指了指其中一套，对服务员说，这套，摆在对面。其实，她只是想试试杨希娟，见杨希娟没有表示任何意见，心里顿时有数。

朱衡一来的时候，她们的一杯酒，已经喝下了一半。朱衡一走到这里，立即道歉，说，曼姐好，我没有来晚吧？

宋曼卿还没有说话，倒是杨希娟先说了，没有没有，我们一起逛街，没事就先坐进来了。

宋曼卿说，衡一，来，我给你介绍一下，这是希姐。

朱衡一在宋曼卿这边坐下，说，希姐好。和两位大美女共进晚餐，衡一不胜荣幸。

杨希娟说，曼卿叫我姐，你也叫我姐，这是不是说，你们两位关系很特别？

朱衡一知道这是一个坑，不过，这种坑是小意思，他是不会钻的。他说，曼姐是我姐，希姐也是我姐啊。大姐二姐嘛。

杨希娟说，看不出来，你还蛮会说话。杨希娟说着，主动拿过酒瓶，往身边的杯子里倒酒。

朱衡一说，希姐，你可别表扬我，我会骄傲的。

宋曼卿倒是明白了杨希娟的意思，说，真不懂事。希姐是批评你，你还说是表扬你。过去，陪希姐坐。

朱衡一立即起身，坐到了对面杨希娟身边，说，一亲芳泽啊，我这是哪辈子修来的福？

宋曼卿说，知道是福，就好好享受。

杨希娟端起酒杯，递给朱衡一。朱衡一接了，说，我敬希姐。

杨希娟端起自己的酒杯，和朱衡一碰了一下，然后干杯。

宋曼卿在一旁说，衡一，你的事，求希姐，她一定能帮你办好。

杨希娟放下酒杯，问，什么事？

宋曼卿解释说，他有一个好朋友进了社会局……

杨希娟说，社会局的事找我干什么？找你或者找小丽不就行了？

宋曼卿说，这事有点特别，时君根本说不上话，小丽最近的情况，你也知道。

特别？杨希娟问，怎么特别了？

朱衡一向杨希娟介绍情况。

在较远处的角落，坐着一男一女两个年轻人，女的那个，正是苏航魂牵梦绕的吕子矜。苏航确实猜对了，旦复旦兮，有两重意义，一是指复旦，二是指她的姓，双口吕。吕子矜非常年轻，刚刚十八岁，复旦大学二年级学生。苏航之所以四处打听却得不到消息，一是因为吕子矜才二年级，二是因为她非常低调，除了几个要好的女同学，几乎不与其他人接触。坐在吕子矜对面的男人叫洪华平，比吕子矜大八岁，在吕子矜面前，他俨然就是大哥哥。他们到的时间早，饭菜已经吃去一半。吕子矜问，华平，你怎么想到约我出来吃饭？这好像不太合规矩吧？

洪华平说，我觉得这次的任务特别，想和你聊聊。

特别？哪里特别了？吕子矜问。

洪华平说，我总觉得，这次的任务，跟南边那些人有联系。

别看吕子矜年龄小，她的阅历却不简单。还在她很小的时候，因为父亲去日本留学，便把她寄养在好朋友九哥那里，她因此认了九哥为干爹。平常，她两家跑，更多的时间，留在九哥家，原因是九哥会教她一些特别的事，比如练武以及打枪。正因为接触的层面不一样，对于国家大事之类，她懂得非常多。

洪华平所说的南边，指的是广州那帮人。吕子矜说，管他跟谁有联系，只要是干爹给的任务，我从来都不问为什么。她说这话，等于表明了态度，对于干爹，她不仅信任，而且达到崇拜的地步。

洪华平的话没有说完，自然不甘心，继续道，如果仅仅只是政治诉求，我能理解。可这次，恐怕是想搞钱。这话又有点费解了，只有吕子矜明白。所谓政治诉求，即南边那帮人反对以蒋介石为首的南京，对蒋介石提出弹劾案。所谓搞钱，指的就是他们眼下的任务。

吕子矜说，搞钱怎么了？我们这么多人吃饭，坐吃山空，不搞点钱，怎么行？

洪华平显然并不想将自己所有的想法简单地抛出来，不说又不甘心，只是点到为止，说，我觉得这次的任务跟南边太紧密了，恐怕没那么简单。

任务虽然不简单，但吕子矜简单。她说，我才不管简单还是复杂。对于她来说，干爹说什么就是什么，对于干爹下达的任务，她绝对不提任何问题。吕子矜之所以如此回答，还有另一个原因，对于洪华平提出的问题，她完全没有过心，原因是她心里有了别的事，这事就是舅妈。

杨希娟是吕子矜的舅妈。这个舅妈原本不是舅妈，只是舅舅的三姨太，后来出现了变化，升格了。所以，吕家跟这个舅妈，关系其实一般。杨希娟和宋曼卿出现时，吕子矜已经看到了，她一直在犹豫，要不要去打声招呼。眼看自己这边吃完了，而且需要离开去执行任务了，他们如果由此离去，恰好要经过杨希娟他们那桌，杨希娟极有可能看到。

犹豫之后，吕子矜还是决定去打声招呼，便对洪华平说，我舅妈在那边，我去打声招呼。

洪华平暗自一惊，说，在这里碰到熟人了？她可能没看到我们，要不，我们……

吕子矜知道洪华平的意思，她刚才也一直转动着同样的念头，最终决定还是应该打声招呼，便说，不好。万一看到，就说不清楚了。你坐一下，我去打声招呼就来。

洪华平说，那我去结账，我先走，然后在门口等你。

吕子矜说声好。洪华平站起来，走向吧台。吕子矜等了几分钟，才起身走向杨希娟这桌，说，舅妈，这么巧啊。

杨希娟正全神贯注听朱衡一讲苏航的事，猛听到有人叫自己，抬头一看，是吕子矜，才意识到她坐得和朱衡一太近了点，连忙向里面移了移身子。其实，这种坐法是很值得怀疑的，两女一男坐卡座，应该两个女的坐一边才正常。这一男一女搭配，不由得不让人怀疑的。

这方面，吕子矜非常迟钝，她甚至完全没有想过。杨希娟说，子矜啊，你和朋友来吃饭？

要不要一起吃？说着，抬头四顾，吕子矜刚才坐的那桌已经空了，并没有看到她的朋友。

吕子矜说，不了，我们已经吃完了。

杨希娟又说，我给你们介绍一下。这位是我的外甥女，吕子矜，漂亮吧？复旦的校花。

吕子矜说，舅妈——什么校花啊，太夸张了。我就不认识几个人。

宋曼卿说，你外甥女啊，太漂亮了。没见到子矜之前，我还以为我是上海滩第一美女，现在见了子矜，我才知道，我是上海滩过季第一美女。

杨希娟连忙指着宋曼卿，对吕子矜介绍说，她是我的好姐妹，宋曼卿。你坐她那边吧。

吕子矜坐下来，对宋曼卿说，曼姐是闻名上海滩的交际花，名声早已如雷贯耳，今天见到，真是三生有幸。其实，吕子矜只不过是听舅妈提起过宋曼卿，知道她们几个好姐妹，曾经名动上海滩。

宋曼卿说，子矜妹妹真会说话，一个姐字，让我年轻了好几岁。

杨希娟又介绍朱衡一，特别强调他和宋曼卿的关系，当然是要撇清自己。她说，还有这位，曼卿的好朋友，集纳新闻社的副社长朱衡一先生。

朱先生好，吕子矜说，集纳新闻？集纳是哪两个字？

集纳就是既集且纳的意思，聚集和接纳。朱衡一说，吕小姐有没有想过当电影明星？

吕子矜问，朱先生为什么这样问？

朱衡一说，我在想，如果吕小姐去当电影明星，那些电影明星就没地方吃饭了。

杨希娟可不想朱衡一和外甥女套近乎，她说，还是朱社长会说话啊，到底是搞新闻的。来来来，碰到也是缘分，我们一起喝杯酒。服务员，拿只酒杯过来。

服务员拿酒杯过来。杨希娟倒酒，四人一起举杯，喝了一杯酒。

吕子矜还有事，不可能在此耽搁，喝过酒后，便站起来，说，舅妈，我就不陪你们了，还要回学校去，晚上有课。曼姐，朱社长，你们慢吃，我先告辞了。杨希娟也不想有一个大美女杵在朱衡一面前，弄得这个帅男人心猿意马，便说，你有事，就去忙吧。

吕子矜说声再见，离开了。

宋曼卿看着吕子矜年轻健康的背影，心中说不出是种什么滋味。她对杨希娟说，子矜是周先生的外甥女？这么年轻漂亮，简直就是一朵花啊，将来，不知便宜了哪个臭男人。

朱衡一插话说，花嘛，不外乎两种命运，要么被人采，要么自己慢慢枯萎。

杨希娟不想继续这个话题，便说，对了，衡一弟，你的事还没说完。

宋曼卿立即说，哟，都衡一弟了。我怎么突然觉得温度一下子蹿高了？

杨希娟才不管宋曼卿的阴阳怪调，她夹起菜，放在朱衡一面前，说，衡一弟，别理她，这个人阴阳怪气的。来，我们喝酒，边喝边说。杨希娟端起酒杯。朱衡一和她相碰，又要和宋曼卿相碰。宋曼卿摆手，说，你们喝，我不参与。

两人喝过酒，杨希娟问，你刚才说，你的朋友是自己去自首的？

朱衡一说，是啊。他不自首怎么办？如果被抓进去，罪加一等，如果逃走，那就成了逃犯，没事也有事了。杨希娟大包大揽地说，衡一弟，你放心，这件事，包在希姐身上了。明天，希姐去市政府帮你捞人。

宋曼卿立即说，还不给你希姐敬酒？只要你希姐出面，这件事，肯定解决。

朱衡一拿过酒瓶，给杨希娟斟酒，又给自己斟酒，端起来，敬杨希娟。宋曼卿说，不行不行，这样敬，太没有诚意了，喝交杯。

朱衡一看一眼宋曼卿，又看杨希娟。杨希娟的眼睛一直盯着朱衡一，朱衡一于是和杨希娟喝了交杯酒。

周娅蒙被父亲关在房间了，门口派有人看守，就连窗户，也被加钉了木条，封起来了。周娅蒙则针锋相对，公开宣布绝食抗议。

外面有轻轻敲窗户的声音，随后是阮周的声音。阮周说，师妹，师妹，是我，阮周。

周娅蒙起床，走到窗前，将窗户上的一块玻璃取下来。窗户外面，可以看到钉着横七竖八的木条，取下玻璃的地方，恰好露出一块，外面站着阮周。阮周将一包东西递进来。周娅蒙接过，打开，看了一眼，不耐烦地说，怎么又是这些？我都吃了三天了，现在，我一见到就想吐。

阮周说，我这不是想到糕点好拿，又不留垃圾嘛。要不，我去西菜园给师妹买生煎？

周娅蒙说，那你快去啊。

阮周说，好好，我现在就去。

阮周离开后，周娅蒙将玻璃装上，回到床上躺下，拿出糕点，吃得津津有味。外面，响起敲门声。周娅蒙一惊，连忙将糕点藏起来，又将床上的碎屑清理干净。外面传来周老太的声音，十分焦急，说，蒙蒙，是娘。快把门打开。

周娅蒙冲着外面喊，别管我，就让我死吧。反正你们也没人在乎我。

周老太说，你不吃东西怎么行，饿坏了怎么办？你要急死娘啊。

周娅蒙似乎想到刚才说话的力气太足了，顿时装有气无力的样子，说，你们别管我，我……我想死。

门外站着周母和一名佣女，佣女手里端着托盘，托盘上有饭菜。

周老太说，好女儿，听娘一句劝，多少吃点吧。你要把娘急死啊。

佣女也在一旁劝道，小姐，你就吃点吧。你不吃饭，你娘也跟着你没有吃一点东西。

周娅蒙坚定地说，我不吃，我要绝食抗议。

周天罡从楼下上来，听到这句话，怒问，抗议？你要抗议谁？

周娅蒙说，我抗议你这个暴君。

周天罡说，你还要胡闹到什么时候？你知不知道，你这么一胡闹，我花了多少钱？

二十多万。你知道二十万是多少钱吗？一个中学老师一个月的薪水才十几块钱，你读过书，你自己去算一算这笔账。

周娅蒙愤怒地说，你就知道钱钱钱，你眼里到底是要钱，还是要你这个女儿？

周天罡说，我怎么不要你了？我不要你，愿意花这么多钱吗？

周娅蒙说，我看你一点都不心疼我，你心疼的是你的钱。

周天罡恼了，说，你以为我真的拿你没办法了？

周娅蒙说，反正你也不在乎我，你和你的钱过一辈子算了。

周母劝道，老爷，你就服个软吧。

周天罡说，我周天罡这一辈子，对谁服过软？

周母说，那怎么办？真的让女儿饿死？你可只有这一个女儿。

周娅蒙自然听到了外面的对话，在里面喊，娘，你别求他。反正他也不在乎我的死活，就让我死算了。反正我活着也没什么意思，一了百了。

周母说，你看看，她也是你的女儿啊，难道你就一点都不心疼？

周天罡真的没招了，说，真是我的克星。好了好了，我答应你，不找那个穷小子的麻烦。

听了这话，周娅蒙兴奋莫名，说明她的抗争胜利了。她从床上一跃而起，跳过去，打开门，问，真的吗？爹，您说话算数？

周天罡狐疑地望着女儿，她怎么一点都不像绝食三天的样子？不过，此事毕竟只能到此为止，便说，只要你肯吃东西，我说话算数。

周娅蒙一把接过下人手里的食物，转身向里面走，说，你们走吧，我要吃饭了。

吕子矜和洪华平来到上海北站。他们扮成一对恋人，轻易就进入了站台。

站台上聚集了不少人，马上有一列火车到来，这些人，大多是来接车的，其中有些人手里举着小旗子，不远处，还拉着一条横幅，上书，热烈欢迎宋子文部长莅临上海指导工作。站台上，不时有持械军警巡逻，两人一组。

吕子矜挽着洪华平的手臂，俩人都在打量站台的情况。

吕子矜说，情报不对啊。

洪华平问，怎么不对？

吕子矜说，宋子文是财政部长，党国大员。而北站这里，只增加了几个巡逻哨而已，是不是太儿戏了？

洪华平说，我数了一下，车站里，着装军警就有七八个，不知还有多少便衣，这些还不够？

吕子矜说，如果是我，我就派出军警把整个火车站围起来，所有进出的人，一律搜查，这样，枪支弹药进不了站台，自然就安全了。

他们不可能那样做，洪华平说。

为什么？吕子矜说，不严格控制，暗杀太容易了。

洪华平说，你不知道，现在的国民政府，老蒋要搞训政约法，若是训政约法，他就可以这样做。但有些人要搞宪政约法，宪政约法，就不能这样做。

吕子矜不解，说，为什么训政约法就可以，宪政约法就不行？

反正有时间，洪华平耐心地解释，说，不管是训政还是宪政，哪一级的官员，应该派多少警卫，都会进行严格规定。若是宪政约法，那么，就需要严格遵守规定，半点都不能超出，否则，就会被问责。若是训政约法呢？训政者才是最高权力拥有者，他想派多少人，就能派多少人，自主权极大。

看来，还是宪政约法好，吕子矜说。

那也不一定，洪华平说，我感觉吧，老蒋还是有一定道理的。宪政约法，是和平的产物，是社会稳定之后，才可能很好实行的约法形式。如果一个社会乱糟糟的，有很多反对势力拿枪和你对着干，你宪政约法，就等于自缚手脚。社会制度也要因时因势，不能因循守旧。

吕子矜说，倒也是。如果他们派出大量军警把车站控制了，我们就没空子可钻了。

远处，一列火车鸣响汽笛，飞驰而来。站台上迎接的人，便有些动静，有人说，来了来了。也有人说，你激动什么？又不给你多发一文钱。又有人说，部长啊，我还没见过这么大的官呢。马上便有人说，部长怎么啦？人家命好，三个姐姐，一个嫁给了先总理，一个嫁给了党主席，还有一个嫁给了大老板，想不发达都难。

吕子矜和洪华平夹杂在人流中，其他人的关注点是火车，他们两人的关注点却是周围的人。他们得十分小心，一定要远离可能的便衣。

火车驶过来，速度越来越慢，最终停下。

车门相继打开，每一节车厢，先有一名列车员下来，站在车门边，然后有乘客下来，站台上，人一下子多起来。吕子矜他们等的这节车厢，先下来的，是两名便衣，他们下来后，分别站在车门两边，警惕地关注着站台。接着，下来一个身穿白色西装头戴巴拿马帽的男子。

洪华平小声地说，下来了，就是他。两人同时将手插进胸前，准备掏枪。可就在此时，出现了意外。白色西装男子身后，下来的是另一名白色西装男子，同样戴着巴拿马帽。

吕子矜大吃一惊，满脸迷惑，看洪华平。洪华平同样是一脸迷惑的表情。吕子矜问，怎么两个人都穿白色西装？

洪华平说，奇怪，情报上没有说两个人一样的穿着啊。

吕子矜说，要不，我们一人对付一个？

洪华平说，九爷有严令，不准滥杀无辜啊。只能针对目标行动。

那怎么办？吕子矜问。

洪华平说，我估计还有别的小组。他们怎么行动，我们不管，我们集中力量，杀前面下车的那个。

当时的情况十分特殊，根本轮不到他们仔细商量。吕子矜说了一声好，便已经将手抽出来，手里多了一把手枪。洪华平同样如此，在大家完全关注车上下来的人时，枪响了，一连打了好几枪，全部子弹，射向第一个西装男子。

枪声一响，站台上顿时乱了，人们四处奔跑。两名白衣男子身边，有好几个便衣警卫，他们第一时间扑上去救援。第一名西装男子身中好几弹，自己倒下了，第二名男子虽然没有中弹，但被警卫扑倒在地。扑倒的警卫，立即掏枪在手，准备还击。

可是，他们只是看到站台上四处奔逃的人，并没有看到枪手。

此时，又有枪声响起，在另一个方向。警卫和站台上的安保人员，立即调转枪口。

吕子矜和洪华平各自打出几枪后，迅速收了手枪，随混乱的人流一起向外疾跑。他们才跑了几步，身后传来几声爆炸。两人都清楚，无论是后来的枪声，还是爆炸声，都是其他小组在掩护他们撤离。

爆炸的是烟幕弹，站台上，顿时腾起巨大的烟雾，以至于很近的距离，看不清面前的情况。借助烟雾的掩护，吕子矜和洪华平顺利撤离了站台。

4

北站发生暗杀事件的同时，吴品三在新世界酒楼请客，宴请的对象是胡文俊。

胡文俊并没有要求吴品三去接他。他以特派员身份常常来往于南京和上海，在上海华懋酒店有专门的包房。他并不是乘火车过来的，而是开自己的汽车而来。带汽车，是为了在上海方便出行。

胡文俊的身份特殊，既是国防部次长，又是蒋介石的特派员，他来上海，不知有多少大员争相巴结，所以，迎来送往这种事，还真轮不上吴品三。吴品三和胡文俊毕竟有私谊，胡文俊才会将宴请的机会留给他。

吴品三是带着郑家臣和赵印墨一起过来的，带郑家臣，是因为接待这种事，郑家臣内行，带着赵印墨，是希望赵印墨拥有更多的上层关系，见些世面。郑家臣进入酒楼安排相关事宜，吴品三和赵印墨便站在门口候着。

吴品三问，已经几天了，苏航有什么情况？

赵印墨说，除了李时君每天去看看他，给他送点吃的，什么事没有。

吴品三说，李时君比你精明。

赵印墨说，那是当然，如果不是精明，他也不会一会儿是共产党，一会儿是国民党。这种人就是墙头草，两边倒。

吴品三说，墙头草有什么不好？你不是墙头草，你站到墙头给我看看，站都站不住。

赵印墨不想说李时君了，转了个话题，说，这个苏航到底什么来路？我们还要把他当祖宗供着？

吴品三不咸不淡地回了一句，你不是情报股长吗？

一辆小汽车驶来，停在吴品三面前。吴品三立即上前开车门。副手席的门开了，一名身着军服的副官下车，准备开车门，但被吴品三抢了先。吴品三拉开车门，穿着上校军呢大衣的胡文俊下车，和吴品三握手。

吴品三说，文俊老弟，一路辛苦了。说好了要去车站接你，你偏不干。

胡文俊说，都是自家兄弟，客气什么？我到上海是公干，自然要给那些人一些机会，不然，他们会有意见的。

吴品三说，那是那是，场面上的套路，还是要讲的。没想到文俊贤弟这么年轻，竟然在政治上这么成熟。

胡文俊有些不以为然，也有些卖弄，说，这有什么？在南京那种地方待上三个月，就连猪也是一条政治的猪了。

文俊老弟真幽默，吴品三说，请，请。

吴品三和胡文俊向酒楼门口走去。赵印墨和胡文俊的副官说着话，跟在后面，更后面是几名便衣。他们一起向里面走的时候，看到有几名便衣正在维持秩序。吴品三这才知道，胡文俊的排场大，事前竟然安排了人在这里。他也不说破，领着胡文俊进入单间，那里，郑家臣正等着。

胡文俊脱下军呢大衣，赵印墨立即要上前去接，吴品三瞪了赵印墨一眼。赵印墨连忙退后一点，吴品三自己上前，接过大衣，随手交给郑家臣。郑家臣将大衣挂在旁边的衣架上。胡文俊向座位走去，吴品三又跟过去，恭敬地拉开椅子，请胡文俊坐。

其实，要论职位，吴品三比胡文俊的资格老职位高。国民党军队实行的是副官制，不是副职制，副官其实就是秘书兼参谋，和副职的地位是完全不能比的。另一方面，副官又最接近军事长官，最有机会在长官面前说话，所以，副官的实际作用大得没边。胡文俊这个国防部次长，其实就是一个副官参谋，但他不仅能接近国防部长、总参谋长，甚至是蒋介石的心腹爱将，地位自然就高上了天。

胡文俊坐下来，吴品三立即端起面前的茶壶，替胡文俊倒茶，说，文俊老弟，请尝尝这个茶，茶叶是我带来的。我让家臣亲自过来冲的。胡文俊端起茶，喝了一口。

吴品三对郑家臣说，你们几个，去隔壁吧，你们也少些拘束。

郑家臣问，现在上菜？

吴品三说，上吧。

郑家臣说，好，那我带他们过去了。

郑家臣带着其他人到了隔壁房间，这里只剩下吴品三和胡文俊二人。吴品三问，这个茶怎么样？

胡文俊说，不错，大红袍。而且是上品。

吴品三说，文俊老弟是识货的。

胡文俊说，整天跟南京那帮人混在一起，想不懂一点都不可能。

吴品三换了个话题，说，本来，我是想叫苏航一起来陪你的。

胡文俊立即说，不来也好，他太不懂事。有他在，我们不自在。

吴品三说，年轻人嘛，偏执一点，激进一点，原本都不算个事。只是现在这样的时局，就有点……

胡文俊说，我的这位表弟，思想左倾得很。他是不是真的成了共党分子？

吴品三肯定地说，共党肯定不是。年轻人愤世嫉俗，可以理解。当初，我们如果不是一腔热血，又怎么会跟着至梧先生闹革命？如果不是当年至梧先生给我写介绍信，介绍我去广州参加革命，哪有我吴品三的今天？

胡文俊有点居高临下地说，我这个表弟，和我那个姨父一个德性，恃才傲物。

吴品三说，谁年轻的时候不恃才傲物？受点磨难，再如果遇到机会，就懂得做人了。

胡文俊也说，让他受点磨难也好。年轻不懂事，就该付出代价。

吴品三说，明白，明白，所以，我按照你的意思，一直关着他。

顺水人情，胡文俊自然会做，他问，没有为难他吧？

吴品三说，放心。我如果为难他，怎么对得起至梧先生？

开始上菜了，两个人吃饭，点了六个菜，个个是精品。吴品三拿过酒瓶，给胡文俊倒酒，然后和胡文俊碰杯。胡文俊端起酒杯，先不喝，而是放在鼻子前，闻了闻，再一饮而尽。吴品三先已喝了，此时已经拿起筷子，夹了鸡腿，放在胡文俊面前。

胡文俊说，对了，我在南京听到一点消息，品三兄一定感兴趣。

吴品三问，哪方面的消息？

胡文俊说，有关共匪红队匪首黎明的。

在西菜园酒楼，游再春也在请客，他请的是古泉，汪峰仁负责张罗。

即使是出来吃饭，游再春也不忘带着他的钢珠，他转动着钢珠，昂首阔步进入单间，先四周看了看，然后坐下来。

汪峰仁说，古泉这个王八蛋，他倒是端着架子。

游再春说，就让他端着吧。

小二递上水牌，问，二位爷，现在点菜吗？

游再春喜欢在这里吃饭，对这里的菜熟得很，他伸手挡开水牌，说，囱牛肉来一盘。小二答应一声，他又说，你这里冬笋炒肥肠好像还不错，来一盘。对了，还有猪头肉。小二马上说，对，猪头肉是我们的特色，所有客人都要点的。

游再春转向汪峰仁，说，峰仁，其余的你点。

汪峰仁试探地问，要不要来条鱼？

游再春说，那就沙丁鱼吧。

汪峰仁说，再来一碟花生米，一壶酒。就这些了，快点上来。

小二离去，游再春说，你要把湖北帮盯紧点。我听说，吴大嘴还在招兵买马物色人，他物色的人，就算我们拉不过来，也要做到心中有数。

汪峰仁说，要不，我们想个办法，干脆把他的湖北帮搅散了？

游再春说，你别乱来。他搞湖北帮，对我们有好处。至少，我们的力社就有了资金来源。如果把湖北帮搅散了，我们的力社，从哪里出薪？

汪峰仁说，倒也是。

酒菜上来了，游再春不等古泉，和汪峰仁开吃。喝过第一杯酒，古泉来了，推门而入，说，对不起，游局长，汪股长，来晚了。

汪峰仁说，你他娘的架子大啊，竟然让游局等你。

古泉说，我错了。我确实错了。不过，我还不是为了那个王翠花？

游再春摆了摆手，说，别说了，坐吧。

古泉坐下，拿过壶，往自己杯子里倒酒，说，我迟到了，自罚三杯。古泉一口喝干了酒，又准备倒。汪峰仁一把抢过酒壶，说，看你那点出息，为了这三杯酒，就故意给老子拿架子？先敬游局，不懂？

古泉从汪峰仁手里接过酒壶，往自己面前倒酒，然后端起酒杯，说，游局长，我敬您。以前我们虽然没见过，但游局长的大名，我是早就听说了。江湖上都知道，游局长名动江湖，义薄云天。能为游局长效劳，是我的荣幸。

游再春和古泉碰杯，喝了酒。放下酒杯，汪峰仁立即酌酒。游再春伸手入怀，掏出一个信封，扔给古泉。古泉拿过信封，看了看里面，明明是惊喜，却还要表现出一副不在乎的神态，问，游局长，这是怎么个意思？

汪峰仁说，这是游局给的见面礼，还不快谢谢游局？

古泉夸张地说，太好了，游局长真是大方，我古某相见恨晚啊。来，我再敬游局长一杯。古泉端起酒杯，和游再春相碰。游再春碰了一下，仍然没说话，只是把酒喝了。喝完之后，才说了第一句话。

说说吧，那个王翠花怎么回事？游再春说。

古泉吃了块肉，抹了抹嘴，说，她在四川西路一家长三堂子打杂，真实身份是共党的地下联络员。

游再春说，王翠花，这名字很土啊，又是长三堂子打杂的，共党会让这样的人当地下联络员？

古泉说，这你就不知道了。她是一个大户人家的童养媳，被大户人家当女儿一般养大。但她不喜欢那家的男人，结婚后加入了共党，学会了反封建婚姻，闹着要离婚。闹了两年，没有离成，她干脆跑出来了。

游再春问，怎么确认她是共党的？

古泉说，她男人找到了上海，要带她回家。上海这么大，怎么找？所以到处托人，这事就说开了。

游再春再问，这事，你告诉吴局没有？

古泉说，我当然要听游局的，游局不发话，我怎么会乱说？

汪峰仁说，算你会做。

游再春说，这件事，我还要核实。下一步怎么做，你都要听我的。你放心好了，今后跟着我，赚钱的机会有的是。

汪峰仁在一旁插话说，听懂游局的话了吗？

古泉说，听……听懂了。

汪峰仁在古泉的头上拍了一下，说，懂，懂个屁，你除了懂得玩女人，还懂得什么？

古泉顿时咳咳而笑，说，汪股长，你太懂我了。男人不嫖，那还是男人吗？

汪峰仁说，你就知道玩，我看，迟早玩死你。

李时君白天在外办事，回到社会局，接近下班时间了，没有见到吴品三，便找人打听。门口的守卫和吴品三的司机是老乡，从司机口里，知道吴品三在新世界宴请一位南京来的朋友。听到南京来的朋友几个字，李时君暗自惊了一下。李时君知道，吴品三的朋友，层次一定不低，但高到什么程度，他还真无法判断。万一南京来人知道顾顺章的事，他的货，就砸在自己手里了。

李时君转身往外跑，跳上脚踏车便往新世界狂奔。

到了新世界酒楼，向小二打听清楚包房的房号，便向二楼赶去。

胡文俊在这里安排了几名便衣，对每一个进出的人，都要严格检查，见李时君匆匆上楼，他们便拦住询问。李时君说明自己的身份，告之要来见吴局长，有紧急情报。

便衣命令他等里这里，自己进去通报。

李时君的预感是对的，如果晚了一点，他的情报就废了。他赶到酒楼时，胡文俊和吴品三正谈着黎明一案。

吴品三说，我听说这个黎明提出要面见蒋主席，不然一个字都不肯说。他以为他是谁？蒋主席是他想见就见的？

胡文俊淡淡地说，校长见了他。

吴品三称蒋主席，那是因为蒋介石担任国民党中央主席一职。胡文俊却称校长，指的是黄埔军校校长一职，那是多年前的事了，这个称呼特别，只有黄埔毕业生才称，这样称呼的时候，自有天子门生，高人一等之意。听了胡文俊的话，吴品三有点吃惊，说，见了？

陈果夫和徐恩曾带着他去见的，我当时在场。胡文俊说，校长对他态度很冷淡，问了几个问题，对他弃暗投明表示欢迎，鼓励他好好为党国效力。

他的真实身份到底是什么？吴品三，这才是他最关心的。

胡文俊说，他的真名叫顾顺章，共党的中央政治局候补委员，相当于我们的中执委，中央特科红队负责人。

听了这话，吴品三立即站起来。胡文俊问，怎么，品三兄要走吗？

吴品三说，文俊老弟提供的情报太重要了，我去处理一下。请老弟稍坐片刻。

也就是这时候，敲门声响起。吴品三还以为是服务员，胡文俊知道是怎么回事，所以问，什么事？

门被推开，一名便衣进来，说，有个李时君，说有紧急情报要向吴局长报告。

吴品三立即走出来，见李时君站在走道的那一头。吴品三走过去，站在走道上和李时君说话。吴品三问，什么事？找到这里来了。

李时君说，局座，我已经查清楚了，黎明确实是化名，他的真名叫顾顺章。

吴品三看了看李时君，平淡地说，我已经知道了。

知道了？李时君那一刻的复杂心情，简直无以言表。他有些不甘心，问，这么说，局座也知道了他的住处？

吴品三说，我刚刚知道他真名叫顾顺章，正准备安排你去摸一下情况。

李时君暗松了一口气，说，我已经摸到了一些情况，他真名叫顾顺章，是红科的头子，家住法租界甘斯东路爱棠村 11 号。另外，他在公共租界武定坊 32 号和新闸路斯文里 70 号还有两处房子。

吴品三看了看李时君。这个情报太重要了。知道了他的住所，就能找到他的家人，说不定能从他的家人那里，捞到重要线索。他当即问，采取措施没有？

李时君说，我已经把这三个地方监视起来了。

吴品三说，光监视不够。和租界捕房协调一下，把这三个地方的所有人全都抓了。

李时君问，要不要通报杨特派员？

吴品三想了想，说，先行动吧。

李时君知道吴品三和杨正熊暗中较着劲，不想他抢自己的功劳，于是答应一声，转身离去。

吴品三原想把任务交给赵印墨，可半路杀出个李时君，他又是负责行动的，吴品三只好改变主意，由李时君来负责这项任务。此外，他还有一种考虑，李时君干这个比赵印墨内行，牢靠一些。

吴品三返回单间，说，对不起，文俊老弟，让你久等了。

胡文俊说，品三兄不必客气。我知道这个情报对你有用。

吴品三向胡文俊拱手，说，大恩不言谢。日后，有用得着吴某的地方，吴某当肝脑涂地。

胡文俊说，这话见外了，我们原本就是一家人嘛。

吴品三说，对对对，你是至梧先生的姻侄，我是至梧先生的弟子，一家人，绝对一家人。吴品三拿过酒壶，分别斟了酒，端起酒杯，说，来，我们两兄弟干一杯。

一杯酒下肚，话题自然转了，吴品三问，文俊老弟，广州那边好像越闹越大了？

胡文俊说，世上的事，总是你方唱罢我登场吧。

吴品三对此十分忧虑，说，汪先生和古应芬、孙科、陈济棠、李宗仁这些人搞到一起，声势很大啊。

胡文俊年轻气盛，说，大又怎么样？中原大战的时候，那么多手握兵权的人搞到一起，结果你是知道的？现在广州是一帮什么人？汪精卫只不过是一个吃软饭的，孙科只是二世祖。古应芬呢？以为自己是党国元老，就可以吃老本。他们不想一想，党国的天下是谁打下来的，与他们这些所谓的元老，有半毛钱关系没有？

吴品三说，那是，如果不是蒋主席和黄埔军人，靠汪精卫、胡汉民、古应芬这些人，国民革命再过一百年，也没有今天这样的局面。

胡文俊语带鄙夷地说，这些人，和我姨父一样，自以为是同盟会的元老，对党国劳苦功高，喜欢指手画脚，以大佬自居。

吴品三说，可现在这个形势，宁粤之间，会不会爆发一场战争？

胡文俊摆了摆手，说，战争也没什么好怕的。陈济棠只能当广东王，出了广东，连一条虫都不是。李宗仁只能背后搞点小动作，真要玩政治玩军事，跟校长比，还是小学水平。李宗仁背后倒是有白崇禧，人称小诸葛。真不知这是赞扬还是讽刺。诸葛亮计谋定天下，最终还是连一个蜀国都搞不好。白崇禧只不过小诸葛，连诸葛都不如嘛。更关键之处在于，这些人凑在一起，都是为了捞取政治资本，各怀鬼胎。你想，陈济棠甘心被李宗仁利用？而李宗仁又甘心当胡汉民或者汪精卫的马前卒？这两个手握兵权的人，会听命于汪精卫孙科吗？现在，他们跟着孙科瞎起哄，是因为孙科当着行政院长，他们想从孙科手里搞点军费。可孙科手里的钱是谁的？还不是校长的？孙科看起来是个大水库，宋子文就是那道闸门，闸门掌握在谁的手里？在孙科手里吗？在校长手里。校长只要轻轻一拧，孙科这座水库就干了。陈济棠李宗仁只不过是水库里的鱼，很快就会变成死鱼。

吴品三松了一口气，说，文俊弟这样一说，我就放心了。

胡文俊说，对付这些政客和军阀，校长是有办法的。校长最担心的，还是共党。

吴品三说，这我就有点不明白了。共党才几个人几条枪？而且，四一二清党之后，大量的中共党员，全都跑到我们这边来了。你看看我们调查科，都快成共产党的调查科了。

胡文俊摆了摆手，说，品三兄是只知其一，不知其二啊。

吴品三给胡文俊倒酒，同时说，愿闻其详。

胡文俊一口喝干了酒，说，有两大隐患，国民党不能跟共产党比。第一，国民党是个没有信仰的党。当初，我们最大的目标，就是推翻清政府，建立民主政府。这个目标一旦实现，我们就失去了目标。相反，我们党内的人，绝大多数都是机会主义者，而不是真正的革命者。他们想通过国民革命捞取自己的政治资本。

吴品三说，历朝历代的改朝换代，不都是如此吗？朱元璋有什么信仰？刘邦又有什么信仰？

胡文俊说，这就涉及第二点了。如果所有人或者所有团体都没有信仰，那好说，谁的军事实力强、组织能力强，谁的智商情商更高一些，谁就是胜利者。可现在，有一个有信仰的党存在，一切全都不一样了。有信仰就是凝聚力，没有信仰，虽然组党，也是一群乌合之众。你想想春秋战国，七国中最穷最落后的是谁？秦国。秦国最后灭了六国，为什么？因为信仰。有关这一点，校长不止一次对我讲，共产主义信仰就像病毒一样，传播得太快了。这是他最忧虑的事。

吴品三长哦了一声，又说，没这么严重吧？

胡文俊说，没这么严重？我告诉你，比你想象的严重得多。

吴品三显然不太相信，说，老弟，你是不是有点太悲观了？

胡文俊说，最近，我跑上海特别多，你知道我来上海干什么的？

吴品三还真不知道，所以问，干什么？

虽然明知道身边没人，胡文俊还是左右看看，把声音压低了很多，说，我是来上海替校长搞这个的。他做了一个钱的手势，接着说，我们是兄弟，我才对你说。这件事，绝对不能告诉第二个人。

吴品三有些惊讶，问，蒋主席还缺这个？

胡文俊说，校长个人是非常清廉的。可有一句话怎么说的？穷则独善其身，达则兼济天下。这句话反过来说，你若想独善其身就必须受穷，你想兼济天下，你就绝对要发达，绝对要同流合污。在流而不合污，你就寸步难行。既然如此，没钱行吗？没钱肯定当不了老大。

吴品三说，政府机构掌握着社会资源的分配权，如果没有更多收益，谁会完全无私奉献？

胡文俊说，这就是国民党和共产党的不同之处，也是共产党的可怕之处。国民党建立政府的原则是千古一贯制的利益驱动。可共产党针对的，恰恰就是这个利益驱动。

吴品三反问，不靠利益驱动靠什么？没有利益能驱动吗？这个社会，干什么事不要钱？没有钱，国家靠什么发展？

胡文俊说，万一有一天，共产党真的坐了天下，是不是也能甘于清贫，甚至以清贫治国，这个我不知道，我们大概也看不到。不过就目前来看，共产党以清廉来攻击国民党，这是精确打击啊。共产党抓的这个攻击点，国民党连还手之力都没有。

吴品三完全不以为然，说，共产党就那么一小撮人，能成什么事?

胡文俊结论说，所以，共产党一定不能发展壮大，壮大以后是非常可怕的。

第五章

一箭双雕

1

一大早，满大街都是报童的叫卖声，上海北站发生枪战，财政部长宋子文遭暗杀。

这新闻实在太轰动了，人们争相买报，看过之后才知道，原来被击中的是宋子文的秘书，宋子文毫发未损，只是警卫扑倒他时，将他的衣服弄脏了而已。也不能说报童所说是错的，暗杀对象，肯定是宋子文，但谁都说不清为什么，最后阴错阳差，竟然杀了他的秘书。

李时君可没有时间去读新闻，昨天晚上，他就和法租界以及公共租界巡捕房联系，今天一大早，他的行动股成员便和上海警备司令部以及巡捕房联合行动，去顾顺章的三处住宅抓人。最先去的，是海棠村的住处，这是顾顺章最大的住处，好几间平房，有单独的小院。顾顺章一家竟然住在这样的地方，说明他家人不少，而且，收入也非常可观，否则，住不起这样的独门小院。

顾顺章收入可观，是可以理解的，他在入党之前，是一名表演西洋魔术的魔术师。当年西洋魔术在上海非常受欢迎，他也因此赚了一些钱。后来成为共产党的重要分子，不再表演魔术了，但还有些投资，也替他赚了一些钱。

巡捕房和行动股的大队人马来到海棠村顾宅，前来指挥的一名巡长挥了挥手，着装的和便装的，几十人冲了进去。李时君懒得凑这个热闹，自然也是不想直接处理这样的事，便和巡长站在院子里抽烟。

时间不长，便有行动股成员和巡捕跑出来，分别报告说，里面是空的，没有人。

李时君似乎不太相信，亲自跑进去验证。他验证的办法十分简单，去查看毛巾和热水瓶，毛巾是干的，说明至少两三天没人在这里住。热水瓶的水是常温，说明没有人住的时间可能更长。从某种意义上说，李时君应该是早料到这种结果了。顾顺章在武汉被捕，时间已经超过一个星期，就算是再迟钝的组织，也应该猜到了是怎么回事，早应该采取措施了。

但是，必须的手续还得做，他对手下说，快，去公共租界武定坊 32 号。

行动股的人立即上了脚踏车。

武定坊在公共租界，不需要法租界的巡捕配合了。李时君和法租界的巡捕打过招呼，又往公共租界赶去。结果并不出乎他的预料，公共租界的巡捕，早已经等在那里，将 32 号团团包围。

这里不是小院，而是一间普通的居民房。顾顺章之所以弄三处房子，与他的身份有关，他需要将自己的工作和家人分开，武定坊和斯文里的房子，是他用来工作的。这两处房子的租金，是组织出的。

公共租界的巡长见到李时君，说， 我们在这里盯了半天，毛都没见到一个，里面好像没人。

李时君问，一个人进出都没有？

巡长说，一点响动都没有。你们的情报准不准？

李时君说，情报这种东西，是随时间之变而变的，谁说得准？

巡长说，管他有没有，既然来了，那就进去看看吧。

于是，巡警和行动股成员冲了进去，结果一样，空的，没人。

接下来去斯文里 70 号，仍然是空手而归。

吴品三到办公室后的第一件事是看报纸，报上的新闻让他大吃一惊，仔细看才知道，宋子文没有受任何伤，只是他的秘书被当场击毙。吴品三揪紧的心，稍稍松了一点，同时也想到，出了这样大的事，上面一定会全力追查，社会局这边，会担负一定的任务，自己不能太被动。

他伸手到桌子下面，按了按铃，郑家臣立即过来了。他对郑家臣说，把赵印墨给我叫来。

郑家臣转身出去，在门外大叫，赵印墨赵股长，局座有请。吴品三皱了皱眉头，在安徽在湖北，郑家臣这种工作方法，他还不觉得有什么，但现在到了上海，到了一个文明世界，他便觉得郑家臣粗俗。

赵印墨推门而入，郑家臣跟在后面进来。赵印墨说，妹夫，你叫我？

是局长，吴品三说，跟你反复说过了，在单位要叫职务，你怎么老记不住？

赵印墨说，是，局座。

吴品三敲了敲桌子，说，你是干什么的？你是抓情报的。这么大的动作，你们为什么事前一点消息都没有？

赵印墨伸头看了看报纸，认出了标题，说，这事这么快就登出来了？

这件案子，完全责怪赵印墨，似乎也有点过了，而他的语气，似乎知道这件事，吴品三便问，到底是怎么回事？

昨天晚上出事后，我带人去火车站了解过，赵印墨说。

吴品三的脸色缓和了，心想，动作还算快，饶你一回。他问，查到什么没有？

赵印墨说，组织非常严密，目标也极其明确。由一对装扮成情侣的年轻人迎面走向宋部长和他的秘书，射击时，彼此的距离，只有不足十米。宋部长的护卫开始还击的时候，有人扔了三颗烟幕弹。烟雾散去之前，行刺者已经从容逃离现场。初步分析，应该是一个严密的组织干的，他们事前得到了宋部长到上海的准确情报。这个情报应该是绝密的。所以，这起暗杀事件的背后，还应该有一起非常严重的泄密事件。另外，整个行动，至少有两个小组。一个小组负责暗杀，另一个小组负责扔烟幕弹。我们推测，可能还有第三个小组，作为预备队。所以，这次暗杀行动，应该在六个人以上。

吴品三看了看赵印墨，没想到他竟然说得如此有条理而且头头是道，心中起了疑，问，这是你分析的，还是别人分析的？

赵印墨老实承认，是程队长分析的。

吴品三明白了，发生了这样大的事，刑侦大队肯定会派人，警备司令部也会派人。赵印墨只不过把他们的分析说了出来。他问，暗杀者开了几枪？

赵印墨说，我问过程队长，他说，在现场总共找到二十五枚弹壳，其中十四颗子弹，是宋部长的护卫射出的。有七枪，是那一男一女射出的，另外还有四颗子弹，可能是掩护的小组射出的，为了转移目标，好让暗杀者逃走。

先由一个小组开枪射击目标，再由另一个小组开枪转移视线，然后扔出烟幕弹，掩护所有的小组安全撤走，这个指挥者，很有军事头脑啊。吴品三说，而且，暗杀者也非同一般，七枪就有五枪击中目标？两个高手啊。

赵印墨说，是的，程队长和警备司令部的人都这么说。

吴品三再问，这七枪是从两支枪射出的？

赵印墨回答是。吴品三略思考片刻，说，也就是说，他们并没有打空枪中所有的子弹。

赵印墨说，是的。说明他们很有章法，留有余地。

这件案子很奇怪啊。一直没有说话郑家臣突然冒出一句。

赵印墨问，哪里奇怪？

郑家臣说，他们的攻击目标，到底是宋部长，还是宋部长的秘书？

赵印墨说，废话，当然是宋部长。要搞掉宋部长的秘书，哪里动手都行，而且没有危险，犯得着选择保卫森严的时候？

郑家臣说，这不就是问题吗？他们的攻击目标是宋部长，结果却是向宋部长的秘书开了七枪。

赵印墨说，我们分析过，暗杀者一定没有宋部长的照片，只是根据情报得知，宋部长穿白色西装，戴巴拿马帽，所以……

所以误杀？吴品三说，行刺者是两个人，而且只开了七枪，至少有五发子弹射向宋部长的秘书，另外两发子弹，可能射飞了。他们完全可以同时袭击两个目标啊。这样才可以做到万无一失。

赵印墨承认说，这个，我没有想过。

吴品三问，那么，什么人干的？你想过吗？

赵印墨说，我和程队长交换过意见，我们都认为，不太可能是共党。

吴品三问，为什么？

赵印墨说，到目前为止，共党红队杀的人，要么是他们的叛徒，要么是杀他们的人杀得特别多的。宋部长只不过是一名文职官员，跟共党没有直接冲突。

郑家臣说，最关键一条，共党和宋庆龄关系密切，他们应该不会对宋家人动手。

吴品三说，现在，问题来了，如果不是共党，那会是谁？

赵印墨说，徐志谦非常肯定，认为不是共产党干的。他认为是帮会干的。

帮会？不可能。吴品三说，帮会玩刀玩棒还可以，玩枪？他们不行。而且，无论是计划还是执行，军事素养极高，帮会哪有这样的人？

赵印墨说，徐志谦说，很可能与广州有关。

吴品三顿时哦了一声，这确实是一种可能，而且是最大的可能。

就在他们讨论这起暗杀事件时，李时君急匆匆地出现在门口。吴品三抬起头，看着李时君，立即招手，说，时君，快进来。

李时君跨进来，说，局座，三处房子全空了，人已经跑了。

吴品三猛地站起来，盯着李时君看了半天，说，跑了？消息来得这么快？

李时君说，我们检查了室内的用品，全都是干的。热水瓶里的水也是冷的。说明至少两三天没有人。

吴品三盯着李时君看了看，问，你想说明什么？

李时君说，说明……说明消息已经走漏，那些人已经逃走了。

吴品三盯着李时君看。李时君恐惧了，说，局座，我向天发誓，这件事与我无关。

吴品三说，顾顺章是在武汉抓的，押到南京也是秘密进行的，共党的消息不可能这样快。我们的内部一定有问题。

赵印墨说，看来，又是一起严重的泄密事件。

李时君非常害怕泄密事件，说，会不会是汉口那边泄露了消息？

吴品三命令道，你们马上回去，查一查自己的人。

三个人的表情各异，郑家臣的办公室虽然是核心，但这类机密，一般接触不到，所以表情平静。赵印墨脑子简单，又和吴品三关系特别，知道自己不会有麻烦，所以回答很坚决。只有李时君，虽然也回答是，但内心充满恐惧。

吴品三说，给我查仔细点，整个社会局，都要查，先自查，然后各部门互查，最后，我还要组织人抽查。我把丑话说在前头，如果是在我们这里泄露了消息，别怪我吴某人下手太狠。

李时君怕的就是这个互查和抽查，他退出的时候，额头已经冒汗了。

离开吴品三的办公室，李时君走到楼梯口，想了想，并没有下楼，而是继续向前走，去了游再春的办公室。

游再春也是一大早就过来看报纸。他没有像吴品三那样，看完便着手一系列行动。他是副局长，不需要太主动，所以，他坐在办公桌后，手里转动着钢球，眼睛闭着，思考这件事。这时候，敲门声响起，游再春睁开眼睛，说，进来。

汪峰仁推门而入。游再春看了他一眼，说，把门关上。汪峰仁转身，将门关了，转头问，老大，看了今天的新闻没有？

游再春问，你想说什么？

汪峰仁说，昨天晚上，宋部长在北站遇袭。我们能不能在这件事上做点文章？

游再春一下子坐直了，问，怎么做？

汪峰仁说，我想，如果能把这件案子往吴大嘴身上引一引……

别乱来。游再春想都没想，立即予以否定。坦率地说，这件案子，如果能够引到吴品三头上，自然是好事，那吴品三就吃不了兜着走了。问题是，要把这样大一件案子栽到吴品三头上，尤其是事后栽赃，难度实在太大了。他说，这么大的案子，上面一定会查个底朝天。你在这上面做手脚，很可能露出破绽，那样，反倒引火烧身。

汪峰仁说，那就算了，可惜了这么好的机会。

游再春说，混官场不比混江湖。混官场一定要有耐心，谁更能忍耐，谁就是最后的胜利者。

汪峰仁掏出一张纸，递给游再春。

游再春坐在那里转动着钢球，只是看了那张纸一眼，问，什么？

汪峰仁说，您不是要我弄个计划方案吗？弄好了。

游再春的脸色微变，说，这种事，永远不要留下书面的东西。

汪峰仁说，我这是为了给您看，等您看过，我就处理掉。

游再春很严厉地说，你别不当回事。可能授人以柄的东西，永远不要留在纸上，因为你很难保证不出什么意外，你也根本不可能预知在什么时候什么地方会出现意外。

汪峰仁还坚持说，不会的，我非常小心。

游再春心里有点烦，说，无论你怎么小心，不如完全没有这样的东西。这种事，绝对不能留下任何痕迹，一点都不能留。留下任何一点，都会后患无穷。

汪峰仁说，我知道了。

游再春拉开抽屉，拿出火柴，将那几张纸点燃，扔进面前的烟灰缸里，说，关键是执行细节。你准备的东西，既要想办法塞到王翠花那里，又要塞进郑家臣那里。

汪峰仁说，这不难。到时候，我肯定会去现场，找个机会，我塞进去。

游再春说，不，你不会去现场。

汪峰仁一时不明白，问，我不会去现场？

游再春说，这件案子，我们不能出面。我已经想过了，到时候，让古泉把情报卖给杨正熊。

汪峰仁的声音提高了一点，说，卖给杨……正熊？

游再春说，古泉已经从我们这里拿了一次钱，再在杨正熊那里卖一次，得两次钱，他自然开心，以后肯定更愿意和我们合作。至于杨正熊嘛，他是肃反专员，又是调整科的特派员，这是他的分内工作。下一步，调查科想在上海建站区，他和吴大嘴都想当站长，两个人正明争暗斗。

哦，汪峰仁恍然大悟，说，让他去整郑家臣，没事也能整出事来。

游再春放下钢球，说，杨正熊和吴品三之间去斗，我们隔岸观火，这就是借刀杀人。所以，这个计划的关键，是怎样把你手里的东西放进去。

汪峰仁说，我明白了。

游再春强调说，一定要提前计划好，这个时间，要把握非常准确，既不能提前，提前了，就可能被郑家臣发现，又不能拖后，拖后了，杨正熊第一次搜查没有发现这些东西，第二次搜查发现了，会怀疑的。只要让杨正熊去发现这些东西，到时候，郑家臣就算跳进黄浦江都说不清了。

汪峰仁说，好，我现在就去想办法。

汪峰仁站起来，向外走，刚打开门，恰好李时君出现在门口。李时君主动打招呼，说，汪股长，这就走了？汪峰仁不太想和李时君说话，强调说，是副股长。游再春看到李时君，倒是非常热情，说，时君，过来，坐。

李时君进入，汪峰仁走出去。李时君走近沙发，坐下来。

游再春问，怎么样？

李时君说，不怎么样，那三个点，全是空的，人去楼空。

游再春显得非常吃惊，说，跑了？

李时君说，跑了估计不止一天。

游再春又问，消息泄露了？

李时君说，吴局长要查这件事。

游再春摆了摆手，说，让他查吧，能查出什么名堂？

李时君就是为这事来的，所以问，他会不会借机整人？

游再春想都没想，说，他不会。

李时君看看游再春，显然不太相信，满脸都是疑惑。

游再春说，不信，你等着看吧。

游再春并没有给李时君吃下定心丸，他回到一楼，准备进自己的办公室，想一想，又改变了主意，决定去看看苏航。他去看苏航，有两重意思，其一，觉得苏航的脑子好用，想让苏航帮他分析一下。此外，他预感到，苏航和吴品三之间，一定有特别深的渊源，这个人，自己要好好巴结，说不定以后对自己的升迁有用。

苏航坐在羁押室，正吃李时君送给他的糕点。门被打开，李时君进来。这次，他后面没有跟随，一个人来的，进来后，随手将门关了，走到他的身边，也不说话，和苏航一样，席地而坐，伸手抓起糕点，往自己手里塞。

苏航问，有心事？

李时君说，我怕是要来和你做伴了。

苏航马上说，苦肉计？这招对我没用。

李时君叹了一口气，说，我是泥菩萨过江，哪里还顾得上对你使什么计？

苏航有了兴趣，转了一下身子，面向他，说，说来听听，到底怎么回事？

李时君向苏航讲述经过。

苏航说，原来是这么回事。武汉有机会泄密，南京也有机会泄密，上海只不过是三分之一的机会。而且，调查科在各地好像有两三个机构，主要还不是你们社会局，而是上海办事处还有市党部。

李时君说，上海办事处只有一个特派员，其余都是警察局的人。市党部倒有些人，可那些人，起不了作用。

苏航说，也就是说，消息从你们这里泄露出去的可能只有六分之一，甚至是九分之一。

李时君说，这不是关键。搞我们这种工作就是这样，只要哪里出了点问题，就会搞内部甄别调查，查得鸡飞狗跳。

苏航问，还有。那个顾顺章被抓是什么时候的事？

李时君说，一个星期前。

苏航说，这就对了。人家共产党一个高官，失踪一个星期，难道还没有觉察？更大的可能是他们知道顾顺章出了事，采取了措施。

李时君重重地叹了口气。

苏航看了看李时君，问，莫非李股长有什么难言之隐？

李时君说，你是不知道，你以为我们这里只整老共？我告诉你，自己人整起自己人来，更厉害更可怕。我们每次查泄密，先是自查，接下来，就是你查我，我查你，背靠背。那才是恐怖，只要抓到你一点问题，就往死里整。真正恐怖的不是敌人整你，敌人整你，整的都是大事，没有大事，你心里不用慌。自己人整自己人，整的都是鸡毛蒜皮，那才叫锱铢必较，残酷无道。

苏航说，身正不怕影子斜，你有什么好担心的？

李时君说，你哪里知道啊。这个社会吧，人以群分，你错了一步，没入这个圈，而是入了另一个圈，那么，你就在另一个圈里，永远都别出来。一旦出来，你就成了另类。

苏航说，好像挺恐怖似的？

李时君说，你看我，觉得他们是不是很信任我？可是，我当副股长，是游再春提拔的。游再春的人，吴局长敢用吗？理论上，他是绝对不敢用的。

苏航说，他不是把你提为股长了吗？

李时君说，可怕就在这里。表面上，把我提拔为股长，背地里，谁知道他憋了什么？我担心他是欲擒故纵，然后，借助这次内部甄别，把我整下去。

累。你活得真累，苏航说，吴品三肯定不会整人。

李时君颇有点吃惊，望着苏航问，为什么？你凭什么这样说？你又不知道社会局的事。

苏航说，我是不知道社会局的事。但你告诉我，吴品三上任才几个月，是不是？

李时君说，是，两个多月。

苏航又说，那我问你，吴品三到上海上任，带了几个人来？

李时君说，两个，办公室主任郑家臣和情报股长赵印墨。

苏航说，这就对了。

李时君还是没明白，问，什么对了？

苏航说，你啊，关心则乱。你只站在你的角度思考问题。

那我应该怎么想？李时君问。

你应该站在吴品三的角度想一想。苏航说，他只带了两个人来，一来就在社会局大肆整人，上海还有谁会听他的？如果上海社会局没有人听他的，他这个局长，还当得下去吗？他不仅不会整人，还会笼络人心。

哦。李时君应了一声，他明白游再春为什么如此肯定了。

2

徐恩曾赶到了上海，住在和平饭店，秘密召见吴品三和杨正熊。吴品三带着郑家臣，匆匆赶到和平饭店。郑家臣在外面等，吴品三单独前往徐恩曾的房间，敲门进去时，杨正熊已经在座。

吴品三热情地和杨正熊打招呼，杨正熊只是淡淡地应一声。徐恩曾倒非常热情，不仅站起来迎接吴品三，而且，亲自替他沏茶。

调查科其实是一个很尴尬的位子，下属机构中，社会局长和特派员，年龄大多长于徐恩曾，职位也高于徐恩曾，都属于一方大员，实权大得很。相反，作为调查科科长的徐恩曾，在南京只能算是一个低级官员，仅大于股长而已。另一方面，他毕竟属于中央干部，而调查科隶属于中央组织部，组织部是管干部的机构，来到下面，就属于中央首长。下面的人，还得恭恭敬敬，但这种恭敬，表面功夫更多一些。

现在就属这种情形，徐恩曾来到上海，住在和平饭店召见杨正熊和吴品三，架子端得似乎太大了些，如果没有中央组织部和调查科这两块特殊的牌子，谁都不会睬他。现在，徐恩曾主动替吴品三沏茶，便是表现一种较低的姿态。

吴品三连忙接过，说，我来我来，怎么能让中央首长给我沏茶？使不得使不得。

徐恩曾趁机解释将他们召来饭店房间的事，说，你们两位都是党国的高级干部，我理当为你们服务。品三兄，请坐吧，不要让小弟为难了。听了这话，吴品三只好坐下。

徐恩曾替吴品三沏好茶，递给他，借机说，把你们二位叫到这里说，实属万不得已，事情太特殊了。品三兄，昨天晚上，上海北站发生的事，你知道吗？

今天一大早，报纸就登出来了。吴品三说，全上海都知道了。

徐恩曾问，报纸以外呢？你还能告诉我一些什么？

吴品三顿时警惕，显然，这番话，徐恩曾已经和杨正熊谈过了，杨正熊的回答，并不令徐恩曾满意，所以，吴品三进来的时候，发现杨正熊和徐恩曾的脸色都不太好看。吴品三说，宋部长来上海公干，应该是绝密，这件事背后，肯定存在一个重大泄密事件。尽管我本人事前没有领受这方面的任务，也完全不知这个消息，但我还是在社会局查了一下。基本可以确定，我这条线，不存在泄密。

他这番话，看似简单，其实内容丰富。首先是撇清自己，自己这条线，与此案半毛钱关系没有。其次，杨正熊作为特派员和肃反专员，有可能知道宋子文来上海的事。其三，提醒徐恩曾，此事属于重大泄密事件，若杨正熊知道宋子文来上海，他也属嫌疑者之一。其四，我本人对此案并非无动于衷，我已经进行了内部调查，不存在泄密可能和条件，说明我做事积极主动。

徐恩曾点了点头，说，嗯。宋子文来上海的消息，上海知道的人很有限。

这应该是主动替杨正熊撇清了。吴品三说，没有泄密，但并不等于说，我管的这条线就完全没有责任。毕竟，我担负着搜集情报的职责，尤其是文化界以及共党方面的情报。像这样严密组织的暗杀行动，背后必然有一个强大的组织。所以，我考虑过，是不是我们漏掉了重要情报。

这是主动承担责任，这种主动的姿态，其实再一次将杨正熊绕了进去。如果说，吴品三所管的社会局有失察之责的话，杨正熊就更有失察之责。

杨正熊问，吴局长的意思，这件事是共党干的？杨正熊显然想将目标引向一个最能令自己处于安全地位的方向。将所有疑难杂症往共产党头上一栽，他们就能少承担很多责任。杨正熊同时也在暗示吴品三，这样做，无论是对我杨正熊，还是对你吴品三，是最保险的。

可吴品三不吃这一套，他说，今天一整天，我都在查这件事，据我了解的情况，不是。

徐恩曾显然有些吃惊，问，不是？他心里自然明白，若是共产党干的，最终麻烦虽然会落在调查科头上，但共产党组织严密，神出鬼没，查得出结果是意外惊喜，查不出结果是意料之中。一旦涉及其他组织，事情就麻烦了。

吴品三说，有一些未经证实的消息。行政院按照规定给粤系和桂系划拨的军费，被宋部长扣下了。他们有好几个月发不出军饷，下面有些军人在闹事，不愿跟着广州跑。广州那边非常被动，军心不稳。

这种可能不是不存在啊。徐恩曾说着，将身子转向杨正熊。事情如果涉及广州的话，此事自然属于政治范畴，所以，在调查科的职权范围。而此事又涉及军费以及军心，便是涉及军方了，重点又在杨正熊的职权范围，而不在社会局。徐恩曾问，正熊兄，你怎么看？

杨正熊说，正熊无能，这么重要的情报，我竟然没有得到。

徐恩曾说，这个情报属于军事范畴。如果蓝衣社得到了这样的情报，而我们没有得到，我们就被动了。

杨正熊说，这件事是我的错，我一定深刻反思，认真检讨。

徐恩曾摆了摆手，说，我们不扯远了，扯远了就扯不清了。宋部长遇刺，老头子极为震怒，下令严查严办。这件事发生在上海，主要工作虽然由上海警备司令部和警察局负责，但我们调查科，毕竟担负着情报工作，你们两个，恐怕得多分担点。特别是正熊兄，你不仅是调查科派往上海的特派员，还是肃反专员，警察局的高级官员。论职位，你们两位，都是我的上级。论年龄和资历，你们是我的师长辈。

杨正熊说，徐科长客气了，正熊明白该干什么，正在督促警察局全力侦破。

徐恩曾说，那就好。还有一件事，你们看看这个。徐恩曾拿过旁边的公事包，打开来，掏出两张照片，分别递给杨正熊和吴品三。杨正熊看一眼照片，吃了一惊。杨正熊冒出三个字，钱壮飞？吴品三指着照片说，这不是徐科长的秘书吗？

徐恩曾愤愤地说，这个混账东西，我对他那么好，他竟然是隐藏在我身边的共谍。

这话让杨正熊和吴品三吃惊不小，杨正熊说，他是共谍？吴品三也说，这实在太让人意外了。事实上，两人都暗松了一口气，特别是吴品三，若与顾顺章有关的消息，是由南京泄露的，上海方面就不存在压力了。

徐恩曾说，他的事已经败露，并且畏罪潜逃。据可靠情报，他已经逃到上海租界。现在我命令你们，集中一切力量，把他给我找到。找到以后，就地正法。

听到就地正法四个字，吴品三立即说，如果是我们找到呢？我们没有执法权。其实，社会局并非没有执法权，准确地说，是有限的特许执法权，这与法定的执法权，存在巨大差别。不仅仅是吴品三，各地社会局，其实都在争这个执法权，所以，吴品三立即提出了此事。

执法权的事，等一下我单独和你说。徐恩曾说，只要找到钱壮飞，我授权你们秘密处决。这件事，关系到调查科的前途和声誉。黄埔系的蓝衣社，想分我们调查科的权，我和陈部长都反对这件事，但钱壮飞的事一出，若是让老头子知道了，他的屁股就可能坐到蓝衣社那边了。

吴品三说，那要提前做些部署啊。

徐恩曾知道吴品三的用意，说，这件事，以后再说。今天把你们叫来，还有一件事。

吴品三和杨正熊收起照片，认真听徐恩曾布置任务。

徐恩曾说，黎明在汉口被捕。他已经供认，他的真名叫顾顺章，是共党的中央政治局候补委员，这是我们抓到的共党中最大的官。

杨正熊立即接道，他是不是提供了他的同党，需要我们采取行动？杨正熊自然清楚，行动是他的事，由他来协调上海警察局。其实他的位子也尴尬，上海警察局与调查科有关的人员，行政权力都在警察局，人家听他的是客气，不听他的是职责。最容易执行的，就是抓捕，那是根据情报采取行动，和抓死鱼差不多。

徐恩曾摆了摆头，说，他很清楚自己的分量，所以什么都没说。我们还不好采取极端手段。现在，只有一个办法，把他的家人控制起来。这件事，由正熊同志负责，你马上派人把他的家人、重要的亲戚关系，全部送到南京去。这里是地址。

徐恩曾从公事包里掏出一张纸，递给杨正能。

这还是捡死鱼的工作，只要抓到这些人，杨正熊就立了大功。他说，好，我马上办。

徐恩曾叮嘱说，千万不可大意，而且要立即行动。现在还无法判断钱壮飞的潜逃是否与此案有关，所以，你必须快，找到他的家人后，派专人押送。

杨正熊转向吴品三，说，品三兄，我请李股长一起参与行动？

吴品三说，正熊兄可以直接和他联系。不过，这几天我给了他不少工作，不知他能不能抽得出人手。

杨正熊觉得这是捡死鱼的事，提这么一句，是做个顺水人情。听吴品三这么一说，他就顺势下楼梯，说，既然这样，我再想办法好了。

徐恩曾说，这件事要抓紧。要不，正熊兄去安排吧。

杨正能站起来，徐恩曾同时站起来，和杨正熊握手。杨正熊离去。吴品三端坐在那里，一言不发。

徐恩曾送杨正熊到门口，然后关了门，转身坐到吴品三面前，说，品三兄，我们早就一起替陈部长做事，我们的关系更深一些。对你，我不怕说真话。顾顺章在汉口落网后，汉口警察局给我发了五封电报，请示处置办法。当时，因为是周末的晚上，我不在办公室，电报全部由钱壮飞经手。

吴品三确实吃了一惊，说，他经手？这么说，他逃潜与此有关？

徐恩曾承认说，八成是。吴品三说，难怪。徐恩曾顿时警惕，问，你听说了什么？

吴品三说，我在汉口有自己的情报源。黎明落网的第二天，我就得到了消息。只不过不清楚黎明的真名叫顾顺章。我安排了一些人去调查此事，查清了顾顺章的身份，分别去查看过那三处住所，证实其家人已经消失。我怀疑是我的人泄露了消息，正在对内部搞甄别调查。

徐恩曾点了点头，说，品三兄动作就是快啊。我们调查科，要多一些像品三兄这样的能人，就好了。现在，杨正熊走了，徐恩曾也清楚，各地社会局都在争执法权，这件事不能不向他们解释，他说，我跟你说说执法权的事吧。现在这种形势下，执法权，是不可能下放给社会局的。不仅不能下放，甚至目前这种网开一面，都不能再搞了。执法权，必须收回警察局。

吴品三颇有些失望，说，那我们更难工作了。

徐恩曾说，这件事，老头子承受了巨大的压力。现在的形势你也知道，南京和广州闹得沸沸扬扬，焦点就在训政约法和宪政约法。如果是训政约法，给社会局执法权，这没问题。如果是宪政约法，执法权就只能在司法机构。事情已经闹到今天的地步，表面上，老头子肯定要在执法权上让步，但暗地里，却会加强。

内紧外松？吴品三说，可操作起来，难度很大啊。

徐恩曾解释说，有可能单独组建一个情报机构。

吴品三显得有些吃惊，问，单独组建？怎么组建？

徐恩曾说，共党有个中央特科，他们的情报工作非常厉害，走到了我们的前面。除了共党之外，南京布满了情报机构，有西南的，也有西北的，东北的，还有日本人的，苏联人的，英国人美国人的，甚至有台湾的。国民政府呢？只有中央组织部下面有我们这个小小的调查科，太不相衬了。

吴品三说，那完全可以将调查科扩编啊，没必要另起炉灶吧？

徐恩曾说，一碗水端不平啊。老头子那个小老乡戴雨农，自从掌控了蓝衣社，干得特别卖力，现在蓝衣社已经成势。将调查科扩编，蓝衣社怎么办？搞两个类似的机构？条件不成熟。

吴品三说，加强情报工作是对的。共党的情报工作，远远走在我们的前面。正如徐科长刚才所说，我们的周围，充满了敌特的情报机构。而我们，却只有一个处处受限制的调查科，太不匹配了。将现有的分散力量集中起来，应该是一种趋势，势在必行。但是，如果真要集中，调查科就和其他几个机构平分秋色，这对我们不利。

徐恩曾说，是啊。陈部长也是这个意思。

吴品三说，既然这样，我们应该加紧扩充队伍，要给各地更大的权力和更多的资金，就算没有执法权，只要有队伍在手，我们就不怕。现在调查科在各地都有两个机构甚至三个机构，办事处那边，依附于警察局，其实只有一个特派员。这边依附于社会局，也没有专门的人，又没有执法权，遇到顾顺章和钱壮飞这类事，还有宋部长遇刺事件，我们在上海无人可用，只能利用警察局。另外，市党部还有一帮人，那帮人基本只顾党部的工作，调查科的工作，基本不闻不问。如果我们把这几股力量合起来，形成自己的区站，情形又不一样了。一方面，有利于当下办事，另一方面，将来组建统一的情报机构，我们有人有组织，权重就会大得多。

徐恩曾说，我哪里不想？可是，建区站，要报请老头子。他现在一心要扶持戴笠，我们能争取到将科升格为处，就是天大的胜利，若想在人员上扩编扩建，难。而且，他给我们的经费非常有限，没有经费，我们什么都干不成。

吴品三说，经费的事，各地可以自己解决啊。

徐恩曾看了看吴品三，说，这几年，我们的经费严重不足，多亏你品三兄，替我们解决了大问题。要是我们所有的人都能像品三兄一样，那还有什么好说的？

吴品三说，我能不能在上海先把架子搭起来？

徐恩曾问，怎么搭？

吴品三说，共党不是结社吗？蒋主席搞复兴社，就是以社对社。我们也可以结社啊。

徐恩曾听了，大摆其手，说，社团归口在社会局，你可能觉得结社是一件简单的事。但你想过没有？结社的下一步，就是建党，是一件非常重要的事。我们如果不经批准就结社，那是犯了大忌。如果要让老头子批准，就又回到老路上去了。

吴品三说，还是徐科长想得深远，我忽视了这件事。既然不能结社，我们联络一些社团，总可以吧。表面上，这只是一些民间社团，调查科既没有编制档案，也不提供经费。一切经费，由我们社会局自行解决。对于某些已有的社团，我们暗中给予经费扶持，为我所用，应该不犯忌吧。

徐恩曾移了移身子，你是怎么想的？

吴品三说，第一，如果要对调查科扩编升格，肯定要提前做些准备，尤其是建站方面的准备。要建站，人是最重要的。所以，我们应该掌握一支预备队。第二，调查科查共党的任务越来越繁重，每个地方安排那么几个人，又大都安插在社会局、警察局等一些机构中，没有独立机构，很难协调指挥，更不可能集中力量。第三，万一遇到像顾顺章这样的事，需要集中行动，我们根本无人可用。

徐恩曾说，这件事，你可以搞个试点。不过，我可要先说清楚。只有你我两人知道，千万不能让第三个人知道，一定要秘密进行。当然，我也会向陈部长汇报你的想法，如果陈部长同意结社，他出面找老头子，事情可能好办一些。

吴品三说，那就好。

徐恩曾转了一个话题，说，对了，周天罡的女儿是怎么回事？竟然连杜老板都出面了。

吴品三说，还不是夏行那件事引起的。

徐恩曾说，提到夏行，你倒要感谢周天罡的女儿，不然，你们可能出大事了。像这种全国著名的大文化名人，简直就是超级炸弹，只要一颗，就能炸得全国天崩地裂。老头子都不敢碰，你去碰，是找死。

吴品三说，我哪敢碰？是有人挖了坑要埋我。

徐恩曾抓到了机会，说，所以，不把执法权给你们，对你其实是保护。

想想也是。吴品三承认说，游再春抓了夏行之后，我也是急糊涂了。实在没想到，一个纨绔子弟喝了一场酒，竟帮我解了围。

徐恩曾问，纨绔子弟？谁是纨绔子弟？

吴品三说，就是闹出这件事的人，名叫苏航，二十岁，苏至梧的儿子，胡文俊的表弟。

徐恩曾问，没有共党背景？

吴品三说，他在日本留学刚刚才回来几个月，要和共党联系，又要经过共党的考察，在现在这种高压背景下，时间上来不及。

徐恩曾说，那也不能大意，共党是无孔不入的。

吴品三说，这几天，我接到市政府好几个要员的电话，甚至连吕道陵都打电话替他说情。搞不好，再过一两天，南京也会有很多人打电话了。

徐恩曾说，苏至梧和陈部长的关系不错，这事千万不要搞到陈部长那里去了。

吴品三说，我也担心这一点，所以，先和至梧先生打了招呼，我们之间，一直在商量这件事。

徐恩曾问，至梧先生什么态度？

吴品三说，主要还是我的态度。我利用这件事，从周天罡那里搞了点钱。还想利用这件事，吓一吓苏航，把他收编过来，替我们搞情报。

品三兄虑事周详啊。徐恩曾说，党国的官员，如果个个像品三兄，我们的事，就好事了。

徐恩曾和吴品三等讨论刺宋案的时候，马雪青和彭小开，也在讨论刺宋案。两人坐在俄罗斯餐厅，一边喝咖啡，一边讨论此事，看上去，更像是闲聊。

马雪青认真地看报纸，彭小开则慢慢地品着咖啡。马雪青将报纸看完后，放在桌上，说，这个行动计划很周密啊。

彭小开说，是啊。如此周密的行动计划，怎么会出了问题？这很令人不解。

马雪青问，你也认为出了问题？

彭小开说，第一，他们的目标，绝对不可能是秘书而是宋子文。第二，既然是宋子文，又出现了两个特征相同的人，他们就应该两个人一起杀死，就不会出这种李代桃僵的事故了。

你认为是什么人干的？马雪青提出了下一个问题。

彭小开说，我打听了一下，但没有结果。有人怀疑与广州有关。

马雪青问，广州闹起来的可能性，到底有多大？

可能性不大，不太可能出现中原大战那样的大麻烦。彭小开说，广州领头闹事的，是汪精卫、孙科、林森、古应芬这些人，这些人全都是政客而不是军阀，手里没有一兵一卒。而且，内部也不团结，各怀鬼胎。广州如果闹起来了，江西那边，压力就会大大减轻，对我们有利。

马雪青说，今天把你找来，是有一件很紧急的事。由于顾顺章被捕，中央不得不启动一系列紧急应变措施。中央撤走以后，今后上海的工作，将由江苏省委领导。

彭小开说，要我做什么？请省委下命令吧。

马雪青说，有关你的安排，省委已经考虑过了。主要有两项工作，第一件工作是配合你哥哥，改组文总。

彭小开问，文总要改组？怎么改组？

马雪青说，中央反思了这两年文总的斗争策略，认为太过激进，尤其在当前白色恐怖之下，不利于保护我们的同志。中央担心，国民党一旦动手，我党在文化界的精英就可能被一网打尽。上次夏行同志被捕，就是一个信号，幸好我们及时救出了夏行等同志，否则，可能蒙受巨大损失。

彭小开说，斗争形势变了，我们的斗争方法，也是要跟着改变，这是对的。

马雪青进一步说道，改组后的文总，党内同志，只是起领导作用，不再担任主要职务。

彭小开说，如果是这样，我哥负责这项工作就够了。我个人，这两年离文艺界远了，不够熟悉啊。

马雪青说，现在，决定不用党内同志，也不全用社会名流担任常委，把握起来，就有一定难度。这些人不能是寂寂无名的，至少需要有一定的知名度，还需要他们有左倾思想，不是假左派，这个就难了。所以，需要对这些人进行甄别，这件事，只能由你来完成。一定不能混进假左真右的人。

彭小开认同说，这些人必须甄别。

马雪青递给他一张纸，彭小开接过，看。马雪青说，这里有一份名单，是省委理出来的。

彭小开说，这上面的名字，只有苏航，我不熟悉。

马雪青说，他有个笔名叫草儿。

彭小开说，是那个跟夏行他们一起搞狂飙社的草儿？

马雪青说，正是他。

彭小开再看一眼名单，说，我一直很好奇，这个草儿多大年纪？

马雪青笑了笑，说，很多人以为这个人是个半老头子，事实上，他是个二十来岁的小伙子。营救夏行的事，就是他办的。

彭小开说，难怪用那种激进的方法。

觉得太冒险是不是？马雪青说，我告诉你，这个年轻人很有头脑，做事很有章法，胆大心细，聪明过人。

彭小开似乎不太相信，说，老马，你有些言过其实吧。别的不说，他砸了社会局，社会局能放过他？

马雪青说，我说他办事很有章法，原因就在这里。他知道社会局不会放过他，所以，他早已经设计好了第二步，自首。

彭小开暗吃一惊，说，自首？

马雪青说，对，他去自首了，现在还被社会局关着。

彭小开问，他早已经想好了收场的方法？

马雪青说，他父亲苏至梧先生，是老同盟会员，当年在日本的时候，和孙中山先生以兄弟相称。他还有个表哥，他姨妈的儿子，叫胡文俊，黄埔一期生，深得蒋的信任，目前公开职务是国防部次长。

彭小开的态度为之一变，说，哦，有点意思，像下围棋一样。

马雪青说，还不仅如此。当年，吴品三在上海打流，混得三餐不继，正是这时候，拜他父亲为师。他父亲给陈果夫写了一封信，吴品三拿着这封信跑去广州，当了陈果夫的秘书。

彭小开问，吴品三不知道他的身份？

马雪青说，估计现在应该知道了。

彭小开忍不住赞了一句，说，一个很有想法的年轻人啊，有没有可能发展他？

马雪青说，他已经在组织了。

彭小开有疑问了，说，已经在组织？可你刚才不是说，党内同志不再担任常委吗？

马雪青说，关于这件事，我也很犹豫。我一直想给他更大的舞台，发挥更大的作用，让他得到更进一步的锻炼。除了文总之外，我一时想不到更合适的位置。

这是江苏省委的事，不在彭小开考虑之列，他问，你刚才说，组织给我安排了两项工作。

马雪青说，对，你的主要工作，是重建中央特科。中央撤到瑞金之后，如果没有一个强大的情报网，就会变成聋子瞎子。所以，中央特科必须重建，并且，情报工作要优先于除奸工作。省委研究并报请中央批准，重建后的中央特科，将由陈云同志负责。在陈云同志没有到任之前，暂时由你全面负责中央特科的重建工作。等陈云同志到位后，中央特科的情报工作，由你总负责，行动科的工作，将由康生同志负责。当务之急，建立一个新的情报网。

彭小开问，中央和省委有什么特别要求吗？

马雪青说，要求只有一个，尽快建起来，特别是情报科。你现在是废墟上建高楼，一切从头开始，难度非常之大，你要有充分的思想准备。

彭小开说，等我考虑一个基本方案，再向你汇报。

对于暗杀行动的失败，九哥也非常怀疑，因此，他亲自着手进行调查，洪华平和吕子矜自然就调查重点。

复旦大学门口有一家书店，叫九歌书店，这是九哥的一个秘密联络点。洪华平和吕子矜这个行动小组，就是通过九歌书店，获得行动指令。这天，九哥将两人叫到了书店的阁楼，对他们进行例行问话。

两人见到九哥，打过招呼后，便陷入沉默。九哥也没有出声，装着一袋旱烟，慢慢地抽，同时打量着他们两个人。

洪华平显得非常平静。吕子矜却很忐忑，她已经从报上得到消息，被杀的不是宋子文而是秘书，说明他们杀错了人，任务失败了。对于这次失败，她感觉有些诡异，觉得什么地方出了问题，却又难以想明白。

说说吧。九哥终于开口。

吕子矜转头看洪华平，洪华平仍然显得平静，没有开口，吕子矜只好将目光收回，头低下。

九哥说，你们错杀了宋子文的秘书，难道没有任何话要说吗？

吕子矜再看一眼洪华平，他似乎并不准备说任何话。吕子矜说，我们没想到，他们穿一样的西装，戴一样的帽子。

九哥问，华平，你认为这是理由吗？

吕子矜看洪华平，洪华平仍然不语，表情平静。吕子矜说，当时，我们必须做出选择……

九哥打断了吕子矜，说，让华平说。

洪华平终于开口了，说，任务完成后，我已经汇报过了。我没什么说的，当时是一瞬间做出的决定。

九哥说，那就说说，给你们的任务是什么？

吕子矜看看洪华平，说，目标穿白色西装，头戴巴拿马帽。

九哥问，华平，是这样吗？

洪华平只是简单地说了一个字，是。

九哥问，当你们发现，具有相同特征的人有两个时，你们为什么只选了其中一个，而不是两个都选择？你们有两个人，而且都是好身手。

洪华平说，当时我想到的是，师傅常要求我们不能滥杀无辜。

我懂你的意思，九哥说，你是说，当时你只想到杀一个人。

洪华平说，是。

九哥又问，那你告诉我，你为什么选定的是这一个，而不是另一个？

洪华平说，我也说不清楚。当时，我就那种直觉。

九哥说，好，我知道了。你们去吧。

洪华平和吕子矜均显得有些意外，两人都以为这次问话会持续很长时间，并且可能反复问到一些细节，没想到，九哥仅仅问了这么几句，便结束了。他们相互看了看，稍犹豫，站起来，转身离开了。

走出九歌书店，外面很暗，街道上没有行人，路灯在远处。两人在黑暗中行走，谁都没有说话，远处是复旦大学校门，门口没有灯，看上去只是一个模糊的黑影。上海的夜非常静，他们两人心事重重地走着，显得有些诡异。

吕子矜终于忍不住，问，华平，你说，我们怎么会认为目标只是一个人而不是两个？

洪华平不答，继续向前走。吕子矜追上两步，和洪华平并排，说，事后，我也想。我们当时为什么没想到两个人一起杀呢？这好像有点逻辑不通啊。洪华平仍然不说话，显得心事重重。吕子矜说，你说，我干爹到底会怎么想这件事？

洪华平仍然不说话，继续向前走。

吕子矜有些急了，在她看来，洪华平从未如此沉默过。她说，你倒是说句话啊。

洪华平还是什么都不说，默默地向前走，到达复旦大学校门口。洪华平站住，吕子矜也站住，准备继续向他提问。洪华平说，好了，你进去吧，我走了。

可是……吕子矜说。

洪华平转身离去。吕子矜站在那里，望着洪华平离去的背景，脸上满是疑问。

3

苏航在羁押室里打坐，满脑子想的都是吕子矜。

李时君跨进来，说，跟我走，局座有请。

苏航慢吞吞地站起来，没好气地说，请什么请？脱裤子放屁，要放我就干脆点。

李时君说，你小子别得意。你如果磨得局座没耐心了，有亏你吃的。

苏航说，我怕什么？我死都不怕，还怕吃亏？

李时君不再说话，转身向外走，苏航跟在后面。

两人一起走进吴品三的办公室。吴品三坐在办公桌前批阅文件，并不抬头看他们。吴品三并不叫他们坐，两人便站着。苏航是满脸的不以为然，李时君却有点忐忑。他原想，等吴品三叫苏航坐的时候，自己就转身离开。可是，吴品三并没有说一个坐字。

吴品三头都不抬地问，想了好几天，想到好办法没有？

没有，苏航说。

李时君正考虑自己是不是该告辞，吴品三却问，时君，你替他想到好办法没有？

李时君立即意识到，吴品三并没有让自己离开的意思。他不能说，苏航已经将他们上次谈话的意思告诉自己了，只能装糊涂，说，局座，我不明白。

吴品三说，是这样，这位苏先生胆子大啊，大闹我们社会局就不说了……

苏航胆子确实大，哪怕身在此地，也完全不管不顾，竟然打断吴品三，说，对不起，吴局长，我要说清楚。我没有闹社会局啊，而且，我知道周娅蒙大闹社会局之后，我第一时间来自首。大闹社会局这个罪名，我不认的。

吴品三不理他这句话，继续说，我嘛，年龄大你们一点，有好生之德，不想他这么年纪轻轻就死了，白发人送黑发人，不忍心，真的是不忍心。想放他走。

李时君说，要放他，不是局座一句话吗？

吴品三说，是啊，以前是这样。可现在，不行啊。

苏航竟然对李时君说，你别信他，他在玩猫捉老鼠。

还真不是。吴品三说，如果我把你放了，有两个麻烦：第一，我向上没法交代。堂堂上海市社会局，被人砸了一次，又被人围了一次，就这么不了了之。可能吗？南京社会部和中央组织部调查科都在盯着这件事啊，又是电话又是电报追问，时君知道这件事，对不对？我得给上面一个说法。第二，你苏大才子得罪了周老板，只要走出这个门，周老板的人就会追杀你，恐怕你很难活过三个时辰。所以，我就想，能不能有个两全其美的办法，既让我好向上交代，也让周老板不能动手？

李时君说，如果是这样，那只有一种办法，加入我们。

吴品三说，我也想了几天，只有这个办法。可苏大才子不答应啊。

苏航说，我没有不答应，只是需要考虑。

吴品三问，考虑了这么多天，还没有考虑好？

苏航说，在你这里是坐牢，怎么可能思考？

吴品三反问苏航，不在这里思考，你想去哪里思考？你一走出这里，更没法思考了，因为你会变成黄浦江里的一具死尸。

苏航还要死硬，说，那我也只能吃敬酒不吃罚酒。

哦，是条汉子啊。吴品三语带讥讽地说，可骨气首先得有气啊，如果气都没了，骨气也就剩下骨了。

李时君也想劝苏航，说，我说你老苏，这么好的事，去哪里找？快点答应局座吧。

苏航看了看李时君，说，我还没落到吃罚酒这么惨的地步吧。

吴品三有点不耐烦了，挥了挥手，说，时君，你把他带下去。我再给他几天时间，让他慢慢想。

苏航转身就走，李时君跟着出去。两人出门，才走了几步，赵印墨迎面走来。苏航没有和赵印墨打过交道，不熟悉，直接越过了他。赵印墨认识苏航，便想知道是不是发生了什么事，停在那里，盯着苏航看。李时君过来，主动打招呼。

李时君说，赵股长，找局座啊，什么事这么急？

赵印墨说，好事，发现了共党的重要线索。

李时君随口问，是吗？钓到大鱼了？

赵印墨说，这次一定是大鱼。

告别赵印墨，苏航已经下了半层楼梯。毕竟苏航还属于关押人员，李时君担心苏航这家伙不按常理出牌闹出什么乱子，急急追上去。

苏航问，你说国民党算什么？共产党只不过和国民党信仰不同，就要赶尽杀绝。这个国家都成什么了？简直是黑暗统治。

李时君小声地制止说，老弟，说话可要当心。你现在有共党嫌疑啊。

苏航根本不当回事，大声地说，如果共产党要我，我马上加入。我就是要和这个黑暗政府对着干。

李时君推着苏航向前走，说，走走走，莫谈国是。

赵印墨进入吴品三的办公室，向他报告共党线索。赵印墨说出了相关内容，接到有人举报，说他家邻居是共党。听到这句话，吴品三大皱眉头。

抓到一个共党，为什么奖金额极高？因为仅靠相关机构，要搞到类似的消息，非常难。共党太善于隐蔽，而社会太大，有关方面不得不依靠社会力量，因而推出巨额赏金。如此一来，包打听这个行业，极度繁荣。有很多人并不懂得搞情报，却利用自己的方式，出入各种场所，道听途说，再加以整理，不管是否共党，先举报再说。毕竟，举报不实并没有惩罚，而一旦坐实，就可以获得数倍于工资的奖励。如此一来，麻烦集中于机构，每天都有大量的举报或者线索。

吴品三盯着赵印墨足足看了几秒钟，冷淡地问，游再春知道这件事吗？

赵印墨说，消息是先报给汪峰仁的，他应该知道吧。

吴品三说，既然他知道这件事，却又按兵不动，你想过原因吗？

赵印墨问，什么原因？

吴品三说，又是邻里间闹矛盾吧？

现在的人性，真是没法评说，邻里之间，为点小事争吵几句，就举报说人家是共党。调查机构拿到这样的线索，自然要查，有些办事人员粗暴，什么话不说，先把人扣起来，有些甚至用刑，事后查明与共党无关，一放了之，那些挨打的，也是白打了。

吴品三倒不是同情那些被调查的人，而是调查力量被这些捕风捉影的线索浪费。这类事情，他们遇到太多了，整个社会局的情报股，可能有三分之二的时间用来干这类事。

让吴品三没想到的是，赵印墨说，我摸了一下情况，这次不像。

吴品三有点哭笑不得。你一个情报股长，去摸这类消息？那你还能干正事吗？但表面上，他也不好骂娘，毕竟有线索就要查，这是他对情报股的基本要求。他问，什么情况？

赵印墨说，这个人叫胡友全，以前在南洋烟厂工作，后来交了一个特别的朋友，姓顾，据说是个魔术师。胡友全和这个魔术师成了好朋友，就离开烟厂，拜姓顾的为师学魔术。那个邻居说，那个姓顾的魔术师很喜欢玩女人，胡友全现在的老婆，就是顾魔术师玩过的，后来介绍给他，当了他的老婆，还生了个孩子。

吴品三听进去了两个关键词，一姓顾，二魔术师。他立即拿过赵印墨的报告，认真看，并且问，你没有将顾顺章的照片拿给举报者看？

赵印墨说，给他看过，他说，就是那个姓顾的魔术师。

吴品三没有再说话，拿起笔，在上面签了名，递给赵印墨，说，你马上去警察局办手续，另外通知杨特派员。

赵印墨说，这是我们搞到的情报，怎么让他来抢功劳？

吴品三说，公开逮捕要走程序。民主社会最讲的是程序正义，这一点不能乱，乱了就成封建社会了。

赵印墨自然不想杨正熊参与分奖金，问，我们为什么不秘密抓捕？

吴品三没法和他解释执行权被收走的事，只是说，是你当局长还是我当局长？

赵印墨无计可施，只好说，是是，我立即去办。

吴品三也希望社会局拥有执行权，可不行，徐恩曾已经明确说了，他不能给上面添堵，暂时给杨正熊一些好处，也是没办法的事。

杨正熊拿到郑家臣送来的报告，立即调动刑侦大队的警察，自然，他没有必要在这件事情上面和吴品三对着干，李时君的行动股，自然是执行的主力。刑侦大队长程兴源因为有别的案子，由一名姓邵的副大队长领队。

整个执行过程非常顺利，行动组成员将胡友全的住所围起来，每一个出口都控制好，并且经过邵副队长和李时君检查无误后，由邵副队长和李时君分别发出了行动命令。大批着装警员和便衣人员冲进屋内。

胡友全和妻子正在睡觉，听到响动而惊醒，但一切已经晚了，室内冲进了大批的警察，无数支枪口对着他们。胡友全稍稍有点动作，便有好几个警察扑上来，将他们夫妇压在床上，然后慢慢地拖下来。先拖下来的是胡妻，立即绑了，接着将胡友全拖下来。此时，隔壁房间，传来孩子的哭声，是胡友全三岁的女儿在哭。

胡友全自然明白了一切，他说，我跟你们走，别伤害我的家人。

如果真的听他的话，这些人就不是警察了。他们很快将胡友全的女儿带到了这个房间，小女孩见到母亲和父亲被绑着，吓坏了，大哭着扑向母亲。那种哭声，能给人一种撕裂感，但在场者，没有任何人表示态度。

胡友全再一次说，我跟你们走，求求你们，别伤害我的妻子和女儿。

李时君凑近邵副队长，小声地说，一起带走。他的老婆孩子在我们手里，就不怕他嘴硬。

邵副队长命令道，带走。

警察们押着胡友全和妻子向外走，女儿惊恐而又绝望地大哭，一名警察上前，将女儿抱起来，向外走去。女儿愤怒地挣扎着，对警察又打又咬。

当天晚上，胡友全被带进了审讯室，由邵副队长和李时君一起，主持对胡友全的审讯。胡友全坐在那里，不知是不是家人被抓的缘故，显得有些逆反，一句话不说。

邵队长一再问，他都是那句话，我什么都不知道，你让我说什么？

李时君小声对邵副队长说，可以先打一打他老婆这张牌。

邵副队长说，那就说说你的老婆吧，我看她长得不错啊，有几分姿色。你小子艳福不浅嘛。胡友全将头一偏，不说话。邵副队长对身边的一名警察说，你去把他的老婆带进来。

那名警察转身离去。

胡友全果然紧张了，问，你们要干什么？

邵副队长说，大家都是男人。男人嘛，肯定对漂亮女人感兴趣。你想不想看看，我的手下对你老婆有怎样的兴趣？

胡友全无力地表达抗议，说，你们不能这样做，这是违法的。

违法？邵副队长说，第一，违不违法，是我说的，而不是你说的。第二，你是共党分子，是 名罪犯。中华民国的法律，不会保护罪犯。

胡妻被两名警察押进来。胡妻不太配合，身体一直摆动着，不让两名警察挽着她的手臂。她愤怒地说，你们要干什么？放开我。

邵副队长看了看胡妻，又看了看那两名警察，问，你们觉得这个女人怎么样？有兴趣吗？

瘦黑的那个警察松开了胡妻，侧过脸，看胡妻的脸，说，盘子还凑合。

白胖的那个警察说，穿的衣服不少，看不出身材啊。

邵副队长说，想看吗？那就看看吧。

两名警察得到命令，立即动手解开绑胡妻的绳子。胡妻知道他们要干什么，开始拼尽全力挣扎。挣扎的幅度越来越大，那两名警察竟然无奈其何。邵副队长对站在胡友全身边的另外两名警察说，你们看戏啊？不会动手？另外两名警察立即上前，将胡妻按住。先前的两名警察，轻易将绳子解开，又开始脱胡妻的衣服。

胡友全彻底崩溃了，大声叫道，我说，我说。

邵副队长挥了挥手，警察们停止了动作。

胡友全说，我是中央特科红队的队员。

李时君和邵副队长都非常意外，相互看了一眼，眼中有惊喜的感觉。

邵副队长问，红队？就是打狗队吧？

胡友全说，是，民间称为打狗队。

邵副队长问，红队的队长叫什么？

胡友全说，化名黎明，真名叫顾顺章。

李时君问，听说你老婆是顾顺章介绍的，你和顾顺章关系是不是很好？

胡友全说，是的。我拜过顾顺章为师，跟他学魔术。

4

吴品三坐在办公室看文件，郑家臣坐在对面的沙发上，他们在等待审讯的消息。电话铃急促地响起来，吴品三抬头看了一眼，没动。郑家臣走过来，接起电话。

电话那头李时君说，局座吗？我是李时君。

郑家臣说，时君啊，我是郑家臣。

李时君说，你告诉局座，半小时不到，全倒了。

知道是李时君，吴品三已经伸出右手。郑家臣说，你跟局座说吧。把话筒递给吴品三。吴品三接过，说，时君啊，情况怎么样？

李时君说，这小子是个软骨头。而且，我们把他的老婆孩子一起带了过来。邵副队长使了点手段，下令几名警察当着他的面脱他老婆的衣服，才刚动手，他就全倒了。

吴品三问，倒了些什么？

李时君说，虽然不是一条大鱼，但非常重要，他是打狗队的成员。

吴品三说，哦，这可是一个不小的突破。好哇，太好了。

李时君说，胡友全说，顾顺章被捕的第二天，他们就接到命令，对顾家采取了清除行动。

吴品三明显吃了一惊，说，第二天？看来，果然是钱壮飞。关于钱壮飞，他说了些什么？

李时君说，他的级别太低，连钱壮飞的名字都不知道。

吴品三问，那他还提供了什么有价值的情报？

李时君说，暂时还来不及问。知道顾顺章家人的下落是一件大事，所以，我们目前停止了审讯，杨特派员的意思，应该立即挖出那些尸体，把事情搞大。他说，如果局座同意，请协调一下媒体记者。

吴品三问，杨正熊参加审讯了？

李时君说，他刚刚来的。

吴品三说，如果让记者现场采访的话，社会局需要做些准备。这样吧，你跟特派员说，我的意思是，时间定在明天下午。

李时君说，好，我转告特派员。

吴品三放下电话，郑家臣问，捞到重要线索了？吴品三并没有说话，而是拿起桌上的一支铅笔，在手里转动着。郑家臣知道他在想事，没有再问。过了一会儿，吴品三拿起桌上的红色专线电话，说，请接南京。等电话时，吴品三问，你刚才说什么？

郑家臣问，有钱壮飞的消息了？

吴品三说，不是，是顾顺章的家人，顾顺章被捕的第二天，也就是他还在押往南京的船上，打狗队就对他的家人采取了清除行动。

郑家臣大为吃惊，说，清……清除？

吴品三没有理郑家臣，对着话筒说，请接中央组织部调查科徐恩曾科长家。然后对郑家臣说，杨正熊想搞大声势，你考虑一下，请一些记者去现场。话还没说完，电话转过来了，吴品三对郑家臣摇了摇手指，对着话筒说，徐科长，我是吴品三。

徐恩曾说，品三兄，这么晚，有事吧？

吴品三说，不好意思，这么晚打扰您，确实有件急事要报告。

徐恩曾说，你说。

吴品三说，我们的情报股获得准确情报，行动股配合刑侦大队一起行动，抓到了共党红科一名行动队员，他提供了两条重要线索。第一，顾顺章被捕的第二天，共党就得到了消息。我们分析，这个消息来源，正是钱壮飞。第二，也就在这一天，红科对顾顺章一家采取了清除行动。

徐恩曾问，清除行动？什么意思？

吴品三说，就是顾顺章的全部家人，已经被清除了。

徐恩曾说，这件事对顾顺章一定是巨大打击。你们干得很好，我要给你们记一大功。

吴品三说，有关下一步行动，我要请示一下。我考虑，明天我们公开行动，挖出那些尸体，让媒体报道整个行动的过程。

徐恩曾略停顿了一下，问，你是怎么考虑的？

吴品三说，我觉得，公开行动，至少有三大好处：第一，我们公开报道这件事，就等于断了顾顺章一切后路。第二，这件事，对共党分子将会是一次重大打击。第三，此事的公开报道，将会直接影响社会对共党的看法。

徐恩曾说，好，对那个共党分子，你们要继续深挖，重点挖与钱壮飞有关的消息。

吴品三说，这个，我一直盯着，只是这个钱壮飞，像是人间蒸发了一样，一点消息都没有。

徐恩曾安慰说，不急，打猎要有耐心。

吴品三放下电话，对郑家臣说，记者会的事，你准备一下。时间是明天下午，具体地点，你和时君沟通，他会告诉你的。我的意思是，新闻记者和大队一起行动，让他们看到全过程。记得给那些记者发点车马费，让他们把新闻搞大点。

郑家臣说，好，我就安排。

吴品三说，记者那边，你和印墨一起负责。这是我们第一次搞大型的现场记者会，组织方面，要安排好一点，不能让那些记者乱跑乱窜，必须一切行动听指挥。至于回答记者的提问，也要事先考虑好，定下一个方案，该说什么不该说什么，要心中有数。

郑家臣问，局座有什么具体指示？

吴品三说，我的要求只有一点，如果有记者追问情报源，可以暗示他们，这个情报源，和他们职业一样，是一名记者。

郑家臣颇为吃惊，说，记者？

吴品三说，还可以更进一步暗示，此人是一名共党分子，了解这一案件后，对共党彻底失望，向我们提供了这一情报。

郑家臣说，这不是把我们的功劳送给别人吗？

吴品三说，你们啦，关心的就是那点奖金。能不能格局更大一些？一名共党分子主动向我们提供了情报，第一，对其他共党分子，是一种离间，有利于我们今后的工作。第二，让共党误认为他们里面出了叛徒，相互猜忌。第三，向全社会说明，共党内部出现了分化。共党内部都产生了动摇，何况外部？这样做，既不影响你们拿奖金，又能起到这么好的效果，你担心什么？

对对对，郑家臣说，局座高招，高招。实在太高了。

第二天下午，接到通知的记者陆续集中到海棠村。这些记者常常在一些记者会上见面，比如外国驻上海领事馆等一类机构，定期召开记者会，还有市政府也会就一些重大事件召开记者会。作为记者公会的主管部门，社会局还从没召开过这样规模的记者会。正因为如此，来的记者也就特别多。

集纳新闻虽然只是一张小报，因为最近发行量稳步上升，影响力逐渐增加，也受到了社会局的关注，他们也接到通知，朱衡一赶了过来。

朱衡一到来后就问其他人，这是什么地方？这里会有什么新闻？

其他人也正迷惑，说，谁知道记者公会搞什么？把我们叫到这里，说是有什么爆炸性新闻。另一个记者显然对记者公会不满，说，记者公会是社会局的御用狗腿子，他们能有什么好事？

朱衡一说，不管怎么说，记者公会集中各家媒体的事，还是不多啊，看看吧。

就在此时，两辆军用卡车驶来，停在门前，从车上跳下来很多警察，胡友全走在前面，但面部被一顶很大的帽子遮住，完全看不清。随后从另一个方向过来一些租界的巡捕，这些巡捕只是站在一旁，并没有动手，一些手握挖掘工具的警察进入一座小院，有些摄影记者开始照相。有记者问，怎么回事？他们好像要挖什么。

对于这类问题，没有人能够回答。又有人问，社会局的郑主任呢？他通知我们来，怎么人影都不见。同样没有人能够回答。记者们的好奇，被勾到了最高程度。

警察和巡捕们向一幢带小院的平房走去，记者们也要跟过去，但小院门口设立了岗哨，记者们被拦在门外。记者们大声抗议，表示自己是被邀请过来现场采访的，为什么把我们拒之门外。站岗的警察解释说，不是拒之门外，是要有统一安排，请少安勿躁，会放你们进去的。直到所有的警察进入，外面全部剩下记者的时候，有一名警察才说，好了，请出示你们的记者证。记者们手持记者证，逐个进入，朱衡一夹在其中，跨进了院内。

这是一个不大的小院，警察在院内拉出一条警戒线，警戒线边，有很多警察站岗，记者们被拦在警戒线以外。郑家臣和赵印墨等在此处，记者们自然向他们靠拢，向他们打听情况。郑家臣见大家全部进入，将所有记者召集起来，开了个小会。郑家臣说，我知道大家心里有很多疑问。但是现在，我们不作任何回答。请各位记者朋友先注意看，注意观察，到时候，我们再安排专门的时间，接受大家的提问。另外，警方在现场设置了警戒线，希望诸位记者朋友在警戒线以外活动，一定不要试图进入警戒区域。

前面，警察们走近花坛，已经开始在那里挖掘，有记者举起照相机，开始拍照。朱衡一手里拿着采访本和笔，看着花坛处，却没有记录。朱衡一对身边的一位记者说，看样子，地下像是埋着什么。身边的记者说，看那房子，像是有钱人家，不会是埋着金银珠宝吧？朱衡一说，如果是金银珠宝，不会这么大张旗鼓。应该是埋着尸体。

尸体？会是什么人的尸体？这个问题提醒了各位记者，他们似乎认定了朱衡一的推测，随后，围绕尸体这个话题，有一翻很热烈的议论。但议论很快终止了，警察们从花坛下起出一具尸体。记者之中，顿时发出一声惊呼。镁光灯开始闪起来。

有记者说，真是尸体，不知是什么人。另外有记者说，应该是什么大人物吧？如果是平头老百姓，肯定不会叫这么多记者过来。

很快，其他警察又挖出了第二具尸体，而他们的挖掘并没有停止，十几名警察，站满了整个花坛，看情形，他们似乎并非仅仅只挖一具尸体，而是要将整个花坛挖空。

怎么还在挖？难道还有尸体？有记者说。朱衡一已经看出些苗头，说，难道花坛下面埋了很多具尸体，具体数字，连警察也不清楚？另一名记者说，看这阵式，像。

这边还在议论，那边，尸体被接二连三挖出。记者们一阵又一阵惊呼，镁光灯再一次闪烁。

挖掘工作完成后，所有十几具尸体，在小院里摆成一排。记者们被允许进去拍照。郑家臣指了指里面的房间，说，要拍照的记者，请抓紧时间。其他记者，可以进入里面堂屋里休息，十分钟后，由我和赵股长回答大家的提问。

朱衡一和其他记者一起，走向堂屋。他有一种预感，这恐怕不是一起普通的刑事案，国民党一定憋着什么坏，否则，不会这么大张旗鼓。他甚至有一种预感，国民党会不会试图栽赃给什么人？果然，进入堂屋后，大家对此案议论纷纷，因为这个场面实在太震撼了。

此时，郑家臣和赵印墨进来，所有人顿时缄声。郑家臣说，我知道你们心中有很多疑问。坦率地说，我们知道的也不多。现在，由和我赵股长回答你们的问题。不过，我要提醒你们，有些问题我们也没有答案，需要你们谅解。现在，你们可以提问。

第一个问题，应该是所有记者的共同问题，这些尸体是怎么回事？

赵印墨回答说，据已经掌握的情况，我们现在所在的宅了，是 座私宅，主人名叫顾顺章，化名黎明。此人是共党的一名高官，如果我没有说错的话，应该是中央委员级别，也就相当于国民党的中执委。这些尸体，是顾顺章的家人朋友。

接下来，第二个问题自然来了，这些人是什么人杀的？

赵印墨回答说，我们还在调查，目前并没有线索。

有记者提出了第三个问题，这些人中，有顾顺章吗？

郑家臣回答说，这个问题，我可以明确回答你，没有。大约一个星期前，顾顺章在武汉被捕，现在已经被押解至南京。在南京，蒋主席亲自接见了他，对他十分客气。现在，他在南京享受上宾待遇，并且已经开始为党国工作。有关部门曾考虑将顾顺章的家人送往南京，和他团聚。但是，当我们开展这项工作时，发现其家人神秘失踪了。

朱衡一抓住了提问的机会，问，你们是怎么知道这里埋着尸体的？

赵印墨说，刚才郑主任说了，发现顾顺章的家人神秘失踪之后，我们组织了一些力量，希望能尽快找到他的家人，并且尽快送去南京。就在此时，我们得到可靠情报，得知顾顺章的家人已经全部被清除，埋在某个地方。

马上有记者问，这个情报源的情况，能说一说吗？

赵印墨准备回答，郑家臣抢先了，说，非常抱歉。出于保密需要， 我们不能提供与情报源有关的情况。

记者说，我理解你们对情报源的保护。但是，我们是公共媒体，我们总得向读者提供更多的东西，对于这样的事件，民众有知情权。

赵印墨准备说话，郑家臣再一次抢了先，说，请原谅我们确实不能提供更多。这么说吧，提供情报的这个人也是公众人物，是你们的同行，和你们之间很多人还非常熟悉。他曾经非常左倾，非常狂热。这次，之所以做出特别举动，是因为他也有家人朋友，他不希望自己的家人朋友和顾家同样的下场。抱歉抱歉，我已经说多了。我能告诉大家的，也就这么多了。

赵印墨吃惊而又迷惑地看着郑家臣。记者们还争相提问，郑家臣和赵印墨已经转身离开。记者们围上去，抛出一个又一个问题，郑家臣只一句话，抱歉。记者们不肯放弃，一直追着郑家臣和赵印墨。实在被追得脱不了身，郑家臣说，我们能够提供的，已经全部提供了。你们也可以找其他人采访，但我相信，他们同样无法提供更多。

吴品三始终关注着海棠村的情况，挖出第一具尸体时，郑家臣给他打了一个电话，他因此明白，胡友全提供的情况是完全真实的，这件案子，应该不会有任何意外了。于是，他决定开始自己的第二步计划。

今天，他特意没有让李时君参加行动。这类行动，李时君也完全没有必要参加。他拿起电话，拨了三个号码，对着话筒说，我这里可以了，你过来吧。

李时君带着苏航出现在吴品三的办公室门口，李时君喊了一声报告，吴品三冷淡地应了一声进来。李时君带着苏航进入，吴品三并没有叫他们坐下，两人只好站着。

吴品三手里写着什么，写完后，抬头对李时君说，你带苏先生去办个手续，让他回去。

李时君答应一声，是。苏航却感到意外，问，放我？

吴品三说，你还指望我对你管吃管住一辈子？

这事实在太突然了，苏航不由得不怀疑吴品三，他问，你没有搞什么阴谋吧？我怎么感觉你没安什么好心？

吴品三说，别怪我没提醒你，周天罡正想找你呢，你一走出社会局的大门，外面可能有几百个他的人等着你。你如果栽在他的手里，与我们社会局没有半点关系。

那我不走了。苏航说。

吴品三根本不理这一套，挥了挥手，对李时君说，带他出去。

苏航站在那里不动，李时君拉了拉他，没拉动。李时君用了力，将苏航拉出了吴品三的办公室。

等了一会儿，吴品三站起来，走到门前看了看，然后返回，拿起面前的黑色电话机，拨了一个号码。你给我放个风出去……吴品三对着话筒说，明天，各大媒体将会有一条爆炸性新闻，有关共党高官顾顺章的……你就说，向我们提供消息的记者名叫苏航……这个消息不能见报。

吴品三挂断电话。

第六章
峰回路转

1

李时君带着苏航，办妥了手续，又亲自将他送到社会局门口。李时君说，苏兄，我就送到这里了。记住啊，周末我请你喝酒。

苏航知道，只要自己独自走出这里，吴品三的提醒就会成为现实，自己将暴尸街头，死无全尸。他一把拉住李时君，说，送佛送到西嘛。你老李够朋友，再送我一程。

在门口提出分别，只是一种姿态，或者说一种试探。吴品三曾特别交代过李时君，要安全地将他送出。李时君问，是不是担心周天罡埋伏？见苏航不回答，只是拉着他向前走，便说，行，我再送你一程。

两人一起向前走。李时君说，今天，无论发生什么事，我李时君保你安全。不过，苏兄，帮会那些人无处不在，你打算怎么办？

苏航没有正面回答，而是反问，李股长有什么好的办法？

李时君说，对付别人，我有办法，但是，对付帮会，我一点办法都没有。想了想，又问，你跟九哥关系怎么样？周天罡和九哥是生死之交。如果九哥肯出面……

苏航说，我倒是和九哥见过一两面，但是，没有交情啊。

李时君又提出了另一个人，问，杜先生呢？苏航说，那就更远了。

就在这时，一群帮会人物突然围过来，大眼领头，将李时君和苏航围在中间。李时君质问，你们要干什么？

大眼指着苏航，说，李股长，这件事跟你无关，我们只要这个人。

李时君说，既然你们知道我是谁，那就好说了。今天，我和这个人在一起，他的事，就是我的事。

大眼说，李股长，这件事，是周先生吩咐下来的，请不要让小的们为难。

李时君语气强硬地说，不管是谁吩咐下来的。你们如果当着我的面做任何事，就是不给我老李面子，也不给社会局面子，那也就别怪我老李不讲交情。

帮众私下商量。李时君进一步问道，怎么样？是不是我老李面子太小？

好好，李股长的面子，肯定要给。大眼说，请李股长息怒，我们走。说过之后，大眼转身，对众帮会成员大声地说，扯。帮会成员于是转身离开。大眼还有些不服气，转过头，狠狠地瞪了苏航一眼，指着苏航的鼻子，说，小子哎，今天看在李股长的面子上放你一马，你最好找个地方躲起来，别让老子找到。

说过之后，大眼最后一个离开。

望着帮会成员散去的背影，李时君说，兄弟啊，别说我没提醒你，这事麻烦大啊。

苏航拱了拱手，说，感谢李股长出手相助。

客气话就不说了。李时君挥了挥手，说，记得啊，周末，你如果还活着，我们约了酒的。

苏航说，我身上一分钱没有，李股长能不能资助老弟一点。说着，苏航做了一个钱的动作。

李时君掏出钱包，从中抽出一张票子，递给苏航，说，十块，够不够？

苏航一把抓过他手里的票子，又抢过了他的钱包，再抽出一张，说，送佛送到西。周末喝酒的时候，我还你。苏航将钱包往李时君怀里一塞，转身跑开。

李时君说，就算你请周小姐吃饭，也不要二十块啊。

苏航不理他，伸手拦黄鱼车，然后向李时君挥了挥手。李时君看着苏航上了黄鱼车，黄鱼车驶出一段距离，他才转身，向社会局走去。

苏航坐黄鱼车到了复旦大学门口。黄鱼车停下来，苏航下车，付钱。

车夫一见，有点头大，说，这么大？有零钱没有？

苏航说，对不起，我身上只有这一张。

车夫从身上掏了半天，掏出一把零钱，递给苏航，然后拉着车离开。

苏航将零钱装好，抬头看看校门，又看看身后。校门口，是一条窄街，街道两旁，有很多店铺。苏航向九歌书店走去，在书店里，他买了两张纸，一只信封和一张邮票，又向老板借了笔，走到里面的一张桌前，坐下来写信。写好信，投进外面的邮筒，苏航开始干第二件事，走向校门口，去打听与吕子矜有关的消息。

一名女学生从校门口出来，苏航迎上去，态度恭敬地问，同学，请问一下，你认识一位叫吕子矜的同学吗？

女学生问，是哪个系的？

苏航随口说，国文系。

女学生说，我就是国文系的，没有这个人啊。

苏航只好道谢，然后走向刚刚出来的一名男学生。

同学，麻烦打听一下。苏航说，你认识一位叫吕子矜的同学吗？

男同学问，是哪个系的？苏航只好换了一个系，说，好像是教育系吧。

男同学说，哦，教育系的同学我不太熟悉。

苏航在此盘桓几个小时，还是一无所获。天已经黑了，他在校门口随便吃了点东西，继续打听。入夜以后，从里面出来的人越来越少，苏航只好改变方向，专门找那些从外面返回，看上去像学生模样的人打听。

按苏航的设想，吕子矜如此美貌，一定是校花，应该非常出名才对。但从这几次打听的情况看，他似乎找不到一个了解吕子矜的人。他仔细分析，有可能是自己的判断错误，那两句诗，只是随口说的，没有丝毫意义。甚至有一种可能，那位美女有意误导他。此外，还有一种可能，自己的推理并没有错，只不过，由于某种原因，吕子矜在复旦大学，并不如自己想象的出名。那可能是什么原因？仔细想一想，似乎只有一种原因，她看上去那么年轻，一定是低年级学生，而且平常很少和其他人接触。

一大早，朱衡一来集纳新闻上班。集纳新闻只是一张四张四版的小报，周双刊，像海棠村那样的新闻，他是无法立即刊出的。所以，他必须搜集更多的背景资料。

朱衡一掏钥匙开门的时候，发现门并没有锁，他伸手推门，门被闩着。朱衡一心中疑云顿起，开始敲门，过了一会儿，门从里面开了，苏航睡眼惺忪，站在他的面前。朱衡一狐疑地看着他，说，你真的出来了？

不是真的，难道还是假的？苏航说着，转身向里面走。

朱衡一跨进去，问，这么说，那个小道消息是真的？

苏航不明白他说什么，问，小道消息？什么小道消息？

朱衡一从包里掏出一张报纸，拍在桌上，说，你自己看。语气显得有些生硬。

苏航疑惑地看了看朱衡一，拿起报纸，看了看标题，再抬头看朱衡一，说，前卫干的？国民党栽赃吧。

朱衡一并不回答他，而是质问，你老实跟我说，是不是你。

我？苏航被搞糊涂了，说，你什么意思？

朱衡一进一步逼问，这件事，是不是你向社会局告的密？

向社会局告密？苏航几乎叫起来，说，谁他妈在胡说八道。这次，他不能不正视了，坐下来，认真地看报纸内容。

朱衡一等了片刻，忍不住，问道，你正面回答我，是，或者不是？

苏航仍然低头看报纸，回答了两个字，不是。

朱衡一说，那你告诉我，为什么有人说是你？

苏航抬起头，疑惑地望着朱衡一，说，到底发生了什么事，我一点都不知道，你让我告诉你什么？

朱衡一在他的面前坐下来，说，你把报道看完。看完了我们再说。

苏航继续看报纸，认真看，看完后，抬头望着朱衡一。

朱衡一说，昨天下午，警察局去挖尸体，破天荒叫去了差不多全上海的新闻记者。当时我就觉得奇怪，他们想干什么？接着，他们向记者透露，提供这个消息的，也是一名记者，而且，曾经是共党成员。

苏航指着报纸说，这件事，如果真是打狗队干的，他们不可能让记者知道吧？

朱衡一说，你听我说完。昨天晚上，媒体圈子就传着一个消息，说这个向社会局告密的记者是你。

我？苏航几乎是叫起来，但仅仅只是一瞬间，他马上想到了一种可能，一掌拍在桌子上，说，果然给我挖了个坑啊。

朱衡一意识到他话中有话，问，给你挖了个坑？什么意思？

苏航说，我就觉得，他们突然放我有什么阴谋，原来在这里等着我。

朱衡一不太相信苏航的话，说，你的意思是说，他们有意把这件事栽到你身上？对于朱衡一来说，这个逻辑的弯转得太大了，他说，你以为你是谁啊，他们有必要吗？

苏航挥了挥手，道，说了你也不明白。

朱衡一针锋相对，逼着他，道，你不说，我怎么会明白？

苏航问朱衡一，是不是连你也怀疑我？

朱衡一的语气和态度都十分坚定，说，这件事涉及十几条人命，你不能没有一个解释。

苏航有些意气，也有些心烦，说，全上海那么多人，我怎么解释？

朱衡一寸步不让，逼道，全上海我不管，你今天必须给我一个解释。

苏航于是说出了原因，吴品三想我去替他工作。

在朱衡一看来，这根本不成为理由，他说，你找点更靠谱的理由好不好？吴品三想你去替他工作，就搞出这么大的动作？你以为你是谁啊？是蒋主席吗？

苏航一想，朱衡一的说法并非没有道理，看来，如果不说出前因后果，他是不肯相信的。他说，这事说来话就长了。我父亲当年从家里跑出来，来到上海，后来又跟着一帮人跑去日本留学。留学，说得好听，其实也就是赶时髦，想出国镀金，回来好升官发财。可去了之后才知道，早年出国留学的人，回来确实升官发财了，后来出国留学的越来越多，很多人出去只是打个滚就回来了，根本升不了官，也发不了财。所以，他就在日本混日子。这时候，孙文先生去了日本，我父亲天天给他做饭洗衣，成了他的好朋友，也成了最早的同盟会会员，并且抛弃了我和我的母亲，娶了个小老婆。

这个弯确实转得太大了，和眼前的事，分明没有半点关系。朱衡一挥了挥手，说，少跟我扯这些没用的，这是哪跟哪？

苏航继续说下去，几年后，吴品三也从家乡跑到上海闯天下，怎么闯都是小混混一个。后来遇到了我父亲，他拜我父亲为师。既是同乡又有师生之谊，我父亲写了一封信，把他介绍到广州，当了陈果夫的秘书。他觉得我是老同盟会员之后，不应该走现在的路，而应该走和他们一样的路。他觉得这样做，是在报我父亲的恩，明白了吗？

朱衡一瞪着苏航看，一瞬间明白了很多事，问，你自首，就是因为知道这些事？

废话，苏航说，我这点本事没有，还搞什么新闻？

朱衡一似乎还不太肯定，问，这么说，这件事真不是你告密？

苏航说，我连顾顺章的名字都没听说过，我告什么密？

吴品三挖了个坑，让苏航往里钻，游再春挖了另一个坑，想让郑家臣钻进去。

一大早，游再春吃了早餐，坐在客厅里，一面剔牙，一面喝茶，一面看报纸。游再春看报纸，显然兴趣和别人不同，先看第四版，扫标题，不感兴趣，就往前翻，最后看头版。刚看了一眼头版的标题，顿时被吸引，将报纸拿近了，认真地看内容。

汪峰仁从正门进来，说，游局，我们现在走吗？车已经等着了。

游再春说，不急。你坐一下。雷嫂，给汪先生倒杯茶。

汪峰仁坐下来，看着游再春。游再春的目光仍然盯着报纸。雷嫂端着一杯茶出来，放在汪峰仁面前，汪峰仁说，谢谢雷嫂。雷嫂退出后，游再春问，报纸你看过了？

汪峰仁说，来的路上看过了。

游再春说，我以为又是邻里间闹矛盾，没想到还真是一条大鱼。

汪峰仁小小地喝了一口茶，说，是啊。看到这个消息，我都已经抽了自己几巴掌。

游再春想的是另一件事，说，早知如此，我们趁机塞点东西进去，郑家臣就死定了。

汪峰仁说，我还听到一种说法，消息是苏航提供的。

游再春抬头看着汪峰仁，思考了片刻，说，这是吴大嘴在给苏航下套。

汪峰仁一时转不过弯来，说，吴大嘴给苏航下套？这是哪里跟哪里？

游再春说，吴大嘴的湖北帮，现在才几个人。他肯定想招兵买马，只要是湖北籍，他就会特别关注。如果我没有猜错，他一定是看中了苏航这愣小子。没想到这小子不着道，吴大嘴就用这种办法逼他。

这样倒是可以把苏航逼进死胡同。汪峰仁说，不过，他这样搞，是不是制造混乱？我们能不能拿这件事做点工作？

怎么做？游再春说，吴大嘴这样做，是一箭双雕，高明之举。

高明之举？汪峰仁显然不能理解。

游再春说，宣传这种事，不要真实，只要效果。他暗示说，苏航原是共党，因为这件事寒了心，所以向当局提供线报。这种宣传效果非常好。上面不光不会追究他，还会肯定他。我们如果在这类事情上面做手脚，效果只会适得其反。

汪峰仁再问，那我们要不要盯着苏航？

游再春说，这么一根嫩草，能搞出什么花脚乌龟？别浪费我们的时间和资源。那个王翠花，有什么进展？

汪峰仁说，我正要跟您汇报这件事，我给她上了点手段，侦听到有人从她那里取走了什么东西，估计是情报。

游再春说，这就对了，既然有人找她取情报，就一定另有人给她送情报。古泉的情报说，她那里是共党的一个地下联络点，看来是对的。另外，她只是起情报中转作用，这很好，正好有个时间差，我们可以利用。

汪峰仁说，是的，我们把小蜜蜂送进去十个小时后，取东西的人才出现。

有时间差好，游再春说，有时间差，我们才有操作空间。下次有人给她送东西，就想办法把郑家臣弄进去，然后收网，来个人赃并获。

汪峰仁说，这样的话，就抓不到其他接头人了。

游再春说，凡事有所得就必有所失。我们不可能把好处全都占了。而且，既然要栽赃郑家臣，那个取情报的人，就一定不能出现。一旦出现，栽赃就不攻自破了。现在的核心问题是，怎么让郑家臣出现在现场？

汪峰仁说，这个不难。

游冉春问，你想好办法了？

汪峰仁说，郑家臣刚到上海，老婆不在身边，平常喜欢去长三堂子。我只要对她说，王翠花表面上在长三堂子里烧开水，暗地里还卖春，再说这个女人如何漂亮如何有味，他一定上当。

周娅蒙绝食斗争取得了胜利，下一步，自然是要接苏航出狱。游再春和汪峰仁都说过，放苏航的前提是周天罡不再追杀他。现在，既然父亲已经明确答应，周娅蒙觉得所有的障碍已经扫除，她决定去社会局找游再春要人。

她向门外走，恰好遇到阮周从外面进入。阮周问，师妹，你要出去？

周娅蒙说，师哥，你回来得正好，跟我去一趟社会局。

阮周稍稍有点吃惊，问，去社会局？你又去社会局干什么？

周娅蒙说，我去问问吴品三和游再春，看他们什么时候放苏航。

阮周说，苏航已经放了。

已经放了？周娅蒙还真被这件事搞糊涂了，问，什么时候的事？

阮周说，昨天下午。

周娅蒙完全不相信这是事实，但她毕竟相信阮周，说，他们这么好心？一点条件不讲就放了？

阮周手里恰好拿着报纸，递给她，说，你先看看这个吧。

周娅蒙狐疑地看过报纸，看一眼标题，又看着阮周，问，什么意思？

阮周说，上面写得很清楚啊，昨天下午，警察局从海棠村挖出那些尸体，是因为有人向社会局告密。阮周指着报纸，对周娅蒙说，昨天晚上，就有人在夜舞台谈这件事，说告密者叫苏航。

周娅蒙惊叫起来，说，苏航？告密者？

社会局有我们的人。阮周说，我问过他们，他们说，苏航在社会局关了好多天，一直非常优待，行动股股长李时君还每天给他送好吃的。这种事情，在社会局是从来没有过的。

周娅蒙想到了一种可能，说，难道说，他表面上去自首，其实是去告密？

阮周笑了笑，说，谁知道？我们还商量着逃去日本。在我看来，这是唯一的办法。没想到，他却拉着你跑去自首。当时我就奇怪，他傻啊，不是去送死吗？现在，答案终于揭开了。

周娅蒙的情绪显得十分激动，说，不可能，绝对不可能。苏航不是那样的人。

周天罡从里面走出来，听到这句话，说，不是哪样的人？这种人，为了达到个人目的，不择手段，他什么事干不出来？

周娅蒙根本不相信，说，不，绝对不是，苏航不是那样的人。

周天罡说，那我问你。你是我用二十多万保出来的。二十万是多大一笔数？这个社会百分之八十的人，花一二十年，不吃不喝也赚不到一两万。苏航是什么人？一个穷办报的，吃了上顿没下顿，绝对在这百分之八十之中吧。他能一分钱不花，全身零部件完好无损地从社会局走出来，还让社会局的行动股长一路护送，你认为这么简单吗？

周娅蒙一下子睁大了眼睛，父亲所说在理，她确实无力反驳。

阮周在一旁添油加醋说，师父问过游局长，连游局长都不清楚苏航为什么突然被放了。

周天罡说，为了把你捞出来，我花了多大的精力，找了多少人？又是求爷爷告奶奶，又是花巨款。他呢？他一分钱不用花，毫发未损出来了。吴品三是他的爹还是他的娘，对他这么好？这里面如果没有别的原因，可能吗？傻丫头，你想想，你是不是被他卖了还替他数钱？

周娅蒙说，我不信。但语气已经不是那么坚决。

周天罡说，你啊，你还太年轻，对这个社会了解还太少。《增广贤文》你是读过的，什么叫知人知面不知心，你现在应该知道了吧。

我不信我不信。周娅蒙说着，双手捂了耳朵，向家里跑去。

周天罡看着女儿跑进家门，心中稍稍松了一下，问阮周，苏航什么情况？

阮周说，昨天他出来的时候，因为有李时君陪着，大师兄领着的人不好下手。还有，师父不是答应过师妹……

你是死人啊？周天罡说，你不懂找个他落单的时候做干净点？只要苏航从这个世界消失了，谁知道他去了哪里？

阮周说，我还是担心师妹。她现在一颗心全在苏航身上，万一……

周天罡摆了摆手，说，算了，这件事，你就不要插手了，我给大眼说。你啊，你这么软弱，以后怎么撑起这个家啊。

2

作为江苏省委书记，马雪青的工作任务极其繁重，他不得不抽出一切时间工作。马雪青正伏案工作的时候，响起敲门声。马雪青立即放下工作，迎到门口，门已经被推开，一名工作人员领着彭小开跨进来。马雪青和彭小开握手，说，小开同志，辛苦了。

工作人员退出去，顺手将门关上。马雪青请彭小开坐下。彭小开说，第三批，已经安全撤离上海了。马雪青给彭小开倒茶，彭小开顺手拿过前面的报纸，翻开来。说，有几个同志，说什么都不肯撤离。

马雪青端着茶杯过来，放在彭小开面前，说，这件事，我已经知道了。这个工作，恐怕还只能由中央来做，我们做这个工作，有一定难度。他又指着报纸，问彭小开，对这个报道，你有什么看法?

彭小开说，我准备给中央打个报告，表达我个人的意见。我认为，这件事过激了，有严重的左倾主义倾向，既给国民党以把柄，又给我们的工作造成了极大的被动。

马雪青说，江苏省委也准备给中央打一个报告，表明自己的立场和态度。我们认为，对党的事业造成严重破坏的叛徒，我们要惩戒，但一定要避免这种扩大化甚至伤及无辜的严重事件再次发生。

是啊，彭小开说，这件事，促成我深思。这几年，蒋介石搞反革命白色恐怖，杀害了大量共产党人，还假借杀共产党的名义杀害了很多无辜者。如果我们不能从这种恐惧和慌乱中冷静下来，继续搞血洗，以暴制暴，我们就可能失去民心，甚至走向反面。

马雪青说，既然我们在这方面达成一致，那就太好了。

彭小开问，有小道消息说，这件事是苏航告的密，你怎么看?

不可能，马雪青说，苏航确实对文艺界很熟，相信有些人的身份，他也猜到了。但文艺界以外的事，他应该不知道。别说是他，就连我，也只听说过红科的黎明，并不知道他真名叫顾顺章。

彭小开说，按说，苏航只是一个无足轻重的小人物，他们为什么把脏水往苏航身上泼?

马雪青拉开抽屉，拿出一封信，交给彭小开，说，你看看这个。

彭小开看信。马雪青解释说，这是今天刚收到的。昨天，苏航离开社会局后通过联络站转来的信。

彭小开看着信，说，吴品三想拉他进社会局?这是个好机会啊。

马雪青指着信说，他信里说得很清楚。原想借助吴品三和他父亲的关系，迅速离开社会局，没想到，吴品三想拉他入伙，他不得不把戏做足，所以就和他多周旋了几天。

彭小开放下信，说，因为这件事得罪了周天罡，这可是个大问题。

马雪青看了看彭小开，说，你好像有想法？

彭小开说，我现在大量需要人。他如果能进社会局，恰好可以替我们在社会局占一个位子。他又有那么特殊的上层关系，相信情报来源一定很丰富。这几天我一直在想，能不能调他进红科工作。

马雪青又问，现在犹豫了？

彭小开承认说，倒不是犹豫。知道吴品三在拉他进社会局，我就已经决定了。这个机会太好了，我们就算是安排，都没法做得这么好。

马雪青明白了，说，那就是担心周天罡。

彭小开承认道，是啊，搞情报工作，不能有死敌。现在，苏航的背后有了一个周天罡，事情复杂化了。

马雪青说，能不能有什么办法？彭小开说，我这几天要好好想一想，但感觉实在是太难了。

苏航再一次来到复旦大学门口。这次，他不再是刚从牢里放出来的落拓模样，穿着一套白色西装，打着鲜红领带，显得十分出众，每一个经过的行人，都忍不住看他一眼。对这类目光，他不管不顾，而是继续自己的事。

苏航拦住一名学生，问，请问同学，你认识吕子矜同学吗？那名同学摆了摆手，说，对不起，不认识。

苏航转过身，准备继续寻找新的询问对象。恰在此时，吕子矜从校内走出来，苏航的眼睛一下子亮了，惊喜地站在那里，手足无措。

吕子矜走出校门，苏航迎着她走过去，突然地站在她的面前。吕子矜发现有人拦在自己面前，暗吃一惊，抬起头来，认出苏航，说，是你？

见到她的那一瞬间，苏航知道自己猜对了，所以，他非常自信地说，吕子矜小姐，你好。我没猜错，是叫吕子矜吧？

人家拿出了 100 分的考卷，出题老师自然要表扬一下。吕子矜点了点头，算是认可和奖励，说，你还真花心事啊。

苏航有意卖弄了，说，心事我没花，《诗经》里这两首诗，我太熟了。我们认识一下吧，我叫苏航，是集纳新闻的主编。

吕子矜倒是有点好奇了，前几天遇到过集纳新闻的副主编，现在又碰到一个主编，自己和这个集纳新闻，究竟有着什么样的因缘？她当然不会说出这一点，只是矜持地说，好，我知道了。两人虽然说了几句话，吕子矜并没有停下来，一直是向前走的，只是速度慢了一些。

此时，她回答一句后，速度加快了，已经超过了苏航。苏航不得不转身，向她赶过去。

苏航说，对不起，吕小姐，那天我把你错认成我的一个朋友，我是特意来道歉的。

吕子矜并没有停，边向前走，边说，道歉？没这个必要吧？

苏航要的是和她说话的机会，说，当然有必要，我认错了人，对吕小姐造成了骚扰，所以，一定要道歉。

吕子矜显然清楚苏航的用意，作为漂亮女孩，她遇到类似的事并不少。她说，好，我接受你的道歉。她想快点摆脱苏航的纠缠，然后赶回家去。

苏航却不肯放过机会，继续说，谢谢吕小姐，你真的善解人意。

吕子矜知道他不肯善罢干休，只好直言相告，说，苏主编，对不起，我父母还等着我回家吃饭，我先告辞了。

苏航岂能轻易放过这次的机会？若让机会轻易溜走，下次机会，就不知在什么时候了。对目前的处境，他是有准备的。他向前追了两步，说，等等，等等，吕小姐。

吕子矜不得不停下来，问，有事？苏航说，我想请吕小姐帮个忙。他伸手进西装口袋，掏出一张纸条，递给吕子矜，说，我想请吕小姐帮我在你们图书馆借几本书。所谓借书，肯定是假的，目的就是为了下一次见面。

吕子矜接过纸条，看了看，又看看苏航。她的反应极快，在一瞬间，她做出一个决定，收起纸条，表明她答应了苏航的请求，同时，向苏航说了一声再见，然后向前走。在她看来，你的请求我已经答应了，你再没有借口拦住我了。

苏航自然不甘心，在后面问，我怎么联系你？

吕子矜没有回头，右手举起来，挥挥手。她挥手的时候，大拇指和食指呈 O 形，中指、无名指和小指伸着，做出 OK 状。

对海棠村事件的宣传，效果非常好。徐恩曾给顾顺章看了那些照片，又给他看了上海报纸的相关报道。顾顺章一言不发，沉默了好久，然后主动说，来而无往非礼也，我给你一个人吧，这个人叫王作林，在你们的监狱里。不过，王作林不是他的真名，他的真名叫恽代英。

作为特务头子，徐恩曾太清楚恽代英这个名字，他的手里有一份名单，是国民党通缉的共党高级干部名单，恽代英的名字排得相当靠前。据顾顺章说，恽代英被捕前，担任中共中央宣传部秘书长，后来又兼任组织部秘书长。被捕后，还被选为中央委员。顾顺章才只是候补委员，他的地位比顾顺章更高。被捕后，恽代英坚持说自己叫王作林，只是一个普通的生意人，别的多一个字不肯说。

这些情况，是吴品三通过专线电话向徐恩曾汇报工作的时候，徐恩曾告诉他的。吴品三自然高兴，毕竟这也有自己的功劳。不过，他也有一点疑问，说，除了那个叫胡友全的口供，我们其实并没有更多的证据证明此案是红科干的，顾顺章为什么能那么肯定？

徐恩曾说，顾顺章是谁？他是红科的负责人，红科就是由他一手组建的。他们做事的方法，顾顺章太清楚了。

吴品三问，他真的如此肯定吗？会不会弄错了，也许是别的什么组织干的？

徐恩曾说，他听到这一消息，立即提供了恽代英的情况。我感觉他是很有把握的，应该错不了。这件案子，可以结案了。

既然是这样，他会陆续提供一批共党高官的名单吧。吴品三说。

那可不一定。徐恩曾说，他们能当上共党的高官，也不是徒有虚名，个个都是人精，他们很清楚，奇货可居，屯集才能居奇。他们做事，常常都留有余地。

留有余地？吴品三问，恽代英这件事，他留了什么余地？

他当然留有余地，徐恩曾说，因为一直没有查明王作林的真实身份，外面又有些很有身份的人，替王作林说话，我们已经决定释放王作林了。释放的日期，都已经决定了。

吴品三问，确定了日期？什么时候？

徐恩曾说，你绝对想不到，前后只差了一天时间。如果顾顺章晚一天说出此事，恽代英就被释放了。那么，我们若想再抓他，就难了。

吴品三说，这件事，也太巧了吧？

巧吗？徐恩曾说，我怀疑，顾顺章是知道恽代英即将被释放这件事的，只不过，他把时间记错了。

吴品三说，如果真是这样，要从他口里掏点东西出来，还真不是一件容易的事。

徐恩曾说，我仔细想过了，我们应该从背后推他一把。

怎么推？吴品三问。

徐恩曾说，他不是提供了恽代英的情况吗？这个人，我们已经找到。而且，此人在监狱里关了很长时间，不可能掌握有价值的情报，对我们已经没有意义了。

吴品三问，处决？

徐恩曾说，不仅仅是处决，我会建议尽快高调处决，公开消息，让媒体公开报道，并且暗示，这个人就是顾顺章供出来的。

吴品三说，这一招实在是太高明了。这就等于彻底断了他的后路。

徐恩曾说，我担心的只是，情报工作最佳时间已过，共党中央机关很可能已经逃走。顾顺章即使再提供什么情报，到底还能有多大作用？

吴品三说，像顾顺章这样的人，可能知道整个共党中央的情况。一个庞大的机构，要想全部转移，估计不是一件容易的事。而且，国军正对江西进行第二次“围剿”，他们能逃到哪里去？他们一定还在上海，只是转入了地下而已。

徐恩曾说，品三兄，你这话说得太好了，完全启发了我，共党中央一定还在上海。我这里会抓紧审讯，争取掌握更多情况。你那边随时做好准备，这次，我们一定要抓到几条大鱼。让广州那些人看看。

吴品三最担心的是广州。你这里准备了一场大戏，却突然冒出一帮人砸场子，这实在太被动了。他问，广州是不是有大动作？

徐恩曾承认说，那边动作确实不小。不过，这次海棠村灭门惨案，不大不小帮了老爷子一个忙，让广州那些人明白，训政时期的提法，并非不切实际，现在国内情况十分复杂，适当的权力集中，是必要的。

吴品三感慨说，中国的事，就是因为理论太多，思想太乱，一个人就是一个主义。所以，中国人总在内耗，哪像人家外国？只有一个宗教，一个主义，一个政府。

徐恩曾说，是啊，还是老爷子高瞻远瞩，他提出一个主义一个政党一个领袖，越来越正确，越来越伟大。这次，我们在顾顺章身上所做的文章，老爷子非常满意，估计会同意让调查科升格为调查处，你那里要抓紧准备，争取尽快再干出几件大事来。

吴品三顺着竿子往上爬，说，请处座放心，鄙人一定不辱使命。

八字还没一撇呢，品三兄别乱叫。徐恩曾立即制止道。

吴品三说，那不是迟早的事吗？

吴品三放下电话，将手伸到桌子下面，按下呼叫铃，不一会儿，赵印墨推门而入，叫道，妹夫……

吴品三立即予以纠正，局长。

赵印墨说，是，局座。

吴品三又开始敲打他，说，你啊，别光想着玩女人和捞钱，只要我们在上海站稳了脚跟，你还愁没有女人和钱？

赵印墨明显心里不服，口中却说，我懂。

吴品三说，你懂，你懂个屁。现在，社会局的情况复杂得很，上海更复杂。我们只要行差踏错，就有可能死在这十里洋场。你懂吗？

赵印墨和汪峰仁一样，对李时君没有好感，一旦有机会，就会踩他一脚。他说，那个李时君，是游再春的人，明显两面三刀，八面讨好，局座还那么信任他。

吴品三反唇相讥，说，我不信任他信任谁？整个社会局，我有什么人可用？你吗？

赵印墨说，那也不应该是李时君吧？他可是从共党那边过来的。

吴品三说，正因为他是从共党那边过来的，我才敢用他。你懂吗？

赵印墨坦率地承认，说，不，我不懂。

吴品三指着他说，你的脑子，除了吃饭和想女人，还能干什么？无论是游再春还是李时君，心里难道不明白？李时君是共党的叛徒，这种人可信吗？可用吗？显然，游再春只是利用他而已。李时君太清楚这一点了，所以，他才会主动往我这边靠。

赵印墨不以为然，说，靠过来又怎么样？这种人，就是墙头草。

吴品三不说这个话题了，而是问，我让你盯着苏航，他这些天怎么样？

赵印墨说，他这几天，就像过街老鼠，谁见了他，不是躲就是阴阳怪气地说几句话。

吴品三说，看来，还要找个机会，再给他屁股下面烧把火。

赵印墨问，局座对这个苏航这么上心，我不明白。

吴品三语气不太好了，说，你当然不明白，你如果明白了，就是你来当这个局长了。

赵印墨只能机械地说，是是是。

有一点赵印墨说对了，这几天，苏航就像过街老鼠，甚至连过街老鼠都不如。遇到以前的熟人朋友，大家对他，无非三种态度，一是质问，二是愤怒，三是视而不见。此外，他还需要时时刻刻躲着周天罡的人。此事使得苏航的情绪大受影响，他独自坐在编辑部里，心中说不出的烦躁。朱衡一出去跑新闻了，回来时，已经过了中午，意外地见苏航坐在里面，有些吃惊，问，今天你没有出去？

真的没法混下去了，苏航说，出门吧，要躲着周正罡的人，各种办法想尽了。好不容易找到要见的人，人家见我装不认识，或者老远就躲开，好像我得了什么传染病一样。

朱衡一说，这事，是不是要想个办法？

苏航无奈地说，有什么办法？

朱衡一说，其他人怎么看，倒也罢了。就怕前卫当了真，把你列为追杀对象，那就会有两路人马追杀你。前卫的打狗队，想想都害怕。

苏航说，是啊，这个吴品三，真是害死我了。

两人正说着的时候，品芳斋的肖老板跨进来。两人见房东上门，都有点讶异，朱衡一连忙倒茶。肖老板摆了摆手说，不用倒茶。两位都在，那就正好了。

苏航问，肖老板，有事吗？

肖老板说，这房子，我不想租给你们了，你们找地方搬家吧。

朱衡一正在倒茶，闻言停下来，说，肖老板，你可不能这样，当初，我们说好了租一年，而且，我们也付了一年的租金啊。

肖老板说，你们预付的租金，我会退给你们的。

苏航说，不是，肖老板，做人要讲信誉，我们当初……

肖老板打断了他的话，说，讲信誉？我如果不讲信誉，我的品芳斋能开得下去吗？我讲信誉，别人讲不讲，我不知道啊。

朱衡一感觉肖老板话中有话，心里有些不爽，便说，肖老板，有话就直说，犯不着转弯抹角。

肖老板说，我们品芳斋是开门做生意的，最怕的就是今天一个事明天一个事。如果真是这样，我这门还开不开？算了，今后低头不见抬头见的，我还想把生意做下去。别的话，我也不多说了，你们抓紧找地方搬家吧。

朱衡一还想坚持，说，不是，肖老板……

苏航已经明白了，他伸手拉住朱衡一，不让他说话。

肖老板说，给你们三天时间。三天后，我来收房子。说过，肖老板退了出去。

朱衡一转身问苏航，你拉着我干什么？我们再争取一下啊。

苏航说，争取什么？你还没看出来？还不都是因为那个消息？

朱衡一突然明白过来，说，我的天。这一时之间，去哪里租房子？

苏航说，你的关系多，你跑一下这件事吧。

朱衡一显得十分烦躁，挥了挥手说，这都是什么事？

话音刚落，门口出现一个人，看装扮，应该是一名黄鱼车夫。朱衡一以为又是麻烦找上门了，盯着黄鱼车夫看。黄鱼车夫问，请问，哪位是苏航苏先生？

苏航说，我就是。什么事？

朱衡一以为又会有什么事，所以迎着黄鱼车夫走过去。

黄鱼车夫说，有人让我给你送一封信。

朱衡一认为这一定是什么麻烦信件，一把接了过来。黄鱼车夫转身离去。

苏航大概猜到是什么信，可信已经到了朱衡一的手中，而且一把将信撕开，抽出里面的一页纸。苏航想制止他根本来不及，而且也完全没有理由制止，只是站在那里干着急。朱衡一看信，并且读出声来，苏航兄如面，有要事相商，请于下午三时，来俄罗斯餐厅一晤。没有落款，这是什么人的信？

苏航将信和信封接过来，先看内容，再看信封，都没有落款。

朱衡一说，会不会是周天罡？

苏航说，不太可能。周天罡是江湖人，江湖人做事，不会这么含蓄。

朱衡一立即想到了另一种可能，说，会不会是前卫？

苏航说，前卫？不会吧。我跟前卫半点关系都没有。

朱衡一说，你是不是急糊涂了？那个传说害了你，他们找你麻烦来了。这一定是鸿门宴，你绝对不能去。

苏航心里清楚，马雪青收到了自己的信，这是通知他去接头。可这种事，他怎么能对朱衡一说？甚至解释都嫌多余，只好说，是福不是祸，是祸躲不过啊。

朱衡一说，那我跟你一起去。

苏航说，你去什么？你抓紧时间租房子去。

朱衡一只关心苏航的安全，坚定地说，绝对不行，你一个人不能去，太危险了，无论如何，我不能让你去冒险。苏航意识到，自己必须给朱衡一一个合理的说法，又不能泄露任何东西，他的脑子飞速运动，还没有想好借口，只是本能地觉得，应该说服朱衡一相信，这件事是没有危险的。他说，如果真是前卫，就不会有危险。

朱衡一问道，你凭什么肯定？

逻辑啊。苏航用这句话又拖了一点时间，同时脑子高速运转，想到了说辞。他说，如果真有危险，他们就不会通知我了。红队杀的那些人，哪一个是事先通知的？何况，俄罗斯餐厅，在公共租界呢，那种公共场所，他们不可能有什么动作的。

这话是有说服力的，但朱衡一还不太放心，说，他们有什么不敢的？

苏航安慰说，你放心，我有数。

现在已经是下午，他必须赶时间。苏航不再理会朱衡一，转身进入里面的小房间。朱衡一只好坐下来，翻开报纸，看分类广告，将一些房屋出租广告圈出来。听到门响，朱衡一转过身，看见一个白胡子老人从里面出来。朱衡一大为吃惊，问，你是……刚说了这句，立即明白过来，说，哦，苏航？差点连我都骗过了。

苏航说，你仔细看看，没什么问题吧？朱衡一站起来，走上前，贴近了看，说，没问题，看不出来。

苏航说，没想到，在狂飚剧社学着玩的化装手段，还真能派上用场。说着，苏航向外走。

朱衡一在后面问，真不要我一起去？

苏航说，没你想的那回事。

朱衡一说，今天无论如何要给我一个消息，不然我会急死的。

苏航做了个 OK 手势，迈出门去。

干这类事，苏航极其小心谨慎，离餐厅还有一段距离，他便下了黄鱼车，付钱后看了看不远处的餐厅，再看看街道，然后抬手看表。两点半。由于接到通知时间晚，所以，时间略有点紧张。他向前走，一边走一边观察周边环境，餐厅门口人流并不多，也没有特别令人生疑者。即使如此，苏航还是不放心，走到街对面的擦鞋摊，坐下来擦鞋，同时观察餐厅周边的情况。一切都很正常，没有看到任何值得警惕的迹象。付钱后，苏航看了看时间，还有十几分钟，他便站起来，在门口走了一趟，走过门前十几米才返回。

进入餐厅时，有一个穿深色西装的男人迎面而来，先他一步进入餐厅。

苏航跨进餐厅，侍者鞠躬表示欢迎。苏航向里面看了看，人很少，有一对年轻男女，几个外国人，单独坐一桌的只有两个，一个是老人，另一个是刚才进来的深色西装男人。苏航特别看了一下深色西装男人，他并没有注意门口，而是透过玻璃，看着外面的街道。

苏航向里走，直接走到厕所前，推开厕所门，走进去。厕所里有三个蹲位，苏航每一个都检查了，空的，没人。他返身走到门前，将门闩上，转身时，已经取下假发套，塞进包里，然后撕下假胡须，同样塞进包里，走到水龙头前，捧起水洗脸，最后对着镜子照了照，反复整理了一下头发，眼看离三点还剩三分钟时，才跨出厕所。

再次进入餐厅，苏航立即注意到深色西装男人恰好向这边看过来。苏航不理他，走到离那人有些远的位置坐下来，服务生跟过来，问，请问先生，需要什么饮料？

来杯咖啡。苏航说。

服务生说，好的，请稍等。

就这么一瞬间，苏航再去看深色西装男人时，发现他的位子空了。苏航暗吃了一惊，向四处看了看，并没有看到那个男人。苏航突然冒出一个念头，此人一定进入厕所了。显然，他看到一个白胡子老头进了厕所，其后又出来一个年轻人，如果在厕所见不到白胡子老头，定会起疑心。如果此人是个特务，那么，自己就暴露了。

想到这一点，苏航立即冒出一个念头，必须尽快离开。他猛地站起来，正准备走的时候，有一个三十来岁的男人出现在他的身边，并且问道，是苏航先生吧？要走吗？

苏航暗想，糟糕，接头的人来了。但是，为什么不是马雪青？他只得被动地问，请问你是……

我叫彭小开，彭小开说。

苏航的眼睛一下子瞪大了。苏航曾经和彭小东一起在狂飙社工作，两人的关系十分密切，他因而知道，彭小东有个弟弟，名叫彭小开，也是文艺界的知名人士。猛听到彭小开的名字时，苏航不自觉地重复了一句，彭小开？

深色西装男人从厕所出来，向苏航这边走过来。苏航顿时高度警惕，盯着他。没想到，此人不再回原来的桌子，而是走到了他这桌。

彭小开说，我给你介绍一下，这位是乐少华，我的同事。

苏航的心情顿时放松下来，说，你们……原来是一起的？

彭小开知道苏航可能闹了点小误会，做了个轻松的手势，说，苏先生，请坐。

苏航坐下的同时，服务生过来了，问，两位先生，请问需要喝点什么？

彭小开说，给我来杯咖啡吧。

乐少华指了指刚才坐的那张桌子，说，我已经点了咖啡，请端到这里来，行不行？

服务生说，好的。

服务生离去后，苏航问，彭小东和你是什么关系？

彭小开说，他是我哥。

苏航说，我和小东先生很熟的，没想到，在这里认识小开先生。

彭小开说，应该是苏先生在狂飚社的时候吧？那时，我哥和狂飚社来往密切。

苏航说，是啊，狂飚社被强行解散之后，我们就没见过了，小东兄还好吗？

还好，一直在上海，彭小开说，先生，你是喜欢上海的春天还是喜欢上海的秋天？

苏航略愣了一下，立即明白过来，这是联络暗号。他回道，春天和秋天，我都不喜欢，我喜欢冬天。

彭小开说，哦，倒是特别。好像更多的人喜欢上海的秋天，秋高气爽，气候宜人。

苏航说，我喜欢下雪，大雪一下，白茫茫一个纯洁世界，我喜欢。

暗号对完了，恰好服务生送咖啡来，分别摆在他们面前，随后离去。

苏航有点迫不及待了，直入主题，问，那个谣言，你们一定知道了。我想问的是，你们相信吗?

彭小开没想到苏航如此关注这个话题，略愣了一下，先看了看苏航，又转眼看了看乐少华。乐少华也正好看他。彭小开说，我们确实不信。不过，我们同时也希望能听一听你的解释。

苏航说，我的父亲是老同盟会会员，他走的路，和我不一样。吴品三认为我应该跟他走相同的道路，而且，要报我父亲的恩，所以，想用这个办法断我的后路。至少，我是这么猜的。

彭小开问，我们也有些迷惑。按说，有你父亲的关系，你在那边，不说高官厚禄，至少应该有很好的机会。

苏航说，北伐的时候，我就是中尉，再过一两个月，就要提上尉了。那时，黄埔一期生最高军衔也才是上尉。现在大部分是上校，有些已经是少将了。我如果一直留在里面，现在至少也是中校，也可能是上校。

彭小开说，这是实话。

苏航说，正如小开先生所说，我在那边，关系很多，也很特殊。胡抱一是我父亲的朋友，也算忘年交。我去广州，就由他一手照顾。吴品三是我父亲的学生，当年，是我父亲把他推荐给陈果夫的。还有，胡文俊是我的表哥，这些关系，我无论用哪一个，要混个一官半职，都不是难事。

这正是我想说的。彭小开说，可你放着这些平常人求之不得的机会，却加入了前卫。

苏航说，是因为信仰。当年，我在上海读书，那所学校，是中国无政府主义的摇篮。我受了影响，也信奉无政府主义。四一二之后，我觉得自己慢慢长大了，发现无政府主义不仅救不了中国，而且会害了中国。当时的国民党已经背离了最初的信仰，或者说，他们中的绝大多数人，从来就没有信仰，我于是离开北伐军，来到上海，想找到自己的人生方向。在上海，我加入狂飙社，第一次接触到共产主义。

彭小开说，不错，我们都是受了这股共产主义思潮影响。

苏航说，狂飙社被解散后，我曾经东渡日本，一方面想学些知识，另一方面，也想通过国外了解一下世界各国的情况。在日本，我更进一步接触了共产主义学说，我开始意识到，只有共产主义才适合中国，才能救中国。所以，我提出了入党申请。

彭小开问，你刚才说，吴品三想让你走他们同样的路，所以才栽赃给你?

苏航说，这是我的估计。如果我的估计不错，他一直和我父亲联系，他所做的一切，是和我父亲商量好的。我分析了一下，他这样做，既可以报我父亲的恩，用这种办法堵死我的另一条路，把我拉到他们那边去。同时，他刚到上海，没什么人可用，我听说，他正在组织一个湖北帮，想拉自己的势力。

彭小开问，你的意思是说，吴品三想让你加入调查科？

苏航说，他想让我进社会局，我估计是入他的湖北帮，替他办事。

彭小开再问，你拒绝了他？

苏航说，我一出来就写信向组织汇报了。这件事，我个人无权答应，也无权拒绝，所以，我一直是拖着他的。

彭小开说，这个机会很好啊。你还考虑什么？社会局的薪酬高得很，比一般的社会工作，要高好几倍。

苏航说，如果我一心向钱看，也不一定要进社会局。比这个更容易捞钱的工作多的是。我之所以离开，也正是看不惯那些贪婪的人。我很清楚蒋先生的想法和做法，在他看来，那些人越贪婪越好，他才能够控制那些人，这是典型的有罪管理。这样的党这样的政府，迟早是要完蛋的。我如果加入他们，是助纣为虐，是中华民族的罪人。

彭小开终止了这个话题，说，这件事就到这里，现在，我们说一说另一件事。周天罡，你怎么办？

苏航不是太明白彭小开今天和自己见面的目的。从他谈话的内容可知，他对自己十分了解，便也就直言相告，说，这件事，还真有点难办。

彭小开说，据我所知，周天罡派了不少人天天堵你，这件事必须尽快解决。

乐少华此时插了一句话，说，刚才，你进来的时候，是化了装的，就是为了躲周天罡的人吧？

苏航说，是啊，每天，不化装不敢出门，不化装不敢回家。

彭小开说，一天两天，或许可以，长时间，这可不是办法。

苏航说，其实，我有办法解决，只是我不愿干。

彭小开也觉得这是一大难题，若要他加入红科，这样的社会关系，是一定不能有的，否则，很容易出现麻烦。听苏航说有办法，彭小开的眼前一亮，问，你有办法？什么办法？

苏航说，办法有两个：第一，加入社会局，成为调查科的人，周天罡应该不敢对我怎么样，至少表面上不敢了；第二，认一个大字辈的老头子，我就和周天罡成了通字辈的兄弟。他如果还不收手，就是同门相残，违反十大帮规。

彭小开说，这两个办法不错啊。问题是，现在大字辈好像都关了山门？

苏航说，这倒不是问题。我有一个朋友，本人是个警察，又是媒体人，还在江湖，通字辈的，是青帮大佬曹太仓的门生。现在上海是通字辈行运，不希望大字辈还在江湖上抛头露面，大字辈和通字辈就达成协议，同意他们收最后一批关门弟子。

乐少华插话说，你如果成了曹太仓的关门弟子，就和杜老板、周天罡同辈了。

苏航说，入了青帮就成流氓了，我不想当流氓。何况，我是一名党员，共产主义才是我的信仰，我怎么能加入一个流氓组织？

彭小开和乐少华相互看了看，交换一个会意的眼神。彭小开说，从今天起，你已经成为一名特殊党员。我是你的直接领导，我批准你加入。

苏航已经感到这次见面非同寻常，此时才知道，原来自己成了特殊党员。只不过，他从没听说过特殊党员这个名词，因此十分讶异，问，特殊党员？什么是特殊党员？

彭小开进一步解释说，你的组织关系，已经由江苏省委调到了中央特科。听说过中央特科吗？

苏航虽说是党员，可加入的时间毕竟不长，又和党组织联系较少，自然不知道这些，仅仅只是他从新闻界了解的一些道听途说而已。他说，中央特科？就是民间说的打狗队？

彭小开解释说，也对也不对。中央特科下面有三个科：一是总务科；二是行动科，也就是你所说的打狗队；三是情报科。你加入的是情报科。主要负责情报搜集工作。

苏航马上说，搜集情报？这个事，我完全外行啊。

彭小开说，外行不要紧，可以变成内行嘛。我和你一样，以前也是外行。少华同志也曾经是外行。

苏航再问，你的意思是说，我在你们二位的领导下工作？

彭小开肯定地回答说，是。而且，你今后的工作由少华同志领导，你和他之间单线联系。

3

三天之约时间已到。

苏航捧着一束花，站在复旦大学校门口，学生们进进出出，都会朝苏航这边看一眼，看的不是他，而是他手中的花。有一名学生认出了苏航，走过来，问他是不是还在打听吕子矜。他说，谢谢，已经打听到了，现在是来等她。语气中颇有几分得意。

并没有等太长时间，吕子矜从校园内走出来。她实在是太出众了，虽然是平常的装着，可走路的姿势特别，有一种跳跃感，有一种轻盈的飘逸。苏航远远见了，心中大喜，立即迎上去。吕子矜看到他，主动打招呼，说，是苏主编啊，你怎么在这里？

苏航说，不是你约我来的吗？

吕子矜睁大了眼睛，说，我？约你？

苏航带点调皮地说，难道我理解错了？

接下来一句话，对于苏航来说，简直就像当头一盆冰水。吕子矜说，理解对了还是错了，已经没有意义了。很抱歉，苏主编，你要我帮你借的书，我没有查到。

苏航从她的态度中，读出了几重意思。首先，她的那个手势，确实是约他三天后见面，而且，她颇讲信用来赴约了。第二，事情已经起了变化，她不打算和他再有任何联系，所以，她会说对了错了，都已经没有意义了。第三，这三天里，一定发生了什么特别的事。苏航不死心，将手里的花塞给吕子矜，说，没关系，我可以去别的图书馆查一查。这个送给你。

吕子矜脸色大变，迅速向后退，说，抱歉，苏主编，我不能收。

苏航说，为什么？一束花而已，干吗像是见到炸弹一样？

吕子矜迅速退到一边，说，对了，我想问你一件事。

苏航知道自己猜对了，谜底马上就会揭开。他问，什么事？

吕子矜说，海棠村案的告密者，你知道是谁吗？

苏航顿时有掉进冰窖的感觉，机械地说，不，我不知道。

吕子矜显然不相信，问，真不知道？

谜底虽然揭开，却极其残酷，她听到了那则传言，并且相信了。苏航解释说，我知道，你一定是听到了传言。但是，我要告诉你，那是谣言。

你不用解释，我想知道的，已经知道了。吕子矜摆了摆手，很优雅地做出再见动作，转身向学校走去，同时说，再见，苏主编。

吕子矜并不是离开学校，而是返回学校，这充分说明，她是专为三天之约而来，来的目的，也就是问那句话。现在，她有了答案，所以立即转身回去。苏航知道，她这一走，自己就永远没有机会了。他一定要争取，他大声地说，吕小姐，你能不能给我一个解释的机会？吕子矜仿佛没听到一般，继续向校园里面走。苏航又说，你能不能给我几天时间？我证明给你看！

吕子矜举起右手，一个手指竖着，摆了摆。

苏航看着她的背影，傻了一般。难道说，她的意思是，已经不需要了，从此再见了？

无论如何，周娅蒙不肯相信苏航就是那个告密者，她一定要证实此事，要当面问一问苏航。她驾车来到品芳斋酒楼，将车在侧面停好，从侧门进入院内，走上二楼。可是门上一把锁，没有人。周娅蒙有一种不妙的预感，至少，这把锁让她觉得，事情有些非比寻常。

搞什么鬼，人呢？周娅蒙自言自语，转身想离开，又不甘心，调头看了看，恰好见一个年轻人端着一盆衣服，从走道的尽头过来，应该是准备到院子里洗衣服。男人经过她身边的时候，她问，你好，我打听一下，集纳新闻社的人去哪里了，你知道吗？

年轻男人看了看那扇锁着的门，说，肖老板要他们搬家，他们可能去找房子了吧。

周娅蒙非常吃惊，问，搬家？为什么？

年轻男人说，听说海棠村那件事，就是他们告的密。

胡说，绝对不可能，周娅蒙脱口说道。

她的语气太重了，把年轻男人吓了一跳。他连忙说，我不知道的，都是别人在传说。说着，年轻男人快步越过她，向楼下走去。

周娅蒙站在楼上，向下看。恰好见朱衡一上来。周娅蒙迎上去。

朱衡一见到周娅蒙，说，蒙蒙来啦？有好些天没见你了。

周娅蒙说，被我爹锁在家里，不让出来。听说你们要搬家？

朱衡一说，是啊，我一天都在找房子。

周娅蒙问，海棠村的事，真的和苏航有关？

你别听那些人胡说。朱衡一说，半毛钱关系没有。朱衡一掏出钥匙，打开门，两人一起跨进去。朱衡一做他未做完的工作，周娅蒙坐在那里等苏航。

苏航在吕子矜那里吃了瘪，突然下定了决心，一定要向吕子矜证明自己，否则，他和吕子矜的关系，就再没有希望了。离开复旦大学，他直接返回报社。他必须为证明的事进行一番部署。

接近品芳斋，他没有立即进去，而是拐进对面的小树林里，远远地观察品芳斋门口。那里，有周天罡的几个人活动，对这几个人，他早已经熟悉。侧门停着一辆彩色跑车，是周娅蒙的车子。有两个帮会成员站在车边察看，周娅蒙来找自己这件事，很快就会被报告给周天罡。

苏航走到一棵大树后面，从包中拿出假发戴上，又拿出假胡子，贴在唇上。他干这件事的时候，用一面小圆镜，反复检查，确信没有破绽之后，才走出树林，向品芳斋走去。

进入品芳斋，有两道门。第一道是主门，也是正门，在第一进楼的正中间，来品芳斋吃饭的客人，就从这道门进出。第二道是侧门，侧门在两进屋的中间，两进屋有院墙连接，侧门就开在院墙中间。品芳斋的工作人员，以及后进屋租住户，从侧门进出。

苏航自然不能走侧门，那里被周天罡的人盯着。他从正门进入，穿过品芳斋大堂，侧面有室内厕所。他进入厕所，在里面将假发假胡须取了，恢复原貌，再从后门进入院内。他的一只脚才跨入院内，见肖老板从厨房的后门出来，也进入院内。

苏航主动打招呼。肖老板停下来，转头看到苏航，说，巧了，苏先生，我正要找你。你们什么时候搬？

苏航说，我也正要找你，能不能给我十天时间？

肖老板说，找个房子，又不是找老婆，要十天？

苏航掏出烟，递给肖老板一支，说，我要十天时间，不是找房子。

肖老板说，不找房子，那你找什么？难不成还买房子？

我要证明自己清白。苏航说。

肖老板看了看苏航，问，证明清白？你怎么证明？

苏航说，怎么证明是我自己的事。今天，我想了一天，我觉得我不能就这么搬走，那样，我就会把一个告密者形象，永远留在肖老板这里。如果我做了，我敢作敢当。如果我没有做，那我一定要证明自己没有做。这是我做人最起码的原则。

肖老板倒也爽快，说，既然你这样说，那我就给你十天时间。

苏航千恩万谢一番，告别肖老板，回到报社。

朱衡一一边工作，一边和周娅蒙说话。听到门响，两人均抬起头来，周娅蒙更特别一些，人已经先站了起来。苏航进门时，周娅蒙已经快步迎上前去。朱衡一才刚说了一句，你怎么现在才回来？吃饭没有？周娅蒙已经扑进苏航的怀里。空间太小，苏航没法躲避，只得伸开双手，周娅蒙一把将他抱了。

苏航只得很被动地抱住周娅蒙，同时向朱衡一使眼色，意思是别谈这个话题。朱衡一会意，说，我看了好几处房子，还没有谈妥，明天再去看。

苏航说，不看了。又对周娅蒙说，好了，坐下来，我有事要说。

周娅蒙不干，说，我不。我们都好多天不见了，你一点不想人家的？

苏航无计可施，只是说，别闹，有正事。

周娅蒙却撒娇，说，就不。你告诉我，你想我没有。

苏航只好说，想了想了，行了吧？

朱衡一听苏航说不看了，以为他找到了房子，问，你找到房子了？什么样的房子？房租贵不贵？

苏航说，我跟肖老板说了，让他宽限十天时间。

朱衡一说，十天时间？十天有意义吗？那不还得搬？

苏航说，当然有意义，有这十天时间，我们就可以证明我的清白。

证明？朱衡一问，怎么证明？这个话题引起了周娅蒙的兴趣，她也想知道苏航将怎样证明自己，因而松开了苏航，问，对啊，怎么证明？

谣言不是说，海棠村的事是我告密吗？苏航说，我们想办法找出真正的告密者。

你没搞错吧？朱衡一说，找出真正的告密者？这可能吗？

周娅蒙说，是啊，怎么找？这太难了吧。

苏航说，你们忘了，我们是干什么的？我们是新闻记者，是挖新闻的。找出真相，正是我们的工作。

话是不错。朱衡一说，这个谣言，是社会局造出来的，他们会告诉我们真相吗？肯定不会。

苏航说，那可不一定。世上的事，能不能找到解决办法，关键在于能不能找到正确的方向。思路正确了，事情办起来就容易了。很多事，办起来困难重重，说到底，还是路径不对。

这么说，你找到正确的路径了？朱衡一问。

周娅蒙说，快说，怎么做？我和你们一起做。

苏航说，我仔细想过了，通知媒体去海棠村的是叔印墨，对不对？现场接受记者提问的，也是他。

朱衡一更正说，通知记者的不是赵印墨，是郑家臣。不过，现场回答记者提问的，是郑家臣和赵印墨两个人。我有一种感觉，赵印墨知道更多。

苏航说，这是当然，郑家臣只是办公室主任，赵印墨是情报股长，赵印墨掌握的信息，应该更多，他一定知道真相。

朱衡一说，就算他知道，他会告诉我们吗？

苏航说，我了解过，这个人，既贪财，又好色。我们就让他来个财色双收。

财色双收？朱衡一叫道，我们就这点钱，马上要付这个月的印刷费了，哪来的钱送给这种东西？退一步说，就算我们有钱，色怎么办？

苏航看了看周娅蒙，说，我们没办法，她有办法啊。

朱衡一问，美人计？

你什么意思？周娅蒙顿时叫起来，你想让我和……

不不不，你误会了。苏航连忙解释说，我只不过想借助你的女性魅力，充分发挥你的美丽和智慧，把他迷昏，这样，他不是把真相告诉你了？

吴品三猜对了，顾顺章果然是挤牙膏，一点一点往外掏货。这次，他掏出的货是断指人。此人是共党的高官，最典型的特征，是左手小指断了一截。游再春想第一时间知道抓捕断指人的情况，便主动端着茶杯，走进了吴品三的办公室。

游再春没有直接涉及这个话题，而是问，我听说，调查科把执行权收上去了？

吴品三说，收上去就收上去吧。

游再春说，没有了执行权，我们的工作很难开展啊。

吴品三说，就算再难，也要开展吧。

游再春说，上面这些人，也不知怎么回事，一天一个变化。

是啊，吴品三说，我们这个社会局，有些事就是不顺，不尴不尬。

游再春说，社会局的工作，本来就是如此，社会何其复杂？所有事，都是社会局的事，一抹带十杂，哪一件是容易的？

吴品三走过来，坐在游再春旁边，说，再春兄啊，我一直想找机会和你聊聊。你是三朝元老，劳苦功高，社会局长这个位置，没有任何人比你更适合。我呢？对社会局的工作是外行，在上海更是没根没基，完全是浮萍。

游再春多少有些假惺惺地说，老吴，你太谦虚了。

吴品三说，不，还真不是谦虚。当初，陈部长想让我来上海当这个社会局长，我就和陈部长表达过这种意思。我没有向你说假话，我一直在民政部门工作，干得很顺，业务也熟悉，是真的不想来。现在，既然来了，我就要向你老游讲清楚。我先搞几年，这个位子，最终还是你的。

游再春说，老吴你别这么说，我几斤几两，自己心里清楚。我哪有这个能力？

客套，你这是客套。吴品三说，老游啊，再春兄啊。我吴品三这个人，以后共事久了，你就知道了。没必要，是真的没必要。

游再春说，我不怕跟你老吴说句心里话。如果真把社会局交给我，我心里没底。我这个人吧，干点实事还可以，掌握全局，能力不够。老吴你放心，今后有什么事，你说一声，我游再春保证，你老吴指向哪里，我就打向哪里。

李时君出现在门口，伸手敲了敲门。吴品三见到，说，时君，快进来。这么快回来了？

游再春说，什么情况？我和吴老板正在等你的消息。

两位老板都在啊。李时君进入，打了声招呼。

游再春说，你不是和杨特派员一起抓断指人去了吗？抓到了？

李时君说，断指人估计已经跑了。

游再春的表情有些夸张，问，跑了？怎么跑的？

吴品三说，顾顺章被抓都已经这么多天了，断指人跑了，意料之中啊。时君，说说，什么情况？

李时君说，那是一幢两层的小洋楼，以前，断指人和一个女人住在楼上，另外有一对年轻夫妇住在楼下，是断指人请的佣人。

两层的洋楼？游再春立即抓住了重点，说，顾顺章只住一层的小院，断指人住两层的洋楼，还有佣人。难道说，断指人在共党内部，职位比顾顺章还高？

李时君说，恐怕是这样。我找邻居打听过，断指人进出，有小汽车。不过邻居说，已经有十来天，没见断指人进出了。

吴品三说，住两层小洋楼，家里有用人，进出有汽车。看来，顾顺章是真的提供了一条大鱼。杨特派员怎么说？

李时君说，杨特派员的意思，为了避免打草惊蛇，暂时不采取行动，让我们社会局派人盯着。

游再春觉得这事有点怪怪的，说，他不是可以调动警察局刑侦大队的人吗？为什么找我们社会局？

杨正熊滑头得很。吴品三说，这次行动，原本由他全权指挥，他偏要我们派人过去，他心里那盘棋是明摆着的。种种迹象显示，共党早就知道顾顺章被捕的事，并且采取了补救行动。顾顺章之所以把断指人抛出来，恐怕也清楚，断指人的情报，已经没有实际意义了。所以，杨正熊拉上我们，行动如果成功，功劳是他的，万一有什么差错，我们社会局能够替他分担一部分。现在，断指人有可能逃走，接下来会演变出什么样的结果，难以判断。他顺水推舟，把监视任务推给我们，目的不言而喻啊。

游再春说，既然如此，我们不能接这个任务。

吴品三说，我们如果不接，他一定找到南京去。南京出面，我们还是得接。

游再春说，这个老杨，什么都要算计啊。

吴品三说，与其吃罚酒，不如吃敬酒。

游再春似乎有不同意见，说，他明显是做套，我们为什么一定要去钻？

吴品三说，如果能有第二条路走，我肯定不走。可是，我们有第二条路吗？老游啊，你也看到了，哪一盏灯都不省油啊。

游再春反正事不关己，一切都无所谓，说，你是局长，这事还得你定盘子。

吴品三说，我看，这事就交给印墨负责吧，时君，你的人手如果安排得过来，你可以摸摸情况。

李时君站起来，说，好，我去安排一下。说完，抬腿向外走。

游再春随后也站起来，说，老吴，你这里有事，我先走了。

吴品三说，好，有时间我们再聊。

游再春一手转动着钢球，一手端着茶杯，跟在李时君后面走出门。

两人走到楼梯口，李时君准备下楼，游再春说，时君，到我的办公室坐一下？

李时君已经下了一级楼梯，听了这话，将脚收回来，跟着游再春向前走，来到游再春的办公室门口，游再春掏出钥匙，打开门，跨进去，李时君随后跟进去。

游再春将茶杯放在办公桌上，对李时君说，把门关上。

李时君已经走到了办公室中间，又折转身，将门关了。游再春走到自己的位子坐下，伸手指了指前面的椅子，说，时君，坐。李时君在他的对面坐下来。

游再春说，老吴把这件事交给赵印墨，你认为是什么意思？

李时君说，明显的烫手山芋。我还担心他会交给我呢。

游再春说，你说的虽然没错，但考虑事情，不应该是这个角度。

李时君抬头看游再春，问，那应该是什么角度？

游再春将钢球放进抽屉，说，这件事，显然属于死马当作活马医，医死了无过，毕竟不是我们的任务嘛，万一医活了呢？就有大功。老吴这是把机会留给赵印墨啊。

这样吗？李时君说，我还真没想到。

游再春指了指李时君，说，很明显，吴品三没把你当自己人。

李时君说，我们是行动股，不是情报股。查找线索这种事，交给情报股，没错啊。

游再春说，你啊。怎么说你？在社会局这种地方，要多长几个心眼。你这个行动股长是我提名的，老吴明显对你不信任，你还蒙在鼓里吧。

李时君自然把一切都看透了，但有些事，心里明白，却不能说出来。在机关里生存，关键是要跟对人。问题是，你跟的人，必须对你有充分信任。若不信任你，你想跟都跟不上。像李时君这种人，曾经当过共产党，早被国民党打入另册了。人家既然把你编入另册，你怎么努力都没用，只能虚与委蛇。他说，游局对我，我心里有数。

有数就好。游再春说，这个社会吧，就好比一棵树，任何一棵树，都有主干有枝叶。什么是主干？国民党就是，现在的民国政府就是，其他的，都是枝叶。主干和枝叶，天然是不同的。主干就是主流，其他的，都是支流末流。你现在进了社会局，就是进了主干，进了主流社会，不再是从前在共党内，处于非主流地位。所以，你要尽快学会转弯。

李时君在心中叫了一个好字。游再春的这番话，说得是真的好，说透了社会的本质。但另一方面，进入了主流，不一定你就能成为主流。李时君心里清楚，自己永远只是主流的一朵浪花，被大浪一冲，随时都会被冲到角落去。他仍然只是敷衍地作答，说，转弯？怎么转？

游再春说，这有什么不明白的？主流的思维方式，能和非主流相同吗？在非主流看这个社会，非黑即白。但你真的进了主流看一看，显然就不会这么简单，就有了多面性、复杂性。社会上那些人，对政府说三道四，就因为他们是非黑即白思维，是非主流，可以理解。但到了主流社会，还是这种思维模式，就危险了。

李时君说，我是个简单的人。正像游局说的，我习惯了非黑即白的思维模式，不懂得转弯。今后有什么事有什么话，还望游局直说。

游再春说，我说了这么多，你怎么还不明白？你要看清楚，谁是真对你好，谁是在做表面功夫。

李时君立即说，这个我清楚。游局是真对我好。

游再春说，记住，做人第一件事，就是要带眼识人。

我正在学。李时君说，如果做得不好，希望游局能及时提醒我，批评我。

游再春说，你人聪明，脑子活，做事，要多长几个心眼。比如眼下这件事，老吴交给了赵印墨，但你也不能闲着。

李时君说，游局的意思是让我暗中摸情况？

游再春说，不光是这件事，其他的事，你也要留一手。比如苏航，老吴到底是怎么想的，你摸清楚了吗？

李时君说，这件事，我也有些迷惑，还没想明白。

汪峰仁推门而入，看到游再春和李时君坐在里面，有点尴尬，说，游局。

游再春的脸立即变了，质问道，怎么回事？门都不敲，就闯进来了？这里是你家还是你的别院？出去，敲门再进来。

汪峰仁没料到游再春会变脸，猛地愣住，再看看李时君，似乎有些明白过来，连忙退了出去。李时君知道游再春和汪峰仁一定有话说，并且不希望自己听到，便站起来，说，游局，您还有事，我先走了。

游再春说，好，有时间我们再聊。

李时君转身时，汪峰仁站在门口敲门。游再春颇为威严地说了一声进来。汪峰仁推开门，向里面走，李时君恰好向外走，两人擦身而过。汪峰仁说，李股长，这就走了？李时君说，前客让后客。我还有点事，汪股长，你和游局慢慢聊。

汪峰仁觉得李时君叫自己股长，是在有意讽刺，便强调了一句，副股长。

李时君自然不再理他，人已经出门，门也被带上了。汪峰仁走到刚才李时君坐的位子，坐下来。游再春站起来，走到门边，站了一会儿，伸手将门打开，向外看了看，再将门关上。

什么情况？游再春转身问道。

已经有人和王翠花联系了，汪峰仁说。

游再春问，盯上没有？

汪峰仁说，我派人盯着了。

游再春再问，郑家臣这边呢？准备得怎么样？

汪峰仁说，这两天，我有意向他提起这事，他一再追问我，是哪家长三堂子。我故意吊他的胃口，没有告诉他。我敢肯定，只要我告诉他，他下了班就会去。

太好了，游再春说，这事不能拖，说不定人家明天就把情报取走了。我们要打这个时间差。你告诉他地址，最好是今天晚上就把事办了。

汪峰仁说，他什么时候去，也不一定啊。

游再春说，你不会派人盯着他？力社那么多人，都掌握在你的手里，你想怎么用，就怎么用。

汪峰仁说，这个是自然，我一直有人盯着他的。

那就只剩两件事了，游再春说，你跟古泉联系一下，中午，我在西莱园请他吃饭。

汪峰仁说，好。

游再春说，另外，把郑家臣的住所盯牢，情况摸透。只要他去了长三堂子，立即把东西送进去。

汪峰仁说，这个没问题，我早就已经准备好了。

第七章

螳螂捕蝉

1

每周要出两期报纸，两个人的工作量，因此极大。这段时间，苏航因为其他一些杂事拖累，不得不抓住一切时间赶稿。他正埋头写稿的时候，朱衡一推门进来。

苏航说，我已经和李时君约好了。

朱衡一问，需要我做什么?

苏航说，李时君这个人非常圆滑，人去多了，我怕他会起疑心。蒙蒙没有经验，你最好跟着她。

朱衡一掏出一份稿子，递给苏航，说，这是赵铭彰的稿子，我写完了。夜舞台是周家的场子，赵印墨敢拿她怎么样?

苏航接过稿子，立即看起来，同时和朱衡一说话。他说，赵印墨这个人下手很黑的，蒙蒙又涉世不深，我们不能不小心。现在，我不得不天天躲着周天罡的人，若是再出点什么事，周天罡肯定把我们两个抓去剥皮抽筋。

朱衡一有些担心，说，蒙蒙和你的关系，赵印墨是知道的。他难道不怀疑蒙蒙的动机?

苏航说，在夜舞台那种场所，男人都是色胆包天的，美女当前，有几个人不是自信心爆棚的?

朱衡一说，也是，色心一上来，脑子就会发昏。

苏航说，还有，我有一个基本评估。吴品三有些话，并没有告诉赵印墨。

朱衡一看了看苏航，问，怎么理解?

苏航说，对我而言，这是一件大坏事。赵印墨很可能不这么想。如果站在他的角度想一想，他一定会觉得，我抢了他的风头，夺了他的功劳，正窝着一肚子火呢。

哦，我明白了。朱衡一说，他极有可能在蒙蒙面前显摆、炫耀，功劳全是他的，与你半毛钱关系没有。

苏航说，我就赌这个，看能不能赌中。苏航挥了挥手中的稿了，说，对了，这个稿子，谈到赵铭彰现在的情况，显得有些含糊其词，不够具体充分啊。

朱衡一说，没办法，他非常谨慎，完全摸不清他的活动规律。

女人方面呢？苏航提醒道，他身边不可能没有女人吧？

朱衡一有一种豁然开朗的感觉，说，你提起女人，我倒是想起来了，他以前追过一个三流明星。叫什么……我看看。朱衡一掏出笔记本，翻查着，说，在这里，银杏。

苏航放下正在看的稿子，说，稿子我晚上回来再看。他转身进入里间。

朱衡一问，你要出去？

苏航在里面回答说，我突然想起一件事，要去证实一下。晚上的事别忘了。

朱衡一说，放心，我心里有数了。

游再春坐在西菜园的单间里自酌自饮，面前的菜已经吃去一部分。

古泉从外面进来，也不打招呼，走近餐桌，弯下身，伸出右手，夹起一块鸡肉，就要往嘴里送。游再春一巴掌打过去，鸡块掉在桌子上。游再春抓过古泉面前的筷子，夹起来，塞进古泉嘴里。古泉也不嫌弃，张开嘴，接了，大嚼起来，说，这鸡的味道真香，还是游局长好，时刻想着我。

知道就好，游再春说。

古泉一屁股坐下来，拿起酒壶，往自己面前倒酒，也不管游再春，先将这杯酒喝了，放下酒杯，才说，游局长，今天把小的叫来，是不是又有什么好事？

废话，游再春说，我是你的财神爷，你不知道？

古泉夹起一块鸡肉，塞进嘴里，边嚼边说，是是是，游局长不光是我的财神爷，还是我的亲爹。

游再春拿过酒壶，往自己的杯子里倒酒，同样不理古泉，自己喝了。古泉倒也随意，自酌自饮，半点客气都不讲。

游再春突然问，跟程大麻子关系怎么样？

古泉说，刑侦大队的程兴源大队长？关系好着呢，铁哥们儿。

游再春说，吹，你就吹吧。

古泉说，真的，我真不是吹。

不是吹，难道还是推？游再春说，你只一句话，你卖过情报给他没有？

古泉立即说，没有，绝对没有。我的情报，只给社会局。干这行的规矩，我还是懂的。

游再春故意说，没有就算了。说过之后，游再春拿起酒壶，往自己面前倒了酒，故意不理古泉。古泉倒没注意看酒，而是盯着游再春，显然在琢磨游再春的用意。

像古泉这种人，吃的就是情报饭，最善做的事，也就是察言观色，见风使舵。他说，游局长，我的亲爹，您如果有什么事要我办，只管说。这话还真是滴水不漏，让人抓不住任何把柄。

游再春自然不会被他绕进去，对付这种小瘪三，办法多的很，否则，就对不起爹妈给的智商了。他说，本来吧，我想给个机会，让你赚一笔钱。还是算了。

别别别，别算啊。古泉原本端着酒准备喝，听了这话，立即将酒杯放下，说，游局长，您知道我缺的就是这东西。

游再春说，你不是说，你不卖情报给程兴源吗？给了你，也没法换成钱啊。

古泉说，我是说，我的一切都是游局长您的。如果游局长让我赚钱，这钱，我如果不赚的话，那还能对得起你这个大局长吗？

游再春指了指古泉，说，你小子，歪脑筋就是动得快。

这还不都是游局长教导有方？古泉卖了一次乖，立即端起酒杯，说，来，游局长，我敬您一杯。

游再春端起酒杯，和他碰了一下，将酒喝了，说，算了，这钱，给别人赚也是赚，就给你赚吧。

古泉喝了酒，说，这就对了。整个上海滩，哪有人比我对您游局长更忠心？这叫肥水不流外人田嘛。

游再春问，还记得你说的长三堂子的那个女人吗？

古泉说，记得记得，王翠花。妈的，那女人还真他妈有味儿。

游再春说，你告诉程兴源，带人去守着，只要有人去和她接头，立即抓起来。

古泉说，我说她是共党，没错吧？游局长是不是要给我加点……这个？

游再春说，我这边该给你，一分不少。另外再让你找程兴源拿一份。怎么样？对你够意思吧？

古泉说，够意思够意思，亲爹就是比干爹好。

游再春说，另外，杨正熊，你熟吗？

杨特派员？古泉说，我知道他，他不知道我啊。

游再春掏出一张纸，递给古泉，说，这是他的电话号码，你也可以给他打一个电话。至于能不能要到钱，那就看你的本事了。

古泉接过纸条，亲了一下，说，你真是我的亲爹啊。

苏航奔波了大半天，中午饭也没顾上吃，下午四点多，才赶到环球公司片场。这些人都是苏航熟悉的，相当一部分，是当年狂飙剧社的旧人。见苏航进来，这些人纷纷和他打招呼。

苏航走到导演身边，导演正在导戏，见了他，拍了拍他的肩膀，算是打招呼。摄影机前，徐苹正和男主角配戏。徐苹演的是一个关系复杂的女人，正和男朋友约会。

徐苹说，你中午吃了什么？怎么那么多屁？放得地动山摇。

男主角说，我这是在和你那个干爹对话。

徐苹说，我干爹怎么得罪你了？你要用这种方法和他对话？

男主角说，因为他尽说屁话啊。

徐苹说，我知道，你一直怀疑我和我干爹，其实，我们是清白的。

男主角显然对此大为吃醋，酸溜溜地说，是啊，我相信你们的清白，我相信你们就像黄浦江一样清白。

导演举起一只手，说，咔。表演停止，摄像停止，所有人都停止下来。

导演说，好了，你们先休息一下，准备57场。我们现在补一下71场。演员准备。说过之后，转身面对苏航，说，苏大才子，你不是去日本留学了吗？什么时候回来的？

苏航说，回来都半年了。

导演说，回来半年也不来看看我？

苏航说，我这不是来了吗？

导演看了看正走过来的徐苹，说，你是来看我？是来看徐苹吧？

徐苹已经到了面前，主动和苏航打招呼，说，航弟，你来啦？怎么不提前说一声？

苏航说，苹姐，我问你点事。说着，苏航向一旁没人的地方走过去。徐苹跟过去，问，什么事？

苏航说，我有个朋友想找一下银杏，你知道她住哪里吗？

银杏啊，徐苹说，她有好长时间没拍戏了。

苏航说，她以前的住址，你应该知道吧，你把地址给我，我去找。

徐苹说，你等一下，我写给你。徐苹走开，向人要了纸和笔，写了一些字，返回苏航身边，将纸条递给他，说，你还好吗？我怎么听说，社会局把你叫进去了？

苏航说，这件事，一两句话说不清楚，以后有机会再和你说吧。我还有事，先走了。

徐苹说，那好，我马上要上场，就不留你了。我的生日，你还记得吗？

苏航说，当然记得。

徐苹说，记得就好。

苏航说，到时候，你是在酒店过，还是在家里过？

徐苹说，家里。

苏航说，好，我一定去。先走了。拜拜。

告别徐苹，苏航走向导演，拍了拍导演的肩，说，以后有什么男主角之类，给我留一个啊。

导演说，你要是愿意，我现在就给你一个角色。

好哇，苏航说，找时间我们详细聊。不过现在我没时间，先走了啊。

苏航向其他人挥手告别，离开。

环球公司的片场在郊区，苏航赶回来花了些时间，到达和李时君约定的餐厅，已经有点晚了。他匆匆下了黄鱼车，给了钱，然后快步向餐厅走去。

餐厅里已经坐满了人，大多数早已经开吃，里面乱哄哄的。只有李时君独自一人坐在那里，桌上还是空的。苏航走过去，坐下来，说，对不起，我来晚了。

李时君说，没事没事，知道你苏兄是大忙人。

苏航说，点了菜没有？我肚子饿瘪了，中午都还没吃呢。

李时君说，中午不吃饭怎么行？身体比工作重要啊。

苏航一腔怨气，说，还谈什么工作？我现在都成了过街老鼠，走到街上，谁见了我都远远地躲开。

李时君说，我还想问你呢，这件事，怎么扯到你头上了？

苏航夸张地说，我哪里知道？人在家中坐，祸从天上降。我正想问你呢，这件案子，是你们社会局抓的吧？你应该知道啊。

李时君说，我是行动股长，不是情报股长，情报来源，我哪里知道？

不可能，苏航说，跟我也不说真话，是不是？

李时君说，是真的，我也是去抓那个胡友全的时候，才接到命令。而且，我都不知道要抓什么人，后来参加审讯，才知道他是共党。

开始上菜，两人终止了这个话题。李时君拿起酒壶，给两人倒上酒，说，对了，周天罡没找你麻烦吗？

别提了，苏航说，我的门口，安了好几颗钉子。我每天东藏西躲，就连睡觉都睁着一只眼。

李时君说，不会吧，你小子夸张了。如果他真要对付你，你能躲得过？

还真不是我夸张，苏航说，我也仔细想过，我估计，有一个原因，周娅蒙闹了几天绝食，周天罡至少不敢在有证人的时候对我下手。我猜，他的想法是，找个没人注意到的机会，悄悄地做了，到时候，就算周娅蒙和他闹，他也可以说完全与自己无关。

李时君说，那你可要当心了，他手下有那么多流氓，你防不胜防啊。

怎么当心？苏航说，我在明，他在暗。

李时君说，你的脑子好用，我知道你一定能找到办法的。来来来，喝酒。

两人喝了第一杯酒，又开始吃菜。苏航最关心的还是谣言的事，他又将话题扯了回来，说，刚才的话没说完，你说提供消息的，是一个叫胡友全的人？这是怎么回事？

李时君说，那个胡友全，是共党红科的人，他参加了清除行动，所以知道具体地点。不是他提供线索，我们哪知道花坛下面埋着人？苏航向李时君敬酒，随口说，看来，这个胡友全是个大人物啊，你们是不是挖到很多猛料？

什么大人物？李时君说，这个胡友全也就一般人员，具体干事的，没什么油水。对了，有一件事，我一直想问你。上次，你不是想逃去日本吗？后来又怎么改变主意，跑来自首了？

苏航暗自一惊。这件事，应该只有周娅蒙和阮周知道啊，李时君怎么知道的？他问，逃去日本？你听谁说的？

李时君说，还用听谁说？我们得到线报，在码头布控，蹲了好几个钟头，结果你却跑一来自首，我们白忙了一场。

周娅蒙和朱衡一一起走进夜舞台。夜舞台是上海最著名的娱乐场所，是周家的场子，阮周在这里担任经理。每天开场时，阮周喜欢站在二楼，看门口有些什么人进来。如果有重要人物到来，他是一定要现身的，毕竟，关系就是经济效益。周娅蒙到来的时候，阮周第一时间见到了，立即赶下来。

阮周老远就打招呼，说，师妹，你怎么到这里来了？

周娅蒙说，怎么啦？我不能来这里吗？

阮周说，能，当然能。师妹要什么？喝酒还是跳舞？

周娅蒙指着身后的朱衡一，说，安排个包厢。

阮周说，好，没问题，请跟我来。

阮周领着朱衡一向前走，周娅蒙边走边往舞池里看，恰好看到赵印墨和一名舞女在跳舞。周娅蒙便对阮周说，你招呼一下我的朋友，我去跳一下舞。说着，周娅蒙走进了舞池。

到夜舞台跳舞的人，有些是自带舞伴，也有些没有舞伴的，可以叫夜舞台的舞小姐。叫舞小姐当然是要付费的，所以，这些舞小姐就常常被客人占便宜，搂一下是少不了的，摸一下亲一下，也是常事。如果和某个舞小姐混熟了，带她们出去，她们也不一定全部拒绝。

只有周娅蒙是例外，她只有一个人跳着独舞。舞池里其他人跳得很传统，一首快三的曲子，他们跳得有板有眼，只有周娅蒙，跳得很自由，甚至可以说狂放，一个人在那里乱扭动，幅度非常之大。她这样扭动，自然是有目的的，就是要引起赵印墨的注意。

周娅蒙在场中跳舞，差不多是满场飞，实际上，只有她自己清楚，她一直在找机会接近赵印墨。赵印墨似乎并没有注意到她，而是和怀里的舞女腻腻歪歪，一会儿摸人家的屁股，一会儿又故意和她说话，以便蹭上她的奶子。周娅蒙看准了机会，跳到了赵印墨身边，屁股猛地一扭，向他撞过去。

事有凑巧，赵印墨恰好一个横跨步，完全是无意之中，躲过了周娅蒙的一击。周娅蒙只得调整自己，继续向赵印墨靠近。这次，周娅蒙撞过去时，赵印墨的身子，恰好向她这边移动，两人便撞在了一起，还有点重。

周娅蒙立即大叫，谁？长眼睛没有？

赵印墨可是社会局的情报股长，他怕过谁？听到声音，立即转过头，怒目相向，准备发作。可转头看时，发现对面是一个漂亮的女人，虽然一脸的愤怒，却实在是太漂亮了。再仔细一看，哇，这不是周小姐吗？表情顿时松了下来。

赵印墨说，哟，对不起。周娅蒙也装着刚认出赵印墨，马上转怒为喜，一脸堆满了笑，说，哟，原来是赵股长。不好意思，不好意思。

赵印墨也是一脸真诚地道歉，说，周小姐，不小心撞到你了，对不起。

周娅蒙说，不不不，是我自己不小心。赵股长在哪个包厢？我一会儿过来请你跳舞，向你道歉。

听说美女要请自己跳舞，赵印墨心花怒放，说，好哇，能请周小姐跳舞，是我的荣幸。我在3号包厢。

周娅蒙随后走进自己的包厢，阮周已经离开，朱衡一独自在里面喝酒。周娅蒙冲他做了个胜利的手势，坐下来，说，成功了。

朱衡一说，只是迈出了第一步吧。

周娅蒙说，一会儿，我去他的包厢，保证马到功成。

朱衡一说，那也不一定。

周娅蒙说，本小姐亲自出马，哪个男人不拜倒在我的无穷魅力之下？

没有这么绝对吧？朱衡一说，苏航好像无动于衷啊。

周娅蒙说，现在是没有。但是，他绝对逃不出我的手心。周娅蒙说着，将五指伸开，这么拧了一下，仿佛是摘下什么果实一般。

朱衡一说，你都是有了未婚夫的人，谁敢打你的主意？

这样吗？周娅蒙说，那我明天就退婚。

朱衡一一听，知道自己说错了话。周娅蒙真若闹退婚，说不定更加激怒周天罡。他连忙说，别别，我可什么都没说啊。

周娅蒙说，已经晚了。

和朱衡一说了几句话，感觉时间差不多了，周娅蒙起身，离开包厢，走进了赵印墨所在的3号包厢。赵印墨正和那名舞女在喝酒，见周娅蒙进来，连忙推开舞女，说，你先出去，我叫你再进来。舞女起身离去。

赵印墨对周娅蒙说，周小姐，请坐，快请坐。

周娅蒙说，不坐了，我们去跳舞吧。

好好好，去跳舞。赵印墨惊喜地站起来，做了一个请的动作。周娅蒙伸了手，赵印墨将她的手牵了，一起走出去，在舞池边停下来。赵印墨搭了周娅蒙的肩，两人试了一下节拍，开始跳起来。显然，赵印墨不敢和舞女那般放肆，彼此间的距离很安全。周娅蒙说了句话，赵印墨没有听清，只得将身子向前倾，说，什么？大点声，我没有听清。周娅蒙于是向赵印墨靠近一些。赵印墨也是乐得如此，两人的距离一下子拉近了。

周娅蒙在赵印墨的耳边说，你老实告诉我，刚才，你是不是有意撞我的？是不是？不准说假话。

周娅蒙问得调皮，而且，人家又是主动邀请他跳舞，显然没有恶意。赵印墨自然没有必要刻意撇清，便说，咳咳，谁让周小姐这么漂亮迷人呢？

周娅蒙进一步挑逗，千娇百媚地说，迷人吗？真的吗？

赵印墨便顺着竿子往上爬，说，迷不迷别人，我不知道。至少我见了周小姐，魂都没了。

周娅蒙要适当打击他一下，说，你是不是对刚才那个女人也这样说？

赵印墨心中狂喜，这难道是在吃醋？怎么感觉这个女人如此主动？难道自己今天走了什么大运？他说，那怎么相同？刚才那是一个舞小姐。你们两个，一个是飞在天上的天鹅，一个是游在水里的鸭子。

周娅蒙再挑逗他一次，说，赵股长真会甜言蜜语，看来，是情场老手哟。

赵印墨连忙说，没有没有，我对周小姐所说的每一句，都是真心话。

周娅蒙更进一步挑逗，说，不对，这一句，就不是真心话。

赵印墨说，我向天发誓，绝对真心。

一曲终了，两人散开。赵印墨自然不肯放过机会，主动说，周小姐，到我那里喝一杯？

周娅蒙说，好啊。于是，两人一起走向 3 号包厢。

两人在还舞厅的时候，赵印墨曾试图拉周娅蒙的手。周娅蒙在前面走，眼角的余光，已经观察到了他手的动作，她抬起手抚头发，看似无意，却令他失去了机会。随后向包厢走去，前面是一条走道，区域小了，两人的距离就近了。赵印墨再次趁机拉她的手，这个动作显得比较自然，两人已经到了包厢门口，赵印墨的一只手拉了她，另一只手做了个请进的动作。她并没有挣脱，于是，两人手拉着手，进入了包厢。

在包厢里坐下来，赵印墨的手并没有松开，周娅蒙也没有挣脱。赵印墨用另一只手拿起酒，倒了两杯，端起一杯，递给周娅蒙。周娅蒙这才抽出手，接过酒杯。

赵印墨说，干。

周娅蒙也说，干。

两人喝干了酒。赵印墨又说，周小姐的舞，跳得实在是太好了。

周娅蒙先是妩媚一笑，接着说，我怎么觉得赵股长今晚特别帅？

听了这话，赵印墨的心怦怦地跳得厉害，说，难道说，我以前不帅？

周娅蒙说，反正我觉得，比在报纸上看到的，要帅很多。

赵印墨没料到是这么句话，便心生好奇，问，你在报纸上看到我？什么时候的事？

周娅蒙说，我想想，对啊，什么时候看到的？周娅蒙说是想，手上有很多小动作，眼睛也是表情泛滥，那模样真是要把人迷死。她说，哦，对了，好像是海棠村发生了一件什么事，赵股长身边有好多记者。

赵印墨说，哦，海棠村惨案。在那件案子中，我负责接待记者。

对对对。周娅蒙伸出一只手指，差不多指上了赵印墨的脸，令赵印墨恨不得张口咬住她的手指。她说，你说起海棠村惨案，我的好奇心就来了。那件案子好惨哟。

赵印墨已经有些昏头了，顺着她的话往下说，是啊。当时我在现场，一看挖出那么多尸体，我也傻眼了，完全没想到。

周娅蒙又用手指在他面前点了点，说，你的意思是说，你知道有尸体，只是没想到有那么多？

赵印墨有些得意地说，那是当然，在社会局，我就是专门负责搞情报的。

周娅蒙变了一副表情，说，不对吧？我怎么听说，有线人告密。我知道了，你骗我的。我想起来了，报上说，是线人告密。

赵印墨说，绝对没有骗你。那件事，从头到尾是我经手的，我清楚得很。根本没有线人，更没有什么告密。

不好玩。周娅蒙站起来，作势要走，说，赵股长对我不真诚，不说真话，把我当小姑娘骗。

赵印墨大急，一把拉住她，说，我真的没骗你。这件案子，根本不是报上说的那么回事。

周娅蒙说，不可能，报上怎么可能说假话？算了，我还是走吧。

赵印墨说，要不，你给我点时间，我把经过告诉你。你如果还觉得我在骗你，那我无话可说。

周娅蒙看了看他，再看看他。那眼神，简直要把赵印墨电昏过去。她伸出一只手指，指着赵印墨，说，说好，不准骗我。

绝对不骗你，赵印墨说着，拉周娅蒙往下坐。周娅蒙顺势坐下。

赵印墨开始讲述，从接到举报说起，当时局里领导都认为这是邻居吵架闹矛盾，不愿接这个案子，他于是私下里找到举报人，了解到一些情况，得知胡友全是顾顺章的徒弟，跟顾顺章学过魔术，他的老婆还是顾顺章介绍的。讲到胡友全的老婆曾是顾顺章玩过的女人，自然是大肆渲染。

和李时君分开后，苏航并没有立即回家，而是去了银杏所住的那个小区，那是一个高级住宅小区，一溜全是两层的洋楼，沿着马路排开。马路对面，是楼房区，形成强烈对比。此时，时间已晚，夜晚的街道，显得十分宁静，整条街上，很少见到行人，更少见到汽车，就是灯火，也大多熄灭。

苏航沿着洋楼那一侧向前走，当然不是正常模样，他故意走得跌跌撞撞，让人一看就知道他喝醉了酒。路过每一道门时，他都会停下片刻，看一看门牌。苏航一直将这些洋楼走完，然后开始返回。

这次，他走的不是洋楼的那一侧，而是对面，路边是一幢又一幢的高楼，他不需要看门牌了，边走边哼着小调。

走到离银杏的住宅不远处，他看了看周围的环境，走到一棵梧桐树边，蹲下来，看了看周围，没有见到行人，他悄悄地将手指伸进喉咙，抠了一下，顿时吐出一堆秽物。

晚上和李时君一起喝的酒确实不少，但还没有醉。为了给人更真实的感觉，他故意让自己呕吐。这一抠还真有些麻烦，竟然自己控制不住，吐了一次又一次，直到吐了三次，人倒是完全清醒了，半点酒意没有。

苏航也顾不得呕吐物的难闻，走到树的另一侧，靠着树坐下来，装睡。

时隔不久，有一男一女两个人过来，看到树旁坐着人，那女的惊叫了一声。男的问，怎么啦？女的指着苏航，说，那里，那里有个人。男人说，可能是喝醉了吧？女人说，不会是发生了什么命案吧？最近社会不太安宁了。男人说，要不，我们过去看看。

两人向苏航走近，隔着一段距离，女人就说，真是醉鬼，好大的酒臭味。男人说，是啊，味好浓，不会醉死吧。

从黑暗处跑过来一条狗，吃那堆呕吐物。经狗这么一搅和，酒臭味更浓了。

女人捂了鼻子，说，臭死了，我们走吧。两人走开。

苏航一直在装睡，等他们走开后，他睁开眼睛，先看两人走远的背影，又转头看狗。狗吃得津津有味，让苏航更是难以忍受。他很想将狗赶走，想一想，还是打消了这个念头。

狗将呕吐物吃完了，大概也吃饱了，心满意足，准备离开，可刚刚走了不远，竟然就地一倒，睡着了。也就是这时候，一辆汽车驶来，停在银杏家门口。

苏航立即睁开眼，仔细地观察着。车门打开了，下来一个人，这个人下来后，并没有动作，显然是在警戒。接着，又下来一个人，站在车的另一边，也在警戒。两个人站好位置后，下来了第三个人。第三个人并不看先下来的两个，直接向门口走，掏出钥匙，开门进去。第三个男人进去后，先下来的那两个人又回到了车上。

苏航看到，车内有火星一闪一闪，四颗。

2

程兴源穿着便衣走进长三堂子，他的身边，是古泉。后面跟着好几个便衣。为了尽可能减少关注，此前和此后，均有便衣进来。

长三堂子是上海的高级妓院，也称为长三书寓。书寓是上海妓院较为文雅的说法，长三则显示这里的妓女身价奇高。这类妓院，都是统一价格，打茶围三元，侑酒也是三元，留宿同样是三元，所以有长三之称。当时在洋人工厂做工的工人，一个月才十二元的工钱，在华人工厂打工，才能挣八元，进一次长三堂子，就需要九元，可见价格确实非常之高。

新会乐里建成后，所有房屋的基本结构一样，都是一堂两厢，中间一堂，正可以打茶围和侑酒，两厢则是客人留宿之所。后来，其他的长三堂子也学会乐里，基本都是这种结构。

这家长三堂子的生意很好，中堂的席位，基本都坐了人，只有后面还空了一两桌。程兴源站在那里，拿不定主意该坐在什么地方。古泉来过，知道女人住的地方是西厢的西北角，他指了指靠近西厢门边的那张桌子。

程兴源看了看那张桌子，因为靠近角落，光线稍暗一些，确实比较好，问题是，那里已经坐了一桌人。

老鸨见了他们，连忙迎过来，热情地说，几位老板，是白相还是……

古泉熟悉长三堂子，知道怎么应付，说，你们这里没有来过，不知道女先生怎么样，先上一壶茶吧。

长三堂子的妓女，公开称为先生。

上海人对于成年男性的称呼，多种多样，有称老板的，那是因为人家确实是老板，也有学外国人称先生的，特别是一些有身份的人，比如杜老板这类人，也被人称为先生。长三堂子的妓女再称先生，就容易让人误会，所以，一般在先生前加一个女字，以示区别。

老鸨是见惯各色人等的，满脸堆着笑说，好，那边有空桌子，请过去坐吧，茶马上就来。

程兴源指了指西厢门口那张桌子，说，就坐那里好了。

老鸨一听，脸顿时变了，说，老板，那桌已经有客人了。您看，这里还有好几桌是空的，不如……

程兴源的脸立即拉了下来，说，有人怎么啦？老子就喜欢那桌。去，叫那几个换一桌。

能够开长三堂子，也都是不怕事的。老鸨当即想发作。但她还没来得及表示态度，程兴源的两个手下，已经走到了那桌，说了几句话，又掀开衣襟亮了亮。那几个人什么话都没说，起身让出了位子。

老鸨自知这些人不是一般来头，脸色再一次大变，笑得一朵花似的，亲自过去替他们抹桌子，问，几位老板，要不要请几位女先生过来陪你们喝茶？

程兴源说，我倒是想啊。可是，请女先生陪喝茶，要花钱吧？我们兄弟带的钱不够啊。

老鸨说，看您说的，一看您就是大富大贵的人，自然不在乎这几个钱。

程兴源和老鸨打嘴仗，说，怎么不在乎？往你这里一坐，茶钱三元，再叫女先生来陪，又是三元，我一个月的薪水，一半就扔这里了。

老鸨是世上最善于察言观色的，大概早料到今天收不到茶钱，便主动说，老板是我们的贵客，又是第一次来，我诚心交你们几位朋友。你们稍等，我去叫一位女先生来陪你们喝茶。

老鸨离开这桌，又去招呼别的客人。程兴源等坐上来，跑堂很快过来，给他们沏上茶。毕竟是高档场所，茶非常讲究，是上等的龙井。

程兴源坐的地方背光，他端起茶杯，喝了一口，问身边的古泉，你对这种地方熟悉，这茶怎么样？古泉咳咳一笑，不答。程兴源的一名手下说，他啊，是色中饿鬼，哪懂什么喝茶？到这里只干一件事。

古泉说，抓情报，就一件事，抓情报。

说了几句话，郑家臣来了，郑家臣戴着礼帽，帽檐压得有些低。程兴源等人，看不清他的面貌。郑家臣到底不是干特工的，并没有警惕性，又是来长三堂子这种地方，进来后，虽然在正堂站了一会儿，打量了一下里面的情况，但并不是看是否有熟人，而是要搞清楚哪边是西厢哪边是东厢。程兴源等人，本来就是来蹲守的，所以，每个人都戴着礼帽，帽檐还压得很低，加上光线较暗以及人多等原因，一般不是非常熟悉的人，还真难以认出他们。

郑家臣认出西厢之后，径直向这边走来，经过程兴源他们这桌，甚至没有向这边看看，直接进了西厢门。此时，程兴源仍然没有看清他的脸，只是需要对进入西厢的每一个人高度警惕，程兴源才以手扶帽檐为信号，立即有三名便衣跟了进去。

程兴源小声地问古泉，是他吗？

古泉说，我也不认识，而且，他的帽檐压得这么低，没有看清脸。

程兴源的一名手下说，走进长三堂子，帽檐还压这么低，不是我们的同行，就一定是共党，肯定是他。程兴源似乎觉得手下说得对，再一次捏了捏帽檐，又有两名便衣起身，跟了进去。

不一会儿，有一名便衣出来，走近程兴源，小声地说，进去了。

程兴源立即站起来，低声命令道，行动。

顿时，有四五个便衣同时站起来，向西厢门走去。程兴源正准备进去，却看到杨正熊从正门进来。杨正熊的官职比自己高很多，程兴源不得不做表面工作，迎上去，说，特派员，你怎么来了？

杨正熊说，我来看看。怎么样？人来了没有？

程兴源看了看古泉，这才意识到，这家伙一份情报卖了两家，说，刚刚进去，我们的人也都进去了。

杨正熊说，走，我们进去看看。

一行人正要向里面走，里面传来一阵混乱声，有人大叫。

几个人走进西厢，见里面是一长排房子，在最里面的角落里，围了好多人。老鸨似乎听到了声音，也从别处赶过来。西厢门口，站了几个男男女女，似乎都在探听发生了什么事。

程兴源说，刑侦大队的，办案，都进去。

那些人又都缩了回去。程兴源和杨正熊等人走到现场，行动已经结束了，郑家臣和王翠花已经被控制住，按在地上，一点反抗都没有。郑家臣先认出了进来的程兴源，又认出了后进来的杨正熊，大声说，程大队长，杨特派员，误会，这是误会啊。

程兴源和杨正熊同时吃了一惊。杨正熊认真地看了看，大概感觉面熟，却想不起在哪里见过，便说，你认识我？

程兴源已经认出郑家臣，却没有说话，而是恶狠狠地瞪了古泉一眼。古泉自然也认出了郑家臣，脸都吓白了，连忙向后退，站在角落里。

郑家臣说，我叫郑家臣，是吴局长的人。

杨正熊显得非常意外，问，吴局长？哪个吴局长？

郑家臣说，社会局吴品三局长。我是社会局的办公室主任郑家臣。

这个结果，出乎在场所有人意料。杨正熊看着程兴源，问，这是怎么回事？

程兴源也是满脸疑惑，转头去找古泉，古泉躲在一名便衣的后面，程兴源一时没有找到。

杨正熊问，你怎么在这里？

郑家臣说，这里是长三堂子，我到这里，还能是什么事？

一名便衣拿着一封信过来，说，队长，这里有一封信。

程兴源问，信？什么信？

便衣回答说，不知道，没有拆封。

王翠花挣扎着辩解，说，那是我的家人托人带给我的信。

程兴源立即抓住了要点，问，既然是家信，你为什么连拆都没有拆开？

王翠花说，我不识字，要等我闲些，找识字的人给我读。

这个理由倒也充分。程兴源正考虑是不是搞错了的时候，另一名刑警过来，手里拿着一沓书籍类的东西，报告说，队长，发现一些共党的文件。

听到这话，所有人的眼睛一下子瞪大了。最惨的是郑家臣，他简直不相信自己的耳朵，再回想事情的前后经过以及吴品三不断提醒他们，一定要万分小心之类，开始意识到自己跌到别人早挖好的坑里了。

王翠花却大声争辩，说，不，那不是我的东西。

程兴源一把接过，很快地看了看，然后递给杨正熊。杨正熊看文件，然后看了看郑家臣，态度已经大变。郑家臣还想争辩，说，特派员，我是冤枉的。

杨正熊下令道，带回去，我要亲自审讯。

集纳新闻上登载了海棠村尸体发现的过程，与所谓的告密者，半点关系没有。这篇新闻确实很具有传奇性，恰好当天又没什么特别的大新闻，全上海的报童，都在叫卖集纳新闻，这期报纸的发行量因此大增。

如果不是报童叫卖，吴品三还注意不到集纳新闻这样一份小报。

所有的报纸，都由社会局管理，有专门的审读员，对每天的报纸进行审查。一些报纸便和这些审读员躲猫猫，送给他们审查的是一份大样，出来的，却是另一份。当然，也有些报社，大量地给审读员行贿，社会局的审读员，因此成了一分油水极其丰厚的工作。

吴品三看到这份报纸，顿时火冒八丈，将报纸拍在赵印墨面前，质问，这篇文章是怎么回事？赵印墨装糊涂，说，文章，什么文章？我不知道啊。

吴品三说，你不知道？上面把胡友全的事写得有鼻子有眼，不是你提供的？

赵印墨表情夸张地说，有这样的事？他拿起报纸，看了看，然后放下，说，审讯胡友全的过程，我完全不知道，会不会是从警察局那边出来的消息？

警察局？吴品三指着报纸说，上面明明说是社会局某负责人。社会局知道整个内幕的人只有两个，我和你。

赵印墨说，报纸往往用这种不指名的搞法，完全是不负责任。

吴品三说，你注意管好你的嘴，别什么事都到处说。

赵印墨连忙说，是是，这个，我很注意的。

吴品三又换了个话题，问，断指人的案子，有进展吗？

赵印墨说，我派人盯着那幢房子。那幢房子楼下住着一对夫妇，楼上只有一个年轻女人，再没有别人来往，一切正常。

吴品三盯着赵印墨看了一眼，问，他们都不出门？

赵印墨说，楼下那个男人在电厂上班，女人倒是常常出去买菜。楼上那个女人，根本不出门。

吴品三又问，其他方面呢？也没有线索？

赵印墨说，我已经找了记者公会的几个人，他们答应帮我打听。不过，他们好像也不认识断指人。

吴品三说，调查科上海办事处和市党部调查股，都在查这件事。无论如何，我们不能让他们抢了先。

我也想啊，可现在，一点线索都没有。赵印墨说，我说把楼上那个女人抓起来审问，你又不同意。

吴品三说，你以为事情都像你想的那么简单？

赵印墨有自己的理由和想法，他说，那个女人，一看就不像是正经女人。如果我没猜错，应该是一个妓女。一个婊子，抓起来一问，肯定什么都说了。

吴品三说，这件事你给我抓紧。另外，最近日本浪人活动频繁，你们有没有日本人方面的消息？

赵印墨一下子愣住了，说，日本人？我们的任务，不是只查共党和文化界吗？

吴品三说，与日本人有关的消息，你也注意一下。

赵印墨一脸的苦相，说，这个……不太好弄。

吴品三盯着赵印墨，问，什么意思？

赵印墨说，你知道我手下那些人，大多是江湖上的，他们跟日本人搭不上界啊。

吴品三一想，他说的也是实情，让这些人去抓日本情报，实在是太为难他们了。看来，只能以后慢慢物色这方面的人才。他说，你啊，这方面，以后给我留点心。将来，我们可能需要越来越多与日本人有关的情报。

赵印墨说，好的，我知道了。

吴品三又转了第四个话题，说，家臣怎么回事？昨天一天没见人。刚才叫半天，也没人应。

赵印墨说，对了，我过来，原本是准备说这件事的，你一吼，把我吓忘了。

吴品三狐疑地看着他，问，什么事？

赵印墨说，我听到一个消息，说是家臣被刑侦大队抓了。

吴品三猛地站起来，问，刑侦大队抓了？什么事？

赵印墨说，具体情况不清楚。

吴品三抓起面前的电话，拨号，然后对着话筒说，程大队长，我吴品三……听说你的手下抓了我的办公室主任郑家臣……怎么回事？案子在杨正熊那里……共党嫌疑？怎么可能？我的人，我难道不清楚？嗯，嗯，好的。

吴品三挂断电话，一屁股坐下来，一言不发。

赵印墨说，共党嫌疑？他们抓郑家臣，怀疑他是共党？

扯淡，杨正熊这是在背后捅我的刀子。吴品三愤愤地说，妈的，党国就是有这么一群混蛋，正事不干，却专和干正事的人对着干。走，跟我去一趟刑侦大队。

吴品三站起来向外走，赵印墨跟着。

游再春坐在办公室里看报纸，李时君诚惶诚恐地站在他面前。游再春看了好一会儿，不理李时君。李时君只能站着。游再春看完了，将报纸放下，莫名其妙地说，时君，你前途一片光明啊。

李时君更加诚惶诚恐，机械地说，游局的前途光明，时君才有光明。

不对吧。游再春怪声怪气地说，你应该说，吴局的前途光明，你李时君才有光明。

李时君说，社会局在吴局和游局的领导之下，社会局有前途，我才有前途。

越来越会说话了。游再春伸出一只手指，点着李时君，说，人才啊，你时君同志，真是个人才。我以前还是小看你了。

李时君的脸色乌青乌青的，大概已经意识到，今天这一关不好过。他不得不换了一种方式，表情显得有点调皮，说，那是必须的。强将手下无弱兵嘛，有游局这样的领导，我能不强吗？不强的话，不是丢了游局的脸？

游再春指了指桌上的报纸，问，集纳新闻上的这篇报道，你看过没有？

李时君承认说，看了。

有什么想法？游再春问。

李时君说，这些天，一直有谣言说，我们之所以能够发现海棠村那些尸体，是苏航告密。苏航大概是想为自己正名，所以弄了这个报道。

游再春突然问，老吴莫名其妙就把苏航放了，到底是怎么回事？

李时君说，这是你们局领导决定的事，我哪里清楚？

真的不清楚？游再春说，我听说，苏航被关押的时候，你天天给他送冠生园的糕点。

这一点，自然瞒不过游再春，李时君是早就想好答案的，说，是，是吴局让我给他送的。

游再春不太相信，说，老吴？他让送的？我们关押室每天进进出出那么多人，他怎么不给别人送？

李时君说，苏航的父亲叫苏至梧……

游再春想了想，似乎不知道这个名字，问，苏至梧？

李时君说，苏至梧是吴局的老师。当年，吴局就是拿着苏至梧的推荐信，跑到广州去投奔陈果夫的。

游再春说，苏至梧的推荐信？这个苏至梧是什么人？

李时君说，苏至梧在日本留学的时候，天天和先总理在一起。

游再春的脸色一下子变了，露出了杀气，质问道，这件事，你为什么没有告诉我？

李时君一时语塞，说，我……我……

游再春猛地将手里的报纸拍在桌上，狠狠地瞪着李时君，眼中带有凶光。

李时君连忙说，我……我也是刚刚从苏航那里打听到的。

游再春的脸色缓和了一下，说，这么说，老吴以前就认识苏航？

李时君说，不认识。苏至梧从日本回国后，找了个年轻貌美的女人，和苏航的母亲离了婚。那时候苏航还很小，后来和父亲关系很僵，父子俩几乎不见面。

游再春更进一步问，海棠村的事，跟苏航没有半点关系，可社会上传言说，是苏航提供了情报。你对这件事情怎么看？

李时君说，我也觉得奇怪，怎么会有这种谣言？太离谱了。

游再春的表情又开始怪了，说，不对吧，你一定有什么想法。

李时君说，除非……除非吴局想断苏航的后路，否则，我想不出别的可能。

断苏航的后路？游再春问，什么意思？

李时君说，如果我没有猜错，吴局想把苏航拉过来替他办事。当然，这只是我的猜测，没有根据。

游再春的脸色缓和下来，恢复了以前的笑面佛形象。他打开抽屉，拿出一包茶叶，递给李时君，说，今年的龙井。

李时君说，好茶啊。

游再春往李时君面前推了推，说，以后没什么事，多到我这里来坐坐。有什么好东西，我会记得你的。

李时君说，还是游局记得我，谢谢游局。游再春平淡地说，你忙去吧。

李时君拿过茶叶，站起来，向外走去。游再春坐在那里，用手反复摸着自己的胖下巴，沉思了好一刻，然后站起来，走到柜子前，打开柜门，里面堆了好些茶叶，他拿出几包，装在一只袋子里，提着向外走。

3

程兴源坐在办公桌后办公，吴品三和赵印墨跨进来。程兴源暗吃了一惊，面上现出尴尬之色。警察局和社会局，算是平级单位，社会局的一把手，自然就比程兴源级别高了很多。在没有事先通知的情况下，吴品三突然而来，显得有点兴师问罪的意味了。

程兴源连忙站起来，分别和吴品三、赵印墨握手。说，哟，吴局，大驾光临，有失远迎，快请坐。赵股长，快请坐。

吴品三坐下来，开门见山，问，到底怎么回事，电话里说不清楚，你当面给我说说。

程兴源分别给吴品三和赵印墨泡上茶，这礼数是绝不能少的。他说，我们接到线报，说那家长三堂子烧开水的女人是共党的地下联络员，当天晚上有人和她接头。我也没想到，接头人竟然是吴局的办公室主任。他当时亮明了身份，我也傻了，准备放人。

赵印墨语气有些生硬地问，那你为什么没放？

程兴源将泡好的茶端到两人面前，坐下来，说，有两个原因：第一，我刚开始行动的时候，杨特派员赶去了。我这次行动，没有通知他，也不知他从哪里得到的消息。

赵印墨问，第二个原因呢？

程兴源说，在那个女人房间里搜到了一封没有拆开的信，还搜到了共党的内部文件和一些宣传资料。

吴品三的面色缓了缓，问，那个女人的身份证实了？

程兴源说，基本可以确定，她就是共党的地下联络员。

对于这个回答，吴品三不十分满意，问，基本可以确定？

程兴源说，关键在那封信，秘密藏在信封上，是一封密写信。程兴源站起来，走到文件柜前，打开柜子，拿出一个档案夹，从中拿出几张照片，递给吴品三。吴品三接过，一张一张地看。

程兴源说，这是一封密写信，主要内容没什么，就一般的问候。但是，经过特殊处理后，就不一样了。这是信封的影印件。

吴品三认真地看信，说，前两批已安全到达，为了更好地领导当前反“围剿”斗争，第四批务必尽快撤离。务须做好个别同志的工作，以大局为重。这都是什么意思？

程兴源说，我们仔细分析过，由于顾顺章被捕，共党中央迅速采取了措施，分批撤离上海。这封信，是敦促第四批撤离的。看情形，似乎有个别共党高官不想离开上海。

吴品三说，如果这是真的，说明这份情报的级别很高啊。

程兴源说，是。这个女人估计不一般。

吴品三问，一个长三堂子洗衣烧水的女人，能够接触到这么高级的情报？这里面会不会有什么问题？

程兴源说，你的怀疑，我们不是没有。问题是，共党中央已经秘密撤离上海一事，我们只是怀疑、猜测，并没有得到确切情报。尤其重要一点，这份情报上说，前两批已经安全到达。到达哪里？如果从顾顺章被捕算起来，时间也不短了，这么长时间，才到达两批，这封信是催第四批，说明还有第三批仍然在路上。这至少说明，他们撤往的目的地，路途不近。

吴品三说，难道撤到了江西？

程兴源说，我们反复研究过，觉得只有这一种可能。如果撤往城市，只有两个地方可能最大，武汉和广州。现在宁粤对峙，他们撤往广州，并不适合，搞不好，广州会成为火药桶，安全性并不好。此外，共党在广州的基础并不好，国共合作时，他们从各地迁往广州，其实并没有站稳脚跟。

吴品三说，武汉也不适合。武汉虽然有一定基础，但是，宁汉合流后，武汉的清党非常彻底，再加上这几年的打击，武汉的共党组织，基本没有太大的力量了。

程兴源说，所以，我们认为不太可能撤往城市，极有可能撤往江西。这也是共党个别高官不肯撤走的原因。江西太苦了，他们不想吃苦，不想失去在上海的享受。这样的情报，真实性非常高。

吴品三问，那个女人倒了？

程兴源说，审讯女人是最麻烦的。我就不理解这些女人到底是什么材料做的，无论我们使用什么手段，她们就是不说。对付男人，我有办法，而且办法还不需要太多，几乎没有失手的。可对待女人，哪怕用再多的办法，也很难起到效果。

赵印墨问，她难道一句话都不肯说？

倒也不是一句话不说，程兴源说，她一口咬定，她是帮人家转信，收了人家的一点钱，送信的是什么人，收信的又是谁，她一概不知。

一概不知？可能吗？赵印墨问。

程兴源说，还真难说。你们刚才也怀疑过，她的身份如此低微，却又接触如此关键的情报。说不定，共党真是利用了这一点。

吴品三问，那郑家臣又是怎么回事？

程兴源说，这个，说起来就更离谱了。郑家臣说，他是听汪峰仁说，那个女人表面上是长三堂子烧水洗衣的，暗地里其实做着皮肉生意。据说，这个女人很漂亮很有味，床上浪得很，所以，他就想去看看。没想到，刚刚过去，就被抓了。

赵印墨说，这还不简单？问一问汪峰仁，不就清楚了？

问了，程兴源说，汪峰仁承认，确实说过类似的话，是一次喝酒的时候，当笑话说的，说得很含糊，并不具体。他也承认，当时可能喝得有点多，是不是为了增加可信度，他说过长三堂子的名字，自己也记不清了。

赵印墨说，既然如此，不正好证明了郑家臣是无辜的吗？

程兴源摆了摆手，说，事情没这么简单，我们在郑家臣的家里搜到一些东西。

吴品三的眉毛跳了一下，问，什么东西？

程兴源说，和女人那里搜到的差不多，共党的几份文件，以及一些宣传资料。

吴品三问，和女人那里搜到的完全一样？

不，不完全一样，程兴源说，在女人那里搜到的文件共三份，而郑家臣那里搜到的文件是四份。完全一样的，只有两份。宣传资料也是这样，完全一样的有三份。

赵印墨说，郑家臣不会这么傻吧？难道他把这么重要的文件放在家里，等你们去搜？这一定是有人栽赃。

程兴源说，这件案子，现在在杨特派员那里。我们分了一下工，由我负责审那个女人，杨特派员负责审郑家臣。具体情况，我知道的也就是这么多，杨特派员可能更清楚一些。

游再春提了那些茶叶，赶到了周宅。阮周将游再春请进书房，亲自沏茶，招待游再春。

游再春问，你师父去哪里了？

阮周说，去看蒋百里了。

蒋百里是保定军校的创始人，现在南京的高级将领，绝大多数是蒋百里的学生。不过，这个老师把学生蒋介石得罪了，因而郁郁不得志，在上海当寓公。上海十里洋场，繁华之地，碍于蒋介石的个人好恶，一般人不敢明目张胆和蒋百里接近。周天罡早年就和蒋百里交往，蒋百里还认了周娅蒙为干女儿。

听阮周这样一说，游再春便问，蒋百里怎么了？

阮周说，也没怎么，人闲了，大概就会生些闲气，因而容易得病，感冒了。

游再春带了四包龙井，原本是想以送龙井为名来拜访周天罡。现在，既然周天罡不在，游再春便将龙井交给了阮周，说，这是今年的新茶，我特意送来给你师父的，你收好。

阮周说，我替师父谢谢师叔。

游再春心想，周天罡不在也好，正可以趁此机会，煽动阮周对苏航的情绪。便说，听说你师父对苏航很恼火，立誓要杀了他？苏航出去也这么长时间了，怎么一点动静也没有？你师父改变想法了？

好像没有吧，阮周说，我师妹不知从哪里听说师父要杀苏航，闹了一场绝食。师父可能想缓一缓。

游再春问，你呢？你怎么想？

阮周说，这件事，我不好出面，毕竟，苏航是师妹喜欢的人。

游再春故意表现出一副极度震惊的神态，说，蒙蒙是你的未婚妻，你竟然说这话？

让游再春无论如何没有想到的是，阮周竟然说，只要师妹高兴，我就高兴。

游再春几乎跳起来，说，你还是男人吗？自己的老婆跟了别的男人，你应该第一时间把这个男人杀了。

阮周说，可是，那样师妹会伤心难过。

游再春还是不甘心，说，你一心想着师妹，那你师父呢？他不是要杀苏航吗？你作为他的二徒弟，又算是他的义子，袖手旁观？

阮周说，师父要怎样，我管不了。总之，我自己不能让师妹伤心。

游再春本来想激起阮周的嫉妒心理，看来这一招不管用，只好改变主意，把全部心思，用在周天罡身上。恰好周天罡回来，和游再春扯了几句闲话，游再春便将话题引到了苏航身上。他知道，欲速则不达，对待周天罡，应该采取一点迂回的办法，一步步把周天罡往沟里引。周天罡关心的是女儿，坐下来便问，小女那件事，应该再没什么后遗症了吧？

游再春说，我听吴品三说过，杜老板跟徐科长打过招呼了。

周天罡说，那就好，这样，我收拾那个姓苏的小子，就没有顾忌了。

游再春立即说，不不，我今天来，就是为了这件事。对苏航，你恐怕得收手。

收手？我恨不得剥了他的皮。周天罡说。

绝对不可以。游再春的语气十分肯定，说，你知道苏航是谁的儿子吗？

周天罡不以为然，说，就算他是天王老子的儿子，我周天罡也不怕。

游再春说，他是苏至梧的儿子。

周天罡没有听过这个名字，问，苏至梧？这是什么人？

游再春说，你对党国的历史不了解，所以不知道苏至梧。当年，中山先生到日本搞革命，在日本的那些人，也不是个个把中山先生当成领袖，主要还是出于日本方面的压力。苏至梧不同，他跟中山先生鞍前马后，照顾中山先生的饮食起居。你想想，他跟中山先生是什么关系？在国民党是什么地位？

周天罡有点不明白了，问，可后来，他怎么无声无息？

游再春说，这又当另说了。他确实没当过大官，连县长一级都没有当上。明摆的，他跟中山先生太近了，近到所有人都不得不防着他。不过，在国民党里面，他永远都是元老级，上层的关系深厚得很。他想要官，肯定没人肯给他，谁都不愿要个爹在自己身边。但如果你杀了他的儿子，他要讨回公道，灭掉你，大概所有大官都愿意还他这个人情。

周天罡还真是被吓了一跳，暗想，难怪这小子那么嚣张，原来还有这一层关系，他说，那怎么办？让我把这口气吞下？我周天罡不是那样的人。

游再春说，人在矮檐下，不得不低头啊，忍不下恐怕也得忍。

那可不行。周天罡说，我就是这么个人，有恩要报，有仇，也一定要报。他既然敢欺负我，就算是豁出这条老命，我也要讨回来。

游再春说，我就是怕你这个个性。你不就是想出气吗？出气的办法又不止一种。何况你在江湖上是什么地位，他是什么地位？

周天罡的态度非常坚决，说，你要劝我放过他？我告诉你，绝不可能。

游再春说，你一定要做，我也不拦你。我知道，你不光恨他欺在你头上，扫了你的面子，还有更重要的，你承认的女婿是阮周，我们都是喝过订婚酒的。他现在跑进来插一脚，让你颜面无存。

周天罡有些恼羞成怒地说，所以，他必须死。

游再春说，既然我劝不了你，也就不劝你了。不过，我是真的替你担心。

周天罡说，我要做的事，我心里有数，你不用担心，没有必要。

那你能不能策略一点？游再春说，他只不过一个小人物，要搞掉他，方法多得很，没有必要搞得尽人皆知。

周天罡说，这也正是我所想的，要不是想把动作搞小一点，他早就已经死了。

游再春说，既然你想到了策略，那我的担心，就是多余了，我不说了。

我知道你是为我好，周天罡说，但这件事，真的没得商量。

游再春说，既然你一定要做，我能不能提个要求？

周天罡说，你说。

游再春说，你悄悄地动手，然后想办法把尸体扔进吴品三家。

周天罡看着游再春，没有说话。

游再春说，我这也是替你着想，你只有这样做，才能一箭双雕。

一箭双雕？什么双雕？周天罡问。

游再春说，吴品三讹了你二十万，来而无往非礼也。你总得还他点什么吧？还有，你和他的渊源摆在那里，他怎么对你的，你心里清楚。如果我猜想不错，他迟早会对你不利。那你怎么办？等着他坐稳了，对你动手？

周天罡说，你不是说双雕吗？还有呢？

游再春说，还有啊。好几个好处呢。别的不说，他如果在上海待不下去，拍屁股走人，社会局长的位子，是不是我的？那么，你是不是就可以当一半的家了？你之所以迟迟不肯对苏航动手，是不是担心蒙蒙？就算你做得再秘密，蒙蒙也会怀疑吧。只有尸体出现在吴品三的家里，蒙蒙才不会怀疑是你。

周天罡似乎下定了决心，说，他家的地址。

游再春拿过包，打开，掏出一张纸，递给周天罡。

苏航和乐少华第一次接头，地点是乐少华定的，在一间咖啡馆。苏航做事十分仔细，提前了一段时间，先将周围环境仔细观察了一番，确信安全，才走进去，找到一处既可以看到外面街道情况，又较偏僻的角落坐下来，点了一杯咖啡。

这是苏航的办事风格，他坚信，做任何事，只有想不到，没有做不到。必须将一切细节想清楚，才能万无一失。就算是结交朋友，他也喜欢那些特别注重细节的人。

乐少华来后，并没有立即走向苏航，而是站在那里，仔细打量了一番。其实，乐少华进入咖啡馆之前，在门口侦察了一番。这一切，都被苏航看在眼里，他因此认定，这个人很细致，是个好的合作伙伴。

乐少华坐下来，看了看苏航面前的杯子，说，你早来了？

苏航说，提前了一点，看看这里的情况。

乐少华说，我看到你的报纸了。你一定要为自己正名？

苏航说，做人，当然要爱惜自己的羽毛。我这个人，最受不得冤枉。

乐少华说，可是，做秘密情报工作，需要灰色掩护，今后，你可能受到的冤枉，会比现在多很多，甚至多到你无法想象。

这话还真吓住了苏航。做人是一辈子的修为，他能修到今天这种程度不容易，是一点一滴积累的。若要把这一切全部毁掉，无论如何都是不能接受的。他说，我不是很理解你的意思。

乐少华说，这样说吧，秘密情报工作，也就是人们通常所说的间谍，需要间入敌人的营垒，和他们混在一起，甚至可以说，沆瀣一气。表面上，你可能成为你的亲戚、朋友还有你自己，不齿甚至痛恨的那种人。

苏航显然有些茫然，问，需要这样吗？

乐少华十分肯定地说，这是秘密工作必需的。

苏航多少有些勉强地说，既然是工作需要，我愿意。

嘴上说是很容易的，真的做起来，就难了。以后，你慢慢就会知道了。乐少华说着，掏出一张纸，递给苏航，道，我拟了一个训练计划，你看看。

苏航接过来，一目十行地看了一遍，颇有些惊讶地说，要学的东西还真不少啊。

乐少华说，这里列的，只是技术手段。做间谍工作，最重要的还是悟性，这个没法教的。好了，现在，说说你的事吧。

苏航说，有几件事。第一件事，就是这个胡友全。你应该已经知道了。我发这篇文章，也有向你通报的意思。我没法及时联系你。

乐少华说，这件事我们已经知道了，正在做善后。

苏航说，第二件事，有人在打听一个断指人的情况。

断指人？乐少华显然不清楚，所以问，这是个什么人？

苏航说，这个人的特征有两个：一是左手小指断了一截，二是一个大富商。我不知道这个断指人跟前卫有没有关系。

乐少华说，我知道了。我会及时向上级反应。

苏航也掏出一张纸，递给乐少华，说，我这里有个地址，也许前卫需要。

乐少华接过来，看了一眼，问，你怎么知道前卫需要这个？

苏航不好说出马雪青，毕竟，他不清楚乐少华是否清楚马雪青的身份，便说，不久前，有人托我打听。

乐少华说，这个地址不那么容易得到吧？

苏航说，这个地址，是一个三流女明星的家。我自己去看过，那个人，确实和她有往来。

乐少华收好那张纸，说，我知道了。我先走了，你等一下再出去。

苏航点了点头。乐少华站起来，向外走去。苏航端着杯子，将最后一点咖啡喝完。

4

苏航向乐少华提供有关断指人的信息时，乐少华并不清楚这条信息意味着什么，只是按照规定上报了。上面得到这个情报，大吃一惊，他们清楚，断指人在党内的职位非常之高，如果国民党在打听断指人的信息，说明断指人已经处于极度危险状态。

首先需要安置的是戴丽娟。既然国民党在四处寻找断指人，就说明戴丽娟的住处，一定被国民党特务盯上了。戴丽娟作为断指人的妻子，一旦被捕，后果将会极其严重。

为了安全地将戴丽娟接走，地下党想了一个金蝉脱壳的办法，他们组织了一些学生，搞了一场和平游行，游行的主题是要求宁粤停止纷争，和平谈判。这样的游行，当局自然是支持的，所以，警察只是一路保护，没有任何阻拦。

游行队伍经过戴丽娟门前，这里早已经有多名暗探蹲守，都是赵印墨的人。这些人不可能全部守在戴丽娟的门口，大多数人，躲在某处，在门口蹲守的，只有一个人，化装成修鞋匠。修鞋匠所在位置，在戴丽娟家对面，隔着一条街。游行队伍经过时，修鞋匠根本看不到另一面发生了什么。

实际上，游行队伍中有几个人悄然进入了戴丽娟的家。戴丽娟家楼下的那位女性，名义上是家里的用人，实际身份是党的联络员。他们进去之后，将党的决定告诉联络员，要求他们按照计划，迅速转移。

修鞋匠不知道这么一瞬间，一切发生了变化，还在装模作样地修鞋，暗中观察对面的动静。对面的门开了，从里面走出一个穿旗袍的女人，手里提着一只箱子。修鞋匠是见过戴丽娟的，此地虽然隔得远，加上女人戴着帽子，修鞋匠看不清女人的脸，但从身形判断，此人正是戴丽娟。

女人站在门口，伸出手，立即有一辆黄鱼车停下来。女人上车，黄鱼车迅速向前驶去。

修鞋匠举起一只手，挥了挥。立即从某扇门口跑出三个人。这三个人不理修鞋匠，分别招了三辆黄鱼车，悄然跟上去。

让修鞋匠大感意外的是，时隔不久，对面又走出一个穿旗袍的女人，手里同样提着一只箱子，身形同样和戴丽娟没有太大区别。修鞋匠虽然预感到情况不是太妙，但他也没有更好的办法，只得再次发出信息。

第二个旗袍女人同样招了一辆黄鱼车离去。

这次，从门洞里出来的只有两个密探，他们分别上了两辆黄鱼车，跟踪而去。

接下来，修鞋匠最担心的事情出现了，对面的门再一次打开，从里面走出的，竟然是两个女人，同样穿着旗袍，各自手里都提着一只箱子，看身形，还是像戴丽娟。其中一个女人露出半边脸，连这半边脸都像戴丽娟。

修鞋匠再次发出信号时，门洞里走出的只有一个人。

再没有更多的人了，修鞋匠只得匆忙收了摊子，叫了一辆黄鱼车，和队友一起跟踪而去。

几乎是他们乘坐的黄鱼车刚刚消失，街道的另一边，驶来了一辆卡车，停在洋楼门口。汽车停在那里，有一刻没有任何动作，周围也没有特别的动静。这时候，卡车车厢的雨布掀开了，跳下一个人，又一个人。这两个人站在那里，活动了一下手脚，显然也在观察周边的动静。然后，车上又跳下来几个人，这些人动作敏捷，很快进入寓所。

街道上，还是没有其他异动。于是，车上又跳下来一个人，进入寓所。驾驶室两边，各下来一个人，副手席上的那个人进入寓所，司机则靠在车头，点起一支烟，暗暗观察周围的动静。

这些人进去的时间不长，很快便出来了，手上提着东西，几只大箱子。他们将箱子放进车厢。最后走出来的，是两个女人，其中年龄大些的女人手里还抱着孩子。两个女人走向驾驶室，很快上车。其他人全都翻身上去。

司机最后扔掉烟头，上了驾驶室。汽车立即启动，向前驶了几米，拐进另一条街道。

再过了一段时间，那些跟踪的密探陆续返回，下了黄鱼车后，向洋楼望了望，似乎并没有任何异状，便又走进最初离开的那个门洞。最后返回的是修鞋匠。修鞋匠似乎不甘心，走近洋楼，仔细地观察，小心地听，然后悄悄地走到门边，将耳朵贴在门上，听了听，再伸手，稍稍用力，门开了。

修鞋匠暗吃一惊，悄悄地走进去，不一会儿，便匆忙跑出来，大声地说，跑了，已经跑了。

其他密探陆续跑出来，问，怎么回事?

修鞋匠说，里面是空的，人不在，东西也搬走了。

其中一个密探说，不可能，才一眨眼，就搬空了?

修鞋匠说，快，快去报告。

赵印墨直接闯进了吴品三的办公室，既不敲门，也不打招呼，不叫妹夫也不叫局座，惊慌地说，不，不好了，出事了，人跑了。

吴品三问，人跑了？什么人跑了？

赵印墨说，断指人的家人跑了。

吴品三惊得一下子站起来，抓起桌上的墨水瓶，扔向赵印墨。赵印墨偏了一下脑袋，墨水瓶从他的耳朵飞过，撞在身后的墙上，落下来。吴品三愤怒地骂道，一群猪。我不是让你加派人手盯着吗？怎么会跑了？

赵印墨十分委屈，说，我派了，一共七个人。

七个人盯不住一个人？吴品三狂怒，你们都是猪吗？

赵印墨说，他们肯定有计划的，分了三组。我的人不知有诈，跟踪这三组人去了，回来后发现人去楼空。他们肯定还安排了第四组人。

吴品三说，立即去查，给我彻底地查。

赵印墨说，怎么查？人都跑了。

吴品三说，去问问邻居，他们在那一带住的时间应该不短，和邻居间有接触的。看邻居们能提供些什么。还有，你不是说那个女人可能是妓女吗？是妓女，就一定有场子，问一问，她以前在什么场子的。拿着她的照片，各个场子去问。

赵印墨说，对哟，我怎么没想到？

吴品三非常恼火，说，你没想到，因为你是猪脑子。

赵印墨说，我们就这点人手，要不要行动股也一起？

吴品三确实是想让赵印墨捡条死鱼，没想到，这么简单的一件事，他竟然弄成了事故。面对赵印墨，吴品三真有些无可奈何，没好气地说，你管好你自己的人。别的事，我来安排。

赵印墨准备退出。吴品三又加了一句，叫李时君来见我。赵印墨答应一声，退出。吴品三在房间里走动，情绪显得有些激动，自言自语，说，一波未平一波又起啊。就没有一盏省油的灯。关键时刻，吴品三只得用李时君，最令他痛苦的是，李时君一方面曾经是共党，不可信任，另一方面，和游再春的关系又不清不楚，同样是可用不可信。当领导最怕的是手下用得不顺手，但要找到用得顺手的人，又是天大的一件难事。

李时君很快来了，站在门口，敲了敲门。吴品三心中感慨，就看敲门这点小事，李时君就做得很好，哪像郑家臣和赵印墨，往往直接就闯进来了。一想到郑家臣还被关着，吴品三的心里又被堵着，极度地不爽。但面对李时君，他还得表现出足够的热情。

吴品三说，时君，进来进来。你了解共党，你来帮我分析一下。

李时君走进来，吴品三走向自己的位子，坐下。李时君在他的对面，隔着办公桌，坐下来。吴品三将情况向李时君做了介绍，然后问，你说说看，我们应该如何着手？

李时君说，顾顺章只住一层的小院，断指人却住两层的小楼，说明这个人在共党内的地位，比顾顺章还高。

这个判断，他们早就得出了。吴品三并不想听这些，但仍然耐着性子，表示出极大的兴趣，说，跟我的分析一致。说下去。

李时君说，顾顺章出事，时间已经不短了。断指人一直不见，说明他在避风头。他的女人仍然留在原地，并没有转移，说明他们只是暂时性的安排，想看一看风向。如果没有危险，断指人还会回来。这也说明，他们其实并没有掌握与顾顺章有关的核心秘密，断指人并没有走远，应该还在上海。

吴品三突然想到王翠花的那封信。那封信有责备之意，是因为有某些人不愿离开上海。这么说，被责备的，会不会就是这个断指人？若真是如此，说明李时君的分析切中要害，断指人还在上海。

吴品三说，这一条很重要，继续说。

李时君说，现在，女人突然搬走，而且做了周密安排，不太像是早就有的计划，更像是临时的应急措施。说明他们一定得到了消息。我们到处找断指人，可能惊动了他们。

吴品三说，有道理，很有道理。

李时君说，既然是临时安排，一时之间，恐怕很难租到房子，应该搬去了某间偏僻的旅店。

吴品三说，对，这才是关键。和我想的完全一样。现在，你放下手里所有的事，重点查这个女人的下落。就算把上海翻个遍，也要把这个女人给我找到。

苏航的猜测是对的，上次吕子矜离开时，竖起一只手指摇了摇，那是告诉他，给他十天时间。如果说吕子矜的心曾经向苏航走近过的话，但在那时，她已经走远了，并且决定，从此以后，再不和苏航有任何联系。

毕竟，吕子矜的心灵深处，有一块柔软的草地，即使已经决定不再理会苏航，也不想让苏航太绝望，所以，她给了他十天之约。到了第十天，吕子矜希望能给苏航一个彻底了结，便约了洪华平。

吕子矜和洪华平一起向外走，边走边聊天。洪华平问，你怎么去招惹这个人？

吕子矜说，不是我要去招惹他好吧，是他一再纠缠我。

洪华平说，你忘了九爷给我们的纪律，轻易不要和陌生人接触。

吕子矜有点急，说，你怎么不相信我？真的是他纠缠我。

洪华平又说，我知道，就算他纠缠你。你不见他就是了。

吕子矜真有点说不清的感觉，说，我跟你说了，是他一再纠缠我。所以，我才叫你一起去见他。

洪华平提出一个建议，说，要不，我把他做了？

吕子矜被这话吓了一大跳，难道仅仅因为人家追求自己或者纠缠自己，就把他做了？这也太骇人听闻了吧。她立即说，千万别乱来。要做我自己都会，还需要你出面？

洪华平问，那你为什么要找我？

吕子矜说，我就是想让他以为你是我的男朋友，知难而退。

洪华平反问，他如果不退呢？

吕子矜说，不会吧，我身边有这么强悍的男朋友，他还不退？他不怕死啊。

洪华平又换了个问题，说，你怎么知道他一定在门口等你？你们约了的？

吕子矜承认说，上次，我给了他一个手势。

洪华平说，就这么一个手势？能代表什么？

吕子矜说，这个人悟性很高的。

洪华平和吕子矜一起走到门口，苏航果然站在那里，手里捧着一束花。洪华平说，是拿花的那个吗？长得很帅啊。

吕子矜说，帅有什么用？花心大萝卜一个。

洪华平问，你怎么知道他是花心大萝卜？

苏航看到了吕子矜，大为惊喜，正准备迎过去，看到她和洪华平有说有笑，脸色顿时一变。

吕子矜主动打招呼，说，苏主编，你好。

苏航显得十分尴尬，说，哦，吕小姐，你好。

仅仅这一句话，吕子矜并没有再应答，苏航也不知道说什么了。他真的受到了打击，一颗心瞬间跌进了冰谷。就在他愣神的时候，吕子矜和洪华平一起走过去，苏航还站在那里不知所措。眼见他们离自己越来越远，苏航才突然醒悟，向前追了几步，叫道，吕小姐，请等一等。

吕子矜停下来，转过头，问，苏主编，有事吗？

苏航从身上掏出一张报纸，塞给她，说，这个给你。

吕子矜机械地接过，问，这是什么意思？

苏航说，我说过要给你一个说法的，都在上面。

吕子矜用拿报纸的手向他挥了挥，说，再见，然后转身向前走，洪华平随后转身，跟着吕子矜走了几步，又回过头看苏航。

苏航还傻傻地站在那里，看着他俩。前面路边有一只垃圾箱，吕子矜经过的时候，顺手将手里的报纸扔了进去。苏航看着这一切，脸上写满了绝望。

苏航给出的第二份情报，也迅速起了作用，红队派出一个行动小组，对银杏的住处实施了秘密包围。银杏洗完澡，穿上睡衣，在梳妆镜前吹头发。吹了一下，她走过去，打开留声机，留声机中传出美妙的音乐，她又回到梳妆台前吹头发。吹好头发，一张唱片完了，她换了一张唱片，然后拿起一本书，坐在床头看书。

门开了，赵铭彰跨进来，脱下西装，挂在衣架上，同时问，还没睡？

银杏说，我在等你啊。

赵铭彰说，我每天都回来很晚的，你不要等，可以先睡。

银杏说，我们还要这样躲到什么时候？

赵铭彰脱了衣服，进入浴室，开始洗澡，声音从浴室里传出来。他说，这几天，我反复考虑过了，这个地方不能再住，明天就搬走。

搬走？银杏说，这里是我家，我在这里住了好几年了。

赵铭彰说，长期住一个地方不安全。

银杏说，你都住了几个月了，一直没事啊。

赵铭彰说，正因为住了几个月，才不安全。我今天想到这一点，惊出一身冷汗。这事是我疏忽了。

卧室门悄悄地开了，进来三个人。其中两个，快速扑向浴室。

银杏看到这三个人，大吃一惊，先是惊叫一声，然后问，你们是……

第三个人已经跨到她的面前，一把手枪对准她的胸口，命令道，不准出声，否则，一枪毙了你。银杏将后面的半句话收回来，惊恐地望着持枪人。

赵铭彰听到外面的响动，立即关了水龙头，拉开浴室门，却发现有两支黑洞洞的枪口对着自己。他神色大变，问，你们……是红科的？

你这个叛徒，红科队员说，你出卖了我们那么多同志，你知罪吗？

赵铭彰双腿一软，跪下来，乞求说，我也是没办法，我是被他们逼的。我求求你们，放我一条生路吧。

红科队员说，放你一条生路？我们就有更多的同志没有生路。

话音落，枪声响。随后是银杏的一声惨叫。

赵铭彰是受特殊保护的，那些保护者必须二十四小时处于警戒状态。赵铭彰进屋后，他们不得不守在汽车上，几个人开始抽烟。不一会儿，楼上传来枪响，一声，又一声。汽车的门迅速打开，从车内跑出四个人，他们迅速掏枪在手，向大门冲去。可是，他们才跑了两步，街对面响起枪声，一排子弹飞过来。

这几个人训练有素，听到枪声，立即趴在地上，然后调整了自己的角度，开始还击。

双方顿时成为互射局面，这边开几枪，对面又是一阵还击，这边再开枪，对面再还击。四个人趴在那里，除了开枪还击，不敢有任何动作。枪声响过一阵，对面没有了声音。这边也停止了射击，却不敢有任何动作，仍然在地上趴着。

远处，有一群警察奔跑而来，对面再没有动静，四名保镖才敢探出身子，而警察们却如临大敌，所有的枪口，指向四个人。保镖中领头的姓柴，他大声高叫，说，程队长，是程队长吗？我是老柴。

领着警察过来的，确实是程兴源，他在附近办案，因此，最先赶到了现场。听到叫声，程兴源并没有收枪，而是问道，老柴，是你吗？

老柴说，是是是，是我。

程兴源命令说，把枪放在地上，双手举过头顶，然后站起来。

四名保镖依命令行事，慢慢站起来。程兴源打开手电筒，上前照了照，认出老柴，问道，什么情况？

老柴说，赵铭彰在里面，估计没什么希望了。

程兴源挥了挥手，说，走，跟我进去看看。

警察以及老柴等，陆续进入。

警察们训练有素，进入之后，迅速控制各个空间，然后小心上楼，到达卧室门口，卧室的门开着，警察们不敢从正面直入，闪在两边，然后突然持枪进入。其他警察随后跟进去。

进去后，第一眼看到的是银杏，她缩在床上，浑身发抖，满脸的惊恐。

程兴源和老柴随后进入，前面进来的几个警察，有两人走向银杏，另外两人走向赵铭彰。走向银杏的警察问，那些人去了哪里？银杏突然之间发狂一般惊叫，并且跳起来大喊，向外面冲。一名警察立即将她抱住。银杏又疯了一般狂叫着挣扎着。

两名走向赵铭彰的警察弯身查看了一番，报告说，一枪爆头，没救了。

程兴源掏出手套戴上，向赵铭彰的尸体走过去，说，老柴，你认一下，是你的保护目标吗？

老柴走过去，看了看，天庭上一个小洞，后脑缺了一大块，半边脑袋没了。老柴说，正是他。

程兴源转身对警察下属说，把那个女的带到隔壁房间，问问他的情况。其他人，注意搜索。

银杏还在挣扎，那名抱着她的警察索性将她扛起来，走出房间。程兴源蹲下来，检看赵铭彰的尸体，说，没有穿衣服，又倒在浴室门口，显然在洗澡，没有任何思想准备，说明凶手其实早已经在附近埋伏了。

老柴说，他进门不到十分钟，枪声就响了。

程兴源问，这房子有后门吗？

老柴说，有。

程兴源站起来，盯着老柴看了一眼，问，后门你们没派人看守？

老柴说，这两个多月，他几乎天天来。我们要二十四小时保护，人手根本派不过来。

有一名警察进来，报告说，队长，后门开着，他们应该是从后门逃走了。

计划十分周密啊，程兴源说。

第八章

黄雀在后

1

吴品三坐在办公室里看报纸，嘴里哼着京剧，苏三离了洪桐县，将身来到大街前，未曾开言我心好惨，过往的君子听我言，哪一位去往南京转，与我那三郎把信传。

赵印墨推门而入，叫，妹夫。

吴品三威严地纠正，说，局长。

赵印墨改了口，说，局座，昨天晚上，赵铭彰被干掉了。

吴品三将报纸放在桌上，说，要你说，报纸都登出来了。

赵印墨似乎不太相信，说，登……登出来了？这么快？

吴品三说，我跟你说多少次了，要想在官场混，别的事干不干还好说，一定要养成看报的习惯。接着，吴品三话锋一转，说，我听说赵铭彰非常小心，有好几个藏身之所。而且，杨正熊派的人是二十四小时贴身保护。这样都被共党不知不觉地干掉了，共党的红科里有能人啊。

赵印墨知道吴品三和杨正熊有矛盾，趁机问，赵铭彰一死，杨正熊会不会……

吴品三心里清楚，赵铭彰一死，杨正熊的政绩又被画了一道黑杠，但对于他有多大影响，还真是难说。他说，这个杨正熊，窝里斗的水平一流，对付共党，半点办法都没有。

赵印墨说，家臣的事，肯定是杨正熊在背后搞鬼。

就目前掌握的线索看，还不能完全这么说。郑家臣去那家长三堂子，是汪峰仁起了作用，两人的说法又完全不一样。这就很难排除一种可能，汪峰仁给郑家臣挖了一个坑，让郑家臣去钻。如果是汪峰仁挖的坑，就一定与游再春有关了。若真是如此，杨正熊，就是游再春的一步棋，既打击了吴品三，又挑起吴品三和杨正熊之间的矛盾，游再春好收渔人之利。这话，吴品三当然不能对赵印墨说，只能闷在心里。

吴品三说，家臣跟着我，从安徽到湖北，又从湖北到上海，他是不是共党，我比谁都清楚。

赵印墨说，那你得帮一帮他啊，不然，他的麻烦大了。

吴品三说，怎么帮？那封信很要命。

赵印墨说，就算那个女人是共党，跟家臣也没有必然联系啊。

吴品三知道，赵印墨和郑家臣一直暗中较劲。他的优势在于自己的妹妹，郑家臣的优势在于跟吴品三多年。赵印墨属那种格局不大的人，分不清大小轻重，只盯着眼前的那点利益。可今天，他竟然一再出面替郑家臣说话，吴品三自然想到，他有种兔死狐悲了。吴品三说，怎么说得清楚？他如果仅仅只是去长三堂子，那好说。那个女人，并不是长三堂子的妓女，只是个打杂的。家臣呢？不是去找妓女，而是去找那个女人。你怎么解释这件事？

赵印墨显得颇有些心焦，说，难道说，眼看着家臣被杨正熊害了？

吴品三不好说得太透，只能点到为止。跟这种悟性差头脑简单的人说话，确实是很费劲，要说清一件事，得解释一大堆。但又不能不考虑赵印墨的情绪，毕竟，自己信得过的人，目前只有他一个了。吴品三耐着性子说，如果这件事真是杨正熊设的计，我估计一定不只这点事，还会有别的东西。既然是陷害，就是一个周密计划。

赵印墨直来直去，说，既然他做初一，我们就做十五嘛。这次赵铭彰的事，我们应该狠狠地踩他一脚。

吴品三问，你懂什么叫桃李不言下自成蹊吗？

赵印墨一脸的蒙态，问，什么不言，成什么溪？

吴品三说，赵铭彰的事，我们不说，自然有人去说。我们如果说了，就成画蛇添足，成了来说是非人，便是是非者。这件事，你不准说任何话，一个字都不要说。家臣的事，你也不要急，我肯定不会坐视不理的。我在等时机。还是说断指人吧，有线索了吗？

赵印墨说，还在摸情况。

吴品三有点恼火，说，还在摸情况？你知不知道，家臣的事，搞得我们非常被动。如果断指人能够抓到，我们就形成了绝地反击，若是抓不住，我们的处境，比杨正熊好不到哪里去。

这一点，赵印墨也是清楚的，可是，他有什么办法？双方都在斗智斗勇，每一个环节，都是经过精心设计的，哪能很容易就抓到线索？他正准备解释，李时君出现在门口，伸手敲了敲门。

吴品三立即热情起来，招手说，时君，进来，快进来。

李时君进来，吴品三热情地说，坐。不仅让座，还亲自起身，替他泡茶。赵印墨将这一切看在眼里，心里是极度的不爽。自己每次来，吴品三何时让过座？又何时替自己泡过茶？每次都是一副要债的脸。可面对李时君，那张没肉的脸，就笑成了一朵花。

李时君坐下，说，局座，我摸到一个情况。

吴品三眼前一亮，说，哦，好哇。他将泡好的茶端到李时君面前，说，别急，慢慢说。说着，吴品三回到自己的位子上坐下来，饶有兴趣并且充满期待地望着李时君。

李时君说，断指人的那个女人叫戴丽娟……

才说了这么一句，就被赵印墨打断了。赵印墨心想，我还以为你真捞到了什么猛料，原来就这么个东西，他说，这个要你说？我们早就知道了。

李时君倒也不尴尬，继续说，戴丽娟是从长三堂子出来的，我找她以前的姐妹聊过，据她们说，她以前有一个恩客，姓顾，名字不知道，大家都叫他顾老板。我给她们看过照片，他们证实，正是顾顺章。后来，由顾先生介绍，她认识了断指人。她们也不清楚断指人的名字，只知道姓向，大家叫他向老板。

赵印墨再一次打断了他，说，这些，我们早就掌握了，要不要我帮你介绍？

李时君自然感到了赵印墨的敌意，心里也开始打鼓，表面上，却还非常平和。他说，我要说的重点不在这里。

赵印墨很烦李时君这种人，这么点小事，随便找人就能问到，还拿来找局长表功。这表面功夫也做得太着痕迹了。他颇不以为然地问，在哪里？

李时君说，戴丽娟的朋友提供说，她最喜欢吃西菜园的生煎。

赵印墨又是非常无礼地打断了他，说，我还真以为李股长有什么特别的。她喜欢吃西菜园的生煎，那家长三堂子里人人都知道，戴丽娟的邻居也都知道，根本不是什么秘密。

是，确实不是秘密，李时君承认说，不过，哪怕一个生活小节，也可能让我们获得重大突破。我找西菜园问过，每隔三五天，戴丽娟就让西菜园给他们送一次生煎。

这就是新情况了，吴品三盯着赵印墨，问，西菜园每隔三五天送一次生煎，这么重要的事，你为什么从来没有跟我提过？

赵印墨确实不知道这个事，而且，他也不认为是什么重要的事，分明是小事一桩嘛，跟重要边都挨不上啊。他说，我们要找的是断指人，跟西菜园送生煎的伙计没什么关系吧？

吴品三恼怒了，指着赵印墨，说，我以后再找你算账。时君，你接着说。

李时君看一眼赵印墨，他也正转头看自己。显然，赵印墨是极度不服气的。李时君顾不上这么多了，说，我想，这个戴丽娟，完全有可能再叫西菜园的生煎。只要她再找西菜园，我们就能通过送生煎的伙计，找到她新的藏身之所。

吴品三说，好，这件事，就交给你。你把手里的事安排一下，别的事先放一放，所有人，都给我盯这件事。

好，李时君答应一声，站起来，说，局座，那我去安排了。

吴品三说，去吧，办稳妥一点。李时君转身离去，没有看赵印墨。

等李时君一走，吴品三立即站起来，指着赵印墨，说，你啊你啊，让我怎么说你？给了你那么多人那么多钱，你就这么给我办事的？

赵印墨仍有些不以为然，说，就算找到戴丽娟，也不一定抓得到断指人吧？

一个人素质差，就差在从来不找自身原因，一切差错，都会找借口推掉。如果不是因为他妹妹，像赵印墨这种人，给自己倒洗脚水，吴品三都看不上。这种人，就注定会一事无成。他怒斥道，你还在这里狡辩。这个月的费用，给你减半。

减半？赵印墨大声地叫起来，对于低层人士来说，钱就是他们的命。他说，妹夫，这不行，我下面那帮人要造反的。

吴品三冷冷地说，那你就拿自己的钱给他们补上。这是对你的惩罚。记住，以后有奖就有罚。不管你叫我什么夫都没用。

苏航是一个喜欢自由的人，也是一个极其爱惜羽毛的人，这两个方面在他身上形成一种结合体，使他活得率性而又自如，二十来岁，便在十里洋场混出了名气，成为文艺界的后起之秀。

可这段时间，一切全都变了。自己给自己找了个天敌，周天罡的人，躲在各个不同的角落，随时准备置他于死地。他每时每刻都得保持高度警惕。公开场所尽可能不去了，每天进出，都要化装。他也知道，这不是长久之计，时间一长，周天罡肯定会识破。再就是以前结交的那些朋友，那可是文艺界知名人士，见到他，绝大多数是装不认识，只有一个郁达夫，还愿意跟他说上几句话，同样是带着怀疑的语气，说，苏航，怎么回事？最近那么多负面传闻，得罪什么人了？苏航只好说，人在家中坐，祸从天上降。

最让他痛心的，还是这件事影响了和吕子矜的关系。他有一种感觉，有一段时间，吕子矜的心正在向他靠近，可因为那个传言，她突然就远去了，并且不再回头了。他也认为，吕子矜身边的那个男人，是她找来当替身的。即便如此，岂不已经说明，她在暗示他吗？

可苏航忘不了吕子矜，他的一颗心，已经被她俘虏了。明知他们之间已经没有希望，他还是忍不住想见她。他又一次跑到了复旦大学门口。他想，哪怕是和她说一两句话，不，哪怕是远远地看她一眼，自己心里也会有春风拂过的快意。

苏航站在校门口，看着每一个进出的女学生，热切地盼望看到吕子矜。

他没有看到吕子矜，吕子矜倒是先看到他了。先看到苏航的不是吕子矜，而是洪华平。吕子矜和洪华平有了新任务，两人各自拖只行李箱，正向校门口走，洪华平说，你的那个人又来了。吕子矜一开始没理解他这句没头没脑的话，抬头看他，见他目光盯着校门外，便将目光移过去，因此看到站在门口的苏航。吕子矜眉头一皱，说，他怎么阴魂不散啊。

洪华平说，看来，他是不达目的，誓不罢休的。

吕子矜有点吃惊，说，目的？你认为他有什么目的？

洪华平说，这还用说？当然是追你。

吕子矜当然清楚这一点，否则，上次也不会邀洪华平来想逼退他。但这事被洪华平说出来，她的脸还是有些发烧，说，你是说，他和我……他想和我……

洪华平说，他爱上你了，正在追求你。不会吧，你是真不懂，还是装？

吕子矜虽然阅历丰富，经历非常之多，可毕竟只有十八岁，正是怀春的年纪，情窦初开了。话说得这么直接，她是既难为情又不肯承认，说，你别瞎说，我们才说过几句话，他怎么会……怎么可能？绝对不可能。

洪华平说，你这么漂亮，一见钟情很奇怪吗？

吕子矜又羞又急，跺了跺脚，说，华平，你说什么呢？像真的一样。

洪华平说，当然是真的。上次我就看出来了。他见到你，脸上充满了爱意。再看到我和你在一起，他那种绝望的表情，我一闭上眼睛，就仿佛看到他。

吕子矜大窘也大急，说，哎呀，那怎么办？我从来没想过会有这种事。

等我们从庐山回来再说吧。洪华平说，这事急不来，得慢慢解决。

吕子矜指了指前面，说，可他……

洪华平说，我们从侧门走，不然，被他缠上，搞不好就误船了。

吕子矜站在那里，向校门口望着。洪华平已经转身，向前走了几步，见吕子矜没有跟上来，停下，问，怎么啦？

吕子矜什么话都没说，转过身来。洪华平看到她眼睛里有一层迷雾。她一言不发地向前走，越过洪华平，继续向前。洪华平站在那里，看着她的背影，又转身向校门口看了一眼苏航，才紧追几步，和吕子矜平行。

是不是有点动心？洪华平问。

你胡说什么？吕子矜说。

尽管如此，洪华平还是发现，吕子矜的头向后偏了偏，似乎想转身望一眼苏航，但只是动了动而已，并没有完全转过去。

李时君派到西菜园的人起了作用，他们对每一个送餐的伙计进行跟踪，果然取得突破。

这天，西菜园一名伙计提着食盒，从餐厅出来，跨上门口的一辆脚踏车，向前骑去。陆冬宝带着人亲自在此蹲守，只要有人送餐，立即跟踪而去。时间长了，他们掌握了规律，知道送不同的食物，伙计们会用不同的食盒。这次伙计用的食盒不太大，也不密封，应该装的不是热菜，更大的可能是点心，陆冬宝于是亲自跟了上去。西菜园的伙计不是专业人士，根本没想过有人跟踪自己，一心只想快点将食物送到。

时间并不长，送餐伙计来到一幢很旧的居民楼，将脚踏车往楼前一停，提着食盒，便向里面走。陆冬宝跟过来，看了一眼送餐伙计进去的地方，那里有一块很陈旧的牌子，上面写着两个不太正规的字：旅店。

这家旅店竟然连店名都没有，楼也陈旧，说明这是一家很低档的旅店。陆冬宝连忙停好脚踏车，悄悄跟了进去。

进去是楼梯间，楼梯旁边隔出一间很小的房子，作为住宿登记处。小隔间开了一扇很小的窗，窗上挂着牌子，写着“住宿登记”四个字，里面坐着一个上了年纪的男人，戴着老花镜，正在看报纸，完全不理外面的情况。

送餐伙计提着食盒上楼，陆冬宝随后跟过去。

伙计来到二楼，并没有停止，继续向上。陆冬宝轻手轻脚地跟着。到达三楼，伙计向右拐，进入走道。陆冬宝在墙边藏了身子，探出半边脑袋，观察着。伙计一直向前走，走到一扇门前，伸手敲门。陆冬宝注意看了一下，继续向上还有楼梯，但上面已经没有房子，楼梯应该是通向楼顶的。他认准了环境，继续观察伙计。

门开了，里面有人和伙计说话，是女人，看不到她的身影，更无法辨认样貌。女人从伙计手里接过食盒，过了一会儿，里面伸出一只手，提着食盒。伙计伸手接过食盒，另一只手接过钱。伙计转身，向楼梯间走来，随后传来关门声。

陆冬宝向后退了几步，继续向楼上去，将自己藏起来。伙计的脚步声近了，向楼下走去。陆冬宝等了等，观察了一下动静，然后回到楼下，进入走道，过去看了看。

进门时见登记处如此逼仄，陆冬宝还以为这间旅店非常小，这一看才知道，旅店竟然有些规模，一层就有十几个房间。伙计刚才敲开的那扇门，上面有房号，是313。

陆冬宝再看了看其他几个房间，然后转身离去。

2

李时君是憋着一股劲要干出点名堂的。他心里很清楚，自己虽然是股长，但在社会局内，属于爹不疼娘不爱的人物。表面上，吴品三和游再春都很信任他重用他，每次见了他，都异常客气，亲自为他沏茶。正是这一举动，让两位局长的亲信赵印墨和汪峰仁恨得牙儿痒痒。其实，李时君心里明镜似的，越对你客气，越说明你是外人。

另一方面，李时君也多次暗自评估，无论是吴品三还是游再春，若想取得其信任成为自己人，根本不可能。在一个单位，无法成为领导的自己人，处境就会非常尴尬，若想不被边缘化，就只有一条路可走，那就得业务过硬，成为不可或缺的人。

李时君就是要成为这样的人。

戴丽娟喜欢吃西菜园的生煎，虽然是一件小事，但搞情报工作，就是要从小事中发现大机会。或者换一种说法，任何人的成功，都落脚在细节，而任何人的不成功，也一定是细节方面没有把握好。

李时君坐在办公室里，正思考每一个细节，希望找出其中的漏洞时，陆冬宝匆匆赶了回来，显然，他是快速骑车赶回的，额上还冒着汗。

哥，逮到了，终于被老子逮到了，陆冬宝进门就说。

李时君掏出手巾，递给他，说，看你满头的汗。先擦擦汗，慢慢说。

陆冬宝接过手巾时，李时君又转身，替他倒了一杯茶。陆冬宝将跟着送餐伙计找到那家无名旅店，看到送餐人将餐盒送进了 313 的情况说了。

李时君将茶递给陆冬宝，说，你看清楚没有？是不是我们要找的人？

陆冬宝说，女人没有出来，所以完全看不清。不过，我可以肯定两点：第一，是女人；第二，那说话的语气，嗲里嗲气的，就知道是长三堂子出来的。

如果是这样，那必须落实一下。李时君说，这样，你去看看，最好是把对面的房子定下来，你带人住进去。

陆冬宝说，我观察过，那里住的人好像不多，估计空房不少。

李时君说，最好是对面的房子。还有，如果弄到对面的房子，你想办法，在门上钻个孔，这样，就可以看清 313 的情况了。只要她们开门，你就能确认，是不是戴丽娟。

陆冬宝说，没问题，这个我内行。

李时君递给陆冬宝一支烟，自己点起一支，说，你可不能大意。赵印墨仗着他妹妹是局座的小老婆，处处踩着我们。我们兄弟俩能不能翻身，就靠这单活了，一定要干好。

陆冬宝说，哥，你放心。我冬宝办事，没别的，就一个字，稳。

李时君说，你最好别出纰漏，否则，我饶不了你。事情办成了，奖金发下来，你得头份。

陆冬宝说，我哪能拿头份？当然是大哥你拿头份。

李时君说，你再去观察一下，那房子后面有没有窗子。万一有什么情况，从前门进出不方便，要通过窗子传递信息，这个细节很重要，不能出纰漏。

陆冬宝说，我已经想到了。

李时君说，那就好，你再多想想，看还有没有别的细节需要注意。你去安排吧。

陆冬宝告辞出门。李时君坐在那里，仔细地想了好长时间，然后才离开办公室，向楼上走去。李时君先去了吴品三的办公室。吴品三坐在办公桌后看文件，文件上有日本等字样。李时君敲门，吴品三将他迎进去，请他坐下。

李时君指了指文件，说，最近日本浪人闹事频繁，局座是不是考虑有什么动作？

吴品三说，那不是我们的事，是警察局和外交部管的。我不过是看一下东北几起事件的通报。怎么样？有进展吗？

李时君说，是有点进展，但还需要最后确定。

吴品三说，哦，断指人案吗？什么情况？

李时君说，我们跟踪西菜园餐厅，果然有了结果。现在锁定了一家小旅馆。他们刚刚往那家小旅店送过生煎。

吴品三问，确定了是戴丽娟？

李时君说，应该有一定把握。但还没有最后确认，我正在想办法证实这件事。

你的方向是对的。吴品三说，我相信，你肯定可以找到戴丽娟。现在的问题是，你真的确定断指人一定会去找她？

李时君说，据我打听来的消息，他们是正式结了婚的。断指人五十多岁的人了，娶了个这么年轻，又这么漂亮风骚的老婆，哪里顶得住？肯定舍不得。

吴品三说，这是心理分析。但这种心理分析，只能针对一般人。共产党人可不一样，他们太不一般了。

李时君说，再不一般，也是人，也是男人。男人对女人，心理都是一样的。再说，他们既然是正式夫妻，断指人如果离开了上海，而戴丽娟已经暴露，老共一定会把戴丽娟安排在一个地方，比如安排在某处乡下，那样更安全。现在，戴丽娟只是搬离了住地，却住进临时的旅馆，只能说明一个问题，为了他们见面。

吴品三想了想，说，我怎么感觉逻辑有点勉强？

李时君说，局座，您不了解老共。他们的经费非常紧张，住旅馆费用太高了，还不够安全。除非他们有特别安排，否则一般不会住在旅馆里。我敢肯定，把她安排在旅馆里，一定是临时性的。这种临时性安排，一定和断指人有关。

是断指人要求这样安排的？吴品三说，他为什么提这个要求？

李时君说，上次局座不是说，有情报显示，老共中央已经撤离了上海，还剩最后一批，却有人不想走吗？我猜，会不会就是这个断指人不想走？他不想走，难道不是因为戴丽娟？他这一走，什么时候回来，就难说了，这么年轻漂亮的老婆，他真的舍得？再说了，戴丽娟又是长三堂子出来的女人，他把人家一个人扔在上海，人家会不会又回到长三堂子去？

吴品三说，难道共党不管她？不会这么无情吧？

李时君说，不是无情，而是老共确实没有这样的能力。据我所知，他们除了极个别没有正常收入来源的高级干部有一点点津贴之外，其他党员，还要拿出自己的大量收入缴纳党费。除非是在他们的苏区，否则，是没有能力照顾家属的。

吴品三想了想，说，不管你的推理对或者不对，这是我们目前唯一的线索。你一定要把这个地方盯死，再不能出一点差错。

李时君说，请局座放心，方案我反复思考过了。下午，我还要亲自去检查落实，保证每一个细节到位。

吴品三强调说，宁可多安排些人手，绝对不能出错。

苏航开始接受谍报训练，地点在乐少华的住所。

这处住所属于闹中取静，不熟悉的人走进来，会发现这是一间长三堂子，只有熟悉人的才知道，侧面有一扇小门，小门进去，是通往二楼的楼梯，楼梯连接的，是长三堂子的后门。

一些特别的场所，总有些特别的设计。

长三堂子之所以设计这么一道后门，还是考虑到，有些来长三堂了而且身份高贵的客人，不太方便从正门进出，最好有个不让人注意的后门。万一遇到某位恩客的老婆财雄势大，闹上门来，恩客也可以通过后门逃走。后门既然起着这么关键的作用，自然还需要一些掩人耳目的安排，比如说，在那里安排一套房子，就是很好的障眼法。

乐少华租住的，就是这么一套房子。房子的面积还不小，有客厅，有书房也有卧室。整个上午和下午的相当一部分时间，长三堂子安安静静，乐少华正好可以利用这段时间开展工作。苏航接受训练，就在客厅里，客厅被清出了一角，摆了一套桌椅，前面摆了一块小黑板。苏航坐在椅子上，面前放着纸和笔记本，正襟危坐，果然是一副学生模样。乐少华领着一个大胡子外国人进来，苏航立即礼貌地站起来。乐少华说，好了，现在，你们上课，我出去转一转。等你们上完课，我再回来。

乐少华离开，大胡子挥挥手，示意苏航坐下。苏航坐下来，拿起笔，准备做笔记。大胡子却用十分生硬的中文说，不，不能记录，一个字都不能有。大胡子指了指自己的大脑，说，要记在这里。苏航只好收起本子和笔。

大胡子开始讲课。他说，我给你讲的是从事秘密工作的一些特别方法。秘密工作，有一个专有名词，叫间谍。用中国话解释，间，就是中间，间入。谍，就是谍报、情报。做间谍工作，也就是间入到敌人的关键要害部门，获取他们的情报。

大胡子在黑板上用很怪的中文写下间谍两个字，继续说，国际上，有很多非常著名的间谍学校，但中国没有，中国共产党更没有条件办间谍学校。我们只能采取这种简单的方式，讲一些简单的常识。

苏航有些好奇，大胡子竟然不自我介绍，而是开门见山。至少，他觉得应该先交流一下，让这位老师了解自己的情况。他说，对不起，先生，对这项工作，我一点都不懂。

大胡子做了一个纯粹的外国人的动作，说，是的，我知道，你什么都不懂。所以，我的教学可能会有些难度。这样好了，我们可以灵活一些。如果你有不懂的地方，我们可以交流。

苏航说，我是一个笨学生，我可能会有很多幼稚的问题，请老师理解。

大胡子说，这个没问题。一般人以为，间谍工作是一项通过特殊的技术和技艺来获取情报的工作，实际上并非如此，真正优秀的间谍，最大成就反而体现在一些极其不起眼的日常事务中，即体现在对那些日常的一般人完全看不上眼的各类信息进行捕捉、提取、归纳、甄别等信息处理能力上面。

苏航努力地记住大胡子所说的每一句话。

这堂课持续了大约两个小时。大胡子宣布结束时，乐少华准时返回。大胡子离开，乐少华和苏航一起将他送到门口。

乐少华问苏航，对今天的课，感觉怎么样？

苏航坦率地说，以前觉得情报工作是一件非常神秘非常特殊的工作，可大胡子老师讲的这些，看似也很平常。

乐少华说，世界上最出色的间谍，并不在于他怎样出生入死，而在于他有什么样的能力沙里淘金。

听了一上午的课，苏航憋了一泡尿，趁此机会去解决了，然后坐下来，和乐少华谈工作的事。苏航向乐少华承认，对于他来说，最难的是角色改变。按照大胡子老师的说法，出色的间谍，必须像变色龙一样，演好多面角色，这与他一贯所受的教育背道而驰。从小，他娘就教他，做人要诚实，不能见人说人话见鬼说鬼话，两面三刀。

乐少华开导说，每个人在社会中，需要扮演各种不同的角色。这些角色本来就要求他们具有多面性。简单地说吧，你在上司面前就是下级，在下级面前，你是上司。这两种角色相同吗？还有，在妻子面前你是丈夫，在孩子面前你是父亲，在父亲面前你是孩子，同样一个人，却有三种角色，这难道不也是多面性的？这些角色是不能错位的，一错位就会出问题。在社会上，在生活中，我们不得不充当多种角色，人天生就具有这种多面性，几乎所有人，都认为这是正常的，或者不认为是多面性的。而在另一些方面或者领域，我们给多面性贴上道德的标签，这些多面性，就变成了非道德的，甚至是负面的。秘密战线中的多面性，就属于后者，所以你会觉得不适应。

这样一说，苏航恍然大悟。其实，每个人无不多面地生活在社会上。但我们的道德，却将这种多面性，贴上了对或错的标签。以至于给人造成一种强烈的错误认识，觉得多面性是错的。其实多面性没有对错，对错只在人心。

这一次，乐少华也仔细地谈到了苏航即将加入的组织，CC 系。

乐少华说，社会局分成两部分：一部分是目前社会局的职能，即社会事务，主要管理社团、媒体等；还有秘密的一部分，是情报机构职能。南京没有专门的情报机构，目前是将情报机构融入一些社会机构。社会局这部分职能的上级主管，是国民党中央组织部调查科。中央组织部是由陈果夫陈立夫控制，所以，世称 CC 系。党组织希望苏航间入社会局，并不是间入社会局的主体部分，而是秘密那部分，也就是 CC 系。

苏航问，那我主动去找吴品三？

乐少华说，还是再等等吧，如果我的估计不错，吴品三可能还会对你做什么事。

苏航问，做什么事？

乐少会说，暂时还不知道。你不如以静制动，等他出牌，你再应招。

接着，乐少华又谈到集纳新闻。他说，你有没有考虑，你的那个集纳新闻，与你现在的角色，已经很不协调了？

苏航承认说，我已经意识到了。我现在要的是灰色，集纳新闻太左了，是红色，确实要往右边转一转。不过，朱衡一恐怕会反对。

让苏航没料到的是，乐少华竟然说，我建议不如停了。

在苏航这方面，自然没有问题，既然党要求停，那就停。问题是，这件事怎么向朱衡一解释？当初办这家报纸，是自己找他的，现在莫名其妙说停就停，他会是什么态度？

苏航有一种解决难题的自信，越难的麻烦，他越能解决。相反，倒是一些看似简单的事，他显得束手无策。比如，怎么让朱衡一相信，停掉集纳新闻的理由是充分合理的？还有，他和吕子矜，看似已经完全没有希望了，自己又不甘心，这件事，怎样才能峰回路转？

下午，苏航再一次去了复旦大学。

他没有想到解决此事的办法，只是想再见到吕子矜。他相信，心诚则灵，只要有时间，他就会到复旦门口转一转。

他当然不知道，吕子矜和洪华平一起去庐山执行特殊任务去了，还需要几天时间才能回来。

3

成功地将郑家臣埋进坑里，只是一次小小的成功。埋掉郑家臣，并不是游再春的目标，他的目标是最终埋掉吴品三。吴品三是一棵大树，根深叶茂，三几个小坑，对他根本构不成威胁，游再春需要挖无数个小坑，最终造成吴品三的彻底崩塌。

别看游再春像一尊笑面佛，每天每时都很灿烂地笑着，只有他自己清楚，他的心中，无时无刻不在寻找挖坑的机会。

按照游再春的要求，汪峰仁找人拍了一些照片。游再春接过这些照片，翻看着，最上面是一幢楼，六层。汪峰仁解释说，湖北帮就在这栋楼里办公，三楼。目前人数不多，不算郑家臣和赵印墨，只有五个人。

游再春翻出第二张照片，是一个约四十岁的男人。汪峰仁解释说，就是他，徐志谦，共党的叛徒，现在是湖北帮的骨干，主要负责收集与共党有关的情报。他来的时间虽然不长，但抓到的共党分子已经有五个。

五个？游再春显然有些吃惊，说，那他拿到的奖金，岂不是一两万？

汪峰仁说，没这么多。他要跟杨正熊分肥，否则，杨正熊不肯在报告上签字，他就结不了案，拿不到钱。

游再春问，吴大嘴呢？是不是也分一份？

汪峰仁说，这个没听说。我问过古泉，他说吴大嘴这个人跟别人不同，他不贪，不爱钱。

游再春说，不贪？我可是听说，他在安徽当民政厅长，刮地皮非常出名。

汪峰仁说，也许，他那时候已经捞够了吧。

游再春一声冷笑，你告诉我，这个社会，哪有人赚钱赚够了的？我就不相信，还真有人可以立地成佛。

游再春翻出另一张照片，是古泉。汪峰仁说，古泉就不介绍了。现在，他已经完全被我们控制了。郑家臣的事，他怕得要死。担心吴品三知道，一定会杀了他。

游再春说，这是我套在他颈上的一道绳索。你要多给他些小恩小惠，我们要把他越套越紧。这个人，将来说不定对我们有大用。

汪峰仁指着游再春翻出的另一张照片，说，刘明道，公开身份是大学老师，把自己打扮成左倾，以此接近左派学生领袖，从而抓学运方面的情报。

游再春说，吴大嘴这个人，干事还真有一套。他用的这几个人，各有特点。哪像我们力社，人虽然多，却是一群乌合之众，关键时刻就掉链子。

说的时候，游再春翻到了另一张照片，汪峰仁立即介绍说，魏三，码头工人出身，简单地说，就是扛大包的，有帮会背景，熟悉码头和工厂，和那些下层人士，有很紧密的关系。

游再春又翻出最后一张照片，汪峰仁说，陈少周，主要做黑市生意，对黑市行情非常熟悉。

游再春把这些照片合拢，说，你把情况再摸细一些，想办法搞清楚这些人的全部情况，姓名、住址、年龄、经历、社会关系、特长爱好、不良嗜好，所有能够掌握的情报，越详细越好。要特别评估一下，能有什么办法把他们攻破，为我所用。

汪峰仁说，好。

游再春又特别强调说，重点是这个……汪峰仁半是提醒半是询问，徐志谦？游再春说，对，徐志谦。你把这个人的事给我查清楚。所有一切，能搞到的，都给我搞到手。

汪峰仁再回了一句好。

游再春转了话题，问，郑家臣有什么消息没有？

汪峰仁说，程兴源在审王翠花，杨正熊审郑家臣。王翠花死活不承认自己是共党，只说是替人转信。程兴源找她老公去对质，她也不承认。郑家臣还是那样，说那些东西不是他的，他是被人陷害的。

游再春问，杨正熊对他用刑了？

汪峰仁说，没有。我听说，杨正熊对他很客气，没有采取其他手段。

游再春略想了想，说，看来，杨正熊有所怀疑了。

怀疑？汪峰仁问，他怀疑什么？

游再春并没有直接回答他，而是说，如果是这样，这件案子，恐怕不容易结案啊。吴大嘴对这件事无动于衷？他没去找杨正熊？

汪峰仁说，没有，只是找过程兴源了解情况。

游再春感叹说，这个人的修炼，还真不是一般的深啊。

汪峰仁说，他这么长时间没有动作，我估计肚子里没憋着什么好东西。

游再春说，我就没指望他憋出什么好东西。我们等着看戏吧，对了，那个给王翠花送信的人呢？马上把那个人给我抓了。

汪峰仁说，跟丢了。

游再春的脸一下子变了，愤怒地质问，丢了？我不是命令你派人跟紧吗？

汪峰仁说，我们的人手不够，要跟的人太多，所以，只派了两个人跟他。这两个人，很可能被他发现了。

游再春说，看来，对其他人的跟踪，要松一点了，不能那么紧。被他们发现了就不好了。

汪峰仁说，好。

吕子矜和洪华平接受的新任务，地点在庐山。

庐山深处，有一个山清水秀所在，叫太乙村。此处虽取名太乙村，但并没有住过普通的农民或者山民，相传，最早住在这里的道教宗师太乙真人，他在这里修炼成仙。因为此地群峰环抱，风景极是优美，清朝时，便有人在此建房，当然是一些名士。

直到几年前，粤籍的几名党国退役将军在此修建别墅，此地一时引起官员们注意，党国大佬蒋介石、阎锡山、蔡廷锴、陈诚等在此新建了一批别墅，形成一个别墅群，因而取名太乙村。蒋介石在此处的别墅，取名爱庐，既有爱庐山之意，也是对宋美龄的一种情意表达。几乎每年的夏天，蒋介石都会带着宋美龄到爱庐消暑。此外，还有其他一些时候，比如“围剿”江西红军，或者举办庐山训练营，蒋介石也住在此地。

和以前任何一次执行任务一样，吕子矜他们并不清楚参加者到底有多少人多少个小组，也不清楚具体指挥是何人。他们永远只是执行自己所领到的任务。这次，他们的任务，是设法接近甚至进入太乙村。

吕子矜和洪华平装扮成一对情侣，已经到达村口。村口有一座岗亭，上下两层，岗亭两边，有铁丝网，只有当中一条路进入。岗亭旁边，有武装卫兵站岗。

吕子矜和洪华平一路走来，让人以为是一对走了很长时间极度疲累的游客。这也不是假的，他们步行至此，确实走了很长时间。两人离岗亭还有十几米的距离，卫兵便用枪对准了他们，命令道，退回去，这里是军事禁区。

他们就是想趁机混进去，哪里肯因为卫兵的一句话退走？吕子矜说，兵哥哥，我们走得好累，能不能讨口水喝？

卫兵非常机械，命令说，走开，这里禁止游客活动。

吕子矜仍然和卫兵纠缠，说，兵哥哥，你有点同情心好不好？我们都快渴死了，帮帮忙，好不好？

洪华平拿着照相机，在那里拍照。卫兵见了，大声斥道，不准拍照。走开，快点走开。

吕子矜拿起空水壶，举过头顶，倒过来。里面确实是空的。她说，别别别，他站在这里，就我一个人过去，装点水就走，好不好？说着，她迈开腿，向前走。

卫兵迅速拉动枪栓，命令道，你听到没有？这里是军事禁区，不准拍照。

你怎么一点同情心都没有？吕子矜还在纠缠，说，难道你忍心看到一个年轻漂亮的女人渴死在这山上吗？

从岗亭内走出一名少尉军官，身后跟着两名士兵。

少尉走到卫兵面前，问了几句，卫兵向少尉说了几句话，少尉突然指着吕子矜他们，说，他们是共匪的探子，你们两个过去，把他们抓起来。

吕子矜说，好好，我们走，我们走还不行吗？真是一点同情心都没有。吕子矜向后退了几步，到达洪华平面前，洪华平还拿着相机在拍照，吕子矜拉着洪华平，快速向后跑。

吕子矜这一拉，洪华平没有准备，身子失去平衡，闪了一下。洪华平匆忙举起双手，晃了几晃之后，才保持了平衡，然后迅速向山下跑。就在他闪身的时候，有什么东西掉下来，落在地上。

吕子矜眼角的余光看到了，说，你好像掉了东西？

洪华平和吕子矜一齐向后看，看到的是一张纸。而入口处，两名卫兵，正端着枪向这边跑来。

洪会平说，是昨天我画的旅游路线图，就一张废纸。

吕子矜说，那算了，我们快跑。

两人加快速度向山下跑，两名卫兵追过来，其中一人捡起那张纸，抻开来，仔细地看。少尉从后面走过来，问，什么东西？一名士兵说，一张旅游路线图。少尉上前，接过图，认真看了看。

少尉只看了一眼，立即说，快，去把他们抓回来。

两名卫兵似乎还不想动。少尉又加了一句，快去。两名卫兵于是端着枪，快速地奔跑起来。第一次，他们只是做做样子，想把人赶走了事。现在，他们从少尉的表情上看到了异状，速度快了。

可是，他们追了好一段，却再没有见到那两个人，只好返回，向少尉报告。

少尉已经回到岗亭，对卫兵说，你们在这里盯牢了，警醒一点，一只苍蝇都不许飞进去，我去报告。

少尉转身，向村里跑去。

曹老爷子开山门的日子到了。曹宅的门口，站了两排穿长袍马褂的人，都是曹老爷子的徒弟，他们在此负责迎宾，同时也显示一种礼仪或者威仪。真正负责迎宾的，是另一些人，也是曹老爷子的徒弟，只不过是一些大徒弟。

苏航的朋友梅向东，便在这些人之中。梅向东自己是一名警察，在上海警察局办的一份杂志里当编辑，所以，他至少有三重身份。作为曹老爷子早期的徒弟之一，又是上海滩知名人士，他在此迎宾，既显示对客人的重视，也是在显示自己的地位。

今天到场的观礼嘉宾，既有曹老爷子的同门师兄弟，也有通字辈的数位闻人。相比而言，大字辈虽然混得境况一般，但排场还是有。所以，曹老爷子的府前，汽车一辆接着一辆。每有一辆汽车到来，在门前停下，立即有专人上前，替他们打开车门，然后将主人引下车，并且引进正堂。汽车随后由专人引到另一处停下。

这些人到来后，也不是立即就进门，毕竟，汽车是一辆接着一辆到来，整个上海，有汽车的人，也就是那么多，哪一辆车是谁的，大家都认识。看到有熟悉的汽车到来，前面的人，自然会等一等，和后面的人打招呼。

周天罡到得比较早一点，刚刚下车，见杜老板的汽车过来，便等了一下。

见杜老板下车，周天罡立即迎上去，拱了拱手，主动打招呼，说，杜老板，来啦。

杜老板立即回礼，说，三哥，你也来啦。

周天罡说，今天是什么日子，那是必须来的。

杜老板也说，是啊，今天曹老爷子收关门弟子，这是他这一辈子最后一次开香堂了，这样的盛事，我们这些做晚辈的，怎么能不来？

杜老板和周天罡年龄相差无几，谁大谁小，还真难说。杜老板称他为三哥，这里面有一个讲究。当初，杜老板入门的时候，拜的是通字辈为师，他原本属于悟字辈，是周天罡的晚辈。后来，他在上海滩混大了，再在社会上活动，他自己尴尬别人也尴尬。场面上的事，肯定少不了他，可他往那里一站，人家都是通字辈，是他的师叔辈，他的脸往哪里摆？而他才是上海滩帮会的真正老大，他一个晚辈发号施令的话，那些通字辈，脸又往哪里摆？此时，就有人给他出了个主意，让他找了个大字辈的老爷子，再拜了一次师，这在帮内也是允许的，称为爬楼梯。因此，他升格为通字辈，但杜老板为人，特别的低调，只要见到通字辈的，年长或者年龄相差不大的，一律称为哥，年轻的，他也称为兄。

两人说过几句客套话，然后一起进入正堂。

随后而来的，是季去清和张小林。季去清和张小林都是通字辈，季去清成为大佬得益于黄金荣，而张小林成为大佬，却是得益于杜老板。

苏航就在此时到达，他坐黄鱼车来了，下车时，梅向东刚刚将张小林季去清送进去，转过身来，一眼就看到了他。梅向东之所以一眼看到了他，倒不是因为他高大帅气，而是因为他的着装与众不同。他穿的是一套崭新的西装。

梅向东的脸色当即一变，快步走到苏航面前，小声地说，你怎么穿洋装？

苏航还真不懂规矩，而且，他也没有长袍马褂，便说，有什么不对吗？

梅向东说，你是真不懂还是装？帮会最讲的是中国传统，曹老爷子更讲这个，又是开香堂收关门弟子这种大事。

苏航一听，也有些急了，问，那怎么办？他会不会把我轰出来？

梅向东说，你如果这样去见他，那就不是把你轰出来，而是把你抬出来，扔在地上。真是那样，你这一辈子，就别想在上海滩混了。

苏航知道，梅向东不会对自己说假话，让他没料到的是，一套衣服而已，竟然有如此之大的讲究。那一瞬间，他还真是着急了，说，我没有长袍马褂啊，再说，现在也来不及了。

梅向东说，算了，我来想办法。不能走正堂，我们从侧门进去。

于是，苏航和梅向东一起，从侧面的小门，溜了进去。

帮会开香堂是一件极大的大事，也可以说是最大的事，出席的嘉宾，到得越多，开香堂者，脸上越有光。此时的上海，大字辈只有三个人，全国也不过三十几人，而集中在江浙地区的，有十几人。这些大字辈中，相当一部分，已经年迈了，一半以上，早在多年前就已经关了山门，不再在江湖走动。今天，曹老爷子开山门，是收关门弟子，也等于是关山门，正如杜老板所说，是一次盛事，也是上海整个青帮的一件大事。全国的大字辈，除了曹老爷子本人，另外来了四个，已经极其不容易，属于大场面了。

理论上，大字辈开山门，通字辈是不应该有正座的。可如今是通字辈行运，正式仪式时，如果大字辈坐着，这些通字辈大佬却站着，彼此都会尴尬难受。所以，一定要给他们设座，只不过稍稍有点区别而已。也正因为这种区别，在正式开香堂之前，还必须有一个小规模的仪式，即晚辈拜见长辈。这虽然是一个小规模的仪式，但因为参加者规格特别高，因而就设在了正堂。正堂中摆了一排椅子，当中一把太师椅，自然是主人之位，两边，各摆了两把太师椅，是四位大字辈师兄弟之位。再在两边，斜着又摆了两排太师椅，以示和正摆的略有区别，那是为通字辈大佬准备的。

见面礼开始，曹老爷子端坐正中，另外四名大字辈坐在他的两边。

杜老板第一个出来，走到曹老爷子面前，那里摆了一张拜毯。杜老板站在拜毯之上，说，曹老爷子，各位师叔，晚辈有礼了。说着，便要跪下去。曹老爷子自然不能让杜老板下跪，否则，就成大仇人了。他立即起身，扶住杜老板，说，免了免了，礼到就行了。那边给你准备了位子，请上坐。虚让一番后，杜老板让管云武献上礼，另外给四位师叔也都奉上礼物，才在留给自己的位子上坐了。

紧随其后的是张小林，程序几乎完全一样，张小林走到正中，在拜垫前站住，向上面几位大字辈行过拱手礼，然后掀起长袍，便要跪下去。曹老爷子早有准备，抢上一步，做出扶起的动作，嘴里说，使不得，使不得，将张小林扶起。张小林也就趁势说了一番祝词，奉上礼物，曹老爷子早安排了人，将张小林引去先已准备的位子。张小林之后是周天罡，他所经历的和杜老板以及张小林完全一样，也是要跪，被曹老爷子扶住，又献上贺礼，另外给四位师叔奉上礼品。其后，季去清以及另外几位通字辈大佬，也都将例行程序走了一遍。

这个小小的见面仪式之后，才是正式开香堂。香堂在正堂的后面，正墙上挂着祖师爷的画像，神龛上摆着历代祖师爷的牌位。香堂里，曹老爷子的徒弟几十人，全部跪在那里。曹老爷子先走到神龛前，拿起三支香，先向祖师牌位拜了三拜，然后跪下来，磕了三个头。他磕头的时候，所有跪着的徒弟，一齐磕头。磕头完毕，曹老爷子站起来，向前走半步，就着香炉的火将手里的香点燃，又拜了三拜，再将三炷香插进香炉。

完成这一切，曹老爷子向后退了三步，然后才转身，走到侧面站定。

第二批上来的，是另外四位大字辈师兄，他们按照刚才曹老爷子的程序，拜了一次。接下来，是六位通字辈大佬，同样走了一遍程序。接下来，曹老爷子的徒弟们站起来，走到香堂的两侧站立。有工作人员，将外面正堂的那些椅子搬进来，在香堂正中摆好，这些大佬便依次坐下来。此时，才有司仪大叫一声，开山门。

立即有人将香堂的正门打开，早已经候在外面的新弟子排着队，依次进入，在堂中站好。

梅向东帮苏航借了套长衫穿在身上，不太合身，便也只能如此了。好在他的位置在中间，不是太引人注意。所有新弟子站好后，有人抬进一座纯金打制的祖师爷像，这是新弟子献出的拜师礼。这座金像被置于堂中，用红绸布包着。全部准备工作完成，司仪站到了金像的前面，开始宣布行拜师礼。

所有新弟子准备好，司仪喊，拜。于是，众人跪下，叩首。司仪喊，起。众新弟子一齐抬起头来。司仪又喊，再拜。新弟子于是第二次叩首。司仪喊，起。大家再次抬直头。司仪喊，三拜。于是众新弟子三叩首。司仪宣布，礼成，众人一齐站起来。

司仪再一次宣布，拜帖。众新弟子纷纷从身上掏出写有自己生辰八字的名帖，依次走上前，在曹老爷子面前跪下，磕头，叫一声师父，将自己的名帖递上去。曹老爷子接过名帖，打开来，扫一眼，收在旁边。新弟子再次磕头，道一声，多谢师父。

早期，清帮的入门规矩非常繁复，但到了后期，渐渐简化，很多程序已经省略了。例如早期拜过师父之后，还要拜师叔师兄，这么一路拜下来，一是新人受不了，二是时间安排不过来。更重要的是，师父或者师叔年龄大的话，都可能坐不住。所以，这道手续就极为简化了，新弟子只需要向师叔行鞠躬礼，向同辈行拱手礼。

苏航向曹老爷子递过名帖，然后开始向师叔以及师兄行礼。走到周天罡面前时，周天罡显然早已经认出了他，脸上显得满是愠意。按照规矩，向师叔鞠躬时，应该说一声，师叔好。师叔回一句，师侄好。向同辈行礼时，应该问一声，师兄好。而受礼之人应该回说，师弟好。

可是，苏航向周天罡行了礼，道了一句师兄好，周天罡却不回应，而是说，是你小子？长能耐了？苏航原想趁此机会，好好化解一下彼此的矛盾，十分诚恳地说，小弟以前多有冒犯，改日定当登门谢罪。

周天罡却说，登门谢罪就不必了， 我们之间的账，我会慢慢和你算。

听了这话，苏航心里咯噔一下，难道说，这一页还没有翻过？周天罡还要清算吗？

中午是谢师宴，考虑到周天罡还会继续找自己的麻烦，自己加入青帮这一招，就等于废了。苏航想尽可能把事情办得好一些，敬酒的时候，特别地卖力，不仅敬得曹老爷子以及所有大字辈师叔欢心，连杜老板和张小林，也觉得他会来事，说了几句好话。

苏航自然也去向周天罡敬酒，并且再次说了一番小话，说小弟年幼无知，做了一些错事，请师兄看在同门兄弟的面上，多加指教，小弟任打任罚。这话是当着杜老板等人的面说的，杜老板做人一向十分圆滑，又觉得苏航看上去顺眼，顺势帮苏航说了一句话。周天罡不好泼了杜老板面子，把这杯酒喝了。

至少，这杯酒起到了一种后果。晚上，苏航回去时，发现门口的人已经撤走了。

4

陆冬宝的监视取得了进展，断指人果然出现了。

当时，陆冬宝躺在床上，跷起二郎腿抽烟，突然听到外面走道上响起脚步声，他暗自一惊，翻身而起，轻手轻脚地走到门前。他已经将门钻了一个小孔，透过这个孔，他向外看，恰好看到一个五十多岁头发有点稀少的男人走过来。男人并没有停在313，而是走到隔壁的315停下来，掏出一支烟，点燃，吸了两口，并且朝后看，显然，他在观察是否有人跟踪。

走廊上当然不会有人。男人又在315门前站了片刻，才转过身，回到313，伸手敲门。敲门声很有规律，先三下，停片刻，再两下，又停片刻，再三下。男人右手夹着香烟，举起来敲门的正是左手，陆冬宝看得清清楚楚，男人左手的小指是断的，只有光秃秃的指根，没有手指。很快，门开了，出现在门里的，正是戴丽娟。戴丽娟一把将断指人抱住，断指人向楼梯那边看了看，才抱起戴丽娟，进入房间，随后，门被关上。

陆冬宝离开门，走到窗前，将窗户推开。推开窗户是信号，表示这边有情况。果然，对面有一扇窗户也打开了，有一个人站到了窗前。陆冬宝站在窗前，做了一串动作。知道内情的一看就知道，他先向自己的身后指了指，然后将左手举起来，右手按住小指，伸直的就只有三根指头。这是告诉对方，人到了，左手小指是断的，正是断指人。最后，又竖起右手食指，挥了挥，表示来的只有一个人。

行动队员得到信号，立即骑了脚踏车，飞一般向社会局赶去。到了社会局门口，一般是要求下脚踏车的，他甚至没有减速，直接冲了进去。门卫看到一辆脚踏车冲进来，顿时走到门口，原想骂几句，再一看，知道是行动股的成员，便没有说话，又回到了门卫室。

行动股成员到达门口，甚至来不及好好停车，直接从脚踏车上跳下来，也不管脚踏车会怎么样，直接向里面冲，出现在行动股门口，看到李时君，大声地说，来了，来了。

李时君猛地一下子站起来，说，你说清楚，谁来了？

行动股成员说，冬宝打手势说，断指人，是断指人。

李时君大为惊喜，说，断指人出现了？

行动股成员说，是，断指人出现了。冬宝的手势说，来的只有一个人。

李时君说，马上集中所有的人，把那家旅店秘密包围起来。

李时君自然清楚，这是一件大案，仅靠自己行动股，力量不够。再说了，万一出点什么差错，自己承担不了。所以，他一定要向上报告，由上面决定下一步行动。他将行动股所有成员调往无名旅店之后，立即去了吴品三的办公室。

吴品三正和赵印墨谈话。李时君虽然有急事，但程序还是走得完整，先敲了敲门，吴品三同意后，他才跨入，人没有坐下，先说，报告局座，断指人出现了。

吴品三和赵印墨同时站起来。吴品三是惊喜，这可是他天大的一件政绩，他自然惊喜。赵印墨则是惊慌，并且嫉妒。这原本是自己的一件大功劳，却莫名其妙地落到了李时君的头上。他认为自己是应该愤怒的，却又实在不知怒从何来，就是觉得这个世界，不该有李时君这样的人存在。

吴品三问，出现了？在哪里？

李时君说，在小旅店里，果然去会戴丽娟了。

赵印墨似乎不太相信李时君的运气会这么好，问了一句，看清了，是断指人？

李时君说，我们怕断指人发现，采取了一种手势联络方式。在现场监视的是陆冬宝，他发出手势，证实确实有一个断指人进去了，断的也是左手小指，一个人。

吴品三说，你马上去现场，一定要将现场控制起来。无论如何，不能让断指人逃了。

李时君说，我担心他只是会一会戴丽娟就走。万一他要逃走，怎么办？

吴品三说，我不管你用什么办法，一定要缠住他。万一不行，就秘密控制。

李时君抱怨说，没有执行权真麻烦。又说，我已经把行动股所有人都派到那边去了。我现在就赶过去。希望杨特派员那边能快一点。

吴品三说，你先去吧，我这里保证以最快速度。

李时君离去，吴品三对赵印墨说，现在，你马上去办手续。

赵印墨说，饿狗子捡到了千年屎。

吴品三说，哪那么多废话？快去。

赵印墨答应一声，向外走。吴品三又把他叫住，说，等等，还是我去会一会杨正熊吧。你去填申请表，同时备车。

赵印墨有点不解，问，你去？

吴品三说，家臣的事，这么挂着，肯定不行。该来的，总会来，躲不是办法。

太乙村正召开一个特别会议。会议由侍卫长主持，参会的有五名侍卫官。侍卫长说，都说说，摸到什么情况没有？

第一名侍卫官说，我负责的三个出入口，没有陌生人进来，而且出入严格登记，除了侍卫，任何人不准带武器。执行很严格，没有异常情况。

第二名侍卫官说，我负责查看铁丝网，没有异常。

第三名侍卫官说，巡逻队和暗哨都没有发现异常情况。

第四名侍卫官说，也许那就是一张普通的纸，是我们神经过敏了。

第一名侍卫官说，是啊。守卫这么严，方圆五公里都被我们封锁了，绝对不可能带枪进来。没有枪，怎么搞暗杀？

正在此时，敲门声响起，所有人全部望向门，侍卫长说，进来。

门被推开，一名上士出现在门口，手里提着一只火腿，大声地说，报告。

侍卫长问，什么事？

上士说，在山下发现的金华火腿，里面挖了个洞，应该是藏什么东西的。

上士将火腿放在桌子上，大家站起来，围着这条火腿，盯着看，仿佛是一件天外来物似的。上士用手一扳，整条火腿从中间分开了，中间部分，是一个大洞。

第一名侍卫官说，这个洞是用刀挖出来的。

第二名侍卫官说，应该是在洞里藏了什么东西，顺利带进了第一道防线。

侍卫长弯下身，在那个洞附近反复闻，然后说，枪油味。一定有人带枪进山了。他站起来，说，目标一定是老爷子。从现在起，必须二十四小时有人陪护在老爷子身边，快，去执行。

侍卫官们迅速向外跑。

外面，是别墅的一楼正厅，这里有两扇门通往外面，一扇是正门，门口站着两名卫兵，另一扇是后门，门口站着一名卫兵。

侍卫长跑出来，问卫兵，老爷子出去没有？

后门的那名卫兵向前指，说，在那里。

侍卫长一惊，问，他身边有卫兵没有？

卫兵说，没有，他不让我们跟，要一个人散步。

侍卫长挥手招前门的两名卫兵，说，快，去保护老爷子。

三名卫兵和几名侍卫官，向外狂奔而去。

老爷子有个习惯，思考问题的时候，喜欢一个人散步，任何人不准跟着。他当然可以不用人跟，毕竟，他的周围有那么多明哨暗哨，又是一道又一道防线，一般人不太可能冲破他的防护网。

一般人冲不破，世上总有些奇特的人有办法冲破。奇特的人此次派出了好几个行动小组，真正摸进来的，仅仅只是一个小组，而且，仅仅只有一个人。此人不仅摸进来了，而且成功地带着枪摸进来了。此刻，这个人就趴在不远处的草丛中，手中的枪，一直对准老爷子。

杀手埋伏的地方，离别墅的后门并不远，老爷子一跨出门，就在他的射程之内，不仅如此，老爷子出门后，慢慢地踱步，越来越靠近杀手。如果杀手在此时开枪，命中率是非常高的。但杀手有自己的想法，他想等老爷子再靠近一些，那样，就可以万无一失。

世上事，几乎没有万无一失之说。世事随时都在变化，每一秒每一刻，都可能有意料之外的情况出现。就在杀手竖起左手大拇指，目测距离的时候，意外出现了。后门先是冲出两名侍卫官，接着冲出一名侍卫，跟在后面又是两名侍卫。

这些人冲出来便大喊，制止老爷子继续向前走。老爷子一时没明白怎么回事，站住了。

杀手意识到事情出现了变化，不可能再有任何从容了。他突然从隐藏处站起来，奋力向前冲，并且向老爷子开枪。老爷子没想到自己身边会响起枪声，吓了一大跳。另一方面，他毕竟是职业军人，仅仅只是愣了那么一瞬间，在感到有子弹从自己耳边飞过时，他本能地扑向地上。就在他做出这一动作时，第二枪响了。在他倒地时，第三枪又响了。

杀手一边向前跑，一边开枪。最初三枪，目标是站着的老爷子，从第四枪开始，目标就变成了趴在地上的老爷子。当时，老爷子趴在那里，只觉得好几发子弹击在身边的草地上，土块乱石横飞。那些侍卫官和卫兵也都训练有素，反应能力极快，他们迅速掏枪在手，开始还击。一边向前奔跑，一边向杀手射击，同时渐渐拉开阵形，呈扇形向杀手包抄过去。

杀手毕竟只是一个人，又是完全置自己于不顾，一心想冲到老爷子面前将他击毙，所以，杀手向前跑了十几米后，被一颗子弹击中了。中弹后的杀手被子弹的冲击力阻了一下，身子在那里摇晃了几下，接着继续向前冲。但是，他仅仅向前跑了两步，又一颗子弹击中了他的身体，这次他再也无法站立，倒地了。即使倒地了，他仍然没有停下，向前爬着。他并没有想到自保，哪怕是爬行，也没有注意躲避子弹。侍卫们见他向前爬行，所有的枪，全部对准他开火。一阵猛射之下，杀手再一次中弹，然后静止下来。

侍卫们冲到老爷子身边，将老爷子围在中间，用身体保护着老爷子。老爷子被侍卫长从地上搀起来，他的头上有一块磕破了皮，其余地方完好。侍卫长和另一名侍卫官保护着狼狈不堪的老爷子，迅速向别墅跑去。另外几名侍卫，呈扇形警戒，退着向别墅撤走。

一切归于平静，并没有新的攻击，杀手倒地的地方，有一道两三米长的血印，格外醒目。

杨正熊坐在办公室里接听电话，他说，赵铭彰的事，我有责任。不过话说回来，这些人一旦当了叛徒，大概也意识到不会有好结局，所以疯狂地玩女人。我们实在是防不胜防啊……我提醒过他好多次，他表面答应得好好的，背后还是我行我素……不是，我不是扯客观……断指人我们还在调查，暂时还没有线索。

吴品三和赵印墨出现在门口，杨正熊见到，向他们招了招手。两人进入。

杨正熊向吴品三指了指电话，对着电话说，我会抓紧的。一定，一定。

吴品三说，是徐科长吗？我正有要事找他。

杨正熊冲吴品三摆了摆手，挂断电话，说，警备司令部钟副司令。一天十个电话催，这是要逼着我去跳楼啊。吴局大驾光临，如果我没有猜错，是我的救命菩萨到了？

吴品三并没有回答他，而是走近沙发，坐下来，然后向赵印墨点了点头。

赵印墨从包里掏出一张纸，递给杨正熊。

杨正熊接过，看了一眼，有些不相信地望着吴品三，惊喜地说，太好了。品三兄，你这是天大的一件功劳啊。

吴品三说，严格说来，这是你的案子吧，我是替你完成了任务，对不对？

对对对，杨正熊说，我们兄弟之间，谁都一样。

吴品三说，你抛给我一个断指人，我终于给了你一个说法。关于郑家臣，你也应该给我一个说法吧。

杨正熊拿着笔，正要在报告上签字，听了这话，停下来，看着吴品三，说，这件事，还真没法给你说法。

吴品三有点恼火，问，没法给我说法是什么意思？屈打成招了？

杨正熊说，有没有打他，你可以去看。坦率地说，知道他是你的办公室主任时，我是准备放了他的。我跟谁结仇，也犯不着跟你老吴结仇啊，对不对？可是，有两点让我没法下手。第一，王翠花房间里发现的那封信。我试图解释为伪造，是有人要害你老吴，可是解释不通。共党中央有可能撤出了上海，这一点，我们都想到了，但没有证据。可那封信说得很清楚，并且说明是分批撤走的，现在消息已经证实，他们撤到了瑞金。我们猜到了撤出上海，但没有猜到撤向何处，就算猜到撤到井冈山，也不可能猜到落脚在瑞金。第二，王翠花的房间和郑家臣的房间都发现一些中共的文件，部分完全相同。更为关键的是，我们在郑家臣的家里发现了一些信件。

吴品三一惊，问，信件？什么内容？

这一点，确实令他吃惊，上次问程兴源，他并没有说有什么信件存在。

杨正熊说，什么内容并不重要，关键在于，已经证实，这些和他通信的人，大部分是共党分子。

吴品三问，他自己怎么说？

杨正熊说，麻烦就在这里，他什么都不肯承认，说是被别人栽赃陷害。杨正熊已经在报告上签了字，他将报告递给赵印墨，说，让刑侦大队派一个中队过去增援，警备司令部一个连备勤，要不要派去增援，我再具体通知。我和吴局长聊点事，聊完马上过去。

赵印墨拿着报告离去。

杨正熊面对吴品三，说，老吴，有关郑家臣一案，我确实不想插手。我看是不是这样，两个办法，第一，我把人交给你，由你处理。

吴品三立即摆手，说，我没有执法权，你又不是不知道，你交给我，我怎么办？他心里想的是，你倒会讨好卖乖，把他交给我，我是办他的共党之罪，还是为他开脱？这分明是挖坑让我往里跳嘛。

杨正熊说，那就只有第二种办法，我把他交给南京。

吴品三看了看杨正熊。如果什么结论都不给，直接转交南京，倒是一种姿态。毕竟，转交南京，就是转给了徐恩曾。案子到了徐恩曾那里，一是自己说得上话，二是不担心有人搞鬼。他说，你既是肃反专员，又是调查科的特派员，这是你职责范围内的事。

杨正熊说，有你这话，我就放心了。要不，我们一起去检查一下对断指人的围捕？

吴品三站起来，说，算了，我就不去了。调查科只是我的兼职。

第九章
断指人案

1

杨正熊最近不顺，办砸了好几件事，不光是调查科的徐恩曾对他有微词，他听说，老头子和陈部长那里，收到了不少的告状信。这种事，他其实早就料到了，权力就是金钱，像肃反专员和调查科特派员这两个职位，哪一个都是肥缺，何况他两个都兼？眼红的人，不知有多少。人就是这么一种奇怪的动物，就算他们把杨正熊搞倒了，那个肥缺，他们也不一定能得到，可他们宁可把一件事搅黄，也不让别人得到好处。

正因为最近麻烦多，杨正熊才希望有一件大功劳冲一冲。虽然发现断指人是吴品三的功劳，如果能够将断指人抓到，他的功劳，也是少不了的。所以，他不仅调动刑侦大队，也调动了警备司令部。

里层，由李时君的行动股负责。断指人是李时君发现的，他不能和李时君抢这个功劳，也没这个必要。第二层，由刑侦大队负责。此外，为了保险，再由警备司令部负责布下了第三层网。布置好这一切，杨正熊赶去了李时君的现场指挥所。这个现场指挥所，是临时征用的一家商铺，卖日用百货的。他的汽车停下来，李时君早已经看到，便迎出来，把杨正熊请进百货店里。

杨正熊问，怎么样？有什么情况吗？

李时君说，我的人一直在这里盯着，没有变化。

杨正熊抬手看了看表，说，都快两个小时了，一点变化都没有？

李时君肯定地说，没有。

杨正熊有些担心了，自己搞出这么大动作，若是摆了一个乌龙，那可就不好交差了。他说，有没有别的可能？

李时君不是太理解，问，什么可能？

杨正熊说，比如说，我们撒了一张大网，结果捞起来，网里没有鱼。或者，鱼其实早已经从别的地方游走了？

李时君明白了，杨正熊是在怀疑自己。同时，他也想到可能出现某种自己不希望的后果，话不能说得太满，便改变了语气，说，杨特派员，具体情况，我已经向吴局长报告过。现在，我再向你报告一次。

杨正熊说，好，你说吧。

李时君说，戴丽娟逃出我们的监控之后搬到了这里，我们是三天前发现线索，追到这里的。住在三楼 313 房，这一点我们早已经证实。

杨正熊说，确实是戴丽娟，没错？

李时君说，我亲自证实过，绝对错不了。而且，我们在对面的 312 安排了人，二十四小时盯着 313。大约两个小时前，有一个五十多岁的人进了 313。这个男人头发稀少，左手小指是断的，戴一副眼镜，基本特征和我们掌握的断指人完全相符。而且，我能肯定两点：第一，断指人进去，再没有出来；第二，313 房间只有一道门可以出入。另外有一扇窗户，朝向马路，我们盯着。

听他这样一说，杨正熊倒是释然了，只要能抓到断指人，不管是否他们要找的那个，总算是一个交代。他说，那说说你的行动方案吧。这附近好像太复杂了，安全性不好啊。

李时君说，我已经把这里的环境看了好几遍，仔细分析了一下，他不太可能步行离开，那样太危险了。他要离开这里，无非三种可能：第一，有同伙开车来接他走；第二，离这里不远，有一家租车行，他去那里租车走；第三，坐黄鱼车走。

杨正熊说，黄鱼车？可能性不大吧？太容易被跟踪了。

李时君说，对。不仅容易被跟踪，也容易被发现，还容易被抓捕。所以，我觉得坐黄鱼车的可能很小，最大的可能是租汽车。

杨正熊问，你说这里不远有一家租车行？

李时君多少有些得意地说，我去打听过。特派员，您猜，我打听到了什么？

杨正熊瞪了他一眼，不太喜欢他用这种语气跟自己说话。

李时君说，据这家车行的经理说，他们有一个常客是个断指人。

杨正熊心中一喜，说，断指人？

李时君说，情报上说，断指人喜欢装扮成富商。我们一直以为他的车是自己的，现在看来，他的车是租的，而且，他在同一家车行租车，犯了大忌。他们转移戴丽娟的时候，之所以选择这家旅店，可能是考虑到离租车行近。估计这个地点，也是断指人指定的，同样是犯了大忌。

杨正熊说，走，你陪我去车行看看。

租车行取名四季。杨正熊在李时君的陪同下，来到租车行，站在门口，看着四季租车行的牌子。杨正熊在观察环境，以便决定在这里实施抓捕，所以并没有急着进去。

这里不错，杨正熊说，如果在这里抓捕，条件比刚才那个地方好多了。

李时君说，我正是这么想的，这里可以作为第一方案。

杨正熊说，对，多准备几套方案，要做到万无一失。

租车行经理见两人在门口东张西望，以为他们想租车又犹豫，便走出来，说，两位先生，要租车吗？刚说出这句话，认出了李时君，说，哟，是李股长啊。

李时君对经理说，你赚钱的机会来了，你可要好好把握。

经理说，请李股长放心，只要断指人出现，我第一时间告诉你。

杨正熊说，这个人以前租车，会不会提前预约？

经理说，会会，一般都会提前。

杨正熊又问，那他今天没有预约？

经理说，没有。

杨正熊又问，他有没有不预约就来租车的时候？

经理说，也有。因为是老顾客，我们通常都会优先。

今天给苏航上课的，是一名中年女性。女性的时间观念和男人不一样，她提前到了。苏航是个提前到达的人，只要是重要约会，他都会提前较长时间，以便观察周围的情况。即使如此，女教员到的时间，比他还早。

乐少华和女教员聊了一下苏航的情况，当然不会太具体，仅仅只是与她所教的课程相关的东西。她主要教与化装以及密写药水相关的知识。

乐少华说，这个人悟性很高，但目前还完全是门外汉。你可能要多花点心思。女教员说，只要悟性好就行。情报工作，在有些人眼里，可能非常神秘复杂，但其实更多时候，主要靠悟性。聊了几句，敲门声响起。乐少华站起来，说，他来了。你可能要先出去一下，我跟他谈点事，十分钟。说着，他将门打开。苏航进来，看到是一名女教员，有点惊讶，仍然礼貌地打招呼。女教员应答之后，站起来，说，你们先聊一下，我去上个厕所。

女教员出去。乐少华请苏航坐下，说，等一下我要去一个联络点，所以我们先谈。你上次提供的两个情报很有价值，有关断指人方面，我们及时采取了措施，将他的妻子秘密转移了，避免了我党的重大损失。

苏航说，赵铭彰的事，我已经从报上看到了。

乐少华说，小开让我转告你，在这件事情上，你立了大功，中央特科的首长，对你的工作非常满意。

真的？苏航显得很惊讶，说，我认为我还没开始做啊，我觉得自己连门都没摸着。

乐少华说，情报工作，是一个长期细致的工作。很多常人看来一般的东西，可能是极其重要的情报，你这次提供的两个情报就属于这种。我们搞情报工作的，一定要克服一种错误认识，以为那些大的，敌人印着绝密的文件才是情报。这是错误的。那些印有绝密的文件，往往只有极少数人才可能接触，一般的情报员根本不可能接触到。相反，某个关键人物的只言片语，反而是某个绝密文件的核心。因为只言片语不完整，因而往往容易泄露出来。真正的情报高手，就是要从这些只言片语中，归纳出那个核心。

苏航说，坦率地说，我现在是两难：一方面，迫切想投入到工作中去；另一方面，又实在不知道该怎么做。

不急，慢慢来。乐少华说，有两件事，你要留意一下。

苏航立即坐正了身子，道，请说。

乐少华说，一件事，吴品三的湖北帮里有一个人，名叫徐志谦，是我党的叛徒。这个人在上海搞的一些事，让我们很看不明白。

苏航说，和武汉党的组织联系一下，不就明白了？

乐少华摆了摆头，说，武汉的地下党组织遭到极其严重的破坏。一时之间，这件事恐怕很难搞清楚。以后有机会，你要多留意这个人。

苏航不知道徐志谦，但知道李时君。他问，那个李时君也是叛徒啊，要不要留意？

乐少华说，李时君的情况我们已经掌握，他叛变的时候，并没有出卖我们的同志，后来，对我们的组织也没有造成巨大威胁。徐志谦不同，在他被捕之后的半年多时间里，武汉的地下党组织，遭到毁灭性破坏。是否与他有关，我们还没有最后证实。同时，我们也怀疑，他到上海以后，仍然利用掌握的我党秘密，在做着损害我党的事。

苏航说，好，我知道了。

乐少华说，另外，你的那个表哥，你还有联系吗？

苏航没料到他会提起这件事。说起自己的这个表哥，苏航是一肚子的不爽，真有点恨得牙痒痒的感觉。胡文俊的母亲和苏航的母亲，是亲姐妹。因为两件事，胡文俊和父母闹翻了，一是父母要他和指腹为婚的对象结婚，他不干。二是父母希望他好好经营家里的几十亩地，他也不干，受了苏至梧的蛊惑，从家里逃出去，跑到广州，进了黄埔军校。因为他在广州参加了国民革命，他的家人受了牵连，可没少受罪。可他发达以后，竟然对父母很不好，这么多年了，别说给父母一些钱，就是回去看看父母都没有。提起这个儿子，苏航的大姨就伤心落泪，苏航的母亲也是咬牙切齿。

当然，这些苏航不会对乐少华说，只是随口回了一句，没有，我们的关系不是太好。

乐少华说，据我们所知，蒋介石很信任他。黄埔一期生中，目前老蒋最为信任的人，他是其中之一。他经常跑上海，是作为蒋介石的秘密特使，替老蒋执行秘密任务的。你应该多和他接触。

苏航心里虽不愿，但因为是组织要求，他立即答应了，说，好，我这几天就去找一找他。这件事对于他来说不难。毕竟，他只是在广州的时候，见过表哥几次，两人的关系，说不上好也说不上坏。

乐少华说，要和他搞好关系。他是老蒋身边的红人，职务虽然只是国防部次长，但哪怕是一些职位比他高得多的人，也在竭力巴结他讨好他。

苏航说，这一点，我就一直没想明白。按说，他这么年轻，哪怕当了一个国防部次长，可谁都知道，这个次长就相当于副官，也就是勤务员。竟然有那么多人，把他当老大一样供着。

乐少华说，说到底，其实是一个权力资源问题，任何权力结构，都无法解决的大难题。因为权力是金字塔形的，处于塔尖的人，绝对是少数。其他人，虽处于金字塔的顶端，离塔尖还是有距离的。要接近塔尖，也不容易。金字塔的主体虽然是砖石，但这些砖石之间，是完全割裂的，若要形成一个整体，就必须连接物。这些连接物，理论上无足轻重，但一旦形成连接物，就会格外突出。

苏航说，我明白了，那些人，看重的不是胡文俊这个人或者他的职位，而是他是老蒋和其他人之间的连接。

乐少华说，那些人之所以巴结胡文俊，就因为他是和最高权力中心的一种连接。换一种说法，我们希望你接近他，同样是因为这一原因。

苏航说，如果是从个人感情考虑，我这一辈子都不想见他。为了党的事业，我知道该怎么做。

乐少华站起来，说，好，你接着上课，我走了。乐少华打开门，出去，不一会儿，女教员进来。还像上次一样，女教员并不自我介绍，也不问苏航的情况，开门见山，按照她的计划，开始上课。

2

李时君对断指人的分析是对的。按照统一安排，断指人早就应该转移，但断指人不想离开上海，一直磨磨蹭蹭，后来因为一再催促，断指人才提出一个要求，见戴丽娟一面就走。

当时仍然留在上海指挥最后撤离的中央负责人研究后，只好同意断指人的要求，但也提出了限制条件，要求他们的见面时间不得超过三小时，下午吃过午饭后过去，天黑之前必须离开。但是，断指人根本没将这个条件当一回事，提前到上午去了，并且在戴丽娟处住了一个晚上。

尽管事后分析，哪怕严格遵守限制条件，断指人也逃脱不了被捕命运，但也可以得出一个结论，任何个人都不应该置于规则之上。规则永远都是至上的。

第二天早晨，断指人从戴丽娟的住处出来，尽管他仔细观察过前后左右，没有发现异常，但事实上，这里早已经极其秘密地布下了天罗地网。在旅店门前的马路上，断指人稍站了片刻，抽了半支烟，然后才转身走向租车行。

见到断指人，车行经理立即热情地迎上来。经理说，向老板，要车吗？

断指人说，给我安排一辆车，油装满。

经理说，行，没问题。您稍等，我去安排。

车行经理转身，引着断指人向里面走，同时向旁边穿一身工作人员装的李时君使了个眼色。说，给向老板准备一辆车，油要装满啊。

李时君会意，点了点头，说，好的。

李时君走向旁边一辆早就准备好的车，又做了个手势，通知其他人。所有人均向李时君回以手势，表示已经准备好。李时君拉开车门，上车，随即启动汽车，将车开到出口。

车行经理站在那里和断指人说话，问，向老板要出远门?

断指人说，嗯，去一趟吴淞口。

车行经理说，向老板最近的生意还好吧?

断指人说，最近？唉，别说了，今年生意没往年好做。到现在才赚了五十多万。

车行经理说，五十多万都算差？人比人气死人啦。

李时君驾驶的汽车靠过来，停在他们面前。李时君探出头，说，经理，车来了。

经理做了个手势，说，向老板，车来了，请上车。

断指人向两边看看，并没有发现异常，便向汽车走过去。汽车停的位置有点特别，左边门靠近断指人，他要从右边上车，不得不绕了几步。这时候，一名同样是车行工作人员打扮的行动股成员出现在右后门，伸手将门拉开。恭敬地请断指人上车。断指人看了他一眼，并没有引起重视，身子一弓，上车了。

既然有人替他开车门，断指人便没有想过关车门，以为那个工作人员会替他关上。让他没料到的是，那个工作人员竟然坐了上来，硬是将他往旁边挤了挤。断指人大为恼火，正要质问，发现左边门也开了，有一个身穿工作服的人挤上来。而前面副驾驶位置，同样上了一个人。

这一瞬间，断指人不再是被几个人夹着，而是被几支枪指着脑袋。

断指人惊问，你们是什么人？你们要干什么？绑架吗?

替他开车门的那个人说，少废话，老实待着，跟我们去警察局走一趟。

李时君已经启动汽车，驶离了车行。在他的前面，出现了一辆汽车，后面，又跟上来两辆汽车。

此时,断指人才发现,马路两边,出现了很多便装人员,这一带原来早已经被秘密控制了。断指人干脆不想也不看，闭上了眼睛，靠在背垫上。

汽车行驶了一段时间，前面出现一个大院，门口左右两边，分别挂着两个大牌子，一边写着上海市警备司令部，另一边写着上海市警察局。平常这里戒备森严，今天就更加不同，两边站着两排军警，全副武装。汽车在军警留出的空当驶入，到达办公大楼门口，这里早已经站着很多人，除了荷枪实弹的军警，还有杨正熊等人。

汽车停下来，立即有一名警察上前，将车门打开。先下来的是那名给断指人开门的便衣，接着，戴着手铐的断指人被押下来。

断指人下车，看了看这阵仗，说，你们干什么？你们抓错了人。

杨正熊走上前，说，错了吗？总书记同志。

断指人说，你说什么？我不懂。

杨正熊说，是吗？我会让你懂的，带走。

断指人的身后，站着李时君等便衣，听到杨正熊的带走指令，上来的是几名着装警察，其中两人，一左一右，夹了断指人，向里面走去，有两名持枪警察走在前面，另外有四名持枪警察殿后。

杨正熊走向李时君，说，李股长，干得漂亮。我要为你请功。

李时君问，什么时候开始审讯？

杨正熊说，这种人脑子里一定装满了东西，过了二十四小时，就没用了。所以，要立即审讯。

李时君说，要不，你们先准备。我要换一下衣服，还要给吴局长打个电话，通报一下情况。

杨正熊说，好吧，你抓紧点时间，我们要争分夺秒。

从昨天开始，吴品三一直在办公室里，哪儿都没去，晚上也睡在办公室，等的就是李时君的消息。郑家臣的事，弄得吴品三异常被动。哪怕最终移交给徐恩曾，此案终究有些东西是无法弄明白的，最好的结果，也只可能是一桩糊涂案。糊涂案对郑家臣有利，对吴品三却不利，在政绩上，毕竟是吴品三的一个污点。所以，他迫切需要一个大政绩，来扭转当前不利于己的局面。

电话铃响起，他第一时间接起。还真是他所期望的，李时君给他带来了天大的好消息。

李时君说，局座，是我，李时君。

吴品三说，我一直在等你的电话，情况怎么样？

李时君说，行动已经结束，断指人顺利带回了警备司令部。

太好了。吴品三激动得站了起来，问，他说了什么？

李时君说，到目前为止，他什么都没说。杨特派员说，要立即审讯。

是要立即审讯，吴品三说，这样吧，我们这边，你全权代表。我会一直在办公室，有什么情况，随时保持电话联系。

李时君说，好的，有什么情况，我随时通报给局座。

挂断电话后，吴品三一秒钟没停，直接拿起红色电话机，说，请给我接南京……我要中央组织部调查科徐科长……

这样的大案，相信杨正熊也会在第一时间报告。因此，怎样向上报告，就成了一件技术性很强的活。活干得好不好，是政绩的一个方面，向上报告的技巧，是政绩的另一个方面。像断指人这样的大案，参与者不止一个人，甚至不止一个单位，大家都会争着向上表功，所以，时间、方法、对象等，都显得极为重要。

对方有人接起了电话，吴品三立即说，你好，徐科长，我是吴品三……

让他大为意外的是，对方表示不是徐科长。吴品三说，哦，你不是徐科长？能不能叫他来听个电话？我有重要情况必须第一时间给徐科长通报……

特别强调重要情况以及第一时间，是希望对方重视，以便徐恩曾能放下手头的一切，来接听这个电话。但对方说，徐科长不在部里，昨天晚上去庐山了。

吴品三又是一惊，晚上去庐山？怎么感觉是临时性出差？他问，是不是有什么特别的事？

对方接电话的，显然是个一般性的职员，对于吴品三打听的事，无法做出更为明确的回答。吴品三只好采取了另一种方式，说，我打听一下，陈部长在南京吗？吴品三的打算是，既然徐恩曾不在南京，又遇到这种重大事件，他就只好越级向陈果夫报告了。直接报告给陈果夫，效果会比由徐恩曾转达更好。只不过，官场规矩摆在那里，如果不是特殊情况，他是不能越级的。

让吴品三再次感到惊讶，对方说徐恩曾是跟陈果夫一起去庐山的。

既然如此，将此案报告给南京，就没有意义，由一般人员转达，情报转来转去，很容易出现变异，比如话传变了，甚至被泄密。

放下电话，吴品三立即伸手按铃，等赵印墨的时候，吴品三已经拿起笔，开始起草电报稿。郑家臣被抓，别的人吴品三又不敢信任，只好采取了一种折中的办法，由郑家臣兼了办公室主任，情报股的主要工作，只能由汪峰仁负责了。

赵印墨推门进来，问，局座，有什么指示？吴品三抬头看了赵印墨一眼，继续写字。写好后，又检查，改了几个字，才将写好的电报稿向前一推。赵印墨伸手去拿电报稿的时候，吴品三说，你这个蠢货，手边的天大功劳，却让李时君抢走了。

赵印墨拿起电报稿，问，李时君抢走了什么？

吴品三指了指电报稿，说，断指人抓到了。

赵印墨已经看了电报稿，说，抓到了？真可以瞎猫碰到死老鼠啊。

吴品三教训说，你别不服气，人家做得就是比你专业。

要让赵印墨服气，还真不容易。但毕竟，这件事让李时君干成了。如果真像情报所说，断指人是共党的高官，李时君这个功劳就立大了。他忍不住好奇，问，断指人是不是共党的高官？

吴品三说，刚刚才抓到，还没有开始审。我给南京打电话，徐科长不知什么事，急急忙忙跑到庐山去了。

赵印墨说，老蒋是不是在庐山指挥第二次“围剿”共匪？他去见老蒋吗？

吴品三说，他这个级别，还不够格见老头子。是陈部长有什么事赶去庐山，他跟着去的。他指着电报稿说，抓到断指人，是我们社会局的功劳，不能让杨正熊抢了先。你马上去机要室，把这个电报发给徐科长。

赵印墨说，徐科长的电台在南京吧？

吴品三说，他一定会带备用电台，急件可以立即收到的。发出去后，你等在那里，一定要等到徐科长的回电。

赵印墨说，好。赵印墨走出办公室，吴品三站起来，走到窗前，做了几个扩胸动作。

审讯室里开着大灯，照在断指人的脸上。已经进入夏天，气温一再升高，主持审讯的杨正熊和李时君，都穿着短袖衬衣。几名打手甚至完全光着膀子。断指人被五花大绑，身上穿的是长袖衬衣，加上大灯的照射，他的衣服已经湿透，脸上的汗滚滚地向下流。

杨正熊指了指直射断指人的两盏大灯，说，总书记同志，你知道这两盏灯是多少瓦的吗？

断指人说，你们抓错人了。

杨正熊说，如果你不清楚后果，我可以告诉你。别说是你，就算是一个年轻力壮的人，被这样两盏大灯直射一个小时，也会因为脱水而死。你看看你，衬衣已经湿透了，你再看看你脚下，你流出的汗，被瞬间蒸发了，可即使如此，地上还是湿了一大片。你认为你身体内，还有多少水分？

断指人说，你们抓错人了。我什么都不知道。

李时君附在杨正熊耳边，小声地说了几句话。杨正熊挥了挥手，说，把灯关了。

一名打手走过去，拉下电闸，大灯关闭。

杨正熊又说，给他点水喝吧。看他都一把年纪了，真让人狠不下心啊。

打手走过去，拿起一只水瓢，从旁边的一只桶里舀了一瓢水，走近断指人，送到断指人口里。断指人猛喝一气，喝干了瓢中的水，精气神比刚才好了不少。

杨正熊说，我看你的年龄也不小了，应该有五十多岁了吧？

断指人盯着杨正熊，不语。

杨正熊说，你别看我，好好看看这里的家伙。设计这些家伙的时候，考虑是用来对付年轻人的，从来没想过要对付像你这种年龄的人。我想，你也受不了这些刑具。所以，还是痛快一点，把知道的都说出来吧。

断指人说，我没什么说的，你们一定是抓错人了。

李时君说，我说老向同志，你仔细想一想，抓你的时候是什么阵状？我可以告诉你，在你的周围，我们布下了三道防线，有一两百人参加。你不想想，如果我们不知道你的身份，会这么大张旗鼓？你以这样的身份到这边来，能没你好日子过？陈公博、周佛海的情况，你自然清楚，还有顾顺章，他现在在南京，过得不知多滋润。

杨正熊拿出一张照片，挥了挥手，一名打手过来，拿了照片，走到断指人面前，让他看。

杨正熊问，认识吧？你的老熟人，对不对？

断指人说，我不认识这个人。

杨正熊说，不认识吗？你老婆戴丽娟可不是这样说的。杨正熊转向李时君，问，戴丽娟怎么说的？

李时君说，戴丽娟说，这个人叫顾顺章。当初，她在长三堂子的时候，顾顺章是她的恩客。后来，又是顾顺章介绍她认识了我们的总书记同志，由顾顺章牵线，总书记同志娶了戴丽娟。

断指人说，我不知道你们说什么。

杨正熊的耐心显然在消失，他恼怒地拍了一下桌子，说，我是看你这么大年纪，才对你这么客气。

断指人说，我真的什么都不知道。

杨正熊说，看来，你是敬酒不吃，一定要吃罚酒。那好，我成全你。杨正熊站起来，指着断指人，对行刑手说，那就让他清醒清醒吧。

李时君有些担心，而且，吴品三曾经提醒过，他附在杨正熊耳边，小声地说，他年龄太大，是不是……

杨正熊恶狠狠地说，我就是要让他看看，是他的骨头硬还是我的鞭子硬。打。

行刑手走到刑具架前，拿过鞭子，用双手扯了扯，然后走近断指人，挥起鞭子，一鞭子抽下去，啪的一声响过后，断指人身上出现一道血印。行刑手再次举起鞭子，又一鞭子抽下去。断指人的身体抽搐了一下，但他咬紧牙关，一句话不说。

天渐渐黑了下来，吴品三显得有些烦躁，看了看表，又站起来，走过去，将电灯开了，回到办公桌前坐下，盯着面前的电话机，看了半天。

赵印墨推门而入，吴品三一脸惊喜，问，有消息了？

终于回电了。赵印墨将一封电报递给吴品三。

吴品三接过，说，都已经六个多小时了，怎么现在才回复？

赵印墨说，我也不知道，一拿到，我就送来了。

吴品三看着电报，读出声来，品三兄并正熊兄电悉，二兄联手，一举擒获匪酋，乃同志楷模，深堪嘉慰。侦讯最佳时间为二十四小时，望二兄切记。吴品三挥了挥电报纸，说，六个小时，就说这几句轻描淡写的话？我怎么感觉徐科长的心思，不在这件事情上面？

赵印墨说，不在吗？我怎么看不出来？

吴品三说，抓获断指人是多大一件事，徐科长又在庐山，他早该把这件事报告蒋主席了。如果报告了蒋主席，蒋主席一定会有指示啊。

赵印墨说，对啊，还是局座想得深看得远。

一定出了什么比这更大的事。吴品三问，广州那边，有什么动静？

赵印墨说，没听说啊。蒋主席发出《出发剿匪告全国将士书》后，广州表过态，以军事为重，好像一直没什么动作啊。

吴品三说，如果不是广州那边出事了，那会是什么事呢？

是不是我们想多了？赵印墨说。

吴品三认定不是自己想多了。但这种事，想也没用，还是要关注眼前当下，他问，审讯的情况怎么样？断指人招了没有？

赵印墨说，这个人，嘴还挺硬，什么都不说。

对此，吴品三倒是有心理准备，说，这是可以想象的。如果不硬，也当不了共党的总书记。

赵印墨提供了另一个消息，说，杨正熊已经给他用刑了。

用刑？吴品三吃了一惊，说，他年龄不小，用刑太危险了。

赵印墨说，除了用刑，杨正熊大概也拿他没办法。

吴品三想了想，说，杨正熊要用刑，那是他的事，我们管不了。你去告诉李时君，让他提醒一下杨正熊。不要偷懒，亲自去警察局跑一趟。

赵印墨说，提醒有用吗？

吴品三思考问题，和赵印墨自然不一样。他说，正因为没用，才更要提醒。该做的我们做了，听不听是他的事。

赵印墨一脸的蒙然，既然没用，为什么还更要做？他不想再问，问多了，吴品三会骂他蠢。他只好答应一声，出去。

吴品三想了想，拿起面前的电话，拨了一个号码，说，给你一个消息，今天，上海警备司令部抓到了一个神秘的断指人，五十多岁的年纪……怀疑他是共党的高官，职位非常非常高……非常高，总之，是迄今为止抓到的共党的最高官，比以前任何一个都高……主要消息来源，是线报……对，一个很特别的人向我们提供了情报……和上次海棠村提供情报的，是同一个人……这个消息，可以见报。

吴品三说完之后，没有半句多余的话，迅速挂断电话。

既然乐少华要求苏航和胡文俊多接触，苏航便立即付诸行动。这件事做起来毕竟容易，胡文俊在华懋饭店有长期包房，他是知道的，作为表亲，胡文俊不可能将他赶出门，他也很清楚。苏航来到饭店，乘电梯上楼。华懋饭店是上海最新的饭店，名气虽然没有和平饭店那么大，却因为新，设施更齐全，广受政界商界要人们欢迎。苏航到达五楼，沿着走道向前走，来到 526 门前。这是最靠里的一个房间，到了走道的尽头。

门开了，出来的是胡文俊的副官，他不认识苏航，打量了苏航一番，警惕地问，你有什么事？

苏航大大咧咧地说，我找我表哥啊。

副官问，你表哥？谁是你表哥？

胡文俊走到门口，看到苏航，说，航弟，是你啊。进来。

苏航进入，越过副官，向里面走。副官立即过去，将门关上。

这是一个大套间，外间被布置成一间办公室，里面显得有点乱，摆着两只大箱子，箱子是敞开的，里面塞了不少衣物，还塞着一些古董。苏航有点吃惊，问，你这是要出门？回南京？这时候也没火车啊。

胡文俊说，你来得不是时候，我要赶去九江，马上就要走。有事吗？

胡文俊并没有叫他坐，而是和副官一起清理行李。苏航站在一旁，说，去九江？回不回湖北？

胡文俊说，九江离家里近，如果有时间的话，我准备回去一趟。你有什么要带回去吗？

苏航说，我倒是想带点什么回去给我妈。可你看我，现在穷得叮当响。

胡文俊说，我最多就是回武汉转一趟，不会回乡下。这样好了，我派个人，以你的名义，给姨妈送点钱过去。

苏航连忙说，那太谢谢表哥了。

胡文俊随口说，姨妈一个人在家里，不容易，你没寄点钱回去？

苏航说，每个月寄八块钱。

胡文俊说，八块钱？太少了吧。

苏航想说，八块钱已经不少了。一个普通工人，一个月才十二块的薪水呢。你胡文俊赚了很多黑心钱，当然认为八块钱是小钱。他说，我哪能和表哥比？就这八块钱，有时候，我还是先找人借的。

要我说，你那个报纸别办了。胡文俊说，一个月二三十块钱收入，怎么过日子？等我回来，帮你找个更好的差事。男人在社会上混，没点钱怎么行？

若是以前，苏航肯定一口回绝，可如今不一样了，他有了新的任务，所以立即说，好啊，那我要替我妈谢谢表哥。

等十天半个月，等我回来。胡文俊说。

苏航问，怎么突然就要去九江？

胡文俊顿时充满警惕，看了看外面。门是关着的，外面自然不会有人。不过，他大概是想在表弟面前显摆，说，出了点事。

苏航问，什么事？看你这么急，好像不是小事啊。

胡文俊说，校长遭到暗杀。

苏航确实是大吃一惊。蒋介石遭到暗杀？这可是石破天惊的大事啊。他问，死了？

胡文俊说，胡说。校长身边，警卫森严。是杀手死了，校长只是扑倒的时候，有点小擦伤。

苏航马上想到自己的新工作，便想多打听点东西，问，他在庐山指挥“剿共”，是共产党干的？

胡文俊说，现在还说不定。算了，不说了，我要走了。

苏航装出十分的热情，说，我送你。

副官和司机各提着一只箱子向外走。苏航跟出，他们站在门口，胡文俊在里面磨蹭了一会儿。苏航问副官，他磨蹭什么？怎么还不走？

副官说，他要设些小机关，这是规矩。

联想到最近所学的知识，苏航明白了，只好站在走道上等。

3

吃过晚饭，杨正熊继续主持对断指人的审讯。

此时，断指人的状态已经非常之差，因为被鞭打过，身上血迹斑斑，衬衣已经破了。李时君陪着杨正熊进来。杨正熊口里含着牙签，一边剔牙，一边问，怎么样？说了没有？

负责审讯的警察说，死硬，什么都不肯说。

杨正熊走近断指人，说，你看看你，何苦呢？都这么大年纪，是时候含饴弄孙，颐养天年了，吃这个亏干什么？

断指人说，我什么都不知道，你让我说什么？

杨正熊说，什么都不知道？你的女人叫什么名字，你总该知道吧？

断指人说，这个，我当然知道，她叫戴丽娟。

杨正熊说，是，戴丽娟。你们以前住着小洋楼，对不对？那幢楼的租金不便宜吧，是你赚的钱，还是她赚的钱？

断指人说，当然是我赚的钱。

哦，是，是你赚的钱。杨正熊问，你和她，怎么认识的？怎么结婚的？

断指人说，我们是自由恋爱，自主结婚。

杨正熊回到审讯位，坐下来，说，好一个自由恋爱。你也不撒泡尿照照你自己，你都五十多岁了，人家才十九岁，跟你自由恋爱？你们的介绍人，是不是叫顾顺章？

断指人说，根本没有介绍人。

杨正熊说，看来，你是不见黄河心不死啊。给他尝尝电椅的滋味。

听了这话，李时君吓了一跳，想起赵印墨特意赶过来，传达吴品三的指示，便小声地说，特派员，这个太危险了吧？

杨正熊不看李时君，而是说，徐科长在电报中说了，二十四小时是关键时间。现在时间已经过去快一半了，再不攻下，他在我们手上就没有意义了。

李时君说，可是，搞不好是要死人的。

死人？杨正熊的声音突然正常了，甚至比正常还大一点，说，他如果什么都不说，就是活死人一个，和死了有什么区别？既然他想死，就成全他吧。上电椅。

李时君人微言轻，也就是起个提醒作用。杨正熊既然下了这样的命令，他也就不再开口。两名行刑手立即上前，将断指人身上的绳子解开，拖到旁边的电椅上，分别将他的手、脚、颈子等部位扣好。

要不，吓一吓就算了？李时君再次提醒。

杨正熊不理他，举起右手，向下一挥，命令道，通电。

行刑手将电闸推上去。断指人全身猛一阵颤抖，全身抽搐，脸部变形。

杨正熊叫道，停。

行刑手拉开电闸，断指人恢复正常。

杨正熊问，怎么样？要不要再尝尝？或者把你知道的都说出来？

断指人的回答是向他啐了一口。

杨正熊第二次举起了右手，说，准备。

李时君真的担心了。毕竟，断指人是自己抓到的，若这么折腾死了，自己的功劳，会不会大打折扣？他凑近杨正熊，准备再一次提醒。杨正熊显得极不耐烦，转头对他呵斥道，哪来那么多废话？老子今天就是要整死他。通电。

电闸再一次合上。

断指人全身猛一阵抽搐，动作的幅度由大变小。李时君一见，立即大喊，停停停。他好像昏过去了。因为杨正熊没有下令，行刑手没有拉开电闸。李时君急了，说，快停。杨正熊也感到情况不对，叫道，停。

行刑手拉开电闸。李时君站起来，走到断指人面前，发现断指人眼睛紧闭，身体一动不动。李时君伸出手，试了试断指人的鼻息，显得有些吃惊，又立即去摸他的颈动脉，说，呼吸和脉象都很弱，要抢救。

杨正熊脸色大变，几步走过来，将同样的动作做了一遍，说，马上送医院。

两名行刑手立即上前，开始解断指人身上的扣。

断指人被紧急送往医院急救。

一般这种情形，作为特派员的杨正熊，是不会亲临的。但这次的情况特殊，杨正熊也赶到了医院。杨正熊当然不是跟着救护车来的，他有自己的专车。他到达医院时，断指人早已经被送进了抢救室。李时君以及其他几个人，在外面走道上等。

杨正熊走过来，问，情况怎么样？

李时君说，还在抢救，具体情况不清楚。

杨正熊看了看急救灯，对李时君小声地说，时君兄，你过来一下，我跟你说点事。

李时君起身，跟着杨正熊，走到稍远处。杨正熊掏出一张银票，塞进李时君口袋里，说，时君兄，这件事，一定要做好保密工作，对谁都不能说。

李时君说，当时好几个人在呢。

杨正熊说，那些人，我会分别打招呼的。

李时君还是不放心，说，他身上有那么多伤，还有明显用过电刑的痕迹，怕瞒不住吧。

杨正熊说，那是我的事。总而言之一句话，你在吴品三面前不要乱说就行了。

李时君说，我明白。

安抚过李时君，杨正熊又将另外几个人分别叫过去。李时君彻底明白过来。杨正熊之所以晚到，显然是做准备去了。这件事关乎杨正熊的前途命运，若电刑致断指人死亡这样的事让南京知道，杨正熊的好日子可能就到头了。所以，他不得不开始善后。

抢救室的灯灭了。杨正熊立即走过来，恰好门开了，杨正熊迎上去，李时君跟在他的后面。一名医生从里面出来，杨正熊问，情况怎么样?

医生说，急性心脏病发作。该做的，我们都做了，还没有脱险。

李时君问，会有生命危险吗?

医生说，这个很难说。如果是个年轻人，或许能熬过去。但他的年纪不小了，你们得有点心理准备。

杨正熊往医生口袋里塞了什么东西，说，你们能不能想想办法?

医生说，能想的办法，我们都想了，能做的，我们也都做了，现在只能等。

杨正熊说，我能不能提一个要求?

医生问，什么要求?

杨正熊说，病历上只写急性心脏病发作，别的，不要写。

医生显得很疑惑，也很为难。

李时君连忙介绍说，他是肃反专员和南京特派员，你们应该配合杨特派员的工作。

医生说，我们尽量吧。

杨正熊急于求成，酿成大错。为了掩盖，他不得不进行补救。拿钱买通参加审讯的人，进行封口，这是必需的程序。安抚医院参与抢救的医护人员，不让他们乱说，也是必需的。

这些还不够，最关键在于上面。

离开医院时，虽然很晚，他却丝毫不敢停留，立即驱车赶去见一个关键人物，上海警备司令部钟副司令。上海警备司令是熊式辉，此时他并不在上海，而是在南昌行辕，协助蒋介石指挥“围剿”中央红军。当然，实际上，他已经上了庐山，这是连钟副司令也不知道的。

杨正熊赶到钟副司令所住的别墅，夜已深沉，整幢别墅除了警卫室还有灯光，其他地方全是黑的。杨正熊顾不了许多，从车上下来，立即走到门前，伸手按门铃。过了一会儿，门上的一扇小窗打开，探出警卫的脸，问，什么事？

杨正熊说，我有急事要见钟副司令。

警卫认出了杨正熊，说，是杨特派员啊，司令已经睡了。

杨正熊掏出一件东西，从小窗口递进去，说，我有急事，必须马上见钟副司令。

警卫显得很为难，说，可是，司令和夫人睡下已经一段时间了，这时候叫醒他，不太好吧。

杨正熊说，睡了也要把他叫醒，这件事太重要了。

卫兵只好将门打开，说，您先进来吧。

杨正熊随卫兵进入，到达一楼的客厅。卫兵说，杨特派员，您先坐一下，我去找副官。说过，卫兵向后走。杨正熊站在那里，等着。过了一片刻，副官睡眼惺忪，从后面出来，说，杨特派员，这么晚了，有什么事？

杨正熊连忙掏出一张银票，递给副官，说，急事，非常非常急，必须马上向钟副司令报告。

副官说，好，你等一下。我去向钟副司令通报。

副官上楼，卫兵还得回去看门，已经离开。杨正熊独自留在客厅。他只好自己坐下来，从包里拿出一包东西，放在茶几的边沿，静静地等着。过了一段时间，钟副司令穿着睡衣，随副官一起下楼。杨正熊立即站起，立正，敬礼，说，司令，深夜打扰，实在冒昧。

钟副司令挥了挥手，说，在家里，就不要这些礼节了。坐。又对副官说，给杨特派员倒茶。副官答应一声，离去。钟副司令坐下来，道，说吧，什么事？

杨正熊弯下身，将那包东西往钟副司令面前推了推，说，这是两条大黄鱼，送给司令。

钟副司令看了看那包东西，又看杨正熊，问，你这个时候来，就为了这个？

副官端着两杯茶出来，一杯放在钟副司令面前，一杯放在杨正熊面前，说，杨特派员，请喝茶。杨正熊说声谢谢。副官退走。

钟副司令看了看杨正熊，说，事情不小吧？

是的，有点麻烦。杨正熊说，我冒昧打扰司令休息，是因为发生了一件特别的事，断指人……

听到“断指人”三个字，钟副司令十分惊讶，问，断指人怎么了？

杨正熊说，断指人进了医院，医生说，是急性心脏病发作。

钟副司令的头向后仰了仰，看着杨正熊，问，有生命危险？

杨正熊回答了一个字，说，是。

钟副司令端起茶杯，喝了一口，不看杨正熊，而是盯着茶杯，问，用刑了？

杨正熊说，眼看二十四小时黄金时间……我可能操之过急了。

钟副司令不语，吹着茶杯里的茶叶，喝了一口，又吹，又喝。杨正熊也不说话，只是看着对方。钟副司令将茶杯放下，但片刻之后，又一次端起来，再吹，再喝。

杨正熊内心充满了恐惧，说，这件事，可能对熊司令和钟司令产生不利影响。所以，我要向钟司令检讨。

钟副司令似乎已经想清楚，将茶杯放下，说，你回去草拟个报告，以警备司令部的名义，上报蒋主席。

杨正熊问，内容怎么写？

钟副司令说，中心意思有这么几个：第一，断指人已经招了，身份已经证实，是中共总书记；第二，顾顺章被抓获以后，中共采取了措施，大部分人已经撤离上海，留下来的极少部分，也都转入地下。断指人提供的信息，都是一些陈旧信息，意义不大；第三，鉴于断指人特殊的身份，留着他，所能提供的情报有限，而且过时和失去意义，予以正法，将会对整个中共，造成巨大打击。建议就地正法，请主席予以批准。

杨正熊的眼前顿时一亮，说，这个办法好，司令高明。

钟副司令指示说，这个报告，必须附上断指人的口供，要按手印。

杨正熊说，这个容易，反正他昏迷不醒。

钟副司令说，那你去准备吧。熊司令在南昌行辕，我明天一早给他打个电话，征求一下他的意见。他如果同意，我们就把报告发给庐山。

杨正熊有些激动，实在没想到，会是这么个结果。他站起来，向钟副司令敬礼，说，职下立即去办。

钟副司令挥了挥手，说，去吧，做漂亮点。

杨正熊说，职下明白。我走了，司令晚安。

钟副司令说，副官，送一送特派员。

副官从后面出来，对杨正熊说，特派员，请。

杨正熊出门的时候，钟副司令已经上楼。

来的时候，杨正熊是惊恐不安，现在离去，杨正熊已经吃了定心丸。他也看明白了，这是一件事故，不仅是他的事故，也是熊司令和钟副司令的事故。虽然熊司令和钟副司令极有可能将责任推给他，但领导之责，他们是逃不了的。只有就地正法，才能让所有人撇清。

问题是，熊式辉用什么办法让蒋介石签署这个报告呢？

这是他仍然心存的疑虑。

4

一大早，苏航出门，他要快点吃过早餐，然后赶到乐少华那里去上课。让他没料到的是，刚刚走出品芳斋的侧门，看到乐少华站在出口紧张地看表。

苏航叫道，少华……

他原本要叫少华同志，后面的话，被乐少华用手势制止了。乐少华说，有事找你。

苏航明白了，一定是发生了什么特别的事，说，那去编辑部吧。

乐少华说，带路。

苏航转身向里面走，乐少华跟着。

乐少华说，我刚才观察了一下，周天罡的人撤走了？

苏航说，当天就撤走了。

乐少华说，虽然明的撤走了。但帮会的人，特别记仇，这件事，你还是要当心。

苏航说，两天前，我特意去过周府，准备了一些礼品，上门向他道歉。

乐少华问，他接受了？

苏航说，他不肯见我，但礼品并没有退回来。

乐少华说，礼品没有退，说明他那里已经松动了。你应该再努力一把。

苏航说，我正在考虑这件事，一方面，我准备请梅向东出面，另一方面，我考虑找一下阮周。

两人穿过小院，来到二楼，苏航掏出钥匙，打开门，请乐少华进入，随后将门反闩了，说，少华同志，出了什么事？

乐少华说，断指人出事了。

苏航显得非常吃惊，说，断指人？不是已经安全转移了吗？

乐少华说，本来是通知他转移，他也同意了。可是，他又提出一个要求，一定要见妻子一面才肯走。

苏航说，都什么时候了，怎么还儿女情长？

乐少华说，这件事非常严重，上级指示，要采取一切办法，摸清他在里面的情况，然后想办法营救。

苏航问，他怎么出事的？

乐少华说，具体细节，现在还不清楚。现在掌握的情况是，组织上同意他见妻子一面，然后立即转移。安排的时间是前天下午，晚饭前必须返回。可是，他前天上午自行外出，当天也没有返回，住了一个晚上，昨天上午离开其妻的住处，在租车行被警备司令部逮捕了。

苏航说，如果进了警备司令部，这事就不太好办了。

乐少华说，现在主要是摸消息，其他方面，我们已经做好了应变准备。

苏航问，他在党内职位是不是很高？

乐少华并没有回答这一问题，而是说，你好好想一想，能不能通过新闻界这条线，摸到一些情况？

苏航说，好的。那我今天不上课了，明天再过去。

乐少华叮嘱道，你要注意一下策略，这个人太敏感，千万不要暴露了自己。

苏航回答说，我有分寸。

乐少华过来，就是为了这件事，说过之后，他站起来，准备离开。苏航叫住了他，说，还有一件事，突发事件，非常重要。

乐少华已经迈腿向外走，听了这话，停下来，问，什么事？

蒋在庐山遭到了暗杀，苏航说。

这消息太令人吃惊了，乐少华一下子愣住，说，暗杀？这是真的？哪里来的消息？

肯定是真的，我表哥告诉我的。苏航说，昨天晚上，我去找他，他匆匆忙忙赶船去了九江，应该不会是假消息。

乐少华问，有后果吗？

苏航说，没有。听说卧倒的时候有点擦伤。

乐少华说，我得把这件事报上去。现在，第二次反“围剿”打得非常艰苦。趁着这个机会，我们正可以打一次大反击。说过之后，乐少华匆匆离去。

吴品三坐在办公桌后看报纸，报纸上有断指人被抓的消息，但是，没有庐山的任何消息。他把几份报纸主要版面的标题全看了，仍然没有。既没有庐山的消息，也没有广州的消息。

正在这时，赵印墨进来，对他说，局座，我刚刚得到消息，警备司令部向上打了报告，要对断指人就地正法。

吴品三猛地站起来，盯着赵印墨看，说，就……就地正法？你这是哪来的消息？

赵印墨说，警备司令部报过来的消息，说是报告已经发往庐山。

吴品三离开办公桌，在办公室里走了几个来回，自言自语地说，人是昨天才抓到的，今天就要正法，这里面一定有问题。

赵印墨问，局座认为有什么问题？

你是猪脑子啊？吴品三说，他是中共的总书记，他如果能自新，站在我们这边，对我们有多大作用？就算他不自新，关在我们这里，中共一时大概也不会选出新的领导人。只要他一死，中共立即就会推出新的书记，这个人的被捕，对我们，就半点意义都没有了。

赵印墨问，那他们为什么还要就地正法？

吴品三在办公室里又走了几个来回，突然停下来，说，他们一定是用了刑，把人打死了，才想出这么个瞒天过海的把戏。去，把李时君给我叫来。

赵印墨答应一声，转身出门。

吴品三想了想，拿起面前的红色电话机，说，请接南京……请接中央组织部调查科徐科长办公室……徐科长，我是吴品三……徐科长还在庐山？庐山那边，是不是出了什么事？好好，不清楚就算了。吴品三挂断电话，拿过一张纸，开始草拟电报。李时君出现在门口，敲门。

吴品三头也没抬，说，进来。

李时君进入，站在办公桌前，并没有坐，问道，局座，您找我？

吴品三放下手中的笔，直视着李时君，口气严厉地问，你是不是有什么事没向我报告？

没有啊，李时君说，我知道的每一件事，都向局座报告了。

吴品三厉声问道，都报告了？断指人死了这件事，你就没有报告。

李时君大吃一惊，说，断指人死了，这件事我不知道啊，什么时候死的？

断指人死了这件事，吴品三仅仅只是猜测，并没有真凭实据。更为详细的内幕，李时君参与审讯，应该清楚。吴品三此举，完全是为了诈他。吴品三猛拍了一下桌子，说，你不知道？打死断指人，你是不是也参与了？

没有，绝对没有，李时君说，我按局座的命令，反复劝过杨特派员。是他坚持要用刑。这个，我向局座报告过的。

吴品三还得一口咬定断指人死了，并且，他坚信自己的判断是对的。他说，那你告诉我，断指人是怎么死的？

李时君不得不将所知的一切说出来。他说，这个，我真不知道。杨特派员要用电刑，我反复劝了几次，杨特派员根本不听。用了电刑之后，断指人心脏病发作，被送到了医院。昨天半夜，我离开医院的时候，断指人还活着。他到底是什么时候死的，我真的不清楚。

吴品三问，你昨晚什么时候离开医院的？

李时君说，医院抢救到十二点左右，我离开的时候，可能凌晨了。具体我没看时间，不太清楚。估计凌晨一点左右吧。

吴品三说，你把对断指人用刑的情况，写个详细报告给我。

李时君显得非常为难，说，可是……杨特派员……

吴品三问，杨特派员怎么啦？给了你封口费，是不是？

李时君说，我听说，他离开医院后，赶去见了钟副司令。

吴品三恍然大悟，说，难怪有那么奇怪的报告，原来是这样。

报告？李时君一脸蒙态，问，是什么报告？

吴品三说，你就按我说的，写份报告。就按真实的情况写。这件事，你不要再对任何人提起，包括老游也不要提。

李时君答应一声好，吴品三挥了挥手，李时君离去。吴品三想了想，继续起草电报。赵印墨拿着一份报纸进来，说，这些报纸，越来越没谱了，整天就知道胡说八道。吴品三问，报纸怎么了？

赵印墨将报纸摊在吴品三面前，报纸标题《中共高官断指人被捕，告密者再为党国立功》。说，你看看，怎么又扯到告密者头上去了？吴品三看一眼标题，将手上拟好的电报递给赵印墨，说，把这个电报发给徐科长。

赵印墨答应一声，接过电报稿，转身离开。吴品三拿起那份报纸，看了看，又放下来，拿起电话，拨了一串号码。

吴品三对着话筒说，程队长，兴源兄，我是吴品三啊……不不，我知道，郑家臣的事，与你无关。我到上海来，本身就不讨人喜欢，有人想赶走我，也不是什么秘密……好好，下次有机会一起喝酒……对了，集纳新闻社的发行人苏航，哦，你认识？好，认识就好。你找个理由，把他弄到拘留所去蹲两天……不管什么理由，强奸啊抢劫啊，你自己去想……不不不，不能太过了。只是让他吃点小亏……那好，就这样定了，事成之后，我请你喝酒。

吴品三挂断电话。

乐少华要苏航打听断指人的消息，苏航想了想，最有可能知道这一消息的人，应该在警察局。警备司令部和警察局，在同一个衙门办公，彼此有盘根错节的关联。名义上，警察局受上海市政府领导，更为直接的领导，其实是警备司令部。

苏航想到的人是梅向东。梅向东介绍自己拜师入门，怎么说，自己应该感谢他，这是最好的借口。于是，苏航赶到警察局。一路上，听到报童大声地叫卖报纸，下车时，又有报童大叫，卖报卖报，中共高官断指人被捕，告密者再为党国立功。

正要打听断指人的消息，没料到这么快，消息上了报纸。苏航立即买了一份报纸，认真地看，看完内容，他明白了，这个消息，又来自吴品三。

沉寂了这么多天，吴品三终于行动的。苏航先是愤怒，继尔心中一笑，知道时机差不多了。

他在看报纸的时候，梅向东也在看报纸。名义上，梅向东还是一名媒体人，因此对媒体相关的消息，是相当关注的。最近一个时期，数次出现与苏航有关的消息，他也都看到了。看完这篇报道，他指着报纸，敲了敲，说，好你小子，没想到你还有这一手。

恰好苏航在此时进入，问，谁有哪一手？

梅向东抬头看到他，顿时乐了，说，哦，说曹操曹操到啊。你看看这个。梅向东将报纸推给苏航。苏航看了一眼，不再理报纸，直接坐下来。梅向东说，看来，你全都知道？

苏航说，刚才在门口，我已经看过了。

梅向东说，我怎么感觉，这上面说的告密者是你？

苏航夸张地说，怎么可能？我连断指人是什么人都不知道。你知道吗？

梅向东说，刚刚听说了一点。

苏航装出极大兴趣，问，真是共党的高官？

梅向东说，总书记，你说官高不高？

苏航的心中咯噔一下，有一种透凉的感觉，表面上却只是装出蒙然的模样，问，总书记是个什么官？

梅向东说，怎么说呢？中共叫总书记，国民党叫主席。

苏航装着十分惊讶，站起来，说，这么高的官啊？看来，你们警察局立大功了。南京一定会给大笔的奖金吧？会不会你们警察局所有人都有份？你可得请客。

梅向东说，这种事哪轮得到我？

苏航要打听情况，便盯着这个话题，不让梅向东领跑了。他说，那你想想办法啊。在这件案子中，你想办法插一脚，到时候发奖金的时候，不也有你的一份了？

梅向东说，晚了，没机会了。

没机会了？苏航不解，问道，不是吧。这么好的赚钱机会……

梅向东说，报告已经交上去，就地正法……对了，你怎么来了？

说了半天，苏航为的就是最后这四个字。他的心里再次咯噔了一下，但表面上不能有任何表现。他说，你帮了我这么大的忙，我总得请你吃个饭啊。

梅向东问，什么时候？

苏航说，今天中午。

梅向东说，今天中午不行，我已经安排了。

苏航随口说，那就晚上。

梅向东说，晚上也安排了。三天之内，都安排了。

苏航说，还是在警察局好，餐餐都有人请客。那就说好了，三天之后。中午时间，我定了。

毕竟是很熟悉的朋友，梅向东答应得非常爽快，说，好，定了。

苏航站起来，说，那你忙，我走了。

5

吕子矜走出校门，站在门口，向四周张望。

没有看到那个熟悉的身影，吕子矜脸上飘过一丝失望，慢慢向前走去。校门外是街道，街道两侧，有些商店，吕子矜沿着街道向前走，来到九歌书店前。

吕子矜向两边看了看，转身进入书店。

晚饭后是书店最忙的时候，许多大学生趁着这个时间过来买书。书店没有伙计，只有老板一人。老板坐在收银台后面，看着里面的学生。吕子矜跨进来，和老板打招呼。

老板说，吕小姐，来买书啊。

吕子矜说，是啊，最近有什么新书没有？

老板说，新书都在前面那张台子上，你自己看。

说话的时候，老板向吕子矜使了个眼色，意思是人已经来了。

吕子矜走近那张台子，拿起书翻了翻，放下，又拿起另一本，向后面走。后面有一扇门，门里面是一个很小的空间，摆了些锅碗瓢盆之类，是老板做饭用的。最里面，有一架木楼梯，很陡，通上阁楼。

吕子矜跨进来，爬上楼梯，推开顶板，进入阁楼。

阁楼里，九哥坐在里面抽旱烟，那根长长的烟杆，显得特别。吕子矜爬上来，将楼板盖好，叫一声干爹。九哥用烟杆指了指前面的位置，说，矜矜，坐。

吕子矜坐下来，问，华平呢？他什么时候到？

九哥说，今天我只找你。你说说你们去庐山执行任务的情况吧。

吕子矜显得有吃惊，说，我不是已经说过了吗？

九哥说，你们的报告，我都看了。不过，有些事，我还想亲自了解一下。你们到达庐山后，两次上山去踩点？

是的。吕子矜说，山上太复杂了，我和华平都没有去过庐山，怕找不到地方。第一次去，我们走了很多弯路，找了很长时间。

九哥问，回去后，你们就画了路线图？

吕子矜说，其实，不能算是回去后画的。去的时候，我们就画了很多图。回到客店之后，根据现场画的那些图，归纳出一个路线图，其他的图，全都烧掉了。

九哥抽了两口烟，问，谁提出要画图的？是你还是华平？

吕子矜说，我没有提过这件事，是华平说要画下来。

九哥又问，既然第一天你们已经把路线摸清楚了，为什么还要专门再画一个路线图？

吕子矜说，我们走了很多弯路，有几次都走错了，又不好问人，担心有人记住我们的口音。当天回来后，华平问了我几个点的走法，我已经有点不清楚了。华平就说，看来，还是要画个路线图，他就画了。

九哥问，然后呢？第二次去踩点？为什么要去两次？

吕子矜说，有两个原因：第一，我们担心走错；第二，第一次去，我们身上有好几张图，又见沿线有很多军警，所以没敢走到村口。我们商量，去村口再看看，想找到摸进去的办法。

九哥问，第二次再去，你们看过路线图吗？

吕子矜说，看过，看过好几次。如果没有路线图，真的可能会走错。

九哥又问，第二次，你们到了入口处。离入口处大概有多远？

吕子矜说，不是太远，十来米远吧。

九哥说，我注意到你们的报告里提到和哨兵的接触。你们为什么去接触哨兵？

吕子矜说，我们想试一试，能不能通过门口进去。

九哥问，是你提出要试的，还是华平提出的？

华平提出的。吕子矜说，我也有那样的想法。那里警卫太森严了，我们想找到一种接近的办法。

九哥说，你们难道不担心哨兵会记住你们的长相？

吕子矜说，我们化过装，他们应该认不出来。

九哥说，第三次，就是行动那天，对吧。你们到了哪里？

吕子矜说，我们到了附近，但没有接近哨兵，想通过别的地方进去。但是，有几大困难，最大的困难是，山下还有两道哨卡，我们没法带武器进去。我们还在商量，是不是想办法摸进去，然后徒手行动。毕竟，山上有很多东西可以当武器用。后来听到枪响，我们知道，一定是别的小组行动了，我们就撤出了。

九哥又问，对这次任务，华平说过什么吗？

吕子矜想了想，说，没说过什么啊。不过，这次行动，他有点怪，一直很沉默。以前，他不是这样的，话很多，也很会搞怪。这次，好像心事重重。

九哥说，从这次开始，你觉得怪的？难道以前，你没觉得他有什么奇怪的地方，或者说过什么奇怪的话？

我想起来了，吕子矜说，上次，上海北站那次，他说了几句话。

九哥问，几句什么话？

吕子矜说，他好像觉得，我们现在是在替广州办事。

九哥问，替广州办事？难道我们不能替广州办事？这有什么问题吗？

吕子矜说，我感觉……他的意思是说，我们是为了钱……可能他觉得，我们不应该为了钱而行动吧。

九爷说，好。我清楚了。你在这里等半个小时再走。我先走了。

吕子矜站起来，说，干爹再见。

九爷走过去，揭开盖板，下楼。吕子矜看着他将盖板盖上，坐下来，翻开一直拿在手上的那本书，开始阅读。但时间不长，吕子矜将书合上了，她陷入了沉思。

这两次行动，九哥都亲自找他们问话，在以前是从未有过的。

这里面有什么问题吗？怎么感觉九哥在怀疑洪华平？洪华平到底做了什么？

吕子矜走出九歌书店，沿着街道向学校门口走去。校门口快到了，吕子矜习惯地朝某处望了一眼，结果像是触电一般，苏航果然站在那里，他没有看到她，因为他的目光是朝向校门的。吕子矜止步，转身，向后走了一步，想躲开。可刚刚迈出一步之后，她犹豫了，抬手看看表，现在是晚上九点半，再过半个小时，学校宿舍要关门了。她犹豫了一下，向苏航走过去。到了他身后，主动说，苏主编，你好。

苏航闻声转头，看到她，一脸狂喜的表情，说，你好，我们终于又见面了。

吕子矜确实被他的表情感动了一下，问，你在这里等我？

苏航说，是啊，我必须把上次的事，当面向你说清楚。

吕子矜笑了笑，尴尬不是尴尬，开心不是开心地笑。她说，你该不会告诉我，你天天晚上在这里等我吧？

苏航说，不是天天晚上。只要没有特别的事，我都来了。

吕子矜的心又小小地动了一下，口中却说，就为了当面向我说清楚？有必要吗？

当然不是。苏航说，自从我们第一次见面，我每天都为你写一首诗，我想送给你。

吕子矜笑，再笑，说，就算你是徐志摩，我也不是陆小曼啊。

苏航说，我不是徐志摩，我是草儿。

吕子矜被这个名字刺了一下，说，草儿？你说你是草儿？两年前，经常在狂飙上发诗的草儿？

苏航说，对，我有几个笔名，草儿是其中的一个。

这一瞬间，吕子矜的情感倾斜了。那是一个诗的时代，所有的青年，都狂热地迷恋着新诗，也都有自己的偶像。徐志摩影响了整整一代人，郭沫若、卞之琳、戴望舒、胡兰成等一大批新时代诗人，一夜暴红，成了众人的青春偶像。吕子矜也是一名文艺女青年，尤其喜欢新诗，对草儿的诗情有独钟。

她激动加惊喜地说，你是草儿？我最喜欢草儿的诗了，你没有骗我？

苏航说，不好意思，我骗你的。

听了这话，吕子矜大受打击，转而恼怒，说，你——

苏航原只想和她开个玩笑，然后再稍加解释，可他没料到，误会进一步加深，竟然没有机会解释了。就在他和吕子矜说话的时候，有几个人悄悄地走过来。也是他太大意了，全部心思，沉浸在再遇吕子矜的狂喜之中，没有发现危险迫近。那几个人突然将他们围在中间。还是吕子矜的警惕性高，一闪身，跳出了他们的包围圈，质问道，你们是什么人，要干什么？

此时，苏航想行动，但已经晚了。他和吕子矜，已经被那些人隔开。那些人的目标显然不是吕子矜，而是他。其中一个人问，你是苏航？

苏航说，我是。兄弟，你们是周老板的人吧？

那个人说，我们是警察局的，你被捕了。

苏航原以为周天罡派人对他下手，正自懊悔，却听说是警察局的，便非常惊讶，说，警察局？逮捕我？为什么？

更让苏航诧异的还在后面，那个男人竟然说，你涉嫌强奸罪，被依法逮捕。就在这工夫，已经有两个便衣刑警上前，将苏航扭住。吕子矜虽然跳出了包围圈，却没有离开，而是冷静地看着这一切。听说苏航因为强奸罪被逮捕时，她的嘴和眼睛同时睁大了。

苏航大声叫道，胡说，你再说一遍。

那名便衣果然说，你涉嫌强奸犯罪，被依法逮捕。铐起来。

几名便衣将苏航按倒在地。苏航拼命地挣扎，说，你们抓错人了，我绝对不会犯你们说的那种罪。

吕子矜也觉得苏航不应该是那样的人，走上前，说，对不起，你们是不是认错人了？

便衣说，小姐，你醒醒吧。你面前的这个男人，是个强奸犯。

吕子矜一时语塞，说，你……

苏航刚才一时昏了头，忘了吕子矜在身边，现在才意识到，这个事闹大了。强奸罪，天啦，天下哪个女人会爱一个强奸犯？他必须向吕子矜说明。

子矜，请相信我，苏航大声地喊道，我是被冤枉的。我一定会向你证明我的清白。

男人命令道，带走。

几个便衣将苏航拖起来，向不远处的一辆汽车走去。

苏航仍然在挣扎，他要向吕子矜表白。他喊叫着说，子矜，请相信我。我是被人陷害的，像上次一样被人陷害。子矜，你一定要等着我，我向天发誓，我要证明给你看。

便衣们推着苏航上车，苏航拼力挣扎，大声地喊叫，子矜，我是被冤枉的，请相信我。

便衣们将他往车里塞，他仍然挣扎着说了最后一句话，子矜，等着我。

汽车开走了，其他一些便衣，骑上脚踏车，迅速散去。

吕子矜独自站在那时，整个人傻了一般。她完全不明白这到底是怎么回事。

汽车直接将苏航带到了市拘留所。

驶进大门，汽车停下来，便衣们将苏航推下车。苏航挣扎着，喊叫道，你们凭什么乱抓人？你们有什么证据？喊完这句话，苏航看到程兴源和另外几个人，从旁边的房子里出来。苏航几步跨到程兴源面前，问道，程队长，这是怎么回事？

程兴源说，很抱歉，苏兄，我们是照规矩办事。

苏航顿时愤怒了，说，规矩？你们没有任何手续就抓人，是什么规矩？

程兴源故作惊讶，问那名便衣，你们没给他看手续？

便衣警察说，他没有要求，所以我们就没给他看。

程兴源挥挥手，说，给他看看。

那名便衣掏出一张纸，在他眼前晃了一下，他根本没看清。也不可能看清，天黑着呢，外面的光线很暗。

苏航盯着程兴源，问，能告诉我，我到底犯了什么罪吗？

程兴源说，有人告发你是共党。没办法，兄弟，这种案子，很麻烦的。

共党？苏航一下子发作了，说，刚才这位兄弟说是强奸案，怎么一转眼，又变成匪谍案了？

程兴源说，你也知道，公开抓共党，有时候会冒出一些不明真相的民众捣乱。现在的老百姓就是这样，同情心泛滥，为了避免引起混乱，我们只能说是别的刑事案。

苏航冷笑一声，说，我看，法律就是你们手中的橡皮泥，想怎么捏就怎么捏。

程兴源说，你放心好了，这件案子，我会亲自调查的。我们毕竟是熟人朋友，我跟汪所长已经打过招呼，他会优待你的。你就安心在里面待几天吧。说过之后，程兴源转身对汪所长说，汪所长，人交给你了。我们回去了。

汪所长说，程队长请放心，我知道怎么办。汪所长对身边的两名看守说，送他进仓。

那两名看守走上前，从便衣手里接过苏航，推着他向里面走。

苏航大声叫道，程队长，程大麻子，你必须给我个合理的解释，否则，我不会放过你的。

程兴源的人已经向外走去，而苏航也已经被推进了室内。

前面是一条长长的走道，两名看守押着他向前走，一直走到尽头，停下来。旁边有一扇门，一名看守将门打开，然后把苏航推进去。看守打开苏航的手铐，命令道，脱衣服。

苏航说，我没有犯罪，我不是罪犯。

胖子看守说，你跟我们说没用。进了这里，就得守我们的规矩。脱衣服。

苏航大声叫道，我要控告，这是非法拘禁。

胖看守突然一拳击向苏航的腹部。这家伙的拳还真重，苏航挨了重击，立即伸手捂住腹部。别看这家伙胖，手脚却灵活，接着一连两拳，打在苏航的脸上。恶狠狠地说，控告你妹，脱不脱？

苏航意识到一切无济于事，只得低头，说，我脱我脱。

胖看守扭动手腕，说，早听话不就好了？打得老子手痛。

苏航开始脱衣服。夏天衣服少，好脱，很快只剩下内裤，便不动了。另一名瘦看守说，脱，继续脱，脱光。苏航犹豫了一下，身在矮檐下，不得不低头啊，只得将内裤也脱了。

瘦看守推开里面的一扇门，说，进去，洗澡。

苏航伸头进去看了看，里面是一间淋浴室，气味虽然有些难闻，却也无可奈何。他跨进去，打开水龙头。瘦看守扔过来一块肥皂，说，把自己洗干净，把这块肥皂洗完。

苏航向四壁看了看，然后对看守说，没有毛巾。

胖看守说，要毛巾干什么？想自杀吗？洗。

苏航想，哦，这是特殊的地方，毛巾可以成为自杀工具，因此，连毛巾都不能用。他伸手，想将门关上，胖看守又说，关什么关？你家伙太小了，怕人看啊？

无计可施，只得伸手拧开水龙头。可一接触到水，他就跳了起来，大叫，这么烫啊，怎么是开水？

瘦看守抬起腿，踹了他一脚，说道，还不快洗？都他妈这么晚了，老子还要去睡觉呢。

苏航只好再一次缩进去，拧水龙头，想控制水量的大小。岂知，水量根本无法控制。他只好在里面跳来跳去，跳进水帘中，冲洗那么一下，又跳出来，再跳进去，又跳出来。冲了一下，打肥皂，又跳进去洗，一边洗一边叫，烫死我了。啊，啊，烫死我了。

胖看守制止道，叫什么叫？找打啊。

苏航不叫了，再跳进去洗，突然变成了凉水。身体无法适应，还以为是特别烫，他又一次跳出来。跳出来后，才意识到是凉的感觉，于是，钻进去，开始快速地将身上的肥皂泡洗干净。

苏航于是向外走，以为从此脱离了苦海。没想到，瘦看守拦在门口，问道，干什么？

苏航说，我洗完了。

瘦看守又一脚踹过来。苏航早有准备，向里面一闪，躲开了。瘦看守骂道，洗完你妈，没听老子说，把一块肥皂洗完吗？

苏航在心中大叫一声，我勒了个去。这样体罚啊。

但明知是体罚，除了承受，他能有什么办法？他再一次打开水龙头。这次真是奇了，出来的水竟然是臭的。他说，怎么这么臭？胖看守说，叫什么叫？快洗。

苏航无计可施，只得拿肥皂出气，在身上猛蹭。

第十章
瞒天过海

1

一大早，朱衡一接到电话通知，苏航被关进了拘留所，送一点换洗衣物和日常用品过去。朱衡一问他是什么人，他说是刑侦大队的，并且说明了拘留所的地址，便挂了电话。

朱衡一看了一下，苏航晚上确实没有回来睡觉，床都没有动过。他不得不清理了一些物品，匆忙出门，将门锁了，然后下楼。刚刚来到小院，见周娅蒙从外面进来。

周娅蒙主动问道，衡一哥，你急急忙忙的，去哪里？

朱衡一说，蒙蒙，你来得正好，苏航出事了。

周娅蒙一惊，说，苏航出事了？出了什么事？

朱衡一说，他被关进了拘留所。

周娅蒙问，关进了拘留所？为什么？

朱衡一犹豫了一下，还是说了，听说是强奸罪。

强……奸？周娅蒙大声地惊叫起来，说，不可能。

小声一点，朱衡一说，你嫌别人不知道啊？我刚刚接到刑侦队的电话，他们是这么说的，到底是什么情况，我也不清楚。既然刑侦队要我送东西过去，我就去打听一下情况。

周娅蒙说，我跟你一起去。我开车去，快一些。

他们来到拘留所，汽车不能进去，只好将车子停在门外，办了登记，然后走进里面的接待室。接待室只有两个工作人员，态度很不好，见了他们，冷冷地说，是送生活用品的吧？登记，然后把东西放在这里。

朱衡一想，如果是这样，那就什么都打听不到了。他必须见到所长，才能打听一点情况。他说，我是集纳新闻的副社长，是希姐的朋友，希姐让我来找汪所长。

看守说，什么稀姐干姐的，你到底有什么事？没事别扯这些没用的。

周娅蒙看到这两个家伙的态度和嘴脸，早就一把火，很想发作。朱衡一知道周娅蒙的脾气，暗暗拉了她一下，说，对不起，我可能没把话说清楚。我说的希姐，叫杨希娟，她是周佛海周主任的太太。

这两个小看守，哪怕再小，也知道周佛海的名头。不管对方所说是真是假，他们犯不着惹下这样的麻烦事。其中一个看守说，你们等着，我去帮你叫。说着，便出去了。朱衡一和周娅蒙在接待室里等着，趁机和另一名看守聊天，想打听苏航的情况。这名看守昨晚不当班，对此一无所知。

不一会儿，汪所长来了，进门就说，谁找我？

朱衡一和周娅蒙立即站起来，迎上前。朱衡一说，是汪所长吧？我是集纳新闻社的，苏航的朋友。

汪所长颇有些傲慢，问，什么事？

朱衡一说，我来给苏航送点生活用品。

汪所长指了指那名看守，说，你交给他就行了。

朱衡一往汪所长手里塞了一包东西，汪所长的脸色顿时缓和。朱衡一趁机说，我们能不能见见苏航？

汪所长打起了官腔，说，哦，这个不行。这是有严格规定的，除了办案警官，谁都无权见他。

周娅蒙过来，原本就憋着一肚子火，要来闹事的，只是被朱衡一压着，才没有发着。现在见汪所长东西收了，脸色还这么难看，她实在忍不住了，说，汪所长，我想问一下，苏航犯了什么罪？

不等汪所长回答，去找汪所长那名看守答了，说，强奸罪。

强奸罪？周娅蒙大声地叫起来，不可能，绝对不可能。

汪所长没想到这个女孩竟然如此狂叫，冷冷地说，这可不由你说了算，当然，也不由我说了算。

周娅蒙仍然坚持说，绝对不可能。

那名看守说，为什么不可能？难道你试过？

周娅蒙用马鞭指着看守，说，胡说什么？信不信我抽你？

好大的口气，看守说，你以为这是什么地方？是你撒野的吗？

周娅蒙用马鞭重重地抽在桌子上，说，姑奶奶今天就撒野了，怎么样？

这话把看守惹翻了，他骂道，老子看你毛都没长成，还敢称姑奶奶……

他的没说完，周娅蒙已经抡起手中的马鞭，一鞭子抽在他的脸上。朱衡一看到情况不对，立即拦在他们中间。

这名看守是因为认定周娅蒙不敢动手，才让她着了道。现在，真被一个女人打了，哪里肯善罢干休？他说，你他娘的敢打老子？老子撕了你。说着，他随手抓了旁边的椅子，举起来，要劈向周娅蒙。

朱衡一知道事情闹大了，连忙扑上前，紧紧地抓住椅子。周娅蒙可不是善茬，见看守竟敢向自己举起椅子，再一次挥起鞭子，要打下去。

朱衡一见了，连忙松开看守，推着周娅蒙向外走。

汪所长自然不肯放了他们，说，什么人，敢在这里撒野。来人。

朱衡一知道，只有汪所长才能制止这一切，他将周娅蒙推到门外后，又转过来，跑到汪所长身边，小声地对他说，使不得啊，汪所长，她是周天罡的女儿，如果得罪了这个小祖宗，那是会有麻烦的。

挨打的看守已经冲出去，一个拿鞭子，一个拿椅子，两人在外面对峙。

汪所长听了朱衡一的话，心中暗自一惊，说，周天罡的女儿？真的？

朱衡一说，这种事，我骗得了汪所长一时，还骗得了一世？汪所长只要一查就知道了。

汪所长自己也是在帮的，很清楚和周天罡结下梁子是什么后果。他马上态度一变，赶出去，制止看守道，干什么？放下。

看守不明白所长为什么突然变了，愣在那里，不动。

汪所长走向周娅蒙，说，周小姐是吧？

周娅蒙说，知道就好。

汪所长说，这件事，你找我们真的没用。我们只负责看押犯人，按手续办事，别的一概不知。要了解具体案情，你们得去找办案单位。

周娅蒙问，这案子是谁办的？

汪所长说，警察局刑侦大队大队长程兴源亲自抓的。

周娅蒙一言不发，转身要走。前面，已经站了两名看守，拦着周娅蒙的去路。周娅蒙怒目相向，质问，怎么啦？你们两个，也想尝尝姑奶奶的鞭子？

汪所长立即命令道，让开。两名看守知道自己这边有人挨了鞭子，想讨说法，不肯让。汪所长怒了，说，滚到一边去，给周小姐让路。

那两名看守不得不让开。周娅蒙看都不看他们，向前走去。

朱衡一知道，这些人都不是省油的灯，他们没法找周娅蒙的麻烦，却可以拿苏航出气。他连忙掏出一些钱，塞进汪所长手里，说，对不起，汪所长，这点钱，给拘留所的弟兄们买酒喝。

汪所长说，周老板是我的师叔，请代我向师叔问好。

朱衡一说，一定一定。请汪所长务必照顾一下我的朋友。

汪所长说，好说，好说。

朱衡一拱了拱手，说一声拜托，转身追着周娅蒙而去。

挨了打的看守，脸上已经起了一道血印，见他们就这样离去，心有不甘，说，所长，就这样让他们走了？

汪所长说，她是周天罡的女儿，你去找她算账啊。你敢去，我认你做爹。

看守捂着脸，说，难怪这么嚣张。奶奶的，下辈子，老子一定选个好人家投胎。

朱衡一赶到外面，周娅蒙已经坐上汽车，并且启动了汽车，似乎他再晚出来一步，她便会先将车开走似的。朱衡一刚刚上车，人还没有坐稳，汽车已经子弹一样射了出去。

你这么急干什么去？朱衡一问。

周娅蒙说，我去找程兴源算账。

朱衡一说，哎呀，我的姑奶奶，你就别添乱了。你找到程兴源，怎么说？

周娅蒙满腹怒气地说，我就是想问问他，我一个大美女，主动送上门，苏航都不要，他怎么可能去强奸别的女人？

哎呀我的大小姐，朱衡一叫了一声，说，你还看不出来吗？所谓强奸罪，只不过是他们随便找的一个抓人借口。

周娅蒙说，借口？如果一个借口就抓人，那我就要狠狠地教训一下这帮王八蛋。

朱衡一说，你怎么就不明白？这件事，都是你上次砸了社会局惹出来的。你再闹的话，就会越闹越大。

周娅蒙以不容置疑的语气说，我才不怕闹大，越闹大越好玩。上次我砸的是社会局，这次，我就把刑侦大队砸给他看看。

朱衡一说，你当然不怕。你有你爹撑着。可那些人会对付苏航。

他们敢，周娅蒙说。

怎么不敢？他们现在不是对付了？朱衡一说，这么闹下去，肯定不是办法。民与官斗，什么时候赢过？他们总有一千种一万种办法对付你，让你求死不得求活不能。

周娅蒙真够一根筋的，她说，他们敢对付苏航，我就敢对付他们。我就是要把这件事闹大，看看他们怎么收场。

朱衡一虽然一直这么劝她，但仔细想一想，这件事，按照自己的办法，就真能解决吗？自己找了多少人花了多少冤枉钱？最终不也是这么个结果？相反，恶人还须恶人磨。那些当官的，谁不想着自己的政绩？整天有人在门前闹事，他们的政绩也好不到哪里去，也会怕吧。朱衡一自言自语，说，也许还真是一个办法。

周娅蒙没听明白，问，你嘀咕什么？

朱衡一说，这样，你要去干什么，我不拦你。我们现在分头行动。

周娅蒙问，你要去哪里？

朱衡一说，总不能在一棵树上吊死，我去找找关系。

拘留所靠近郊区，而刑侦大队也在市区边缘，恰好和拘留所在两个不同的方向。进入市区，周娅蒙放下朱衡一，自己赶去刑侦大队，朱衡一则坐黄鱼车，赶去找杨希娟。

到了杨希娟家门口，朱衡一不清楚里面是个什么情况，不敢叫门，只好等在外面。恰好有一名报童过来，大声叫卖，卖报卖报，共党高官断指人，昨天被就地正法。

朱衡一买了一份报纸，站在那里看。

门开了，一辆汽车出来，已经驶过了朱衡一。朱衡一抬头，认出是杨家的汽车，却没有看清坐在里面的人，有些不知所措。正不知如何动作的时候，汽车停了，然后倒车，在朱衡一面前停下，车窗摇下来，杨希娟探出头来。

杨希娟问，衡一弟，是你啊。你怎么在这里？

朱衡一说，我在这里等希姐。

杨希娟问，你怎么不进去？

朱衡一说，我……这不是怕希姐不方便吗？

杨希娟伸出一只手指，在朱衡一额上点了一下，说，上车吧。杨希娟将车门打开，自己又向里面移了移身子。朱衡一上车，和她一起坐在后排。汽车向前行驶。

杨希娟问，是不是想姐了？

朱衡一说，是啊。希姐是不是有事？

杨希娟说，也没什么别的事。过些天，我要搬到南京去了，曼卿和几个姐妹一定要给我送行。正好，你一起去吧。

朱衡一说，这……不太好吧。

杨希娟说，有什么不好？你怕我吃曼卿的醋？

朱衡一解释说，我和曼姐，纯粹是朋友关系。

杨希娟说，别解释，越描越黑。

朱衡一说，那我不说了，我听希姐的。

杨希娟问，你没事肯定不会找我。说吧，什么事？

还是我那个朋友，他又被抓起来了，朱衡一说。

又是社会局？杨希娟说，不是说不找他的事了吗？

朱衡一说，社会局倒不找他的事了，这次是刑侦大队。

杨希娟问，刑侦大队？什么罪名？

朱衡一说，听说是强奸罪。

杨希娟没有立即说话，而是看着朱衡一，特别地笑着。

朱衡一解释说，我估计是他们随便安的一个罪名。

杨希娟说，你的这个朋友，倒是个性情中人。

朱衡一说，不是，肯定不是强奸罪。他绝对不会干那种事。

杨希娟问，你有证据？

朱衡一说，我这位朋友，男人有的优点他都有，男人没的优点，他也有。他的身边，美女如云。需要美女，他一招手就来，还用得着去强奸？

杨希娟说，那可不一定。说不定他就好这一口呢？

绝对不可能，朱衡一说，你要说他有点花心，我信，你如果说他好这一口，打死我也不信。

和你开个玩笑，杨希娟说，你有这样好的朋友，怎么不介绍我认识？

朱衡一说，等他出来，我安排个局。

杨希娟说，那恐怕没机会了。这几天，我就去南京了。

周娅蒙将汽车开到刑侦大队，停在正门口，将整个大门拦住了。她坐在车上，不停地按喇叭，意思是让门卫开门。门口站岗的是警察，见到这辆彩色跑车，自然知道不是一般人，连忙热情地迎出来，问，小姐，你有什么事？

我去找程兴源，周娅蒙说，快把门打开。

门警虽然热情，却不能放她进去。他说，请问小姐找我们程队长有什么事？

周娅蒙就是来闹事的，当然不会好好说，她怒气冲冲地说，我找程兴源有什么事，需要向你报告吗？

门警没料到这么漂亮一个小姐，脾气竟然这么坏，当即说，对不起，小姐，我们有规定。

周娅蒙才不管这一套，说，规定是你们的，不是我的。

既然他不肯开门，周娅蒙干脆下了车，向里面走。门警拦住她，说，对不起，小姐，你不能进。

拿开你的脏手，周娅蒙暴喝一声。

门警顿时恼了，质问道，你骂我？

这一上午，周娅蒙憋了一肚子的气，快把她憋爆了。她哪还有耐性和门警解释什么？手里的马鞭举了起来，说，骂你怎么啦？信不信姑奶奶抽你？不识相的东西。

门警也怒了，说，哪来的疯子……

周娅蒙手里的鞭子挥出，卫兵还算灵活，迅速向旁边躲，鞭子抽空了。周娅蒙又一次抡起鞭子，准备抽下去。卫兵伸手掏枪。

听到门口的吵闹声，程兴源从办公室走出来，问，怎么回事？

周娅蒙和门警同时停手了。门警说，程大队长，这里来了一个搞事的。

谁他娘的这么大胆，敢到刑侦大队来搞事？程兴源说着，向这边走过来。

周娅蒙换了一副表情，说，程大队长真是贵人多忘事啊，不认得我了？

程兴源走上前，盯着周娅蒙看了几眼，说，有点面熟。

周娅蒙说，我叫周娅蒙，周天罡的女儿。

周天罡的面子就是管用，程兴源立即换了一副热情的表情，说，哦，原来是周小姐。请，请里面说话。

程兴源将周娅蒙请进办公室，说，周小姐，坐，请坐。

周娅蒙并不坐，而是站着，说，我就站着，程兴源，你告诉我，为什么抓苏航？

程兴源一愣，原来是为了这件事。恰好工作人员端着一杯茶进来，程兴源说，哦，原来周小姐是为了这事啊。坐坐，请喝茶。

周娅蒙理都不理那杯茶，直视着程兴源，说，我不是来喝茶的。

周小姐别急嘛，程兴源极有耐心地说，先坐一下，喝杯茶，慢慢说。

周娅蒙用鞭子在桌上抽了两下，坐下来，将右腿往左腿上一搁，挑衅地问道，强奸罪，是吧？

程兴源说，周小姐，别动气，动气伤了身子。

周娅蒙问，程兴源你说，本小姐是不是美女？

嗯？程兴源愣了一下，随即说，啊，当然当然，周小姐不是美女的话，那天下还有谁是美女？

周娅蒙说，像本小姐这样的美女，主动送给苏航，他……他都不……你说，他会去强奸吗？

程兴源说，对不起，周小姐。这件案子，是因为上面有人打了招呼，我们不得不走一走过场。请周小姐放心，我和苏航是好朋友，我已经给拘留所打过招呼，他们绝对不会为难苏航的。

周娅蒙原本是憋足了劲，来刑侦大队大闹一场的，没料到得到的是这么个答案，顿时有些气不知向何处出，问道，上面？上面是谁？你告诉我，我去找他。

程兴源说，你这不是给我为难吗？

周娅蒙还抱着搞事心态，说，你搞清楚，现在是你在给我为难。

程兴源解释说，我如果告诉你上面是谁，你去找他。他不就知道是我告诉你的？我还能混下去吗？

你信不信我把你这个刑侦大队砸了？周娅蒙威胁道。

信，我信，程兴源说。

周娅蒙将马鞭挥了几下，说，那你还不告诉我，上面那个人是谁？

程兴源说，这样好不好？你给我一天时间，明天这个时候，我给你一个满意的答复，好不好？

程兴源的态度无可挑剔，他所说的理由，又还算充分。周娅蒙实在找不到理由再闹了，想了想，只好说，那好，明天这个时候，我来听消息。如果是我不喜欢的消息，我就把你这里砸了。我说到做到。

周娅蒙站起来，转身向外走。

程兴源说，周小姐，慢走。

程兴源向前走了几步，算是将周娅蒙送到门口，看着周娅蒙头都不回向门口走去，程兴源再说一声，周小姐慢走，然后转过身，走近电话机，拿起话筒，拨电话，找吴品三。

2

下午，吴品三亲自到了拘留所。汪所长格外热情，就算视察，他的拘留所还从来没来过这么大的官。他热情地将吴品三迎进接待室，又派人去带苏航，自己则陪在吴品三身边，又是递烟又是倒茶。

苏航被领进来，鼻青脸肿，伤得不轻。

汪所长说，吴局长，人我给您带来了。

吴品三挥了挥手，说，好的，你有事，先去忙吧。

汪所长知道这是叫自己走。坦率地说，难得有机会接近这么高的官，他不想走。可人家已经明确表态了，他不好赖在这里，只好说，你们谈，如果有什么事，随时叫我。

汪所长退出去。吴品三不理他，只是盯着苏航看，说，他们给你服水土了？

苏航早已经清楚这一切的背后都是吴品三，所以说，拜你所赐。

吴品三不以为意，说，受点苦好。年轻人嘛，受点苦长记性。

苏航知道，自己是和吴品三斗智斗勇，如果向他乞怜，他不仅不会喜欢，说不定会反感。他便摆出一副斗士姿态，语带讥讽地说，我真为你感到羞耻。还自诩是先总理信徒，民权主义都被你们糟蹋成什么了。

吴品三说，你没有好好学习蒋主席的讲话。三民主义是我们的目标，是宪政时期必须遵循的法则。可现在是训政时期。训政时期是非常时期，自然需要一些非常手段。

苏航安了心要和他斗一斗，当即反唇相讥，说，你们这些政客，真是厚颜无耻，黑的在你们嘴里，就变成了白的。

虽然这小子夹枪带棒，吴品三其实蛮喜欢。他端着架子，冷冷地说，看来，你这顿水土白服了。

苏航说，公权在你的手里，要杀要剐，随你的便。

吴品三说，我既不要杀，也不要剐。我来，就是要把你放出去。

拜托，苏航说，你把我搞得这么臭，再把我放出去？你是要我生不如死？

吴品三说，我这是在为你积累政治资本啊。

要不要我对你三拜九叩，感恩戴德？苏航的语速极快，回答也非常之快。

吴品三说，你还可以出去办你的报纸啊，又没什么损失。

苏航又立即还了回去，问，然后呢？再找个理由，把我抓进来？

吴品三说，你啊，还是太年轻了。年轻人，愤世嫉俗，我是能理解的，我也年轻过，慢慢就会成熟起来。

苏航质问，你的所谓成熟，就是像你们一样黑？

吴品三站起来，说，随你怎么想吧。我要走了，跟不跟我走？

苏航问，跟你走？去哪里？社会局？

社会局不好吗？吴品三说，收入比别的地方高好几倍。比你办的那个什么破报纸强多了。

苏航说，等哪天我走投无路的时候，再去找你。

那好。我等你。走吧。吴品三向外走，苏航跟出。到了门外，汪所长立即从另一间房子出来，说，吴局长，这就走了？要不，一起吃个饭？吴品三说，不了，已经约了。

汪所长说，那真是太巧了，下次，我专门约吴局长。

苏航不理他们的虚套，转身向拘留所里面走去。吴品三说，怎么？你准备在拘留所待一辈子？

苏航说，你们是以强奸罪把我抓进来的。要放我出去，总得给一个说法。我在哪里实施强奸的？受害人是谁？有何物证？

吴品三说，说法？什么说法？放你出去，不就是说法？

苏航说，我要求登报申明，还我清白。

吴品三心想，你小子，还登报申明，你以为你是谁啊。他不理苏航，对汪所长说，汪所长。我走了，这件事，你处理吧。说过之后，吴品三上车，汽车随后驶出了拘留所。

汪所长向吴品三挥手，说，吴局长，请慢走。然后转身，见苏航已经走近监仓大门。汪所长叫道，苏航，你站住。苏航停下来，却不转身。

汪所长说，你已经被释放了，这里没你的位子了。

苏航说，我说过了，除非你们登报申明，还我清白。说过，继续向里面走。

汪所长叫道，抓住他，把他扔出去。门边站着两名看守，他们得令，立即动手，抓住苏航，拖着他向大门走。苏航挣扎着，大声叫道，我不出去，你们不给我说法，我就不出去。

两名看守将苏航拖到门口。吴品三的汽车离去后，大门已经关上，只开了小门。看守拖着苏航走到门口，苏航拼命挣扎。看守抓了苏航的手脚，提起来，悠了一下，向外一扔，又一齐松手，苏航被扔到了门外。苏航迅速爬起来，想冲进去。但门已经被关上。苏航扑向大门，拍打着门叫道，让我进去，不给我说法，我是不会走的……王八蛋，快开门。

根本没有人理他，他照着门踢了几脚，只好转身离开。

朱衡一正埋头写稿，眼前光线一暗，知道是有人进来了，他抬头一看，是苏航，脸上青一块紫一块，当即大怒，骂道，他妈的，那些王八蛋打你了？

苏航苦笑了一下，说，你以为我是去做客？

朱衡一非常愤怒，骂道，他妈的，这是什么世道？革命革命，革到现在，世道变成这样了。这个世界还有天理吗？

苏航说，有什么天理？有权就是天理，有钱就是天理。

朱衡一气愤难平，说，辛亥革命的那些先烈，如果知道他们用生命和献血换来的世界变成了这样，大概还会被气死一次。朱衡一一拳砸在桌上，继续说，难怪那么多人想加入前卫，这样黑暗的统治，简直要把人逼疯。

苏航立即制止说，你小声点，当心有人告密。

朱衡一说，老子才不怕。老子是没有门道，如果有门道，老子也想加入前卫，和这个王八蛋的世界对着干，就算是死了，也比现在这样苟且地活着强。

苏航不说了，走到自己的办公桌前，整理东西。

朱衡一觉得他的行为怪异，惊诧地问，你干什么？抓紧时间看这期稿子啊。

不看了。苏航说。

不……不看了？朱衡一一时没有明白过来，说，你是主编啊。

乐少华要求他关了报社，苏航一直不知道怎么向朱衡一解释，现在或许是最好的机会。他说，我决定关了集纳新闻社。

关……关了？你疯了？朱衡一冲到苏航面前，想看清他是不是有什么不正常。

苏航说，正因为我没疯，所以才要关。

不，我不同意，朱衡一叫道。

苏航说，你不同意没用。我是发行人兼主编。

朱衡一大受打击，火气顿时上来了，大声叫道，你必须给我一个理由。

苏航说，理由不是明摆着的？事情接二连三地发生，这次还只是关了我一天一夜，挨了一顿打。下次呢？谁知道下次是什么后果？

朱衡一说，你这是逃避，逃避解决不了任何问题。

苏航意识到，如果不大吵一架，朱衡一大概不肯接受。那就吵吧，让他觉得是不欢而散好了，这样，他受的刺激，或许会小得多。他同样大声地说，那你告诉我，还能有更好的办法吗？

朱衡一寸步不让，说，你以前不是说，越是黑暗，越要反抗，要斗争吗？我们办这个报纸，就是反抗，就是斗争。

反抗？斗争？苏航几乎是咆哮，去拘留所里反抗？去和那些看守斗争？

朱衡一说，拘留所怎么了？挨了一次打，你就怕了，你以前的血性呢？

苏航说，挨了一次打？你去挨一次试试。

朱衡一盯着苏航看，半天没说话。苏航已经清好了外面的东西，准备去里面清，走到门边，转头看朱衡一，说，看什么看？不认识？

朱衡一猛地发作了，将桌上的东西全部掀在地上，然后指着苏航，说，算我瞎了眼，看错你了。说过之后，朱衡一迅速走出去，并且将门重重地带上。

苏航站在那里，望着门，眼眶中流出两滴清泪。他说，兄弟，对不起。

苏航来到乐少华的住所，铁将军把门。长三堂子里人来客往，丝竹笙歌，好不热闹，这边却冷冷清清。苏航在门前坐下来，闭目养神。不知过了多长时间，听到脚步声，他睁开眼，天已经近黑了。乐少华上楼来，看到他，也不说话，打开门。苏航跨进去，乐少华随后进入，开了灯，又关上门。

乐少华说，你不是知道备用钥匙放的地方吗？

苏航说，那只能紧急情况下才能用。

乐少华看清了他脸上的伤，惊讶地问，发生了什么事？

苏航说，昨天晚上，被吴品三弄进拘留所待了一晚上。

乐少华问，给你服水土了？

苏航说，小事，我心里其实挺高兴。

乐少华给苏航倒茶，说，打得不轻啊，还高兴？

苏航像回到自己家里一样随便，坐下来，说，他们果然动手，说明一切都按我们设想的在走啊。当然是好事。

乐少华问，你答应了？

苏航说，人家费了那么大的劲，轻易就答应了，岂不是让他太没有成就感？

乐少华说，吊一吊他的胃口可以，但注意，不要做得过了。

苏航说，断指人的事，我打听到了。不过，没来得及告诉你，就被他们抓进去了。

乐少华说，今天，报上新闻已经出来了。

苏航暗吃一惊，说，真的就地正法了？怎么这么快？

乐少华说，是啊，我们也觉得，这件事太奇怪了。

苏航报告说，我已经决定把集纳新闻停了。为了这件事，朱衡一和我翻脸了。

乐少华看了看苏航，看到他脸上满是郁结，便说，这才只是刚开始，当他知道你进了社会局，说不定会恨死你。你要有充分的思想准备。

苏航痛苦地说，我虽然有思想准备，但事情发生了，我还是觉得心里像堵了什么似的，太难受了。

乐少华劝解说，革命者做出的牺牲一定比别人多得多。有些人，以为进来就可以捡到胜利果实，进来一看，不是这么回事，吓坏了，立即就逃了。真正的革命者却不一样，他们早已经做好准备，为革命奉献自己的一切，所以，他们的革命意志坚定。

苏航说，我就要做一个意志坚定的革命者。

乐少华进一步启发他，说，做我们这行，内心深处，要革命意志坚定，表面上，还要善于变通，善于迎合，甚至同流合污。吴品三既然一再采取行动，说明火候已经差不多了，时机还是要把握好。

苏航说，这个，我已经准备好了，过一两天，他如果不来找我的话，我就上门去求他。他一定会对效果十分满意。

乐少华说，我突然想到，我们应该扇点风，让这把火烧旺一些。

苏航问，怎么扇风？

乐少华说，他散布了两次谣言，都说你出卖我党情报。你不是要让他有成就感吗？我们就让红队出来搅这么一下。

苏航不是太明白，问，红队？怎么搅？

乐少华说，这个，我有分寸。对了，你如果接近吴品三，想办法向他打听一下断指人的情况，我们总担心这件事中有什么猫腻。

苏航不是太明白，问，他会告诉我吗？

乐少华说，他利用断指人的事打击你，你也可以利用这件事向他打听消息啊。

苏航点了点头，说，这倒是一个办法。

乐少华更进一步说，他们最近加紧了对学生运动和工人运动的打击。由于最近一个时期，上海地下组织被严重破坏，我们目前情报来源实在太少，对于他们这类行动，完全缺乏准备，损失不小。

苏航说，行动是李时君负责的，这个人是共产党的叛徒，我一见他就恶心。

乐少华说，我们做秘密工作，就是和魔鬼跳舞。不是魔鬼，我们还不愿和他们成为舞伴。既然是在夜的舞台上跳舞，我们就要让自己表面上和他们一样，让他们觉得，我们也是魔鬼。

道理上我懂，苏航承认说。

那就尽快做到不仅仅是道理上的，也要落实到行动上。乐少华说出的这句话，也是组织对苏航的期望。

3

吴品三和游再春分别接到通知，到警察局会议室开会。吴品三带了赵印墨，游再春带了汪峰仁。四个人在警察局的楼梯口相遇，才意识到，对方也接到了通知。游再春主动和吴品三打招呼，说，老吴，到得这么早哇。

吴品三和赵印墨原本在前面走，听到声音，转头看看，然后停下来，等着游再春，说，你不一样早吗？

游再春紧走两步，跟上来，说，徐科长怎么突然来了？是不是因为断指人的事？

吴品三不能说是，也不能说不是。他自己也不知道徐恩曾赶过来的目的，若说错了，让游再春看轻自己，又要显示比游再春知道得更多，所以，他答了一句模棱两可的话，最近是多事之秋啊。

四人上了楼梯，楼梯口摆了一张桌子，桌子后面坐着一个便衣，前面还站了两名便衣。

对不起，请出示证件，便衣说。

吴品三和游再春对视一眼，分别掏出证件，递上去。赵印墨和汪峰仁也掏出证件递上去。站着的便衣接过证件，递给坐着的便衣。坐着的便衣翻开证件，和面前的一份名单对照，然后分别将证件退还，说，吴局长、游副局长，你们两位可以进去。

语意已经十分明确，另外两位不能进入。吴品三和游再春入，赵印墨和汪峰仁留在原地。

两人并排向前走，游再春说，这么严格啊，以前从来没有过啊。

吴品三已经认定，绝对不是因为断指人事件，否则不会如此严格。既然认定了此事，就要让游再春知道，自己的地位比他高得多，能获得更高层的秘密。他说，好像是庐山那边出了点事吧。

游再春一愣，问，庐山？庐山出了什么事？

吴品三自然不能说得更清楚，他自己也不知道嘛，只是故作神秘地说，等一下就知道了。

两人进入会议室，里面坐了好几个人，程兴源已经到了，坐在里面。吴品三主动打招呼，说，兴源兄，你到得早啊。

虽然是一个小规模的会议，但每个人都有名牌。吴品三的名牌比较靠前，在第二位，前面是一名高阶警察。中间隔着杨正熊，然后才是游再春，程兴源的位子，在这一排的最末。两人坐下来，程兴源问，什么事？搞得这么神秘。

游再春说，你那里消息灵通，你也不知道？

程兴源说，我没有通天的管道啊，哪有你们消息灵通？是不是发生了什么特别的事？搞得这么严格，以前从来没有过啊。

又进来两个人，一名高阶警官，坐到了吴品三的前面，另一名高阶军人，坐在对面一排的第一位。这两位是今天参会级别最高的，他们坐下来后并没有说话，其他人也不好说话，场面就有些压抑。接着进来的是杨正熊，他几乎是踩着时间点进来的，坐下后，门再一次打开，先进来的是两名着装警卫，他们守在门的两边，接着钟副司令、徐恩曾以及另一名高阶警官一起进入。他们进来后，那两名警卫立即退出，并且将门关上。

里面的人全体起立，迎接钟副司令等。

钟副司令等三人走到会议桌的最前方，钟副司令在中间，徐恩曾和另一人在两边。钟副司令抬起双手，向下压了压。众人坐下。钟副司令等三人坐下。

钟副司令宣布说，现在开会。众人拿出本子和笔，准备记录。

钟副司令说，首先宣布会议纪律。本次会议是一次高度保密会议，不准录音，不准记录。

众人将本子收起来。

钟副司令继续说，有关最高机密，只能由你们几位掌握，日后每一个参与本案工作的人员，都必须严格筛选，所有工作日程，都必须严格登记。只给相关工作人员指明任务目标，不向他们说明原因。

与会者人人面色严峻。

钟副司令接着说，下面，由徐科长介绍案情。

徐恩曾说，我刚刚从庐山来，吃完早餐，就赶来参加这个会。下面，我向大家通报庐山暗杀事件的相关情况。

众人面色一凛，相互看看，谁都没有说话。徐恩曾介绍情况，与会者面色严峻。

游再春小声地对杨正熊说，中央要员？谁？

杨正熊说，恐怕是塔尖上几个人中的一个。

游再春说，那可就是惊天大案了。说着，他以特别的目光，看了看吴品三。吴品三自然注意到了，却装着没看见。

徐恩曾打开面前的文件夹，拿出一张纸，说，目前，只有三条线索：第一，是那把枪。枪支没有严格的管理，很混乱，要查到枪源，不是一件容易的事。第二条线索，是那条金华火腿。金华火腿的销售区域很广，无法查到到底从何处买到的。第三条线索，是一张纸，就是这张纸，用手画的进山路线图。通过技术手段已经查明，这种纸，并不是江西生产的，也没有在江西销售。产地是上海，销售地也是上海。据此判断，这伙杀手，很可能来自上海。

会议结束后，徐恩曾分别和有关人员个别谈话。谈话地点在警察局的一间会客室，所有接受谈话的人，在外面等。吴品三进去时，徐恩曾坐在沙发上，用双手揉着太阳穴。

吴品三坐下来，小心地问，是不是昨天在船上没睡好？

徐恩曾说，几天了，我每天只睡三个小时。

吴品三说，是啊，发生了这样的大事。

徐恩曾说，这几天我一直在庐山，没顾上断指人的事。你详细说说。

吴品三最关心的，还是断指人案。这件案子办成这么个结果，他心中愤愤不平，又有点不知从何着手的感觉。既然徐恩曾主动问起，他就要借此机会，狠狠地踩杨正熊一脚。他说，接到南京的命令后，特派员就开始部署抓捕，我们社会局，是由李时君股长负责配合。但是，我们很快发现，断指人一连几天都没有回来，特派员判断，断指人很可能事前得到消息，已经逃走了。

徐恩曾说，顾顺章拖了这么多天，共党方面早已经警觉，提前做了准备，这个在我的意料之中。

吴品三说，特派员决定暂时停止抓捕行动，改由社会局派人蹲守。这件工作，由我亲自指挥，赵印墨具体执行。我们守了几天，没有任何动静。我想来想去，觉得仅仅蹲守不是办法，就做出一个决定，打草惊蛇。

打草惊蛇？徐恩曾显然有些意外。

吴品三说，我们采取了一些行动，故意惊动对方。他们果然中计，匆忙逃走。尽管我事前布置了三道防线，但共党实在是太狡猾，竟然骗过了我的三道防线，漏网了。

徐恩曾说，漏网了？说明你们的计划还是有漏洞。

是。我们人手不够，又没有执法权，处处受限。吴品三承认说，我马上采取了一系列措施进行补救，并且反复召集相关人员开会。会上，赵印墨和李时君，不约而同提到同一个重要线索。断指人的老婆戴丽娟喜欢吃生煎，每隔三五天，要从西菜园叫一次生煎。我抓住了这一点，安排李时君盯着西菜园，果然找到了戴丽娟新的住所，进而发现了断指人的行踪。

徐恩曾的心事，并不完全在这件案子上，也不想了解太多细节，直接切进了主题，问，杨正熊用刑，和你商量过的？

吴品三说，断指人五十多岁，年纪不轻，我哪敢用刑？我反复叮嘱李时君，不能用刑。还担心李时君一心想着立功，把这关键一点忘了。我特意派赵印墨赶去警察局，一方面提醒他，同时也是监督他。不过，李时君人微言轻，哪里做得了特派员的主？当然，特派员心里着急，担心二十四小时黄金时间过去，所以用了电刑，也不是完全不可以理解。如果不是断指人年龄太大，心脏不太好，很难说用刑不对吧。

吴品三说了一大堆，既是在为自己表功，同时也在撇清自己和此事的关系，表面上为杨正熊说了好话，实际上却是告了他的状。徐恩曾说，我猜就是这么回事。

有关用刑的事，只能点到为止。吴品三提起了另一个话题，说，我不明白的是，这么重要的人物，蒋主席怎么就签字了？

有些情况，你不了解，徐恩曾说，老头子现在日子也不好过。

吴品三一惊，问，因为这次暗杀事件？

徐恩曾顿时高度警惕，说，你怎么说暗杀针对的是老头子？我没有说啊。

我猜的，吴品三说，徐科长匆忙跑去庐山，我就猜到，庐山可能出了大事。

徐恩曾说，最近的形势，你可能也知道。胡汉民不是孤立的，南京和广州，都有人在闹，要求释放胡汉民。特别是广州那帮人，不仅提出弹劾案，还另立中央。平时，这一堆杂碎是根本尿不到一壶的，但在反蒋上，又是一致的。

吴品三说，不是听说这件事解决了吗？

徐恩曾说，解决谈不上。老头子想到一招，对江西井冈山开始第二次“剿匪”。国内舆论顿时倒向南京，认为老头子是为国家民族而努力，广州只是在谋求派系私利。广州见舆论不利于自己，不得不表现出姿态，公开表示暂停分歧，共同“剿匪”。

吴品三说，这么说，江西“剿匪”，就成了围魏救赵、声东击西？

徐恩曾说，按照这次的“剿匪”计划，老头子亲率中央军，从正面进攻，广州方面，从广东福建进攻。可广州方面，表面上态度很好，暗地里只是做做样子，保存实力。所以，“剿匪”的效果并不是太好。

吴品三愤愤地说，这帮人，成事不足败事有余，简直就是党国的败类。

徐恩曾话锋一转，说，恰恰这时候，发生了暗杀事件，还没过二十四小时，熊式辉拿着那份报告，跑到庐山去找老头子。如果你是老头子，你怎么办？

吴品三恍然大悟，说，我明白了。

徐恩曾似乎不是太相信，反问，真的明白了？

吴品三说，以蒋主席的精明，不可能看不出这里面有问题。他肯定想到，断指人已经死了。

徐恩曾说，他如果不批，断指人又实际死了。这件事，瞒得了一时，瞒不了一世，很快就会有消息出来。这么重要的人物，被刑讯逼供致死，广州那些人一定会大做文章。他们把这件事当成一颗射向老头子的子弹，老头子防无可防。不如顺水推舟，签了字。万一以后事情被揭出来，老头子也可以一推了之。

吴品三真是无语。原以为可以凭借此案彻底摆平杨正熊，不料各方利益纠结其中，弄出了这么个复杂局面。他问，有关断指人，下一步怎么办？

徐恩曾颇有些无奈地说，这件事，到此为止，所有与此有关的工作，全部停下来。我今后不会说，希望品三兄也不要再提。

吴品三只得说，我明白。有关庐山暗杀事件呢？徐科长怎么考虑？

徐恩曾说，这件事，戴雨农积极得很，老头子也信任他。我们这边，做做样子就可以了，让上海警察局公开去搞。你这里，可以摸一下情况，摸得到也好，摸不到，不作为重点。

吴品三想到了另一个问题，问，庐山事件一出，调查科升格的事，是不是会加快？

徐恩曾说，我和陈部长交换过意见。老头子确实认为，这次事件，说明我们在情报工作方面，存在严重缺失。将来，需要在这方面大大加强。老头子希望陈部长具体提出一个意见。陈部长准备建议组建特务总队，下设总务处、调查处、特务处和技术处。

吴品三说，那不是和共党的红科差不多？

徐恩曾说，这个方案是顾顺章提出来的，老头子和陈部长都觉得，共党的红科比我们搞得好。老头子亲自点将，由顾顺章负责顶层设计。这件事不说了，你的那个办公室主任，怎么回事？

吴品三说，郑家臣跟了我好多年了，他是不是共党，我心里有数。

徐恩曾说，光心里有数不行吧。钱壮飞跟了我那么多年……

吴品三说，所以，就算是坨屎，我也得吞下去。

徐恩曾看了看吴品三，说，品三兄这话有情绪啊。

吴品三说，徐科长如果认为，我的敌人只是共党，那就大错特错了。共党是党国的敌人，不是我的敌人。就在我的周围，那些平常称兄道弟叫同志的，才是我的敌人，他们下手的时候，比共党狠千百倍。

徐恩曾问，你是指杨正熊？

吴品三没有正面回答，而是说，哪一盏灯都不省油啊。

徐恩曾说，品三兄的意思，我理解。要说难，还有谁比老头子更难？他身边哪有一盏省油的灯？

吴品三承认说，那倒也是。

徐恩曾说，所以，先总理说，革命尚未成功，同志仍须努力，我是深有同感。我们这些革命者，首先要学会的一件事，就是忍，忍人之所不能忍，才能开创一番革命事业。好了，我们先聊到这里，你把杨正熊叫进来。

吴品三的汽车刚到社会局门口，赵印墨便提醒说，那不是苏主编吗？他怎么又来了？吴品三低下头，透过前面的玻璃，看了一眼，心中有数了。

汽车经过苏航身边时，吴品三对司机说，慢一点。司机将车速慢下来，吴品三摇下车窗，探出半边脸，对外面的苏航说，这不是苏大主编吗？

苏航说，什么主编？我现在是丧家之犬。

吴品三说，怎么一脸的晦气？这可不像苏主编哟。

苏航说，我现在来找吴局长讨饭吃了。

吴品三说，进来吧。

车窗摇起，汽车驶入院内。苏航跟着进入，门卫并没有拦他，也没有要求登记。汽车停下，吴品三下车，也不看身后，直接向里面走，苏航跟在后面。

吴品三说，我把你关在社会局，你都是高昂着头的。在拘留所哪怕是挨了打，你还是那么高傲，现在怎么垂头丧气？这不像你啊。

苏航说，我现在还能垂头丧气，说不定下一刻就断气了。

吴品三问，现在知道气对于一个人的重要性了？

苏航说，知道了。

吴品三问，说说看，遇到什么麻烦事了？

苏航说，我被共产党打狗队盯上了。

吴品三心中惊了一下，表面上却不动声色，道，你说笑话吗？

苏航说，我哪还有心情说笑话？

吴品三说，据我所知，共党打狗队，只打两种人：一是共党的叛徒；二嘛，是那些杀共党杀得多的人。这两种人，你都算不上啊。

苏航说，这还不都是拜吴局长所赐？

吴品三说，怎么扯到我头上了？

苏航说，我们明人不说暗话，那两个关于我的谣言，是不是吴局长的杰作？

他们已经来到三楼，到达办公室门口，吴品三掏出钥匙，打开门，同时问，你认为是我做的？我为什么要那样做？

苏航说，我就是想不明白啊。我苏航只是一个小人物，吴局长位高权重，是党国干臣，干吗要对我用这种心事？

两人已经进入办公室，吴品三说，坐吧。既然想不明白，还认定是我做的？

苏航坐下来，说，难道不是？程兴源把我抓进去，吴局长出面把我保出来。难道这些，不都是吴局长一手策划的？

吴品三说，策划？这只不过是小事一桩，需要策划吗？

苏航虽然表现得很郁结，却仍然是一副咄咄逼人的姿态，说，这么说，吴局长承认了？

吴品三摆了摆手，说，这些都不说了，你现在，真心想跟着我干？

苏航说，我还有别的路走吗？除非我不想活了。

吴品三再问，不改变主意了？

苏航说，我还能怎么改？吴局长把我的路全都断了。

吴品三大手一挥，说，那好，你那个集纳新闻，不要搞了。

苏航说，我已经关了。

关了？吴品三显然有些意外。

苏航说，我现在都臭名昭著了，成了过街老鼠，人人喊打，还办得下去？

这就对了，吴品三说，我这里有些报纸，你选一家，先去当记者。说着，吴品三拉开抽屉，拿出一张纸，递给苏航。

苏航接过来，看了看，说，这都是些小报。

小报好哇，便于隐藏身份。吴品三说，大报太张扬了，而且，一个记者跑一条线，不利于你开展工作。

苏航再看了看那张纸，说，那我就选《华人新闻》吧。

吴品三说，记者只是你的掩护职业。我这里有一个特别情报小组，全都是湖北人。我们都是老乡，在一起知根知底，也好办事。你就去这个情报组。专门负责社会情报和文化情报，薪水嘛，暂时定 150 元。

苏航的声音一下子提高了，说，150？

吴品三错误地理解了他的意思，说，嫌少？那就再加 20 元津贴，170。华人新闻应该还会给你一份薪水，你的月收入，200 多了，比我都高。

苏航说，你早说啊。早说 170，我还费这么多事干什么？

吴品三看了看苏航，似乎有点不相信，说，你不是有骨气，不为五斗米折腰吗？

苏航夸张地说，不为五斗米折腰，不等于不为五十斗米折腰啊。

吴品三拿过纸笔，一边写一边说，那好，我写个条子，你先去财务室，领第一个月薪水。

苏航问，具体要我做些什么？

吴品三说，我把赵印墨叫过来，他兼着这个情报组的副组长，组长是我。他会告诉你的。

4

下午，赵印墨领着苏航去和湖北帮的人见面。湖北帮的办公地点在公共租界，一座很旧的楼，总共六层，他们的办公地点在三楼。

两人一起向楼上走时，赵印墨问，你是湖北人？湖北哪里的？

苏航回答两个字，蕲春。

赵印墨转过头，看苏航一眼，有种恍然大悟的感觉，说，原来你和局座是真正的同乡。

苏航故作吃惊，说，吴局长也是蕲春的？

赵印墨说，局座是蕲春的，我也是蕲春的。

苏航装糊涂，说，听口音，赵股长不是吧？

赵印墨说，我其实是蔡甸的。不过，因为局座是蕲春的，所以，我们都是蕲春的。

苏航明白了这个梗，说，那是那是。我们跟着吴局长。

赵印墨问，我怎么感觉你以前就认识局座？

苏航说，怎么会？如果我以前就认识吴局长，他还把我关那么长时间？

赵印墨说，局座办事，有他的道理，别人是不可能知道的。

他们一起来到三楼。赵印墨说，到了，我们进去吧。赵印墨敲门，古泉将门打开，看到赵印墨，说，哟，赵哥来视察工作了？赵印墨说，就你怪话多。跨进去，苏航跟着进入。古泉转身，将门闩上。苏航注意到，这个地方和别处不太一样，办公是要关门的。

赵印墨拍了拍手，说，大家停一下，我给你们介绍一下新同事。这位是苏航，集纳新闻社发行人、主编。

苏航连忙纠正，说，已经不是了。

赵印墨没明白，转身看苏航，问，不是了？什么意思？

苏航说，我已经把集纳新闻关了。

赵印墨说，关了好。那份报纸太左了。你既然成了我们的一员，迟早也要关。他转身对其他几名成员说，这位小老弟，你们别看他年纪小，本事可不小，留日回来的，喝过洋墨水。

苏航又纠正赵印墨，说，我只是在日本进修了一年新闻学。

赵印墨说，那也是留过洋的大学生，不像我们，都是些大老粗，文化水平最高的，也只是初中毕业。

苏航说，赵股长太谦虚了，以后还要多多请教。

赵印墨指着一个戴眼镜四十来岁的男人说，这个，徐志谦，以前是共党的高官。现在主要负责收集与共党有关的情报。又指着另一个，说，这个，刘明道，大学老师，负责收集学运情报。手指顺移，指着第三个人说，还有这个小个子，魏三，负责收集社会情报。最后介绍站在他们身边的，古泉，负责工运情报。你以后就负责文化界的情报收集。

苏航向大家鞠躬，说，请多多指教。

徐志谦说，你这个好像是日本礼节？

其实，鞠躬之后，苏航已经意识到，自己在日本一年多时间，有点习惯了。他连忙说，日本礼节，也是学中国的吧。

刘明道说，苏兄，我们这里有个规矩，每个新人进来，都要请大家吃饭。

苏航说，没问题，今天晚上，我请大家吃饭。

赵印墨说，行，你们去吃吧。

苏航听出了话味。自己掏钱请客，赵印墨如果不去，就失去了意义。他问，赵股长不去？

赵印墨说，我晚上约了人。

古泉说，赵哥一定是约了美女，共进烛光晚餐。

刘明道说，你以为赵股长是你啊，天天在花丛里打滚。

苏航说，既然要请客，肯定大家都要到场。要不，改在明晚，怎么样？我们是家宴，肯定不能少了赵股长。

赵印墨马上说，明晚？好，就定在明晚。

苏航去湖北帮报到，接着，又去华人新闻社报到。华人新闻也是一家小报，周三刊。不过，华人新闻有一个特点，记者挖新闻比较猛，常常有些特别的猛料，所以，除了周三刊正常出报以外，他们常常出号外。

在华人新闻，苏航的职务是记者。这也是不需要坐班的职业。

晚上，赶到福顺酒楼吃饭。除了昨天见过的，再加一个陈少周。

古泉有些好酒，也喜欢闹酒，他也不管谁请客，端着酒杯站起来，说，今天，我们湖北帮添人进口，是大喜事啊。喜酒要喝出喜庆来，大家先干了三杯。

大家被他闹得没办法，在没吃菜之前，三杯酒已经下了肚。苏航虽然能喝酒，但这样喝，他还是有点胆寒，放下酒杯，便抓紧时间吃菜，想先垫一垫。古泉却不肯放过他，端起酒杯，走到他身边，说，苏老弟，感谢啊。来，为了表示谢意，我敬你一杯。

苏航说，敬的话就不要说了，大家都是兄弟，以后，有酒大家喝。

古泉接着说，你这话没说完吧。后半句是不是说，有妞大家泡？

苏航没料到他会来这么一句，显得有些尴尬。魏三说，苏老弟，这位古泉兄，可是我们这里的高人。

苏航接过话头，问，哦？说说看，让我见识一下。

魏三说，古泉兄是我们这里奖金拿得最高的。为什么高，因为他的情报多。为什么多？

刘明道说，因为他拿着奖金去找小姐。一天晚上，就找三个小姐。

徐志谦接过话头，说，你们都没说到重点。这位古泉老弟，他所有的情报，都是从长三堂子里弄来的。所以，古泉老弟别的事不做，只把长三堂子那些女人陪好，当佛一样供着，她们自然就要给他提供情报。

古泉说，苏老弟怕还是处男吧？你们别把他带坏了。

陈少周说，你不是怕他被带坏了，而是怕他抢了你的生意。你看，苏老弟比你年轻，又比你高大英俊。他如果往长三堂子跑，那些莺莺燕燕，眼里还能有你？

古泉说，苏老弟，别听他们胡说。你啊，如果喜好这一口，以后我们约着一起去。上海滩最好玩的长三堂子，我保证带你跑遍。

徐志谦立即说，古泉你不够兄弟。

古泉反问，我怎么不够兄弟？

徐志谦说，我们和你同事这么长时间了，怎么不见你带我们去？

古泉说，你？去长三堂子？你家里的弟妹怎么办？

徐志谦的脸一下子变了，说，你再胡说，当心我揍你。

我胡说了吗？古泉望着大家，说，你让魏三说，我说假话没有？

魏三说，有一次，我和徐哥一起去澡堂，见他穿了一条花内裤。我和他开玩笑，说是不是错把相好的内裤穿了？他当时脸就红了。过了几天，我去他家，他不在家，只他的弟妹在家，那条内裤晒在院子里。我问弟妹，徐哥一个大男人，怎么穿这么花的内裤？她说，这是我的。

徐志谦当即着恼，说，你们再胡说，我和你们翻脸。

刘明道说，哎呀，多大个事？来来，我敬你一杯。徐志谦的脸色有点缓和，端起酒杯，和刘明道相碰，两人喝了。刘明道又说，我说徐哥啊，反正你兄弟已经去了，你照顾一下弟妹，这就叫什么？

魏三问，什么？

古泉说，闲着也是闲着。

陈少周说，肥水不流外人田啊。

这些人三句不离女人，语气又极其下流。苏航内心深处，有一种特别的厌烦。他干脆起身，离开单间去上厕所。上完厕所，不想那么快回去，便站在里面抽烟。

古泉也过来上厕所，说，你怎么跑到这里抽烟？

苏航说，房间里空间小，那么多人抽烟，空气不好。

古泉说，苏老弟到底是知识分子，就是不一样。

苏航说，有什么不一样？大家都一样的人。见古泉办完了事，掏出烟，递给古泉。古泉接着，苏航又将手中点燃的烟递给他。他就着火点了。

苏航说，你们拿徐哥的弟妹开玩笑，好像有点过了吧，我感觉他的脸色很难看，恼火了。

古泉说，你不了解情况。

苏航说，可拿大伯父和弟媳妇开玩笑，总是过了吧？

古泉说，那根本就不是他什么弟媳妇，八竿子打不着。

苏航故作惊奇，问，不是他的弟媳妇？

古泉说，徐志谦以前在汉口混，手下有一帮小兄弟。后来，他认识了一个小兄弟，比他小好几岁，两人关系特别好，结拜为异姓兄弟。这个小兄弟当时刚刚结婚，老婆叫茹姐，就是我们说的那个女人。

苏航点了点头，说，哦，我明白了，这个茹姐，是他结拜兄弟的女人。

古泉说，他那个结拜兄弟，别看小他好几岁，可是个人物，是共产党一个不小的官员。

苏航说，共党？那后来结果不好吧？

古泉说，当然好不到哪里去。他不是和徐志谦结拜了吗？也就把徐志谦拉了进去，并且很快让徐志谦也当上了大官。

苏航说，徐志谦？共党的大官？

好像是区委书记什么的，古泉说，听他吹牛说，当时手下管着好几百号人。

苏航说，那真是不小的官。

古泉说，官再大又怎么样？那也是共产党，一分钱好处没有，还要冒杀头的危险。

苏航说，我听说，武汉清党搞得很厉害，他怕是受到影响吧。

古泉说，那可不是小影响，徐志谦先被抓了，他把所有的人，全都倒了。

苏航说，也包括他的结拜兄弟？

古泉说，那个结拜兄弟就惨了。他把结拜兄弟倒了出来。人家是大官啊，所以，他立功了。不然，恐怕现在还在坐牢吧。

那茹姐的老公呢？苏航问。

枪毙了，古泉说。

苏航显得很吃惊，说，他害死了茹姐的老公，茹姐还愿意跟他？

古泉说，这个，我就不清楚了。估计他没有跟茹姐说真话，所以，茹姐才会跟着他跑到了上海，八成是骗来的。

第十一章

神秘女人

1

周娅蒙去找苏航，发现集纳新闻社已经人去房空，门口贴着招租的告示。找不到苏航，她便去找朱衡一，想问他到底出了什么事。

朱衡一租住在一条里弄，那种典型的上海老房子，里弄人窄，汽车开不进去，周娅蒙只好将车停在里弄口子里，步行进入。此时正是早晨，里弄是一片忙碌景象，有人在门口捅煤炉子，有趿着拖鞋戴着发卷的女人在刷牙，也有人端着马桶去倒。

周娅蒙向前走，并且注意着门牌。邻居们看到周娅蒙，在一旁议论她，且指指点点。周娅蒙一副完全不在乎的表情，走到一扇门前，盯着门牌看了看，然后站在门口。

不远处，有几个人看着周娅蒙指指点点。

身后门开了，出现一名中年妇女，端着马桶，出来倒马桶的，看到周娅蒙，愣了一下，用上海话问，小姐，侬找谁个？

周娅蒙说，请问，朱衡一先生是不是住在这里？

中年妇女说，哦，侬找朱先生啊。于是转过身，冲着屋里喊，朱先生，朱先生，有人找。

门再一次开了，朱衡一穿着睡衣出来，看到周娅蒙，吃了一惊，说，蒙蒙，你怎么找到这里来了？你等一下。朱衡一连忙退了进去，过了半天，穿戴整齐出来，说，请进屋吧。

周娅蒙进屋。朱衡一租的是阁楼，周娅蒙跟着他上楼，里面是一个很矮的空间，被隔成两间，一间做卧室，一间做书房。朱衡一将椅子让给她坐，自己靠在桌子上。

朱衡一说，你怎么找到这里来了？

周娅蒙说，昨天晚上，我去了品芳斋，你们集纳新闻的牌子怎么都拆了？

朱衡一给周娅蒙倒了一杯水，说，不好意思，房间有点小。

周娅蒙看了看，说，朱大才子就住这么小的房子？

朱衡一说，奇怪吧？这个世界，什么时候是知识分子的世界？这个世界是官员的世界，是资本家的世界，是流氓的世界，从来就不是知识分子的世界。

周娅蒙说，真是这样？

朱衡一说，当然是这样。知识分子一直做梦要用他们的思想和才学改变这个世界，最终一定会发现，他们确实把这个世界改变了，但不是为自己改变了这个世界，仍然是为官员、为资本家、为流氓改变了这个世界。

周娅蒙盯着朱衡一看了看，说，这不像我认识的衡一兄啊。

朱衡一说，人是有多面性的。很不幸，今天让你看到了我的另一面。

周娅蒙问，是不是受什么刺激了？

朱衡一带着气说，那位没告诉你，集纳新闻停刊了。

周娅蒙大吃一惊，说，停——刊？为什么？

朱衡一说，我正想问你呢。他就没有向你透露点什么？

周娅蒙说，透露什么？昨天晚上，我去品芳斋找他，发现你们的牌子已经取下了，他的人也不见了，所以，今天一大早就来找你。

朱衡一连忙摆手，说，找我没用，你应该去找他。

周娅蒙问，他搬去了哪里？

朱衡一说，不知道。

周娅蒙不明白了，说，不知道？他搬家，没要你帮忙？

朱衡一如实相告，说，我们吵了一架，闹翻了。

周娅蒙问，吵了一架？因为吵架，才停了集纳新闻？

想什么呢？朱衡一说，因为他要停掉集纳新闻，我们才大吵了一架。

这个弯转得太大了，周娅蒙问，他为什么要停刊？总得给你一个解释吧。

朱衡一说，他给了解释，说是经费出了问题。

周娅蒙大声地说，经费出了问题？经费出了问题找我啊。

朱衡一说，我知道不是经费问题。刚开始办的时候，经费确实紧张，可这两个月，发行量上来了，还有点广告，虽然还没有赚钱，但维持开销，已经不是问题了。

周娅蒙不解了，问，经费不是问题，那他为什么还要停刊？

这也正是我想知道的，朱衡一说，你如果见到他，你当面问一问他。

周娅蒙盯着他说，不对，你的表情告诉我，你还有什么没有告诉我。

朱衡一躲开了周娅蒙直视的目光，说，这两天，我听到一些说法。

说法？周娅蒙问，什么说法？

朱衡一说，是左翼传出来的，说他已经变质，是个可耻的投降派。

周娅蒙惊得站起来，说，他？变质？投降派？不可能，他不是那样的人。

我也但愿他不是那样的人，朱衡一说，语气显得很怪，似乎带有讥讽。

周娅蒙说，你话中有话，你是不是有什么怀疑？

朱衡一确实是按捺着满腹的火气，说，就算我有一万个怀疑，那也只是怀疑，不一定是事实。我希望他能对你说真话。如果有结果，希望你能告诉我一声。

周娅蒙说，好，我现在就去找他。说过，周娅蒙转身，向外走去。

朱衡一在背后说，见到他，你问一问他，海棠村和断指人事件，到底是不是他告的密。

周娅蒙猛地震动了一下，停下来，转过身，盯着朱衡一看了几秒，表情显得极为震惊和疑惑，她显然想说什么，但最终还是没有开口。

时间已经过去了好多天，周天罡并没有对苏航采取任何行动，反倒是吴品三，如愿以偿把苏航收进了湖北帮。游再春心里有些不爽，想问问周天罡到底是怎么回事，便又来了周宅。周天罡不在家，阮周只好代替师父出面接待。阮周将游再春请进书房，给他沏上茶，问，师叔怎么事前也不打声招呼？

游再春说，没什么特别的事，好久没见三哥了，就过来坐坐。对了，你和蒙蒙，什么时候结婚？

阮周显然有些怨气，说，现在事情摆在这里，还结什么婚？

因为苏航？游再春故作惊讶地说，你和蒙蒙是订过婚的，她是你的未婚妻，是你的人，你怎么由得蒙蒙和苏航胡来？怎么说，你在上海滩也算是个人物吧，一个小小的苏航，难道你怕了他不成？

阮周当然受不了这种刺激，说，在这个上海滩，我怕过谁？

游再春说，就是啊。俗话说，杀父之仇，夺妻之恨。你这是夺妻之恨啊。你怎么一点表示都没有？

阮周的怨恨只是一闪而过，很快，他又软了下来，说，师妹喜欢他，我也没办法。

怎么还是这个话？游再春说，她是你的未婚妻啊，这种事，你也能忍？

阮周说，可她首先是我的师妹。

游再春指指阮周的心脏，说，你老实告诉我，难道，就一点想法都没有？

阮周说，只要师妹开心，我就开心。

游再春伸出手指，在阮周面上点了几下，说，你啊你啊，我真看错你了。

阮周说，我不明白师叔的意思。

你如果还是个男人的话，就不应该是这种态度，游再春愤愤地说。

阮周仍然是一副软软的神态，说，那师叔说，我应该是什么态度？

游再春说，你不能再这样懦弱，应该出手。

出手？阮周问，怎么出手？

游再春说，怎么出手？还要我教你？你是谁？你是阮周啊。夜舞台那么大的场子，你都玩得转，还玩不转一个苏航？如果我是你，我肯定整死这个苏航。开玩笑，男人有两种东西是不能与人共享的：一是钱，二是女人。

阮周却说，搞掉苏航，师妹怎么办？

游再春真有点哭笑不得，说，你傻啊。不搞掉苏航，蒙蒙就不可能是你的女人。说不定，苏航和蒙蒙已经……

阮周的脸变了一下，有几处肌肉抽搐，但很快恢复平静，说，师父对我恩重如山，我不能做对不起师父的事。

游再春说，三哥不是恨死了苏航，要灭掉他吗？这不矛盾啊。

阮周说，师父现在改变主意了。

游再春显得非常吃惊，说，改变主意了？什么时候的事？我怎么不知道？

阮周说，苏航不知走了什么门子，拜在曹老爷子门下，成了师父同辈的兄弟。师父不想得罪曹老爷子，把这件事压下了。

游再春问，这么说，三哥准备放苏航一马？

阮周说，不知道，师父没说。

游再春说，你啊你啊。你师父嘴上不说，心里肯定想做，又不好开这个口。你若想报师父的恩，就应该悄悄地替他做了。

周天罡又去了一趟蒋公馆。蒋百里人上了年纪，心里又不是太爽，容易得病，上次感冒好了才不多久，又中暑了。

天气太热了，出门就是一身汗。刚刚跨入家门，周天罡就叫，这是什么鬼天气，热死人了。立即有几个下人，拿着扇子，围在他身边摇着。另有一名用人，端来一碗酸梅汤，说，老爷，这是今天做的酸梅汤。周天罡端起酸梅汤，喝下。

下人于是回报说，老爷，七爷来了，在书房，等您半天了。

周天罡问，老七来了？谁在陪他？

下人说，周少在陪。

周天罡起身，向书房走去。进门便说，哎哟，七弟，你过来怎么也不提前说一声？

游再春说，我也是没什么事，刚好路过这里，就进来问声安。不巧，你出去了。

周天罡说，去了一趟蒋公馆。蒋公中暑 ，我过去看看。

游再春说，蒋百里？他还好吗？

周天罡说，学生当了主席，在过去就是皇上。他这个当老师的，不当寓公还能干什么？小周子，你忙去吧。

阮周起身，向游再春说，师叔，您坐一会儿，我去了。

游再春说，去吧，有时间，我去夜舞台喝酒。

阮周说，师叔是该常去，这一向去少了。说过，出门而去。

游再春转身对周天罡说，我劝三哥，以后还是少去蒋公那里。

周天罡说，我一个江湖中人，我怕什么？

游再春说，你大概还不知道，蒋公是个敏感人物啊。

周天罡说，我有什么不知道的？不就是去年给唐生智那封信吗？

不久前，蒋介石和冯玉祥闹起了矛盾，最终酿成中原大战。蒋介石不得不调兵遣将，调到唐生智，唐生智心里有点不情不愿。他和蒋介石都是保定军校的毕业生，他还是本校正科毕业，蒋介石呢？两个文凭都属于野鸡性质，一个保定军校的文凭，属于速成班；一个日本的文凭，属于预科。只有成绩特别好的学生，才能上日本陆军士官学校，蒋介石根本不够格。就是这么个同学，竟然当了其他正科同学的统帅，那些保定军校正科毕业的学生像唐生智、陈济棠、白崇禧，有几个是真心服他的？

正因为如此，唐生智接到命令，要求他率部与冯玉祥作战时，他给自己的老校长蒋百里写了一封信，问计于老师。蒋百里接信后，回了他四个字，东不如西。最终，唐生智准备反蒋投冯，不料中原大战已经尾声，冯玉祥败了，不得不挂印而去。唐生智反蒋，既没能讨好冯王祥，也和蒋介石闹翻了，只好匆匆收场。事后，蒋介石清算此事，得到了这四个字，一怒之下，关押了蒋百里。蒋百里解释说，他说东不如西，并非说蒋不如冯，而是说，希望唐生智效法当年的左宗棠，向西发展。

稍有点常识的人都清楚，蒋百里此说极其勉强。另一方面，蒋百里毕竟是自己名义上的老师，关了几个月，蒋介石不得不将他放了，他于是到上海当起了寓公。可蒋百里毕竟不甘寂寞，活动频频，让这个学生对他极其不放心。

游再春之所以劝周天罡少和他来往，道理就在这里。周天罡强调自己是江湖中人，意思是不理政治纷争。

游再春说，蒋公这个人吧，要看怎么说了。你仔细数数，他给多少人当过幕僚？他到底是在当帝师还是在以帝师自居，到处抓机会？你再看看现在，蒋主席不给他机会，他在干什么？名义上当寓公，暗地里，还在支持唐生智。

周天罡说，那又怎么样？正所谓学好文武艺，货与帝王家。既然蒋主席不要，他自然不能把自己砸在手里，找别的买主，也是自然。

游再春其实有些不齿这种人，说，那就低三下四跑去给自己的学生当幕僚？真亏他做得出来。

周天罡说，算了，不谈这个了。你来找我，有什么事？

游再春城府深得很，轻易不会露出本来目的。他说，本来是想和你喝喝茶，聊聊天。不过，你提起蒋百里，我倒是突然想起一件事来了。

周天罡问，什么事？

游再春说，苏航的事。

周天罡说，这小子还真是个人才，摇身一变，成了曹老爷子的关门弟子。

游再春看了看周天罡，不明白他这话的意思。他想了想，问，怕了？

怕？周天罡说，我周天罡怕过谁？

游再春说，我听小周子说，你已经不再对付苏航了。

周天罡说，我要对付他的话，江湖上知道的人不少。他如果现在出了事，几乎所有人都知道是我干的。那样不光得罪了曹老爷子，还得罪了吴品三。我听说吴品三把他收进湖北帮了，是不是真的？

游再春说，你的消息好快，就这几天的事。

周天罡说，所以，我想好了，这事，一是不能明着来，二是不能急。

游再春说，我明白了，你把所有人撤了，准备给他来暗的。

周天罡说，我如果急着收拾他，倒说明他真是个人物了。像他这种小白相，什么时候收拾不行？需要那么急吗？

游再春说，你等得，你女儿怕是等不得。

周天罡听出了这话别有深意，顿时充满了警惕，问，你什么意思？

游再春连忙摆手，说，我没别的意思，只是提醒你。

周天罡有些恼火，说，这事，用不着你提醒。我女儿怎么样，我心里清楚。真是，你还是她师叔，哪有这样想象自己侄女的？

游再春连忙赔礼，说，是我错了，我错了。

你本来就错了。周天罡说，你可能不知道，我让小周子派人盯着蒙蒙，她不可能有什么事。

游再春说，既然你暂时不想动他，你可以把他介绍给蒋百里。

这个弯子转得太快了点，周天罡看着游再春，说，这是哪里跟哪里？

游再春说，你想办法介绍给他，我自然有说法。

2

一大早，苏航来到华人新闻编辑部。毕竟是小报，没有分出很细的部门，所有人集中在一间大办公室，记者是编辑，编辑也是记者。除了主编在旁边有一间单独办公室，所有人都集中在一起。

苏航正埋头写稿，突然有一个美丽的女人出现在门口，先来一个九十度鞠躬，说，对不起，打扰了。这声音很特别，既温柔又怪异。所有人都抬头，朝门口望去，门口的美女问，苏航君在吗？

苏航抬头一看，大为惊异。暗想，她怎么找到这里来了？他迅速站起来，迎向门口，说，原子小姐，怎么是你？

所有同事全都看着他们，一是觉得这个女人实在太有味，一是想弄清他们之间的关系。

原子小姐说，苏航君，你真在啊。太好了。

苏航可不想此事成为报社的大新闻，说，要不，我们找个地方坐坐？

原子小姐说，好哇。我有好久没见苏航君了。

苏航说，走，我们去喝杯咖啡。说着，向外走。

原子小姐离去之前，向编辑部的人鞠躬，说了声打扰了，然后才跟过去。

离报社不远的地方，有间咖啡店，两人在咖啡店里找到位子，坐下来。苏航说，你怎么说来就来了？太让我惊讶的。

宫崎原子说，苏航君难道忘了？我说过我会来找你的。

是是是，你是说过，苏航说，不过，我没想到这么快。

宫崎原子说，苏航君见到我好像很惊讶？

苏航连忙纠正说，不是惊讶，是惊喜。中文表达不准确。

宫崎原子睁着一双漂亮的眼睛，问，惊喜？和惊讶不是一样的？

苏航说，当然不是一样的。

宫崎原子又问，为什么是惊喜？

苏航改用日语说，这么大个美女从天而降，能不惊喜吗？你说你会到中国来看我，我以为只是随口说说。

宫崎原子也开始说日语，她说，答应了苏航君的事，我自然要做到。苏航君还好吗？

还好。苏航说，想想，似乎太简单了点，又说，原子小姐既然知道我在那家报社工作，对于我的情况，应该知道吧。

宫崎说，苏航君在日本学的是新闻，我想，回国之后，苏航君一定会从事新闻方面的工作吧。所以，我到上海之后，就看各种报纸。果然从《华人新闻》上看到了苏航君的文章。这家报纸好像规模不大？

苏航说，是一家无聊的小报。

宫崎显得颇有些好奇，问，苏航君怎么找到这样一家小报？

苏航说，临时过渡一下吧。我回国后，先是自己办了一家报纸，几个月后，资金出了问题，办不下去了。所以，我找到这家小报过渡一下。你呢？到中国来旅游还是……

宫崎说，我来找苏航君啊。苏航君不欢迎吗？

苏航有点尴尬，说，欢迎、欢迎，当然欢迎。

宫崎说，其实，我是到上海来工作的。

轮到苏航惊讶了，说，工作？

宫崎说，是啊，我在电通社上海分社负责翻译工作。

电通社？苏航立即在脑中搜寻了一下，问，原子小姐什么时候进电通社工作了？

宫崎说，就在前不久啊。电通社创建上海分社，公开招募工作人员，有一个上海分社中文翻译的职位。我想到上海来见苏航君啊，所以报了名。没想到被录取了。

苏航说，原子小姐是负责中文翻译吗？这么说，原子小姐这一年来，中文是大有长进？

宫崎说，我的中文，还不都是向苏航君学的？以后，我如果有不懂的地方，还请苏航君多指导我这个学生。

苏航说，没问题。在原子小姐面前，我是中文专家嘛。

周娅蒙躺在床上，马鞭在手上挥动，眼睛盯着天花板，在思考什么。敲门声响起，周娅蒙起身，开门。花七站在门口。

花七叫道，小姐。

周娅蒙问，查到了？

花七说，没有。

周娅蒙挥起鞭子，不轻不重地打花七一下，说，没有？没有你跑回来干什么？

花七说，我怕小姐着急，所以回来通报一声。

周娅蒙说，一个大活人，怎么说不见就不见了？

花七说，上海这么大，又没一个范围，怎么找啊。

周娅蒙说，怎么没范围？我不是告诉你，他平常都和些什么人接触吗？

花七说，你给的那些地方，我们都去问了。这几天，他根本就没去那里。还有你说的那些人，那些人……

周娅蒙问，那些人怎么了？

花七说，那些人好像不愿承认和苏先生是朋友，提起苏先生，他们一脸的厌恶。好几个人破口大骂。

周娅蒙问，破口大骂？都骂些什么？

花七说，骂得可难听了，说什么无耻小人，卑鄙无德什么的。反正说了他很多不好的话，总之不是什么好事。

周娅蒙说，都有些什么不好的事？说给我听听。

花七说，总之不好。

周娅蒙说，说。

花七说，总之，说苏先生不是什么好人，虚伪、下流、无耻之类的，特别说，他在女人方面非常乱，明星、舞女、歌女，还说，一个常泡舞厅常逛长三堂子的人，能是什么好货色？简直就是人渣。

周娅蒙说，他常逛长三堂子？谁在胡说八道？

花七连忙说，不是我说的，是那些人说的。

周娅蒙说，你去给我查，把与他有关的事，全给我查清楚。

花七答应一声，跨出门去，顺手将门关好。周娅蒙在床上躺下来，满脑子都是花七刚才说的话。一个常泡舞厅常逛长三堂子的人，能是什么好货色？简直就是人渣。一会儿，她又想起朱衡一的话，见到他，你问一问他，海棠村和断指人事件，到底是不是他告的密。

难道他当面是人，背后是鬼？这么说，他藏得也太深了吧？

周娅蒙正思考的时候，响起敲门声，她以为还是花七，说，刚才不是说清楚了吗？还有什么事？

阮周在外面说，师妹，是我。

周娅蒙翻身坐起来，说，师哥啊，什么事？

阮周推开门，跨进来，说，师父叫你。

周娅蒙问，爹叫我？什么事？

阮周说，你干爹病了，中暑，师父叫你去蒋公馆一趟，看看你干爹。

周娅蒙立即说，这么热的天，出门要被热死，我哪里都不想去，臭豆腐那里也不去。说过，周娅蒙一扭身，又躺到了床上。

阮周问，和苏航一起去，你也不去？

周娅蒙的态度立即大变，翻身而起，问，苏航？他人在哪里？

阮周说，华人新闻报社，你自己去约。

华人新闻社所在的一幢楼门口两边挂着很多牌子。正是早上上班时间，不少人从中间的小门进入楼内。周娅蒙戴着墨镜，打扮极为光鲜靓丽，缓缓走过来，站在那些牌子前面打量，找到华人新闻社的牌子，然后站在那里。

许多原本要进入的人，见到美女，忍不住停下来，许多男人的目光集中在周娅蒙身上。原本这些人到达后直接进入，门前并没有太多人。可现在情况变了，有些男人在这里磨磨蹭蹭，不肯进去，就为了看周娅蒙一眼。还有些男人在小声议论。

几个男人过来，不再走了，站在那里议论，这个说，正点，太正点了。那个说，她要是跟我做老婆，我这辈子值了。

其中有一个男人，已经走过了，实在忍不住，又调转头，走回来，盯着周娅蒙看。周娅蒙大声地斥道，看什么看？没见过美女啊？那个男人吓了一大跳，差点摔倒。稳住自己后，听到周边是一片哄笑声，匆忙跑进楼内。

苏航快步过来，根本没注意到周娅蒙，准备进楼。周娅蒙突然出现在他的面前，把他拦住了。苏航发现有个人拦着自己，说，这谁啊？开什么玩笑？

抬头看时，周娅蒙恰好摘下墨镜。苏航一惊，说，蒙蒙，怎么是你？你在这里干什么？

周娅蒙说，等你啊。

苏航说，等我？什么事？

周娅蒙说，没事就不能来找你？

那些生出各种心事的男人们一见，自愧不如。人家靓女配俊男，难怪这个女孩连正眼都不看别的男人。大家或许知道自己没戏，纷纷离去。还有几个不甘心的，在周边游荡。

苏航说，我今天要赶几篇稿子，没时间和你多说，如果没事，我就上去了。说着，苏航转身就走。

周娅蒙一把拉住他，说，走什么走？急着去见谁啊。

苏航说，跟你说了，真的要赶几篇稿子，明天要见报的。

好好好，真没劲。周娅蒙说，我爹让我给臭豆腐送点东西，你陪我去。

苏航莫名其妙，说，臭豆腐？谁是臭豆腐？

周娅蒙说，蒋百里。

苏航的兴趣一下子被提起来了。蒋百里可是个人物，认识他，说不定可以搞到不少新闻。他说，蒋公？你说蒋公是臭豆腐？太没大没小了吧。

周娅蒙说，就臭豆腐，我当他的面也这样叫，他可喜欢了。

苏航抬手看看表，说，好，我陪你去。不过现在不行，晚上八点怎么样？我们在蒋公馆门口碰面。

周娅蒙说，好，说定了，不准反悔啊。

苏航说，好，我要上去了。八点见。说过之后，苏航转身，跑着进入大楼。

周娅蒙并没有立即离开，站在那里看了看，还有几个男人，仍然在那里磨蹭，似乎想上前和她搭话，又不太敢。

3

晚上，苏航赶到时，周娅蒙早已经到了，汽车就停在蒋公馆门口，她站在车旁，花七站在她的身边，用扇子替她扇风。花七的身边，堆了很多东西。

周娅蒙有些不耐烦了，说，这个死人，怎么还不来？

花七看了看表，说，是啊，八点都过二十分钟了。他是不是骗你的？

周娅蒙说，他敢。他如果敢骗我，我剥了他的皮，抽了他的筋。

花七说，说得这么凶，你舍得？

正说着，一辆黄鱼车过来，停下。苏航下车，花七已经走过去，叫了一声苏先生，先把钱付了。

周娅蒙远远地站在那里，说，你的架子可真大啊。

苏航说，没办法，路上遇到好多逃荒的，把路堵了。这次八省二市发大水，几百万人受灾，政府一分钱救济没有，灾民真是可怜。

周娅蒙说，等你当了主席再悲天悯人吧。走，我们进去。

周娅蒙和苏航一起走向正门，周娅蒙按门铃。门开了，里面站着一名年轻人。

年轻人说，周小姐，是你啊。

周娅蒙说，听说臭豆腐病了。

年轻人说，这天气太热了，中暑了。

周娅蒙说，正好，我给他送点消暑的东西。你帮花七搬一下。

年轻人和花七一起搬东西，周娅蒙和苏航一起进入。

苏航以为年轻人会引领他们，没想到，年轻人帮花七搬东西去了，周娅蒙和苏航一起向里面走。对这里，周娅蒙还真不是一般的熟悉，完全不需要人引路，直接往里面闯，闯进去的是蒋家的书房。蒋百里躲在竹椅上，一名女佣替他摇着扇子，旁边放着一壶茶。

周娅蒙人没进来，声音已经进来，她叫道，臭豆腐，臭豆腐，你在哪里？

蒋百里说，一听声音，就知道是你这个疯丫头来了。

周娅蒙和苏航一起进入，说，听说你中暑了，我拿了些消暑的东西过来。

蒋百里说，还是你这疯丫头有良心，记得我这老头子。对了，一说臭豆腐，又勾起了我的馋虫。也是你运气好，唐生智刚刚送了一些臭豆腐来，可惜我家的厨子不会做，没湖南人做得好。

周娅蒙连忙说，不吃不吃，吃得满嘴都是臭味。说过之后，转身对苏航说，坐，坐啊。对了，臭豆腐，我给你介绍一下，这是我朋友苏航，报社的主编，大才子。

苏航向蒋百里鞠躬，打拱，说，早就知道蒋公，今日得见，三生有幸。

蒋百里将手摆得像波浪鼓似的，说，酸，真是酸。你年纪轻轻的，哪里学来这些酸味？自然一点。你要学一学这疯丫头，口无遮拦，百无禁忌。

周娅蒙说，他啊，是看过你的那些军事著作，觉得你是天才的大家，所以才背了一坛酸醋来的。平常他才不酸。

蒋百里说，快别提军事，提军事我就有气。现在的军事，被我那个家门搞成什么了？乌烟瘴气。人家日本人一直惦记着我们呢，他倒好，整天就知道窝里斗。

苏航说，对了，蒋公，我注意到您一直坚持认为，中日两国必有一战。

当然有一战，蒋百里肯定地说，为了这一战，日本已经准备很多年了，苦心孤旨，卧薪尝胆，中国人还蒙在鼓里。

苏航忍不住问，蒋公此说，有根据吗？

蒋百里说，根据？根据多了。别的不说，自从前清洋务运动以来，中国向东洋和西洋派了多少留学生？但是，派往东洋和西洋的留学生，在当地的待遇有什么不同，你们注意到了吗？

周娅蒙说，我也去过日本，我没觉得有什么不同啊。

蒋百里说，你当然感觉不到。几乎所有去东洋的留学生，在日本都有艳遇。或者和日本女人同居，或者和日本女人结婚。我们的留学生稀里糊涂，还以为自己有多大魅力。那不是鬼扯吗？日本人有几个瞧得起中国人的？在他们眼里，中国人就是东亚病夫，就是劣等民族。

苏航问，那蒋公以为，那些女人，为什么跟中国留学生？

蒋百里说了一句石破天惊的话。他说，日本女人从骨子里瞧不起中国人，为什么还要争着抢着和中国留学生在一起？这是日本的奸计，这些接近中国留学生的日本女人，全是日本间谍。

周娅蒙和苏航目瞪口呆。周娅蒙说，日本间谍？怎么可能？你不也娶了一位日本夫人吗？

蒋百里说，所以，我才能识破日本的奸计，别人却躺在温柔乡里，不知不觉就被日本人洗了脑。

周娅蒙转身对苏航说，你身边是不是也有日本女间谍？对了，你和那个宫崎原子很好，她是不是日本派到你身边的间谍？

苏航心里确实咯噔了一下，表面上却显得平静。他说，我怎么相同？我只是一个穷学生，他们哪里会注意我？

蒋百里似乎对日本这个话题很感兴趣，又听说苏航去过日本，便说，小苏你也去过日本？那一定知道，日本人骨子里那种对中国人的仇恨。

苏航说，我感觉还好啊。

蒋百里说，你或许是没有在日本军界混过。在日本军官的眼里，中国人简直就不是人，是畜生。

下人端着炸好的臭豆腐进来，人还没有出现，先有一股臭味飘过来。

周娅蒙立即大叫，说，哇哇哇，还真吃啊。臭死了，臭死了。

蒋百里说，你不吃？你不吃我们吃。来，小苏，我们吃。

周娅蒙说，谁说我不吃了？我当然要吃，吃完了我去刷牙还不行？周娅蒙抢先夹一块臭豆腐吃起来。苏航也夹起一块，大吃。

蒋百里看了看苏航，问，小苏也能吃这个？

苏航说，我是湖北人。我们湖北有臭干子，比这个还臭，只是做法有些不同。

蒋百里说，哦，湖北还有臭干子，比这个还臭？

苏航说，是啊。不过，这种东西，很难运输，太臭了。唐司令不是在广州吗？广州也有臭豆腐？

蒋百里说，他啊？前几天刚刚回了长沙。我的这些学生，还是他最记得我。

苏航投入了工作状态，培训的节奏就慢了下来。只是星期天安排一次讲课。但和乐少华的见面，正常情况下，是一周两次，除了星期天讲课的那次之外，周三还在咖啡馆见一次。

咖啡馆是乐少华选择的，他们所在的位置，是一个角落，因为形状不规整，空间也就特别大，中间一张很大的桌子，桌子周边，是一圈沙发椅。苏航和乐少华坐在里面，桌上放着咖啡壶，壶里煮着咖啡。苏航和乐少华，各拿着一支雪茄在吸。

苏航刚刚向乐少华汇报了宫崎原子的情况，乐少华问，电通社？你了解这家通讯社吗？

苏航说，我在日本学的是新闻，对于日本的通讯社，还是比较了解的。这只是一家二流通讯社，甚至还不算二流，可能只是三流，名声并不大。我在日本学新闻的时候，几乎没有人提到这家通讯社。

乐少华带点疑问地说，一家二流甚至只是三流的通讯社，竟然在上海开分社？这件事有点特别啊。

苏航说，我也觉得，宫崎原子突然出现，是一件很特别的事。

乐少华看了看苏航，问，这个宫崎原子，和你到底是什么关系？

苏航却不看乐少华，拿起面前的咖啡，喝了一口，才说道，我在日本留学的时候，想找份工作，补贴学费。恰好宫崎原子想学中文，我就成了她的老师。当然，没过多久，我们的关系变了，她成了我的同居女友。

乐少华并没有关注同居女友这件事，而是问，学中文？她当时的身份是什么？

学生，苏航说，她在早稻田大学学中国历史。

乐少华吸了一口雪茄，吐出来，说，一个学中国历史的学生，想学中文，顺理成章。

苏航说，宫崎原子一来，我就面临一个难题。

乐少华问，什么难题？

苏航说，她肯定会不断来找我，而且，我担心她的身份……

乐少华看了看苏航，问，她的身份怎么啦？

苏航说，我总觉得，她的突然到来，有什么地方不对，但又实在说不清楚。

乐少华正准备抽雪茄，听了他这话，将送到嘴边的雪茄拿下来，问，你怀疑她和你一样，是在从事谍报工作？

苏航反问，难道没有这种可能？

不错，进步很快嘛。乐少华说，干这一行，就要善于发现反常，并且从任何反常之中，分析梳理背后的逻辑。有关你和宫崎原子的关系，你的警惕是对的。如果真如你所怀疑的，不仅她会主动和你接触，甚至有可能会带着你认识一些日本人。现在日本人在东北在上海蠢蠢欲动，这是关系国家民族的大事，我们一定要密切关注。不过，你要注意把握分寸，他们如果真想拉你下水，就一定会使尽各种手段。

苏航说，这个，我有心理准备。另外，我还要请示，这件事，要不要报告吴品三？

乐少华吸了一口雪茄，又弹了弹雪茄灰，说，先不急，看一看他们下一步怎么走，再做判断。

苏航说，我会这样怀疑，还有一个原因，我前天去见了蒋百里。蒋百里有一种说法。他说，几乎所有留日学生，都会和日本女人产生一段感情，大家都以为这是在日本的艳遇，实际上，这些女人，全是日本安排的，是日本间谍。

乐少华显然有些吃惊，说，蒋百里这样说？

苏航说，是啊。我也觉得他这种说法有点耸人听闻。不过，后来我想一想自己和宫崎原子的关系，就有了这种怀疑。

乐少华说，你和蒋百里关系很好吗？他最近有些什么活动？

苏航说，我只是前两天通过周娅蒙见过蒋百里一次。还有一件事，我觉得需要向组织汇报。

乐少华问，什么事？

苏航说，唐生智回到了长沙。

乐少华略思考，然后说，唐生智是湖南人，家在长沙。回一趟长沙，没什么特别啊？

苏航却十分肯定地说，不，我觉得这件事很特别。

乐少华问，你认为特别在哪里？

苏航说，唐生智现在是广州国民政府军事委员会三个委员之一，如果仅仅只是一般回家，在家住几天，倒也没什么事。但如果是一般的住，他不太可能跟蒋百里套近乎吧？特别派人从湖南往上海送臭豆腐，这事就特别了。他好像对蒋百里有什么特别要求。

乐少华再问，你认为是什么特别要求？

我只是乱想，不知道对不对。苏航说，我觉得唐生智回长沙，不是为了私事，而是为了武装反蒋。所以，他才需要他的老师蒋百里支持。只有蒋百里支持，他才会少很多反对的力量。

乐少华说，哦，这件事很重要。唐生智如果真的武装反蒋，对我们反“围剿”是大有好处的。你要多和蒋百里联系，尽可能从他那里了解到更多的情况。

苏航说，和蒋百里搞好关系，我有信心。但是，和湖北帮那帮人来往，我感到窒息。

乐少华暗自皱了一下眉头，问，为什么？

苏航说，那是一帮社会渣滓，全是垃圾，应该人道毁灭。

乐少华耐心地说，我提醒过你，灰色是你的保护色。若要拥有这层保护色，你就一定得和这些人为伍，间入他们然后融入他们。

这事一想起，就让苏航痛苦。他忍不住叫起来，说，天啦，我先是加入了帮会，让自己成了流氓，现在又要跟这一群真正的流氓混在一起，我会变得连自己都认不出来吧。

乐少华说，要变的，只是你的外表，只是你的保护色。但你的内心不能变。

苏航痛苦地说，以前的一些朋友，见到我，把我骂得狗血喷头，我简直就要疯了。

乐少华说，正因为如此，革命者，才需要有坚韧的意志力。

我真的没想到，革命这么难。苏航说，声音也低了不少。

乐少华说，你现在才刚刚开始。你要有思想准备，后面可能更难。

苏航只好自我安慰，说，也许适应一段时间，以后会慢慢好一些。

乐少华说，现在，你已经正式进入工作状态，我今天要跟你讲一讲当前的局势和今后的任务。

苏航说，太好了，我就等着接受任务呢。

乐少华说，现在的蒋介石政府，或者说整个国民党，是一个拼凑起来的烂摊子。这些人，没有共同的信仰，甚至完全没有信仰，都是为了各自利益才走到一起的，只要利益发生冲突，就可能刀枪相见，前些年的蒋桂战争，去年的中原大战，都是这个原因引起的。到了今年，形势变化更快。蒋介石想搞独裁，迫不及待要推行训政约法。以胡汉民为首的一伙国民党人，不希望过多的权力集中在蒋介石手里，想分权，所以力主先政约法。

苏航说，这个我注意到了。所以，我特别留意唐生智回湖南这件事。

乐少华说，是的。因为第二次“围剿”中央红军，南京和广州，暂时显得平静了。但我们分析，这种平静，只是暂时的。目前，蒋介石正调集大量部队，准备第三次“围剿”中央红军。另外，最近长江中下游大面积洪涝，武汉决堤，八省二市受灾，经济损失巨大。近些年内战频频，国民政府财政极其紧张，完全靠借债度日，哪有钱赈灾？所以，蒋介石不得不盘剥商界和普通民众，搞得民怨沸腾。外面又有日本人蠢蠢欲动，蒋介石可以说四面楚歌，日子很不好过。

苏航说，你的意思是说，蒋介石所谓“剿匪”，其实是挂羊头卖狗肉？

乐少华说，他其实想一石二鸟。既灭掉他的心头之患，又将广州的反蒋势力瓦解。

这一招真够阴险，苏航说。

是阴险，但估计效果离他的设想相差十万八千里。乐少华说，既不可能灭掉我党以及中央红军，也不可能瓦解广州的反蒋结盟，最多就是拖一点时间而已。中央估计，为了解决内部的这些矛盾，蒋介石还只有赤膊上阵，继续对红军采取军事行动。

苏航吃了一惊，说，还要“围剿”？

乐少华说，广州逼蒋介石下野，而广州那些人心里也清楚。若是“围剿”中央红军，还真只有蒋介石，别的人，恐怕都不行。蒋介石会抓住这一点，不断地对红军作战，以便解决国内的其他矛盾。所以，你今后要多注意这方面的情报。

苏航说，这方面的情报不好搞呀。

乐少华说，多动动脑子，多想想办法。

4

正如苏航估计的，宫崎原子会不断地找苏航。果然，没过几天，宫崎主动给苏航打电话，约一起吃晚饭，饭后，又提议苏航送她回去。苏航自然没法拒绝，两人叫了一辆黄鱼车，来到宫崎门口。下车后，苏航付钱，并没有要求黄鱼车留下。苏航知道，毕竟半年多没见了，估计宫崎不会轻易放自己走。他看了看房子，这是一幢两层的小洋楼，宫崎能租下这样的房子，说明她的收入不低啊。

苏航问，你住这里？

宫崎说，是，房子很小，没你在日本住的房子大。

他在日本住的房子确实不小。一是日本的房子，并没有上海这种很小的；二是他三个人合租。宫崎刚来，不太可能和人合租吧。他说，你上去吧。我看着你回到家，我再走。

宫崎果然不想他离开，问，你不上去？

苏航说，都已经这么晚了。他是故意和宫崎聊到很晚才送她回来的，就是想找这个借口。

宫崎说，我手上有些东西在翻译，有几处正想请教你呢。

这意思已经非常明显了。苏航只好顺势问了一句，你想我上去？

宫崎丝毫不隐瞒，说，我有好几个月没见苏航君了，对不？

苏航说，是啊。时间过得真是快，一转眼，过去大半年了。

宫崎发起了柔情攻势，说，难道，你一点都不想我？

当然不能说不想，苏航说，想哇，我经常对着天上的星星说，那颗就是原子小姐吧。

宫崎抬头看天，问，真的？

苏航说，不信，你可以问那颗星星啊。

宫崎原子仰望夜空，看了那么几秒，然后说，我问了，它说是真的。

苏航说，看吧，我没有说假话。

宫崎说，苏航君，请。

苏航知道逃不过了，只得和她一起进入。正面是一道院门，其实并没有院子，只是离正门有一米多远，隔了一道木栏栅而已。

宫崎打开门，又开了灯。这是典型的日式建筑，进门是玄关，宫崎先进去，脱了自己的鞋，赤脚站在玄关里，又拿出一双男式拖鞋，说，苏航君，请进来吧。

苏航跨入，准备脱鞋，宫崎原子像所有日本女人一样，已经跪下来，主动帮苏航脱鞋，然后替苏航穿上木趿。苏航于是走过玄关，进入里面的客厅。宫崎随后跟入，里面有茶几，宫崎走过去，说，苏航君，请坐。

苏航坐下来，当然不是中国式的坐，而是日式的，屁股坐在双腿上。宫崎来到她的身边，跪下来，说，苏航君，我替你宽衣吧。

天气虽然热，但为了见宫崎，苏航穿了西装，此刻早已经热得难受，当然想尽快脱掉。不过，女人替自己脱衣服，在日本的时候，也曾多次享受过宫崎的服务，苏航还是不太适应。

苏航说，啊？啊。

宫崎替苏航脱下西装外套，挂在衣柜上，说，请苏航君就像回到自己家一样。

苏航感叹了一句，说，啊，我又闻到熟悉的气味了。说过之后，他有些后悔，这话显得有些暧昧。

果然，宫崎问道，苏航君是说熟悉我的气味吗？

已经无法补救了，苏航只得装糊涂，说，你说呢？

宫崎真会顺竿子往上爬，说，我认为，苏航君是说在想我呢。

苏航觉得这样下去实在太危险了。这熟悉的气味，又是这样的服侍，加上这些带挑逗的语言。他不得不想办法扯开话题，说，你不是说有难题要我帮你吗？

宫崎说，哦，是的。苏航君，请跟我来吧。

宫崎起身，将旁边的一扇门推开，然后站在一边，躬身说，苏航君，请进。

苏航跨进去，里面是一间书房，空间确实小了点，但非常干净整洁，里面摆放了不少的书和文件之类，中间是一张日式的桌子。宫崎跟进来，说，苏航君，请坐。苏航坐下来。宫崎又说，苏航君，请你稍等，我给你沏一杯茶来。

苏航说，不用了。晚上喝了那么多茶，现在不喝了。

不喝了吗？宫崎说，说不定过一会儿，你会想喝的。

苏航说，不必。我们开始吧。

宫崎说，既然这样，我就恭敬不如从命了。她打开旁边的抽屉，拿出一沓纸，放在桌子上，又拿起最上面一张，推到苏航面前，指着其中一段，说，苏航君，你看，这一段，应该怎么翻译好？

苏航扫一眼，上面是一些中文字：现在日方对我外交渐趋积极，应付一切，极宜力求稳慎，对于日人无论其如何寻事，我方务须万方容忍，不可与之反抗，致酿事端。希迅即密电各属，切实注意为要。

宫崎原子所指之处为“稳慎”。

宫崎说，力求稳慎，稳慎是什么意思？

苏航说，这是电报稿吧？电报需要节约用字，所以，这里省略了一些字。稳就是稳定、平稳的意思，慎是慎重的意思。

宫崎又指着“致酿事端”，问，还有这个，致酿事端。

苏航说，这也是简语。致是导致，酿是形成、造成，事端是指事故、事变、纠纷。

宫崎又指着各属两个字，问，各属，是什么属？

苏航说，这应该是某部队指挥官的电报，属是指属下，也就是下属各部的意思。

宫崎原子拿起笔，在一张白纸上将苏航所说的话记了，又将这张纸放到最下面，拿起最上面的一张纸，指着其中一些词句，向苏航提问，苏航一一解答。

按照乐少华的要求，苏航又去拜访蒋百里。

蒋百里正在书房里看书，上次见过的那名年轻人将苏航领进去。蒋百里见到苏航，立即招手，说，小朋友，来来来，坐。

苏航向蒋百里鞠躬，说，蒋公好，又来打扰了。

蒋百里问，那疯丫头没跟你一起来？

苏航说，没有，我今天主要是有些事，想请教蒋公。

蒋百里根本不按苏航的思路，突然问，你跟她在谈恋爱？

苏航没想到蒋公有此一问，显然有些尴尬，连忙说，没有。蒋公误会了。她已经订婚了。

蒋百里顿时一脸的不屑，说，订什么婚？那个阮周，哪里配得上她？阮周是个小人，她如果嫁了阮周，这一辈子，别想幸福。要我说，你应该娶她，她是个真性情的人，当了你的老婆，她会一辈子对你好。

苏航说，我看阮周不错啊。对她非常好，她说站着，阮周不敢坐着，她说东，阮周不敢说西。

那都是假象，蒋百里说，男人在卑微的时候越显得谦卑，得势后就越猖狂，你看我的本家，就是典型的这种人。你是没见过他年轻的时候，哪里有现在三军统帅这种霸气？对了，你说你找我有什么事？

苏航说，是这样，今年不是《中日修好条规》签订60周年吗？我想写一篇这方面的文章。

蒋百里顿时有些不耐烦，说，什么修好60周年？日本卧薪尝胆60周年。

苏航顺着他的话意说，对，我就是觉得，日本在我们的卧榻之旁磨刀霍霍，国人却蒙然不知，还自得其乐。

蒋百里说，我告诉你，日本图谋中国，绝对不止60年。早在日本明治维新之后，国力逐渐增强，就开始图谋中国了。甲午海战，只是图谋中国的一种试探。这是一个典型的黔之驴的故事。

苏航第一次听说这样的比喻，愣了一下，问，黔之驴？

蒋百里说，你千万不要以为黔之驴只是一个寓言故事，这个故事正在现实中发生。中国和日本相比，中国就是那只驴，日本则是那只华南虎。甲午海战，只是虎对驴的试探，结果发现，驴只不过蹶一蹶蹄子，大叫几声而已。所以，体型小很多的华南虎信心大增，开始秘密准备。

苏航问，日本都有哪些准备？

蒋百里说，准备多了。比如说接受中国留学生。表面上，是帮中国培养现代科技人才，而实际上，却是在暗中培养一支亲日势力，输出日本价值观。

苏航说，想一想，好像有点道理。

蒋百里有点夸张地说，不是有点道理，而是太有道理了。不是我说反动的话，孙先生闹革命，先在哪里闹起的？在美国，在旧金山。可孙先生在美国能闹出名堂来吗？他到日本却闹出了名堂，组了党。为什么？因为日本早已经为他准备了一批这样的人。

苏航说，这倒是一个新观点。

蒋百里说，名义上，孙先生组建了革命党，可实际上，这些人绝大多数都是留日的，什么革命党？纯粹一个汉奸党。现在的国民党高层，哪一个不是留日的？将来再看，万一哪一天，日本人真对中国动武了，这些人肯定上街去敲锣打鼓，欢迎日本占领中国。

这种观点太新鲜太激进，苏航一时消化不了，说，我第一次听到这种观点。

蒋百里说，你只将这些年发生的事想一想，就明白了。

苏航问，哪些事？

蒋百里说，孙先生在旧金山指挥了多少次暴动？全部失败了，到了日本，才组织几次，就成功了。辛亥革命怎么成功的？当然原因很多，其中，与日本人政治、军事以及资金上的支持，分得开吗？

苏航说，但据我所知，辛亥首义成功之后，日本人并没有支持先总理组织政府啊。

蒋百里说，这正说明了日本人的狡猾和阴险。辛亥首义成功，西方见袁世凯的势力大，且身边有一大批亲西方的洋务派人物，他们担心，如果支持孙先生，新的中国政府会被日本独家控制，所以全力支持袁世凯。日本知道无法和西方抗衡，只好抛弃孙先生，转向袁世凯。

哦，苏航说，这一点，我从来没有想过。

蒋百里说，袁世凯称帝，以及后来段祺瑞控制北京政府，孙先生意识到，段祺瑞是想撇开国民党搞独裁，所以组织二次革命。但此时，日本已经不再支持他，他在广州完全没有外援，孤军奋战。不得已，他才联俄联共。有了苏联的支持，加上北洋政府内部派系斗争复杂，广州才得以东山再起。北伐之所以能节节胜利，与苏俄的政治、军事以及经济支持，大有关系。

苏航说，您这样一说，我倒是想起来了。北伐的时候，北伐军里有大量的苏军顾问。

蒋百里说，当时北伐军的主要武器，全部来源于苏联。苏联的这些武器，比北洋政府的要先进得多。苏联对国民党支持的力度，也比当年日本人支持孙先生，要大得多。

既然这样，蒋先生为什么要反共？苏航不解地说，这不是自绝后路吗？

蒋百里摆了摆手，说，你不懂。北伐取得的胜利，让西方和日本人极度不安。他们意识到，如果中国被以小蒋为首的国民党掌握，就会完全靠向苏联。那样一来，西方和日本势力，就一定会被苏联排挤出去。西方人尤其是日本人坐不住了，又主动跑过来找小蒋。

苏航明白过来，说，条件是反共？

对，蒋百里说，小蒋反共，就可以得到西方和日本的支持。不反共，就会和整个西方以及日本为敌。换一句话说，如果小蒋不反共，整个西方和日本，就会加大对北洋政府的支持力度，那样，小蒋要想统一全国，就难了。

苏航有一种恍然大悟的感觉，说，按照蒋公所说，这几十年，中国天翻地覆的变化，岂不全是外国人在主导?

难道不是吗？蒋百里反问。

苏航又把话题拉到了日本，问，蒋公为什么认为日本会在近期进攻中国？他们已经准备了 60 年，为什么不再准备 60 年？那时，日本国力会更强大啊。

蒋百里说，再准备 60 年？天下哪有这样的好事？他们等不及啊。

苏航问，日本为什么等不及?

蒋百里说，首先，从国内来看，日本经过了快速发展，现在已经到了瓶颈期，不仅仅是日本，全世界经济都开始萧条，西方世界爆发了大的经济危机，日本最近的经济也成了大问题，需要一场战争来补充他们匮乏的资源，刺激经济，提振信心。就外部环境来看，目前的中国政府，正好是那批留学日本的人掌权，他们骨子里是亲日的、媚日的，就算差一点，也是惧日的，认为日本比中国先进几十年，中国根本没有能力和条件同日本一战。如果再过一二十年，中国经济起来了，而这批人腰杆子硬了，不可能再对日本百依百顺，言听计从。

苏航说，如果按照这样分析，现在确实是最好时机。

蒋百里说，还有，日本自己也要准备。政治上的，军事上的，特别是思想认识上的。日本图谋中国的设计师们培养了一代人，这代人目前正成为日本政治军事的核心。若是再过十几年，这批人一个个退出历史舞台了，你想，他们为此奋斗了一生，甘愿就这么退休吗?

苏航说，中国人好像从来没从这个角度思考过。

蒋百里说，我说句话放在这里，就算不全面开战，目前也应该局部发动战争了，以此拖住中国，或者说拖垮中国。不然，日本可能永远都没有机会了。无论是日本还是西方，都怕中国人强大。中国强大了，他们就无能为力了。

程兴源根据庐山上遗落的那张手绘地图找到了九歌书店。通过鉴定，他们已经搞清楚，那张纸，是九歌书店的便笺纸。客人们在书店里看书，要记录点什么，或者是想要什么书，把书名留在店里，就用这种纸。这种纸，是他们自己设计然后找印刷厂印刷的。程兴源找到了那间印刷厂，立即知道了纸的出处。

当然，因为所有到书店的客人都可能接触到这种纸，甚至有可能带出去，程兴源也就无法肯定，杀手就是与书店有关的人而不是书店的客人。正因为如此，他们不得不花了较长时间，在书店周边设伏，对于书店里进出人员的情况，进行了一个摸排。

观察了几天，他们发现书店有一个阁楼，书店老板，平常就在阁楼上睡觉。除了这个阁楼可以作为接头之用外，其他的，并没有可疑之处。

这一天有点特别，有一个中年人进入书店，看上去，此人不像是大学的老师，倒像是工人。随后，程兴源派了一个人，装成买书，进入书店观察，发现那个中年人并不在书店里。程兴源因而推断，此人一定上了阁楼，有可能是来接头的。

程兴源也担心夜长梦多，因而决定收网。毕竟，抓到书店老板和这个中年人，也可能通过审讯达到目的。如果再有什么人过来接头，那就更好。

应该说，程兴源这个刑侦大队长不是吃干饭的，他的推理，八九不离十。那个人，确实是来给吕子矜传达任务的。没过多久，吕子矜便出现在这里，先在门口看了看，没有发现异常。吕子矜毕竟还是年轻了些，经验不够，并没有发现书店门口的异常，加上这个联络点用了很长时间，一直没有出问题，所以大意了，直接走进了书店。

其实，程兴源就在不远处的小吃摊前，他和几名手下，全都看到了吕子矜。程兴源说，看到刚才进去的那个人没有？

一名手下说，太年轻了，我注意到她是从复旦大学出来的，应该是学生，不可能是她。

另一名手下说，这女人怎么生的？实在太漂亮了。

程兴源伸手打了这名手下一下，说，想什么呢？专心办差。

这名手下说，有美女，顺便欣赏一下嘛。

另一个说，我们在外面办差，就这点福利。

程兴源说，等一下行动的时候，一起带走，让你欣赏个够。

手下顿时来了精神，说，给她安一个共党的罪名，她还不乖乖听我们摆布？另一个说，想什么呢？就算摆布，那也是队长先摆布。

吕子矜走进书店，自然先接近柜台。掌柜见到她，大声地说，吕小姐，来啦，好些日子没见你了。

吕子矜暗自一惊。她来书店很多次了，以前每次来，掌柜从不会如此大声地和她招呼，而且直呼她的姓，这不合规矩，说明今天有些特别了。她的反应很快，也大声地说，马上要放暑假了，最近复习考试，太紧张了。

此时，店里只有一个客人，装着在那里看书，其实正拿眼睛瞟他们。吕子矜已经走到柜台前。掌柜小声对她说，今天我感觉不对，恐怕要出事。又大声说，你的成绩那么好，还怕考试？

吕子矜小声问，那怎么办？又大声说，我就是怕考试的命，遇到考试，就睡不好觉。

掌柜的小声说，我已经告诉老秦，他会从二楼走掉。你不要上楼，就在这里看书。又大声说，有什么好怕的，考过了，不就好了。接着又小声了，说，他们如果慢一步来，就没事。

如果来得太快了，我就得给他们制造点麻烦，拖一下时间。无论发生什么事，你都不能出手，保护好你自己。又说，对了，上次和你一起来的那个同学，她要的书，已经到了。

好的，我会告诉她。吕子矜应过，小声道，这个联络点很隐蔽啊，怎么会出问题？

掌柜说，我也觉得奇怪，这两天，总有些陌生人在这里晃来晃去。

门口，有一个顾客模样的人进来。掌柜立即笑脸相迎，说，先生，你好，有想买的书吗？本店是全上海最齐全的书店。

来人说，我看看。掌柜说，那好，您随便看。

吕子矜问，掌柜，到了什么新书没有？掌柜说，在前面那个书架，你自己去看吧。

吕子矜走向书柜，装着看书，同时观察里面的这两个人。显然，这两个人都不是来买书的，他们装着看书，其实，只是把书拿在手上，很随便地翻着。吕子矜想，既然这里危险，自己应该尽快离开。她随便拿了一本书，走到柜台前，说，掌柜，我买这本。

吕子矜掏出钱包，准备付账后迅速离开。可是已经晚了，程兴源带着几个人走进来。掌柜一见，迅速离开柜台，向后疾走。一名便衣扑向柜台，大概是想控制掌柜，因此将吕子矜撞了一下。吕子矜想掩护掌柜，便一把抓住这名便衣，叫道，你干什么？要耍流氓吗？

趁着这个机会，掌柜迅速向后跑。程兴源指着掌柜，说，抓住他，别让他跑了。

原本在里面的那两个便衣听令后，迅速向掌柜的奔过去。掌柜的知道逃不了，突然掏出枪，向便衣开了一枪。其实，在他掏枪的同时，其他便衣早已经开始掏枪了。差不多他的枪响之时，其他几支枪，也同时响了。室内空间实在太小，彼此的距离非常近。掌柜是奔跑中突然开枪，没有击中目标。而便衣中，既有奔跑着掏枪的，也有站定在那里射击的。掌柜因此中了一颗子弹。

中弹后，掌柜不跑了，站定了自己，转过身来，举着枪，准备射击。

便衣们同时开枪，好几发子弹，射向掌柜。

趁着这混乱，吕子矜想溜走，她已经松开了那名便衣，向门口走去。

程兴源却注意着她呢，毕竟，这女孩实在太漂亮了，顺便带回去审一审，搞清楚她是谁，要个联系地址也好嘛。见她要走，程兴源立即叫道，拦住她，别让她走了。

门口其实站着两名便衣，刚才他们在掏枪射击，注意力集中在掌柜身上，因此没有注意吕子矜。听到程兴源叫，他们立即采取行动。其中有一名便衣，大概是想占点便宜，便不顾一切扑上来，将吕子矜扑倒在地。

吕子矜大叫，你干什么？我只是来买书的。另一名便衣也上来了，将她按住。

程兴源说，是不是买书的，带回队里，一审就知道了。控制好她，别让她跑了。

枪声响后，不断有便衣进来，书店里已经有了十几个持枪便衣，仅吕子矜身边，就有三个。三名便衣将吕子矜控制。程兴源下令说，你们三个，把她带走。其余的人，把这里仔细搜一搜，连一片纸都不准放过。

除了掌柜的尸体，以及几本便笺纸，再就是抓到了吕子矜，其他的，他们一无所获。掌柜的为老秦争取了时间，老秦翻窗逃走了。

第十二章

紧急营救

1

上完课后，乐少华和苏航开始谈话。

乐少华煮了一壶咖啡。苏航给了乐少华一份报告，乐少华看报告的时候，苏航坐在一旁喝咖啡。

乐少华将报告往面前茶几上一放，说，我明白了，你认为，最近日本将向中国开战，而且，攻击点极可能是在东北。

我认为这个情报非常重要。苏航说，我跟蒋百里谈过两次，又花时间研究了一些相关资料。

乐少华指了指材料，说，你的意思是说，这个结论，是你综合各种资料得出的？

苏航说，关键还是宫崎原子给我看的那几份情报。其中有张学良发给部下的绝密鱼电。回去后，我研究了一下日本人在东北的一些活动，我认为，他们的目的非常明确，要在东北动武。

乐少华说，这份情报确实非常重要，你应该提供给吴品三。

提供给吴品三？苏航有些忧虑，他说，吴品三如果提供给南京，南京有所准备的话，日本人或许一时不会动手。我原想的是，如果日本人对中国动武，蒋介石不可能完全置之不理吧。只要他有所动作，对中央苏区的“围剿”，就不攻自破了。

乐少华说，蒋介石四一二反共，背后最大的支持势力，就是日本。日本人向蒋介石提供了大量的军事和经济援助。如果没有日本以及西方的支持，蒋介石是不可能和汪精卫抗衡的。表面上，宁汉分裂，是国民党内部蒋汪两大集团的决裂，而实际上，背后一方是苏联，一方是西方加上日本。

苏航说，蒋百里也这样说，看来是真的。

乐少华说，所以，蒋介石一再叫嚣攘外必先安内，说明他不敢和日本人翻脸，怕日本人不再支持他，那他就难过了。从张学良的鱼电来看，恐怕张学良本人不敢做这样的决定。

对日本采取不抵抗政策，应该是蒋介石的既定方针。如果日本真对中国动武，估计蒋介石不敢，至少是目前不会有什么动作。

苏航说，这我就有点不懂了。他“围剿”红军，是想一石二鸟，既解决心头之患，又瓦解广州集团。现在日本人对中国动武，他不是正好可以利用这件事，解决广州问题吗？

乐少华说，如果利用某件事解决广州问题，显然，针对日本人行动，远比针对红军行动要好。问题是，“围剿”红军，不论成功还是失败，他不会有太大损失。和日本人动手就不一样了，规模如果小了，肯定失败，他的威信扫地，势必影响他的个人地位。如果规模大了，反倒挑衅了日本人，说不定引起更大规模的战争，他就会被迫陷进这场战争中去，并且失去整个日本和西方的支持，那样，他就成孤家寡人了。他不敢下这样的赌注。

苏航明白了，说，哦，还是一个道理，吃柿子赶软的捏。

乐少华说，对，他说不定倒希望日本人闹一闹。日本人一闹，他和广州之间，反倒不可能再闹了。只要日本人不大闹，倒是帮了他的忙。

苏航说，这么说，即使明知道日本人会对中国动武，他也不会有所动作。既然这样，为什么还要把情报告诉吴品三？

乐少华说，那不一样。日本人不动武，这份情报没有任何意义。如果有一天，日本人真的动武了，很多人会想起这份情报，吴品三就会在上面落一个大大的好，你也可以取得吴品三的信任。

苏航说，对了，还有一件事。宫崎原子竟然能够接触到这样的情报，是不是可以肯定她的间谍身份了？

也不一定。乐少华说，你自己是搞新闻的，你应该清楚，新闻机构的职责，就是获得一切信息，为我所用。当然，你能想到这一点，很好，说明你的警惕性越来越高了。对宫崎原子本人以及电通社，我们做了一些了解。很奇怪，我们无法得到电通社的任何背景资料。这恰恰是需要我们高度警惕的。

苏航说，这样看来，电通社是很危险的，我今后是不是要离宫崎原子远一点？

乐少华说，不，你应该更进一步接近她。但是一定要小心，保护好自己。

苏航回答说，我明白了。

结束这个话题，乐少华提起另一件事，说，你应该去拜访一下程兴源。

苏航不是太明白，问，拜访他？

乐少华说，你以前就认识程兴源，并且关系还说得过去。上次他抓了你，并且累你挨了打，他对你内心应该有一丝愧疚吧？你如果再主动去拜访他，他一定会对你好的。这样，你们的关系，就可以更增进一步。

苏航承认说，我不太喜欢这个人。名义上是刑侦大队长，完全就是一个黑社会大佬，黑吃黑的事没少干，还要装出一副道貌岸然的样子。法律在他们的手里，就是橡皮泥，想怎么捏，就怎么捏。

乐少华说，这也不是他的问题，整个国民政府，普遍存在这样的问题。我建议你和他搞好关系，是因为他处于一个极其重要的位置，不仅和调查科特派员关系特殊，还和蓝衣社过从甚密。

苏航问，他和蓝衣社也有联系？

乐少华说，据我们掌握的情报，蓝衣社在下面不像调查科一样，有一个社会局的机构，还是市党部的机构。蓝衣社没有这样的机构，行政经费又不够建立自己的分支机构，所以，他们主要是依靠警察局的刑警。

苏航说，好，我抽时间去拜访他一下。

苏航给吴品三打电话，说是有一份重要情报给他。吴品三说，我在办公室，你过来吧。苏航于是赶去见吴品三。原本，苏航并不想将这封情报给吴品三，原因很简单，这是苏航正式提供的第一份情报，吴品三给他的任务是抓文化情报和社会情报，而他提供的却是一份对日情报，还不是原件情报，而是一份分析报告。这样的东西，是吴品三需要的吗？他如果不需要这类所谓的情报，会不会对自己印象很差？

既然乐少华要求给，他只好听命。就他本人而言，心中是半点底没有。

出现在吴品三办公室门口，门是虚掩着的，可以看到吴品三正在看文件。苏航敲了敲门，吴品三说，是苏航吧，进来。苏航推门而入。

吴品三放下手里的文件，抬头看他，问，刚才，你在电话里说有一份重要情报，什么情报？

苏航将一沓纸递给吴品三。吴品三接过，看了一眼标题：日本可能于近期对东北采取武装行动。他并没有继续看内容，而是抬头看苏航。苏航顿时有些忐忑，本能地觉得，吴品三不喜欢这份东西。

吴品三说，我还来不及看内容。你这个报告，是有准确的消息，还是分析？

苏航据实说，我接触到一家日本通讯社的几份文件，感觉这些文件可能有军事用途，我用了三个晚上的时间，研究了最近一个时期以来，中日之间发生的所有矛盾冲突。我特别注意到最近一年以来东北发生的几件事，比如万宝山事件和中村事件，还有其他一些迹象。我认为这是一个计划的重要组成部分。

苏航提到的这些事件，吴品三均从内部通报中看过，他也本能地觉得，日本对中国有什么特别的企图，只是没有往军事行动上去想，更多想的是政治以及外交方面的企图。他问，你说的重要计划，就是开战？

苏航说，是。我在日本留学一年，我知道，日本人认为日本岛不安全，资源贫乏，应该向外寻找新的生存空间。当然，日本人其实也是学欧美，欧洲人先是在美洲扩张殖民地，后来又向亚洲、非洲扩张，鸦片战争后，争夺的对象是中国。日本人认定中国是他的禁脔，日本高层相当一部分人，把目标对准了中国。或者可以说，从甲午战争开始，日本一直都在图谋中国。

对此论点，吴品三显然有怀疑，问，会不会有点危言耸听了？

苏航说，防患于未然，总不是坏事吧。

吴品三说，你可能对军事不太了解。现在，第三次“围剿”共匪，正到了攻坚阶段，偏偏这时候，广州那帮人，越闹越凶，唐生智上蹿下跳，频繁调兵，山西的阎老锡也跳出来凑热闹。蒋主席不得不调集军队，准备应付宁粤开战的局面。突然又冒出一帮日本人，你想到这种局面吗？

苏航说，做了一桌子菜，却跑来了三桌客。

吴品三不无忧虑地说，是啊。这个酒宴还能吃下去吗？

苏航暗想，自己果然猜对了，多少有些失落地说，那么，这个报告不送上去了？

没想到，吴品三作为高层人物，看问题的角度和方向，不是苏航这种小人物所能理解的。他早就意识到，上海有诸多外国人活动，尤其是日本人，活动频繁，作为上海的情报工作负责人，他不能漏了对日情报，只是苦于找不到这方面的人才。现在，苏航能够将自己的目光盯着日本，对于他而言，是一件大好事。他说，当然要送，怎么能不送？如果不开战，我们作为情报部门，提供这样的分析，并没有错。万一真的开战了，不管结果如何，我们都是有功之臣。苏航，你干得好。

苏航的心情顿时大转，说，这都是局座的栽培。

吴品三说，我没看错你。你搞情报工作，上手很快，热情也非常高。

苏航说，不好意思，我不过是想多拿点奖金。

吴品三顿时变得苦口婆心，说，你还年轻，眼睛不要光盯着钱。不要受湖北帮那些人影响，那些人都是社会渣滓，和你不一样。你只要把工作做好了，钱自然就有了。

苏航言不由衷地说，谢谢局座提醒。

吴品三说，我们社会局管着记者公会，原来的考虑，是希望通过记者公会搞到更多的情报。可是，我们社会局管的几十个公会中，记者公会是搞得最差的。我考虑把你安排到记者公会去负责，你有信心搞好吗？

苏航说，只要局座信得过，我就搞。

吴品三问，你准备怎么搞？

具体我还没想过，苏航说，不过，我觉得，应该搞一个记者俱乐部，吸引记者参加俱乐部的活动，这样，就会获得更多情报。

吴品三立即予以肯定，说，这个想法很好。你马上着手办这件事。

苏航说，但是，办俱乐部，需要钱啊，钱从哪里来？

吴品三说，钱的问题，我来解决，你就放手去搞吧。

苏航顿时心花怒放，说，有局座这句话，我就放心了。

吴品三说，这就对了，年轻人，一定要有远大的理想。政治上，也要有所计划，有所追求。你如果能够在政治上有所建树，你父亲也会高兴的。

提起父亲，苏航立即变脸，说，不要提他，我这一辈子都不想再提这个人。

吴品三说，你啊，孩子气。父子哪有隔夜仇？你那么恨你父亲，你父亲却打了好多个电话，询问了解你的情况。他非常关心你，也一直在背后支持你。

苏航狐疑地看了看吴品三，问，听口气，局座好像对他很了解？

哈哈哈，吴品三一阵大笑，终于托出了以为苏航不知道的谜底，说，你大概还不知道。我是你父亲的学生，他是我的恩师，正式拜过师，摆过拜师宴的。所以，严格说来，我不是你的什么局座，而是你的大哥。

苏航装着恍然大悟，说，难怪。

难怪什么？吴品三问。

苏航说，难怪你对我做那些事，原来，我还是没逃出他的手心。

吴品三伸手点了点他，说，你啊，等你以后做了爸爸，你就能理解一个父亲的心情了。

苏航说，我才不当他那样的父亲。

一家人坐在一起吃晚饭。所谓一家人，其实也就三个人，周天罡、周母、周娅蒙。周天罡的弟子中，八大金刚在周宅都有住房，同时，他们又各负责一块，在外面也有住房，到底是住在周宅还是住在外面，由他们自己决定。平常跟他们一起吃饭的，也就阮周。

阮周在周家的地位特殊，既是周天罡的二徒弟，又是他的养子，还是准女婿。周天罡将整个帮会最重要的一块，也就是夜舞台交给阮周打理，就充分说明对他的信任。

三个人吃饭的时候，周天罡又一次谈起周娅蒙的婚事。

周娅蒙十九岁，这个年龄若放在以前，早已经是一两个孩子的妈妈了。可周娅蒙说什么都不肯早结婚，周天罡夫妇将她看得娇贵，也就没有太当回事。最近，周天罡听了游再春那话里话外的意思，觉得事情不能再拖了，最好的解决办法，就是让她马上结婚。

周天罡说，蒙蒙，你看，爹和娘都老了，你呢，年纪也不小了。你和小周子的婚事，是不是……

听到这句话，周娅蒙突然站起来，说，我正好要通知你们，我要退婚。

退婚是石破天惊的大事，在那个时代，和离婚的意义相差不大。周母吓坏了，立即制止道，蒙蒙，别乱说。

周娅蒙说，我没乱说，我就是要退婚。

婚姻可是关乎女子的名节，怎么能说退就退？周天罡听了这话，浑身冒火，他猛地一巴掌拍在桌子上，说，不行。

自从那晚听了朱衡一的话，周娅蒙就意识到，这婚非退不可。在日本的时候，苏航对她是非常好的，可一回到上海，她感觉苏航变了，到了现在，苏航其实是在躲着她。如果不是朱衡一提醒，她还没完全想明白是怎么回事。朱衡一一语惊醒梦中人，苏航之所以疏远她，是因为她有未婚夫。她语气坚定地说，不管你们说行还是不行，我就是要退婚。

周天罡扔下一句话，说，你要退婚，可以，除非我死了。

阮周突然从外面进来。周天罡夫妇没见阮周来吃饭，还以为他有饭局。现在看来，他只是有事耽误了。阮周不知道他们刚才的话题，进门后向大家打招呼，说，师父，师娘，对不起，我来晚了，有点事耽误了。

他们不知道阮周是否听到刚才的话，多少有些尴尬。周母先打破了沉默，无话找话地问，小周子，你今天不去夜舞台了？

去呀，阮周说，我简单吃点，马上就赶过去。最近一些日本浪人到处闹事，我不放心，要盯着点。

阮周坐下来，拿起筷子，并不是自己先吃饭，而是分别给周天罡和周母夹菜，又夹了一块肉，放在周娅蒙碗里，说，师妹，快吃饭啊。对了，师妹，苏航是不是真到社会局去了？

周母一心认定，自己家最近的所有烦心事，都是这个苏航搞出来的，所以恨透了苏航，听了阮周的话，便说，去了好，最好让社会局把他关一辈子。

阮周知道周母误会了，解释说，师娘，他这次去社会局，不是被抓进去的，而是去工作。

周娅蒙的脸色越来越难看，大家都没有注意。苏航去社会局工作的事，她也听说了，只是不愿证实。他去的那个部门，可是一个特务部门。无论如何，她不相信苏航会去当无恶不作社会上人人痛恨的特务。

周天罡也是听阮周说起，才知道这件事，问，去工作？前几天，他才把社会局闹了个底朝天，现在去社会局工作了？这是唱的哪一出？

是啊，我也觉得这件事太奇怪了，阮周说，别人给我说的时候，我怎么都不相信，特意跑去找社会局的人问了一下，竟然是真的。

周天罡说，他大闹一场，是不是为了进社会局工作？

阮周说，我问了社会局几个人。他们都说，苏航大闹社会局，然后又主动自首，怎么看，都像是一个周密的计划。

周母说，他是为了进社会局？社会局很好吗？

阮周说，社会局是双重身份，还有一重身份，其实就是特务。这些特务权力大得很，可以大把捞钱。

周母说，哎呀，我听说，那些特务吃喝嫖赌、杀人放火，坏事做尽。这个苏航，削尖脑袋要去当特务，一定不是什么好东西。

他们说话的时候，周娅蒙一言未发，脸色却越来越难看。听完母亲这句话，她再也忍不下去了，站起来就走。

周母问，蒙蒙，你去哪里？把饭吃完啊。

周娅蒙说，不吃了。

还能吃得下去吗？都已经郁结了这么多天，她一定要找苏航问清楚。

2

周娅蒙走出门，径直向侧院走去，那里有一个车库，停着两辆汽车。她走近汽车，跨上去，插进钥匙点火。周母已经追出来，关切地问，这么晚了，你去哪里？

周娅蒙不理母亲，将汽车开出来。周母叫道，花七呢？花七？

花七从侧院跑出来，说，师娘，我在这里。

周母叫道，快，拦住她。

听了这话，花七立即冲到过去，拦在前面，想截停汽车。可周娅蒙已是一头狂怒的狮子，才不会因此停下。汽车丝毫没有减速，直接向花七撞过去。眼见就快要撞上去了，周母惊叫，让开，快让开。最后的一瞬间，周母将眼睛闭上了，她以为，女儿一定会撞上花七。汽车速度那么快，这一撞可怎么得了？但是，她并没有听到惊叫，也没有听到紧急刹车的声音，她再次睁开眼睛，见花七倒在一旁的草地上。周娅蒙的汽车，直接冲向门口。

周母大吃一惊，快步赶过去，问，花七，你没事吧？

花七说，师娘，我没事。我没有拦下她。

周母说，算了，让她去吧。

苏航在书房里写稿子，天气实在太热，他不得不赤着上身，一手扇着扇子，汗还一直往下流。敲门声响起来，苏航不得不匆忙站起，手忙脚乱地穿上衣服，来到客厅。

谁啊？苏航问。

周娅蒙在外面答，我。语气很冲，不太友好。

苏航打开门，说，蒙蒙……

周娅蒙一把将他推开，提着马鞭，怒气冲冲地跨进来。

苏航有些诧异，问，发生了什么事？

周娅蒙并没有说话，而是打量客厅，又去看书房、卧室，说，不错啊，一转眼，阔起来了？

苏航说，只不过换了间大点的房子。

周娅蒙将房子看了一遍，回到客厅，用马鞭指着苏航，问，你告诉我，你是不是进社会局当特务了？

苏航的脑袋一炸，又不好直说，只是问，谁跟你说了什么？

周娅蒙说，你别扯开话题，正面回答我，你是不是当特务了？

什么特务不特务，说得这么难听。苏航说，我只不过是换了份工作。

周娅蒙说，这么说，是真的？

苏航说，我是进了社会局。我也要吃饭，是不是？

周娅蒙换了个话题，问，这一切，是不是早就计划好的？

苏航知道今天这事蹊跷，同时也知道，迟早会有这么一天的。他干的这个事，似乎就是等着被朋友们误会，而他却无法解释。他只能一味地躲闪，说，计划？什么计划？

周娅蒙更进一步问，从日本回国，办集纳新闻，还有冲进社会局抢人。是不是一个计划？一个周密的计划？

苏航原本不是一个没办法的人，实际上，他是一个解决麻烦的能手。可遇到现在这样的事，他是真的束手无策，只得说，你说什么？我怎么完全不懂？

周娅蒙觉得自己的猜想在一步步证实。对于自己提出的问题，苏航连一个都不敢正面回答，这还不能说明问题？她实在不甘心，更进一步问，我是你这个计划中的一枚棋子，对不对？你利用了我，是吗？

苏航当然不能承认，说，你这是听谁在胡说八道？

该证实的，已经证实了，周娅蒙觉得没有必要再问了。同时，又想起朱衡一的疑问，那也是她心中的疑问，便将这个问题提了出来。她说，还有，海棠村事件，断指人事件，都是真的，你就是那个人。对吧？

苏航也知道，今天这一关难过。他心中已经拿定了主意，反正自己不爱周娅蒙，爱的是吕子矜。如果周娅蒙误会，那就误会好了，趁此机会断了和她的关系，也让自己少了麻烦。他说，你怎么回事？怎么突然跑来问我这些莫名其妙的话？

周娅蒙说，真看不出来啊，原来你的心计这么深。语气极冷，冷得人不由会打寒战。

苏航说，等等，你一定是误会……

周娅蒙已经没有耐性再问了，她突然发作，猛地挥动手中的鞭子，狠狠地向苏航抽过来。客厅空间太小，苏航迅速向一旁闪躲，眼见躲不开，只好伸手，将鞭子抓住。

苏航叫道，你疯了？

周娅蒙逮了一下，想抽下鞭子。苏航抓得很紧，周娅蒙未能抽脱，她干脆松了手，那一瞬间，苏航也松手了，鞭子掉在地上。周娅蒙没有捡鞭子，而且开始砸房里的东西。苏航站在一旁看着她，并没有制止，心想，砸吧，让你出了心头之气，事情也就了结了。他虽不想把关系搞得如此之僵，却也无可奈何，毕竟，这也是解决问题的方法之一嘛。周娅蒙不肯停手，抓起什么就砸什么，一顿猛砸，不一会儿时间，将苏航的客厅砸了个稀烂。

苏航说，你累了就休息一下，别累坏了你千金贵体。

周娅蒙停手，捡起地上的鞭子，指着苏航，说，我警告你，我刚才的那些问题，你必须给我说清楚。

苏航说，我说什么？你不都是清楚的吗？

周娅蒙说，你必须拿出证据给我证明，不然，我会杀了你。说过之后，周娅蒙转身，几步跨到门前，拉开门，走出去，随即猛地将门关上。

哐的一声巨响，苏航的心，直往下沉。

苏航不会给周娅蒙解释，没法解释，她要误会，那就让她误会吧。自己正考虑怎么拒绝她的热情，既然命运安排他们以这种方式结束，那也是一种结束嘛。

他遵照乐少华的指引，来到刑侦大队，去见程兴源。

刑侦大队不在警察局，而是在靠近城市边缘建有一座专门的院落。他给门警看记者证，说明和程大队长是好朋友，有事来找他。门警只是看了看记者证，放他进去了。

进入大院，里面三排平房，呈U形排列，这是刑侦大队的办公室，后院还有一排房子，是临时关押室和审讯室。苏航以前就认识程兴源，那时，他还不是大队长，而是中队长，两人常常在一起喝酒，称兄道弟。苏航去日本留学之后，两人的关系才疏远了些。苏航知道程兴源的办公室，直接向前走去。院内不时有人来来往往，既有着装警员，也有便衣的，大家互不干涉，没人关心他的出现。

他走到大队长办公室门口，发现门锁着。苏航通过窗户向里面看，里面是空的。大概是他的动作引起了一名工作人员的注意，那人看了看他，问，找谁？苏航说，找程兴源。那人问，你是谁？苏航说，我是报社记者，程大队长的朋友。

记者和朋友双重身份起了作用，工作人员说，大队长在审讯室。

苏航说了声谢谢，迈步向前走，前面是院子的东北角，那里有一扇门，通往后院，门口设有一道岗，由一名着装警员站岗。这名着装警员恰好是苏航认识的，以前跟着程兴源跑外勤，后来因为负了伤，才转了内勤。

他说，苏记者，好久不见了，来找程队长？

苏航不想惹麻烦，说，是啊，他约我来的。

熟悉人自然好说话，警员说，程队长在里面，你进去吧。

苏航通过那道门，跨入后院。一旦进入后院，立即意识到，这里是另一个世界，是一个人类生存世界以外的地下世界。从这个世界里，传来一阵阵瘆人的惨叫声，甚至还有女人的惨叫，让人感觉进入地狱一般。

苏航犹豫了一下，还是迈开双腿，向前走去。

前面，是一排森严的建筑，之所以说森严，是因为所有的门都有两道：一道木门，另一道是铁门。所有的窗户，全部有铁隔栅。苏航走过去，透过加固了铁隔栅的窗户，向里面看。

他走近的第一间是电刑室，电椅上绑着一个年轻男人，浑身血肉模糊，面前是一名警察两名行刑手。

警察问，怎么样？说不说？是不是还要尝尝这个滋味？

这些房子的封闭性挺好，哪怕隔得这么近，苏航听到的声音，也是非常小的。显然，这是为了审讯时，不让其他审讯室听到，以免发生消息泄露。

年轻男人说，你们抓错人了，我什么都不知道。

警察说，看来你是不见棺材不落泪。再来。

行刑手推上电门，年轻男人顿时全身发抖，高声惨叫，不一会儿，昏死过去。

警察命令道，拿水来，把他泼醒。

一名行刑手提来一桶水，泼在年轻男人身上。年轻男人醒了过来。

警察说，你要知道，这里是鬼门关，没有人能挺过去的。

苏航不忍再看，向前走。身边惨叫声此起彼伏，但声音又不十分大。苏航走到第二间审讯室，透过窗户向里看，顿时一惊。里面是又一间行刑室，械具齐全。里面关着一个人，是吕子矜。显然没有对吕子矜上刑，所以，她身上没有血痕，但身体被绑着，衣衫不整，蓬头垢面。里面除了吕子矜，再没有其他人。

苏航走到门前，推门，门被锁着。他又回到窗前，用力一推，窗户推不开。苏航敲窗，引起吕子矜的注意。吕子矜显然听到了声音，抬起头，望向外面。看到苏航，显得非常吃惊。

苏航大声地问，子矜，你怎么在这里？

吕子矜是被绑在椅子上的，所在距离，离窗户远，她开口说话，苏航却听不清楚。苏航说，你大点声，我听不清楚。吕子矜再次说话，苏航还是听不清楚。苏航说，你等着，我去找程兴源。

苏航离开这间审讯室，向前走，一边叫一边大叫，程兴源，程大队长，程兴源。这些审讯室都经过隔音设计，就算苏航大声喊叫，里面听到的声音也很小。苏航一连找了几间审讯室，终于看到程兴源了，他正在主持审讯。

被审对象是王翠花。王翠花被绑着，躺在一大块木板上，呈一个大字形，身上血肉模糊，夏天的衣服早已经只剩一些碎片，完全遮不住肉，身体的很多部位露着，一片片带血的碎布吊在身上，和血肉粘在一起。

一名行刑手拿着一根很粗的针，正在扎王翠花的手指尖，女人痛苦地大叫。

苏航大声地叫道，程兴源，程大队长，程兴源。里面没有丝毫反应。苏航于是伸手敲窗。这时，程兴源听到了，转过头，看到苏航，起身走过来，打开门。门一开，女人的惨叫声，便狂野地扑出来。程兴源随手将门关上，那声音就像探了一半头又被强行拉进去一般。

程兴源问，苏兄，你怎么找到这里来了？

苏航顾不得和他客气，直接问，吕子矜怎么回事？

程兴源不明白他说什么，问，吕子矜？谁是吕子矜？

苏航顿时大怒，说，人抓了，你们连名字都不知道的？这简直是滑天下之人稽嘛。

被抓进这里的，许多人都不肯说出真名。程兴源并不感到奇怪，拉了他，说，走走走，到我办公室去说。

程兴源向前走，苏航向后看了一眼，随程兴源走去。

来到前排的办公室，程兴源掏出钥匙，打开门，苏航立即跨进去，大大咧咧地坐下来。程兴源倒也客气，拿起热水瓶，给他倒茶。

苏航说，那是一个女人啊，你们下手是不是太狠了？你不怕晚上做噩梦？

程兴源说，苏兄就是怜香惜玉。怎么，看到女人，心软了？

苏航说，谁没有父母兄弟姐妹？对女人这么折磨，你们也下得去手？

程兴源端着茶杯走过来，放在他面前，说，那你就错了，女人比男人难搞多了。你见这个女人一身是伤是不是？从进来到现在，她就是一句话没吐。还有一个女人，她逃走的时候，我们追她，她枪法可准了，一枪一个，枪枪不漏，伤了我四个兄弟，死了两个。妈的，老子还没见过这么好枪法的女人，这么好枪法的男人都没见过。

苏航问，这么说，又是共党？

程兴源说，真不知这些共党吃了什么药，都打成那样了，就是不肯说。

苏航说，会不会是你们搞错了？

程兴源说，错？我们抓她的时候，搜到一封信。绝对共党高层秘密。你该不是为她来说情的吧？这个女人，免谈。

苏航之所以扯些闲话，是考虑怎么向程兴源开口，听他这一问，他说，本来，我是来感谢你上次对我手下留情的。

程兴源说，上次的事，还真不能怪我。我欠了吴品三人情，不得不还他一个。

苏航说，我猜就是吴品三。

程兴源摆了摆手，说，好在他也不是恶意，只是想帮你。

苏航一肚子恼火，说，帮我？有这样帮人的？真是天下奇闻。

程兴源说，事情都过去了，找时间，我请你吃个饭，当面向你赔罪，我们就两清了。

苏航抓了机会，说，饭就不吃了，你把我的女朋友放了，我们就两清了。

程兴源闻言一惊，说，女朋友？你的女朋友？谁是你的女朋友？

苏航说，吕子矜。

程兴源还是那句话，吕子矜？谁是吕子矜？

你没搞错吧？苏航叫起来，人都抓了，连名字都不知道？你们也太无法无天了。

程兴源想了想，猜到了，说，是那个漂亮的女大学生？你小子艳福不浅啊。

苏航说，怎么样？人我领走了。

程兴源一口回绝，说，那可不行。她的案子，还没有说清楚呢。

案子？苏航叫道，她一个女大学生，会有什么案子？

程兴源说，什么案子？说出来吓死你，天大的案子。

苏航说，你就跟我扯吧，她才多大？二十岁不到，还能大到哪里去？

还真不是我吓你，程兴源说，上个月，庐山发生了一起暗杀事件。

苏航有意要在程兴源面前卖弄一下，也是想给他施加点压力，便说，这件事，我知道。

程兴源暗吃一惊，说，你？知道？这可是超级机密。

苏航故意轻描淡写地说，反正我就是知道。蒋主席被人枪击。枪手不是死了吗？

程兴源惊得一下子站起来，盯着苏航看。上峰可只是说被枪击的是党国要员，没有说是蒋主席，苏航怎么如此肯定？他说，连我这个办案人都不知道枪击对象是蒋主席，你怎么知道的？你蒙的吧？

苏航说，这种事，我犯得着吗？蒋主席被枪击，卧倒的时候擦伤了皮肤，是不是？

你连这个都知道？程兴源说，看来，我得审审你啊。

苏航说，笑话。我只不过有高层消息来源而已。

程兴源问，那你告诉我，你还知道些什么？

苏航说，你先告诉我，庐山上的事，怎么追到上海来了？

既然苏航连如此高层的机密都清楚，程兴源也就不必向他保密了，说，我们在现场找到一张纸，是一张手绘的上山图，又根据这张图，把线索查到了上海，最后证实，这张纸，是复旦大学门口九歌书店的便笺纸。我们对这家书店采取行动的时候，书店里面有三个人：一个是掌柜，开枪拒捕，被当场击毙；另一个人，从二楼翻窗逃走了；第三个人，就是你的这位女朋友。

苏航问，除了她当时在书店，你们还有什么证据？

程兴源说，如果我们还有证据，就不会只是普通的关押了。

苏航说，说到底，你们还是没有证据嘛。

程兴源说，到现在为止，她只说是复旦大学的学生，去书店是买书的，其余的，什么都不肯说。如果她没事，为什么不肯说明自己的情况？

苏航说，不肯说，当然是没什么可说的。她那么年轻的女孩，杀只鸡都不敢，还敢去杀蒋主席？这样好不好？我把她领走，条件你开。

程兴源说，苏兄，你这不是为难我吗？这件案子，是通天的案子。

苏航说，案子是通天，可她和这件通天的案子没关系啊。你也说了，你们是在一家书店抓的她。年轻的大学生，不去书店去哪里？这分明是巧合嘛。

程兴源说，有关系没关系，这件案子，都已经上报警察局了，我这里还真没办法解决。

苏航知道这些人，进了这里，不捞足好处，是不肯松手的。他说，别跟我谈这些。如果是真兄弟，你就开个价。

程兴源没有说话，而是伸出一根手指头。苏航大吃一惊，说，一千？这么多？

程兴源说，一千？做你的春秋大梦吧，一万。

苏航被这个数字吓着了，猛地站起来，说，一万？这不是抢劫吗？

程兴源说，还真不多，不信的话，我给你算一笔账。

苏航说，还不多？我就算干一辈子，能不能拿到这么多，还是一个未知之数。

程兴源说，你知道，现在抓到一个共党是什么价？你现在在社会局，一定听说过，上次抓到断指人，上峰奖了多少？十万。

苏航说，可吕子矜是个普通民众。

普通民众怎么了？程兴源说，是不是普通民众，我们做一半主。

苏航问，还有一半主呢？

程兴源说，肃反专员杨正熊。是不是共党，最终由他说了算。案子一旦到了他的手里，要立还是要撤，都要给他钱。

苏航问，给他钱？什么意思？

程兴源说，你是真不懂还是装？这还不简单？他如果说，谁谁谁是共党，下面的兄弟，就能拿到奖金了。不给他一份大头，他能让你拿得这么轻松？同样，如果你要他说谁谁谁不是共党，不给他大几千，他肯放手吗？兄弟，这是钱啊，爹不亲娘不亲，只有钱是最亲的。

苏航说，党国给你们这些人的公权力，你们拿来做成了独门生意啊，真有你们的。

程兴源说，权和钱，是男人的兴奋剂。你是没有享受过权力的妙趣，说了你也不懂。这样吧，你把钱凑齐后，还要做一件事。

苏航惊讶地问，光有钱还不够？

程兴源说，你最好找个人给杨正熊打声招呼。你们吴局长和他关系不错，一条线的，你让吴局长给他打个电话。

苏航说，这些事，我去办。在没有办好之前，你可不能用刑。

程兴源挥了挥手，说，你就放心吧。世上不止你一个人爱美女。

3

一万元，对于苏航来说，是一笔巨款，别说拿出一万，就算是零头，他都拿不出。但是，他必须救吕子矜。他想到的第一个借钱对象是周娅蒙。

苏航不能进入周宅去找她，否则可能更进一步引起周天罡的不满，他只能等在周宅门口，看到周娅蒙的汽车驶出，苏航立即冲上去。开车的不是周娅蒙，而是她的保镖之一。看到有个人影飘过来，司机立即踩下刹车，车轮和路面摩擦而发出刺耳的声音之后，汽车停下来，车头已经挨着了苏航。

司机说，苏先生，你这是干什么？想自杀？想自杀你去找别的地方啊。

周娅蒙坐在后座上，自然看到了苏航，但她目视前方，对他视而不见。

苏航说，蒙蒙，我有事找你。

周娅蒙不出声，稳坐在那里，一动不动。苏航绕过去，走到周娅蒙身边。周娅蒙伸出一只手，目无表情。

苏航说，蒙蒙，我需要用一笔钱，数目有点大，除了你，别人借不出这么大的数目……

周娅蒙终于开口了，说，借钱是吧？好说啊，你要多少？苏航说，一万。

周娅蒙没想到数目如此之大，暗吃了一惊。她指指身后，说，一万？你知道我们家这套房子，值多少吗？

苏航看了看周宅，说，大概十五万到二十万吧。

周娅蒙说，既然你知道一万是多大个数目，那好，你必须向我说明，拿这一万元干什么，你怎么还。

苏航说，我真的有急用，是救命用的。

我还没说完，周娅蒙说，你必须给我说清楚，你从日本回来的时候，是不是早就有一个计划？这个计划，就是进社会局。

苏航瞪大了眼睛，说，你说什么呢？这怎么可能？

周娅蒙根本不管他说什么，继续道，还有，你办集纳新闻，让我去砸社会局，海棠村事件以及断指人事件，是不是全都是这个计划的组成部分？

苏航说，蒙蒙，过分了啊。

我过分？周娅蒙终于动起了感情，情绪显得非常激动。她说，我被人卖了，还替他数钱，我过分？

为了借钱，苏航不得不低声下气，说，这都是一些单独的事件，根本就不是什么计划。

周娅蒙说，单独的事件？你也承认，这些事都与你有关？

苏航说，海棠村那件事，是你亲自去调查的，你就是证据啊。

周娅蒙说，据我所知，你现在成了赵印墨的手下吧？我怎么知道，你们不是早串通好的？

苏航没料到逻辑竟然可以这样动用，说，蒙蒙，你怎么能这样看我？

周娅蒙说，我告诉你苏航，我这个人，我对人好的时候，可以把心挖出来送给他。但是，如果有人欺骗我，那对不起，我要把他的心挖出来看看。你最好给我一个证明，否则，别怪我无情。说过之后，周娅蒙对司机说，我们走。

汽车开走了。苏航站在那里，呆呆地望着远去的汽车，心中说不清是一种什么滋味。

苏航一心扑在吕子矜身上，其他的事，完全不管不顾。

这几天，湖北帮有一连串大动作，他们分别提供了多家进步书店、工人夜校以及学生读书会活动场所，由杨正熊指挥的一个叫铲共同志会的组织，对这些场所进行冲击和捣毁。

杨正熊之所以这样干，当然也有原因。由于他一连串的失误，使得自己的处境微妙，他希望闹出一些响动，造出一些政绩。

报童挥舞着报纸，大声叫卖，号外号外，唐生智反蒋，进军湘南。这个消息，苏航早已经料到。如果是平时，他一定会买份报纸，仔细地看。可现在，他丝毫没有心情。

苏航将有一定经济实力的朋友列了个名单，排在第一个的，自然是徐苹。可是非常不巧，徐苹去香港拍戏了，不在上海。他不得不去找名单上的其他人。令他没料到的是，自己在上海的名声，已经臭不可闻，遇到宅心仁厚点的，仅仅只是冷冷地说一声，对不起，我的手头也不宽松，拿不出这笔钱。也有人开了门，见到是他，便说，先生，你找谁？或者说，我们认识吗？你找错人了吧？更有一个人，什么话不说，直接往他脸上啐了一口。

到了晚上，一无所获，他不得不来找朱衡一。他也知道，自己停了集纳新闻，朱衡一失业了，经济情况不会太好。可除了朱衡一，他真的想不到别人了。

入夜以后，里弄行人很少，苏航来到门前，敲门，房东太太将门打开，站在门口，仿佛门神一般挡着他，问，先生，侬找哪个？

苏航说，我找朱衡一先生。

房东太太说，哎呀，朱先生还没有回来啊。

苏航意识到，房东太太不可能放他进去，便说，哦，谢谢，那我到巷子口去等他。他转身离开，来到巷口，站在一盏路灯下，点起一支烟，边吸边等朱衡一。等了一个多钟头，才看到朱衡一走过来。苏航扔掉烟头，迎上去，说，衡一，怎么才回来？我等你半天了。

朱衡一仅仅瞥了他一眼，问，我们认识吗？

苏航说，衡一，别闹了。我急需要一笔钱，马上就要……

朱衡一斩钉截铁地打断他，说，对不起，我只跟人交朋友，不跟狗交朋友。说过，朱衡一转身向家门口走。

苏航跨过去，拦住他，说，衡一，我知道你误会我了。我是有不得已苦衷的……

朱衡一看了看苏航拉着自己的手，怒斥道，放开你的狗爪子。

苏航并没有放开手，说，我真的遇到了难题……

朱衡一突然出拳，一拳打在他的脸上。苏航猝不及防，踉跄着后退几步，站稳自己，伸手捂住脸，说，你怎么打我？

朱衡一撩起自己的马褂，用力一撕，竟然撕下一块，扔在地上，说，从此以后，你走你的阳关道，我过我的独木桥。

苏航的心一下子沉入冰窖，这是割袍断义啊。他想说什么，可嘴张了张，就是吐不出声音。

朱衡一转身向巷子里走去。苏航独自站在那里，突然刮起一阵风，苏航身边，纸片等乱飞。朱衡一扔下的那块布飞起来，扑向苏航。

现在，只剩下最后一线希望了，宫崎原子。她能住上那样的房子，收入一定不低。苏航顾不上天色已晚，叫了黄鱼车，向宫崎的住所赶去。虽然已经很晚了，但宫崎并没有回来，苏航按了半天门铃，一点动静都没有，他只好站在外面等。

过了半个多小时，一辆黄鱼车停在门口，宫崎下车。苏航连忙上前打招呼。宫崎看到苏航，有些吃惊，问，苏航君，你是在等我吗？

苏航说，原子小姐，你回来就太好了，我有点事，想求你帮忙。

宫崎说，请进来说吧。

苏航随宫崎一起进入，宫崎弯身替苏航脱鞋，然后在客厅坐下来。

宫崎问，苏航君刚才说什么事？

苏航说，我……我想找原子小姐借一笔钱。

宫崎倒是爽快，立即转身，拿过钱包，打开，问，多少？

苏航说，一万。

宫崎将钱包收了起来，说，这么多？真的对不起，苏航君，我没有这么多钱。

苏航不甘心，问，原子小姐能借多少？

宫崎说，我一个月的薪水，只相当于法币 100 元。几百元，我还能拿出来。

苏航想说，100 元租这么好的房子？想一想她的身份特殊，也就没有问，只是说，那算了，我再想办法吧。

宫崎显然不是敷衍，非常真诚，问，苏航君要得很急吗？

苏航说，是啊，非常急。我都跑了一天半了，也没有借到。

让苏航没想到的是，宫崎竟然说，如果苏航君真的很急，我找我的老板说说，他很慷慨的。

苏航暗自一惊，问，你的老板？你的老板是谁？

宫崎介绍说，我的老板叫影佐帧昭，我是他的助理。

苏航几乎不敢相信，说，他愿意借钱给我？

宫崎说，他很喜欢交朋友。当然，找他借钱，要收一点点利息。他通过这种方法赚钱。有我担保的话，应该没有问题。

4

一大早，宫崎给苏航打电话，影佐同意借钱给苏航，并且约定一起喝茶。苏航大喜过望，立即赶到约定地点，是一家典型的日式茶室。由日本女服务员领着，苏航进入房间，影佐帧昭和宫崎原子已经在座。

苏航按照日本礼节，先鞠躬，说声，对不起，打扰了。

影佐说，是苏航君吧，快请进来。

宫崎也说，苏航君，请坐过来吧。

苏航走过去，坐在茶桌前。日式茶桌，有点像中国的围棋桌，也有点像中国北方的炕桌，大家坐在草席上，苏航和影佐相对，宫崎坐在侧面。

影佐亲自端起水壶，倒了茶水，递给苏航一杯，说，苏航君，请喝茶。

苏航说，想不到，影佐君亲自泡茶。

宫崎说，影佐君非常喜欢茶，也精通茶艺，别人泡的茶，他喝不出味。

苏航喝了一口日本茶，赞叹道，味道太妙了。

影佐问，苏航君是行家啊。

苏航说，不不，我只是会尝点味道，皮毛而已。

影佐说，苏航君说了实话，茶虽然最早产于中国，但真正懂茶道的中国人，非常少。

苏航说，中国人喝茶，考虑的是实用性。

那实在是太浪费了，影佐说着，话锋一转，说，苏航君，你的事，宫崎君对我说了。他拿出一张支票，通过茶桌，推给苏航，说，这个，你拿去。

苏航十分惊讶，说，影佐君真是豪爽，我写个借条吧。

影佐说，请苏航君写上一万一千元。多出的一千元，是半年的利息。可以吗？

苏航说，这是应该的。苏航从包里拿出本子和笔，翻开，写字。写好后撕下来，递给影佐。说，影佐君，您看，这样可以吗？

影佐接过，看了看，将借条收起来，说，苏航君，请喝茶。宫崎君的朋友，也是我影佐帧昭的朋友。我听宫崎君说，在翻译方面，苏航君帮了她很多。

苏航说，都是朋友，帮忙是应该的。

影佐说，朋友间的私事帮忙，和这件事不一样。

苏航问，怎么不一样？

影佐说，宫崎君是在工作。当然，我们考虑让宫崎君担任这份工作，确实有点让她勉为其难。能有苏航君提供帮助，她的工作完成得非常出色。

苏航说，朋友间做这点事，不值得一提。

影佐说，苏航君，请听我把话说完。我的意思，还请苏航君以后多多帮助宫崎君。当然，苏航君付出了劳动，不能是无偿的，我以电通社的名义，聘请苏航君，给苏航君每月 100 元的报酬，怎么样？

苏航一下子愣住了，不知该怎样回答，说，这……

宫崎在一旁说，这样一来，我的压力就小了。苏航君，请您务必答应影佐君。

苏航说，我原只考虑出于私人情谊帮助原子小姐，这样一来……

影佐打断了苏航，说，这就是我们日本人和中国人最大的不同。我们日本人，公私是非常清楚的。苏航君既然是为电通社工作，当然应该由电通社支付报酬。

苏航说，影佐君自然知道中国文化和日本文化的不同。这件事，我的情感上接受不了。这样吧，请影佐君容我想想，好不好？

影佐也没有坚持，而是端起茶杯，说，好。我们以茶代酒，干一杯。

三人举起茶杯，干杯。

有了一万元，苏航立即赶到社会局来找吴品三。吴品三见了他，热情地说，苏航来啦，坐。苏航在他的办公桌前坐下，问，局座找我？是不是有什么事？吴品三昨天就问起过苏航，只不过他一心全在借钱上面，没有当一回事。

吴品三问，记者俱乐部的事，怎么样了？

苏航说，我正在找场地。不过，这件事做起来不太顺。

吴品三抬起头，看了看他，问，为什么？

苏航说，我去找记者公会那帮人，他们好像不太热情。而我又跟记者公会没关系，有点说不上话的感觉。

吴品三说，这个你不用担心。我考虑，再过一段时间，等你做出些成绩出来，就让你去当记者公会的执行委员，那时就名正言顺了。

苏航问，做出成绩指什么？

当然是一定的社会职务，吴品三说，你现在的身份，只是一家小报的普通记者，分量确实轻了些。如果有机会，我会先让你当一个副社长什么的，那时再当记者公会的委员，就说得过去了。

苏航说，我本来就是社长啊，集纳新闻的发行人。

吴品三说，那都是过去了。这件事暂时不说了。对了，你最近是不是经常往蒋百里那里跑？

苏航暗自一惊，说，去过几次。

这件事，我怎么没听你说过？吴品三问。

苏航说，说过，局座可能事情多，而我又不是特别说的，所以没注意。

吴品三不太相信，问，有这事？

苏航说，上次，我交的那份报告，有关日本人可能对中国动武的。主要是三个方面的情报源：第一方面，我和一些日本记者交往的时候，在他们那里看到几份文件；第二方面，我和蒋公有过几次交流，他对日本图谋中国，有独到的见解；第三方面，是我自己对一些资料的综合分析。

吴品三说，以后，和这类政治人物交往，一定要提前告诉我一声。

苏航感觉，吴品三特别提起此事，一定有什么原因，所以问，有什么敏感吗？

吴品三说，这个人很敏感啊，不是一般的敏感。

苏航说，真的吗？我一点都不知道啊。

吴品三说，你不了解政治，当然不知道。唐生智起兵反蒋，蒋百里被捕入狱的事，你应该知道吧？

苏航说，我听说过这件事。不过，当时我在日本，具体情形，不太了解。

吴品三说，保定军校是蒋百里奉袁世凯之命创办的，担任校长之职。所以，当今很多军界要员，是他的学生。他最得意的学生有三个，唐生智、李济深、白崇禧，此外还有一大串名单，比如蒋主席、陈诚、傅作义、薛岳、叶挺、黄绍竑、刘文岛、熊式辉，很多很多。蒋主席身边，有几十人是他的学生。

苏航说，这个，我听说了，所以，我才会去拜访他。

吴品三摆了摆头，说，你还是没懂。你站在蒋百里的角度想一想。现在，你是蒋百里，你的几十上百个学生，被另一个学生重用，却把你晾在一边。

苏航说，说明这个老蒋心胸狭窄，嫉贤妒能，格局太小，缺乏大才。

吴品三又说，好，你现在换个角度，站在蒋主席的角度想一想。你身边，有差不多一百个重要位置，坐着你的同窗，这些人有一个共同的老师，也是你的老师，你应该怎么安置这位老师？

苏航毫不思索，说，我不能安排。

吴品三问，为什么？

苏航说，很简单啊，这些人，到时候是听我的，还是听老师的？我和老师的意见一致还好说，万一哪天意见不一致了，怎么办？

这就是道理，吴品三说，要说道理吧，这位蒋公，不是不懂。可他甘心吗？肯定不甘心，因此，时不时会给蒋主席制造点麻烦。

苏航感叹说，没想到，一件小事，搞出这么复杂的结果出来了。

吴品三将东不如西的故事讲了一遍，然后说，你再想想眼下，宁粤分流，广州那帮人的底气在哪里？

苏航一下子睁大了眼睛，说，广东的李济深、广西的白崇禧、湖南的唐生智。

吴品三说，现在，你明白了吧？蒋百里最得意的三个学生，正在反蒋。而你在这个时间，频繁和蒋百里接触，很容易让人联想到广州的事态。如果有人把这件事整成一份材料，交给蒋主席，蒋主席会怎么想？

苏航说，我只是一个名不见经传的小人物，干吗要整我的资料？

吴品三说，子弹小吧？可子弹杀人，比刀厉害得多。

苏航似乎不太相信，说，难道说，有人要杀我？

杀你？吴品三说，你还够不上人家动手，他们是要整我。

苏航说，不会吧，局座。整你？这是哪跟哪儿？

吴品三说，如果我的估计不错，这份材料，应该早就送上去了。现在，唐生智进攻湘南，肯定又有一份材料跟上来，应证前一份材料。

苏航试探性地问，难道说，我给局座惹上大麻烦了？

吴品三摆了摆手，说，大麻烦谈不上。他有嘴，我也有嘴，他有人，我也有人。只不过，类似的事如果多了，三人成虎，那时就真麻烦了。

苏航提醒说，那这个人，局座可要防着点。

吴品三说，不说这些不高兴的了，说点让你高兴的吧。上次，你关于日本可能进攻东北的情报非常好，情报直接送给了蒋主席。蒋主席大加褒奖。徐科长决定奖励你一万元。

又是一万元。苏航不由得摸摸自己的包，暗想，自己这几天怎么跟一万元耗上了？他说，我想知道，我们这边，是不是要做些准备？

吴品三说，这个，就不是我们的事了。我们只负责做情报工作。不过，我听说，你的这个情报，蒋主席也发给了广州。

发给广州？苏航问，广州那边正出兵对付南京，这样的情报，对广州有意义吗？

吴品三说，当然有意义。广州虽然出兵，但要打到南京，也不是一时半刻的事。现在将这个情报提供给他们，万一日本人真的对中国动武，广州就必然瓦解。就算日本人没动，南京也可以造成一种声势，南京一方面在江西“剿匪”，一方面要防止日本人的进攻，广州却在背后开枪。你想想这个效果。

苏航装着恍然大悟，说，原来，有时候打仗其实可以不用兵。

吴品三说，所以，孙子兵法上说，故上兵伐谋，其次伐交，其次伐兵，其下攻城。好了，今天跟你说的这些事，你知道就行了，不要告诉别人。你别看这个社会局几十号人，庙小妖风大，没一盏灯省油。今后说话做事，还是要小心一点，别让人当了枪使。你去吧。

苏航站起来，准备离开，走了两步，又停下来。

吴品三看出了异状，主动问，还有事？

苏航说，我有一件私事，想请局座帮个忙。

吴品三问什么事，苏航将情况介绍了。吴品三问，你女朋友叫什么？苏航说，吕子矜。吴品三似乎知道吕子矜的这个名字，因而显得有些吃惊，说，吕子矜？吕子矜是你的女朋友？

吕子矜当然不是他的女朋友，如果不这样说，他怕吴品三不肯帮忙，所以肯定地说是。吴品三又仔细问了吕子矜三个字怎么写，以及是不是真的没有确凿证据。最后，吴品三说，这个电话，我给你打，下不为例啊。

苏航马不停蹄赶到了程兴源的办公室。见吕子矜到现在已经是第三天，还不知此前她在里面关了几天，在警察局这种地方，哪怕一天都可能出现意外，断指人不是仅仅一天，就出了意外吗？

苏航将支票递给程兴源，程兴源拿起，看了一下，又放在桌上。

苏航说，程兄，我可以把人领走了？

程兴源说，没问题，钱够了。不过，你好像忘了一件事。

苏航有点错愕，问，什么事？

程兴源说，电话啊。

苏航有点吃惊，说，电话没来吗？

程兴源说，我已经跟你说了，这件案子，在局里挂了号。没有杨专员的指示，给我十个胆子，我也不敢放人。

苏航说，应该很快就会来的，等等，再等等。

他的话音刚落，电话突然响起来，程兴源狐疑地看了苏航一眼，接起电话。先喂了一声，突然站起，换了一副神态，说，姚副局长，您好。说这话的时候，他以一种特别怪异的表情，看了苏航一眼，并且对着话筒说，我是程兴源……啊……这事我完全不清楚……是，都是我的错……没有没有，我们一直很优待她……好好，我马上送她过去。

程兴源挂断电话，已经完全不是刚才的表情，满脸的怒气，盯着苏航看的眼睛，就像两把刀，要将苏航剥皮剔骨一般。

苏航暗吃了一惊，问，你干吗这么看着我？

程兴源咬牙切齿地质问，你小子故意坑我？

我？故意坑你？苏航没料到程兴源会问出这样的话，说，这是哪里跟哪里？

程兴源接着问道，为什么不告诉我，吕子矜是吕市长的女儿？

苏航又是大吃一惊，说，市长的女儿？市……不是，你说谁是市长的女儿？吕……子矜？

程兴源愤怒地说，装，你就给我装。他一把抓过桌上的支票，拍在苏航面前。

苏航说，等等，程兄，真的是误会了。

程兴源说，我只不过是答应你们吴局长，把你关了一个晚上，又没对你怎么样，你就挖这么大个坑，让我去跳。

这个弯转得实在太大了，苏航一时糊涂起来，他说，这件事真的把我搞糊涂了，请听我解释一下。

程兴源抓起那张支票，往苏航面前一塞，这东西你拿去，别是又一个坑，我可真就爬不起来了。说着，程兴源向门外走去。

苏航知道误会大了，追出门去。程兴源在前面走，方向是后院。苏航在后面追，一再解释。苏航说，程兄，你等等，这里面肯定有误会。

程兴源停下来，想跟苏航说什么，张了张口，又转身要走。苏航再一次拦住他，说，程兄，我求求你，告诉我，到底出了什么事，我好想办法补救啊。

出了什么事？程兴源语气颇不友好地说，我告诉你，出了大事，天塌的大事。

苏航说，你越说我越糊涂。

程兴源愤怒地一挥手，道，什么都不要说了，好不好？姚副局长在等着我，我现在马上要把吕小姐，也就是你的女朋友送到局里，然后再和姚副局长、杨专员一起送她回家，你满意了吗？

苏航说，不不不，这里一定有什么误会。

程兴源说，我不管什么误会不误会。毕竟，我抓了你一次，我栽在你的手里，我认了。我欠你的，这次算是两清了。不过，别怪我说丑话，但愿你苏兄以后别犯在我的手里。

程兴源转身进入侧门。苏航想追进去。程兴源对门警下令说，把他扔出去。

苏航往里面闯，却被门警拦住。苏航解释说，我和你们程队长是朋友，

门警当然只听队长的，但还算礼貌，说，对不起，请你离开。

苏航知道，这次是莫名其妙把程兴源得罪了。乐少华给他的任务是搞好和程兴源的关系，他却把这件事弄拧了。无论如何，他要解释，所以不顾门警的阻止，硬要往里闯。门警只得伸手将他抱住，两人在门口僵持着，苏航进不去，门警也没法将苏航弄走。

但门警有救兵，他大声喊，来人，快来几个人。

于是，有几名警察跑过来，问是怎么回事。门警说，程队长的命令，你们快把他弄出去。

警察们从门警手里把苏航夺过来，拖着向外走。苏航挣扎，不肯走。警察拖着他走了一段，一个不留神，苏航挣脱了，又跑回来，再次被门警拦住，那几名警察又赶回来。此时，程兴源带着吕子矜出来。

苏航大声叫道，子矜，子矜，是我。

吕子矜看到了苏航，转身对程兴源说，程队长，这个人是我的朋友，他犯了什么事？

程兴源说，没有，他没有犯事，我们要他出去，他不肯走。

苏航喊着说，子矜，我来救你，他们却说你是吕市长的女儿。你跟程队长解释一下，这件事，我事前一点都不知道。

吕子矜说，好了，你回去吧，我会和他解释的。

吕子矜向前走，程兴源跟上去，同时转身，对警察们说，拦住他，别让他跟过来。

苏航要追过去，几名警察将他拦住。苏航只好大声地冲吕子矜喊，我明天去学校找你。

第十三章

危机再起

1

周天罡和周母坐在正堂喝茶，阮周从侧门进来。看到他们，立即打招呼，说，师父，师娘，早。

周天罡问，我听说昨天晚上，有几个日本人在夜舞台捣乱?

阮周说，是三个日本浪人，喝多了酒，调戏一个舞女。

周天罡说，几个日本浪人就怕了？轰出去不就行了?

阮周说，最近一段时间很奇怪，报纸上每天都有日本浪人闹事的消息，政府也不管。我觉得这件事情很蹊跷。

周天罡说，有什么蹊跷？这是在我们中国的土地上，几个小日本，还能怎么样?

阮周说，政府怕外国人，还有谁敢惹外国人？当然是多一事不如少一事。

周母在一旁插话，政府不是中国的政府吗？怎么心就偏向外国人?

阮周说，现在这个政府，真的让人不知怎么说，尽知道窝里斗，自己国内的事都抡不圆。一个小小的日本，怕得像什么似的。

周天罡叹了一口气，说，你们哪里知道？现在这个国民政府里面，摸错了都是从日本留学回来的，他们不亲日还能亲英亲美?

阮周说，师父这样一说，倒真是这么回事。

周天罡说，这样下去，总有一天，中国会被日本人玩弄于股掌之中。

周母说，这些国家大事，你们还是少说的好。

阮周掏出一沓照片，说，对了，师父，我这里有些照片，您看一下。阮周把照片递给周天罡。周天罡接过，看照片。周母也看照片。

周母问，这个男人是谁?

阮周说，苏航。

周母说，他就是苏航？那这些女人呢？这不是那个女明星徐莘吗?

阮周说，对，就是徐苹。苏航和她的关系好得很。

周天罡抬头看着阮周，问，好得很是什么意思？

阮周说，这是上次徐苹过生日，她什么人都没请，就只请了苏航。

周母说，他们两人在一起过生日？孤男寡女地在一起？

周天罡拿起另一张照片，说，这个呢？怎么像个日本人？

阮周说，这就是一个日本女人。

周天罡将照片合拢，交给阮周，说，这些照片，蒙蒙看过吗？

阮周说，没有。

周天罡说，去，你拿去给蒙蒙看看。阮周说了一声好，转身向楼上走去。

周娅蒙刚刚起床，坐在梳妆台前梳妆，一名女佣在一旁帮忙，房间的门开着。自从和苏航闹翻了，周娅蒙对什么都提不起兴趣，门少出了，性情也变了，整天闷着，不太说话了。

阮周出现在门口，伸手敲了敲门，说，师妹，我可以进来吗？

周娅蒙懒懒地说，师哥啊，进来吧。阮周跨进来。周娅蒙说，师哥，这么早，有什么事吗？

师父让我拿点东西给师妹看。阮周说。这些照片明明是他弄来的，他偏偏说是周天罡让他送来的，为了撇清自己。

周娅蒙说，什么东西？你给我。

阮周将那些照片放在梳妆台上，背面是朝上的。周娅蒙看了一眼，问，这是什么？

阮周说，你看一下就知道了。

周娅蒙拿起照片，照片拍的是复旦大学门口，苏航和吕子矜站在那里说话。再看第二张，苏航站在一幢别墅门口，里面有一个女佣开门。

周娅蒙问，这是什么？阮周说，这是女明星徐苹的私宅。

徐苹？周娅蒙问，他和徐苹是什么关系？

阮周说，这我就不知道了。听说，当天晚上是徐苹生日。

周娅蒙在努力说服自己，道，过生日也没什么吧，一定有很多人。

阮周说，没有，只有他和徐苹两个人。

周娅蒙再翻开一张照片，苏航和宫崎原子一起喝咖啡。那一瞬间，周娅蒙内心崩溃了，几乎是叫着说，她，怎么会有她的照片？

阮周说，师妹认识她？她最近来到上海了。

周娅蒙转过身来，不相信地看着阮周，问，她？来上海了？

阮周说，你再看后面几张。

周娅蒙翻开后面一张，画面很黑，只能看到两个隐约的人影。

阮周说，因为是晚上，不敢开闪光灯，所以照得不是太清楚。这是苏航送日本女人回家，苏航在她家里待了三个多小时。

还有几张照片，是苏航在舞厅和舞女们跳舞，非常亲昵。

周娅蒙突然一声大叫，猛地站起来，伸手将梳妆台上所有的东西全部掀翻在地。阮周目瞪口呆，站在一旁，佣人大急。说，小姐，小姐。周娅蒙在房间里转了几圈，突然冲向衣柜，打开柜门，拉抽屉，发现抽屉锁着。她又冲向床头，抓过自己的包，从里面掏出钥匙，打开抽屉，拿出里面一支精致的小手枪，转身向外走。

阮周横跨一步，拦在门口，问，师妹，你要干什么？

周娅蒙吼叫着说，我要杀了他。周娅蒙叫过，向外冲，阮周一把将她抱住。她拼命挣扎，口里说道，放开我，我要杀了他。周天罡和周母赶上楼来。周天罡问，怎么回事？

周娅蒙大声地说，爹，你帮我杀了苏航，我要杀了他。

周天罡斥道，胡闹，越来越不像话了。你说杀人就杀人？小周子，把她的枪给我下了。

阮周出手，将周娅蒙的手枪夺了过来。周娅蒙大概也意识到，凭自己要杀苏航不是一件容易的事，她渐渐冷静下来，对阮周说，师哥，你帮我杀了他。

阮周没料到事情会有这样的变化，说，我……

周娅蒙吼道，我什么我？说，干不干？

周天罡确实是有杀苏航的打算。他心里的这口恶气一直没出呢。虽然随着时间的推移，气稍稍平了些，毕竟还记着这件事。但是，蒙蒙一个女儿家，动不动要打要杀的，可不成体统。他对阮周说，小周子，别跟着她胡闹。

没想到，周娅蒙却极其突然地说，你想我嫁给你，是不是？

阮周肯定地说，是。周娅蒙说，那你就杀了他。你今天杀了他，我明天就嫁给你。

又到了和乐少华见面的时间，还是那间咖啡厅，还是那个角落。让苏航没料到的是，等待自己的，是一场极其严厉的批评。原本，苏航坐在里面看报纸，等着乐少华。这次，长江中下游发生特大洪灾，受灾地区包括八省二市，特别是中国的第二大城市武汉，竟然出现决堤，洪水倒灌，不少人来不及撤出，被洪水冲走，淹死和失踪者有数百人之多。苏航注意到，很多人私下里说，这次洪灾，更大的是人祸，这么多年来，国民政府只顾着打仗，基本没钱搞基础设施建议，长江大堤多年未修。

报纸上有一大幅标题：浙商联合会赈灾晚宴告沪同胞书

苏航早就听说，上海有那么一帮人，大发国难财，只要哪里受灾，立即搞大型赈灾活动，筹得的善款，仅仅只有一小部分送给了灾区，大部分被他们私分了。苏航正琢磨要不要就此做一篇新闻报道，乐少华来了，带着一脸的怒气。

苏航原想问发生了什么事，见服务员跟着他一起进来，只好将话吞了回去，对服务员说，还是一样，给这位先生上咖啡。服务员刚走，乐少华便以严厉的语气问他，这几天，有九家进步书店、五家工人夜校和十几个学生组织被铲共同志会的人破坏了，你知不知道？

苏航暗吃一惊，说，有这样的事？

乐少华说，铲共同志会，是CC系的外围组织，受调查科上海特派员兼肃反专员杨正熊直接指挥。不过，他们只负责行动，没有情报来源。所有的情报，是由湖北帮提供的，这些，你竟然一点都不知道？

苏航的心猛地抖了一下，说，我……我不想和那帮渣滓来往。

听了这话，乐少华顿时火大了，正要发作，服务员端着咖啡过来，他只好忍住。服务员离开，乐少华发作了。乐少华敲敲桌子，语气极其严厉地说，苏航同志，我已经多次提醒过你，干革命工作，一切以革命的需要为前提，不能由着自己的性子。你觉得自己清高、正派，不屑与那些社会渣滓来往，结果怎么样？给党的事业，造成了巨大损失。这件事，你是有重大责任的。

苏航确实心疼，自责，同时，又确实抵触。他说，我确实犯了大错误，我检讨。

乐少华说，我们的敌人，在大肆破坏我们的组织。你呢？你在干什么？你一心一意在营救你的女朋友。苏航的眼睛突然瞪大了，问，你……你知道这件事？

乐少华挥了挥手，按照自己的思路说下去。他说，我告诉你，苏航同志，我们之所以跟国民党不同，是因为我们有严明的纪律，有严格的分工，永远把党的利益，置于一切利益之首位。反过来说，我们为什么认定国民党是一个必须推翻的政党？国民党政府是一个必须推翻的政权？这并不仅仅只是党派之争，而是民族生死存亡之争。国民党是一个将个人利益、小团体小圈子利益置于党的利益、人民的利益之上的政党，是一个极少数个别人利用党派的力量，获取自己政治和经济利益的政党。这样的政党，不可能有民族大义，不可能顾及人民利益，只会党同伐异，同室操戈，专制暴政，为达个人目的，无所不用其极。

苏航的心理已经失衡，问，我……我想知道，我是不是被监视？

乐少华吃惊地看着苏航，问，你什么意思？你以为我们搞蒋介石那一套？

苏航十分倔强，一定要搞这件事搞清楚。他再问，那你告诉我，我营救吕子矜的事，你为什么知道？

乐少华的语气更加严厉，说，首先，你会这样想，就是严重错误。我们共产党人，光明磊落，不搞蒋介石怀疑一切那一套。其次，你认为我们在跟踪你，可你想过没有，我们的组织，有这个能力吗？就算我们不信任自己的同志，但我们有那么多人员人盯人地搞跟踪吗？最后，我回答你，我怎么会知道这件事。我们的同志，在各个不同的岗位，按照组织的安排，努力地完成自己的工作。恰恰是你，违反了工作纪律，忘记了自己的职责和任务。

苏航的情绪受了影响，年轻人的意气上升，他说，我没有忘记，只不过，情况太危急，如果我不救她，她可能被杀害。

乐少华说，你怎么还不明白？我们的同志，每个人都有自己的任务，你的任务，就是打进敌人的阵营里获取情报，保护我们更多的同志。就算真如你所说，你也不能擅自行动，而应该向组织报告。苏航不语。

乐少华说，你必须严肃深刻地反省自己的错误。第一，由于你没有很好地领会秘密工作的特点，错误地而且是主动地将自己置于你的情报关系之外，错失了一些极其关键性情报，导致我们的组织遭到敌人巨大的破坏。第二，你违反工作纪律，做了职责范围之外的事，给你自己也给组织，造成了极大的被动。你的盲目和非组织行为，既有可能打乱我们整体部署，同时也可能导致敌人对你的怀疑，置自己于暴露的危险之中。我们的队伍中，某一个人的暴露，很可能造成一整条线的毁灭，这种教训不是一次两次了，代价极其惨重。第三，这一切，都是因为你头脑中自由主义、无政府主义思想影响。第四，我们不要个人英雄主义，更不要极端冒险主义。而你，恰恰满脑子的个人英雄主义和极端冒险主义。

苏航唯一的抵触，是被组织跟踪。乐少华解释以后，他开始意识到，自己想错了，共产党不是国民党，目前实在太脆弱太弱小，根本没有能力对某一个成员进行跟踪。之所以发现苏航营救吕子矜这件事，很可能是刑侦大队内部有自己的同志。想通了这一点，他便能完全接受批评了。他痛心地说，少华同志，你这样一分析，我明白了，我是真的犯了大错误，我接受党的批评和处分。

乐少华说，批评也好，处分也好，不是目的，目的是要搞好工作。你要记住，我们的党，是一个严密的组织，就像一部机器，我们每个人，都是这部机器上的零部件。不仅仅只是投敌叛变才会给我们的组织带来损失，某个人的失职，同样会给我们的事业带来巨大的损失。

苏航开始进入深深的自责之中，他说，这次教训非常深刻，我一定会深刻反省。

乐少华说，还有，你不能融入这个集体，对你个人，也是危险的。国民党阵营非常复杂，相互之间利益之争，非常激烈。你不融入他们，就是他们的敌人。这些人都是小人，哪个人在背后搞你几下，你将防不胜防。

苏航承认说，这一点，我已经经受了。

乐少华猛地愣住，问，经受了？怎么回事？

苏航介绍情况。

乐少华说，这一点，我也疏忽了。游再春在副局长这个位置上经营了好几年，原本以为升局长是稳的，不想半路杀出个程咬金，到手的宝座被吴品三抢了去。所以，他会和吴品三明争暗斗，我们是有考虑的。可你一加入，就被他利用这一点，我还是大意了。

苏航问，你怎么知道是游再春？吴品三没有具体说是哪个人啊。

乐少华说，两大原因：第一，游再春争社会局长一事，我们是掌握的。第二，你认识蒋百里，是周娅蒙带去的。周娅蒙是蒋百里的干女儿不假，她怎么突然想到带你去见蒋百里？肯定是游再春出的主意。

苏航一下子明白了，说，原来他在这里给我挖了个坑。

乐少华说，今后，你要当心。国民党的这个行政机构，相互挖坑的事多了。郑家臣的事，恐怕也是他们挖的坑。他们的目的，当然不是你，而是吴品三。

苏航说，现在，唐生智正在进攻衡阳，游再春还会拿这件事进一步做文章吧？

乐少华思考了片刻，然后问，你有什么想法吗？

苏航说，吴品三让我别管这件事，他会处理好。但我想，如果我能很巧妙地帮他一把，他一定会对我非常信任。

乐少华说，思路是对的，问题是，这件事不好处理啊。

苏航说，我再去找一次蒋百里，行不行？

乐少华一时没有明白他的意思，问，找蒋百里？

苏航说，解铃还须系铃人啊。

乐少华鼓励道，说说你的想法。

苏航说，蒋百里一直认定，日本和中国必有一战，而且这一战已经迫在眉睫。我把上次的分析报告送给他，向他请教。

乐少华指出，这个思路是对的。你再以记者的身份，就这个话题对他进行采访。这篇文章一旦发出来，就会变成日本危险正一步步迫近，呼吁国内和平团结，一致对外。最好是让他有一种明确的态度，不支持广州对南京开战，呼吁宁粤息争，一致对外。只是，他会不会同意？

苏航说，话要他说，但文章是我写的。

乐少华说，可以考虑，不过，这次，你不能再越过吴品三了，向他报告一下。

苏航说，只是，现在唐生智进兵湖南，对我们的第三次反“围剿”有利。这篇文章一出，会不会给我们的军队制造麻烦？

乐少华说，你以为蒋百里说一句话，广州就不动了？南京也好，广州也好，只会把蒋百里当一张牌打，但蒋百里肯定不是王牌，甚至花牌都不算。他如果是一张花牌，也犯不着上蹿下跳，早到南京起关键作用去了。

苏航说，如果是这样，我就放心了。

乐少华问，还有别的事吗？苏航说，影佐提出每个月给我发一百块钱。

乐少华一时没明白，问，给你发一百块钱？苏航说，我了解过，宫崎在他那里工作，月薪才一百，我帮宫崎搞点翻译，他却给一百。

乐少华说，他这是在拉你入伙啊。有点意思。你答应了？

苏航说，没有得到批准，我肯定不能答应。

乐少华说，我同意。不过，这件事不能瞒着吴品三，你要向他报告，他如果不同意，你就不能答应。

苏航说，还有一件私事，有关党费的事。

乐少华问，党费怎么了？

苏航说，我以前收入不固定，交党费也是有就交，没有就不交。现在，一是我的组织关系转到了特科；二是收入高了，湖北帮那边，每个月有170块，华人新闻有60块，如果再加影佐这边，我一个月的收入，就有330块。我准备拿出一半来交党费，所以要问一问，交给谁。

乐少华说，我们现在把你以前一切联系都断了，目前，你只和我单线联系，党费肯定只能交给我。不过，你有必要交一半吗？你替党工作，需要一定的活动经费，是否考虑多留一点？

苏航说，我每个月差不多有170块，还有点稿费，已经非常多了。而且，我可能还会有一些其他额外收入，比如这次有关日本可能进攻东北的情报，徐恩曾就批了一万块的奖金。那些钱，我也交一半党费。

乐少华说，我代表党感谢你。

苏航非常肯定地说，党不需要感谢我。党给我指明了人生之路，我应该感谢党、报效党。

2

苏航再一次出现在复旦大学门口。昨天，他说过今天来见吕子矜，但今天有点特殊事，两边都不能耽误，所以，他此刻是非常焦急地站在那里，不时抬手看表。

好在他等的时间不长，吕子矜出现了，从校园内向外走，走到校门口，看到了苏航，便故意装着不朝他这边看，继续向前走。

苏航要赶时间，看到她以后，迅速迈开大步，几乎是冲到了她的面前。她看到了他，不走了，站下来，等待他开口。他也站定了，可是，又似乎不知说什么，口张了张，说出的只是很平淡的两个字：你好。

吕子矜说，苏主编，你好。

苏航解释说，已经不是主编了，现在只是一名普通记者。

吕子矜问，你的集纳新闻不办了？

苏航说，不办了，没什么发行量，办不下去了。

吕子矜问，对了，我想问你，你为什么会在刑侦大队？

苏航说，说起来，有很多的话。你能不能给我个机会，我明天晚上请你吃饭？

吕子矜不解且惊讶地望着苏航。

苏航解释说，是这样，今天我还要去赶一个采访，约好了的，非常重要，又怕耽误了和你约定的时间，所以赶过来跟你打声招呼。你如果再晚一点出来，我可能就走了。

吕子矜释然，说，你有事，那你先去忙吧。

苏航说，那我们说好了，明天晚上六点，外滩的玫瑰之约餐厅，不见不散。

吕子矜说，我还不知道我明天晚上有没有课。

苏航说，就这样说定了。我会一直等你。很抱歉，我要走了，不能跟你多说了。再见。

苏航不等她说告别的话，转身跑开，跑了几步，转过头，向吕子矜招手。吕子矜已经转过身，并没有看到他招手。苏航跑到校门外，见那里停着一辆黄鱼车，跳上去。

苏航要赶的，不是采访，而是吴品三召集的湖北帮聚会。苏航赶到的时候，所有人全都到齐了，大家集中在餐厅里打扑克。

赵印墨说，苏航，你怎么现在才来？老大都问你两次了。

苏航说，不就是吃饭吗？干吗要来这么早？

赵印墨说，老大难得和大家一起吃个饭。吃饭之前，要和大家个别谈谈心。

苏航看了看，没有见到吴品三，也没有见徐志谦。老大呢？怎么不见？他问。

赵印墨说，在隔壁，正和徐志谦聊着呢。

苏航坐到古泉的身后，看他打牌，同时问，老大怎么想到请大家吃饭？是不是有什么好事？古泉说，那还用说？最近，我们提供情报，铲除了老共不少窝点，得到了上峰的表彰。老大过来给大家发奖金的。

苏航心中一阵纠结。这可是打自己的脸啊。他说，不是发奖金，是来给你发嫖资的。

古泉说，不要说得那么难听好不好？我那是在工作。

苏航要尽量和他们搞关系，话也就多起来，姿态也放低了。他说，干我们这个工作真是好，做任何坏事，都可以是为了工作。

古泉觉得苏航是在刺他，说，喂喂喂，苏航，你是不是故意找碴啊？

苏航连忙摆手，说，不不不，古泉兄，你误会了。我是真的这么认为。这就叫人在社会飘，吃喝嫖赌全报销。

徐志谦从正门进来，看到苏航，说，苏航，老大叫你过去。

苏航立即站起来，说，叫我？哪个房间？徐志谦说，左边。

苏航立即出门，走到左边的房间，推门进去，吴品三正坐在里面。见到苏航，吴品三说，把门关上。苏航将门关好，走向吴品三。吴品三指了指旁边的沙发，说，坐。苏航才刚刚坐下，吴品三说，那帮人又有动作了。

苏航一惊，问，又有动作？哪帮人？

吴品三说，拿蒋百里说事的那帮人。他们碰到好时机了啊，唐生智进军湘南，这么好的机会，他们怎么肯放过？

苏航问，局座的意思是说，他们又写了告状信？

吴品三说，和我的预想一样。前一封信，暗指我派你去接触蒋百里。后一封信，说唐生智进军湘南，背后有蒋百里支持。指名道姓地说，我派人联系蒋百里。又不说我派你找蒋百里干什么，让人去联想。

苏航说，局座，这件事，我想了几天，我觉得，我们不能就这样算了，得反击。

反击？怎么反击？吴品三说，第一，你去见蒋百里是事实；第二，人家信里没有把你我和广州扯上关系，只说你去见蒋百里，是我派的。至于有人会联想，那与写信人无关。我若解释，就是此地无银三百两。

苏航说，我想了一个方法，我准备再去找一次蒋百里。

吴品三盯着苏航看，说，还去找他？你还嫌不够麻烦？

苏航说，局座，你听我说完。我有一个计划，正要向您报告。

计划？什么计划？吴品三问。

苏航说，这些天，上海滩不平静，到处是日本浪人闹事。我的预感如果不错的话，日本人就快要动手了。而蒋公一直在呼吁，中日之间，终有一战。我想，如果我把那份分析报告给他看，再和他谈谈最近以来，上海发生的日本浪人闹事的事件，他会怎么看？

吴品三看着苏航，问，你想说什么？

苏航说，我想，他一定会大谈中日必有一战的观点。但这不是重点，重点是，我要引导他说出一句话。

什么话？吴品三问。

苏航说，我想让他说，中国已经到了非常严峻的时候，我们应该放弃纷争，团结起来，一致对外。

吴品三想了想，说，好是好，但是，蒋主席一直强调，攘外必须先安内。你却让蒋百里大谈放弃纷争，一致对外，这不是跟蒋主席对着干吗？

苏航说，文章由我们来做啊。我想，蒋主席所说的安内，肯定有两重意思：第一，是共党问题；第二，是国民党内部的纷争问题。安内既是安国内，更是安党内。搁置分歧，结束纷争，求同存异，也是安内啊。现在，广州开始行动了，如果广州终止行动，不正是安内吗？

吴品三说，你的意思是说，让蒋百里出面呼吁广州放弃武力，和南京谈判？

苏航说，别的，我想不了那么远。我只是觉得，那些人拿蒋公做文章打击您，核心是说，蒋百里支持广州，因为广州的三个军委常委都是他的学生。我们如果在报上发表这样一篇文章，公开呼吁结束纷争，就是安内。而且，文章是经过蒋公过目的，由他签过字的，那就表明，他是反对广州动武，支持和平解决纷争的。这也是安内，和蒋主席的攘外必须先安内，异曲同工。

吴品三盯着苏航看了片刻，说，我果然没有看错你。好，我同意你这么干。

苏航说，那好，我明天就去见蒋公。

吴品三说，就按你的想法干。最近一段时间，我们社会局干得不错，得到了上峰的高度肯定，这里面也有你一份功劳。你虽然进来最晚，但起点高，进步快。

苏航假意谦虚说，这可没我什么事。再说，他们干的那些事，我也干不来。

吴品三说，他们干他们的，你干你的。他们都是些大老粗，当然只能干那些事，你不同，你受过良好的教育，是个大知识分子，你应该干更大的事，奔更广阔的前程。好好干，我看好你。说着，吴品三拿出一个红包，塞给苏航。

苏航接过，说，谢谢局座栽培。吴品三站起来，说，时间不早了，我们去开庆功宴吧。

苏航说，局座，请稍等，我还有一件事。

吴品三已经站起来，看了看苏航，又坐下。

苏航说，上次，我向您汇报过，我认识一些日本新闻界的朋友，其中有一个电通社，他们愿意每个月给我 100 块钱，让我替他们翻译一些中文资料。

吴品三问，就是你上次的情报里提到的那类资料？

是，苏航说，上次，他们没有明确提到钱的事，这次提到了。我就不能不警惕。我想，他们确实可能是新闻机构，但也可能有别的背景。

吴品三再问，别的背景？什么背景？

苏航说，当然可能是情报机构。全部是情报机构，或者个别人是情报人员。两种可能都有。我只要收了他们的钱，就代表我在替他们工作。这件事非常重要，所以，我必须得到您的批准。

吴品三说，我正愁没法搞到日本方面的情报呢。我同意。这是大好事。

苏航连忙过去，帮吴品三开门。

游再春坐在办公室里泡茶，敲门声响起。游再春说，进来。汪峰仁推门而入，游再春说，峰仁，来，喝茶。刚泡好的，二道茶，味正好。游再春拿过另一只杯子，摆好，往里面倒茶。汪峰仁坐下，端起茶，喝。

汪峰仁说，游局泡茶的功夫，越来越老道了。

游再春说，有时间，你应该学一学茶道。茶道茶道，茶里面有门道啊。

汪峰仁说，门道？我怎么看不出来？

游再春说，这里面的门道，就像茶一样，要慢慢品，品着品着，就品出了人生的况味。

汪峰仁说，有机会，还真要向游局好好学学。

人嘛，活到老学到老。游再春说，蒋百里这篇文章做得好，起效果了。

汪峰仁问，有消息了？游再春说，有钱能使鬼推磨嘛。我愿意出大钱，自然有人愿意把东西送到老蒋的办公桌上。

汪峰仁顿时兴趣大增，说，蒋主席看了？他怎么说？

游再春说，还能怎么说？蒋百里就是老蒋心头的一根刺。上次的材料，老蒋看完后，什么都没说，放进抽屉里了。第二份材料，老蒋看完后，立即把陈果夫叫过去了。他把材料扔给陈果夫，说，这就是你推荐的人？

汪峰仁猛一拍掌，说，蒋主席雷霆震怒，这次，吴品三是不是完了？

那也未必，游再春说，如果这么容易就把他搞倒，他肯定坐不到今天的位子。

汪峰仁不是太理解，说，为什么？蒋主席不是发怒了吗？

游再春分别给两只杯子倒上茶，说，上峰的事，你不懂。如果仅仅因为这件事，就把吴品三处理了，说明什么？说明错不在吴品三，而在陈果夫。毕竟是陈果夫一定要用吴品三，所以，陈果夫也一定要保吴品三。

汪峰仁说，看来，就这么一件事，还打不倒吴品三。

游再春说，我根本没想过他会这么容易倒。不急，我们冷水煮豆腐，慢慢熬。对了，浙商联合会的赈灾晚宴准备得怎么样了？摸清了底没有？

汪峰仁说，商会那边摸了一下，保底会有五六百万吧。

游再春说，这样的活动，应该经常搞，每年都搞几场。

汪峰仁说，今年已经搞三场了，不算少了吧。

游再春说，一年三场，顶了天也就一两千万，还有那么多人分，落到手里，也就没几个了。

汪峰仁说，搞多了恐怕也不行，下面意见大得很。

游再春转了个话题，问，对湖北帮，你了解到些什么？

汪峰仁说，我觉得，徐志谦这个人，可以做点文章。

说说看，做什么文章？游再春说。

汪峰仁说，上次，我跟你说过，徐志谦现在和一个年轻女人同居。这个女人叫陈茹，比徐志谦小十几岁。

游再春说，我想起来了。这个女人的前夫，曾经是徐志谦的结拜兄弟，又是徐志谦的上司，入党介绍人，后来，又被徐志谦出卖，被捕后拒不交代，被处决。他们同居吗？我听说徐志谦是单独住啊。

汪峰仁说，的确是分开住的。不过，徐志谦两边都住。陈茹可能并不知道她的丈夫是徐志谦出卖的，甚至不知道徐志谦早已经成为共产党的叛徒，仍然以为徐志谦在为共产党办事。

游再春说，有意思。好好琢磨一下，这件事可以做点文章。

汪峰仁说，我也觉得这件事可以做文章，只是没想好这篇文章怎么做。

游再春说，你琢磨一下，我也想一想。

汪峰仁又想踩李时君了。这次，抓到断指人，上峰奖励十万，李时君的行动股，就拿走了三万。剩下的，警备司令部、警察局和社会局三个部门分，春雨普降，一个人得一点，汪峰仁才拿到三百，而社会局其他工作人员，只不过三十。这事如果自己和自己比，就属于飞来横财。汪峰仁一个月的薪水，才几十块钱，加上这个补贴那个费用，二百挂零。断指人案，自己一分力没出，能拿三百，自然是意外之喜。问题是，横向比较，不同了。行动股连内勤都拿到二百。所有参加行动的，全都三百以上。这样一比，汪峰仁心里不平衡了，有机会，就要替李时君上点眼药水。他说，还有李时君，不知该不该说。

游再春问，李时君怎么了？

汪峰仁说，我感觉他跟那边还有联系。

游再春问，跟那边还有联系是什么意思？

汪峰仁说，我一直怀疑李时君和共党那边还在秘密联系。

你有证据吗？游再春再问。

如果有证据，汪峰仁肯定不会这样说了。他说，暂时没有，我盯了很长时间，没有发现。不过，我相信我一定能抓到他的。

这套把戏，游再春太熟了，他说，那就等抓到再说。

3

苏航拿着很大的一束花，站在车站。一辆电车驶来，苏航立即闪到站牌后面躲起来，同时观察电车。电车摇铃后停下，车门打开，苏航随时做好冲出来的准备，但是下来的乘客中没有吕子矜。

苏航从站牌后出来，显得有点失望，向电车驶来的方向张望。苏航在车站走动，经过的人纷纷看他，有人小声地议论。上海滩虽然是一个出奇迹的地方，但一个大男人，抱着这么大一束花站在这里，确实引人注目。苏航却视而不见，仍然关注着电车驶来的方向。

又一辆电车出现，苏航再一次闪到站牌后藏起来。电车停下，第一个下来的就是吕子矜。这里离外滩还有几步路，吕子矜没有停留，向前走，所走的方向，恰好是那座站牌。苏航突然跑出来，先出现在吕子矜面前的不是人，而是一大束鲜花。吕子矜吓了一大跳。

吕子矜说，哎哟，你这个人……

鲜花向下移动了一点，上面露出一张灿烂的笑脸，是苏航。

吕子矜自然明白过来，但故作不知，说，是你？你怎么在这里？

苏航说，在这里等你啊。他将花递给吕子矜，说，感谢你赴我的约。

吕子矜推拒着，不肯接这束花，说，谁赴你的约？我刚好到这里有点事。

苏航说，好好好，有事，有事。就算有事，也要先吃饭吧。

苏航一次又一次往吕子矜手里塞花。吕子矜推拒了几次，最后还是收了。苏航走到旁边，推出一辆崭新的脚踏车，说，坐上来。

吕子矜看了看脚踏车，说，你新买的？

苏航说，我每天要跑很多地方，老坐黄鱼车，又不经济又慢，所以买了这辆脚踏车。

苏航双脚撑地，站在车上，对吕子矜说，你上来啊。

吕子矜说，你往前骑着，我跳上去。

苏航说，你抱着那么大一束花，不好上。

吕子矜听了他的话，坐上去。苏航一脚踩着踏板，稍稍用力，脚踏车便开始向前驶。

一对俊男美女，一大束花，一辆崭新的脚踏车，确实够吸引人。街上人来人往，每一个走过的人，无论男女，都会回头，回头率百分之百。

苏航说，鲜花配美人，这个世界多么美好啊。

吕子矜说，人家都看着我呢，难为情死了。

苏航说，人家看你，是因为你太美了。难道你不觉得，你手捧一束鲜花，走在黄昏的街头，就像一首诗，一幅画？

吕子矜说，看来，你还是一个诗人。

苏航说，这不奇怪吧，每一个年轻人，都有一颗诗的心。所以，年轻就是诗，年轻人就是诗人。

吕子矜说，我看啊，你这个人油腔滑调，一看就不是什么好人。

苏航精神大好，说话也放松。他说，我才不要当什么好人，我只想做好我自己。

吕子矜说，我问你，那天，你是不是有意的？

苏航问，哪天？

吕子矜说，那个什么丽丽。你真认识一个和我长得非常像的丽丽吗？

苏航说，哎呀，你太聪明了，这点把戏都被你识破了，我今后怎么在江湖上混啊？

吕子矜问，你是不是见到美女，就上前认丽丽？

苏航说，不说了，这个话题非常危险。我可不想踏陷阱。

到了玫瑰之约餐厅门口，苏航双脚离开踏板，往地上一撑，刹住车，说，丽丽小姐，请下车。

吕子矜问，你怎么一点都不像怕踏陷阱的样子？

苏航说，陷阱是我挖的，我当然不怕。

苏航停好车，和吕子矜一起向餐厅走去。

苏航和吕子矜进入后，服务小姐笑脸相迎，将他们领到一张靠窗的桌子前。苏航上前，替吕子矜拉开椅子，又接过她手中的花，放在旁边一张椅子上。

吕子矜坐下来，说，谢谢。苏航在对面坐下，服务小姐过来，问，苏先生，现在可以上菜了吗？苏航说，可以了，上吧。服务小姐退走。

吕子矜看了看苏航，问，你已经点菜了？你来过了？

苏航说，请女神吃饭，当然要事前做好准备。

吕子矜说，你就那么肯定我一定会来？如果我不来呢？

苏航说，哎哟，我还真没想过你不来的事。

吕子矜好奇，问，你一直这么自信吗？

苏航说，对，我一直都非常……不自信。

吕子矜不相信，说，你？不自信？还非常？

服务员开始上菜。苏航指着服务员，说，不信你可以问她。我跟她们说好了，我有可能不来。如果不来，订金就是她们的。服务小姐说，是的，苏先生是下了订金的。

服务员答话，或者布菜，苏航都没有理会，眼睛一直盯着吕子矜看。服务小姐刚刚离开，吕子矜开始问罪了。吕子矜说，你真讨厌，你看什么？

苏航说，我在读诗。吕子矜问，草儿的诗？

苏航带点炫耀地说，对，草儿的诗。是这么写的：世界，退化成一张黑白照片，退化成沉睡的冬天，退化成远处淡淡的忧郁。只有你醒着，在三月的桃花汛期，在江南雨淋湿的清晨，在诗和梦的边缘，以春天的舒展和润泽，向所有的颓废和行尸走肉，绽放花的舞姿，于是，夜被点燃了，熊熊起来。

吕子矜说，真是草儿的风格。不过，草儿没有写过这首诗。

苏航问，你怎么知道草儿没写过这首诗？

吕子矜说，我太喜欢草儿了，他的所有诗，我都读过。

苏航似乎不太相信，说，真的吗？那我是不是该兴奋得跳支舞？

吕子矜带点讥讽地说，我喜欢草儿，你兴奋什么？

苏航说，你难道不觉得，草儿就是苏航吗？

吕子矜说，草儿就是草儿，跟苏航有什么关系？

苏航拿起一只筷子，反转来，醮了水，在桌上写下苏航两个字，这两个字在吕子矜那边看是正的，他是倒着写的。

吕子矜大为惊奇，说，你竟然会这样写字？

苏航不说话，用双手捂住苏航两个字各一部分，说，你看，这是两个什么字？

草儿？吕子矜大为惊喜，说，真是草儿？

苏航颇有几分得意地说，知道了吗？草儿就是苏航，苏航就是草儿。

吕子矜说，你上次不是说骗我的吗？你到底哪句是真的，哪句是假的？

苏航说，你想听真的时候，就是真的，你不想听真的时候，就是假的。好了，不说了，开吃吧，都饿了。两人开始吃饭，吕子矜往口里塞了一点菜，说，我问你，你是怎么知道我被抓进去的？

苏航没一点正经，说，我会算命啊。我掐指一算……

吕子矜假装生气，说，再这样，我走了。

苏航说，好好好。我投降。其实是意外碰到的。我正好有事去找程兴源，没想到见到了你。

吕子矜说，我听说你早就认识程兴源？他对你怎么说那件事的？

苏航说，他说，你牵涉到发生在庐山的一起大案。

发生在庐山的大案？吕子矜说，我想想，对了，庐山在江西吧？跟上海有什么关系？

苏航说，我也不太清楚。我听程兴源说，好像是因为一张纸，就是那张纸，把线索引到了某一间书店。对了，就是你们学校门口的那间九歌书店。恰好，他们行动的时候，你又在书店里。吕子矜若有所悟，说，原来是这样。

吴品三正在接听电话，苏航出现在门口，伸手准备敲门，见他在接电话，又将手缩回来，在那里站着。吴品三招招手，示意他进去。苏航跨进去，在沙发上坐下来，等着。

吴品三对着话筒说，……徐科长，确有其事，而且，是我安排的……蒋百里毕竟是个敏感人物，又寓居上海，我不能不注意啊……不仅仅是蒋百里，还有其他一些人，我也都有所安排……要不，我自己给陈部长打个电话……好，好。

吴品三挂断电话，并没有看苏航，似乎在沉思。

苏航问，还是那件事？

吴品三说，蒋主席把陈部长叫过去臭骂了一顿。

苏航问，陈部长怎么说？

还能怎么说？吴品三说，当然只能说调查后再汇报。你有什么事？如果不重要，就先放一放。苏航起身，将一沓稿子递到他的面前。吴品三看一眼，显得有些吃惊，说，这么快，稿子都出来了？

苏航说，这件事当然要快，如果慢了，南京那边，还不知会闹出什么事来。

吴品三拿起稿子，很快地翻了一遍，说，蒋百里已经签字了？他看过？

苏航说，我一大早先送给他看了，然后再到局里来的。吴品三继续看，这次看得仔细一些，说，标题都没改啊？这可是不多见的事啊。我听说，他对文字挑剔得很。

苏航说，里面还有一段话，蒋公认为，民族危机即将到来，现在是每一个中国人体现民族大义的时候，在这种时候，我们必须放下成见，放下党争，放下一切分歧恩怨，举国一致，万众一心，共赴国难。

吴品三说，好，我看看。吴品三看稿子，苏航坐在那里等。稿子看完了，吴品三合上最后一页，并没有立即说话，显然在思考。片刻后，说，果然是才子，这稿子写得好，也难怪老头一个字没改，确实写得好，痛快淋漓。我原本还准备给陈部长打个电话，说明一下情况。现在看来，暂时没有必要了，等这篇稿子出来，我专程去一趟南京，当面向陈部长汇报。

苏航问，以局座的意思，这篇稿子，在哪家报上发比较好？

吴品三略思考，然后提起笔，在稿子上写了一些字，说，就发新闻报吧。我签了个意见，你马上送到新闻报社，让他们明天见报。

苏航说过一声好，拿过稿子，转身出门。

第二天一早，报纸出来了，头版头条，大幅标题：蒋百里吁宁粤结束对峙共赴国难。

苏航起了个大早，吃过早餐后，买了几份报纸，然后来见吴品三。

吴品三正在看这份报纸。苏航说，局座已经看到了？我成马后炮了。

吴品三说，这件事做得漂亮，太漂亮了。

苏航说，这次危机倒是解除了。但是，以后呢？

以后？吴品三看着苏航，问，什么以后？

苏航说，很明显，这是有人要对付局座啊。对付局座的人，不会一次就收手吧？局座应该想一想办法啊。

办法？能有什么办法？吴品三说，这个社会就是如此，我们这些人，在琢磨着怎么做事，总有另一些人，不做事还琢磨着怎样整做事的人。螳螂捕蝉黄雀在后的事，到处都有。

苏航说，要不，见到徐科长的时候，局座说一说这件事？

吴品三摆了摆头，说，这事不能说。

苏航不明白，问，为什么不能说？这是明显的暗箭伤人啊。

吴品三说，怎么暗箭伤人？你在收集情报，人家也在收集情报。你说说，人家向上汇报自己的情报，怎么是暗箭伤人了？

苏航说，用这种方法整人，实在是太可怕了。

吴品三说，所以，人在这个社会生存，要练一副金刚不坏之身。

局座这样一说，我有些害怕了。苏航说，这个社会，怎么这样复杂？防不胜防啊。

吴品三说，我晚上去南京，你去把报纸买30份，我带过去。

4

苏航赶到公共租界的日本料理店，停好脚踏车，向里面走去，立即有一名日本服务员向他鞠躬行礼，说，欢迎光临。苏航还礼，用日语说，我姓苏，我订了一个房间。服务员说，哦，苏先生您好，房间已经替您安排好了，请跟我来。

服务员带着苏航，来到预订的房间门口，服务员打开门，影佐竟然穿着和服坐在里面。苏航暗吃一惊，连忙脱鞋，进入，鞠躬，然后说，对不起，影佐君，您已经先到了？

影佐说，哦，我离得近，所以先过来了。

苏航走过去，坐下来，点头行礼，说，影佐君，实在对不起，我请客，自己却迟到了。

影佐说，当记者的人，时间很难把握，我能理解。而且，你离得又那么远。

苏航说，谢谢影佐君的理解。又说，影佐君应该熟悉这家店吧。

影佐说，对，我来得比较多。

苏航说，对于日本料理，我实在所知不多。我怕我点错了，影佐君不喜欢或者有什么别的讲究。不如影佐君推荐一下。

这家的三文鱼刺身很不错。影佐说，苏航君不是在日本留学一年吗？竟然不熟悉日本料理？苏航说，惭愧。我只不过是穷学生，哪吃得起料理？

哦，影佐说，日本料理，是世界上最精致的食品，不仅精致，而且美味。苏航君应该多尝一尝，下次有机会，我请苏航君，相信你一定会喜欢的。

影佐点了几个菜，恰好是两个人的量。看得出来，影佐替苏航考虑，并没有点很贵的菜。

服务员拿走菜单后，苏航对影佐说，影佐君出手相帮，感激之情，无以言表。今天特备薄酒，以表谢意。

影佐摆了摆手，说，苏航君太客气了，能够帮得上人，是我最开心的一件事，苏航君何必挂怀？重要的是，能够交到苏航君这样的朋友，是我影佐帧昭三生有幸。

苏航掏出支票，递给影佐。影佐非常惊讶，看着苏航，问，苏航君，这是什么意思？

苏航说，我借这笔钱，原本就是以防万一。事情办得很顺利，不需要这笔钱了，因此，我自当还给影佐君。

影佐说，这……这实在让我意外。

苏航说，我也意外。我意外的是，影佐君仗义疏财，是个值得交的朋友。

敲门声响起，打断了他们的谈话。苏航说了一声请进。门被推开，服务员端着托盘，送餐具和清酒进来。随后，又有两名艺妓进来，苏航和影佐身边，各坐了一位。两名艺妓为苏航和影佐侑酒。苏航端起酒杯，对影佐说，影佐君，感谢慷慨相助。我敬你一杯。

影佐多少有点尴尬，说，苏航君，在上海，你是主，我是客。今后，还望苏航兄多多照顾。

苏航说，好说好说，只要影佐君有用得着我的地方，尽管开口。苏航也知道，这么把钱还给影佐，一定会令他大为讶异。为了安抚他，苏航故意暗示将接受他的条件。

两人喝干酒。艺妓立即替他们酌满。

影佐说，眼下，我就有一件事，希望苏航君帮助。

苏航说，能为影佐君效劳，是我的荣幸。影佐君，请讲。

影佐说，就是上次我们谈过的，帮助宫崎君的事。宫崎君确实表现非常出色，工作非常努力。但是，作为上司，我也非常忧虑。她毕竟是新手，经验不够，对于中文的了解，也相当有限。

苏航说，我能理解。影佐说，她现在还属于试用阶段，所以，我有两种担忧：第一，我很希望她能顺利通过试用期，长期留在电通社工作。我相信，这对于她来说，是一次难得的机会，她也会非常想获得这个机会。第二，更重要的还是工作，万一工作方面出错，那就不仅仅是她失去工作机会的问题。

苏航说，是的，我知道，宫崎君是一个非常非常努力的人。她也非常喜欢这个工作。

影佐说，不错，她确实非常努力。但作为中文翻译，她还是存在差距。这一点，相信苏航君是很清楚的吧。

苏航说，我可以帮助她的。

影佐说，如果仅仅只是私人性质的帮助，我想，我不会接受。我说过，我们日本人，公私是分得很清楚的。

苏航说，既然影佐君一定要坚持，那我就答应好了。

影佐说，真的？苏航君同意接受我们提供的报酬？

苏航说，有钱谁不喜欢？如果我有钱，现在说不定还在日本留学呢。说出来不怕影佐君笑话，我是穷怕了。

影佐说，好，太好了。来，我敬苏航君一杯。苏航说，这又不是什么大事。来，喝酒喝酒。

两人碰杯，喝酒。

影佐回到电通社办公室，外面是一个大统间，摆了很多张办公桌，很多人在一起办公，这些人见到影佐，悄无声息地站起来，动作极其一致标准，典型的立正动作。奇怪的是，除了立正，再没有别的，既没有手的动作，也没有声音，让人感觉，这是一群木头人。

影佐并没有理会他们，一直向前走，走到里面一扇门前，门口那张办公桌后，站着的正是宫崎原子。

你跟我进来。影佐说，脚步却没有停，一步跨进了办公室。

宫崎的脚跟轻轻靠了一下，说，是。随即离开办公桌，跟在影佐后面，进入里面的办公室。

影佐走到办公桌前，并没有坐下，而是掏出那张支票，递给宫崎原子，说，你看看这个。

宫崎接过支票，看了一眼，眼睛立即瞪大了，说，这是给苏航君的？他退给影佐君了？

这事很令人生疑。影佐说。

宫崎问，苏航君怎么说？

他说，借这笔钱，原本就是为了应急。苏航说，后来事情解决得非常顺利，不需要这笔钱了，所以还给了我。他没有向你提起，要这笔钱干什么用吗？

宫崎说，没有。他是一个会把很多事藏在心里的男人。

影佐接过宫崎还回来的支票，坐下来，说，一万元不是个小数目，说明他要办的事，一定是很大的事。他如果不是实在没办法可想，也不会接受一个陌生人给他的钱。

宫崎试探地问，难道说，他觉察影佐君的意图了？

没有人会完全不明白。影佐说，很多人事后都会说，当初不明白，稀里糊涂，事实上绝对不可能。他是聪明人，不可能不明白，天上从来就不掉馅饼，只掉石头。借给他一万元，是给他下的第一个饵，收一千元利息，是避免引起他的怀疑。让他帮你翻译，并且支付一笔薪酬，是第二个饵。

宫崎看了看影佐，问，他吞下了第二个饵？

这正是我不能理解的。影佐说，如果说，他明白我们的意图，却要拒绝的话，应该两个都拒绝，或者说，他若想吞下其中一个饵，当然应该吞下最大的一个。可实际上，他舍弃了最大的，吞下了小的那个。

宫崎说，那会不会是他觉得一万元数目太大了？

影佐说，有这种可能，也许我太急了些。宫崎说，还有一种可能，那一万元，毕竟要付半年一千元的利息。一千元，对于他来说，是一个不小的数字。

这种可能也不是没有，影佐说，这个人跟我们接触的其他中国人不同。看上去，他和其他中国人一样贪婪，但他的智商，比他们高得多。

宫崎问，那我们下一步怎么办？

影佐说，我们可以把步子放慢一些，一步一步地来。你不是说他很穷吗？从这次他借钱的情况判断，他对钱是有需求的。一个人，只要需要钱，就好办了。

我应该怎么做？宫崎问。

影佐想了想，说，暂时不需要太大的动作。过段时间，你可以试探他，表示我们愿意购买一些新闻。只要他咬了饵，有第一次就有第二次，慢慢地，就可以把他套进来。

宫崎问，作为交换，我们要不要偶尔给他透露点内幕情报？

影佐说，刻意去做就不必了。他帮我们翻译的文件中，有大量的情报，也是新闻，只要他有这样的敏感，他甚至可以获得一些绝密信息。

宫崎说，我有点担心，让他接触这些文件，是否恰当？

影佐说，这个你不必担心，我自有分寸。而且，中国政府现在忙于内战，没有人会真正关心他这样一个小人物从不知什么地方获得的消息。

宫崎说，影佐君这样说，我就放心了。

周娅蒙要求阮周杀了苏航，周天罡却不让阮周跟着周娅蒙瞎胡闹，阮周两头为难，只有一个办法，躲着周娅蒙。要躲着周娅蒙，还不是一件容易的事，毕竟在一个屋檐下生活，偶尔碰个面，是很容易的一件事。阮周探出头来看了看，堂屋是空的，没有人。他将头缩回去。一会儿，又从侧门探出头来，向楼上看，楼梯上是空的。阮周放心了，轻手轻脚地走出来，向正门走去。离正门还有两三步远，阮周加快了脚步。可就在最后一步时，周娅蒙出现在楼梯口。

周娅蒙问，师哥，你要去哪里？

阮周不得不将伸出的脚收回来，看着周娅蒙，说，师妹啊。好几天不见了。

周娅蒙拆穿了他，说，是好几天不见，还是你故意躲着我？

故意躲着你？阮周说，哪有的事？我干吗故意躲着你？

周娅蒙问，真不是故意躲着我？

不是，绝对不是。阮周说。

周娅蒙却不肯放过他，说，你发誓。

阮周哪能发誓？他分明就是躲着师妹。他冲周娅蒙笑了笑，说，这些天，师父交代的工作实在太多，忙得我头都是晕的。

周娅蒙嗔怒地说，你只记得我爹交代的事，那我的事呢？

阮周装糊涂，问，你的事？你的什么事？

周娅蒙说，我让你杀了苏航，你什么时候动手？

躲不过去，阮周只能拖。他说，没，我还没动手。

周娅蒙不依不饶，说，没动手？我的话，你不听是不是？

实在是躲不过了，阮周决定试探一下她，说，不是不听。杀人毕竟不是小事。我怕我杀了他，你又后悔了，那不是麻烦了？

周娅蒙说，我为什么后悔？

阮周问，你真的要杀他？

周娅蒙十分肯定地说，我什么时候说话不算数的？

阮周说，你可要想好。这事，没有后悔机会的。

周娅蒙说，我早就已经想好了。

阮周不得不再绕回去，说，还是算了吧。师父不同意。

周娅蒙说，不行，不能算。

师父都改变主意了，这事麻烦啊。阮周说，你知不知道，他已经是曹老爷子的关门弟子，师父要杀他的事，闹得整个上海滩都知道了。他只要一死，曹老爷子肯定找师父的晦气。

周娅蒙说，正因为这样，我才更要杀他。阮周十分吃惊，说，既然你知道他是曹老爷子的关门弟子，还要杀他？你知不知道这件事后果很严重？

周娅蒙问，什么后果？

阮周说，他既然是曹老爷子的弟子，就是我的长辈。我动手杀他，就是目无尊长，欺师灭祖。不光我要倒霉，整个周家，都会惹祸。周家有今天这样的局面容易吗？江湖上，不知有多少人盯着，恨不得灭了周家。我们这样干，就等于给了别人灭我们的借口。

周娅蒙说，既然这样，那我自己动手。

阮周大为吃惊，问，你自己动手？

不行吗？周娅蒙反问，我不在青帮，我动手，看他们说什么。说过之后，周娅蒙转身上楼。阮周站在那里，看着楼上深思。周天罡从后面走出来，显然，他听到了他们的对话。他对阮周说，你跟我来。说过，向书房走去。阮周惊醒过来，跟着周天罡，走进了书房。

把门关上，周天罡说。阮周转身，把门关了，站在那里。周天罡拿出一张请柬，递给阮周。阮周接过，看，上面有浙商联合会字样，周天罡说，你代我出席一下。

阮周说，这个浙商联合会，一年要搞多少次募捐啊赈灾啊，没完没了啊。

周天罡说，这些活动的背后，是游再春在操作。

阮周说，这可是一笔大生意啊。

你以为混帮会才能赚大钱啊？周天罡说，我告诉你，真正赚大钱的是政府的那些官员。你知道杜老板为什么做得大？就因为他所赚的利润中，有相当一部分，被政府官员拿走了。

阮周问，那我们是不是也要考虑一下？

周天罡说，饭要一口一口地吃，路要一步一步地走。如果没有政府背景，我们的夜舞台能开下去？

阮周挥了挥请柬，问，这个赈灾晚宴，我们捐多少？

周天罡说，这就是我要你去的原因。如果我去，少了肯定拿不出手。你去，看情况行事，反正我们不能是最少的。

阮周说，好。

我听到了刚才你和蒙蒙的对话。周天罡说，怎么感觉蒙蒙是玩真的？

阮周说，师父觉得她只是闹一闹，就过去了？

周天罡说，我以为她只是受了气，说一些狠话。

阮周说，她以前对苏航那么好，现在突然说要杀了他，恐怕不是闹一闹这么简单。

周天罡心中有了疑问，说，苏航那小子，到底怎么欺负蒙蒙了？

欺负？阮周说，不会吧。师妹那性格，只有她欺负别人的。

我不是这个意思，周天罡说，我是说，蒙蒙到底有没有……就是那个意思。

阮周一时没明白，说，哪个意思？

周天罡说，你脑子装着什么？就是那个……如果蒙蒙真被那小子欺负了，这事，就必须解决。

阮周说，可现在，这事不好解决啊。

周天罡说，怎么不好解决？多大个事？

阮周说，苏航现在是曹老爷子的关门弟子，又是吴品三的湖北帮成员。

湖北帮成员怎么了？周天罡说，在上海滩，我周天罡怕过谁？

阮周说，社会局毕竟是调查科的分支机构，是特务机构。还有，我听说，特务机构有可能扩大升格……

周天罡打断了他，说，你哪来那么多担心？前怕狼后怕虎，能成什么事？那小子如果真对蒙蒙怎么样了，我就直接去找吴品三要人。我看他敢不敢不给。说实在话，吴品三只不过是过江龙，在上海如果惹翻了我，我相信他的日子也好过不到哪里去。

师父的意思是，我们把苏航灭了？阮周问。他的人生经验告诉他，这种事，一定要仔细问清楚。

周天罡说，这小子始终是我的心头之恨，迟早要灭了他。只是现在确实不是机会。你告诉他们，如果蒙蒙要他们对付苏航，教训一下就够了，一不准伤命，二不准伤残。我们慢慢和他玩，反正有的是时间。阮周说，好。

周天罡说，还有，你要注意搞清楚，那小子到底有没有把蒙蒙怎么样。如果有，那又不同，我必须有个结果。

阮周说，可是，这种事，我……

你是不好了解。周天罡说，这样吧，我让她娘去问她。

第十四章
风云突变

1

苏航骑着脚踏车而来，停在宫崎住所门口，然后按门铃。

门开了，宫崎原子身着和服出现在门内，鞠躬向苏航行礼，说，苏航君，您来啦，快请进。

苏航还礼，说，不好意思，有点事耽误了。

宫崎说，没有关系的，苏航君，请进来吧。

苏航随宫崎进入，来到玄关。宫崎原子跪在一旁，帮苏航脱鞋，换上木趿，然后立起身，半躬着，做出请进的手势，说，苏航君，请。

苏航进入内厅，看了看摆在前面的日式茶案，说，太晚了，就不喝茶了，我们直接开始吧。

宫崎说，这样不行吧，苏航君，这么热的天，一定要先喝一杯茶。等身上的汗干了，我们再开始。宫崎走到茶案前，躬身说，苏航君，我已经为您准备好了茶，请。

苏航只好走过去，坐下来。宫崎却没有坐，而是跪在茶案边，替苏航沏茶。苏航说，宫崎君，你也坐吧。

宫崎说，我要服侍苏航君，怎么能坐呢？

苏航说，你们日本礼节太繁琐，偶尔享受一次，感觉蛮好，天天这样，就有点受不了。

宫崎问，苏航君觉得这样不好吗？

苏航没有回答这个问题，而是说，上次，真是太感谢你。

宫崎问，苏航君感谢我什么？

苏航说，感谢你让我认识影佐君那样豪爽的朋友，而且，他竟然肯借我那么多钱。

宫崎说，那笔钱，苏航君不是还了吗？

苏航端起面前的茶，喝下，说，是啊。事情解决了，就还了。

宫崎又给他续上茶水，说，我有些好奇。当时觉得苏航君急着用这笔钱，怎么突然又不需要了？

苏航叹了口气，说，中国的事啊，几句话说不清。

宫崎说，我很想了解中国。苏航君能给我讲讲吗？

苏航说，我有一个朋友，被警察局抓了。

宫崎问，你的朋友犯了罪？

苏航苦笑了一下，说，犯罪？不，在中国，抓人不需要罪名。只要他手中有执行权，想抓谁就抓谁，最后，安一个共党嫌疑，就可以向上面拿一笔奖金。

这样真的可以吗？宫崎说，难道中国完全不讲法律的？

苏航说，法律就是一块橡皮泥，被执法者拿在手里，想怎么捏就怎么捏。

宫崎说，这样的话，实在是太可怕了。你的朋友后来怎么了？

苏航说，我想救朋友，托了关系，人家开口就要一万元。

宫崎显得非常吃惊，说，一万元？这不是索贿吗？

苏航再一次苦笑，说，在中国，这不叫索贿，叫例钱。

宫崎说，抓一个人就可以收入一万元，在中国当警察，岂不是可以发大财？

苏航说，在日本，如果想发大财，就一定要做生意。但在中国，是反过来的，做生意只能赚小钱，赚再多，也是小钱。当官才能发大财。

宫崎说，可是，你没有用那笔钱，你的朋友不救了？

苏航说，不是，是因为一个更大的人物救了。他不需要花一分钱。

中国真是个令人难以理解的国家。宫崎说。

苏航说，不说这些了，还是办你的事吧。

宫崎说，好，请苏航君跟我来。

宫崎站起，苏航跟着站起。宫崎领着苏航进入书房，在工作台前坐好。宫崎拿出一沓资料，放在工作台上，说，这些，就是要翻译的文件。

苏航拿过文件，见最上面是一张《盛京时报》的剪报，标题为《北大营兵炸毁南满路导致南满各地成战场》。这消息让苏航暗吃一惊。苏航立即拿近看时间，显示是 9 月 20 日。他再看内容：十八日晚间，北大营一部分官兵炸毁柳条沟附近之南满铁路，因而引起中日两军之大冲突。卒之省会四郊遽成战场，炮声枪声轰轰隆隆，直至十九日，午后三时犹在严重交战状态中。苏航再看第二张，还是剪报，同一天的《盛京时报》，新闻标题为《炸路之华兵曾被击退一次》。内文为：十八日满铁南行第十四次列车通过后，于午后十一时许，在北大营西方，突有中国正规兵，依将校指挥之下，爆炸南满铁路，一齐开枪攻击，该守备军对之立即开枪应战使华军遁走于北方。

苏航拿着这两份报道，看着宫崎，问，日本对中国开战了？

宫崎回答说，好像是这样，但具体情况还不是太清楚。

苏航问，你们通讯社没有就此事向日本驻沪领事馆核实？

宫崎说，核实过，但领事馆回复说，他们并不清楚这件事，正在通过外务省核实。

苏航说，今天已经是 21 日，这件事已经发生了三天，外务省还不清楚是怎么回事？不可能吧？宫崎说，具体情况，我也不清楚。我只负责翻译这些资料。

苏航坐在里面喝咖啡，乐少华坐在对面，正看一沓材料。乐少华看完，将材料放下，并没有立即说话，而是看着苏航。苏航说，咖啡凉了。

乐少华问，这些，全是凭你的记忆写下来的？

苏航说，我在宫崎原子那里看到一些影印件，不可能拿走，只好默记下来。

乐少华惊叹，你的记忆力实在太惊人了。

苏航说，不敢说百分之百准确，但准确率百分之九十是有的。不过，到了今天，这件事已经不是新闻了，上海的一些报纸，开始陆续有报道了。

乐少华端起咖啡，大大地喝了一口。苏航说，昨天得到这个消息，我就想立即联系你。一来，确实太晚了，二来，这事已经发生有几天了，而今天就是我们接头的日子，也不急在一天。没想到，今天起床一看，上海的报纸已经报道了。

乐少华说，这件事，北方的消息来得快，天津的《大公报》第二天就已经刊发了一句话，报道了这件事。19 号当天，又采访了张学良。我们内部，已经通报了这一事件，只是报上的消息来得晚一些。

苏航说，难道说，这份情报已经过时，没有意义了？

乐少华说，不，虽然有部分过时，但仍然非常重要。

苏航拿起一张纸，看了看，说，我看不出来啊。

乐少华说，至少有两个方面很有价值：第一，我们目前所能看到的听到的，全部是中国的报道。你这里提供的，是《盛京时报》的报道，这份报纸，据我所知，是日本人办的。他们的报道，和中国的报道完全相反。

苏航说，是啊，中国的报纸说，中国未放一枪。可《盛京日报》却说，是中国军人先破坏满铁，又先开枪，才导致冲突。

乐少华问，你认为哪一种说法更接近事实？

苏航思考，乐少华端起咖啡，喝了一口。苏航说，我认为中国的报道是真实的。

乐少华抬头看着他，问，为什么？

苏航说，我想起了上次我得到的情报，早在此前很多天，张学良就已经下令，日人无论其如何寻事，我方务须万方容忍，不可与之反抗。这里说日人，既指日本浪人，也包括日本军人。对待这类事件的命令是明确的，万方容忍，不可与之反抗。也就是说，在张学良没有下达反抗命令之前，东北军不可能反抗，更不可能主动寻事。

乐少华说，这是一个方面，还有另一方面。中国的这些军阀，靠什么掌握军队？靠的就是弹药。平常没有战斗，士兵的枪里是没有子弹的，有些甚至连枪栓都是下了的。北大营八千中国守军，一颗子弹没有，怎么反抗？还说中国士兵在长官率领下破坏铁路，并且主动开枪袭击，更是无稽之谈。

苏航说，那也就是说，我上次的情报是准的，日本人有计划地发动了这场战争。

乐少华说，我比较感兴趣的是日本驻沪领事馆态度。宫崎原子对你说，他们问过日本驻沪领事馆，回答是正在核实此事？

苏航十分肯定地说，对。

乐少华问，你怎么判断宫崎原子的话？

苏航说，刚开始，我觉得她没有说真话。或者因为她的职位低，并不了解事实。这么大的事，领事馆不可能不知道，外务省更不可能不知道。

乐少华反问，假若是真的呢？

真的？苏航说，如果是真的，那就说明，这件事连日本政府都不知道。日本政府如果知道，外务省就一定会知道。这是要对外统一口径的。如果外务省不知道这件事，就说明是关东军单方面的行动。这根本不可能。

乐少华再问，为什么不可能？苏航吃惊地看着乐少华，有好一刻没有出声。思考之后，苏航说，我在日本的时候，注意到日本政府其实是分两派的，对华强硬派和缓和派。

乐少华说，西方有专门的词，叫鹰派和鸽派。我们称为左派和右派，都是一个意思。

苏航说，对，鹰派以军人为主，鸽派以文官为主，其中，外务省就一直被认为是日本鸽派的代表，一直受到鹰派的质疑。

乐少华说，据我所知，日本外务省相对比较温和。他们并不是反对日本征服中国，而是强调要用文化征服。早在甲午战争之前，日本对中国的文化征服计划，就开始了。日本的激进派显然对这个缓慢的文化征服过程不满，越来越多的人，鼓动以武力征服中国。

苏航说，日本国内，确实是这样。

乐少华点了点那些材料，说，下一步，你要密切注意一下日本外务省方面的动静。

苏航说，我知道了。这件事，要不要向吴品三报告？

乐少华说，当然要报告，上次，你已经提供了日本对中国动武的报告，这次是上次情报的证明。如果我的估计不错，国民党对中央苏区的第三次“围剿”，可能会结束，宁粤之间，也可能出现短暂的和平，国内各势力之间激烈的冲突，可能因此赢得几个月的缓冲期。所以，你要多注意这方面的情报。

吴品三原本赶到南京去，是为了让上面看到苏航的那篇关于蒋百里的报道。事情还真是巧了，他刚刚将报纸递上去，沈阳爆发九一八事变。这就等于说，蒋百里所说是真的，并不是胡言乱语，从而更进一步证明，吴品三派苏航接触蒋百里，并不是为了反蒋，而是希望蒋百里出面呼吁停止纷争，共赴国难。按照吴品三的原计划，是要在南京活动一番的。毕竟，那样的说辞，很多人不会相信。可九一八的枪炮声，为那篇报道进行了背书，不需要他再作任何解释了。再说，东北事变，上海的事不会少，所以，吴品三匆匆赶了回来。

见到苏航，吴品三比哪一次都热情，请苏航坐下，亲自为他沏茶。说，事实证明，你的情报非常准确。蒋主席提起这份情报，对我们调查科表扬了一番。难得，太难得了。

苏航说，局座怎么这么快就回来了？

吴品三说，发生了这样大的事，我能在南京待得住？不光是日军对中国动武的情报，有关蒋百里的那篇文章，效果也非常好，时机也是凑巧了，如果不是日本动武，那篇文章的效果，可能还没这么好。

苏航说，实在没料到，形势变化这么快。

你会这样认为，南京那帮人，更会这样认为。吴品三说，事实已经证明，我们走在了全国的前面，提前预警了。有关这一点，东北都不如我们。

苏航说，可惜，我们虽然有明确的分析论证，却根本无法做任何事。

吴品三说，你也没有必要自责。社会是一部庞大的机器，我们只是这部机器上的一个零部件，我们各行其是，做好自己的分内，就够了。

苏航将一沓材料递给吴品三，说，不知还有没有用。

这是什么？吴品三一边问，一边翻材料。苏航说，我昨天晚上得到的情报。当时以为是第一手情报，没想到，今天报纸已经登出来了。

吴品三说，是啊，南京当天就知道了。而今天，全国都已经知道了。

苏航说，但是，我觉得还是有两点，很有参考价值。

吴品三放下材料，说，你说说看。

苏航说，我比较了我获得的情报和上海的报道，上海的报道，是站在中国的立场和角度，代表中国的声音。而这上面，是站在日本的角度，代表日本的立场。事情相同，说法是完全相反的。

吴品三问，还有一点呢？

苏航说，上面有一篇是关于日本驻沪领事馆某位官员的说法的。这件事发生的第二天，有一位日本记者去问这位官员，这位官员却回答说，不清楚这件事，需要向外务省了解。

吴品三马上说，这不过是他们的借口。

不，我不认为是借口。苏航说，作为一名职业外交官，他可以有很多种借口。何况，这么大的事，日本政府一定会考虑怎样面对国际舆论，就算他们要找借口，一定早就做好了准备。无论如何，不可能用不知道这样的借口。我相信，这位外交官的回答是完全真实的。

经苏航这么一提醒，吴品三也意识到，这位外交官的答词大可值得关注，便说，你认为，这说明什么？

说明日本外务省并不知道关东军进攻东北的事，苏航抛出和乐少华商量过的结论。

吴品三确实被这个结论震惊了，他盯着苏航看，似乎想说点什么，又没有说出来。凭直觉判断，苏航所说，肯定是真的。这么大的事，日本又是主动方，全世界都会向日本外务省的新闻官发问，日本政府不可能不给外务省准备合理的借口。可是，为什么会出现这样的情况？这实在无法理解啊。

苏航接着说，如果说，这位外交官说不知道此事是真实的，那就说明，日本外务省也不知道此事。再往上推，同时也说明，日本内阁，同样不知道此事。因此有一种可能，这是一次关东军的行动，或者最多是日本陆军部的行动，而不是日本政府的行动。

吴品三说出了自己本能的想法：这个结论太荒唐了。

苏航承认说，是非常荒唐，但不是不可能。日本内阁原本就存在两派，激进派和温和派。如果这次行动，是日本激进派单方面的行动，那就说明，第一，日本内阁中的激进派对温和派极度不满，已经完全对立，甚至抛开温和派自搞一套。真是这样的话，今后我们关于日本的所有评估，都要分清消息源到底是来自温和派还是激进派。将来的应对上，也要将这两种因素考虑进去。

吴品三问，你的观点，全部写在这份报告里了？苏航回答，是。

吴品三说，你拿回去，再改一下。重点谈第二条，第一条，只是作为附录。明天交给我。

2

日本在中国东北的行动持续升级，东北的中心城市沈阳，已经全部被日军占领。此事引起全中国震动，同样也引起全世界关注。

22日晚，蒋介石发表公开讲话，中心是暂不抵抗，诉诸国联。23日，全国爆发大规模示威游行，北平、上海、南京、武汉等城市，规模均超过10万人。如此大规模的示威游行，而且全国各地在同一天爆发，没有政府在背后组织，是不可想象的。显然，政府是在造势，希望借此给国联以压力。

事实上，国联是个破烂摊子，成立于一战之后。一战主要对阵双方，是德国和英国。当时的英国号称日不落帝国，俨然以世界老大自居，德国对此颇不以为然，一战的爆发，虽然有这样那样的原因，根本还在于德国和英国争夺欧洲老大。战争最初，英国吃了大亏，眼看顶不住了，一再向美国求援。可美国有自己的算盘，一再表示中立。直到双方打得精疲力竭，又眼见英国要败的时候，美国才出手。美国此举，显然是想渔翁得利，所以选在双方极大消耗时才动手。

美国加入战阵，使得一战的形势迅速扭转。后来，一战以德国的失败告终，美国则第一次超英国，掌控了国际话语权。在讨论战后相关善后问题时，美国总统亲自前往，迅速成为中心。正是在这一背景下，美国总统首倡成立国联，英国虽然有些酸酸的感觉，却想在新成立的国联中担任老大角色，因而极为积极。法国也希望争取更多的国际话语权，因而大力赞成。反倒是美国这个倡议者，被英国和法国的势头盖住了。

于是，美国来了一次釜底抽薪，美国国会否定了总统的提议，不同意参加国联。显然，美国总统之所以倡议成立国联，是希望美国迅速取代英国成为国际盟主，但后来的形势显示，美国毕竟新起，还无法取代英国的国际地位，甚至在整体影响方面，还难以超越法国，所以以退为进。美国这一退，反倒有了更大的回旋余地，而匆忙成立的国联，因为失去了正在崛起的美国，成了一个仅仅代表欧洲的组织，失去了国际性。

因为美国没有参加国联，英国和法国，就成了国联的主要领头者。而事实上，这两个国家又尿不到一壶，加上英国的国际声望正在被美国取代，日本又在亚洲崛起，强硬地表示要当亚洲的代言人，这个国联也就成了几个国家自弹自唱的舞台。

即使国联不能起到实质性作用，但也是中国这样的弱国不得不抓住的救命稻草，否则，南京政府无法向国民交代。国民政府虽然想引起全国公愤之实显示一种姿态，但上百万人几十个城市同时举行的大游行，结果肯定是失控。游行队伍很快便将矛头指向了张学良，也有些人，把矛头指向了南京中央政府。

这是完全可以想象的。张学良手握三十万重兵，在整个国民政府军事阵营中，东北军仅次于中央军。由于在张作霖的手上大力发挥军工，东北军甚至在某些方面超过了中央军，比如空军，其飞机总数，占了当时整个中国军队的接近一半，比中央军还多。三十万东北军，在区区二万关东军面前，不放一枪一弹，落荒而逃，东北军的全部飞机，根本来不及起飞，全部成了日本人的俘虏。

作为新闻记者，苏航一整天都在外面跑，直到下午，游行队伍开始渐渐散去的时候，他才想到，应该去一趟社会局，看是否能拿到一些内幕消息。刚刚出现在门口，恰好见李时君出来。李时君说，苏航兄，都已经下班了，你还来干什么？

苏航说，反正我也没地方去，干脆过来转转。

李时君说，这时候有什么好转的？我正要找你，走，一起喝酒去。

苏航说，现在外面到处罢工罢课，哪还有地方喝酒？

去我家喝啊。说着，李时君拉着他就走。两人一起来到李时君家。

外面实在太乱了，加上杨希娟一家搬去了南京，宋曼卿一整天都窝在家里。李时君将苏航领进来，关上门，便朝里面喊，曼卿，来客人了。

宋曼卿以为来的是自己的女性朋友，穿着睡衣，就从卧室里走了出来，没想到是个男人，而且长得非常帅。九月还在酷暑之中，宋曼卿穿的睡衣，又薄又简单，许多地方都是露肉的，胸前鼓起的两坨肉，简直充满了挑逗。宋曼卿开始也是愣了一下，后来见苏航实在是帅，便存了逗弄之心，说，哟，这么帅啊，欢迎欢迎。

苏航看一眼宋曼卿，吓了一大跳，这似乎跟没穿差不多吧。大腿露出那么多，还有上面，若隐若现啊，他十分尴尬，却又不得不叫了一声，嫂子。

李时君有点不满，说，怎么不穿件衣服就跑出来了？

如果是一般女性，听了这话，肯定羞愧难当，可宋曼卿就是宋曼卿，她可不怕李时君，当即一挥手，说，我怎么没穿衣服？难道我光着身子的？

她挥手的动作幅度大，胸前就像有两只兔子在跳。苏航连忙将目光移开。

在这个家里，宋曼卿有绝对权威，李时君也不和她计较，介绍说，他是我的同事，苏航。

宋曼卿顿时大感兴趣，盯着苏航看，说，你就是苏航？

苏航还是难为情，不敢看宋曼卿，脸在发烧。说，嫂子知道我？

宋曼卿说，朱衡一是你的朋友吧？上次你被社会局抓进去，他急坏了，到处找关系救你。

老看着别处说话，似乎不太礼貌，苏航不得不看一眼宋曼卿，可只要转过头，因为不好意思看她的脸，只好将目光向下移一点，便又和两只兔子猛烈地碰撞。他说，哦，嫂子原来认识衡一。

她是上海滩的交际花，认识的人多。李时君说，你去弄几个菜，我们兄弟喝几杯。

宋曼卿说，好好，航弟，你和时君坐一下，我去做菜。说着，宋曼卿转身进了卧室，李时君请苏航坐下来，给他沏茶，同时问，苏航兄，你对时局怎么看？

时局？苏航说，这个题目太大了吧？好像和喝酒没什么关系？

李时君说，你错了，时局大事，关系到未来政局的发展，还真要看。像我们这些年轻人，如果不能看清时局，也就是看不清自己未来的方向。李时君将沏好的茶端到苏航面前。苏航说了声谢谢，又接上刚才的话题，说，这么严重？那我倒是想听听李股长的高见，好好学一学。

宋曼卿换了衣服出来，说，航弟，到嫂子家里，别客气啊。你和时君坐一下，喝点茶，我去做菜。苏航说，不好意思，打扰嫂子。

打扰什么？宋曼卿说，跟嫂子说话还见外。你们慢慢聊。说过，宋曼卿一阵风似的走进了后面的一扇门。

李时君说，你注意到没有？前天的新闻是，日本内阁召开会议，决定不将事态扩大。意思是说，日本内阁决定接受在此条件下谈判解决。

苏航说，我也是这么理解的。

李时君的态度一变，说，可是，今天的消息是什么？关东军轰炸锦州。

苏航自然有自己的分析，但不愿在李时君面前谈，所以问，这说明什么？

李时君说，这还不明白？说明日本内阁在欺骗全世界，尤其是在欺骗国联。

苏航说，好像报纸上也这么说。

这正好说明了事实，李时君说，不然，怎么解释一面说不将事态进一步扩大，一面又派飞机轰炸锦州，还派军舰驰援烟台？

苏航问，李股长怎么看？

李时君说，只有一种解释，日本表面一套背后一套，最终目的，恐怕是整个满洲。很久以前就有消息说，日本人一直在打满洲的主意，当时全国人一个人相信。

苏航说，是啊，日本打满洲的主意，是司马昭之心。

李时君说，如果真是这样，政府不可能一直像现在这样不抵抗，否则民心不稳。要不了多久，政府对这件事的态度，就会改变。

苏航说，也是啊。就如一个人，你打我一巴掌，我忍了，你打我第二巴掌，我还不还手，没有理由你打我第三巴掌，我还不反击的。

对，李时君说，这就是要点。要不了多久，中国政府肯定会采取行动。

宋曼卿从里面出来，端着两只盘子，还有一瓶酒，说，正好我今天买了点卤牛肉，还有点花生米，要不，你们先喝着？苏航说，谢谢嫂子。

宋曼卿说，以后没事就常来。我和时君在家也冷清，多几个人热闹。宋曼卿将盘子摆在餐桌上。

李时君说，我们连喝边聊。李时君和苏航坐到桌子边，宋曼卿转身退入厨房。李时君拿过酒瓶，往两只杯子里倒酒，然后端起来，和苏航碰杯，说，兄弟，干了。天气太他妈热了，喝口酒，解解乏。苏航和李时君喝酒，李时君拿起筷子，夹了卤牛肉，放在苏航面前的碗里。说，公共租界里有一家电话通讯社，你知道不？

苏航说，听说过。在日本，这是一家二流的通讯社，没什么名气。

李时君说，我盯这家通讯社很久了，我敢肯定，这是一家有日本军方背景的间谍机构。

苏航暗吃一惊，原来并不是自己才有此怀疑啊。他问，间谍机构？

李时君说，是的。这家机构，专门替日本军方搜集情报。

苏航说，现在，日本人在上海的间谍一定不少吧？不过，我们社会局，好像不负责这类情报啊。

何止社会局？李时君说，你想一想，整个国民政府，有人负责这类情报吗？没有。现在的国民政府所有一切机构，只是针对中国人的。

苏航说，李股长这么一说，倒好像真是这么回事。

李时君再一次和苏航碰杯，喝酒，说，所以，我想找个机会，对电话通讯社搞这么一下。

苏航明知故问，搞这么一下？指什么？

李时君说，可以做的事情很多啊。比如说，找个机会，把整个通讯社给炸掉。

苏航十分吃惊，向两边看了看，压低声音，说，炸掉通讯社？在公共租界？

李时君大概也知道，要在公共租界干这件事不容易，便说，就算炸不掉通讯社，也可以找机会，暗杀几个间谍。

苏航问，这是吴局长的意思？李时君说，你还没看出来？吴局长重视的，第一是亲信，第二是老乡。你虽然是吴局长的老乡，但不是他的亲信。要想在社会局混出点名堂，苦干肯定是没用了。我就更不行了，既不是他的亲信，更不是他的老乡，还曾经是老共。像我这样的人，在社会局是永远没有机会出人头地的。

苏航说，李股长太悲观了吧？社会局几十号人，股长也才那么几个啊。

李时君说，什么股长，只不过是哄着我为他们干事的。我想好了，政府总有一天会和日本人翻脸，只要我们抓住机会，给日本人来这么一家伙，政府就会对我们另眼相看，甚至让我们立功受奖。那时，吴品三游再春还想压我们，就压不住了。

苏航说，可是，我对爆炸啊，暗杀吧，完全是门外汉，一点都不懂。

李时君说，不懂可以学嘛，这种事，没什么难的。

苏航摆了摆头，说，对我这个拿笔杆子的人来说，恐怕比登天还难。

李时君说，我们是朋友，是兄弟，我才考虑把你拉进来。这可是一次机会，你自己想好。

苏航说，对付日本人，我是一百个赞成。只是，我怕自己完全外行，不仅帮不了你们，反倒坏了你们的事。

3

苏航既然不愿干，李时君也没有勉强。他也感觉，苏航虽然生得人高马大，但干这类事，似乎不在行，浑身上下，就一股书生气。与之相比，李时君更是个行动派，既然决定了的事，他是一定要干的。他把陆冬宝等人叫到公共租界的一个房间，和他们商量此事。

陆冬宝和李时君虽然都是季去清的徒弟，但两人之间，还是有很大的不同。李时君并没有开门授徒，至今也是孤家寡人一个。陆冬宝不一样，手下早就聚集了一帮兄弟，这些人，有几个跟着他进了社会局，成为外围；更多的，还在江湖。所以，陆冬宝实际具有双重角色。不仅如此，陆冬宝的老婆余荣丽，在上海滩也是一个角色，手下有一支粉红突击队，那可是一帮闲不着的主儿，惹起事来，比男人毫不含糊。

李时君说，小日本欺人太甚，侵占我沈阳，南京政府忙于和广州政府谈判，根本顾不上这件事，所以下令百万军队暂不抵抗诉诸国联。你们对这件事怎么看？

几个人相互看看，谁都没有说话。李时君虽然不是他们的老大，却是他们老大的老大，老大服李时君，他们也就服李时君。陆冬宝说，大哥，你别问他们。他们屁大的字不识一个，能懂什么？你说吧，你怎么说，我们就怎么干。

李时君说，我们是中国人，中国人当然要有中国人的血性。我提议，在上海搞几次大的行动，打击一下小日本的嚣张气焰。陆冬宝大喝一声，好。

李时君立即提醒，你小声点，这里是公共租界。

陆冬宝连忙伸了伸舌头，说，习惯了。一时改不过来。我的意思是说，是应该狠狠地教训一下小日本，政府不干，我们来干。

陆冬宝的一个成员说，干他娘的，老子早就看小日本不顺。另一个成员也说，这些年老子在上海混码头，受外国人的鸟气多了。只要是干洋毛子，老子都无条件参加。大家一起说，大哥，你说吧，让我们怎么干？

李时君说，既然大家都愿意干，我们接下来，就商量怎么干。你们都说说，有什么好主意？

其实，向这些人要主意，那肯定是找错了对象。其中一个成员说，要什么主意？干脆，我们多带些弟兄，冲进公共租界，痛痛快快干他娘的一场。

当然也有稍稍明白的，说，别乱说，听大哥的。

陆冬宝也说，哥，我们这些人，打打杀杀可以，用脑子，那是肯定不行。你说吧，你说怎么干，我们就怎么干。

李时君说，我有这样三个目标：第一目标，日本驻上海总领事馆；第二目标，租界里的电话通讯社；第三目标，如果前面两个目标有难度，我们就去租界杀一些日本人。

陆冬宝说，前两个目标，恐怕不好接近。第三个简单些。碰到一个日本人，给他一枪，然后往什么巷子里一钻，万事大吉。

一个成员说，我觉得，应该去踩踩点。

李时君说，踩点的事，我已经做过了。日本驻上海总领事馆和电话通讯社，都不容易。总领事馆警戒太严，我们很难混进去。电话通讯社表面上看，倒没有什么警卫，但我怀疑，那里工作的，每一个都是日本特工，他们个个都不是软蛋，比领事馆更难搞。所以，我考虑先在公共租界四面开花，干他几票，同时慢慢想办法，看能不能袭击前两个目标。

某个成员说，在公共租界里干他几个小鬼子不难，难的是两件事：第一，武器弹药从哪里来？第二，完事以后，怎么撤离？

李时君说，这件事，我已经找朋友办好了。公共租界里的武器贩子多得很，只要有钱，哪个国家的武器都能买到。我还让冬宝在那里租了间地下仓库。

陆冬宝说，你让我租地下仓库，原来是做这个事的？

李时君说，仓库是冬宝租的，我已经看过了，地点不错。和交接武器的地点不在同一个方位，也不在日本人集中居住的地方。

陆冬宝说，那一带活动的日本人不多啊。我们要干日本人，要走好远。

李时君说，这正是我事前考虑好的，你们觉得我们现在这个地点如何？

陆冬宝说，这里好，这里靠近日侨区。

一个成员说，我对这一带很熟，如果是在这一带行动，那就太好了。

在这一带行动肯定不行。李时君说，我的意思，藏武器的地方，和人员经常活动区域，要分开。前面提到的仓库，是我们藏武器的地点。而这里，是我们的落脚点之一。大家办完事，就到这里落脚，而落脚点不存放枪械。枪械有专人送到仓库里去。

陆冬宝说，这样好。就算巡捕房查到这里，因为没有枪械，他们也定不了案。不过，这个运送枪械的人，倒是很危险。

李时君说，这件事，我想好了，让你老婆带人来做。女人目标小，不容易引起怀疑。

陆冬宝说，这个办法好。李时君说，好，现在，就只剩下最后一件事了。冬宝，明天开始，你就带人过来踩点。踩点的时候，一定要注意留退路，事成，从哪里撤走，要踩好。另外，以防万一，办事的时候，要分成三个组，一组行动，另外两组掩护。

洪华平以及吕子矜并排而坐。九哥坐在他们对面，那只长长的烟杆，似乎像他伸出的一只长长的手。九哥说，小日本进攻东北，老蒋竟然不抵抗。我考虑过了，老蒋不抵抗，我们抵抗。我们不能让小鬼子认为中华无人。

洪华平说，师父，您说，我们怎么干？吕子矜和九哥的关系毕竟不一样，她看了看九哥，说，干爹，以前，您从来都不会亲自给我们下达任务啊。

九哥说，以前是以前。九歌书店出事后，我们失去了一个重要联络点。有些事，我不能不变一下。

吕子矜说，那以后，是不是全部由干爹给我们下任务？九哥说，以后再说吧。

洪华平说，师父，您就下命令吧。

九哥显然有些犹豫，说，命令好下，可这件事，太危险了。

洪华平说，为了国家民族，冒点险是值得的。吕子矜也说，我们以前做的事，哪一件不危险？

九哥说，以前虽然危险，毕竟，我们要经过很长时间筹划，而且，要反复踩点。而现在，是在公共租界办事，有很多局限，人还不能太多，最多只能两个人一组，没有掩护，只能你们随机应变。

洪华平说，我早就想和小鬼子干一场了。师父，您就下命令吧。

九哥说，华平，你要先做一件事，在公共租界找两个落脚点。

洪华平不是太理解，问，为什么要两个落脚点？

九哥说，首先，一个落脚点藏人。行动结束后，你们可能无法很快撤离租界，所以，需要有一个落脚点，把自己安顿下来。这个落脚点，必须非常安全。另外，还需要一个地方藏武器，行动之前和行动之后，武器都必须和人分开。这两个点，不能离得太近，又不能太远。每次行动前，你们去第二个点取武器，行动结束后，要把武器放回去。武器和人分开，就增加了安全系数。

洪华平说，我知道了。万一武器被发现，他们找不到人。而人被发现，因为没有武器，他们也没法认定。

九哥说，对。还有，万一遇到非常紧急的情况，为了保证安全，你们需要弃掉武器。所以，需要有备用武器。公共租界巡捕房不一定完全听日本人的，只要我们把细节设计好，巡捕房也拿我们没有办法。

洪华平问，那武器怎么办？租界里查得很严，武器带不进去的。

九哥说，这件事，我会有办法。你现在就去找房子。

洪华平和吕子衿站起来，准备离开。九哥说，衿衿别去。为了保险起见，你们最好不要同时进出，只是执行任务的时候，才碰到一起。洪华平说，那我先走了。九哥挥了挥手，说，去吧。洪华平向九哥鞠了一躬，退出去。吕子衿却留了下来。

九哥说，坐吧，衿衿。吕子衿坐下来。九哥说，这次的任务，我一直很犹豫，派不派你去。

吕子衿说，我知道这次的任务很危险，但我不怕。

九哥将手中的烟杆挥了一下，说，不，你没有明白我的意思，我是指华平。

吕子衿显得有些惊讶，说，华平？他怎么啦？

九哥颇有些忧虑地说，最近两次任务接连失败，而且，都有些蹊跷。

吕子衿说，干爹说起这个，我想起了一件事。九歌书店之所以被发现，是因为华平掉在现场的那张图。九哥顿时警觉起来，问，哦？怎么回事？

吕子衿说，华平画那张图，用的是九歌书店的便笺纸。特务就是根据那张纸查到了上海，并且查到了九歌书店。九哥问，这件事，你是怎么知道的？

吕子衿说，我有一个朋友，跟刑侦大队的程兴源很熟。恰好，那天他去拜访程兴源，在刑侦支队看到了我，就问起来，程兴源将这件事告诉了他。

九哥往烟窝里装烟，按了又按，然后点燃，猛吸，一直将这窝烟吸完，磕掉烟灰，又按了一窝，再吸，却始终没有说话。显然，他觉得这件事非常严重，所以在认真地思考。

吕子衿有点害怕了，开始替洪华平说话。她说，我觉得华平绝对不可能是有意的。华平对干爹忠心耿耿，绝对不会干出这种事。

九哥磕掉烟灰，抬头望着吕子衿，问，你为什么会想到他是不是有意的？

吕子衿知道自己说错了话，一时找不到应答之词。她自己心里清楚，是不是有意这一点，在她脑子里纠结了很长时间，到现在都没有完全搞清。她说，我……我随口乱说的。

九哥说，他当然不是有意的。如果是有意的，那么，误杀宋子文的秘书，也是有意的了。这种事，不能乱猜的。过了片刻，他又问，对了，这件事，你没有跟他说过吧？

没有，吕子衿说。

真想当面问问他啊，九哥说。可这种事，又怎么问得出口？但愿不是吧。如果真是，我们就出大事了。吕子衿有些言不由衷地说，干爹请放心，华平肯定不是那样的人。

九哥却说，你这样一说，我更不放心你去执行任务了。这样好了，这次的任务，你不参加了，我另外换人。吕子衿一下子急了，说，都这个时候了，换人怎么来得及？

九哥说，不行，我不能让你去冒险。我要对你父母负责。

吕子衿说，干爹，我又不是第一次执行任务，我会小心的。

九哥说，我知道你经验丰富，心理素质好，应变能力强。可是，这次太特别了，你知道吗？此前，我还只是觉得对付日本人特别，而现在，我更多了一层担忧。

吕子矜说，干爹是担忧华平？我相信华平。他绝对不会做对不起干爹的事，也绝对不会做什么对我不利的事。九哥说，我可以答应你。但是，你必须向我保证，哪怕你心里有一点点怀疑，就立即中止任务。你能做到吗？

吕子矜说，一点点怀疑？干爹的意思是……

九哥说，我是说华平。你执行任务的时候，要多注意他的行为，如果他的行为哪怕有一点点不对的地方，让你生疑的地方，那么，你就立即中止任务。

吕子矜说，不会的，华平不会的。他绝对不是那样的人。

九哥说，你要答应我，否则，我不让你参加任务。

吕子矜犹豫了一下，说，好，我答应干爹。

又到了苏航和乐少华见面的日子。由于时局的突然变化，对苏航的培训工作告一段落。两人固定的会面，一周安排两次，都在咖啡厅。这次见面，苏航汇报了李时君想拉他袭击电通社的事。乐少华看了看苏航，说，李时君想袭击电通社？

我感觉他是真的。苏航说，他觉得社会局两个局长并不信任他，其他人嫉妒他，所以，他在社会局干得很压抑。这次，他想自搞一套，干出点名堂，以便将来向上面邀赏。

乐少华说，他怎么想怎么干，是他的事，你不要插手。

苏航说，我已经犯过一次自由主义错误，不会再犯第二次了。

乐少华说，虽然我不赞成你跟李时君搅在一起搞爆炸、暗杀，但有一点，他还是对的。你应该尽快做出成绩，取得吴品三的信任。在任何一个单位，要想干得好，就必须取得上司的信任。这种信任，等不来靠不来，得自己想办法主动干出来。李时君急功近利，希望取得更高层的信任，这种越级的搞法，是投机取巧，或许有机会成功，但也具有极大风险。你不需要，你的第一步，是要取得吴品三的充分信任。任何时候任何单位，越级都是犯忌的，绝对不可取。

苏航说，这一点，我也想过。只是，我不知道该怎么做。看起来，他好像很信任我，但认真想一想，他从来都不将机密的事情告诉我。

乐少华说，信任有两个标准：第一，在公事方面，他愿意和你分享秘密；第二，在私事方面，他愿意把一些重要的事交给你。民间甚至有一句话，替领导做一百件好事，不如陪领导做一件坏事。你应该从这方面好好琢磨一下。

苏航说，明天，记者俱乐部开业。他很重视这件事，答应出席典礼。我趁着这个机会，把他和湖北帮的人拉在一起，去长三堂子，你觉得怎么样？

乐少华思考了片刻，说，这个方案有点意思。不过，这事，不能由你提出来。你要装着是被迫答应的。

这有点像钓鱼啊，苏航说。

钓鱼最大的技术是耐心，乐少华说，你要有耐心，等着鱼咬钩，你不要主动把钩送上去。

苏航的思维很跳跃，他问，那李时君的事，我要不要提醒宫崎或者影佐？

乐少华说，对中国人的抗日行动，我们还是要保护的。

苏航答道，我明白了。

乐少华更进一步说，影佐和宫崎的关系，你要注意维护好。这条线很重要。

苏航还不十分理解，说，日本人的情报，对我们有用吗？

当然有用，而且，会有大用，乐少华说。

真的？苏航说，我一直觉得，那种情报，对我们没有太大意义。

乐少华说，怎么会没有意义呢？你大概没有意识到那份情报的作用。第一，你分析日本人有可能进攻东北的时候，谈到宁粤分流的情况。第二，宁粤分流，有可能加快日本人进攻中国的步伐。

苏航承认说，是，这是我的逻辑。

乐少华说，通过这份情报，当然，还包括其他一些情报，中央分析，国内政治军事形势，将会发生大变化。根据这一判断，中央采取了两大反“围剿”措施，第一，以时间换空间，等待国内形势的变化。第二，抓住机会，重点打击。所以，第三次反“围剿”，取得了很好的效果。

苏航说，我明白了，西北利亚的一股寒流，可能给中国带来大面积寒潮。同理，太平洋的一场热带气流，也可能给半个中国带来风暴。

乐少华适时地表扬了他一句，说，你天生就有做情报工作的才能。现在的不足是两个方面：一是经验严重不足，二是想得太少。

想得太少？苏航有点不解，所以问了一句。

刚才，你特别强调你的逻辑。乐少华说，你仔细想一想逻辑。每一件事，都有其必然的逻辑，但这种必然的逻辑，不一定就是你看到的你想到的逻辑。甚至有可能完全相反。

苏航说，就像日本人进攻东北这件事。

对，乐少华说，日本人进攻东北，日本驻上海领事馆却说不知道这件事。如果我们不仔细分析，很容易认定，日本领事馆的那位官员在说假话。

苏航说，还有，日本内阁一再表示，他们会努力在现在条件下结束战争。但东北仍然打得非常激烈。目前中国媒体使用了一般逻辑，或者想当然的逻辑，认为日本政府出尔反尔，向全世界人民说了假话。只有完全了解日本左右两派的现状，并且经过仔细分析，才清楚这种矛盾背后。

对，这个必然逻辑，就是日本内部两派已经到了公开对抗的程度。乐少华说，搞情报工作，说技巧那是真有技巧，说没技巧，那也就是没技巧，只你要将每一件事，前后左右仔仔细细想明白想透，本质就显露出来了。

我会的，苏航说，我喜欢思考。

4

记者俱乐部开业了。苏航考虑到目前是非常时期，自己在记者行业的地位又不是太高，尤其最近一个时期以来，左派文艺工作者差不多全部和他翻脸，所以，他不想把场面搞得太大。吴品三也担心，苏航能不能把这件事做好，若是声势搞得太大，最终却搞不好，等于放了个哑屁，反而会让游再春杨正熊那些人抓住把柄。所以，他同意只搞一个简单的仪式。

简单的仪式，在俱乐部门前举行。大门口挂了记者俱乐部的招牌，被一块红布蒙住。大门口搭了个简易的台子，用几块木板钉成的，上面铺了一块红布。在这个台子的两边，摆了很多花篮，部分是吴品三要求人家送的，还有部分，是苏航编出的一些名字，其实根本没有此人。前来参加开业典礼的人倒是不少，其中一部分，是吴品三出面，要求记者公会派来的，另一部分，则是苏航找来的帮会成员，充数的。

仪式开始，苏航穿着礼服戴着假花走向主席台。他说，女士们先生们，下午好。今天是个好日子啊。上海秋高气爽，碧空万里。在这样一个祥和、美妙的日子里，我们上海记者俱乐部，在社会局吴品三局长、游再春副局长以及新闻界各同仁的关怀和努力下，顺利开业。

让苏航大感意外的是，出现了一个捣乱者，朱衡一。朱衡一是记者公会成员，自然收到了请柬。苏航就没想过他会来，更没想过他会来捣乱。当然，担心有人捣乱，这一点，吴品三是想过的，并且做了准备。可这个捣乱者竟然是朱衡一，苏航还是大为意外。朱衡一突然打断了苏航，大声地说，九一八的枪声，是我们的礼炮。

下面那些被组织来的记者一阵哄笑。苏航愣了一下，心像是被什么揪了一下。他不顾朱衡一，拿起手中的稿子，想照着念下去，但很快意识到如果念下去，朱衡一会把主题引到不知什么地方。他不得不放下稿子，开始脱稿演讲。他说，刚才这位同仁提到九一八的枪声。不错，我正要谈九一八的枪声。

朱衡一根本不给他机会，继续捣乱，说，九一八的枪声震惊全世界，惊醒国人，你们却在这里搞什么俱乐部，是不是准备大发一笔国难财？

苏航有些不知所措。吴品三已经使出眼色，早就安排在人群中的两名便衣，迅速靠近朱衡一，一左一右拉住他，将他向外推。朱衡一拼命地挣扎，大声地说，你们干什么？你们不让人讲话，是不是心怀鬼胎？又过去两名便衣，四个人一起，拖着朱衡一向外走。朱衡一挣扎着喊叫，你们看到了，连特务都出动了，这根本不是什么记者俱乐部，是特务俱乐部，是汉奸俱乐部……朱衡一被拖离会场。

苏航稍稍停顿，整理了一下情绪，继续说，九一八过去十多天了，国人心头堵着一把火，有各种各样的情绪，这是客观事实，也是可以理解的。没有情绪，他就不配做中国人。越是在这国难当头的日子，我们的新闻从业者，更应该精诚团结，守土有责。我们也更需要一块属于我们自己的阵地。记者俱乐部选择这样一个时间开业，是恰逢其时，是时势所趋。正因为国家有难，我们的新闻以及新闻工作者，才更应该以我们手中的笔作武器，为了我们的国家去完成属于我们新闻记者的战斗。有人领头鼓掌，顿时掌声极其热烈地响起来。

苏航宣布下一项议程，请上海社会局局长吴品三先生致辞。

吴品三走向主席台，伸手掏出讲话稿，挥了挥，并没有打开。

吴品三说，女士们先生们，下午好。记者俱乐部的苏航先生很细心，替我精心准备了讲话稿。这份讲话稿写得很好，但我不准备照着稿子念了。

苏航是安排了领掌的，这个人很不识相，竟然此时鼓起掌来。其他人受了影响，也都跟着鼓掌，搞得颇为尴尬。

吴品三接着说，刚才有记者朋友说得很好，上海记者俱乐部，是在九一八的枪炮声中开业的。这说明什么？说明我们上海的记者，不仅有了一个新的平台，也有了一份新的责任。我们手里没有枪，中央也已经决定，暂不抵抗，诉诸国联。所以，我们不可能冲到一线去战斗。但是，我们手中有笔，我们有舆论阵地。我注意到苏航经理开场时用到的一个词，守土有责。国难当头，我们每一个中国人，都守土有责。我们记者的土在哪？就在我们的舆论阵地，就在这个俱乐部。我们的媒体，就是我们的土，我们的笔，就是我们的武器。国土，并不仅仅限于我们脚下的土地，还包括我们的记者队伍所守的舆论阵地。

苏航带头鼓掌，大家一起鼓掌。

官场是一个培养人历练人的地方，在官场浸淫时间长了，学得最好的本事，就是讲话。吴品三原本就有很好的口才，加上朱衡一提到九一八的枪炮声以及苏航提到守土有责，给吴品三提供了思路，他沿着这两点，大肆发挥，整场讲话，激昂而又精彩，令人热血沸腾。

吴品三演讲结束，鞠躬，下场，众人的情绪早已经被鼓动起来，开场时的插曲，似乎被人忘记，掌声雷动。苏航再次走上主席台，说，我宣布，上海记者俱乐部正式开业。下面，有请上海社会局局长吴品三先生，上海社会局副局长游再春先生，上海记者公会主任委员郑四友先生，著名记者、社会活动家梅向东先生剪彩。

司仪小姐将彩带拉开，吴品三等人被请上来，站成一排。他们的身后，分别站着一位手端托盘的礼仪小姐，托盘中是一把剪刀。众人转身，拿过剪刀，剪彩。同一时刻，鞭炮响起。蒙在记者俱乐部招牌上的红布也被揭下。

仪式就这么简单，接下来的一个项目，是吃饭。

记者公会那帮人从骨子里蔑视苏航，郑四友之所以出席仪式，完全因为吴品三打了招呼，才不得不来走走过场。最后的饭局，他早就声明，已经另有安排。苏航心里清楚，自己在新闻界名声已臭，这些人不齿与自己为伍。他无可奈何，只得礼送郑四友离开。

没想到，才刚走几步，看到前面出现两个穿中山装的中年人，迎着游再春走过来。在游再春面前说了几句话。游再春的脸色一黑，没说半句话，跟着他们向前走。苏航送完郑四友转身，见游再春黑着脸走向自己的汽车，便追过去，说，游局，这就要走吗？说好了一起吃饭的……游再春看了看那两个中山装，似乎想对苏航说什么，最终还是没说，一低头，上了汽车。

送走游再春回来，见湖北帮的人坐在一起喝咖啡，便向他们走过去。

这些人正在议论着朱衡一的事。古泉说，那个人从哪里来的？怎么跑来砸场子？社会局的场子，他也敢砸？徐志谦也说，怎么让这样一个人跑来了？当初根本就不应该通知他。刘明道说，这到底是个什么人？要不，找个机会教训他一下？

赵印墨说，你们别乱掺和了。他是苏航的朋友，当初两个人一起办集纳新闻的。后来不知道怎么回事，闹起了意见。

陈少周说，既然是这样，那就是他们两兄弟间的事。苏航呢？晚上怎么安排啊？

苏航恰在这时候进来，说，我正要征求兄弟们的意见呢，今天，大家一定要好好喝一场。

魏三说，这个话不错，像兄弟说的，我爱听。

赵印墨说，要不要叫上局座和游局？

苏航说，刚刚来了几个人把游局叫走了，好像有什么公事吧。

魏三说，他们也就是来领个红包，红包到手，自然要走。游局这个人，就是架子端得大，典型的上海人，看不起我们这些九头鸟。

赵印墨说，今天这个局开得不错，是应该好好庆祝一下。苏航，你准备请大家去哪里吃？

苏航说，我们在隔壁餐馆预订了位子，所有参加的人，都去那里吃饭。

古泉说，和他们凑一起有什么意思？那些人，吃几口就要走，我们是走还是不走？要不，干脆别和他们一起，我们去长三堂子喝花酒吧，热闹些。

陈少周说，古泉这颗心，整天就泡在长三堂子里。

苏航说，我倒是愿意，可是，我们跑去喝花酒，吴老大知道的话，会不会开除我？

古泉走过来，搂着苏航的肩，说，你放心，我们这个工作，和别的工作性质不同，喝花酒是工作，嫖娼也是工作。老板为什么给我们发那么高的薪水？就是发给我们的嫖资。弟兄们，你们说对不对？刘明道说，对对对，我们的工作只问结果，不问过程。徐志谦说，吴老板才不管我们大家怎么做，他只看一点，情报。

吴品三从外面进来，看了看大家，问，什么事，这么热闹？

苏航说，局座，您来得正好。关于在哪里吃饭的问题，大家出现了分歧，正要向您请示。

吴品三说，这事别问我，你们自己定。

苏航说，就是定不了啊。我原本说，就在隔壁的餐馆，位子都定好了。可他们不想那么多人一起，提出去长三堂子喝花酒。

吴品三说，这一定又是古泉的点子。徐志谦说，局座就是局座，火眼金睛啊。

开玩笑。吴品三说，你们以为我几十年的米白吃了？

陈少周说，你们都听出来了吧？在局座面前，可别玩小手段，你们那点小把戏，局座清楚着呢。古泉上前，以讨好巴结的语气说，局座，我们这不是想您老人家日理万机，给个机会，让您与民同乐吗？

吴品三转向苏航，问，那你这摊子怎么办？苏航说，这样，我去和梅向东说一说，他如果愿意，就和你们一起过去。其他人，我肯定要陪。你们先过去，我随后赶去。

地点是古泉选的，他选了自己最喜欢的一家长三堂子，包了一个女先生的房间。摆了两张桌子，每个人身边，都有一位女先生作陪。

苏航来得比较晚，此时，大家早已经吃饱了，在一起闹酒。他们早给苏航留了位子，并且替他叫了一位女先生。原本，吴品三、梅向东、刘明道和古泉在一桌，赵印墨、徐志谦、魏三、陈不周和苏航在一桌。苏航去的时候，这种严格的区分已经不存在，两桌人相互窜，两桌的女先生也相互窜到一起。有人在闹酒，也有人忙中偷闲，在女先生身上手忙脚乱。

看到苏航，吴品三叫道，苏航，你的先生在这里等你好久了，人家都有意见了。快来陪她喝几杯酒，安抚她一下。

苏航于是端起酒，伸手搂了那位女先生，说，我们之间，一切好说。我先敬诸位一杯。

梅向东说，不喝不喝。我们都已经够量了，你现在才来。不行，要先自罚三杯。

苏航说，这可有点麻烦啊。一个人喝酒，那是罚酒。我这个人吧，一生只喝敬酒，不喝罚酒。他转向身边的女先生，说，要不这样吧。我们一起喝三杯。

众人不干，一定要他们喝交杯酒。苏航于是和女先生交杯。

在此期间，吴品三的女先生小凤，端起酒杯敬吴品三，说，吴哥，小妹敬你一杯。吴品三端着酒杯站起来，准备喝，众人的注意力，立即集中在吴品三身上，起哄说，交杯，交杯，交杯。吴品三说，欺负我老头子没喝过交杯酒是吧。

徐志谦说，怎么可能？老大是洞庭湖的老麻雀，什么风浪没见过？众人继续起哄，说，交杯，交杯。

吴品三和小凤右手挽在一起，准备喝酒。大家不干，继续喝，大交杯，大交杯。

吴品三和小凤的右手从对方颈上绕过，交杯。古泉搂着小玉离席，走到他们身边，松开小玉后，伸手猛地抱住他们，目的是让小凤的胸贴着吴品三的胸。古泉对小凤说，小凤，亲老大一个。小凤和吴品三刚刚喝过酒，听了这话，便在吴品三脸上啄了一下。

众人又开始闹，说，不算，不算，要亲嘴，亲嘴。

小凤见多识广，不在乎这一点，她将自己的嘴对准了吴吕三的嘴。吴品三也没有避让。小凤将头向前移，两人的嘴已经离得非常近了，古泉扶住两人的头，向前推，两人的嘴便亲在了一起。古泉促狭，不肯松手，并且一再用力，两人的嘴便贴了较长一段时间。

古泉说，小凤，你和我们老大喝了交杯酒，又亲了他，以后就是老大的女人，就是我们的大嫂了。你可得把我们老大照顾好，不然，我们饶不了你。小凤说，自己的老公自己疼，还要你们说？古泉松开了他们，问，下面该谁了？

徐志谦说，还能是谁？当然是你自己。拿出你的真本事，给大家露几手。

古泉转向苏航，说，苏哥，该你了，今天是你出钱，又后到这么久，你得给大家表现表现。

苏航连忙摆手，说，古泉你瞎搞。要轮也该轮到东哥，哪里轮得到我？

梅向东说，我不要你们催，我自觉。他端起酒杯，和女先生喝了大交杯，说，这样行了吧？还有什么不满意，说出来，我照办就是。古泉说，梅老板等着我们呢。不跟他玩，下面该苏航了。

苏航说，下一个应该是赵哥。赵哥刚刚兼了办公室主任，升官了，我们还没有祝贺他呢。没有组织纪律性，罚酒。古泉倒是爽，说，我错了，我错了，罚酒，我认罚。古泉喝酒，放下酒杯，开始针对赵印墨，说，小苹，你怎么照顾你老公的？快把酒杯端起来。小苹端起酒杯，赵印墨立即端起酒杯站起来，说，喝交杯是吧？赵印墨主动和小苹交杯，他差不多是将小苹抱着，两人喝过酒。赵印墨问，接下来是不是还要亲？众人一齐喊，要。赵印墨在小苹脸上亲了好几口。

赵印墨太主动了，古泉似乎觉得少了好多兴趣，转身面对苏航，说，苏哥，该你了。

苏航夸张地说，这么好的事，终于轮到我了？不对，论年龄，应该徐哥。

徐志谦说，今天不论资排辈。是你请客，自然是你老大，该你了，你逃不掉。

苏航说，我干吗要逃？我告诉你，我是巴不得呢。小梅，坐着干什么？起来起来。小梅端着酒杯站起。苏航说，喝交杯酒，那是老大和赵哥的事。我们是不是玩点新的？

众人起哄，有人说好，有人说要。苏航说道，拿一张纸来。古泉立即拿来一张纸，递给苏航。苏航接过，撕下一小角，举在手里，说，我们一起来玩个游戏，传递这张纸，不能用手，只能用嘴传，传到谁嘴里没纸了，谁喝酒。现在，我做示范。

苏航将那一小片纸放小梅的嘴里。小梅含了，传给苏航。苏航仅仅只是咬下一点小角，并且往里吸了一部分，外面仅仅只露一点点，又传给小凤。纸太少了，小凤仅仅咬下一点点。苏航叫道，有没有？有没有？伸出来看看，有没有？

小凤张开嘴，伸出舌头，可以看到，她的舌尖上有一点小纸片。苏航说，好，你现在传给吴老大。小凤转身，翘起嘴，伸向吴品三面前。

吴品三说，这怎么行？已经没有纸了。苏航说，我们大家刚才已经检验过了，是有纸的。现在该你接了。你如果能接到纸，就不喝酒，如果接不到，就得喝酒。吴品三只好伸嘴去接。

小凤很体谅他，将舌头伸出来，让吴品三去含。吴品三却不好意思，只是碰了一下，并没有含，纸片仍然留在小凤嘴里。苏航说，老大张嘴，看看有没有。吴品三张嘴，没有纸。苏航说，老大嘴里没有纸，喝酒。

吴品三端起酒杯，准备喝酒。苏航将酒杯接了过去，说，老大，等一等。这次只是示范，不算。

吴品三说，我还以为苏航使坏，故意灌我酒呢。看来，我错怪苏航了，他还是地道的。

苏航转向大家，问，这个游戏怎么样？好玩吗？众人说，好玩。

苏航说，那好，我们现在正式开始。

（第一部完）

2017 年 6 月 18 日一稿于长沙
2017 年 7 月 20 日二稿于广州
2017 年 11 月 14 日三稿于长沙